■ 宋桂友 / 编著

凌叔华文学纪年

辛卯秋 叶辛

苏州大学出版社
Soochow University Press

图书在版编目(CIP)数据

凌鼎年文学纪年 / 宋桂友编著. —苏州：苏州大学出版社，2022.6
ISBN 978-7-5672-3937-1

Ⅰ.①凌… Ⅱ.①宋… Ⅲ.①凌鼎年-小小说-年表 Ⅳ.①I207.427

中国版本图书馆CIP数据核字(2022)第067437号

书　　名：	凌鼎年文学纪年
编　　著：	宋桂友
责任编辑：	杨　柳
助理编辑：	闫毓燕
装帧设计：	吴　钰
出版发行：	苏州大学出版社（Soochow University Press）
社　　址：	苏州市十梓街1号　邮编：215006
印　　装：	苏州市深广印刷有限公司
网　　址：	www.sudapress.com
邮　　箱：	sdcbs@suda.edu.cn
邮购热线：	0512-67480030
销售热线：	0512-67481020
开　　本：	787 mm×1 092 mm　1/16　印张：36.25　字数：860千
版　　次：	2022年6月第1版
印　　次：	2022年6月第1次印刷
书　　号：	ISBN 978-7-5672-3937-1
定　　价：	200.00元

凡购本社图书发现印装错误，请与本社联系调换。服务热线：0512-67481020

凌鼎年素描画像　周海瑶画

"在我感觉里,凌鼎年与微型小说的关系,相当于李白与唐诗的关系。"

——《人民文学》主编、评论家施战军教授

本书编著者宋桂友教授(左)与凌鼎年 （2021年9月25日于太仓）

目 录

第一章 评 说

一、概说凌鼎年 …………………………………………………………（1）

二、凌鼎年微自传 ………………………………………………………（7）

三、海内外名家评说凌鼎年 ……………………………………………（9）

第二章 统 计

一、凌鼎年个人作品集子一览 …………………………………………（15）

二、凌鼎年主编集子一览 ………………………………………………（17）

三、凌鼎年创作中篇小说一览 …………………………………………（20）

四、凌鼎年创作短篇小说一览 …………………………………………（21）

五、凌鼎年创作微型小说一览 …………………………………………（25）

六、凌鼎年创作散文、随笔、杂文、发言稿等一览 …………………（76）

七、凌鼎年创作诗歌一览 ………………………………………………（165）

八、凌鼎年撰写评论一览 ………………………………………………（198）

九、凌鼎年撰写代序、自序等一览 ……………………………………（220）

十、凌鼎年作品被评论一览 ……………………………………………（234）

十一、凌鼎年作品被翻译一览 …………………………………………（245）

十二、凌鼎年作品收录选本一览 ………………………………………（249）

十三、凌鼎年作品被选(转)载一览 ……………………………………（277）

十四、凌鼎年文学作品获奖一览 ………………………………………（288）

十五、凌鼎年获得荣誉一览 ……………………………………………（300）

十六、凌鼎年社会兼职一览 ……………………………………………（309）

十七、凌鼎年入选辞典等相关书目一览 …………………………………… (319)

十八、凌鼎年创作、发表作品统计 ……………………………………… (323)

第三章 声 音

一、对 话 ………………………………………………………………… (325)

    微型小说创作与理论

        ——与刘海涛教授高峰对话 ……………………………………… (325)

    用作品说话，心里踏实

        ——答百年互娱（上海）文化传媒主持人楚千会问 …………… (334)

    美丽的诱惑，寂寞的事业

        ——答《中国妇女报》记者陈姝问 ……………………………… (341)

    让"四大家族"并驾齐驱

        ——答《湖州晚报》记者黄水良问 ……………………………… (345)

    创作、研究、育人、推广

        ——答天津《微型小说月报》编辑鲁振鸿问 …………………… (349)

    家事、国事、天下事，事事关心

        ——山东作家孙永庆对话凌鼎年 ………………………………… (362)

    文学到底带来了什么？

        ——凌鼎年答山东作家薛兆平问 ………………………………… (365)

二、写 真

    小小说是他的阳光和空气

        ——"汪曾祺世界华文小小说奖"终评委凌鼎年剪影/纪洞天（美国） … (367)

    梅花香自苦寒来，佳作频传海内外

        ——记在文学界勤奋耕耘的凌鼎年老师/海伦（美国） ………… (368)

    行列榜首的凌鼎年/曾心（泰国） ………………………………… (371)

    凌鼎年印象/符浩勇 ………………………………………………… (373)

    世界的凌鼎年/马新亭 ……………………………………………… (374)

    凌鼎年：世界华文微型小说领军人/徐习军 ……………………… (375)

    凌鼎年：中国"微型小说界的蒲松龄"/何开文 ………………… (380)

    一份特殊的新年礼物/沙优 ………………………………………… (383)

凌鼎年,小小说界有心人/张帆 …………………………………… (384)

凌鼎年——"用作品说话,我心里踏实"/陈姝 ………………… (385)

终于见到了凌鼎年
　　——上海第九届世界华文微型小说研讨会散记之一/邮继福 ……… (388)

拜访太仓市作协主席凌鼎年先生/李仙云 ………………………… (390)

永不长进的电脑盲/吴塘晚生 ……………………………………… (391)

小记者拜访大作家/郁欣怡 ………………………………………… (393)

凌鼎年和这座城市/金世明 ………………………………………… (393)

三、评　论

妙在精微中
　　——凌鼎年小小说论/额尔敦哈达 ……………………………… (397)

凌鼎年微型小说论纲/周志雄 ……………………………………… (400)

论凌鼎年小小说"和合"理念的审美呈现/颜莺 ………………… (408)

《先飞斋笔记》:欣赏与漫议/何与怀(澳大利亚) ………………… (414)

亦人亦禅亦哲学
　　——凌鼎年微型小说《了悟禅师》解读/宋桂友 ……………… (417)

虚实之间见功力
　　——凌鼎年小小说三题印象/郭虹 ……………………………… (422)

信笔所至,止于不止
　　——谈凌鼎年微型小说集《天使儿》/邓全明 ………………… (424)

凌鼎年微小说的文学创意/刘海涛 ………………………………… (425)

凌鼎年小小说之文化主题
　　——人格、文化的统一与分裂/刘连青 ………………………… (426)

迟到的审美愉悦/刘连青 …………………………………………… (432)

试论凌鼎年微型小说的地方文化特色/龚樱子 …………………… (433)

作序写跋,甘苦自知的老作家
　　——读《凌鼎年序跋集》有感/张新文 ………………………… (441)

平凡中的高洁
　　——凌鼎年小小说作品赏析/张联芹 …………………………… (442)

反面切入,角度新颖

　　——凌鼎年《753阵地的夜晚》名篇赏析/林美兰 …………… (444)

心灵是作品的起点

　　——浅析凌鼎年微型小说《三砖砚小筑与三十砚轩》/余清平 ……… (445)

《国鸟竞选记》颁奖语 …………………………………………………… (446)

第四章　年　表

凌鼎年文学创作、活动大事年表 ………………………………………… (448)

第五章　影　像

一、凌鼎年个人著作封面 ………………………………………………… (492)

二、凌鼎年主编或编的集子封面选辑 …………………………………… (510)

三、凌鼎年文学活动、生活照片选辑 ……………………………………… (521)

四、凌鼎年奖杯、奖状等照片选辑 ………………………………………… (560)

五、有关凌鼎年的其他照片选辑 ………………………………………… (564)

后　记 ……………………………………………………………………… (571)

第一章

评　说

一　概说凌鼎年

凌鼎年,江苏太仓人,祖籍浙江湖州,系明代写"三言二拍"之《初刻拍案惊奇》《二刻拍案惊奇》的凌濛初之后裔。他曾在微山湖畔的大屯煤矿奉献青春20年,其文学创作从煤矿起步,靠自己的努力,一步步走上文坛。1994年,他加入中国作家协会,是我国以微型小说作家身份加入中国作家协会的第一人。目前,系世界华文微型小说研究会会长、亚洲微电影学院客座教授、苏州健雄职业技术学院娄东文化研究院特聘研究员、美国小小说总会小小说函授学院首任院长、作家网特聘副总编、美国纽约商务出版社特聘副总编、中国香港《华人月刊》特聘副总编、苏州市政府特聘校外专家、中国微型小说校园行讲师团团长;曾任美国"汪曾祺世界华文小小说奖"终评委,中国香港"世界中学生华文微型小说大赛"总顾问、终审评委,蒲松龄文学奖(微型小说)评委会副主任,首届全国高校文学作品征文小说终评委,世界华文微型小说双年奖终评委、中华凌氏宗亲会创会会长,等等。

凌鼎年1970年写下文学处女作,1975年写了第一篇微型小说,应该是有微型小说概念后最早写微型小说的作家之一。而70年代到现在,50多年过去,依然在创作微型小说的作家,他可谓硕果仅存了。至今,凌鼎年创作了中篇小说9篇,短篇小说113篇,微型小说1 918篇,散文、随笔3 327篇,诗歌1 322首,评论821篇,代序346篇,共创作各类文学作品7 856篇(首),计1 100多万字。他在《人民文学》《北京文学》《天津文学》《香港文学》等数百家海内外报刊发表过7 000多篇作品(凌鼎年对外只说发表了6 000多篇,说是要压缩重复发表与选载、转载的);出版过英译本、日译本、韩译本、汉英对照本等个人集子62本,主编过238本集子。作品被《新华文摘》《小说选刊》《中国文学》《人民中国》《中国当代文学选本》《中华文学选刊》《新世纪文学选刊》《散文选刊》《读者》《作家文摘》《青年文摘》《意林》《微型小说选刊》《小小说选刊》等数十家刊物广为选载、转载,被译成英文、法文、日文、德文、韩文、泰文、俄文、土耳其文、西班牙文、马来文、越南文、菲律宾文、缅甸文、波斯文等15种文字,有16篇被收入海内外的大学、中学教材,另有作品被收入海内外590多种集子。作品曾获世界华文微型小说大赛最高奖、冰心儿童图书奖、紫金山文学奖、首届叶圣陶文学奖、首届吴承恩文学奖、首届吴伯箫散文奖、首届蔡文姬文学奖、小小说金麻雀奖、小小说事业推动奖、中国微型小说学会年度一等奖(7次获得)等340多个奖;在以色列获"第32届世界诗人大会主席奖",在日本获"日中文化艺术交流大奖",在泰国获泰国文化部、亚洲文化教育基金会颁发的"泰中国际微电影展奖",被2010年上海世博会联合国馆UNITAR周论坛组委会授予"世界华文微型小说创新发展领军人物金奖",被美国全美中国作家联谊会授予"世界华文微型小说大师"奖。

凌鼎年应邀去过亚洲、欧洲、美洲、非洲、大洋洲等洲的40多个国家和地区参加文学活动;应邀在哈佛大学、日内瓦大学孔子学院等学校(院),以及澳大利亚墨尔本,悉尼,泰国曼谷,马来西亚吉隆坡等城市,中国香港、中国澳门及北京、上海、天津、江苏、浙江、山东、福建、安徽、湖南、湖北、河南、河北、广东、江西、新疆、内蒙古、贵州、四川、宁夏、云南等20多个省市讲课。他有数十本集子入藏美国哈佛大学燕京图书馆、耶鲁大学东亚图书馆、美国国会图书馆、联合国中文图书馆等。他被中国央视国际频道、科教频道,中国教育电视台,新华社,中新社,中央人民广播电台,上海东方电视台,香港凤凰卫视,澳门澳亚卫视,台湾东森电视台,以及美国蓝海电视台、美国中文电视台,澳大利亚SBS广播电台采访过;还被《中华英才》《世界英才》《中外名流》等多家海内外杂志采访报道过。

凌鼎年虽然在侨办工作了二三十年,去过四五十个国家,但他没有一次是公费出国,几乎全部是被文学活动邀请出国的;他没有上报过一分钱的差旅费,要么是邀请方负担,要么是自掏腰包。

这本《凌鼎年文学纪年》笔者花了三年多时间,收集了大量的资料,汇编成册,证实并诠释了凌鼎年多次说过的"作家以作品说话""作家要把主要精力放在创作上"。7 800多篇作品,1 100多万字,62本集子,这在微型小说界是无人能比的,在中国文坛也是属于高产的;346篇代序,这在整个文学界也很罕见。再看凌鼎年的微型小说作品集,已连续在第五届、第六届、第七届、第八届鲁迅文学奖评奖中进入公示,离获奖仅一步之遥,这足以显示他的创作实力。

凌鼎年写的不是长篇小说,而是微型小说。其作品一篇就是一个题材、一个点子,而且题材涉及面广:文化的、历史的、乡土的、爱情的、伦理的、官场的、军事的、谍战的、武侠的、科幻的、侦探的、推理的、域外的、工矿的、校园的、穿越的、荒诞的,又有故事新编类、寓言童话类、文体探索类,几乎"全面开花"。正因为题材广泛,他的作品很少与他人雷同、撞车。他是苏州"十大藏书家"之一,酷爱读书,历史、地理、哲学、美学类的书,八卦堪舆、野史笔记、民间故事、乡间杂说,他都看、都听、都收录,于是有着满肚子的故事、满脑子的人物;加之他好旅游、勤观察、勤记录,几十年来,走遍了全国所有的省市,中国的名山大川、名胜古迹,他大部分去过。什么三山五岳、十大仙境、十大景点、十大河流、十大湖泊、十大名城、十大寺庙、十大名街、十大名校、十大名园、四大佛教名山、四大名楼,等等,他都去过,而像十大古镇、十大庄园也就个别没有去过。他不仅走遍国内,还去了欧洲、美洲、大洋洲、非洲、亚洲等洲的40多个国家和地区,有的国家去了五六次。读万卷书,行万里路,使他视野开阔、见多识广,看到的、听到的、经历的就比一般人多得多,下笔也就不愁没有题材了。

正因为凌鼎年写得多、写得好,他的作品进入了美国、加拿大、日本、韩国、土耳其等国家的大学外国文学教材,进入了新加坡及中国香港、内地粤教版的中学教材。从事教育的都知道,作品一旦进入教科书,将影响一代人。多年前,苏州大学有位去韩国做访问学者的教授回国后,碰到凌鼎年,偶然说起在韩国看到韩国的汉语教材里有凌鼎年的微型小说作品,但凌鼎年并不知道。他虽然没有收到过样书,但仍然很欣慰。至于在中国的大学、中学,开课讲凌鼎年微型小说的至少有几十所,受惠于他的学生和读者到底有多少,难以统计。

凌鼎年一直强调自己不是聪明人,故书斋起名"先飞斋""守拙庐",但他绝对是个勤奋、执着的人。其他不说,自1990年年初从微山湖畔的煤矿调回家乡太仓后,32年来,每逢春节长假、国庆长假,他全部在办公室、工作室写东西,从不外出。长假期间机关食堂也放假,他就自己带饭,为的是节省回家吃饭的时间,一般人是很难做到的。幸好他夫人也写东西,也是出版过散文集的,理解他,习以为常,最多唠叨几句。自1995年开始有双休日后,只要没有外出的邀请,没有本地的活动,他都会一个人在办公室、工作室看书、创作,风雨无阻,雷打不动。一年两年不稀奇,32年如一日,就不能不佩服他的毅力与定力了。

有些不了解他的人,往往只看到他到海内外四处参加活动,潇洒得很,以为他是个耐不住寂寞的人,其实,他更多的时候是独处。与他走得较近的朋友都知道,他从不去舞厅、歌厅、麻将馆等娱乐场所,也不喜欢吃吃喝喝,能推却的饭局、酒宴他都推却,为此还得罪了一些人。因为他一年四季、一天到晚,只知道看看看、写写写,有人说他是"苦行僧",活得太苦、太累,劝他悠着点,要学会享受,但他说自己在工作室坐拥书城,做自己喜欢的事,乐在其中,乐此不疲。

他写作似乎很轻松,几乎没有挖空心思、绞尽脑汁的时候,写得也很快,一个小时可写1 000字左右。大部分作品一稿而成,写好后,自己校改一遍,再用软件校对一遍,打印一份,再将电子版存档。写好后,他的思路即从作品中出来,不会跟着作品中的人物或悲或喜,甚至写好后他就不太记得作品的故事与人物了。他的写作特点就是切入很快,切出也很快。有人说他写作像开自来水龙头,一开就流,一关就停。这与他腹有诗书、脑有想法不无关系。

当然,写得快只是他的状态而已。他有极强的学习能力,相关的新闻、讯息他会第一时间捕捉,而像那中西方文学中的各种流派的思想、世界古往今来的各种哲学流派的思想他都有所涉猎。他去伪存真,去粗存精,吸收其营养,滋养作品。他曾写过一篇随笔《三分读书四分想,留下三分来创作》,他这么说,也这么做了。他爱思考,从不人云亦云,从不跟风。他还说过:"一个作家,有会思考的头脑,比有一支生花妙笔更重要。"读书、比较、思考,使他不断进步,使他的创新能力和创造力超过不少同龄的作家。从他的作品里,我们不是单纯看到花样翻新的花里胡哨,而是看到他对于艺术探索的不断追求和实践。在内容的呈现上,我们不仅看到了他从摹写生活,到知识分子对于社会现象的剖析批判,再到哲学层面思考的演进,而且也看到了他在写作过程中作为一个深邃思想家的行走历程与轨迹。

他不是评论家,但可算是微型小说领域极少数创作、评论双栖的作家。他陆陆续续写了不少评论、评点,主要是为了推介文学新人。微型小说圈内,有多位目前颇有名声的作家,当年出道时的第一篇评论是凌鼎年写的,当年的第一本集子是凌鼎年写的代序。他不在文化部门,也不在编辑部,但他推荐发表的作品,海内海外,不计其数;他主编(编辑)的微型小说集子,甚至比从事专职出版的编辑还多。

他策划、操办的微型小说活动更是一个接一个,基本上都亲力亲为,且完全不是为了经济利益,有些还自己贴钱。多年来,他为微型小说(小小说)这个文体的发展、繁荣做了不少实事。譬如,1992年,中国微型小说学会在上海成立,成立大会的费用就是凌鼎年说服当厂长的同学赞助的;1993年,中国微型小说学会成立后的第二届年会在南京召开,就是凌鼎年与凌焕新教授操办的;1999年,在马来西亚召开第三届世界华文微型小说研讨会时,凌鼎年策划了筹建世界华文微型小说研究会,第一次筹委会在马来西亚吉隆坡召开,第二次筹委会在中国福建福州召开,都是凌鼎年一手安排的,后来该会在新加坡注册,在菲律宾召开成立大会,也都是凌鼎年联系、落实的;2001年,中国微型小说学会向中国作家协会提交了《有关微型小说情况的汇报》,这份汇报是凌鼎年起草的,因了这份汇报材料,中国作协的工作报告中第一次提到了微型小说,认可了微型小说;2007年,全国政协有份提案——《关于把微型小说列入鲁迅文学奖评选的提议》,就是凌鼎年执笔的;亦是在2007年,凌鼎年起草了《关于成立江苏省微型小说研究会的报告》,提交给江苏省作家协会,成立大会也是他联系、落实的;2010年,在河南汤泉池召开的"汤泉池全国小小说笔会20周年纪念活动",也是凌鼎年倡议的;2011年10月,中国微型小说作家访美代表团在美国纽约召开新闻发布会,会上宣读的《世界华文微型小说宣言》,也是凌鼎年执笔的。至于凌鼎年策划、操办的各种全国性、世界性的微型小说征文活动就更多了,笔者在此不一一列举。

在微型小说领域,大家都公认凌鼎年肯帮助人,看稿、改稿、荐稿是常有的事,为此,花了他很多时间,但他无半点怨言。他的观点是微型小说要发展、要繁荣,得有一批人,得有一支过硬的作家队伍,得有后继力量。他信奉的是"赠人玫瑰,手有余香"。总之,他毕生致力于推进海内外微型小说的双向交流,把中国作家的微型小说作品推介到海外,把海外华文作家的微型小说作品介绍给中国读者。他每年都会策划各种微型小说活动,征文大赛,研讨会,编书,出版,讲课,采风,微型小说进学校、进社区等等,风风火火,他被人戏称为"精力过剩"。

他虽有"半个美食家"的雅号,但基本吃素,穿衣以中装为主,根本不在乎是不是名牌。他除了买书大方外,其他时候很少花钱。他天天骑着辆旧自行车到工作室,说是权当锻炼身体。据说,他每天大约有一小时的时间,骑车在来回的路上。这一小时的时间,常常是他脑子很活跃的时候,他的不少题材、构思就是这样一路骑一路想到的。早先,他口袋里纸与笔是必备的,现在,时不时会看到他骑着骑着,突然停下,在手机的记事本里写下灵感,以备创作之需。

与凌鼎年同时起步,进入文坛的,差不多都是或花甲或奔七的年纪了,不少人不再创作,或很少有作品出来了,但他依然创作活跃,每年有20万~40万字的创作量。当年与他一起有文学梦、写微型小说的,后来有的经商,发财了,有的走仕途,升官了,唯有凌鼎年,50多年来,还在写经济效益微乎其微的微型小说。有位评论家说:"我大学时读凌鼎年的微型小说,一晃我都快退休了,凌鼎年还在写微型小说,真可算是不忘初心。"

有人写文章赞誉凌鼎年为"当代的蒲松龄""中国的星新一"。对于文友的褒扬、媒体的赞誉,或者批评,凌鼎年都不置一词,不转发,也不争论,只管写他的作品。日本的星新一一生创作了1 000多篇精短小说,20世纪七八十年代有不少作品还被翻译成中文。凌鼎年非常喜欢星新一的作品,他曾经说过,早年,星新一的作品对他有不小的影响。星新一过世后,因惺惺相惜,凌鼎年撰写了《遥祭星新一》,发表在《香港作家报》上。这是这位日本精短小说大师逝世后,中国当年唯一的一篇见诸报端的悼念文章。

凌鼎年崇拜蒲松龄,学习蒲松龄。蒲松龄的491篇作品,他篇篇读过,并注重分析其结构,解读其手法。学习是为了借鉴、为了提高,凌鼎年在前人的基础上,不断突破自己,尝试翻新,从量变到质变,创作出了一系列受读者喜欢、被行家赞誉的精品力作。其作品被翻译成15种文字,有英译本、日译本、韩译本、法译本,不少作品在海内外接连出版,他成了"中国微型小说界走向海外的第一人"。笔者相信三十年、五十年,乃至一百年后,是会有人研究凌鼎年作品的。正像德国德中文化交流协会会长、汉堡文化艺术协会"一切皆美"名誉主席,作家、画家谭绿屏在印尼万隆召开的世界华文微型小说研讨会上撰文说:"凌鼎年的微型小说是一扇观察社会、记录社会的窗口,不仅具有旺盛的生命力,而且具有连绵的不朽性,可供社会学家和历史学者作为时代特征、社会历史的研究参考,其综合的典型性和代表性,一百年后仍是社会史料的研究资料。"

据了解,微型小说同行中,河南王奎山一生创作了273篇小小说,48万字,生前出版过4本集子,病故后又出版了2卷本全集,获小小说金麻雀奖、小小说终生成就奖。当地政协委员向县政协提案,建"王奎山文学馆"。2021年5月,河南确山县在当地盘龙山文化公园竖立王奎山铜像,揭幕仪式很隆重。有"微型小说怪才"之誉的滕刚创作的微型小说有300多篇,出版集子8本,拥有很多粉丝。2007年9月,卢翎教授撰写的《滕刚评传》在花山文艺出版社出版,系中国第一本微型小说作家的评传,在微型小说领域影响不小。河南省作协专职作家孙方友一生创作小小说756篇,加上中短篇小说,近1 000篇,800万字,出版集子50本,有"古有《聊斋志异》,今有《陈州笔记》"的说法,被誉为"中国小小说之王"。有作家呼吁建立"孙方友文学馆",设立"孙方友小小说奖",打造小小说的"诺贝尔文学奖"——这都是好事,说明读者与社会对微型小说、小小说作家认可与尊重,说明微型小说、小小说作家的社会地位在提升。凌鼎年与王奎山、孙方友、滕刚都参加过1990年的汤泉池笔会,同属第一代小小说作家。如今,孙方友、王奎山英年早逝,滕刚已多年不写微型小说,转向微电影方面发展,搞得风生水起。当年参加汤泉池笔会的作家只剩下凌鼎年、谢志强、刘国芳等少数几个还在坚持写、坚持发。凌鼎年认定此生只与微型小说结缘,心无旁骛,其他事都无法诱惑他。古稀年纪的人了,依然活跃在微型小说文坛,依然创作后劲不减,也就更难能可贵,真正起到了引领与标杆的作用。

凌鼎年最大的特点是坚持,有韧性,他认准的事,就会认认真真、扎扎实实地做下去。好听些,是执着,"咬定青山不放松";难听些,是"一根筋""死脑筋"。

有人把他定位为小小说作家,不管是算赞他还是算贬他,他都无所谓。即便抹去他所有的小小说,他还有中篇小说集、短篇小说集、散文集、随笔集、文史集等,其实,他散文、随笔写得比小小说还多。

凌鼎年原本是写中短篇小说的,他的短篇小说处女作就发表在上海的《文汇月刊》上。20世纪80年代初,《文汇月刊》在文学界地位很高,他的短篇小说《风乍起》是《文汇月刊》唯一发表的一篇处女作。凌鼎年完全可以将中短篇小说一直写下去,但他选择了微型小说。他与著名评论家姜广平对话时,明确说:自己是主动选择小小说的,因为他认为小小说是朝阳文体。20世纪90年代,他就写过《小小说,三十年后再论》,并将其作为他主编的一套小小说丛书的总序。当时有人认为他是赌气说这话,但他充满自信。一晃快三十年了,回头看,他的预测、展望是正确的,有先见之明。

在微型小说、小小说领域,写得好、写得多的作家大有人在,但写得又多又好的就寥寥可数了。有的作家拿得出手的就那么几篇、十几篇,后来再写的都没有超过成名作;有的作家属"快枪手",看十篇八篇,觉得篇篇精彩,看过百篇,就觉得在重复自己、重复别人了,只有量的增加,没有质的提高。而凌鼎年写得如此之多,作品却很少雷同、撞车。因为他涉及的题材面实在太广了,似乎样样都懂,行行都能写。2021年,他应出版社约稿,创作了微型小说集子《丝绸之路上女性传奇》,没有相当的历史知识、地理知识,以及对丝绸之路、对西域风土人情的了解与研究,对中国历史上女性的总体把握,是很难在短时间内完成交稿的。这部专写女性的微型小说个人集子,在海内外还是第一本。他创作、出版的武侠微型小说集子《中国微经典:天下第一剑》,也是大陆第一本个人微型小说武侠集子。另外,凌鼎年还主编了多本填补出版空白的微型小说集子,如中国第一本武侠题材微型小说集子《中国武侠微型小说选》,中国第一本推理侦探题材微型小说集子《中国推理侦探微型小说选》,中国第一本抗震救灾的微型小说集子《大爱·真情》,中国第一本中医中药题材的微型小说集子《岐黄大道》,第一本戏剧戏曲题材微型小说集子《唱大戏》,第一本《世界华文微型小说作家微自传》,第一本《中国大陆微型小说女作家精品选》,第一本《大洋洲华文微型小说选》,第一本《美洲华文微型小说选》,第一本《亚洲华文微型小说选》,还有已经编好但尚未出版的第一本抗战题材微型小说集等多本。这些拓荒性的、为他人做嫁衣的事,他一直默默在做,不为稿费,不为赚钱,只为推进微型小说文体的发展、繁荣。没有一点胸怀,没有一点眼力,没有一点远见,没有一点奉献精神,是很难做到、很难坚持的。

2020年年初,因疫情在家,刚好有出版社联系他出版《凌鼎年文集》,问他够不够四五十本。为了弄清家底,他花了近两个月的时间,翻箱倒柜,把原始创作、发稿记录与手稿、底稿都统计了一下,再查核日记,整理出了他文学创作的全部作品目录,并给每篇都注明创作的年月日,这是一个很大的工程。现在他同意将其收入《凌鼎年文学纪年》中,这是他的自信与底气。再看有些作家号称写了多少篇多少篇,其实水分很大。微型小说作家公布创作目录是需要勇气的。

凌鼎年的创作成绩、文学轨迹都是实实在在的,7 800多篇作品有目录为证,有创作时间,62本集子有封面为证,文学活动有照片为证,没有水分,没有虚饰,没有夸大。他本人也较为低调,不招收学生,不开公众号,不在微信朋友圈里秀什么,只是到年底做一个全年的个人盘点。

凌鼎年70年来,一直生活在太仓、沛县这样的县城,不靠父母,不靠亲戚,也不在文化部门、编辑部工作,更不靠权力,不靠运作,发表作品、获奖、出书、出国,全靠作品过硬,靠人格魅力。他曾说过:别人发财不眼红,别人升官不妒忌。在机关30年,从不去钻营升迁,心清如水地爬他的格子,写他的文章。北京有位著名评论家说过:像凌鼎年这样的业余作家、基层作家,长期生活在小县城,能取得这么大的成绩,太不容易了。如果他在北京、上海这样的大城市生活,在文化部门工作,再有个一官半职,那各种荣誉、头衔早就挡都挡不住了。

然而,沉甸甸的成绩是摆在那儿的,读者会看到。作家的作品、人品,读者心里有杆秤,早晚会客观评价。

不必讳言,在文学界,有人是瞧不起微型小说的,认为是"小儿科""雕虫小技","难登大雅之堂"。但凌鼎年不因其微小而放弃,他认定微型小说是个朝阳事业,他把微型小说当作事业来做,甘愿奉献,做得愉快。他在一篇随笔里写道:即便是小技小艺,冷门偏门,只要做到顶而拔尖就是成功,就是成绩,就是对社会的贡献。他身体力行,攀登高峰,即便遇冷嘲热讽,也决不停步。先贤有云:"性痴则其志凝。故书痴者文必工,艺痴者技必良。"凌鼎年的努力与付出,凌鼎年的一个个脚印、一次次成功,再次印证了这一观点。

据说,凌鼎年的母校太仓市第一中学已在校图书馆腾出几间房子,布置"凌鼎年文学馆",预计2022年开馆。著名作家贾平凹欣然题写"凌鼎年文学馆",这是值得祝贺的好事。

凌鼎年文学馆不知占地面积多少,但可以想象其中所收的关于凌鼎年的资料应该是极为充实的,有分量、有看头。凌鼎年从事创作50年来,从煤矿走向文坛,从工矿业余作者,靠自己的努力、自己的奋斗,成为著名作家,走出国门,走向世界,对同道、对读者,特别是对年轻人来说,都是充满正能量的,是励志典范。

另外,光明日报出版社于2013年10月出版了《凌鼎年与小小说》三卷本,收录了海内外不少大咖对他的评介,以及同道、记者与他的对话、采访。评论家对他作品的评论,除极个别外,这次都没有再收录到这本文学纪年中。著名作家、中国作家协会副主席叶辛为本书题写书名,这不仅仅是对凌鼎年的肯定,也是对微型小说文体的认可,更使本书大大增色,在此由衷地表示感谢!

二　凌鼎年微自传

"年"字辈,家中排行老三,故起名"鼎年",小名"鼎鼎"。肖兔。20世纪50年代初呱呱坠地于江南水乡太仓。听我母亲说:我一出娘胎,就啼哭不止,且哭声洪亮,哭得接生护士手忙脚乱,因第二天是其结秦晋之好的日子,急于下班回上海嘉定结婚的护士对我说:"我的小祖宗,不要哭了,等你长大后,请你吃饭!"看,一落地就赚了一顿饭,可惜至今也没有兑现。也不知这位耄耋白衣天使依然健身健饭否?甚为挂念。

祖籍浙江湖州,明代文学家凌濛初之后裔,祖父凌公锐毕业于日本早稻田大学,出版过《法制理财》《万国史纲要》等著作,做过《申报》主笔,系民国政府"文胆"陈布雷之老师。可算书香门第,然已式微。

儿时被父母视为"淘气包""闯祸坯",乃弄堂里孩儿王。自小偏科语文,尤喜作文,三年级时,作文获全校第一;五年级时,作文获全县第二。六七届初中、七〇届高中,属"老三届"。70年代初,被分配至微山湖畔的煤矿,当过工人、做过教师,编过报刊、写过史志,前后在煤矿二十年。1990年年初,通过人才交流中心调回家乡太仓,供职于侨办,耳顺之年,任副主任,七品芝麻官也算不上。常告诫自己:别人发财不眼红,别人升官不妒忌。为人处世,能帮则帮,不求回报,害人之心半点无,活得轻松、自在。烟酒不沾,麻将不碰。衣着从无名牌要求,号称"半个美食家",晚年却基本吃素。从小受穷,养成节俭之习惯,唯买书大方得犹如大款。搬过三次家,最关心、考究的是书橱。藏书两万册,在藏书界属小户,然有特色,敢大言不惭地说:微型小说藏书乃全世界第一,系"苏州十佳藏书家"之一。平生三大爱好:读书、旅游、爬格子。

20世纪70年代开始爬格子,1980年年底,以诗歌叩开文坛之门。涉猎中篇小说、短篇小说、散文、随笔、杂文、评论等多种文体,文坛"十八般兵器"都试了试。80年代中后期,主打微型小说创作,且唯此为大。1994年,加入中国作家协会,资深会员也。

作家,业余的,还有"小小说"三字作前缀,尽管有人谬赞为"小小说大作家"。1970年20来岁时,写了第一篇作品,迄今创作了7 856篇(首)作品,处女作发表于1980年年底,已在海内外数百种报刊发表6 000多篇文学作品,1 100多万字,出版文学集子62本,一半是微型小说集子,主编文学集子238本。累加叠之,等身应该已超过,惜无长篇巨著,充其量"小打小闹"。惭愧惭愧!唯一可安慰的是,为海内外文朋诗友写序346篇。

文,虽短虽小,尚有人赏识,有幸被译成15种文字,有500多篇拙作被介绍、发表在美国、英国、法国、德国、澳大利亚、加拿大、日本、韩国、新加坡、马来西亚、泰国、菲律宾、印度尼西亚、文莱、毛里求斯、芬兰、荷兰、新西兰、土耳其、奥地利、西班牙、越南,以及中国香港、中国澳门、中国台湾等26个国家和地区,16篇被收入多国的大学、中学教材。

作品获奖颇多,计有世界华文微型小说大赛最高奖、冰心儿童图书奖、紫金山文学奖、吴承恩文学奖、叶圣陶文学奖、吴伯箫散文奖、蔡文姬文学奖、梁斌小说奖、小小说金麻雀奖等340多项,还被2010年上海世博会联合国馆UNITAR周论坛组委会特别授予"世界华文微型小说创新发展领军人物金奖",联合国助理秘书长、联合国训练研究所主任卡洛斯·洛佩斯在荣誉证书上签字;被全美中国作家联谊会授予"世界华文微型小说大师"奖;在以色列获"第32届世界诗人大会主席奖";在日本获"日中文化艺术交流大奖";在泰国获泰国文化部、亚洲文化教育基金会颁发的"泰中国际微电影展奖"。

学会会长、秘书长、名誉会长、顾问、理事,刊物主编、副主编、名誉主编、顾问,学校校外辅导员,本地的、外地的,国内的、海外的,虚的、实的,社会兼职大大小小一百多个。虚名而已,已陆续辞去多个。

有评论家认为我是目前中国微型小说界创作、发表文学作品最多,出版微型小说集子最多,应邀参加海内外文学活动最多,在海外影响最大的微型小说作家,溢美之语让我汗颜。最让我受宠若惊的是《人民文学》主编、评论家施战军教授说的:"在我感觉里,凌鼎年与微型小说的关系,相当于李白与唐诗的关系。"有这样的评价,再多的付出也值了,即便有批评、有委屈,也无怨无悔。

书斋匾额"先飞斋"系已故著名书法家马士达先生题写。另一块书斋匾额系国画大师宋文治先生生前墨宝,为"守拙庐",至今悬挂于陋室。先飞者,因笨也,只能以勤补拙。有人代为释义:先飞,乃处处先行一步、领先一拍,也算一解。

因"凌鼎年"三字无论拆开来还是合起来释读都显得古老、陈旧,有沧桑感,因此,在我不惑之年刚过,就收到"凌前辈""凌爷爷""凌老""凌老先生"之类称谓的信件。这也就算了,最伤脑筋的是收到的信件、包裹单、稿费单,常有写"林丁言""林顶严"收,至于写成"凌丁年""林丁年"的就更多了,以至于我好几次拿稿费颇费周折。后来成邮政局常客后,面孔就是身份证,再碰到写错的,我只要说"笔名",就 OK 了。

因城府不深,心直口快,舌头下藏不住话,看不惯要说、要提意见、要写提案,又不会逢人只说三分话,故难免得罪人。常听到的官场批评语是"自命清高、自以为是"。但在微型小说圈内,因做事公正,肯帮助他人,赢得了不俗的口碑。

如今,年过七旬,脑门锃亮,顶发日稀,寿眉渐长,且一上一下,似乎要印证"宇称不守恒"定律,相书谓之"阴阳眉""乾坤眉""天地眉",属异相。自我鉴定为相貌平平,气质不俗。

有儿无女,儿系独生子女。犬子毕业于时谢晋任院长的上海大学影视艺术技术学院,后去英国读工商管理硕士,现系上海东方传媒集团技术有限公司副总。孙子聪颖可人,已读初中。有子有孙,老天厚我也。

我一生做两件事:一是微型小说的创作、研究、推广,二是娄东文化的挖掘、研究、弘扬。例如 1999 年发起成立世界华文微型小说研究会,2010 年率领中国微型小说作家代表团访美,发表《世界华文微型小说宣言》,向美国哈佛大学燕京图书馆、耶鲁大学东亚图书馆捐赠数百册微型小说书籍,帮助建立"中国微型小说作家作品文库";撰写《太仓旅游》《太仓近当代名人》《太仓史话》《太仓老招牌》《弇山杂俎》《娄水文存》等,为地方文化发展贡献微薄之力。

不以物喜,不以己悲,人生之境界也。2011 年退休,本可颐养天年,但写作无退休之说,写自己喜欢的文章,人生快事也,故生活极为充实。

三 海内外名家评说凌鼎年

➢《人民文学》主编、评论家施战军教授:
在我感觉里,凌鼎年与微型小说的关系,相当于李白与唐诗的关系。

➢ 国际儒商学会会长、世界华文文学学会副会长、暨南大学教授潘亚暾在《三见凌鼎年》一文中写道:
凌鼎年是未来微型小说界的金庸。

➢ 美国诺贝尔文学奖中国作家提名委员会主席、全美中国作家联谊会会长、杭州商学院人文学院名誉院长、浙江中华文化学院客座教授、福州大学客座教授冰凌:
凌鼎年,世界微型小说第一人。

➢ 老挝国前常务副总理、老中经济合作委员会主任凌绪光:
凌鼎年先生著作等身,名声在外。他不但是著名作家,也是中华凌氏宗亲会创会会长,《凌氏文化》主编,是全球凌氏宗亲的骄傲。

➢ 著名小说大家、新武侠"四大宗师"之一的温瑞安给凌鼎年的武侠题材微型小说集子题词时写道：

凌鼎年先生是当今中国微型小说的一代宗师，也是开山祖师，就像武侠小说里的大宗师，能实战，有辉煌战绩，有创见，有理论，有组织能力，有号召力，而且大度包容，桃李自成蹊，我佩服他！

喜欢武侠的不妨读读凌鼎年的微型武侠，爱读小说的更应看看凌鼎年的微型小说，因为他微型小说，不少已入多国教材，可以传世，并正在成为经典，而他本人就是世界华文微型小说界的一个传奇。

他集微型小说创作、理论研究、评论、编辑、组织、推广于一身，不遗余力，唯此为大。

他读书破万卷，游历遍五洲，故而题材丰茂，主旨深刻，手法多变，语言老到，堪称大陆微型小说第一人。

其20世纪90年代即倡导微型武侠小说，并身体力行，笔耕不辍，其人其文，自有口碑。

凌鼎年先生的武侠题材微型小说写武、写侠、写情、写义，精粹、精妙、精深、精美，读之解颐，读之感悟，总而言之，值得一读！

➤ 上海交通大学古代典籍与中国文化研究中心主任、博士生导师许建平教授：

一个时代有一个时代的文学，微型小说是互联网时代的文学，因一大批人的创作而风行全球，凌鼎年先生无愧于世界微型小说的代表。他将以小见大、腾挪星转、绘形传神、妙语警人、耐人品味的微小说艺术发挥到极致，而让人以有限的时间，获得无价之认知、美感，达到了微型小说创作的时代高峰，可拟之为唐诗中的李白、武侠小说中的金庸。之所以如此，是因为凌鼎年先生是一位学识宏博的学者、一位有时代担当的志士仁人。他是太仓文化的活地图，也是太仓文化的时代承继者，且见多思卓，标新立异，故能成为一代微型小说之大师。

➤ 中国世界华文文学学会名誉副会长、中国小说学会名誉副会长、江西当代文学学会会长、南昌大学中文系教授陈公仲：

凌鼎年是苏州太仓一位海内外知名的多产且高产的作家。他十八般武艺件件精通，特别是小小说的创作、评论、编辑和组织活动方面，贡献特别突出。他心无旁骛、全身心地投入中国文学事业，令人尊敬，值得学习！

➤ 教育部长江学者特聘教授、江苏省作协副主席、苏州大学学术委员会主任王尧：

小说家凌鼎年先生以微型小说名世，望重海内外文学界。他在短小精悍的结构中驰骋，观世相，写人性，境界高远，可圈可点。

➤ 加拿大多伦多圣力嘉学院退休英语教授、著名翻译家 Harry J. Huang（黄俊雄博士）：

我最欣赏的两位中国小小说作家，一位是已故的孙方友先生，他的作品对年轻后代作家产生了深远的影响；另一位是当今世界华文多产作家、文学活动家凌鼎年先生。几十年来,凌鼎年不分日夜在小小说文坛里辛勤耕耘,成为当前实力最强、在全球华文小小说界最知名的多元化领军人物。假如我有机会把诺贝尔奖文学奖授予一位对某一新文学体裁做出最重要贡献的作家(这里指的是华文小小说),我会把它授予凌鼎年先生,以表彰他丰产高质的作品、他为文友编辑的文集、他对新文学体裁的发展做出的不懈努力,以及他为培养年轻作家等诸多方面所做出的杰出贡献。

➢ 北美华府华文作协第十二届会长,美国华府《文系中华》编辑部首任总编、现荣誉总编陈小青由衷感慨:

凌鼎年先生笔耕几十年如一日,著作等身,且篇篇厚积薄发,质量上乘,是"以作品说话"的楷模。成就辉煌,堪称文坛巨擘、微小说宗师。无论为人抑或文字,均散发着浓浓的文人才有的特殊魅力。

➢ 奥地利奥中文化交流协会会长、维也纳联合国中文会顾问常恺:

凌鼎年先生是中国微型小说的领军人物,著作等身,影响极大。他的微型小说,生动幽默,文字凝练,以小见大,寓意深刻。不仅在国内的微型小说界,而且在海外华人文学世界,也是影响深远。他经常被五大洲各国的华人文学社团邀请担任评委和演讲嘉宾,为海外华人文学的繁荣发展,尽心尽力。他的微型小说已被翻译成英文、法文、德文、日文、韩文、波斯文等多种文字,传播广泛,深受海外读者的欢迎和喜爱。他为中国文学走向世界,开拓劲进,功勋卓著!

➢ 海外华文女作家协会执行长、北美华文作家协会副会长、哈佛中国文化工作坊主持人张凤:

钦佩凌鼎年主席以微型小说著称,深层的精神以精要的小小说形式发扬,传承凌濛初名门文风之微言大义!

➢ 菲律宾华文作家协会副会长、菲律宾马尼拉人文讲坛执行长、世界华文微型小说研究会副会长王勇:

凌鼎年先生是当代文坛的"八臂哪吒",能够做到创作、编辑、策划、组织活动齐头并进,且成果丰硕,尤其在微型小说的实践与推广方面,建树彪炳,令人可敬可佩!

➢ 中国作家协会会员、中国电视剧制作产业协会剧本评介中心副主任、华文作家网和《作家报》总编辑张富英:

在我看来,凌鼎年先生不仅是世界华人文坛一位杰出的小小说作家,他更令人钦敬之处,在于他的社会担当、家国情怀与文化使命。他在传播文化,提振国人文化自信;他在扶掖文学新人、繁荣文学创作上的卓然贡献,更值得我们学习!

➢ 日内瓦大学汉学系副教授、日内瓦大学孔子学院中方院长、凌鼎年微型小说作品法译主编谢红华:

凌鼎年的微型小说充满了细致入微的观察、灵性的智慧与令人惊喜的语言片段,是了解中国传统文化、中国当代现实社会方方面面与中国人内心世界的一个窗口。其文学生涯可以冠以许多"之最",其作品不论是从数量还是质量,都达到了一个难以企及的顶峰。其创作就像一个精美的盆景、一个邃密的微雕,让读者见微知著,看到了"一颗米粒中的中国"(其作品法译专辑的标题)。

➢ 韩国著名汉学家、韩国白石大学教授柳泳夏在评介凌鼎年微型小说韩译本时说:

凌鼎年是中国文化的传教士,他的微型小说作品里融和着中国的历史、文化、哲学、民俗等多种元素,担当着传承、传播中国文化的知识分子使命。他的作品集让韩国读者在轻松的阅读中,得到了解、理解中国文化的一把钥匙。

➢ 中国作协会员、中外名流出版社社长兼总编辑、北京儒博文化艺术院院长黄长江:

在我所结识的众多文坛大家当中,凌鼎年是我很钦佩、赞服的一位。他以小小说为主打体裁,创作兼及散文、随笔、诗歌、评论等多种形式的文学体裁,其作品享誉中外。作品入选多个国家和地区的大、中、小学教科书,或作为教辅材料及考试阅读题,还被翻译成多种文字在多国发表、出版。他文武兼备,遍行天下,德被四方,是当代难得的墨客巨匠。

➢ 曾任《微型小说选刊》主编,现为中国作协会员、中国微型小说学会副会长的郑允钦:

鼎年先生是一位罕见的一辈子将心血倾注在微型小说上的高人。数十年来,他不但笔耕不辍,创作了大量堪称一流的微型小说佳作,而且为微型小说奔走呼号,为繁荣和发展这种新兴文体做了大量有益的社会工作,对微型小说的贡献是巨大的。这是海内外有目共睹、有口皆碑的客观事实。

➢ 马来西亚华人文化协会终身荣誉总会长、马来西亚华文作家协会顾问、中国-东盟商务协会总会文教发展委员会主席戴小华:

凌鼎年是世界华文微型小说的开拓者。当初这条路虽崎岖难行,但在他的坚守与努力中,铸就了如今在世界各地的春华秋实。

➢ 日本国立三重大学人文学部教授、日本华文女作家协会顾问、著名汉学家荒井茂夫:

我初认识凌鼎年先生是1994年参加在新加坡国立大学召开的首届世界微型小说国际研讨会时,之后在每两年一届的研讨会上,他都给我许多研究微型小说的资讯与启示。我认为:他的系列微型小说概念和一本又一本微型小说集子完全可与长篇小说相媲美。

➢ 越南华文写作者俱乐部创始人兼秘书、越南胡志明市华文文学会执委曾广健:

世界著名微型小说作家凌鼎年老师,是难得的奇才。半个世纪以来,他不懈地力追微型小说的真谛。大师高深的造诣,不但留给世人珍贵的精神食粮,而且还积极推动微型小说创作与各项活动,确实难能可贵、精神可嘉,是我们后学借鉴与学习的榜样!

➢ 日本《中文导报》副总编、作家张石:

走进凌鼎年老师微型小说的艺术世界,我们像走进了一个既具有历史的纵深,又充满鲜活、生动的现代气息的艺术长廊,可以说是"思接千载,视通万里"。

我们可以在其中听到古罗马斗牛场的呼喊,也可以看到繁华的现代城市的霓虹;有千年的古瓷器闪烁出的灵光,也有万吨巨轮卷起的湛蓝浪花;有表现《易经》所构成的微型宇宙模型的充满隐喻的启示,也有在唐诗宋词的美妙篇章里穿行的崭新的故事。凌鼎年老师的微型小说是以生动的形象凝练出的百种行业、万种生态的闪光结晶,也是以尽精刻微的语言重构的历史与现实。而这些微型小说所表现的主题,却幽深玄远,让你"说一字即不中"。

➢ 台湾地区著名作家、评论家张春荣教授1999年在台湾尔雅出版社出版的《极短篇的理论与创作》一书中写道:

大陆微型小说在创作上有突出成绩者,以凌鼎年、刘国芳为代表……

➢ 新加坡锡山文艺中心原主席、印尼华文作家协会海外顾问寒川:

凌鼎年毕生努力于微型小说的创作、评论,成绩斐然。他推动、促进微型小说在各国的传播、繁荣,不遗余力,更是令人钦佩。

总觉得,微型小说丰富了凌鼎年的生命,他也让微型小说普及化、国际化,更具文学生命力!

➢ 加拿大著名作家、编剧,加拿大中国笔会会长孙博:

全球各地有微型小说的地方,就有凌鼎年的大名。他是世界华文微型小说的领头羊,中外文著作等身,担任多个职务。他是热心的伯乐,尤其在提携海外华人作者上做出了杰出的贡献。本人是先阅读他的作品,才了解微型小说是怎么一回事儿的,慢慢也喜欢上了这一文体的写作。也是在他的竭力鼓励下,我参加了多个微型小说征文大赛,至今斩获二十多个奖项。毫不夸张地说,如果没有凌鼎年,我不会写微型小说,更谈不上拿奖了。

➢ 中国香港作家、诗人,世界华文交流协会诗学顾问秀实:

凌鼎年醉心于微型小说创作、传播,逾数十寒暑而不息。作家而此,曰天授也。斯有异于常,而有此恒。予观乎其微篇之两语三言,或藏珍珠于贝壳,或纳大千于芥子。曰闲话家常而致远,曰挑动大梁而举轻,如上岳阳楼而俯览洞庭烟波,如临碣石而远眺汪洋浩渺。

➢ 缅华笔友会理事长、澳门归侨总会副理事长、澳门写作学会副秘书长、澳门语言艺术协会监事长许均铨:

凌鼎年,是我创作生活中的良师益友之一,微型小说是他毕生的事业与追求。受他鼓励和提携,我坚持了文学创作,在澳门文坛、在世界华文微型小说文坛有了一席之地。感谢、感恩凌鼎年文友!

➤ 曾任匈牙利《欧洲导报》社长、美国《环球导报》总编辑,美国世界华文小小说作家总会秘书长纪洞天:

如今,凌鼎年已成了太仓市的一张亮丽多彩的文化名片,提到凌鼎年的名字,人们自然就会联想到小小说,联想到太仓。

➤ 著名小小说评论家卧虎论凌鼎年:

古人云,鱼和熊掌不可兼得。但凡事不绝对,古往今来,鱼和熊掌兼而得之者还是时有人在。在中外小小说领域(或曰微型小说界),杨晓敏是公认的小小说事业的领袖和作家,而凌鼎年则是著名的小小说事业的社会活动家和作家之一。作为小小说的朋友,我曾对杨晓敏先生坦言,中国的当代小小说(包括长小说)领域,经得起系统推敲和研究的人不超过十个。这个话可能有些苛刻,但在这个苛刻的名单中,鼎年兄还是赫然在列。多年来,我们只见过两次面,说过的话不超过十句,但这并不影响我的判断。而我言及论及鼎年兄,也是源自小小说事业的大义,而不仅仅是两人千里之外互以为知己的情谊。也就是说,他和杨晓敏先生等是可以让人有许多话要说的人。

具体说,鱼是鼎年兄的创作,熊掌则是他要为之奋斗一生的小小说事业。

那我就先说鱼,后说熊掌,因为如此才是一个全面丰富的凌鼎年。

➤ 西班牙作家艺术家协会会员、西班牙伊比利亚诗社荣誉社长、西班牙小小说作家协会会长张琴:

世界华文微型小说以凌鼎年为代表、为领军人物,在他的带领下,创作、活动风生水起,态势喜人。凌鼎年在推介、扶植新人方面,不遗余力。在纸媒滑坡、出版艰难的当下,凌鼎年乐于为他人做嫁衣,先后为海外华文作家免费出版过六七十本微型小说集子,让不少海外华文作家受益受惠,功不可没。

他写得多、写得好,已出版了五六十本个人著作,在微型小说文坛起到了标杆作用。

第二章

统　计

一　凌鼎年个人作品集子一览

1. 散文集《春色遮不住》，中国卓越出版公司，1990年8月版；
2. 小小说集《再年轻一次》，广西民族出版社，1991年4月版；
3. 诗歌集《心与心》，江苏文艺出版社，1991年4月版；
4. 随笔集《采撷集》，天津人民出版社，1993年8月版；
5. 微型小说集《秘密》，海南国际新闻出版中心，1994年5月版；
6. 短篇小说集《水淼淼》，南京大学出版社，1994年10月版；
7. 理论集《从素材到作品》，《小小说月报》，1996年10月增刊；
8. 小小说集《凌鼎年小小说》，湖南文艺出版社，1997年3月版；
9. 随笔集《小小说杂谈》，黄河出版社，1998年11月版；
10. 微型小说集《悬念》，北方文艺出版社，1999年1月版；
11. 微型小说集《再美丽一次》，中国文联出版社，1999年1月版；
12. 评论集《凌鼎年选评》，中国戏剧出版社，2000年1月版；
13. 文史集《太仓文化丛书·太仓》，与陈祖望合著，苏州诺亚方舟文化传播公司，2001年9月版；
14. 随笔集《书香小札》，北京燕山出版社，2002年4月版；
15. 随笔集《江苏太仓旅游》，上海人民出版社，2003年9月版；
16. 微型小说集《过过儿时之瘾》，花山文艺出版社，2005年9月版；
17. 文史集《太仓近当代名人》，九州出版社，2006年8月版；
18. 中篇小说集《野葵》，大众文艺出版社，2006年10月版；
19. 微型小说集《让儿子独立一回》，东方出版社，2008年8月版；
20. 小小说集《都是克隆惹的祸》，江西高校出版社，2009年5月版；
21. 小小说集《天下第一桩》，光明日报出版社，2010年8月版；
22. 微型小说集《同是高材生》，江苏文艺出版社，2010年9月版；
23. 随笔集《弇山杂俎》，西泠印社出版社，2010年12月版；
24. 小小说集《海外关系》，内蒙古文化出版社，2011年6月版；

25. 理论集《中国微型小说备忘录》,发表在《微型小说月报》,2011年8月专刊号;

26. 微型小说集《都是克隆惹的祸》(再版,重新设计封面),江西高校出版社,2011年11月版;

27. 散文集《人文江苏山水情》,台湾秀威资讯有限公司,2011年12月版;

28. 微型小说集《天使儿》,四川文艺出版社,2012年2月版;

29. 微型小说集《魔椅——凌鼎年微型小说自选集》,台湾秀威资讯有限公司,2012年6月版;

30. 短篇小说集《凌鼎年小说精品集》,南海出版公司,2012年7月版;

31. 诗歌集《岁月拾遗》,中国文联出版社,2012年9月版;

32. 散文集《凌鼎年游记》,内蒙古文化出版社,2012年11月版;

33. 小小说集《金麻雀获奖作家文丛·凌鼎年卷·那片竹林那棵树》,世界图书出版广东有限公司,2013年5月版;

34. 散文集《海外见闻》,九州出版社,2013年5月版;

35. 微型小说集《冰心儿童图书获奖作品:那晚那月色那河边》,地震出版社,2013年8月版;

36. 文史集《娄水文存》,中国文史出版社,2013年8月版;

37. 日记集《行旅纪闻》,海天出版社,2014年11月版;

38. 随笔集《微小说林林总总》,中国方正出版社,2015年3月版;

39. 随笔集《纸短话长》,上海科学技术文献出版社,2015年3月版;

40. 文史集《太仓史话》,社会科学文献出版社,2016年1月版;

41. 微型小说集《中国微经典:幽灵船》,石油工业出版社,2016年3月版;

42. 武侠小说集《中国微经典:天下第一剑》,石油工业出版社,2016年3月版;

43. 序跋集《微小说序集萃》,中国方正出版社,2016年9月版;

44. 《鼎年的微型小说集》(英译本),加拿大时代科发集团出版社,2016年10月版;

45. 《凌鼎年微型小说选》(日译本),日本DTP出版社,2017年1月版;

46. 微型小说集《永远的箫声》,西苑出版社,2017年12月版;

47. 微型小说集《凌鼎年微型小说选》(点评本),光明日报出版社,2018年1月版;

48. 创作谈《凌鼎年微型小说创作28讲》,光明日报出版社,2018年1月版;

49. 微型小说集《凌鼎年小小说103篇》,加拿大北美科发集团出版社,2018年4月版;

50. 《凌鼎年序跋集》,旅游教育出版社、红旗出版社,2018年9月版;

51. 短篇小说集《真假爱情》,中国书籍出版社,2019年1月版;

52. 《五彩缤纷的世界——汉英对照凌鼎年微型小说选》,美国南方出版社,2019年3月版;

53. 散文集《石头剪刀布》,时代文艺出版社,2019年8月版;

54. 微型小说集《反语国奇遇记》,江西教育出版社,2020年7月版;

55. 汉英对照本《东方美人茶——凌鼎年汉英对照小小说新作选》,美国南方出版社,2020年11月版;

56. 小小说集《依然馨香的桂花树》(韩译本),韩国青色思想出版社,2021年4月版;

57. 散文集《凌鼎年散文精选》,中国民族文化出版社,2021年4月版;

58. 微型小说集《过过儿时之瘾》,花山文艺出版社,2021年10月再版;

59. 文论集《凌鼎年:微型小说创作揭秘》,美国美商 EHGBOOKS 微出版公司,2021年11月版;

60. 微型小说集《庚子年笔记》,首都师范大学出版社,2021年12月版;

61. 微型小说集《丝绸之路上女性传奇》,首都师范大学出版社,2022年1月版;

62. 《最出名的一男一女——凌鼎年闪小说集》,美国美商 EHGBOOKS 微出版公司,2022年6月版;

63. 随笔集《守拙庐漫笔》,内蒙古教育出版社,2022年7月待出版;

64. 《凌鼎年小小说中考版》,首都师范大学出版社,2022年7月待出版;

65. 《凌鼎年小小说高考版》,首都师范大学出版社,2022年7月待出版;

66. 小小说集《娄城物语》,北方文艺出版社,2022年待出版;

67. 散文集《凌鼎年散文选本》(20本),语文出版社,待出版。

二 凌鼎年主编集子一览

1—10. "中国当代微型小说十家精品集",郭迅、凌鼎年主编,海南国际新闻出版中心,1994年10月版(10本集子书名略);

11. 《当代微型小说精品集·星星闪亮》,郭迅、凌鼎年主编,海南国际新闻出版中心,1994年10月版;

12. 《那片竹林那棵树·江苏微型小说作家作品选》,凌鼎年、石飞主编,国际文化出版公司,1996年11月版;

13—24. "紫鹦鹉文库",赵禹宾、凌鼎年主编,黄河出版社,1998年11月版(12本集子书名略);

25—32. "江苏微型小说作家群作品集展示丛书",凌鼎年、徐习军主编,北方文艺出版社,1999年5月版(8本集子书名略);

33—40. "小小说作家作品文库",赵禹宾、凌鼎年主编,中国戏剧出版社,1999年10月版(8本集子书名略);

41—49. 《中国当代微型小说名家新作选》,凌鼎年、张记书主编,中国文联出版社,1999年1月版(9本集子书名略);

50. 《中国当代小小说新秀作品选》,赵禹宾、凌鼎年编,中国戏剧出版社,1999年10月版;

51. 《世界华文微型小说双年选》,凌鼎年、胡永其特约编辑,上海文艺出版社,2002年4月版;

52. 《中国当代幽默微型小说选》,凌鼎年主编,上海人民出版社,2002年8月版;

53. 《中国武侠微型小说合集》,凌鼎年主编,上海人民出版社,2003年5月版;

54.《中国推理侦探微型小说选》,凌鼎年主编,上海人民出版社,2004年7月版;

55.《青少年一定要知道的奥运全集》,凌鼎年主编,九州出版社,2007年5月版;

56.《太仓企业家》,凌鼎年主编,人民日报出版社,2007年12月版;

57.《生命的亲吻——感动小学生的100篇微型小说(精华版)》,凌鼎年主编,九州出版社,2008年1月版;

58—67."受益一生系列丛书",凌鼎年总主编,华东师范大学出版社,2008年8月版(10本集子书名略);

68.《中国微型小说300篇》,凌鼎年主编,光明日报出版社,2009年2月版;

69.《太仓微型小说作家群作品选》,凌鼎年主编,上海文艺出版社,2009年10月版;

70—80."月季花丛书",凌鼎年主编,大众文艺出版社,2010年11月版(11本集子书名略);

81—96."我最爱读的微型小说"丛书,凌鼎年、蔡晓妮主编,江苏文艺出版社,2010年12月版(16本集子书名略);

97.《父亲说,她叫月季》,凌鼎年主编,山东画报出版社,2011年3月版;

98.《金瓶梅作者——蔡荣名说要点论述》,凌鼎年、徐仁达主编,收入"国际金瓶梅研究系列丛书"第三卷,国际作家书局,2011年8月版;

99.《美洲华文微型小说选》,凌鼎年主编,内蒙古文化出版社,2011年6月版;

100.《大洋洲华文微型小说选》,凌鼎年主编,内蒙古文化出版社,2011年6月版;

101.《欧洲华文微型小说选》,凌鼎年主编,内蒙古文化出版社,2011年6月版;

102—106.《当代中国手机小说名家典藏》(第一辑),凌鼎年、马宝山主编,内蒙古文化出版社,2011年6月版(5本集子书名略);

107.《被孤独淹没的女人·大洋洲华文微型小说选·澳大利亚篇》,凌鼎年主编,台湾秀威资讯有限公司,2011年11月版;

108.《两只指环的爱情·大洋洲华文微型小说选·纽西兰篇》,凌鼎年主编,台湾秀威资讯有限公司,2011年11月版;

109—113.《当代中国手机小说名家典藏》(第二辑),凌鼎年、马宝山主编,内蒙古文化出版社,2012年11月版(5本集子书名略);

114.《太仓企业家》(第3辑),凌鼎年、陈一红主编,人民日报出版社,2012年12月版;

115.《凌氏资料汇编》,凌鼎年主编,2012年4月印(内部刊印);

116.《原来幸福也流泪·大陆微型小说女作家精品选》,凌鼎年主编,台湾秀威资讯有限公司,2013年6月版;

117.《宿命·大陆微型小说女作家精品选》,凌鼎年主编,台湾秀威资讯有限公司,2013年6月版;

118.《金太仓放歌——太仓"撤县建市"20周年征文选编》,凌鼎年主编,光明日报出版社,2013年11月版;

119.《梦圆蓝天——太仓市老飞行员回忆录》,凌鼎年主编,光明日报出版社,2013年10月版;

120—149."海外华文微型小说作家经典丛书",凌鼎年主编,四川文艺出版社,2013年4月版(30本集子书名略);

150.《太仓企业家》(第4辑),凌鼎年主编,人民日报出版社,2013年12月版;

151.《选择游戏——全国勤廉微型小说征文作品选》,凌鼎年主编,中国方正出版社,2014年3月版;

152.《大爱·真情》,凌鼎年主编,中国方正出版社,2014年4月版;

153—158."新世纪太仓文学作品集",凌鼎年主编,中国文联出版社,2014年8月版(6本集子书名略);

159.《世界华文微型小说作家微自传》,凌鼎年主编,美国环球作家出版社、捷克华文作家出版社,2014年9月版;

160.《亚洲华文微型小说选》,凌鼎年主编,美国环球作家出版社、捷克华文作家出版社,2014年10月版;

161.《冰心儿童图书奖获奖作家作品·你是一条船》,凌鼎年编,成都时代出版社,2014年11月版;

162.《法治与良知——首届中国"太仓杯"全球华人网络法治微小说大赛作品精选》,凌鼎年主编,中国方正出版社,2015年3月版;

163—166."中国第一套抗战题材微型小说选"(4卷本)之《营区的光线》《无情的子弹》《沉默的手榴弹》《该死的枪声》,凌鼎年主编,因故未出版;

167.《龙票——中国小小说选》,凌鼎年主编,已交越南华文出版社,因故未出版;

168—175."微经典悦读丛书",凌鼎年、方圆主编,石油工业出版社,2016年3月版(8本集子书名略);

176.《醉清风——第二届"光辉奖"法治微小说大赛作品精选》,凌鼎年、顾潇军主编,中国方正出版社,2016年9月版;

177—178.《悲魔剑——首届"梁羽生杯"全球华语武侠微小说征文精选》(上、下册),凌鼎年、方圆主编,石油工业出版社,2016年9月版;

179—182."微型小说点评本"(4卷本),凌鼎年主编,因故暂停出版(4本集子书名略);

183.《舌尖上的太仓》,凌鼎年主编,光明日报出版社,2017年4月版;

184.《苏州微型小说选》,凌鼎年主编,江苏凤凰文艺出版社,2017年5月版;

185.《正义的力量——第三届"光辉奖"法治微小说大赛精选》,凌鼎年、顾潇军主编,中国方正出版社,2017年10月版;

186—188.《澳大利亚微型小说选》《泰国微型小说选》《新加坡微型小说选》,凌鼎年主编,因故未出版;

189.《2017读家记忆年度优秀作品·小小说》,凌鼎年主编,现代出版社,2018年4月版;

190.《清风剑——首届"温瑞安杯"世界华文武侠微型小说大赛精选》,凌鼎年、方圆主编,石油工业出版社,2018年7月版;

191.《青春悬崖——第四届"光辉奖"世界华文法治微型小说征文作品精选》,凌鼎年、顾潇军主编,光明日报出版社,2018年7月版;

192—194.《牵住"卡西莫多"的手——加拿大华文微型小说选》《狂奔的高跟鞋——

日本华文微型小说选》《你是蝴蝶,我是花——印度尼西亚华文微型小说选》,凌鼎年主编,因故未出版;

195.《古剑龙吟——古龙风武侠小说选》,凌鼎年主编,因故未出版;

196.《魁北克起司——加拿大华文小小说选》,凌鼎年主编,交台湾秀威资讯有限公司,因故未出版;

197.《桃花缘——大陆教师微型小说选》,凌鼎年主编,交台湾秀威资讯有限公司,因故未出版;

198.《全国教师小小说选》,凌鼎年主编,四川民族出版社,2019年1月版;

199—225. "我的中国心·世界华人微经典书系",凌鼎年主编,山东人民出版社,2019年4月版(作者涉及15个国家和地区,27本集子书名略);

226.《天网恢恢——第五届"光辉奖"世界华文法治微型小说大赛精品选》,凌鼎年、顾潇军主编,光明日报出版社,2019年4月版;

227. 世界华文文坛第一本戏剧戏曲主题微型小说集《唱大戏》,凌鼎年主编,澳大利亚大华时代传媒集团,2019年11月版;

228.《洗心剑——第二届"温瑞安杯"世界华文武侠微型小说大赛精选》,凌鼎年主编,因故未出版;

229.《法律卫士——"光辉奖"第六届法治微型小说征文大赛作品选》,凌鼎年、顾潇军主编,台海出版社,2020年9月版;

230. 中国第一本中医中药题材微型小说选本《岐黄大道》,凌鼎年、熊良钟主编,力扬文化传播公司,2020年11月版(内部印制);

231.《独家视角:2018微型小说精选》,凌鼎年主编,因故未出版;

232.《太仓老招牌》,凌鼎年编,上海文艺出版社,2020年12月版;

233.《天使的翅膀——澳门"莲花杯"全球华人微型小说大赛优秀作品选》,凌鼎年主编,因故暂未出版;

234.《仰望星空——"光辉奖"第七届世界华文法治微型小说大赛作品选》,凌鼎年、顾潇军主编,光明日报出版社,2021年9月版;

235.《中国当代微型小说精选》(法文版),凌鼎年主编,收录14位作家的98篇作品,由日内瓦大学的教授、博士翻译为法文,将在法国出版;

236—237.《凌氏文化》《凌氏人物》,凌鼎年主编,2021年12月印(内部刊印);

238.《两地情——新西兰"三公爵杯"世界华文微型小说大赛获奖作品集》,凌鼎年主编,中国国际出版社,2021年12月版。

三 凌鼎年创作中篇小说一览

(1976年—2000年)

《不平凡的洗礼》,1976年4月29日完稿,20 000字;
《三省交界处》,1982年5月6日完稿,38 000字;

《野葵》,1985年12月24日完稿,34 500字;

《果子,又酸又甜》,1986年3月25日完稿,64 500字;

《情殇》,1986年4月15日完稿,20 000字;

《老姑娘三妹》,1987年2月24日完稿,22 800字;

《黑头》,1987年4月21日完稿,35 000字;

《走出枣树庄》,1987年9月17日完稿,25 000字;

《迷途悔情》,2000年2月12日完稿,38 000字。

四 凌鼎年创作短篇小说一览

(1975年—2018年)

(说明:带*的篇名后未标注时间。因写作较早或有的底稿未注明写作日期,已记不清具体完稿时间。)

1975年(8篇)

《进度》,1月15日完稿,17 400字;

《闯新路的人》,4月23日完稿,10 800字;

《除夕》,5月10日完稿,7 200字;

《钻刀飞旋》,6月8日完稿,10 500字;

《伏虎降龙》,7月1日完稿,16 200字;

《在飞转的天轮下》,10月11日完稿,14 000字;

*《毕业以后》,8 200字;

*《你理解他吗?》,4 500字。

1976年(2篇)

*《棘手的差事》,3 000字;

*《风雨湖西寨》,12 500字。

1978年(2篇)

《争执》,6月10日完稿,6 150字;

《70年代的某个暮冬》,11月14日完稿,12 000字。

1979年(2篇)

《蘑菇泛滥》,8月28日完稿,5 250字;

《银杏树下的别墅》,12月19日完稿,5 800字。

1980年(1篇)

《墓碑》,6月23日完稿,3 100字。

1981年(7篇)

《凤伯伯轶事》,1月12日完稿,3 600字;

《一个女人的忏悔》,1月17日完稿,4 900字;

《心灵的负担》,6月26日完稿,6 100字;

《她的心,掀起了波澜》,9月30日完稿,5 700字;

《青橄榄》,11月1日完稿,8 900字;

《风乍起》,11月3日完稿,9 350字;

*《不称职的门卫》,4 400字。

1982年(8篇)

《铁将军》,3月22日完稿,6 300字;

《剪不断,理还乱》,4月21日完稿,14 000字;

《五分之一》,7月8日完稿,14 000字;

《夜宿湖西寨》,8月11日完稿,13 000字;

《陌生,是因为在变》,8月19日完稿,14 000字;

《精怪覆灭记》,8月22日完稿,3 200字;

《盒子里的秘密》,9月3日完稿,3 950字;

《收旧货的老人》,10月12日完稿,4 000字。

1983年(2篇)

《失眠之夜》,5月22日完稿,6 000字;

《花圈,白的、黄的、绿的》,8月8日完稿,12 200字。

1984年(3篇)

《枝头绽绿的时候》,7月25日完稿,11 500字;

《闹新房》,7月27日完稿,4 100字;

《病滋味》,8月3日完稿,13 000字。

1985年(2篇)

《地龙》,6月16日完稿,3 000字;

《二顺与长秋》,10月24日完稿,3 200字。

1986年(2篇)

《三原色》,8月9日完稿,11 000字;

《水淼淼》,11月8日完稿,5 500字。

1987年(10篇)

《错位》,1月11日完稿,4 250字;

《心事》,1月13日完稿,6 000字;

《面子》,3月3日完稿,3 200字;

《弹指一挥间》,3月24日完稿,5 000字;

《"狗肉郑"之死》,4月2日完稿,5 200字;

《英雄出自……》,6月16日完稿,7 600字;

《逝去与逝不去的·微山湖拾遗之一》,7月8日完稿,7 000字;

《活宝》,8月19日完稿,3 300字;

《欠情》,9月12日完稿,4 550字;

《灰池问题》,9月14日完稿,3 000字。

1988年(4篇)

《一半是情与火,一半是怨与怒》,1月31日完稿,8 200字;

《吹皱一池春水》,3月20日完稿,5 900字;
《形象问题》,3月29日完稿,4 000字;
《阿寅其人》,11月11日完稿,5 400字。
1989年(4篇)
《爱得很累》,3月6日完稿,3 850字;
《另一种折磨》,4月26日完稿,5 400字;
《阿倪、哥儿们、老中医》,11月24日完稿,3 300字;
《人情不是债》,12月10日完稿,3 700字。
1990年(2篇)
《鱼精》,1月21日完稿,9 000字;
《人的改造》,8月12日完稿,4 200字。
1991年(2篇)
《阿雄与他的阿雄牌》,3月17日完稿,3 400字;
《河豚王》,3月24日完稿,6 300字。
1996年(3篇)
《偏不离婚》,2月23日完稿,5 400字;
《待岗女工》,2月26日完稿,9 900字;
《出国》,9月15日完稿,5 700字。
1997年(3篇)
《牡丹楼》,2月11日完稿,11 000字;
《诱人的河豚宴》,3月29日完稿,4 000字;
《刘样板》,7月12日完稿,10 000字。
1998年(4篇)
《情人节鲜花》,2月14日完稿,4 300字;
《匿名信》,3月29日完稿,10 000字;
《真假情爱》,10月3日完稿,16 000字;
《豪门发廊命案》,10月17日完稿,8 000字。
1999年(3篇)
《家有古董》,2月20日完稿,4 550字;
《面对诱惑》,3月6日完稿,10 500字;
《订报刊佚闻》,8月7日完稿,3 000字。
2000年(9篇)
《白发新娘……》,1月22日完稿,4 000字;
《幽灵电话》,1月30日完稿,6 000字;
《名人招聘集锦》,2月26日完稿,3 200字;
《坦白爱情》,2月26日完稿,3 000字;
《心灵的参赛》,5月5日完稿,6 000字;
《童贞》,7月8日完稿,6 000字;

《茉莉姑娘》,7月9日完稿,3 000字;
《让学生表演一番》,11月25日完稿,3 200字;
《寻找亲生父亲》,11月26日完稿,5 400字。

2001年(5篇)
《花开花落》,1月26日完稿,5 900字;
《七弦古琴》,2月3日完稿,3 100字;
《双重性格的犯罪》,5月6日完稿,11 750字;
《在三个女人中徘徊》,6月17日完稿,3 000字;
《院长住院》,7月8日完稿,13 400字。

2002年(4篇)
《雪韵琴》,1月13日完稿,3 700字;
《南百花》,1月20日完稿,3 000字;
《盗墓》,7月13日完稿,4 050字;
《改变命运的纸条》,8月31日完稿,4 800字。

2003年(5篇)
《眼力》,2月4日完稿,4 950字;
《B市流行秃为美》,7月6日完稿,4 050字;
《追杀产婆》,7月20日完稿,4 150字;
《书记吃素》,10月5日完稿,4 400字;
《情何以堪》,10月7日完稿,12 000字。

2004年(3篇)
《笔会》,1月24日完稿,14 800字;
《周易大师》,2月8日完稿,3 200字;
《无双秘籍》,3月28日完稿,6 400字。

2006年(1篇)
《沉在水底的秘密》,1月7日完稿,3 000字。

2007年(5篇)
《胖丫减肥》,10月7日完稿,5 000字;
《鉴定》,10月13日完稿,5 000字;
《找儿子》,10月13日完稿,4 500字;
《高价求职》,10月14日完稿,5 000字;
《夫妻双聘》,10月15日完稿,5 000字。

2010年(2篇)
《第三条禁止》,3月19日完稿,4 500字;
《永远的香榧子》,4月27日完稿,4 000字。

2016年(2篇)
《老公、妻子、闺蜜》,2月10日完稿,3 200字;
《书法家金局长》,12月31日完稿,3 000字。

2017 年（1 篇）

《如果明天就死》,12 月 20 日完稿,3 150 字。

2018 年（1 篇）

《东太湖的诱惑》,6 月 30 日完稿,4 100 字。

五 凌鼎年创作微型小说一览

（1975 年至 2022 年 4 月）

（说明:带 * 的篇名后未标注时间。因写作较早或有的底稿未注明写作日期,已记不清具体完稿时间。）

1975 年（2 篇）

《代表性》,9 月 2 日完稿;

《代理考勤员》,10 月 22 日完稿。

1979 年（7 篇）

《查禁电炉》,1 月 27 日完稿;

《为什么不早说》,5 月 25 日完稿;

《知错即改的主任》,8 月 27 日完稿;

《等你们……》,9 月 2 日完稿;

《病妇之意不在医》,9 月 13 日完稿;

《评工资试点》,12 月 14 日完稿;

《小朱八戒香烟记》,12 月 23 日完稿。

1980 年（8 篇）

《假话、真话?》,1 月 12 日完稿;

《体会》,1 月 12 日完稿;

《叫我怎么说好呢?》,4 月 20 日完稿;

《流言》,6 月 28 日完稿;

《房子问题》,6 月 29 日完稿;

《家丑》,6 月 29 日完稿;

《猪八戒化缘大上海》,9 月完稿;

《小陈买酒》,10 月 5 日完稿。

1981 年（6 篇）

《车门前,人头济济》,6 月 16 日完稿;

《细节》,7 月 2 日完稿;

《买蟹风波》,7 月 12 日完稿;

《人往高处走》,9 月 19 日完稿;

《一家之言》,9 月 30 日完稿;

《浴室里的大衣》,12 月 6 日完稿。

1982年(7篇)

《乔迁以后》,2月23日完稿;

《0:00交接班》,3月15日完稿;

《调房申请》,3月17日完稿;

《一份立此存照》,3月27日完稿;

《别了,难言的遗憾》,5月17日完稿;

《信断后》,7月28日完稿;

*《汽车上》。

1983年(6篇)

*《门卫》;

*《失眠》;

《西瓜买卖》,8月3日完稿;

《三千六百天》,8月20日完稿;

《雾》,10月19日完稿;

《冲突》,10月19日完稿。

1984年(14篇)

《新居的老葡萄》,2月13日完稿;

《第三次敲门声》,2月14日完稿;

《米氏84-1型天线》,2月15日完稿;

《柜台一幕》,2月19日完稿;

《抖抖病轶事》,2月28日完稿;

《漫长的三分钟》,3月9日完稿;

《一瞥,只一瞥》,3月12日完稿;

《罚款》,3月15日完稿;

《细雨迷蒙的夜晚》,3月21日完稿;

《震颤》,4月21日完稿;

《明天,就要考试》,11月14日完稿;

《鱼塘草鱼》,12月20日完稿;

*《两个营业员》;

*《半夜,有人敲门》。

1985年(29篇)

《我的神童学生》,1月11日完稿;

《进口表主人》,1月16日完稿;

《老会计轶事》,1月16日完稿;

《两瓶茅台酒》,1月16日完稿;

《当大地震动的时候》,1月21日完稿;

《满分》,1月22日完稿;

《三进医务室》,1月23日完稿;

《爱好文学创作的农民》,1月23日完稿;

《修钟表的》,1月25日完稿;

《错了信封的情笺》,3月3日完稿;

《柏树老爹》,3月19日完稿;

《信函摘抄辑要》,3月22日完稿;

《候补万元户》,3月22日完稿;

《1000天与50元》,4月11日完稿;

《解剖》,4月28日完稿;

《媳妇、婆婆与洗衣机》,5月1日完稿;

《庆功会即将召开》,5月12日完稿;

《聪明》,5月22日完稿;

《母与子》,5月22日完稿;

《信,该怎么写呢?》,6月2日完稿;

《科长人选》,6月28日完稿;

《小马入党的意见》,7月6日完稿;

《又一次向书记提意见》,7月19日完稿;

《印象》,7月29日完稿;

《三十七岁》,11月20日完稿;

《邻居》,12月15日完稿;

*《甜而带酸的信息》;

*《新房里》;

*《睡前,儿子撅起了屁股》。

1986年(13篇)

《调动》,2月14日完稿;

《创作学习班轶事》,2月14日完稿;

《无形的枷锁》,3月29日完稿;

《一个儿子与一个母亲的故事》,3月29日完稿;

《守寡以后》,7月22日完稿;

《阿铮的梦》,7月完稿;

《奔丧》,8月完稿;

《心病》,8月完稿;

*《卖面饼的老人》;

《楼房》,12月6日完稿;

《回头浪子的心态》,12月8日完稿;

《彩色的享受》,12月8日完稿;

《他,再次作案……》,12月17日完稿。

1987年(103篇)

《电报,急煞人》,1月14日完稿;

《信》,1月15日完稿;

《找到了》,1月16日完稿;

《遗产》,1月16日完稿;

《平衡》,1月17日完稿;

《时装》,1月17日完稿;

《了解》,1月17日完稿;

《告诫》,1月17日完稿;

《名额》,1月18日完稿;

《赝品》,1月19日完稿;

《选择》,1月20日完稿;

《车上,有个小插曲》,2月18日完稿;

《分梨》,3月2日完稿;

《出差》,3月5日完稿;

《盖章》,3月14日完稿;

《吃酒公》,3月17日完稿;

《弃婴》,3月17日完稿;

《音乐迷》,3月17日完稿;

《疯女》,3月17日完稿;

《丑女》,3月18日完稿;

《哑女》,3月18日完稿;

《滑稽人物》,3月19日完稿;

《电报》,3月20日完稿;

《买鳖》,3月21日完稿;

《寒颤》,3月26日完稿;

《棘手的花木案》,3月26日完稿;

《迟到》,3月26日完稿;

《买袜》,3月27日完稿;

《两封信》,3月28日完稿;

《唐三彩》,3月29日完稿;

《两个小镜头》,3月29日完稿;

《规定》,3月29日完稿;

《扑克恋爱》,3月完稿;

《肖副矿长与"和尚头"》,5月14日完稿;

《爱的遗韵》,6月3日完稿;

《人往高处走》,6月5日完稿;

《考试》,6月10日完稿;

《反差》,7月25日完稿;

《厂长的决定》,7月25日完稿;

《十块》,7月26日完稿;
《阿洋》,7月27日完稿;
《新闻辑要》,7月27日完稿;
《台风》,7月28日完稿;
《工会副主席》,8月14日完稿;
《探访实录》,8月15日完稿;
《不是外人》,8月15日完稿;
《吃苹果》,8月15日完稿;
《有客自煤矿来》,8月16日完稿;
《送什么礼?》,8月16日完稿;
《再想买一幅》,8月20日完稿;
《吃饭》,8月20日完稿;
《表格》,8月24日完稿;
《电报》,8月24日完稿;
《吃》,8月25日完稿;
《贺信》,8月25日完稿;
《宅基地》,8月25日完稿;
《老牛与水牛》,8月25日完稿;
《土生伯与年轻人》,8月25日完稿;
《办公室一瞥》,8月29日完稿;
《酒干倘卖无》,9月5日完稿;
《一等功》,9月6日完稿;
《头班车》,9月10日完稿;
《冬天里的一把火》,9月10日完稿;
《外烟》,9月12日完稿;
《家乡的诱惑》,9月24日完稿;
《时间的玩笑》,9月24日完稿;
《飞鸽牌飞鸽牌》,9月29日完稿;
《茶垢》,10月3日完稿;
《庄重的敬礼》,10月5日完稿;
《观日环日》,10月6日完稿;
《石斧》,11月3日完稿;
《名画》,11月3日完稿;
《邮疯子》,11月4日完稿;
《绿荷》,11月6日完稿;
《老布》,11月11日完稿;
《后台看到的》,11月18日完稿;
《阿宏夫妇》,11月19日完稿;

《便宜货》,11月19日完稿;
《秘密》,11月20日完稿;
《主任人选》,11月20日完稿;
《懂了,我终于懂了》,11月22日完稿;
《这通讯,写不得》,11月22日完稿;
《人情债》,11月23日完稿;
《安全感》,11月24日完稿;
《开关》,11月24日完稿;
《多米诺骨牌效应》,11月24日完稿;
《传话游戏》,11月24日完稿;
《钓鱼》,12月2日完稿;
《结尾》,12月10日完稿;
《背景》,12月12日完稿;
《"信鸽"传情》,12月14日完稿;
《战争·人·信》,12月15日完稿;
《大上海的诱惑》,12月18日完稿;
《神炮的眼睛》,12月26日完稿;
《骨质增生》,12月27日完稿;
《要不要解释?》,12月27日完稿;
*《苦涩的梦》;
*《寻根》;
*《心事》;
*《对话》;
*《电话》;
*《大黄与小黄》;
*《皆大欢喜》。

1988年(65篇)

《来了一只电话》,1月7日完稿;
《突变》,1月14日完稿;
《压岁钱》,1月18日完稿;
《意外》,1月20日完稿;
《死囚》,3月1日完稿;
《舆论为媒》,3月4日完稿;
《令人后怕的事》,3月4日完稿;
《厕所里的红太阳》,3月5日完稿;
《消息灵通人士》,3月5日完稿;
《井冈山朝圣者》,3月6日完稿;
《会标》,3月6日完稿;

《过关》,3月6日完稿;
《校医》,3月7日完稿;
《捉奸》,3月7日完稿;
《欠款》,3月7日完稿;
《奔丧》,3月7日完稿;
《合雨伞》,3月8日完稿;
《飘雪的夜晚》,3月14日完稿;
《胃病》,3月15日完稿;
《失聪的姑娘》,3月16日完稿;
《钱的问题》,3月25日完稿;
《尿床》,4月2日完稿;
《招聘的故事》,4月2日完稿;
《上海流行肝炎》,4月7日完稿;
《打金钱眼》,4月8日完稿;
《军人、村妹、第三者》,4月8日完稿;
《一元钱》,4月9日完稿;
《探亲实录》,4月21日完稿;
《上任伊始》,5月27日完稿;
《煎饼铺》,6月13日完稿;
《那个药》,6月13日完稿;
《考勤员的烦恼》,6月14日完稿;
《病中吟》,6月22日完稿;
《某公打电话片段》,6月23日完稿;
《车祸后》,6月27日完稿;
《隔离》,6月28日完稿;
《终生遗憾》,7月1日完稿;
《生日》,7月6日完稿;
《追悼会》,7月14日完稿;
《相面》,7月15日完稿;
《结尾》,7月23日完稿;
《抉择》,7月24日完稿;
《电梯,超负荷》,7月29日完稿;
《获奖以后》,8月1日完稿;
《那个夜晚》,8月9日完稿;
《他与她》,8月14日完稿;
《最后的日子》,8月15日完稿;
《甲鱼风波》,8月27日完稿;
《误车怨喜录》,9月2日完稿;

《宋师傅这个人》,10月14日完稿;

《笃笃笃,响起了敲门声》,10月16日完稿;

《试做一回"模范丈夫"》,10月16日完稿;

《戴工之境遇》,10月29日完稿;

《解脱》,10月30日完稿;

《遗精》,11月3日完稿;

《电梯,有毛病》,12月10日完稿;

《无意之间》,12月23日完稿;

《弥留之际》,12月24日完稿;

《人样》,12月27日完稿;

《画·人·价》,12月28日完稿;

《疑惑》,12月31日完稿;

《审稿》,12月31日完稿;

*《十年一粟》;

*《特等奖》;

*《阿惠与小慧》。

1989年(45篇)

《犀角杯》,1月2日完稿;

《失窃》,2月1日完稿;

《再年轻一次》,2月3日完稿;

《称谓》,2月28日完稿;

《饯别宴》,3月1日完稿;

《大龄青年》,3月2日完稿;

《底楼与六楼》,3月3日完稿;

《流产》,3月9日完稿;

《乡长不肯吃喝》,3月15日完稿;

《新世说二则》,3月17日完稿;

《新世说三则》,3月18日完稿;

《秋妹》,7月21日完稿;

《节骨眼上》,7月22日完稿;

《金锁缘》,8月14日完稿;

《湖生与他的乡亲们》,8月17日完稿;

《黄玫瑰并不神秘》,8月17日完稿;

《戒骄》,8月23日完稿;

《罪人》,8月29日完稿;

《办公室一瞥》,8月29日完稿;

《档次》,8月30日完稿;

《我有儿子啦!》,9月7日完稿;

《会务》,9月13日完稿;
《令人疑惑的杀手》,9月26日完稿;
《味道好极了》,10月7日完稿;
《举报》,10月8日完稿;
《太阳是彩色的》,10月14日完稿;
《女纪委书记》,10月14日完稿;
《外乡人》,10月16日完稿;
《人道"哥俩好"》,10月22日完稿;
《楼上有动静》,10月28日完稿;
《患者》,11月23日完稿;
《称谓》,11月29日完稿;
*《菜市发现》;
*《心态》;
*《评委》;
*《黑天鹅提醒你》;
*《阿菊》;
*《菊痴》;
*《病态》;
*《一只老X》;
*《偶然机会》;
*《卖棒冰者》;
*《古银杏》;
*《老外婆的疑惑》;
*《迎亲》。

1990年(36篇)

《不情愿的门票》,5月20日完稿;
《今天,水果生意特旺》,5月22日完稿;
《宝物》,5月23日完稿;
《招聘的故事》,5月25日完稿;
《丈夫从台湾归来》,5月27日完稿;
《曹家婆与猫》,5月29日完稿;
《燕燕》,5月30日完稿;
《宋版金瓶梅》,6月12日完稿;
《河对岸,有片小树林》,6月14日完稿;
《隔壁邻居》,6月17日完稿;
《夫妻双双把家还》,6月18日完稿;
《一份腰围记录》,6月26日完稿;
《口吃》,6月27日完稿;

《独领风骚在酒场》,8月19日完稿;

《寻找》,9月22日完稿;

《老外婆讲述的故事》,9月23日完稿;

《福兮祸兮》,9月23日完稿;

《隐身衣》,10月2日完稿;

《生死洞》,11月4日完稿;

《当,只上一次》,12月25日完稿;

《丹碧丝广告》,12月30日完稿;

《买支笔》,12月30日完稿;

《坏啦坏啦》,12月30日完稿;

《正宗嫡传伯乐第九十九代孙开设相马公司》,12月31日完稿;

《传言》,12月31日完稿;

《祖传名壶》,12月31日完稿;

诗坛小趣(10篇)

  1.《处女作》;

  2.《外一首》;

  3.《粘住的诗稿》;

  4.《金点子》;

  5.《部长诗集》;

  6.《节日诗人》;

  7.《台历诗人》;

  8.《砖一样厚的诗集》;

  9.《诗人L》;

  10.《诗社广告》。

1991年(31篇)

《笔杆子》,1月1日完稿;

《棋友》,1月1日完稿;

《值班》,1月1日完稿;

《老于》,1月2日完稿;

《调单位》,1月2日完稿;

《路书记买笔》,1月2日完稿;

《台湾老丈人与大陆女儿、女婿》,1月4日完稿;

《春游》,2月18日完稿;

《瘦猴》,2月18日完稿;

《他乡遇故友》,2月18日完稿;

《小保姆的心事》,3月15日完稿;

《说话简洁的厂长》,3月15日完稿;

《过夜》,3月15日完稿;

《幸福奖》,3月16日完稿;

《参观洪泾大队》,3月16日完稿;

《出售处女膜》,3月17日完稿;

《李铁梅招亲》,3月17日完稿;

《李玉和私了》,3月17日完稿;

《放一百个心》,3月17日完稿;

《评委》,3月22日完稿;

《手相》,4月14日完稿;

《深圳购物》,6月26日完稿;

《不当工会主席》,6月30日完稿;

《正副主任称谓》,6月30日完稿;

《吃饭与补助》,6月30日完稿;

《永远的回忆》,7月2日完稿;

《炸坝,仅剩十几分钟》,7月28日完稿;

《梦的诠释》,8月1日完稿;

《姚和尚》,8月13日完稿;

《三老轶事》,8月15日完稿;

《关系无进展》,11月29日完稿。

1992年(40篇)

《再年轻一次(续一)》,1月5日完稿;

《再年轻一次(续二)》,1月5日完稿;

《阿海》,1月19日完稿;

《房租》,2月4日完稿;

《加里顿大学毕业生》,2月5日完稿;

《狸猫之死》,2月5日完稿;

《头上出角》,2月5日完稿;

《婚事》,2月6日完稿;

《水荷仙姑》,2月6日完稿;

《记忆力》,2月6日完稿;

《大师与石师竹》,2月7日完稿;

《断碑》,2月7日完稿;

《弄不明白》,2月23日完稿;

《福兮祸兮?》,3月31日完稿;

《集束手榴弹》,4月2日完稿;

《谢谢!谢谢!》,4月12日完稿;

《未捅破的纸》,5月10日完稿;

《误墨》,6月9日完稿;

《龟兔赛跑续篇》,6月10日完稿;

《天堂之门》,6月14日完稿;
《生命的体验》,6月14日完稿;
《找到》,6月14日完稿;
《腰围纪录》,6月15日完稿;
《倾斜》,6月21日完稿;
《剁指》,6月21日完稿;
《爱之罚》,7月12日完稿;
《反差》,7月26日完稿;
《克夫》,8月30日完稿;
《男孩女孩》,9月3日完稿;
《二狗轶事》,9月24日完稿;
《鉴定(1)》,10月1日完稿;
《专利》,10月1日完稿;
《两难之间》,10月1日完稿;
《眼睛里容不得沙子》,10月3日完稿;
《师生之谊》,10月3日完稿;
《守拙之谜》,10月11日完稿;
《"天不亮"其人》,10月16日完稿;
《说不清的家事》,10月18日完稿;
《第五竹》,11月1日完稿;
《忠奸孰辨》,11月8日完稿。

1993年(60篇)

《病》,2月20日完稿;
《最想干的事》,2月21日完稿;
《此一时,彼一时》,2月22日完稿;
《余物利用》,2月24日完稿;
《减肥》,3月7日完稿;
《四指阿公》,3月21日完稿;
《剃头阿六》,4月18日完稿;
《感冒万岁!》,4月24日完稿;
《牛二》,4月24日完稿;
《神笔王》,4月25日完稿;
《我想搬家》,4月25日完稿;
《我不遗憾》,4月25日完稿;
《丢失》,5月2日完稿;
《家家有本难念的经》,5月2日完稿;
《无题》,5月6日完稿;
《你必须回答》,5月7日完稿;

《异国来信》,5月7日完稿;
《有钱无钱》,5月9日完稿;
《红玫瑰》,5月9日完稿;
《寿碗》,5月23日完稿;
《吉祥画家》,5月27日完稿;
《实录》,6月13日完稿;
《乐趣》,6月13日完稿;
《高老头》,6月14日完稿;
《酒女》,6月16日完稿;
《聊斋新篇》,6月17日完稿;
《点"之"》,6月20日完稿;
《阿吝》,6月20日完稿;
《宗道士》,6月20日完稿;
《救火》,6月20日完稿;
《拐爷》,7月4日完稿;
《钻石的诱惑》,7月4日完稿;
《瞿老太》,7月4日完稿;
《上官铁之死》,7月18日完稿;
《萍水相逢》,7月25日完稿;
《捉甲鱼的秘密》,7月25日完稿;
《诱惑》,8月1日完稿;
《偏方》,8月8日完稿;
《不白之冤》,8月29日完稿;
《玉玉》,8月29日完稿;
《名誉重千斤》,8月29日完稿;
《真迹》,8月29日完稿;
《触电也难》,9月5日完稿;
《棋局》,9月5日完稿;
《古董买卖》,9月5日完稿;
《周末,有一个话题》,9月12日完稿;
《雨金》,9月12日完稿;
《妻子之疑》,9月12日完稿;
《变味的吻》,9月12日完稿;
《漂亮女人》,9月19日完稿;
《车祸》,9月22日完稿;
《福气》,11月7日完稿;
《最优计划》,11月7日完稿;
《夏天的故事》,11月14日完稿;

《老婆土,老婆洋》,12月12日完稿;

《33号这一对》,12月12日完稿;

《行道树的处理》,12月19日完稿;

《停电》,12月19日完稿;

《小镇名人》,12月26日完稿;

《离婚》,12月26日完稿。

1994年(35篇)

《难题》,1月9日完稿;

《名字》,1月9日完稿;

《多种版本》,2月13日完稿;

《只缘妻子太漂亮》,2月20日完稿;

《书痴》,2月20日完稿;

《绿色?红色?》,3月5日完稿;

《阿成》,3月5日完稿;

《阿各》,3月5日完稿;

《痴情不改》,3月5日完稿;

《李君的恋爱》,3月6日完稿;

《双休日》,3月6日完稿;

《名画风波》,3月27日完稿;

《信的喜忧》,5月15日完稿;

《一枚古钱币》,6月5日完稿;

《家事》,6月9日完稿;

《月光下的身影》,7月3日完稿;

《当了一回大款》,7月10日完稿;

《戒烟》,7月23日完稿;

《歪打正着》,7月23日完稿;

《一球定乾坤》,7月25日完稿;

《寻找证明》,9月18日完稿;

《飞机上下》,9月18日完稿;

《离婚餐厅》,10月2日完稿;

《房子,房子》,10月2日完稿;

《新龟兔赛跑》,10月9日完稿;

《不关礼金事》,10月9日完稿;

《福根叔》,10月15日完稿;

《郝记者》,11月6日完稿;

《翁局》,11月6日完稿;

《与靓女为邻》,11月6日完稿;

《书事》,11月12日完稿;

《大师的秘诀》,11月13日完稿;

《春柳与夏雨晴》,11月13日完稿;

《皇帝的新衣》,11月13日完稿;

《错位》,11月13日完稿。

1995年(65篇)

《小闲与大勤》,1月15日完稿;

《贵宾礼品》,1月23日完稿;

《史仁祖》,3月4日完稿;

《对话》,3月18日完稿;

《有奖问答》,3月18日完稿;

《道具》,3月18日完稿;

《红木家具》,3月19日完稿;

《神钓》,3月19日完稿;

《古砚》,3月19日完稿;

《鱼拓》,3月26日完稿;

《功成名就后》,3月26日完稿;

《三叔》,3月26日完稿;

《约会》,4月1日完稿;

《生死考验》,4月1日完稿;

《小乔初嫁了》,4月3日完稿;

《邹秘书》,4月4日完稿;

《春云出岫》,4月9日完稿;

《万卷楼主》,4月10日完稿;

《快刀张》,4月15日完稿;

《卧底》,4月15日完稿;

《血经》,4月23日完稿;

《变卦》,4月23日完稿;

《校花》,4月29日完稿;

《人之将死,其言也真》,4月29日完稿;

《该死的电脑》,4月29日完稿;

《结婚请柬》,4月29日完稿;

《猫事》,4月30日完稿;

《一个"情"字了得》,4月30日完稿;

《亲一下》,5月13日完稿;

《寻找"冒号"》,6月4日完稿;

《跻身上流社会》,6月10日完稿;

《电话记录》,6月18日完稿;

《息爷》,7月2日完稿;

《接吻喜忧》,7月2日完稿;
《鉴定(2)》,7月2日完稿;
《让儿子独立一回》,7月8日完稿;
《黄世仁打官司》,7月8日完稿;
《难解之题》,7月9日完稿;
《中秋团圆饭》,7月15日完稿;
《做规矩》,7月15日完稿;
《做一回股民》,7月16日完稿;
《伟大而可怕的发明》,7月16日完稿;
《营救》,8月5日完稿;
《认真》,8月26日完稿;
《阿智下海》,8月26日完稿;
《领奖》,8月27日完稿;
《给先生包装包装》,8月27日完稿;
《十洲真迹》,8月27日完稿;
《情况与报道》,9月16日完稿;
《开一爿考证公司》,10月2日完稿;
《邻里》,10月7日完稿;
《女孩,你使我好为难》,10月28日完稿;
《假设》,10月28日完稿;
《画蛇添足》,10月28日完稿;
《熊掌与鱼》,11月4日完稿;
《那片竹林那棵树》,11月4日完稿;
《忧心忡忡》,11月5日完稿;
《摆平》,11月5日完稿;
《孝心可鉴》,12月10日完稿;
《武林之谜》,12月10日完稿;
《新〈守株待兔〉》,12月24日完稿;
《女浴室新闻》,12月24日完稿;
《排场》,12月31日完稿;
《苦兮开心兮》,12月31日完稿;
*《奢侈一回》。

1996年(43篇)

《清理门户》,1月1日完稿;
《雪耻》,1月6日完稿;
《公鸡喔喔叫》,1月6日完稿;
《生死契约》,1月6日完稿;
《世说新语三则》,1月7日完稿;

《歪才》,1月7日完稿;
《狐假虎威新解》,1月13日完稿;
《人瑞》,1月13日完稿;
《鼠族兴衰札记》,1月21日完稿;
《头香》,1月21日完稿;
《三代人遗嘱》,1月21日完稿;
《叶公后人》,1月21日完稿;
《来了位香港老板》,2月3日完稿;
《懒猴》,2月3日完稿;
《父子气功》,2月3日完稿;
《风水先生》,2月10日完稿;
《邢秀才告状》,2月10日完稿;
《升迁在即》,2月11日完稿;
《永远的箫声》,2月11日完稿;
《去宾馆过生日》,3月3日完稿;
《将军与亭尉》,4月14日完稿;
《机遇》,5月11日完稿;
《致富》,7月14日完稿;
《定身仪》,7月14日完稿;
《名之惑》,8月3日完稿;
《事故》,8月10日完稿;
《作家与他的妻子》,8月10日完稿;
《柏峥嵘与柳临风》,8月31日完稿;
《丈夫的日记》,9月1日完稿;
《肥娘轶事》,9月1日完稿;
《百年冰尸》,9月1日完稿;
《出圈》,9月8日完稿;
《名字之争》,9月14日完稿;
《戴金戒指的男人》,9月15日完稿;
《发了的阿Q》,9月15日完稿;
《铁门》,9月22日完稿;
《第一次……》,10月20日完稿;
《强子》,11月16日完稿;
《征婚启事·续尾一》,12月7日完稿;
《征婚启事·续尾二》,12月7日完稿;
《征婚启事·续尾三》,12月7日完稿;
《残疾人表态》,12月21日完稿;
《卖茶叶蛋的与炒股的》,12月21日完稿。

1997年(104篇)

《送礼》,1月4日完稿;
《塞万提斯第二》,2月9日完稿;
《涛声依旧》,2月10日完稿;
《股市知己》,2月16日完稿;
《一把手位置》,2月16日完稿;
《最后的晚餐》,3月1日完稿;
《刻骨铭心的一天》,3月1日完稿;
《异想天开金点子》,3月1日完稿;
《杏元回乡》,3月2日完稿;
《阿蔡》,3月2日完稿;
《将师爷》,3月2日完稿;
《感谢上帝》,3月8日完稿;
《年礼》,3月9日完稿;
《打的》,3月9日完稿;
《骨肉》,3月9日完稿;
《防盗门》,3月9日完稿;
《超特级厨师》,3月9日完稿;
《曝光风波》,3月15日完稿;
《楼上楼下》,3月15日完稿;
《对门邻居》,3月15日完稿;
《麻将老法师》,3月16日完稿;
《盲人夫妇》,3月16日完稿;
《服装姚》,3月16日完稿;
《憩园春秋》,3月29日完稿;
《年大龄其人》,3月30日完稿;
《眼睛》,3月30日完稿;
《你的心我不懂》,4月13日完稿;
《股民心态》,4月19日完稿;
《老婆的BP机》,4月19日完稿;
《罚款算什么》,6月1日完稿;
《老大炒股》,6月4日完稿;
《钱大款拍照》,6月7日完稿;
《伯乐相马外传》,6月8日完稿;
《江河豚》,6月8日完稿;
《张屠夫之后》,6月8日完稿;
《采访》,6月15日完稿;
《一夜旅店》,6月15日完稿;

《初当评委》,6月15日完稿;
《寻找荆棘鸟》,6月22日完稿;
《遇》,6月30日完稿;
《〈阿Q正传〉审读意见》,6月30日完稿;
《新潮男女》,7月1日完稿;
《三个和尚外传》,7月20日完稿;
《局长》,7月20日完稿;
《时装大师》,7月26日完稿;
《海外关系》,7月26日完稿;
《书恨》,7月26日完稿;
《郭芳轶事》,7月27日完稿;
《封侯图》,7月27日完稿;
《斗草》,8月3日完稿;
《扫晴娘》,8月3日完稿;
《臭架子》,8月10日完稿;
《采访吸毒女》,8月10日完稿;
《一个听来的真实故事》,8月16日完稿;
《荷香茶》,8月16日完稿;
《石痴》,8月16日完稿;
《石戆戆》,8月17日完稿;
《盆景王》,8月17日完稿;
《盼头》,8月23日完稿;
《藏书状元》,8月23日完稿;
《靓女泱泱》,8月23日完稿;
《该死的枪声》,8月24日完稿;
《猪郎倌》,8月24日完稿;
《背后》,8月24日完稿;
《了却夙愿》,9月6日完稿;
《算账》,9月7日完稿;
《洋媳妇》,9月14日完稿;
《还债》,9月14日完稿;
《爱好》,9月23日完稿;
《送花》,9月23日完稿;
《一级演员》,9月23日完稿;
《我来作东》,9月28日完稿;
《变数》,10月4日完稿;
《异数》,10月4日完稿;
《鼠人》,10月18日完稿;

《诸大侠》,10月18日完稿;
《病因》,10月18日完稿;
《传销(1)》,10月18日完稿;
《酒宴上的一句话》,10月19日完稿;
《张士诚治苏》,10月19日完稿;
《李逵打官司》,10月22日完稿;
《"大蒜屁"其人》,10月25日完稿;
《对手》,10月25日完稿;
《悬念》,11月1日完稿;
《某某市长春药店》,11月9日完稿;
《乌鸦的子孙》,11月9日完稿;
《天眼功》,11月9日完稿;
《飞来的邮购》,11月9日完稿;
《进京》,11月16日完稿;
《回家》,11月16日完稿;
《抓阄》,11月30日完稿;
《简称》,12月6日完稿;
《传销(2)》,12月7日完稿;
《轰动》,12月7日完稿;
《意见》,12月14日完稿;
《动动脑筋》,12月14日完稿;
《评奖》,12月14日完稿;
《酒酿王》,12月20日完稿;
《黄狗之死》,12月20日完稿;
《汽车情结》,12月20日完稿;
《风水》,12月21日完稿;
《差错》,12月21日完稿;
《朋友》,12月21日完稿;
《入党》,12月28日完稿。

1998年(60篇)

《自由撰稿人》,1月1日完稿;
《独标一格》,1月11日完稿;
《红红的滑雪衫》,1月18日完稿;
《美的享受》,1月28日完稿;
《游子归乡》,1月28日完稿;
《礼金》,1月29日完稿;
《砭术传人》,1月30日完稿;
《做个老百姓也不错》,1月30日完稿;

《也当一回王海》,2月1日完稿;
《老食客说》,2月3日完稿;
《拜年》,2月7日完稿;
《搓麻将》,2月8日完稿;
《情人节的鲜花》,2月14日完稿;
《深山深处有人家》,2月16日完稿;
《老瞎子》,2月28日完稿;
《相依为命》,2月28日完稿;
《美国小偷》,3月1日完稿;
《儿子·妻子·老子》,3月1日完稿;
《爱情小说大王》,3月1日完稿;
《生日日记》,3月8日完稿;
《乡里来了拍电影的》,3月8日完稿;
《原谅》,3月14日完稿;
《借钱》,3月14日完稿;
《永远的感谢》,3月22日完稿;
《沐浴在爱河》,3月22日完稿;
《乡里的故事》,3月22日完稿;
《改嫁》,4月25日完稿;
《书女魂》,4月26日完稿;
《变化》,4月26日完稿;
《最后的潇洒》,5月2日完稿;
《拐角处的小摊》,5月2日完稿;
《古黄杨》,5月3日完稿;
《一见钟情后》,5月3日完稿;
《一个神话的诱惑力》,5月3日完稿;
《串门》,5月3日完稿;
《劝架》,5月10日完稿;
《米口彩》,5月10日完稿;
《蛇医世家》,5月17日完稿;
《毒品》,6月7日完稿;
《出门别忘了带红包》,6月14日完稿;
《群众意见》,6月20日完稿;
《拾到钱包》,6月20日完稿;
《让我回家》,6月21日完稿;
《对对门》,6月21日完稿;
《江南妓院》,6月27日完稿;
《带血的桑葚》,6月27日完稿;

《放生》,6月28日完稿;

《辟谷》,6月28日完稿;

《带徒拜师》,6月28日完稿;

《猴哀》,7月4日完稿;

《采桑叶》,7月5日完稿;

《登门拜访》,7月5日完稿;

《救人》,7月11日完稿;

《掩耳盗铃考证》,9月19日完稿;

《不惑之惑》,10月1日完稿;

《毛衣情怨》,10月3日完稿;

《小镇来了气功师》,10月31日完稿;

《狂士郑无极》,12月13日完稿;

《南郭先生挂职》,12月20日完稿;

《会长王大嘴》,12月20日完稿。

1999年(33篇)

《沉重的鸡蛋》,1月2日完稿;

《太师饼的传说》,1月31日完稿;

《皇室后裔》,2月6日完稿;

《猎人萧》,2月6日完稿;

《杨美人》,2月16日完稿;

《初吻》,4月3日完稿;

《荷花寄情》,7月4日完稿;

《同情心》,7月4日完稿;

《那个叫霞的姑娘》,7月10日完稿;

《高云翼造园》,8月8日完稿;

《书神》,8月8日完稿;

《当今世界最出名的一男一女》,9月5日完稿;

《会虫儿》,9月5日完稿;

《出书后》,9月6日完稿;

《恐吓信》,9月23日完稿;

《报道的背后》,9月23日完稿;

《相流芳这个人》,9月23日完稿;

《瓜州打捞》,10月24日完稿;

《娄城两大姓》,10月24日完稿;

《糟油脚》,10月30日完稿;

《想不想挣笔稿费?》,10月30日完稿;

《疏通》,10月30日完稿;

《出差》,10月31日完稿;

《艳遇》,10月31日完稿;

《X月Y月Z……》,11月7日完稿;

《扔进废纸篓里的情感》,11月7日完稿;

《比阔》,11月11日完稿;

《拉广告》,11月11日完稿;

《永难忘怀的演出》,11月14日完稿;

《没有时间怀旧》,11月14日完稿;

《心中的唯一》,11月14日完稿;

《新司马光砸缸》,12月25日完稿;

*《曹冲称象》。

2000年(67篇)

《钱,借还是不借》,1月1日完稿;

《灿烂的海霞》,1月16日完稿;

《相似与不相似的经历》,1月16日完稿;

《笔杆子老子与爬格子儿子》,1月23日完稿;

《我要独立》,1月23日完稿;

《楼上掉下个林妹妹》,2月7日完稿;

《废画》,2月7日完稿;

《王镇长与龚副局长》,2月26日完稿;

《出国·回国》,2月27日完稿;

《下岗残疾女开的洗衣店》,3月5日完稿;

《石皮弄考证》,3月11日完稿;

《上级来人》,3月11日完稿;

《同是高材生》,3月12日完稿;

《政绩》,3月12日完稿;

《最后的决定》,3月18日完稿;

《各人各法》,3月18日完稿;

《诗人无眠》,3月26日完稿;

《诗词新韵》,3月26日完稿;

《国宝级待遇》,3月26日完稿;

《侠女与三剑客》,3月26日完稿;

《各不相让》,4月2日完稿;

《背唐诗》,4月8日完稿;

《非原唱者说》,4月8日完稿;

《成语比赛》,4月8日完稿;

《虎爪功》,4月9日完稿;

《藏戏面具》,4月9日完稿;

《一杯欲敬未敬的酒》,4月9日完稿;

《老房拆迁》,4月15日完稿;
《斗地嗯子的傻精》,5月6日完稿;
《小昆仑石》,5月6日完稿;
《玉雕门》,5月7日完稿;
《采风》,5月7日完稿;
《医术》,5月7日完稿;
《复仇》,5月14日完稿;
《嘴刁》,5月14日完稿;
《情爱较劲》,6月4日完稿;
《招聘考试》,6月4日完稿;
《杀手》,6月4日完稿;
《关门弟子》,6月10日完稿;
《侠情》,6月10日完稿;
《内奸》,6月10日完稿;
《好色之徒》,6月17日完稿;
《〈镜花缘〉续尾》,6月18日完稿;
《一个传言的传播过程》,7月8日完稿;
《我找商总》,7月9日完稿;
《义丐》,7月9日完稿;
《喜钱》,7月9日完稿;
《首长题词》,7月9日完稿;
《童言无忌》,7月9日完稿;
《师生画展》,7月9日完稿;
《买卖双方》,7月15日完稿;
《谁是阿太?》,7月16日完稿;
《阿刚其人》,7月16日完稿;
《手机万岁》,7月30日完稿;
《鱼斗》,9月2日完稿;
《樊大侠与聂泼皮》,9月3日完稿;
《乾坤掌传人》,9月3日完稿;
《天下第一剑》,9月10日完稿;
《程三刀与牛无双》,9月10日完稿;
《网虫物语》,9月16日完稿;
《意外升迁》,9月16日完稿;
《寿老爹之死》,9月23日完稿;
《龙凤胎》,9月24日完稿;
《开房间》,11月25日完稿;
《飞刀王与他的徒弟》,12月30日完稿;

《天涯追寻》,12月30日完稿;

《相逢一笑泯恩仇》,12月30日完稿。

2001年(84篇)

《晒帽子》,1月24日完稿;

《头发的故事》,1月25日完稿;

《衣锦回乡》,1月25日完稿;

《遇险》,1月26日完稿;

《我也戏说一回》,1月27日完稿;

《万元奇遇记》,1月27日完稿;

《伟哥广告》,1月27日完稿;

《倒插门》,1月27日完稿;

《介子推遁去》,1月27日完稿;

《吃到一只苍蝇》,2月4日完稿;

《那晚那月那夜那湖边》,2月10日完稿;

《爱情之事说不清》,2月10日完稿;

《荒坟夜歌之谜》,2月17日完稿;

《斗茶》,2月18日完稿;

《陆小丫》,2月18日完稿;

《最高境界》,2月25日完稿;

《与女儿失去联系四小时》,2月25日完稿;

《侠盗》,3月11日完稿;

《好好把握》,3月11日完稿;

《董把细》,3月18日完稿;

《临时变卦》,3月18日完稿;

《当回收藏家》,5月4日完稿;

《四只脚爪》,5月4日完稿;

《记者下乡》,5月4日完稿;

《梦幻器》,5月5日完稿;

《捡漏》,5月5日完稿;

《菖蒲之死》,5月5日完稿;

《诱惑》,5月5日完稿;

《大学士路》,5月5日完稿;

《事件的两种可能》,5月12日完稿;

《酒令的回忆》,5月13日完稿;

《酒香草》,5月13日完稿;

《了悟禅师》,5月27日完稿;

《弇山至宝》,6月16日完稿;

《开卷有益》,6月16日完稿;

《野局长买鱼》,6月16日完稿;

《汉白玉三勿雕》,6月17日完稿;

《狗官司》,6月24日完稿;

《洁癖局长(1)》,6月24日完稿;

《两次被抓被审》,7月14日完稿;

《没人报案的案子》,7月15日完稿;

《寿礼》,7月28日完稿;

《见报率》,7月28日完稿;

《冒号发言》,8月4日完稿;

《被大象性骚扰一回》,8月19日完稿;

《两份检查》,8月25日完稿;

《沉重的表扬》,8月25日完稿;

《请允许我逃避》,8月25日完稿;

《阿麻虞达岭》,8月25日完稿;

《收藏家沙里金》,9月2日完稿;

《妙手》,9月8日完稿;

《邂逅初恋情人》,9月8日完稿;

《精神病患者》,9月15日完稿;

《列车行驶途中》,9月15日完稿;

《周大胆轶事》,9月23日完稿;

《奶挤出来了》,9月23日完稿;

《逃会秘诀》,9月25日完稿;

《独臂闵》,10月2日完稿;

《依然馨香的桂花树》,10月2日完稿;

《发人深省》,10月3日完稿;

《扶了一回贫》,10月3日完稿;

《比死还难受的日子》,10月3日完稿;

《孔乙己开店》,10月6日完稿;

《婚补》,10月7日完稿;

《寻找真话基因》,10月7日完稿;

《金项链》,10月7日完稿;

《海仙人》,10月7日完稿;

《法眼》,10月13日完稿;

《吃药》,10月13日完稿;

《恶习》,10月14日完稿;

《生财之道》,10月14日完稿;

《硬汉与软蛋》,10月14日完稿;

《红红与她爹》,11月11日完稿;

《小五妹》,11月11日完稿;
《最后一面》,11月11日完稿;
《机要员出身》,11月18日完稿;
《儒商奚总》,11月18日完稿;
《裴迦素》,11月24日完稿;
《目击证人》,11月25日完稿;
《哥们,我驾照考出来啦!》,11月25日完稿;
《名记钱托儿》,12月16日完稿;
《这一票谁投的?》,12月16日完稿;
《蒲松龄设奖》,12月23日完稿;
《诚信专卖店》,12月23日完稿。

2002年(72篇)

《恋爱秀》,1月2日完稿;
《倾诉》,1月2日完稿;
《走出过山村的郝石头》,1月20日完稿;
《棋手》,1月20日完稿;
《煤气中毒事件》,1月27日完稿;
《当了一回窃贼》,2月3日完稿;
《收到三千封读者来信》,2月3日完稿;
《年滋味》,2月15日完稿;
《男人学坏,五十开外》,2月15日完稿;
《私了》,2月15日完稿;
《求画者》,2月18日完稿;
《局长探亲》,2月18日完稿;
《十瓣兰》,2月18日完稿;
《局长一天》,2月24日完稿;
《今晚写什么?》,3月2日完稿;
《药渣》,3月2日完稿;
《房东的滋味》,3月2日完稿;
《重新活过》,3月2日完稿;
《难写的悼词》,3月3日完稿;
《魔椅》,3月3日完稿;
《夏苏州酒史》,3月3日完稿;
《诗会轶事》,3月3日完稿;
《唐装》,3月9日完稿;
《血井》,3月9日完稿;
《邻座,是位漂亮的姑娘》,3月9日完稿;
《发现圣旨》,4月13日完稿;

《满衣锦造房》,5月3日完稿;

《铁嘴林》,5月7日完稿;

《读者来信,信还是不信?》,5月7日完稿;

《彻悟》,7月20日完稿;

《哑妾》,7月20日完稿;

《敢不敢打局长一记耳光》,7月20日完稿;

《都是空调惹的祸》,7月21日完稿;

《他不是骗子,谁是骗子》,7月21日完稿;

《阿江之死》,7月21日完稿;

《和亲悲喜剧》,7月27日完稿;

《谁说救人与爱情无关》,7月27日完稿;

《四大美女重出江湖》,7月28日完稿;

《杀人偿命你难道不知道》,7月28日完稿;

《同名之误》,9月7日完稿;

《生男生女》,9月7日完稿;

《收集毛主席像章的人》,9月7日完稿;

《请给我签个名》,9月8日完稿;

《竞标捡垃圾》,9月8日完稿;

《寻根寻出的骄傲》,9月8日完稿;

《洁癖局长(2)》,9月8日完稿;

《无情剑》,9月22日完稿;

《陌生的城市》,10月1日完稿;

《售楼小姐》,10月13日完稿;

《请请请,您先请!》,10月13日完稿;

《离奇的失窃案》,10月26日完稿;

《独行侠》,10月27日完稿;

《春秋剑法》,10月27日完稿;

《螃蟹的诱惑》,10月27日完稿;

《采访婚姻介绍所》,11月2日完稿;

《试着放松一回》,11月2日完稿;

《结婚是咱俩的事》,11月2日完稿;

《红衣女侠》,11月3日完稿;

《金刚掌传人》,11月3日完稿;

《化干戈为玉帛》,11月3日完稿;

《童子身》,11月3日完稿;

《了静师太》,11月10日完稿;

《梅山老怪》,11月10日完稿;

《缩身穿童衣功》,11月10日完稿;

《武林一枝花》,11月16日完稿;
《走镖》,11月16日完稿;
《谁是内奸?》,11月16日完稿;
《冷冷面》,11月16日完稿;
《侠骨柔情》,11月17日完稿;
《俏丫头》,11月17日完稿;
《邢局长死之谜》,11月17日完稿;
《丧礼上的女人》,11月17日完稿。

2003年(42篇)

《铸剑》,1月11日完稿;
《无畏子》,1月11日完稿;
《请你别带记者来好不好?》,1月12日完稿;
《又爱又恨》,1月12日完稿;
《黑煞星与青衣女侠》,1月12日完稿;
《十年后的相约》,1月18日完稿;
《高帽子培训班》,1月19日完稿;
《都是克隆惹的祸》,1月19日完稿;
《出租司机与盗窃犯》,1月19日完稿;
《苗局》,1月26日完稿;
《歪歪理打赌》,2月3日完稿;
《一级美人》,5月6日完稿;
《追寻丢失的明代书法作品》,6月22日完稿;
《中考小插曲》,7月5日完稿;
《苏大年破案》,7月6日完稿;
《瘌痢头与鬼点子》,7月19日完稿;
《救出病魔》,7月19日完稿;
《我想见一见领导》,7月20日完稿;
《边事》,7月20日完稿;
《"九命花猫"案》,7月26日完稿;
《这个问题真不好回答》,7月27日完稿;
《家末阿车》,7月27日完稿;
《谋杀指南》,8月3日完稿;
《收到一则短信息后》,8月10日完稿;
《收到大学录取通知书后》,8月16日完稿;
《离奇的凶杀案》,8月16日完稿;
《天使儿》,8月17日完稿;
《得珠记》,8月17日完稿;
《楼上住了小姐》,8月23日完稿;

《轰动一时的画展》,8月24日完稿;

《天下第一桩》,8月30日完稿;

《相遇在浦东》,8月30日完稿;

《吵架夫妻》,8月31日完稿;

《药膳大师》,8月31日完稿;

《因为有了她》,9月6日完稿;

《铁杵磨成针考证》,9月21日完稿;

《到底谁该负责?》,9月21日完稿;

《发现第八大洲》,10月2日完稿;

《长寿秘诀》,10月2日完稿;

《摄影家与厨师》,10月12日完稿;

《难忘的方苹果》,12月13日完稿;

《福来开店》,12月14日完稿。

2004年(63篇)

《丈夫今晚回家吃饭》,1月1日完稿;

《电话打了一个半小时》,1月3日完稿;

《沙发啊沙发》,1月23日完稿;

《早产儿杂志》,1月23日完稿;

《女孩,被赶下了车》,1月23日完稿;

《美的诱惑》,1月23日完稿;

《我有个好老婆》,1月24日完稿;

《只因为都是女儿》,1月26日完稿;

《除夕夜的灭门血案》,1月26日完稿;

《雅贼》,1月27日完稿;

《后事》,1月27日完稿;

《"阶级敌人"出动了》,1月28日完稿;

《麻将老阿太》,1月28日完稿;

《友石情缘》,1月28日完稿;

《治保主任人选》,2月2日完稿;

《吵架》,2月2日完稿;

《蓝色妖姬》,2月7日完稿;

《恨死你了,手机》,2月7日完稿;

《重在参与》,2月8日完稿;

《阴影》,2月8日完稿;

《情人节的电话》,2月14日完稿;

《市里来了扶贫慰问》,2月14日完稿;

《水晶发卡》,2月14日完稿;

《诚信公后人》,2月15日完稿;

《怪人言先生》,2月15日完稿；
《牛郎织女后传》,2月15日完稿；
《手机游戏》,2月28日完稿；
《房子的故事》,2月29日完稿；
《开乡村小店的老板》,2月29日完稿；
《才子林少斌》,3月7日完稿；
《准秀女吉姑》,3月7日完稿；
《老实头秋驼子》,3月7日完稿；
《突然下雨》,3月14日完稿；
《安乐死》,3月14日完稿；
《贞女红》,3月14日完稿；
《坠楼事件》,3月27日完稿；
《亲眼目睹后》,3月27日完稿；
《杀人动机》,3月28日完稿；
《碎瓷片收藏家年千寿》,4月3日完稿；
《错这不错那》,4月3日完稿；
《走错房间》,4月4日完稿；
《乞儿》,4月4日完稿；
《老叫花子》,4月4日完稿；
《拍卖行来了款爷》,4月4日完稿；
《外商出租》,5月16日完稿；
《有这样一位征婚者》,5月16日完稿；
《夏三秦家藏品被盗案》,5月16日完稿；
《博士征婚》,5月21日完稿；
《李趋时与赵泥古》,5月21日完稿；
《那一夜,辗转反侧》,6月19日完稿；
《一定要生个男孩》,6月19日完稿；
《阿庆伯》,6月26日完稿；
《儿子·妻子·老子》,6月26日完稿；
《取舍之间》,8月8日完稿；
《相约相请》,8月21日完稿；
《下海！下海！！下海！！！》,8月21日完稿；
《嫉妒预防针》,8月21日完稿；
《吻吧兴衰》,8月22日完稿；
《制造岛屿》,8月22日完稿；
《超天才文学创作软件》,8月22日完稿；
《引进物种》,8月22日完稿；
《凯里与X-1星球人》,9月26日完稿；

《太空婴儿》,9月26日完稿。

2005年(47篇)

《寻找伯乐》,1月29日完稿;

《鉴宝》,1月30日完稿;

《巩小薇的难题》,2月9日完稿;

《全羊宴》,2月9日完稿;

《参赛》,2月13日完稿;

《这是真的吗?》,2月13日完稿;

《"一支笔"与丁艳艳》,2月13日完稿;

《没有手机的朋友》,2月15日完稿;

《报仇》,2月15日完稿;

《春节慰问后续》,2月27日完稿;

《我就是你儿子》,4月3日完稿;

《快枪手贾作家》,5月15日完稿;

《马校对》,5月15日完稿;

《温柔一刀》,6月26日完稿;

《装潢啊装潢》,6月27日完稿;

《从青梅竹马始》,6月27日完稿;

《要求代写书信的女孩》,6月27日完稿;

《阿春的爱》,7月3日完稿;

《绝活》,7月3日完稿;

《值了,值了!》,7月3日完稿;

《有奖贺年片》,7月28日完稿;

《黄牢骚》,7月28日完稿;

《神奇的衣服》,7月28日完稿;

《W博士》,7月28日完稿;

《捏相大师》,7月29日完稿;

《恩爱夫妻》,7月29日完稿;

《洪画家夫妇》,7月31日完稿;

《永远的黑蝴蝶》,7月31日完稿;

《水大侠失踪》,7月31日完稿;

《美与丽》,8月6日完稿;

《颠覆》,8月6日完稿;

《败火》,8月7日完稿;

《上门女婿》,8月14日完稿;

《娄大嘴打赌》,8月14日完稿;

《火车上见闻》,8月14日完稿;

《吴太后寿诞》,8月14日完稿;

《倒包》,8月14日完稿;

《喜猫的虹虹和仇猫的阿洛》,8月27日完稿;

《郑板桥〈风竹图〉》,8月28日完稿;

《相约天涯海角》,8月28日完稿;

《吊肉香》,8月28日完稿;

《做过女体盛的云云》,8月28日完稿;

《书记姓严》,9月3日完稿;

《节日探望》,9月24日完稿;

《照片啊照片》,12月24日完稿;

《主任科员老牛》,12月25日完稿;

《谁说这是个游戏》,12月25日完稿。

2006年(24篇)

《酒事》,1月8日完稿;

《老板要狗年贺词》,1月22日完稿;

《一泡鸟屎》,1月22日完稿;

《第一次当证婚人》,1月22日完稿;

《走,去黄河口!》,2月4日完稿;

《拉手手,亲口口》,2月4日完稿;

《阳光心情》,2月12日完稿;

《生病控制仪》,2月12日完稿;

《赌石》,2月12日完稿;

《身心健康预测仪》,2月19日完稿;

《颜市长题词》,4月16日完稿;

《只有两个名额》,4月16日完稿;

《我想生病》,4月23日完稿;

《上下级关系》,4月23日完稿;

《时髦老太》,4月23日完稿;

《如果不错过》,5月21日完稿;

《娄城一怪陆慕远》,8月13日完稿;

《长生不老药》,8月13日完稿;

《外星人什么样子?》,9月10日完稿;

《格尺头》,9月23日完稿;

《包里有什么东西》,9月23日完稿;

《见新》,9月23日完稿;

《道高一尺》,9月23日完稿;

《头痛的礼金》,10月15日完稿。

2007年(23篇)

《张画家与李画家》,1月3日完稿;

《半夜电话》,1月3日完稿;
《搭伙夫妻》,1月10日完稿;
《梅韵儿出国》,1月10日完稿;
《偷渡客阿坚》,1月10日完稿;
《寻找蛛丝马迹》,1月17日完稿;
《一片"豆瓣"引发的故事》,1月17日完稿;
《定做》,3月3日完稿;
《寻觅藏獒》,3月12日完稿;
《冤家对头》,5月5日完稿;
《算命》,5月6日完稿;
《病了》,5月7日完稿;
《改日我请你吃饭》,9月15日完稿;
《?》,9月23日完稿;
《高升之死》,9月23日完稿;
《福利院的古稀老人》,9月23日完稿;
《别采访我,别》,10月21日完稿;
《扫黄之后》,10月21日完稿;
《欢乐江城行》,11月4日完稿;
《房东克丽丝·莱希老太太》,11月18日完稿;
《非著名摄影家》,11月18日完稿;
《诗人贾与诗人甄》,12月29日完稿;
《楼下开了洗脚店》,12月29日完稿。

2008年(13篇)

《1943年的烤地瓜》,2月12日完稿;
《永远的京巴》,6月1日完稿;
《唐校长》,6月1日完稿;
《劫后之劫》,6月29日完稿;
《成熟》,7月5日完稿;
《隔壁乡邻》,7月5日完稿;
《相克》,7月6日完稿;
《小心没大错》,7月6日完稿;
《谢谢中银卡》,8月3日完稿;
《刀子匠龙阿四》,8月23日完稿;
《绿洲情爱》,8月24日完稿;
《菜人》,8月24日完稿;
《赎罪券》,8月31日完稿。

2011年(37篇)

《辐射鼠》,3月26日完稿;

《吉尼斯纪录认证官来鹅城》,4月5日完稿;
《殉节》,4月6日完稿;
《偷界研讨会》,4月7日完稿;
《隐居海宁寺》,4月11日完稿;
《太师饼传说》,4月15日完稿;
《沙和尚走红》,4月17日完稿;
《两难选择》,4月23日完稿;
《寻找处女集》,4月23日完稿;
《关梦后代》,4月24日完稿;
《有一种惩罚乃表扬》,4月25日完稿;
《减肥无效不收钱》,4月26日完稿;
《拿山帮》,4月27日完稿;
《神医》,4月28日完稿;
《你瞎说》,4月29日完稿;
《车祸以后》,4月29日完稿;
《虎大王招聘记》,4月30日完稿;
《婴儿煲》,5月1日完稿;
《换心》,5月2日完稿;
《狼来了》,5月2日完稿;
《学一回〈非诚勿扰〉》,5月2日完稿;
《老虎的民主》,5月7日完稿;
《张约翰发明的仪器》,5月8日完稿;
《扬州瘦马》,5月8日完稿;
《鸟类评优》,5月25日完稿;
《李时珍出书》,7月23日完稿;
《宋江给李逵的一封信》,7月24日完稿;
《老姬的宝贝》,7月25日完稿;
《猪八戒答记者问》,7月25日完稿;
《国王、宰相及狮子》,7月26日完稿;
《褒贬两画家》,7月26日完稿;
《拆迁还是保留?》,7月27日完稿;
《一顿饭》,7月27日完稿;
《走出牢房后》,7月28日完稿;
《洋女婿》,7月29日完稿;
《当一回家长》,7月30日完稿;
《飞机上》,9月12日完稿。

2012年(7篇)

《解药》,4月15日完稿;

《绑架》,4月17日完稿；

《寻根东沙镇》,4月20日完稿；

《娄城双雄》,4月22日完稿；

《刺杀皇上》,4月23日完稿；

《军嫂》,7月23日完稿；

《石头啊石头》,8月12日完稿。

2013年(40篇)

《杀父仇人》,2月12日完稿；

《采花贼》,2月12日完稿；

《大义灭亲》,2月13日完稿；

《遗孤》,2月13日完稿；

《永远的内疚》,2月23日完稿；

《庄花姚黄紫》,2月23日完稿；

《都是照片惹的祸》,2月24日完稿；

《鹰的故事》,2月24日完稿；

《青花瓷罐》,2月27日完稿；

《选择投胎》,2月27日完稿；

《老爸搂了个妖娆女》,2月28日完稿；

《乡试》,3月10日完稿；

《莫言获奖后》,3月13日完稿；

《生命的最后一年》,3月23日完稿；

《野山坡的胡导》,3月23日完稿；

《廉主任与陆检察官》,3月24日完稿；

《豹子称大王》,4月7日完稿；

《小白小天两小画家》,4月20日完稿；

《贬职》,4月21日完稿；

《公了私了》,4月29日完稿；

《恐龙复活》,4月30日完稿；

《正史与野史》,5月1日完稿；

《将军与美女》,5月1日完稿；

《狗狗被撞了》,5月2日完稿；

《透露一个秘密》,5月2日完稿；

《留守女与光棍汉》,5月3日完稿；

《鱼精绝技》,5月3日完稿；

《石头剪刀布》,5月4日完稿；

《三十年河东三十年河西》,5月5日完稿；

《丁宏文与贾鸿儿》,5月5日完稿；

《收礼与退礼》,5月7日完稿；

《义犬》,5月8日完稿;
《张局与李局》,5月8日完稿;
《相遇老同学》,5月19日完稿;
《阿尚奇与艾思奇》,5月23日完稿;
《猜猜这是怎么回事》,5月23日完稿;
《寻找那个说真话的孩子》,5月25日完稿;
《当红画家失踪》,5月25日完稿;
《穿越而来的武松》,5月26日完稿;
《唱大戏》,8月11日完稿。

2014年(6篇)
《老画家的最后一句话》,2月22日完稿;
《功高盖主》,2月24日完稿;
《真话、假话》,3月1日完稿;
《纠结》,3月1日完稿;
《武松遗稿》,5月5日完稿;
《我是你儿子!》,6月6日完稿。

2015年(67篇)
《龟兔赛跑续篇之续篇》,1月25日完稿;
《捏脚捏出的失败》,1月25日完稿;
《百年校庆》,1月25日完稿;
《说走就走的看望》,1月27日完稿;
《交换俘虏》,1月27日完稿;
《新来的》,1月28日完稿;
《两幅获奖摄影作品》,1月28日完稿;
《鼠语》,1月28日完稿;
《垃圾猪照片》,1月29日完稿;
《罪过罪过》,1月29日完稿;
《全球鼠族研讨会》,1月30日完稿;
《有小车接的女大学生》,1月30日完稿;
《阿拉丁神灯再现》,1月31日完稿;
《亲子鉴定》,1月31日完稿;
《身世之谜》,2月1日完稿;
《吃河豚》,2月3日完稿;
《蝴蝶犬》,2月3日完稿;
《劫法场》,2月4日完稿;
《我是老爸亲生的吗?》,2月4日完稿;
《儿子回家过年》,2月4日完稿;
《比》,2月5日完稿;

《阿国其人》,2月6日完稿;

《小三来信》,2月13日完稿;

《偷情的?》,2月14日完稿;

《寻找父亲》,2月15日完稿;

《水带桥的传说》,2月16日完稿;

《突然变卦》,2月21日完稿;

《南瓜王》,2月21日完稿;

《寻亲》,2月23日完稿;

《边疆大捷》,2月24日完稿;

《斜眼》,2月24日完稿;

《冤冤相报何时了》,2月28日完稿;

《省悟》,5月5日完稿;

《带孙子风波》,5月5日完稿;

《丁克》,5月5日完稿;

《智者》,5月6日完稿;

《寻找野人》,5月6日完稿;

《幽灵船》,5月7日完稿;

《锄奸》,5月7日完稿;

《尘封的档案》,5月8日完稿;

《缘分》,5月9日完稿;

《弃婴事件》,5月8日完稿;

《九龙虫》,5月9日完稿;

《遭遇食人族》,5月10日完稿;

《老秤收藏家》,6月18日完稿;

《小鞋收藏家》,6月19日完稿;

《良渚碑》,6月19日完稿;

《幸福指数》,6月20日完稿;

《放还是送派出所?》,6月21日完稿;

《琥珀书记》,6月22日完稿;

《流浪汉与法官》,7月31日完稿;

《父亲留下的》,8月1日完稿;

《遭遇清洁工》,8月1日完稿;

《甲乙丙》,8月2日完稿;

《人精崔李一》,8月2日完稿;

《考秀才》,8月2日完稿;

《玉雕艺人哥俩好》,8月3日完稿;

《天庭评选十大人物》,8月3日完稿;

《超级记忆力》,8月4日完稿;

《反间计》,8月4日完稿;
《天下第一匠》,8月10日完稿;
《香道》,8月12日完稿;
《藤甲衣后人》,9月14日完稿;
《性教授》,9月15日完稿;
《飞来的遗产继承》,9月16日完稿;
《国舅爷出征》,12月30日完稿;
《道歉》,12月31日完稿。

2016年(51篇)
《遗产继承》,1月1日完稿;
《千年人参》,1月1日完稿;
《劝降》,1月2日完稿;
《矽肺病人》,1月3日完稿;
《龚老板、金老板、殷老板》,1月4日完稿;
《妈妈要生二胎》,1月4日完稿;
《只因说了一句谎话》,1月17日完稿;
《规矩》,1月22日完稿;
《婚姻预测仪》,1月23日完稿;
《假戏,真戏?》,1月24日完稿;
《租个女朋友回家过年》,1月24日完稿;
《我不是国民党老兵》,1月24日完稿;
《二胎之死》,1月29日完稿;
《AA制》,1月30日完稿;
《怪医生》,1月31日完稿;
《黑车司机与老外》,2月4日完稿;
《举报》,2月7日完稿;
《一套住房》,2月7日完稿;
《御驾亲征》,2月9日完稿;
《一个"自干五"的转变》,2月11日完稿;
《临终遗言》,2月12日完稿;
《衙门里的孩儿莲》,2月12日完稿;
《起名》,2月13日完稿;
《意见》,2月13日完稿;
《我不是个小混混》,2月13日完稿;
《裸体画》,2月14日完稿;
《逆向思维》,2月15日完稿;
《风雪夜》,2月20日完稿;
《罚戏碑》,2月21日完稿;

《小算盘》,2月22日完稿；

《留守男人》,2月27日完稿；

《黑节草》,2月29日完稿；

《逃得了和尚逃不了庙》,3月1日完稿；

《一念之差》,4月4日完稿；

《局长位置》,4月5日完稿；

《怪病袭来》,4月6日完稿；

《房子买卖》,4月6日完稿；

《试婚格格》,4月7日完稿；

《自宫者》,4月9日完稿；

《对食》,4月10日完稿；

《拆围墙》,4月11日完稿；

《讨工钱》,4月14日完稿；

《"四要堂"子孙》,5月27日完稿；

《红灯绿灯》,6月6日完稿；

《四个女人》,7月22日完稿；

《传家宝》,7月24日完稿；

《田阿大与田阿三》,7月24日完稿；

《点心》,10月16日完稿；

《龙脉》,12月25日完稿；

《石刑》,12月25日完稿；

《行李风波》,12月30日完稿。

2017年(76篇)

《度种》,1月1日完稿；

《有女儿的单身狗》,5月20日完稿；

《找个大侠挑战》,6月2日完稿；

《盟主之死》,6月3日完稿；

《空纸箱》,6月16日完稿；

《双倍赔偿》,6月16日完稿；

《梅九香与盛火火》,7月9日完稿；

《请柬》,7月10日完稿；

《查卫生》,7月10日完稿；

《旁人的议论》,7月10日完稿；

《角色转换》,7月12日完稿；

《情人节车祸》,7月12日完稿；

《闺蜜》,7月12日完稿；

《有人跳楼》,7月13日完稿；

《给钱》,7月13日完稿；

《爱的表现》,7月13日完稿;
《去麻栗坡扫墓》,7月13日完稿;
《煎饼姐姐》,7月14日完稿;
《753阵地的夜晚》,7月14日完稿;
《最近出去过吗?》,7月15日完稿;
《那一泡屎》,7月15日完稿;
《杨老师的故事》,7月16日完稿;
《照片为准》,7月16日完稿;
《狗狗车祸》,7月16日完稿;
《见手青》,7月29日完稿;
《挑战》,7月29日完稿;
《简丹美与沙一粒》,7月30日完稿;
《两份情报》,7月31日完稿;
《情敌》,7月31日完稿;
《孔雀蛋与鹌鹑蛋》,8月1日完稿;
《谁是叛徒?》,8月3日完稿;
《血盆经》,8月4日完稿;
《矛子舞的由来》,8月5日完稿;
《三砖砚小筑与三十砚轩》,8月5日完稿;
《堆场上的游戏》,8月5日完稿;
《挖人参》,8月6日完稿;
《寻找人皮台灯罩》,8月6日完稿;
《遣返》,8月7日完稿;
《做件什么坏事呢?》,8月10日完稿;
《马云庙》,8月10日完稿;
《做回红娘》,8月11日完稿;
《摊上了枪毙鬼的爹》,9月27日完稿;
《船刑》,10月1日完稿;
《笑刑》,10月2日完稿;
《蝶幸》,10月3日完稿;
《独园之殇》,10月3日完稿;
《发现黑松露》,10月5日完稿;
《库拉树镜的秘密》,10月5日完稿;
《天使岛》,10月6日完稿;
《告密者》,10月6日完稿;
《大汗之死》,10月7日完稿;
《鱼鳞家族》,10月7日完稿;
《从贼者杀》,10月14日完稿;

《丹书铁券》,10月14日完稿;

《地震云》,10月15日完稿;

《财位》,10月15日完稿;

《蓝玉髓》,10月16日完稿;

《医者仁心》,10月17日完稿;

《"天吃星"仇九天》,10月18日完稿;

《蓝色睡莲》,10月19日完稿;

《大鱼王》,10月19日完稿;

《白发魔女》,10月20日完稿;

《刽子手苏》,10月21日完稿;

《石耳》,10月22日完稿;

《冬凌草》,10月22日完稿;

《过命兄弟》,12月3日完稿;

《扑朔迷离的往事》,12月4日完稿;

《赌博》,12月5日完稿;

《藏书家》,12月21日完稿;

《文文与钱钱》,12月21日完稿;

《决斗·守信》,12月23日完稿;

《马医生·马院长》,12月24日完稿;

《谁是凶手?》,12月24日完稿;

《〈地雷战〉背后的故事》,12月25日完稿;

《物联网时代》,12月27日完稿;

《高空坠物》,12月30日完稿。

2018年(16篇)

《乾隆御医传人崔朴田》,1月1日完稿;

《猎人王国》,1月11日完稿;

《美丽冻人》,1月26日完稿;

《一把紫砂壶》,2月4日完稿;

《法庭上》,7月15日完稿;

《瞎了眼》,7月26日完稿;

《闻三省与花千韵》,8月5日完稿;

《打赌》,8月5日完稿;

《老画家贺独行》,8月7日完稿;

《千叟宴》,8月7日完稿;

《混吃等死》,8月7日完稿;

《半夜脚步声》,8月7日完稿;

《红盲》,9月24日完稿;

《李医生与孙医生》,9月24日完稿;

《约翰老师的怪问题》,10月4日完稿;
《三个女人一台戏》,10月5日完稿。

2019年(50篇)

《院长与名医》,2月9日完稿;
《校花之死》,2月9日完稿;
《地震来啦!》,2月10日完稿;
《父爱如山》,2月10日完稿;
《500万啊500万》,2月11日完稿;
《摔头胎》,2月11日完稿;
《大观园闹革命》,2月13日完稿;
《怕手机爆炸的姑娘》,2月14日完稿;
《学生、老师、家长》,3月20日完稿;
《相约在陆羽茶馆》,6月4日完稿;
《大生壶》,6月4日完稿;
《东方美人茶》,6月5日完稿;
《预测大师》,6月21日完稿;
《找个日本人来拳击》,6月22日完稿;
《巴特尔与哈儿巴拉》,6月23日完稿;
《吊诡的历史》,6月24日完稿;
《撞见》,6月25日完稿;
《王阳明平叛》,6月26日完稿;
《温泉村》,6月26日完稿;
《半日国王》,6月26日完稿;
《1911年的太监》,6月27日完稿;
《哥俩好》,6月28日完稿;
《河边的大树》,6月29日完稿;
《螃蟹爪人》,6月30日完稿;
《幸灾乐祸犯》,7月1日完稿;
《袁老大的包子铺》;
《三棵古榉树》,7月16日完稿;
《糟油传人》,7月16日完稿;
《我不想做坏人》,7月17日完稿;
《花将军》,7月30日完稿;
《夏余冰中风》,7月31日完稿;
《作家梦》,7月31日完稿;
《胡老板、景老板》,8月3日完稿;
《宋版〈红楼梦〉》,8月4日完稿;
《慈航》,8月4日完稿;

《隔山相望》,8月5日完稿;
《火鹰》,8月5日完稿;
《百花希望小学》,8月7日完稿;
《跪下求情》,8月8日完稿;
《钉子户》,8月9日完稿;
《生死手谈》,8月10日完稿;
《陪老爸看电影〈哪吒之魔童降世〉》,8月15日完稿;
《下血本》,8月16日完稿;
《七杀碑》,8月16日完稿;
《牌坊镇的故事》,8月17日完稿;
《缩头术传奇》,8月25日完稿;
《日本虎杖》,8月26日完稿;
《亚裔邻居》,8月28日完稿;
《父子母子矛盾》,8月29日完稿;
《送礼与退礼》,10月16日完稿。

2020年(134篇)
《中东靓妹》,1月1日完稿;
《你还记得我吗?》,1月10日完稿;
《独家专访潘金莲》,1月11日完稿;
《隔壁老王》,1月11日完稿;
《劫道》,1月16日完稿;
《钓鱼轶事(1)》,1月17日完稿;
《钓鱼轶事(2)》,1月18日完稿;
《烫伤后续》,1月19日完稿;
《画坛花絮》,1月20日完稿;
《三个和尚续篇》,1月21日完稿;
《拜师》,1月23日完稿;
《伪造大便罪》,1月24日完稿;
《禁止舍身燃指碑》,1月25日完稿;
《彼岸花》,1月26日完稿;
《老狮王与新狮王》,1月27日完稿;
《洗澡逸闻》,1月28日完稿;
《动物法院》,1月28日完稿;
《孙悟空巡游》,1月29日完稿;
《奶奶的怪癖》,1月29日完稿;
《明崇祯十七年》,1月30日完稿;
《果子狸饭店开张》,1月31日完稿;
《轻重伤员》,2月3日完稿;

《裸贷》,2月4日完稿;
《蝗灾》,2月18日完稿;
《农夫的儿子》,2月19日完稿;
《两份报告》,2月20日完稿;
《猴子称大王》,2月21日完稿;
《冷家四杰》,2月22日完稿;
《园林之殇》,2月23日完稿;
《传家宝物》,3月2日完稿;
《镇国公》,3月3日完稿;
《回归大唐》,3月7日完稿;
《昆石收藏家》,3月15日完稿;
《微服私访》,3月16日完稿;
《编撰〈名门望族〉》,3月17日完稿;
《火梨枪传人》,3月18日完稿;
《张骞与他的匈奴女人》,3月21日完稿;
《你会明白的》,3月22日完稿;
《老宅院·破门楼》,3月24日完稿;
《事关菊花》,3月25日完稿;
《杨将军碑》,3月26日完稿;
《认养古树》,3月27日完稿;
《传国玉玺》,3月28日完稿;
《〈永乐大典〉之谜》,4月6日完稿;
《闻北梁的悲喜剧》,4月7日完稿;
《蝙蝠的抗议》,4月12日完稿;
《离婚于人间四月天》,4月14日完稿;
《马桶嫂》,4月15日完稿;
《算命世家》,4月15日完稿;
《孔明灯》,4月16日完稿;
《弄级名人谭老三》,4月17日完稿;
《阿步与阿刁》,5月14日完稿;
《龙遗丸》,5月15日完稿;
《乡尖黄后浪》,5月16日完稿;
《史涛声的故事》,5月16日完稿;
《"一根筋"的梦想》,5月25日完稿;
《美女护士的婚事》,5月26日完稿;
《瞒报年龄》,6月12日完稿;
《评选健康小姐》,6月13日完稿;
《二手房》,6月15日完稿;

《谋士》,6月17日完稿;

《宫中大火》,6月17日完稿;

《匾额收藏家》,6月18日完稿;

《相亲》,6月18日完稿;

《三部落》,6月19日完稿;

《水源污染事件》,6月19日完稿;

《摸奶节》,6月20日完稿;

《米粉之最》,6月20日完稿;

《夜遇醉美人》,7月6日完稿;

《灵丹妙药》,7月6日完稿;

《小镇著名诗人》,7月12日完稿;

《结拜兄弟》,8月7日完稿;

《另辟蹊径的摄影家》,8月8日完稿;

《千金散尽还复来》,8月10日完稿;

《麋鹿的野性》,8月11日完稿;

《留学伦敦曾大厨》,8月13日完稿;

《墨子守城》,8月14日完稿;

《砸墓碑》,8月15日完稿;

《容之祖》,8月17日完稿;

《抽象画家尹无极式》,8月18日完稿;

《扶贫纪事》,8月19日完稿;

《鬼市》,8月20日完稿;

《皇室秘史》,8月21日完稿;

《当票因缘》,8月26日完稿;

《救援驴友》,8月27日完稿;

《探花夫人》,8月28日完稿;

《吃香》,8月29日完稿;

《斗鸡》,8月30日完稿;

《汉服秀》,8月31日完稿;

《丁忧》,9月1日完稿;

《你们为什么不来骗我?》,9月1日完稿;

《致仕》,9月2日完稿;

《抗战老兵邓通生》,9月9日完稿;

《质疑者》,9月10日完稿;

《有这样一对夫妻》,9月10日完稿;

《捧角家》,9月12日完稿;

《猛犸象牙》,9月13日完稿;

《蟋蟀玩家》,9月15日完稿;

《琼花大使》,9月17日完稿;
《寻找建文帝》,10月23日完稿;
《拍摄〈雪霁红船〉》,11月16日完稿;
《开光》,11月22日完稿;
《君臣之间》,11月22日完稿;
《首富与他的姨太太》,11月23日完稿;
《律师梁宫雪》,11月23日完稿;
《笔名》,11月24日完稿;
《执死鸡》,11月24日完稿;
《郎中、杀手与小叫花》,11月25日完稿;
《猫王》,11月26日完稿;
《白乌鸦之死》,11月28日完稿;
《偷针眼》,11月28日完稿;
《拾碗潭》,11月28日完稿;
《谁是藏书冠军?》,11月29日完稿;
《常委会》,11月29日完稿;
《小区邻居》,11月30日完稿;
《柳玉树与魏芙蓉》,12月3日完稿;
《美颜》,12月3日完稿;
《最后一杯酒》,12月10日完稿;
《网约司机》,12月15日完稿;
《搬家》,12月16日完稿;
《丧假》,12月17日完稿;
《水上水画家芦雁》,12月18日完稿;
《卖酸文》,12月18日完稿;
《麦远香与她的麦秸画》,12月19日完稿;
《灵芝事件》,12月19日完稿;
《江南龙狮王》,12月20日完稿;
《络子钱》,12月20日完稿;
《尹亚之与他的磨漆画》,12月21日完稿;
《甜妞喜糖铺子》,12月21日完稿;
《打不煞牛愣子》,12月22日完稿;
《钢琴收藏家》,12月23日完稿;
《钟表收藏家铁守时》,12月24日完稿;
《嘉定三屠》,12月27日完稿;
《遗民》,12月29日完稿。

2021年(169篇)

《捉奸悲剧》,1月21日完稿;

《温柔夜的剧情》,1月23日完稿;
《微信运动群》,1月24日完稿;
《光头》,1月25日完稿;
《孩子跟谁姓?》,1月25日完稿;
《猪叫》,1月26日完稿;
《三个剃头匠》,1月27日完稿;
《地下车库的故事》,1月29日完稿;
《孙二娘后人起诉》,1月31日完稿;
《旅行结婚》,1月31日完稿;
《野猪山轶事》,2月19日完稿;
《吃绝户》,2月20日完稿;
《阑尾炎》,2月21日完稿;
《操一刀这个人》,2月21日完稿;
《偷盗案》,2月22日完稿;
《高仿名画》,2月22日完稿;
《婴儿塔》,2月24日完稿;
《何大碗戒酒》,2月24日完稿;
《与校花约会》,2月25日完稿;
《穿越到唐代》,2月26日完稿;
《计生办干部辛瑶英》,2月27日完稿;
《冥府生活会》,2月28日完稿;
《有人跳楼》,3月3日完稿;
《猫鼠和平共处宣言》,3月4日完稿;
《辩论比赛》,3月7日完稿;
《凶宅奇遇》,3月8日完稿;
《几百年前的航海轶事》,3月9日完稿;
《收藏灵璧石》,3月9日完稿;
《画室故事》,3月10日完稿;
《车祸证人》,3月11日完稿;
《失算的江大湖》,3月12日完稿;
《茶博士严一茗》,3月12日完稿;
《三不管岛的传说》,3月13日完稿;
《急程茶》,3月13日完稿;
《追杀》,3月14日完稿;
《另类收藏家》,3月14日完稿;
《铁杉树下》,3月15日完稿;
《三份遗产》,3月16日完稿;
《夜猫村的男孩》,3月17日完稿;

《群名》,3月18日完稿;
《贺礼画》,3月22日完稿;
《爱的试验》,3月23日完稿;
《猪头肉阿金》,3月24日完稿;
《死士》,3月25日完稿;
《神箭手》,3月26日完稿;
《市井之徒》,3月27日完稿;
《阿蛮与日本飞行员》,3月28日完稿;
《反其道行之》,3月28日完稿;
《九公碑》,3月31日完稿;
《盗卖皇陵之树案》,3月31日完稿;
《两颗野核桃》,4月1日完稿;
《有灵性的鹦鹉》,4月3日完稿;
《娄城鱼佬儿》,4月4日完稿;
《娄城竹篾匠》,4月5日完稿;
《娄城"钎脚王"》,4月6日完稿;
《娄城风筝高手》,4月7日完稿;
《发小黑皮》,4月8日完稿;
《小学同学"小眼睛"》,4月9日完稿;
《大当家二当家三当家》,4月12日完稿;
《剪辫子》,4月13日完稿;
《桂家群与鲜家群》,4月15日完稿;
《太太太……》,4月15日完稿;
《文身》,4月19日完稿;
《有个叫祖七斋的》,5月29日完稿;
《醉湖兮？罪湖兮？》,5月31日完稿;
《喜脉》,5月31日完稿;
《半个藏书家》,5月31日完稿;
《承包苹果树》,6月1日完稿;
《承包山头》,6月1日完稿;
《柏拉图式的恋爱》,6月10日完稿;
《拆建城墙》,6月11日完稿;
《施粥风波》,6月12日完稿;
《饭局上的对话》,6月13日完稿;
《出门遇雨》,6月14日完稿;
《校长的夏天》,6月19日完稿;
《会唱歌的八哥》,6月20日完稿;
《马馆长》,6月21日完稿;
《碰到问路人》,6月22日完稿;

《国宝兮？造假兮？》,6月22日完稿；

《头胎二胎三胎》,6月23日完稿；

《任廉可练书法》,6月23日完稿；

《咱也爱国一回》,7月17日完稿；

《请举手!》,7月17日完稿；

《玉真公主》,8月7日完稿；

《飞天》,8月8日完稿；

《黄道婆》,8月10日完稿；

《剑花双绝公孙大娘》,8月10日完稿；

《鱼玄机》,8月11日完稿；

《楼兰美女》,8月12日完稿；

《红糖大娘》,8月13日完稿；

《瓷器西施》,8月13日完稿；

《女茶博士》,8月14日完稿；

《香妃别传》,8月16日完稿；

《阿秀女工》,8月17日完稿；

《铁花寨主》,8月18日完稿；

《女将军吕母》,8月19日完稿；

《口技女孩》,8月20日完稿；

《狗监女儿》,8月21日完稿；

《织婢钟巧手》,8月23日完稿；

《神剪皎花花》,8月24日完稿；

《女间蝶儿》,8月25日完稿；

《波斯影后》,8月25日完稿；

《种朱砂棉的女人》,8月26日完稿；

《隋朝世博会背后的女人》,8月27日完稿；

《淘金嫂子》,8月29日完稿；

《豆腐西施》,8月31日完稿；

《女诸葛孔思思》,9月1日完稿；

《花木兰别传》,9月2日完稿；

《蔡文姬与曹操的恩怨情》,9月3日完稿；

《酒中仙客栈老板娘》,9月10日完稿；

《女头疗师连莲莲》,9月11日完稿；

《投壶女王》,9月12日完稿；

《谍画家冷一蝶》,9月13日完稿；

《民族英雄女秦良玉》,9月14日完稿；

《苏武的匈奴女人》,9月15日完稿；

《西夏公主》,9月17日完稿；

《回鹘公主》,9月18日完稿；

《和亲公主》，9月19日完稿；
《亡国公主》，9月19日完稿；
《刁蛮公主》，9月21日完稿；
《建宁公主》，9月21日完稿；
《尚书夫人》，9月22日完稿；
《许穆夫人》，9月22日完稿；
《首辅女儿》，9月23日完稿；
《一树柿子》，11月8日完稿；
《两个小学同学》，11月8日完稿；
《大胃王》，11月8日完稿；
《囤粮》，11月9日完稿；
《送去棒槌会的女人》，11月10日完稿；
《扬扬的母亲》，11月11日完稿；
《猫奴》，11月11日完稿；
《鬣狗的命运》，11月12日完稿；
《卖身葬母后》，11月13日完稿；
《桂树情结》，11月15日完稿；
《玩葫芦的人》，11月16日完稿；
《留守女人心梦》，11月17日完稿；
《疯女人》，11月18日完稿；
《忠烈祠祭奠》，11月18日完稿；
《哭灵》，11月19日完稿；
《木雕父子俩》，11月20日完稿；
《席式太极拳》，11月21日完稿；
《一封信》，11月21日完稿；
《自证清白》，11月23日完稿；
《发现驴头狼》，11月24日完稿；
《邮缘》，11月25日完稿；
《琉璃情》，11月26日完稿；
《酒仙香儿》，11月26日完稿；
《辣王》，12月4日完稿；
《啤酒王》，12月6日完稿；
《规矩》，12月7日完稿；
《言上水老师与他的学生》，12月9日完稿；
《鸟神》，12月14日完稿；
《师爷》，12月18日完稿；
《钦差大臣》，12月19日完稿；
《佩兰茶》，12月20日完稿；
《"莫须有"案中的何铸》，12月20日完稿；

《皇帝汤》,12月22日完稿;
《评弹师生》,12月23日完稿;
《疑冢》,12月23日完稿;
《电梯坏了》,12月24日完稿;
《白事》,12月24日完稿;
《打针打针打针》,12月25日完稿;
《鹅鹅鹅》,12月25日完稿;
《孙姓兮？陆姓兮？》,12月26日完稿;
《老对联》,12月26日完稿;
《签名本》,12月28日完稿;
《姓氏主编》,12月29日完稿;
《相逢一笑泯恩仇》,12月30日完稿;
《船拳传人》,12月31日完稿;

2022年1月—4月（12篇）
《阴性！阴性！！阴性！！！》,3月10日完稿;
《车祸》,3月14日完稿;
《无奈之举》,3月15日完稿;
《飞机失事》,3月23日完稿;
《争论》,3月24日完稿;
《广场舞王子》,3月25日完稿;
《黑耳鸢》,3月26日完稿;
《翰林弄兄弟》,3月31日完稿;
《愚公后人》,4月2日完稿;
《发工资啦!》,4月4日完稿;
《该死的愚人节》,4月6日完稿;
《宝宝的名字》,4月9日完稿。

六　凌鼎年创作散文、随笔、杂文、发言稿等一览

（1972年—2022年）

（说明：带＊的篇名后未标注时间。因写作较早或有的底稿未注明写作日期,已记不清具体完稿时间。另本节中部分作品的体裁信息,因作者创作时间跨度大及内容较丰富,已无法确定,故未标出。）

1972年（1篇）
《被人冤枉的滋味》(散文),6月完稿。
1974年（1篇）
《顶天立地》(散文),1月完稿。

1975 年(3 篇)

《不夜的工地》(散文),4 月完稿;

《煤海潮》(散文),8 月完稿;

《煤城晨曲》(散文),8 月完稿。

1976 年(1 篇)

《地震日记》,8 月 10—24 日完稿。

1977 年(5 篇)

《第一车煤》(散文),1 月完稿;

《金风十月游泰山》(游记),10 月 19 日完稿;

《承上启下的中天门》(游记),10 月完稿;

《从中天门到玉皇顶》(游记),10 月完稿;

《泰山西路》(游记),10 月完稿。

1978 年(25 篇)

*《让思想冲破牢笼》(杂文);

*《如此"技术处理"》(杂文);

*《幽默问答》;

《好学与尊师》(随笔),7 月 8 日完稿;

《注意观察》(随笔),8 月 7 日完稿;

《能短则短》(随笔),8 月 7 日完稿;

《短发、长发——孰中?孰西?》(杂文),8 月 8 日完稿;

《气魄与情怀》(随笔),8 月 12 日完稿;

《情出自然》(随笔),8 月 15 日完稿;

《重阳诗话》(随笔),8 月 15 日完稿;

《明月皎皎泻诗意——月亮诗话》(随笔),9 月 5 日完稿;

《河工高超的高超》(随笔),9 月 13 日完稿;

《赵括、韩信、马谡及其他》(随笔),9 月 14 日完稿;

《有感于河中石兽的打捞》(随笔),10 月 2 日完稿;

《石钟山、清远峡考察的教益》(随笔),10 月 4 日完稿;

《手自笔录观群书》(随笔),10 月 15 日完稿;

《从"官渡大战"到"赤壁之战"》(随笔),10 月 15 日完稿;

《胸有成竹的启示》(随笔),10 月 16 日完稿;

《毛病出在哪里》(杂文),10 月 25 日完稿;

《政治与业务关系上的一般性与特殊性》(随笔),10 月完稿;

《"差点儿"不能煮来吃》(随笔),10 月 26 日完稿;

《"指鹿为马"术一议》(杂文),12 月 28 日完稿;

《有感于浒墅关的更名》(随笔),12 月 7 日完稿;

《由嗅觉失灵引起的议论》(随笔),12 月 24 日完稿;

《皇帝是怎么会光屁股的》(杂文),12 月 31 日完稿。

1979年(21篇)

《文艺创作与时代步伐》(随笔),1月19日完稿;

《说官》(杂文),2月5日完稿;

《为"我为人人,人人为我"口号一辩》(杂文),3月2日完稿;

《志在四方》(随笔),3月10日完稿;

《趵突泉天下第一泉名不虚传》(游记),3月完稿;

《也谈"赶时髦"》(杂文),5月完稿;

《间谍、特务考》,7月3日完稿;

《从楚灵公偏爱细腰谈起》(随笔),8月2日完稿;

《乐羊、乐宜的遭遇为什么不同?》(随笔),8月5日完稿;

《道德日坏根何在》(随笔),8月5日完稿;

《有所"好"方有所"投"》(杂文),8月5日完稿;

《"奇装异服"辩》(杂文),8月9日完稿;

*《用人者胜,容忍者强》(随笔);

《"世界之窗"这个窗口开得好》(随笔),11月完稿;

《有趣的中国姓氏》(随笔),12月6日完稿;

《平时争与评时争》(杂感),12月31日完稿;

*《小议来稿不退》(杂感);

*《官场,应该及早消亡》(杂文);

*《讽刺挖苦也是一种动力》(随笔);

*《关于诗,我之看法》(文论);

*《闪动的色彩》(散文)。

1980年(29篇)

《真话与假话》(杂感),1月13日完稿;

《社会优越性的体会》(小品文),1月13日完稿;

《对人类社会发展原动力初探》(论文),1月15日完稿;

《试论封建中央集权下的自给自足小农经济对中国国民性的影响》(论文),1月16日完稿;

《对诗的理解》(杂感),3月3日完稿;

《一颗备受创伤的爱国之心——余毅夫先生访问录》(报告文学),3月14日完稿;

《人才互补结构初探》(论文),4月23日完稿;

《评论不等于批判》(杂文),5月7日完稿;

《〈青年科学家〉杂志创刊词》,5月11日完稿;

《写在"青年科学家协会"成立之际》,5月11日完稿;

《集邮趣谈》(随笔),5月完稿;

《走你自己的路》,6月1日完稿;

《别了,匹哀尔·索台里尼式的婆婆》(杂文),6月17日完稿;

《提倡署真名》(杂文),8月16日完稿;

《稀世瑰宝经石屿》(游记),8月完稿;
《幽哉趣矣王母池》(游记),8月完稿;
《读刊指瑕疵》,8月15日完稿;
《天下乌鸦一般黑吗?》(随笔),9月3日完稿;
《金钱是幸福的基础之一?》(杂文),9月完稿;
《关于"金钱"讨论基础之我见》(杂文),9月完稿;
《假如我办〈青年报〉》(随笔),9月完稿;
《菊展上的联想》(随笔),9月30日完稿;
《小杉树与大木料》(随笔),10月完稿;
《某公吃猴脑》(杂文),11月3日完稿;
《读〈书林征稿〉启事有感》(杂感),10月5日完稿;
《文艺要竞争,官办刊物局面要打破》(杂感),10月完稿;
《文字游戏与街谈巷议》(杂文),11月13日完稿;
《过细的选举》(随笔),11月完稿;
《一则笑话引发的联想》(随笔),12月29日完稿。

1981年(9篇)

《早春,有一丛新绿》(散文),2月完稿;
《谜语15则》,9月19日完稿;
《谜语25则》,9月20日完稿;
《谜语40则》,9月21日完稿;
《谜语44则》,9月22日完稿;
《谜语10则》,9月19日完稿;
《徐州,有座苏东坡盛赞的云龙山》(游记),10月13日完稿;
《一则笑话的启示》,10月14日完稿;
《有感于一条阿拉伯谚语》(随笔),10月29日完稿。

1982年(17篇)

《王翦冤哉》(随笔),1月14日完稿;
《在鲁迅墓前》(散文),2月23日完稿;
《心诚则灵》(杂文),2月23日完稿;
《九层楼台起于垒砖》(散文),3月3日完稿;
《砖》(散文),3月17日完稿;
《我所听说的一副绝对》,3月28日完稿;
《前途》(随笔),9月22日完稿;
《我心目中的当代》(随笔),10月5日完稿;
《在66路公交车上》(散文),10月6日完稿;
《上班路上》,10月26日完稿;
《张华死得不合算吗?》,11月17日完稿;
《母爱乎? 母害乎?》,11月22日完稿;

《别人的馍不妨也嚼嚼》,11月22日完稿;

《焦大也会爱上林妹妹的》,11月22日完稿;

《五马分尸讹传》,12月25日完稿;

《望文生义与望字生义》,12月25日完稿;

《想当然者慎之慎之》,12月29日完稿。

1983年(29篇)

《新年忆友》(散文),1月26日完稿;

《与弟弟同游昆山》,2月12日完稿;

《爆炸以后》(报告文学),3月3日完稿;

《游顾炎武故乡的亭林公园》(游记),3月5日完稿;

《文明小议》(随笔),3月14日完稿;

《缩影宝钢纪行》,4月8日完稿;

《杜甫时代何来辣椒?》(随笔),4月15日完稿;

《〈蜀道难〉读后》(随笔),4月19日完稿;

《我为上海书法家当导游》(游记),4月25日完稿;

《简述〈荷塘月色〉的意境美》(随笔),4月29日完稿;

《墨妙亭归来记》(散文),5月8日完稿;

《析〈太阳吟〉艺术特色》(随笔),6月22日完稿;

《弄一支烟来!》(杂感),6月29日完稿;

《元代飞虹架绿水》(散文),7月16日完稿;

《郑和下西洋之遗物大铁釜》(散文),7月20日完稿;

《此葵非那葵》(随笔),7月20日完稿;

《读书偶得一则》,8月15日完稿;

《例子外的看法》,8月15日完稿;

《古趣盎然的太仓公园》,8月17日完稿;

《千古诗魂耀采石》,9月1日完稿;

《碑园虽小堪流连》,9月1日完稿;

《寻访项羽戏马台》,9月17日完稿;

《〈哈姆雷特〉浅析》,9月29日完稿;

《对辛弃疾〈永遇乐·京口北固亭怀古〉用典看法》,10月7日完稿;

《"发疯"在〈哈姆雷特〉中的艺术效果》,10月9日完稿;

《〈春蚕〉中老通宝形象分析》,10月12日完稿;

《古文学习之我见》,10月25日完稿;

《谈谈苏轼〈念奴娇〉主题与结尾》,10月28日完稿;

《谈谈〈为奴隶的母亲〉一文中的细节描写》,11月1日完稿。

1984年(28篇)

《赵玉娘形象分析》,3月8日完稿;

《〈乔厂长上任记〉的思想与艺术特色》,3月20日完稿;

《不仅仅是为了权》,4月2日完稿;

《关于两个配角〈大桥下面〉观后》,4月5日完稿;

《四月春深乡郊行》(散文),4月30日完稿;

《阳台上的情绪》(散文),5月1日完稿;

《两对老夫妻》(散文),5月8日完稿;

《上海的四大伟人墓》(散文),6月1日完稿;

《人物速写》(人物),6月14日完稿;

《拍马者戒》(杂文),7月14日完稿;

《彭祖与彭祖井》(游记),7月15日完稿;

《为"八百天"唱赞歌》(散文),8月28日完稿;

《旧居情思》(散文),8月31日完稿;

《来自一年级的信息》(杂感),9月3日完稿;

《点窜、化用与名句》(随笔),11月6日完稿;

《中途签票下常州》(散文),12月11日完稿;

《"中流"岂能"砥"》(随笔),12月12日完稿;

《关于骄傲的断想》(随笔),12月13日完稿;

《古已有之的木屐,以及旅游鞋》(随笔),12月13日完稿;

《李林甫也有开明之处》(随笔),12月17日完稿;

《为卢怀慎说一句好话》(随笔),12月17日完稿;

《"秦砖汉瓦"之说谬也》(随笔),12月18日完稿;

《煞风景事何时能刹住?》(杂文),12月22日完稿;

《说"遗风"》(杂文),12月25日完稿;

《人至察则无徒》(杂文),12月25日完稿;

《语序的奥妙》(随笔),12月26日完稿;

《邹缨齐紫,且以移俗》(杂文),12月28日完稿;

《伯乐兮园丁兮?》(杂文),12月31日完稿。

1985年(99篇)

《"您们"用法用错了》,1月1日完稿;

《口彩、讥语及其他》,1月2日完稿;

《我的学生》,1月10日完稿;

《老师,比我小几岁》,1月19日完稿;

《杂文断想》,1月26日完稿;

《字、词的出处及生造》,2月7日完稿;

《金钱三论》,3月11日完稿;

《骑马游孔林》,3月20日完稿;

《孔林的个体户》,3月20日完稿;

《"奇装异服"辨》,3月24日完稿;

《并非仅仅是僧多粥少》,5月19日完稿;

《人才为什么留不住？》,5月19日完稿；
《有感于黄瓜两元一斤》,5月19日完稿；
《莫做黄药师式的人物》,5月27日完稿；
《这句话说得好!》,5月31日完稿；
《图书馆与花园》,5月31日完稿；
《说争》,5月31日完稿；
《多干实事,少做表面文章》,5月31日完稿；
《微山湖风情》,6月9日完稿；
《说官》,6月10日完稿；
《大铁釜与铁锚弄》,7月17日完稿；
《也说"落英缤纷"》,7月18日完稿；
《刘家港彪炳史册,天妃宫重焕光彩》,7月25日完稿；
《郑和下西洋逸闻一则》,7月29日完稿；
《杂文年轻化之我见》,7月31日完稿；
《征婚广告登出以后》,7月31日完稿；
《湖州有爿"陆羽茶庄"》,8月3日完稿；
《古镇南浔感受》,8月3日完稿；
《老梅一枝着新花——记书法家徐梦梅》,8月7日完稿；
《微雨赏莲小莲庄》,8月9日完稿；
《谒陈士英墓》,8月11日完稿；
《访嘉业藏书楼》,8月20日完稿；
《湖州有个铁佛寺》,8月20日完稿；
《我爱雨中游》,8月21日完稿；
《当轮到自己时》,8月21日完稿；
《也说破格》,8月21日完稿；
《有感于兔毛中洒入味精》,8月23日完稿；
《教师节前的感慨》,8月23日完稿；
《这块牌子竖得好》,8月23日完稿；
《湖州有座"塔里塔"飞英塔》,8月23日完稿；
《遗落于池塘边的往事》(散文),8月23日完稿；
《那只跛脚的小鸡》(散文),8月25日完稿；
《代拟〈现代诗报〉编辑部复信》(杂文),8月25日完稿；
《夏夜,电闪雷鸣的时候》(散文),8月26日完稿；
《写游记文章一得》(随笔),8月28日完稿；
《生孩子与写文章》(随笔),8月29日完稿；
《请奖励点金钱以外的》(杂文),9月6日完稿；
《发书报费中的两个极端》(杂文),9月14日完稿；
《难煞老师》(杂文),9月14日完稿；

《市级乎？省级乎？》(杂文),9月19日完稿;
《迟到,莫在一刻钟内》(杂文),9月20日完稿;
《为了要面子》(杂文),9月20日完稿;
《悠悠万事,见报为大》(杂感),9月27日完稿;
《点铁成金与点金为铁》(杂感),10月3日完稿;
《蔬菜最高限界限得好》(杂感),10月15日完稿;
《书报费扩大到领导为哪般?》(杂文),10月15日完稿;
《书橱不应是级别的标志》(杂感),10月16日完稿;
《怎么能做假做到孩子身上》(杂感),10月16日完稿;
《"迪斯科白酒"质疑》(杂文),10月20日完稿;
《人才的进与出》(杂文),10月20日完稿;
《家属＝人才?》(杂文),10月20日完稿;
《老百姓欢迎此举》(杂文),10月21日完稿;
《虚惊后的联想》(杂文),10月21日完稿;
《但愿遗憾少些,再少些》(杂文),10月22日完稿;
《刹车莫太急》(杂文),10月22日完稿;
《李鼎铭先生还未能安息》(杂文),10月23日完稿;
《回来兮,弼时之魂》(杂文),10月23日完稿;
《不妨读读〈扁鹊见蔡桓公〉》,10月23日完稿;
《试试"拆庙赶和尚"如何?》(杂文),10月23日完稿;
《对〈金瓶梅〉洁本的疑惑》(随笔),10月24日完稿;
《比,应竖比加横比》(杂文),10月25日完稿;
《金钱,在战场上贬值》(杂文),10月28日完稿;
《说"上当只上一次"》(杂文),10月29日完稿;
《烂菜皮与鲅鱼味的联想》(杂文),10月31日完稿;
《尖锐,杂文的重要属性》(文论),11月3日完稿;
《题目,文章的眼睛》(随笔),11月3日完稿;
《农民诗人李忠田》(人物),11月10日完稿;
《井》(散文),11月20日完稿;
《洋厂长,你是该走了》(杂文),11月22日完稿;
《官场从来都是黑暗的》(杂文),11月23日完稿;
《护隐私辨》,11月23日完稿;
《集邮琐记1—2》(随笔),11月25日完稿;
《集邮琐记3》(随笔),11月26日完稿;
《慕名、假名及名惑、名累》(杂文),12月3日完稿;
《征婚广告上的发现》(杂文),12月6日完稿;
《湖滨新村找人》(散文),12月12日完稿;
《徐州也有兵马俑》(游记),12月13日完稿;

《我家的斯芬克斯之谜》（散文），12月17日完稿；
《信奉"拍马经"者戒》（杂文），12月21日完稿；
《三个保证》（散文），12月25日完稿；
《福尔摩斯的厄运》（散文），12月25日完稿；
《关于杂文的思索》（文论），12月26日完稿；
《骄傲断想》（随笔），12月29日完稿；
《虎年说虎外谈》（随笔），12月29日完稿；
《嗅觉失灵引起的联想》（随笔），12月29日完稿；
《天下乌鸦一般黑吗？》（随笔），12月29日完稿；
《麝煤是煤吗？》，12月31日完稿；
《菊展上的联想》（随笔），12月31日完稿；
《从这一方面说》（随笔），12月完稿。

1986年（164篇）

《车辆今昔谈》（随笔），1月1日完稿；
《武则天造字与改姓》（随笔），1月1日完稿；
《谐音趣话》（随笔），1月2日完稿；
《避讳一勺谈》（随笔），1月2日完稿；
《从西施当过间谍说开去》（文史），1月3日完稿；
《公孙大娘不是老大娘》（文史），1月3日完稿；
《倒贴福字与其他》（随笔），1月完稿；
《DDT的功过》（随笔），1月6日完稿；
《奇妙的食物链》（随笔），1月6日完稿；
《虚词虚实谈》（随笔），1月7日完稿；
《"嗟来之食"新释》（随笔），1月7日完稿；
《我所知道的白木耳》（知识小品），1月8日完稿；
《七件事与三大件的变化》（随笔），1月9日完稿；
《梅与蜡梅》（随笔），1月9日完稿；
《"秋风秋雨愁煞人"的借鉴与区别》（随笔），1月10日完稿；
《关于蟹几跪》（随笔），1月10日完稿；
《听说〈文汇报〉举办杂文征文》（杂感），1月13日完稿；
《祝"努力加餐饭！"》（随笔），1月15日完稿；
《长亭短亭》（随笔），1月15日完稿；
《"扬州路"是什么路》（文史），1月15日完稿；
《近亲结婚一分为二》（随笔），1月24日完稿；
《杂说老鼠》（随笔），1月27日完稿；
《我与〈徐州矿工报〉》（随笔），1月28日完稿；
《梧桐与法国梧桐辨异》（随笔），1月31日完稿；
《新春佳节话书信》，1月31日完稿；

《"五大夫松"辨误》(随笔),2月1日完稿;
《琼花之疑》(随笔),2月1日完稿;
《辣椒是从外国传入的吗?》(文史),2月4日完稿;
《寒食诗话》(随笔),2月5日完稿;
《戏马台诗话》(随笔),2月5日完稿;
《比喻妙说》(随笔),2月6日完稿;
《归谬的逻辑力量》(随笔),2月6日完稿;
《推荐一首古诗》(随笔),2月6日完稿;
《裙·裙带关系》(随笔),2月7日完稿;
《字、词的来历与生造》(随笔),2月7日完稿;
《腰肌劳损》(随笔),2月12日完稿;
《我是写作的料吗?》(随笔),2月13日完稿;
《他,摸索着前进——记大屯煤电公司剪纸爱好者刘平》,2月14日完稿;
《调动》(随笔),2月14日完稿;
《创作学习班轶事》(随笔),2月14日完稿;
《在大学门口》(散文),2月15日完稿;
《我与王老师》(散文),2月15日完稿;
《父亲病危》(随笔),2月16日完稿;
《不孝儿子》(随笔),2月16日完稿;
《发动机出了毛病》(随笔),2月16日完稿;
《鹤翔桩气功》(随笔),2月17日完稿;
《夜宿庐山的回忆》(散文),2月17日完稿;
《"福尔摩斯"的厄运》(随笔),2月17日完稿;
《儿子,早产记》(散文),2月19日完稿;
《微山湖畔的一颗明珠》(散文),2月20日完稿;
《路的断想12则》(随笔),2月21日完稿;
《火车车厢里何时能禁烟?》,2月22日完稿;
《有感于店家门联的单一化》,2月22日完稿;
《电的断想》(随笔),2月25日完稿;
《矿山物想篇》(随笔),2月25日完稿;
*《海外关系》(随笔);
《乌金的电厂之行》(科普小品),3月1日完稿;
《粉煤灰砖的自述》(科普小品),3月1日完稿;
《向人工合成食品进军》(科普小品),3月完稿;
《椒·辣椒》(随笔),3月20日完稿;
《有这么一种生财之道》,3月21日完稿;
《有人曾叫我"凌铁生"》(随笔),3月31日完稿;
《这样做太没出息》(杂文),4月9日完稿;

《金钱在战场上贬值》(杂文),4月完稿;

《送妻子去"天堂"疗养》(散文),4月21日完稿;

《他,自费去了日本》(散文),4月22日完稿;

《郑和下西洋始发地——刘家港》(散文),4月23日完稿;

《一片香樟树叶》(散文),5月19日完稿;

《煤田,有一个欢乐的仲夏夜》(散文),5月25日完稿;

《眼光不妨放远点》(杂感),5月27日完稿;

《自学也要有竞争》(杂感),5月28日完稿;

《姚桥矿剪影》(人物),5月31日完稿;

《熬成了婆婆后》(杂感),6月9日完稿;

《请为"我当之无愧"鼓掌》(随笔),6月9日完稿;

《买家用电器的断想》(随笔),6月11日完稿;

《有感于猫的身价看涨》(杂感),6月12日完稿;

《双管齐下好》(杂感),6月18日完稿;

《万事坚持难》(随笔),7月3日完稿;

《乾隆花园先游记》(游记),7月17日完稿;

《烟雨迷蒙游福海》(游记),7月17日完稿;

《永乐大钟上"打金钱眼"》,7月20日完稿;

《水荒,大自然的报复》(杂文),7月20日完稿;

《我玩了龙洗》,7月20日完稿;

《水的价值要重新认识》(随笔),8月2日完稿;

《关于杂文的再思索》,8月4日完稿;

《有感于"差不得一个领导"》(杂感),8月5日完稿;

《请不要宣传的后面》,8月5日完稿;

《眼光不妨放远些》(杂感),8月5日完稿;

《什么级别的?》(杂感),8月5日完稿;

《从香山到静安寺的思索》(随笔),8月6日完稿;

《对称与非对称性的启示》(随笔),8月6日完稿;

《从鸡尾酒想到的》(随笔),8月7日完稿;

《省了一元钱,受了一天累》(随笔),8月7日完稿;

《微山湖上空发现不明飞行物纪实》,9月2日完稿;

《吊兰情》(散文),9月4日完稿;

《阅读就是金钱》(随笔),9月6日完稿;

《垃圾箱的诉辞》(杂感),9月6日完稿;

《适得其反的讳言》(杂文),9月8日完稿;

《请给宣传牌添加点人情味》(杂感),9月9日完稿;

《乐游原与青龙寺的遗憾》(随笔),9月15日完稿;

《免费为乐游原与青龙寺做次广告》(随笔),9月15日完稿;

《心理学在经济生活中的价值》(随笔),9月16日完稿;
《从鸡尾酒谈起》(随笔),9月完稿;
《道教圣地楼观台》(游记),9月19日完稿;
《意思意思的背后》(杂感),9月23日完稿;
《这样的百分之百有何意思》(杂感),9月23日完稿;
《悲哉,拆烂污才能调走》(杂文),9月23日完稿;
《层层传达有何必要》(杂感),9月24日完稿;
《父母啊,不能宠坏了你的孩子》(杂文),9月24日完稿;
《入党标准不能本末倒置》(杂文),9月24日完稿;
《近亲结婚与遗传学》(随笔),9月27日完稿;
《江苏丰县有个血缘婚姻村庄朱陈村》(随笔),9月27日完稿;
《浪费观的反思》(杂文),9月30日完稿;
《古镇南浔》(游记),10月完稿;
《谁之过?》(杂文),10月完稿;
《相机与彩照的矛盾》(随笔),10月完稿;
《昙花虽一现,生命颇顽强》,10月27日完稿;
《南京站行李寄存处的冷面孔》(杂感),10月28日完稿;
《警惕,恶性循环的漩涡》,10月31日完稿;
《人类食物的前景》(随笔),10月31日完稿;
《老少年雁来红》(散文),10月31日完稿;
《怎能简单归罪于拍电影呢》(随笔),10月31日完稿;
《道是无情却有情》(杂文),11月1日完稿;
《最大的浪费是时间的浪费》(杂文),11月1日完稿;
《假如当官与特权毫无联系的话》(杂文),11月4日完稿;
《人情观与金钱观,孰是孰非?》(随笔),11月4日完稿;
《让"言者有功"深入人心》(杂感),11月4日完稿;
《"与人奋斗,其乐无穷"该永别了!》(杂文),11月6日完稿;
《卖面饼的老人》(散文),11月8日完稿;
《招聘透露出的信息》(杂文),11月9日完稿;
《不知如此烦恼有几何》(杂文),11月12日完稿;
《滥竽充数的又一启示》(杂文),11月13日完稿;
《笔名里面有文章》(随笔),11月13日完稿;
《一篇文章透露的重要信息》(杂文),11月15日完稿;
《这也是一种公害》(杂文),11月16日完稿;
《千秋文章百世师》(散文),11月18日完稿;
《令人担忧的没有废稿》(杂感),11月20日完稿;
《弹性罚款小议》(杂文),11月完稿;
《从理论上说……》(杂感),11月20日完稿;

《中顾委与中纪委撤销行否?》(杂文),11月20日完稿;
《模式模式模式何时休?》(杂文),11月21日完稿;
《长城上,我痛苦地反思》(随笔),11月22日完稿;
《姚桥矿路口的"瓶颈口"何时能通?》(杂感),11月22日完稿;
《取消"实行三包"如何?》,11月28日完稿;
《安规考试切莫走过场》(杂感),11月29日完稿;
《安全生产要落在实处》(杂感),11月29日完稿;
《算了算了,算了什么》(杂感),12月1日完稿;
《劳动这一课不能少》(随笔),12月1日完稿;
《不妨再提"比学赶帮超"》(随笔),12月1日完稿;
《希望在于学生超过老师》(随笔),12月1日完稿;
《"小祖宗"吃饭》(电视小品),12月9日完稿;
《得到的与失去的》(杂感),12月9日完稿;
《请清理一下你的箱底》(随笔),12月10日完稿;
《是热自会冷》(随笔),12月10日完稿;
《愿你不再有这种遗憾》(随笔),12月10日完稿;
《该扔的扔》(杂文),12月10日完稿;
《吃苹果的启示》(随笔),12月10日完稿;
《平时争与评时争》(杂感),12月11日完稿;
《吃的疑惑》(随笔),12月11日完稿;
《伤脑筋的假内行》(杂文),12月15日完稿;
《呼吁为灭鼠大王请功》(随笔),12月15日完稿;
《熊福元周年祭》(散文),12月21日完稿;
《话说婆婆》(杂文),12月完稿;

*《油画〈田横五百士〉高悬于徐悲鸿纪念馆》。

1987年(48篇)

《你知道国宴肴馔吗?》(随笔),1月6日完稿;
《鼠屎疑案》(随笔),1月8日完稿;
《司马悦办案》(随笔),1月8日完稿;
《电的断想》(随笔),1月13日完稿;
《矿山物想篇》(随笔),1月13日完稿;
《摸金辨冤》(随笔),1月22日完稿;
《差役·盗贼》(随笔),1月22日完稿;
《访张溥故居》(散文),1月27日完稿;
《太仓也有了博物馆》(散文),1月27日完稿;
《德高学博,桃李满园》(散文),1月27日完稿;
《成人教育之先驱,民众教育之保姆——记现代著名教育家俞庆棠先生》(文史),2月8日完稿;

《让孩子们懂点艰苦朴素》(随笔),2月22日完稿;
《面对上涨的礼金》(随笔),2月22日完稿;
《会议下基层的奥妙》(杂文),3月6日完稿;
《垂盆草,绿色的草》(散文),3月10日完稿;
《矿门口,来了摆桌球台的》(散文),3月12日完稿;
《微山湖黄昏的变奏曲》(散文),3月22日完稿;
《仙人球,谢谢你了!》(散文),3月27日完稿;
《柳树·松树》(随笔),3月29日完稿;
《哦,无名草》(散文),3月31日完稿;
《春色遮不住》(散文),4月2日完稿;
《上海与南京作家在徐州之剪影》(特写),4月11日完稿;
《双补结束后的思考》(论文),4月完稿;
《听著名煤矿作家谭谈讲课》(散文),5月3日完稿;
《联欢会上的煤矿作家》(散文),5月5日完稿;
《仙人掌》(散文),5月完稿;
《她弹奏着康复的旋律》(报告文学),5月24日完稿;
《远去回首情更深》(散文),6月5日完稿;
《一片香樟树叶》(散文),6月12日完稿;
《文如其人——黄卫平与他的小说》(人物),6月13日完稿;
《千古诗魂耀彩石》(散文),6月25日完稿;
《双增双节之我见》(杂文),6月30日完稿;
《关于双补结束后的一些思考》(随笔),7月1日完稿;
《话说副刊》(随笔),7月22日完稿;
《走进唐代常建诗意》(游记),7月29日完稿;
《虞山十五墓》(游记),7月31日完稿;
《小镇,气锤声声》(散文),8月9日完稿;
《淮海战役烈士纪念塔情思》(散文),8月9日完稿;
《旧居的回忆》(散文),8月9日完稿;
《再想买一幅》(散文),8月20日完稿;
《情感》(散文),8月完稿;
《岳父》(散文),9月7日完稿;
《他只说了一句话》(散文),9月16日完稿;
《我有这样一个学生》(散文),9月16日完稿;
《早夭的画家熊福元》(报告文学),9月18日完稿;
《他搏击在煤海、学海》(报告文学),11月15日完稿;
《搞个广告设计征稿如何?》(随笔),12月17日完稿;
《走,洗澡去!》(散文),12月31日完稿。

1988年(43篇)

《香兽趣谈》(文史),1月11日完稿;

《冬桃》(散文),1月16日完稿;
《爱言情语》,1月25日完稿;
《微山湖畔的农家婚礼》(散文),1月27日完稿;
《"老同昌"茶庄广告文稿》,2月2日完稿;
《我与缪斯恋情的自白》(散文),2月4日完稿;
《阳台上》(散文),2月13日完稿;
《步鑫生与马胜利及新闻记者》(杂文),2月15日完稿;
《亡羊补牢前多想想》(杂文),2月15日完稿;
《雨中奇趣》(散文),2月完稿;
《碧波的悲喜剧》(随笔),3月13日完稿;
《不要怕介绍自己》(随笔),3月19日完稿;
《卧龙自然保护区之行》(散文),5月28日完稿;
《郭沫若故居巡礼》(散文),5月29日完稿;
《都江堰畔有座新建的工人疗养院》(散文),5月31日完稿;
《从归去来兮的"来"字说开去》(随笔),5月31日完稿;
《我忘不了副刊部那几位老师》(散文),5月31日完稿;
《安澜索桥漫步》(散文),6月4日完稿;
《领导者的形象?》(杂感),6月10日完稿;
《峨眉山寻猴记》(散文),6月11日完稿;
《让文化经纪人出山》(杂感),6月23日完稿;
《好个"见义勇为奖"》(杂感),6月25日完稿;
《给新创刊的〈火神〉刊物题词》,7月6日完稿;
《在职失业与双向选择》(随笔),7月10日完稿;
《煤矿的上海籍大龄青年》(随笔),7月16日完稿;
《销售科与广告及厂长的算账方法与决策》(杂文),7月29日完稿;
《奇闻一则——大软蛋》,8月1日完稿;
《浅谈浪漫主义》(文论),8月14日完稿;
《怅然的寂静》(散文),8月28日完稿;
《蛙的悼文》(散文),8月29日完稿;
《垃圾箱的呼吁》(杂文),9月完稿;
《我参加〈文汇月刊〉作者茶话会》(散文),9月25日完稿;
《"太空饮料大战"佼佼者》(随笔),10月10日完稿;
《引导学生做与写》(微型报告文学),10月完稿;
《凡人小事》(人物),10月14日完稿;
《换一种活法》(散文),11月15日完稿;
《好爸爸,坏爸爸》(散文),11月25日完稿;
《"杯"之两极化的忧虑》(杂文),11月21日完稿;
《"老一百"与她的父亲》(散文),11月26日完稿;

《荒唐王爷的地下宫殿》(游记),12月1日完稿;

《煤海女秀才》(散文),12月完稿;

《觉新形象反思》(随笔),12月8日完稿;

《联合体与"联喝体"》(杂文),12月23日完稿。

1989年(41篇)

《喔,兰兰》(纪实),1月31日完稿;

《廉洁奉公之黑色幽默》(随笔),1月31日完稿;

《从苏州到徐州》(散文),2月4日完稿;

《徐州地区的刘邦与项羽古迹》(游记),2月6日完稿;

《来自国外的小道消息》(随笔),2月7日完稿;

《群鸟飞翔才壮观》(随笔),2月7日完稿;

《看〈寡妇村〉纪实》(随笔),2月24日完稿;

《如此技术处理》(杂感),2月24日完稿;

《开除党籍怎么样?》(杂感),2月27日完稿;

《挂与推》(杂感),3月8日完稿;

《别一种"人走茶凉"》(杂感),3月8日完稿;

《童年,你拥有一个自己的世界》(散文),3月12日完稿;

《吃之怪点滴谈》(随笔),3月23日完稿;

《我所了解的杂文作家奚旭初》(散文),3月24日完稿;

《省界线上的百岁老人》(散文),3月26日完稿;

《不辜负生活馈赠的屠雨迅》(人物),4月5日完稿;

《文章秀,文气盛》(人物),4月7日完稿;

《受缪斯青睐的吴允峰》(人物),4月8日完稿;

《脱"赢"而出的感慨》(杂文),4月18日完稿;

《庭院别情》(散文),4月23日完稿;

《重要的是改善企业小气候》(论文),5月12日完稿;

《台湾归来如是说》(散文),5月18日完稿;

《人生第一次》(散文),5月26日完稿;

《一座煤矿的诞生》(散文),6月完稿;

《队长的反思》(散文),6月17日完稿;

《属羊的小伙》(散文),7月完稿;

《形形色色的物资大串换》(纪实文学),7月24日完稿;

《"六六六"翻案的联想》(随笔),8月1日完稿;

《我写小小说》(随笔),8月28日完稿;

《微山湖畔养鱼场》(散文),8月28日完稿;

《理发室里的"代沟"》(散文),8月31日完稿;

《认识无止境》(随笔),9月1日完稿;

《小小说的美学价值》(文论),9月10日完稿;

《我不遗憾了》(散文),9月22日完稿;

《徐州,我的第二故乡》(散文),9月24日完稿;

《野趣诱我野地行》(散文),9月29日完稿;

《历史,不能忘记》(随笔),10月19日完稿;

《留住青春》(散文),10月20日完稿;

《人·猴》(散文),11月6日完稿;

《郑和下西洋逸闻》(文史),11月完稿;

《九层楼台起于垒砖》(随笔),11月完稿。

1990年(24篇)

《春色无限好》(散文),1月14日完稿;

*《张溥故居与七录斋》(散文);

《各人有各人的优势》(创作谈),3月15日完稿;

《"精神万元户"张庆泉》(报告文学),3月19日完稿;

《乡间"萤火郎"》(报告文学),3月完稿;

《牵线搭桥人》(散文),5月24日完稿;

《耄耋老翁蝇头楷——记上海八六文化老人李鸿文》(人物),6月24日完稿;

《改善投资环境一议》(杂感),6月28日完稿;

*《防暑降温莫一刀切》(杂感);

*《小小说的美学情趣》(文论);

*《写游记文章一得》(创作谈);

*《我拥有两个故乡》(散文);

《淳朴的大别山人》(散文),7月29日完稿;

*《愿望》(随笔);

《煤海情》(散文),8月2日完稿;

《在凌鼎年小小说作品讨论会上的答谢词》,9月8日完稿;

《写信忙,看信乐》(随笔),9月14日完稿;

《小城气功之家》(散文),10月5日完稿;

《身价陡增的紫葛叶》(随笔),10月8日完稿;

*《青豆味道好极了》(散文);

《松石斋主宋文治》(人物),11月9日完稿;

《紫葛叶走红的联想》(随笔),11月20日完稿;

《板桥古战场凭吊》(散文),12月2日完稿;

《周庄的价值》(随笔),12月17日完稿。

1991年(33篇)

《梦中的池塘》(散文),1月13日完稿;

《匡庐之夜》(游记),1月14日完稿;

*《小小说创作中的弊病》(创作谈);

*《小小说创作三忌》(创作谈);

《微山湖畔逮螃蟹》(散文),1月23日完稿;

*《微山湖归途》(散文);

《兰草一枝生机盎——太仓画家邢少兰》(人物),1月27日完稿;

*《缪斯,初识于县中》(随笔);

*《我的创作习惯》(创作谈);

*《春游》(电视小品);

*《为朱丹初撰写的挽联》;

《留恋病房》(散文),3月14日完稿;

*《讽刺打击全当补药吃》(随笔);

*《八六老人李鸿文》(散文);

*《为李鸿文写挽联》;

*《人类食物的前景》(随笔);

《太仓旅游六景点》,5月16日完稿;

*《弇山园主人王世贞》(文史);

*《为王安石欣赏的水利专家郏亶》(文史);

《漫谈口彩与吉语》(随笔),6月30日完稿;

《保留一份纯真之心》(随笔),7月8日完稿;

《〈春色遮不住〉跋》,7月11日完稿;

《凤飞龙腾》(报告文学),7月完稿;

《招"凤"腾"龙"的启迪》(随笔),7月24日完稿;

*《梦的诠释》(随笔);

《爬格子絮语》(九则),8月5日完稿;

《面对选载》(随笔),8月11日完稿;

*《太仓珍蔬紫葛叶》(散文);

《梅韵润丹青,德馨播遐迩——记重建的朱屺瞻梅花草堂》(随笔),10月18日完稿;

《九畹扬芬——国画家邢少兰速写》(人物),12月15日完稿;

《小城变化》(散文),12月22日完稿;

*《宋水利学家郏亶》(文史);

《猴年话科学》(随笔),12月31日完稿。

1992年(41篇)

《方兴未艾的小小说创作》,1月1日完稿;

《书祭》(散文),1月24日完稿;

*《征文参赛》(散文);

《不求闻达求高格——记书法篆刻家马士达》(人物),2月29日完稿;

《灿如锦绣》(报告文学),3月15日完稿;

《书画偶题》(散文),3月16日完稿;

《难以拒绝的索要》(随笔),3月19日完稿;

*《湖州有家陆羽茶庄》(散文);

《茶事》(随笔),3月21日完稿;

《读皎然〈饮茶歌送郑容〉》(随笔),3月22日完稿;

《读唐诗〈谢朱常侍寄贶蜀茶、剡纸〉》(随笔),3月22日完稿;

《茶谊》(随笔),3月25日完稿;

《茶别》(随笔),3月29日完稿;

《读灵一〈与元居士青山潭饮茶〉》(随笔),3月31日完稿;

＊《诗情画意》(散文);

《集束手榴弹》(随笔),4月2日完稿;

《游子故园情》(散文),4月5日完稿;

《母亲留给我的财富》,4月12日完稿;

《荧屏门外谈》(随笔),4月16日完稿;

《蛋卷·心态及思索》(随笔),4月19日完稿;

《小巷情韵》(散文),4月21日完稿;

《镇名、路名与公园名兼谈太仓投资软环境》(随笔),4月22日完稿;

《"松石千秋"笔底情》(散文),5月4日完稿;

《吴健雄与紫薇阁》(散文),5月29日完稿;

《吴健雄教授故乡行》(报告文学),5月29日完稿;

《他创作永痕的艺术语言——记著名雕塑家章永浩教授》(人物),6月1日完稿;

《电话号码的黑色幽默》(随笔),6月4日完稿;

＊《情系桑梓,心系教育》(特写);

＊《紫薇阁纪事》(散文);

《武打片的魅力》(随笔),7月12日完稿;

《明珠璀璨》(散文),8月9日完稿;

《短文之魅力》(随笔),9月16日完稿;

《猴年,我的好书消夏》(散文),9月20日完稿;

《青春自白》(随笔),11月7日完稿;

《〈守拙庐笔记〉后记》,12月18日完稿;

《新春寄语》(随笔),12月18日完稿;

《吃之黑色幽默》(随笔),12月22日完稿;

＊《高晓声为〈娄东文艺〉题词》;

＊《读诗札记》(随笔);

＊《创作、衣着与形象》(杂文);

＊《优势与局限》(创作谈)。

1993年(33篇)

＊《太仓春早》(散文);

＊《金太仓,今朝更耀目》(散文);

＊《浮光掠影话温州》(特写);

《方寸之间任纵横》(随笔),1月7日完稿;

《好记性不如烂笔头》(随笔),1月7日完稿;
《太仓纪念王时敏诞辰400周年》,1月21日完稿;
《太仓历代园林》(文史),2月9日完稿;
《太仓,我爱你!》(散文),2月13日完稿;
《不以己悲,不以物喜——邢少兰专访》,4月11日完稿;
《小街新貌》(散文),4月13日完稿;
《请吴健雄教授题词》(散文),4月28日完稿;
《我的一句话》(随笔),5月27日完稿;
《房子,永远缺一间》(散文),6月8日完稿;
《闯一闯小小说领域》(随笔),6月27日完稿;
《小小说随想》(文论),7月11日完稿;
《一件旧呢中山装》(散文),7月18日完稿;
《小小说集〈秘密〉后记》,7月23日完稿;
《触"电"喜忧》(随笔),9月5日完稿;
《我观电视广告》(随笔),9月19日完稿;
《走近河姆渡》(游记),10月24日完稿;
《江苏已形成小小说作家群》(随笔),10月27日完稿;
《〈往事如谜〉后记》,10月28日完稿;
《电视机与电视的随想》(随笔),10月31日完稿;
《通俗文学门外谈》(文论),11月7日完稿;
《作家、学者与商人三位一体——黄孟文印象》(人物),11月28日完稿;
*《品味好书,实属享受》(散文);
*《幽兰出深谷》(随笔);
*《谈艺录》(随笔);
*《〈百花园〉,小小说作家自己的园地》(随笔);
*《小小说创作一勺谈》(创作谈);
*《我以小小说为知己》(随笔);
*《必不可少的核实》(随笔);
*《能短则短》(随笔)。

1994年(50篇)

*《在汪曾祺故乡》(散文);
*《老母亲的栀子花》(散文);
*《品茶闲记》(散文);
*《多米诺骨牌效应》(杂文);
《新中国成立以来最大的征文,春兰·世界华文微型小说大赛活动纪实》,2月27日完稿;
《家有老母真好》(散文),3月5日完稿;
《拍个〈小苏州传奇〉如何?》(随笔),3月5日完稿;

《第一个双休日》(随笔),3月6日完稿;
《绍兴古纤道》(游记),4月7日完稿;
《读书给了我很多很多》(随笔),5月1日完稿;
《我的名字》(散文),5月8日完稿;
《余姚有个谢志强》(人物),5月22日完稿;
《中国的居里夫人——吴健雄》(人物),5月24日完稿;
《土地——宝中之宝》(随笔),6月5日完稿;
《短篇小说集〈水淼淼〉后记》,6月11日完稿;
《怀念乘凉》(散文),7月3日完稿;
《小小说,一种崛起的文体》(文论),7月3日完稿;
《小小说,从素材到作品》(创作谈),7月8日完稿;
*《虚构,但不凭空》(创作谈);
《故乡情结》(散文),7月9日完稿;
《一个获骑士勋章的农民》(报告文学),8月6日完稿;
《文协十年,硕果累累》(随笔),9月8日完稿;
《邵华印象》(人物),9月11日完稿;
《〈萌芽〉主编曹阳其人》(人物),9月17日完稿;
《我所见到的敖包》(游记),9月18日完稿;
《访阿拉玛力边防站》(游记),9月25日完稿;
《获奖感言》(随笔),10月1日完稿;
《米吉尔·坎巴尔家》(游记),10月1日完稿;
《做客蒙古包》(游记),10月2日完稿;
《大阪城外遇大风》(游记),10月3日完稿;
《新疆的气候》(游记),10月3日完稿;
《火州吐鲁番》(游记),10月3日完稿;
《乌鲁木齐五一市场》(游记),10月3日完稿;
《赛里木湖畔的黑贼》(游记),10月4日完稿;
《天池挨冻》(游记),10月4日完稿;
《鲜为人知的怪石峪》(游记),10月9日完稿;
《阿拉山口素描》(游记),10月15日完稿;
《初识坎儿井》(游记),10月16日完稿;
《中国内陆海边零点处》(游记),10月16日完稿;
《回扣与胃口》(杂文),10月25日完稿;
《大眼睛、中眼睛与小眼睛》(随笔),11月6日完稿;
《蜀中才子曹德权》(人物),11月12日完稿;
《小小说的反思与自省》(随笔),11月12日完稿;
《中国大陆微型小说作家队伍状况》,11月20日完稿;
《江苏有个微型小说作家群》(随笔),11月26日完稿;

《胡永其其人其事》(人物),11月27日完稿;

《双份玉皇阁醮点目睹记》(纪实),11月27日完稿;

*《〈凌鼎年小小说〉后记》;

*《小小说集〈难忘昨夜〉后记》(注:此集子手稿被出版社遗失);

*《夏日的绿荫》(散文)。

1995年(69篇)

《狮城文学之旅日记》,1月7日完稿;

《食文化杂谈》,2月25日完稿;

《我与小小说》,3月4日完稿;

《新加坡的环保》,3月5日完稿;

《自由的八哥》,3月5日完稿;

《永远的胡姬花》,3月5日完稿;

《初尝榴梿与山竹》,3月5日完稿;

《新加坡的西海岸公园》,3月18日完稿;

《在新加坡参观陈瑞献艺术馆》,3月18日完稿;

《〈红粉〉走红之我见》,3月31日完稿;

《弇山名园留胜迹》,4月9日完稿;

《流产的不起斋》,4月15日完稿;

《〈漫记人间〉主题歌》,4月20日完稿;

《大马才女朵拉》,5月1日完稿;

《新华文坛伉俪方然与芊华》,5月1日完稿;

《先别急着写小小说》,5月13日完稿;

《武夷山竹筏断想》,5月13日完稿;

《难忘武夷一线天》,5月14日完稿;

《缘缘堂焦门的见证》,5月27日完稿;

《走近缘缘堂》,5月27日完稿;

《茅盾故乡乌镇行》,5月28日完稿;

《一本劫后复得之书》,6月10日完稿;

《怀念父亲》,6月11日完稿;

《有人曾叫我"凌铁生"》,6月11日完稿;

*《小小说——一种崛起的文体》;

《兼与〈立不起来的小小说〉作者李万春商榷》(文论),6月17日完稿;

《太仓肉松掌故》,6月18日完稿;

《人的适应性》,6月18日完稿;

《微山湖畔读禁书》,7月15日完稿;

《相聚"牛车棚"》,7月22日完稿;

《只因装了空调》,7月22日完稿;

《学孔繁森,戒王宝森》,7月29日完稿;

《夏天的尴尬》,8月5日完稿;
《夏日里的电话》,8月5日完稿;
《僧人的眼光》,8月6日完稿;
《我去了火焰山》,8月6日完稿;
《三分读书四分想,留下三分来创作》,8月6日完稿;
《隆力奇广告语6条》,8月12日完稿;
《故园情、桑梓情、明德情》,8月12日完稿;
《自然界的怪现象》,8月19日完稿;
《日本,叫我如何对你说》,8月19日完稿;
《夫妻感情第一》,8月19日完稿;
《怀念燕子》,8月24日完稿;
《中州出了个孙方友》,9月17日完稿;
《夏日的回忆》,9月24日完稿;
《我曾是个野孩子》,9月24日完稿;
《病人的感觉》,10月1日完稿;
《微山湖畔狗肉香》,10月7日完稿;
《我不相信有野人》,10月8日完稿;
《有灵性的书桌》,10月8日完稿;
《记日本渡边晴夫教授》,10月15日完稿;
《打碎与打不碎的韩瓶》,10月28日完稿;
＊《小小说,凌鼎年如是说》;
《手抄本》,11月5日完稿;
《我之小小说观》,11月11日完稿;
《人到中年话保健》,11月12日完稿;
《娄东画派传人》,11月25日完稿;
《莫干山上老字号》,11月26日完稿;
＊《话说起名》;
＊《未曾谋面的知音》;
＊《他为文学添砖加瓦》;
＊《南平一瞥》;
＊《漫谈人的适应性》;
＊《沉甸甸的画册》;
＊《公孙树与月季花》;
＊《书香四溢绕我家》;
＊《宋代韩瓶》;
＊《大有大的难处,小有小的优势》;
＊《坐怀之诱》。

1996年(76篇)
《孙方友其人其文》(人物),1月14日完稿;

《访康有为故居》(游记),1月27日完稿;
《心血来潮》(随笔),2月4日完稿;
*《信奉"三乐主义"》(随笔);
《小小说是个大事业》(随笔),2月4日完稿;
《双休日,我得罪了朋友》(随笔),2月4日完稿;
《受诱惑是很容易的》(随笔),2月21日完稿;
《小小说,九五年回顾,九六年展望》,2月22日完稿;
《人生几个三十年》(随笔),3月9日完稿;
《电脑升级》(随笔),3月9日完稿;
《十年辛苦非寻常》(随笔),3月9日完稿;
《一对世界级的科学伉俪》(报告文学),3月10日完稿;
《选材之眼力》(创作谈),3月16日完稿;
《人物设计》(创作谈),3月17日完稿;
《构思谋篇》(创作谈),3月17日完稿;
《语言运用》(创作谈),3月17日完稿;
《主题开掘》(创作谈),3月17日完稿;
《发挥想象力》(创作谈),3月24日完稿;
《选择道具》(创作谈),3月24日完稿;
《文体探索》(创作谈),3月24日完稿;
《开头与结尾》(创作谈),4月6日完稿;
《风格分析》(创作谈),4月13日完稿;
《借鉴与模仿》(创作谈),4月13日完稿;
《问题之探讨》(创作谈),4月13日完稿;
《世界各国微型小说概览》(随笔),4月14日完稿;
《土地啊土地》(散文),4月14日完稿;
《各人有各人的活法》(随笔),4月14日完稿;
《盼徐虎精神辐射开去》(杂感),4月20日完稿;
《悼画坛大师朱屺瞻》(随笔),4月21日完稿;
《关于刘罗锅的几点看法》(随笔),4月25日完稿;
《读书滋养了我的头脑》(随笔),4月25日完稿;
《答高军问》,4月25日完稿;
《三株现象的启示》(杂感),4月28日完稿;
《人瑞骑鹤去,梅花沁艺苑》(散文),5月1日完稿;
《朱屺瞻与梅花草堂》(散文),5月5日完稿;
《不虚此行》(随笔),5月11日完稿;
《教材作品》,5月12日完稿;
《中国当代小小说勾勒》(随笔),5月18日完稿;
《〈不白之冤〉创作谈》,5月18日完稿;

《〈寿碗〉创作谈》,5月19日完稿;
《要有创意》(文论),5月19日完稿;
《〈血经〉创作谈》,5月26日完稿;
《〈河对岸,有片小树林〉创作谈》,5月26日完稿;
《〈罪人〉创作谈》,5月26日完稿;
《〈那片竹林那棵树〉创作谈》,6月2日完稿;
《自学成才的邢少兰》(短视片文字),6月8日完稿;
《〈吃苹果〉创作谈》,6月8日完稿;
《〈钓鱼〉创作谈》,6月9日完稿;
《〈救火〉创作谈》,6月16日完稿;
《〈阿闻与大闲〉创作谈》,6月16日完稿;
《〈再年轻一次〉创作谈》,6月16日完稿;
《〈一把手〉创作谈》,6月16日完稿;
《〈郝记者〉创作谈》,6月23日完稿;
《〈让儿子独立一回〉创作谈》,6月23日完稿;
《值得一看的〈孔繁森〉》(随笔),6月26日完稿;
《塞翁的启示》(杂文),7月27日完稿;
《浅析"上梁不正下梁歪"》(杂文),7月27日完稿;
《修祥明这个人》(人物),7月27日完稿;
《答太仓电台"书香小屋"主持人问》,7月28日完稿;
《体验泥疗》(游记),7月28日完稿;
《悲壮田横岛》(游记),8月3日完稿;
《四只月饼》(散文),8月4日完稿;
《多观察,勤思考》,9月8日完稿;
《文学艺术与精神文明的关系》(随笔),9月14日完稿;
《有缘寒山寺》(游记),9月21日完稿;
《寒山寺方丈书斋见闻》(游记),9月21日完稿;
《小小说的读者市场》(随笔),9月22日完稿;
《在市优秀藏书家庭领奖会上的发言》,9月29日完稿;
《日新月异的刘家港》(散文),10月2日完稿;
《双凤展翅正腾飞》(特写),10月2日完稿;
《品茗三毛茶馆》(游记),10月20日完稿;
《诗意的水灯节》(游记),11月30日完稿;
《湄南河畔细论文》(散文),12月1日完稿;
《南园与南园文学社》(随笔),12月21日完稿;
《鳄鱼湖观鳄》(游记),12月22日完稿;
《来去一箱书》(散文),12月22日完稿。

1997年(73篇)

《锻炼,贵在坚持》(随笔),1月1日完稿;

《令人叹为观止的大象表演》(游记),1月1日完稿;
《就餐龙城花园酒家》(游记),1月4日完稿;
《曼谷两导游》(游记),1月4日完稿;
《迷人的珊瑚岛》(游记),1月5日完稿;
《泰国的汉语与汉字》(游记),1月5日完稿;
《湄南河水上人家》(游记),1月5日完稿;
《泛读与精读》(随笔),2月1日完稿;
《说手》(随笔),2月2日完稿;
《新词汇乱弹》(随笔),2月8日完稿;
《读诗忆苏老——记苏渊雷教授》(人物),2月9日完稿;
《免俗避俗过个年》(随笔),2月9日完稿;
《答矿大顾建新教授问》,2月15日完稿;
《死字趣谈》(随笔),2月15日完稿;
《1996年中国小小说大事记》,2月22日完稿;
《开心与不开心》(随笔),2月23日完稿;
《主持人语:介绍新加坡董农政其人其文》,3月3日完稿;
《为南阳写广告词若干条》,3月8日完稿;
《〈小小说月报〉主持人语》,3月8日完稿;
《世界华文微型小说概览》,3月23日完稿;
《心系中华,魂归故里》(散文),4月5日完稿;
《吴健雄教授骨灰回归太仓故里》(特写),4月6日完稿;
《再答顾建新教授问》,4月6日完稿;
《袁家骝太仓行》(散文),4月12日完稿;
《百岁寿星画家朱屺瞻》(人物),4月12日完稿;
《我的香港朋友》(随笔),4月13日完稿;
《屁文章》(随笔),4月13日完稿;
《从刘邦一句真话想到的》(随笔),4月20日完稿;
《间谍与特务考》(随笔),4月20日完稿;
《陈有觉与牛郎织女降生太仓说》(文史),4月26日完稿;
《昆曲创始太仓说》(文史),4月27日完稿;
《〈先飞斋札记〉后记》,5月1日完稿;
《言情小说与武侠小说的创作与阅读》(文论),5月2日完稿;
《嚼嚼太仓方言》(随笔),5月3日完稿;
《重在以诚相待,以心换心》(随笔),6月1日完稿;
《陶然的小小说世界》(随笔),6月7日完稿;
《愿〈青藤架〉长青》(随笔),6月14日完稿;
《几个难忘的细节》(随笔),6月21日完稿;
《〈凌鼎年微型小说创作〉后记》,6月30日完稿;

《筷子与刀叉及其他》(随笔),7月1日完稿;
《妻子成了股民》(散文),7月1日完稿;
《惊闻文字污染流毒海外》(随笔),7月19日完稿;
《三个臭皮匠与三个和尚》(随笔),7月19日完稿;
《听袁家骝博士谈香港回归》(随笔),7月26日完稿;
《愿〈清溪〉长清长流》(随笔),8月9日完稿;
《正题之外的话》(随笔),9月7日完稿;
《投稿ABC》(随笔),9月7日完稿;
《面对退稿》(随笔),9月14日完稿;
《微山湖的回忆》(散文),9月28日完稿;
《皇帝也没有坐过沙发》(杂文),10月3日完稿;
《港区,太仓的希望》(散文),10月12日完稿;
《太仓人的骄傲——诺贝尔物理学奖得主朱棣文》(人物),10月19日完稿;
《我也迷过体育锻炼》(散文),10月25日完稿;
《太仓籍的上海作家》(随笔),10月22日完稿;
《我眼中的南京人》(随笔),11月1日完稿;
《江南大儒陆世仪》(文史),11月8日完稿;
《话说太仓人》(文史),11月15日完稿;
《微型小说在海外》(随笔),11月22日完稿;
《如何发现题材》(创作谈),11月29日完稿;
《小小说:我永远的选择》(随笔),11月30日完稿;
《克服单薄与平》(文论),11月30日完稿;
《漫谈自我感觉》(随笔),12月6日完稿;
《姓氏乱弹》(随笔),12月6日完稿;
《这辈子我不搓麻将》(随笔),12月13日完稿;
《咬住目标不放松》(随笔),12月13日完稿;
《我为毕沅一叹》(随笔),12月14日完稿;
《"中华大地之光"征文奖水分太大》(随笔),12月23日完稿;
《太仓有家西双版纳歌舞大酒店》(散文),12月27日完稿;
《1997年中国小小说文坛大事记》,12月27日完稿;
《比时宏工程师来太仓》(随笔),12月28日完稿;
*《〈随笔集〉后记》;
*《书话两题》(随笔);
*《国外"上有政策,下有对策"一例》(随笔)。

1998年(113篇)

《这样的奖值得炫耀吗?》,1月1日完稿;
《写出"这一个"》,1月1日完稿;
《人物、情节与细节》,1月1日完稿;

《1997年我家的十大新闻》,1月2日完稿;
《语言:描写、叙述与对话》,1月2日完稿;
《小小说的写景》,1月2日完稿;
《如何组织矛盾冲突》,1月10日完稿;
《试谈小小说的心理描写》,1月10日完稿;
《你在开掘方面下了几分功夫?》,1月10日完稿;
《真实,小小说的生命》,1月11日完稿;
《写出来再说》,1月11日完稿;
《小小说作家要有历史责任感》,1月11日完稿;
《格言四则》,1月11日完稿;
《1997年中国小小说文坛撮要》,2月1日完稿;
《能不能一稿两投的质疑》,2月3日完稿;
《人是表扬出来的》,2月7日完稿;
《写作是一种兴趣》,2月9日完稿;
《拒绝诱惑》,2月14日完稿;
《在王茂林作品集〈月亮梦〉首发式上的发言》,2月15日完稿;
《小小说拒绝克隆》,2月16日完稿;
《在市文联会议上汇报省文联的发言稿》,2月22日完稿;
《小议"这一票选谁?"》,2月22日完稿;
《柳易冰,一个为诗而活着的精神贵族》,2月28日完稿;
《微型小说构思技巧》,3月7日完稿;
《华人之光——记朱棣文》,3月28日完稿;
《我是电话的受惠者》,3月28日完稿;
《我家的电话》,3月29日完稿;
《我市发现罕见600年古黄杨》,4月4日完稿;
《名人辈出的金太仓》,4月12日完稿;
《论海外关系是个好东西》,4月18日完稿;
《创作育人两不误》,4月19日完稿;
《我的庐山恋》,4月19日完稿;
《小小说的人称问题》,4月25日完稿;
《讽刺打击算什么》,4月25日完稿;
《让画说话的邢少兰》,4月28日完稿;
《拆房的感慨》,5月2日完稿;
《大地,我想对你说》,5月17日完稿;
《一个"吃"字了得》,5月23日完稿;
《天池山之胜在于藏》,5月24日完稿;
《白色幽灵备忘录》,5月24日完稿;
《亲情也是针药》,5月24日完稿;

《五颜六色话正色》,5月31日完稿；
《小小说创作中的度》,5月31日完稿；
《吴健雄墓园在太仓落成》,6月6日完稿；
《神笔马永先》,6月7日完稿；
《沙曼翁拒写》,6月7日完稿；
《恢复陆世仪读书处的建议》,6月13日完稿；
《太仓肉松,中国一绝》,6月14日完稿；
《太仓肉松小掌故》,6月14日完稿；
《太仓肉松与太仓饮食文化》,6月14日完稿；
《忘不了家乡的水》,6月20日完稿；
《我曾写过遗书》,6月27日完稿；
《试试比较》,6月28日完稿；
《创建是我们自己的事》,7月4日完稿；
《主持人语:推荐汪克会作品》,7月4日完稿；
《试试跟踪阅读一位作家的作品》,7月5日完稿；
*《小小说集〈再美丽一次〉后记》；
《随笔集〈守拙庐漫笔〉后记》,7月12日完稿；
《遭遇电梯停电》,7月20日完稿；
《门外汉谈相对论》,7月20日完稿；
《下榻包头青山宾馆》,8月1日完稿；
《白云鄂博之歌》,8月8日完稿；
《达茂草原挖蘑菇》,8月8日完稿；
《在龙梅玉荣故乡》,8月8日完稿；
《车陷草原路》,8月8日完稿；
《神奇的响沙湾》,8月9日完稿；
《呼吁太仓州泾桥恢复三孔原貌》,8月13日完稿；
《走近马宝山》,8月15日完稿；
《吉尔斯泰的少女》,8月15日完稿；
《话说敖包》,8月15日完稿；
《在中蒙边界的哨所》,8月15日完稿；
《蓝蓝的天上白云飘》,8月16日完稿；
《包头印象》,8月16日完稿；
《永远的达尔扈特人》,8月22日完稿；
《小布达拉宫五当召》,8月22日完稿；
《草原植物一瞥》,8月22日完稿；
《内蒙古的长城遗址》,8月22日完稿；
《尝尝没有吃过的》,8月23日完稿；
《谜一样的蒙古族人》,8月23日完稿；

《草原歌手》,8月23日完稿;
《成吉思汗,草原之魂》,8月23日完稿;
《蒙古族人的喝酒》,8月29日完稿;
《内蒙古也有座花果山》,8月29日完稿;
《阿拉腾嘎达斯的思索》,8月29日完稿;
《内蒙古归来后的反思》,8月29日完稿;
《一个日本老人的治沙情结》,8月29日完稿;
《二十年为太仓文学插上腾飞的翅膀》,8月31日完稿;
《欣闻太仓要打娄东牌》,8月31日完稿;
《小小说文坛也有苏军》,9月6日完稿;
《与冯苓植有缘》,9月6日完稿;
《包头文联的当家人伊德尔夫》,9月6日完稿;
《大有潜力的魏思江》,9月13日完稿;
《根的感觉——朱棣文教授寻根记》,9月17日完稿;
《独具慧眼的缪志清》,9月19日完稿;
《重要的是一种精神》,9月20日完稿;
《装潢方知钞票少》,9月20日完稿;
《小小说集〈悬念〉后记》,9月26日完稿;
《不再寄卡》,10月2日完稿;
《肚量要大》,10月13日完稿;
《吃素与吃荤》,10月13日完稿;
《与书与写作有缘》,10月31日完稿;
《令人刮目相看的高泰画展》,11月1日完稿;
《赛里木湖畔惊马记》,11月21日完稿;
《王鉴四百周年祭》,11月21日完稿;
《丑极而美话面具》,11月21日完稿;
《遥祭星新一》,11月22日完稿;
《半个世纪前的手抄本》,11月28日完稿;
《小小说是有生命力的》,11月28日完稿;
《荷兰汉学家高佩罗的性学研究》,12月5日完稿;
《令人敬佩的麦田守望者》,12月6日完稿;
《骆才这个人》,12月6日完稿;
《表扬乃成功之母》,12月18日完稿;
《随笔集〈先飞斋札记〉后记》,12月18日完稿。

1999年(139篇)

《答电台"书香小屋"主持人龙雁问》,1月1日完稿;
《每天有个好心情》,1月2日完稿;
《致新加坡〈锡山〉杂志主编方桂香的信之一》,1月6日完稿;

《致新加坡〈锡山〉杂志主编方桂香的信之二》,1月7日完稿;
《1994—1998年太仓文学创作情况简要》,1月10日完稿;
*《1998年小小说大事记》;
《太仓南园今昔》,1月23日完稿;
《关于太仓旅游市场的思考》,1月24日完稿;
《唐伯虎与"江南第一春"》,1月31日完稿;
《江南书香人家》,2月9日完稿;
《五十年来的语言演变》,2月16日完稿;
《由主持人语引出的话题》,3月7日完稿;
《太仓钱氏一族》,3月14日完稿;
《高山仰止明德楼》,3月14日完稿;
《徐子鹤的关门弟子》,3月20日完稿;
《英灵激励后来人》,3月21日完稿;
《诗歌界需要反思》,4月3日完稿;
《〈小小说杂谈〉后记》,4月10日完稿;
《儒商:皈依与拓展》,4月10日完稿;
《〈新加坡文艺〉改刊有感》(文论),4月11日完稿;
《由甪直引发的思索》,4月11日完稿;
《呼吁禁养垃圾猪》,4月17日完稿;
《好风知时节》,4月17日完稿;
《骂人语中的性意识》,4月18日完稿;
《太仓名人馆先睹记》,4月24日完稿;
《1998年小小说,稳步走向成熟》,4月24日完稿;
《王锡爵其人其故居》,5月8日完稿;
《第一次穿西装》,5月13日完稿;
《〈凌鼎年选评〉后记》,5月15日完稿;
《巨笔大字翰墨情》,5月31日完稿;
《秦淮河的小吃》,5月31日完稿;
《"第一代小小说作家集体亮相"编者按》,6月17日完稿;
《与小小说结缘》,6月20日完稿;
《曹德权与〈红岩〉大揭秘》,6月20日完稿;
《小小说也有了盗版本》,6月26日完稿;
《速度,时代的需要》,7月4日完稿;
《太仓有座吴晓邦舞蹈艺术馆》,7月25日完稿;
《建议给容嬷嬷最佳女配角奖》,7月31日完稿;
《〈还珠格格〉中的几位姑娘》,7月31日完稿;
《南园簪云峰新生记》,8月7日完稿;
《宋老,您一路走好!》,8月11日完稿;

《太仓名胜古迹概述》,8月14日完稿;
《遗存凭吊》,8月15日完稿;
《园林觅踪》,8月15日完稿;
《古桥揽胜》,8月15日完稿;
《古树名木》,8月15日完稿;
《行行出状元即成功》,8月15日完稿;
《文苑精英》,8月22日完稿;
《乡贤官宦》,8月22日完稿;
《为诗坛幽默写11则短文》,8月27日完稿;
《娄东书画》,8月29日完稿;
《梨园艺坛》,8月29日完稿;
《教育园地》,8月29日完稿;
《科技精英》,8月29日完稿;
《寺观教堂》,8月29日完稿;
《大还阁》,9月5日完稿;
《鹤梅仙馆》,9月5日完稿;
《潭影轩》,9月5日完稿;
《栽花小憩》,9月5日完稿;
《寒碧舫》,9月5日完稿;
《绣雪堂》,9月11日完稿;
《南园是瞿智构筑的吗?》,9月19日完稿;
《我曾是个打工仔》,9月23日完稿;
《让老百姓有知情权》,9月25日完稿;
《我的四百万文字》,9月25日完稿;
《二十年前的一件中山装》,9月25日完稿;
《法要不断完善》,9月26日完稿;
《剃头的变化》,9月26日完稿;
《少反思,多现思》,9月26日完稿;
《偷读〈家〉〈春〉〈秋〉》,10月1日完稿;
《可喜的韩英现象》,10月2日完稿;
《幽默为文汤祥龙》,10月2日完稿;
《一代名导朱石麟》,10月3日完稿;
《上了大学的儿子》,10月3日完稿;
《百字小说的新收获》,10月3日完稿;
《徜徉在王小波的精神家园》,10月4日完稿;
《亮出自己的旗帜》,10月5日完稿;
《一个回归祖国怀抱的爱国老人余毅夫》,10月6日完稿;
《太仓·食品精品》,10月7日完稿;

《太仓·工艺之花》,10月7日完稿;
《太仓·王世贞》,10月7日完稿;
《太仓·张溥》,10月7日完稿;
《太仓·吴梅村》,10月7日完稿;
《太仓·陆世仪》,10月7日完稿;
《太仓·俞颂华》,10月13日完稿;
《太仓·俞剑华》,10月13日完稿;
《太仓·吴晓邦》,10月13日完稿;
《太仓·朱石麟》,10月13日完稿;
《太仓·仇英》,10月14日完稿;
《太仓·魏良辅》,10月14日完稿;
《太仓·刘师竹》,10月14日完稿;
《太仓·徐上瀛》,10月15日完稿;
《太仓·郑亶》,10月15日完稿;
《太仓·费信》,10月15日完稿;
《花甲笔耕老有乐》,10月16日完稿;
《撤换一把手如何?》,10月16日完稿;
《"东海两难"释义》,10月16日完稿;
《面对小小说:世纪之交的絮语》,10月16日完稿;
《自由心态与命题作文》,10月17日完稿;
《东山茶叶东山果》,10月17日完稿;
《探秘"吓煞人香"》,10月17日完稿;
《莫厘峰下接泉水》,10月17日完稿;
《太仓·宋文治》,10月22日完稿;
《太仓·唐文治》,10月22日完稿;
《太仓·俞庆棠》,10月22日完稿;
《从大江东去到小桥流水》,10月24日完稿;
《太仓·陆宝忠》,10月26日完稿;
《太仓·朱传铭》,10月26日完稿;
《太仓·高步云》,10月26日完稿;
《太仓·高仁歧》,10月26日完稿;
《太仓·江南丝竹》,10月28日完稿;
《太仓·杏林名医携英》,10月28日完稿;
《太仓·肉松》,10月28日完稿;
《太仓·糟油》,10月28日完稿;
《太仓·双凤羊肉面》,10月29日完稿;
《太仓·白蒜》,10月29日完稿;
《太仓·紫葛叶》,10月29日完稿;

《网络时代与多元文化》,11月17日完稿;
《筹建世界华文微型小说研究会始末》,12月4日完稿;
《第三届世界华文微型小说研究会研讨会纪实》,12月4日完稿;
《第三届世界华文微型小说研究会研讨会拾趣》,12月5日完稿;
《赠书·拿书·"抢书"》,12月5日完稿;
《"大专院校师生谈小小说"主持人语》,12月6日完稿;
《在吉隆坡遇叶辛》,12月12日完稿;
《马来西亚之雨》,12月12日完稿;
《郑和井与三宝山》,12月12日完稿;
《马六甲的峇峇街》,12月13日完稿;
《马来少女》,12月13日完稿;
《好一个机关幼儿园》,12月18日完稿;
《遭遇大选》,12月19日完稿;
《参观锡制品加工厂》,12月20日完稿;
《马六甲观光》,12月20日完稿;
《云顶赌场一瞥》,12月25日完稿;
《马来西亚的绿化与环保》,12月26日完稿;
《神奇的黑风洞》,12月26日完稿;
《马来西亚的汉字》,12月26日完稿;
《难忘的叙别宴会》,12月26日完稿;
《我曾是个集邮迷》,12月31日完稿;
《十月大革命邮票》,12月31日完稿。

2000年(172篇)

《老母亲的生日》(散文),1月1日完稿;
《为刘晓庆说几句公道话》(随笔),1月2日完稿;
《1999年小小说大事记》,1月2日完稿;
《我曾是个校宣传队队员》(散文),1月9日完稿;
《侃侃外遇》(随笔),1月9日完稿;
《繁荣文化强市之我见》(发言稿),1月15日完稿;
《"宁夏大学师生小小说笔谈"主持人语》,1月15日完稿;
《改版引起的议论》(随笔),1月15日完稿;
《答"书香小屋"主持人冰云问》,1月15日完稿;
《读者到底该相信谁?》(随笔),1月23日完稿;
《猫王传奇》(人物特写),2月6日完稿;
《1999年世界华文微型小说大事记》,2月27日完稿;
《金陵微型小说学会介绍》,3月5日完稿;
《当初的文朋诗友》(随笔),3月5日完稿;
《九华山的甘露》(随笔),3月5日完稿;

《下岗残疾女工开的洗衣店》(散文),3月5日完稿;
《出作品,出人才》(随笔),3月8日完稿;
《戏说造字》(随笔),3月11日完稿;
《方便顾客,小处着眼》(随笔),3月11日完稿;
《城市个性》(随笔),3月12日完稿;
《"意思"琐议》(杂文),3月12日完稿;
《家丑不可内扬》(杂文),3月18日完稿;
《难忘的夜晚》(散文),3月18日完稿;
《澳大利亚的微型小说主将心水》(人物),3月25日完稿;
《著名军旅画家高仁岐》(人物),4月1日完稿;
《太仓旅游景点介绍》,4月1日完稿;
《喊雷,小小说文坛的异数》(人物),4月15日完稿;
《黎毅,一位可以深交的朋友》(人物),4月16日完稿;
《兴趣与想象力,写作的两翼》(文论),4月22日完稿;
《品头论头》(随笔),4月23日完稿;
《如今做女人真舒服》(随笔),4月23日完稿;
《崇明岛上的森林公园》(游记),5月3日完稿;
《崇明有座寿安寺》(游记);
《〈超短篇小说序论〉在日本出版》,5月3日完稿;
《海外评价》,5月3日完稿;
《藏而不露的朱祥升》(人物),5月4日完稿;
《火的感慨》(随笔),5月6日完稿;
《浅谈新闻记者的人格魅力》(随笔),5月11日完稿;
《新闻监督不可或缺》(杂文),5月13日完稿;
《漫谈借动物构成的贬义词》(随笔),5月13日完稿;
《变废为宝的金点子》(随笔),5月14日完稿;
《舆论监督与监督舆论》(杂文),5月14日完稿;
《"友"说》(随笔),5月20日完稿;
《〈音必报〉一份有品位的企业报》(随笔),6月1日完稿;
《吴锡安与他的学生》(随笔),6月4日完稿;
《五十自述》(随笔),6月10日完稿;
《傻瓜时代的悄悄来临》(随笔),6月11日完稿;
《你最缺的是什么?》(随笔),6月17日完稿;
《名词释读》(随笔),6月18日完稿;
《几多几少话变化》(随笔),6月18日完稿;
《"急来抱佛脚"小议》(杂文),6月18日完稿;
《惊闻"我是时间的贫困户"》(杂文),7月1日完稿;
《许琪其人》(人物),7月1日完稿;

《呼吁尽快建立江南丝竹博物馆》(政协提案),7月2日完稿;
《爱情甘露滋润文学之花》(散文),7月2日完稿;
《要重视对新移民文学的研究》(文论),7月2日完稿;
《小小说创作余墨》(文论),7月12日完稿;
《花甲不坠青云之志》(随笔),7月15日完稿;
《与柯灵一面之交》(散文),7月16日完稿;
《不知趣的知了》(散文),7月16日完稿;
《高考,我没有陪儿子去》(散文),7月16日完稿;
《海塘之歌》(散文),7月22日完稿;
《我的日记》(随笔),7月22日完稿;
《谈〈义丐〉的创作》,7月22日完稿;
《谈〈斗地嗯子的傻精〉的创作》,7月22日完稿;
《谈〈猎人萧〉的创作》,7月22日完稿;
《谈〈皇帝的新衣〉第二章的创作》,7月23日完稿;
《谈〈杀手〉的创作》,7月23日完稿;
《谈〈买卖双方〉的创作》,7月23日完稿;
《谈〈藏戏面具〉的创作》,7月23日完稿;
《海峡两岸的微型小说女作家》(文论),7月29日完稿;
《在拒绝面前》(随笔),7月29日完稿;
《市场流行模仿秀》(随笔),7月29日完稿;
《不死的马丁·伊顿》(随笔),7月31日完稿;
《谈〈侠女与三剑客〉的创作》(随笔),7月31日完稿;
《谈〈相依为命〉的创作》,7月31日完稿;
《我的作家梦》(随笔),8月6日完稿;
《走近魔幻的谢志强》(人物),8月12日完稿;
《给他高分又何妨》(随笔),8月12日完稿;
《在人物刻画上下功夫》(文论),8月12日完稿;
《初露头角的邢曦峰》(人物),8月13日完稿;
《为他人做嫁衣的吴炯明》(人物),8月13日完稿;
《实力派作家孙方友》(人物),8月19日完稿;
《小小说文坛的劳模刘国芳》(人物),8月19日完稿;
《憩园纪胜》(游记),8月20日完稿;
《元代石桥竞风流》(文史),8月20日完稿;
《乡情亲情情浓浓》(散文),8月26日完稿;
《寿星丹青大师朱屺瞻》(人物),8月27日完稿;
《勤笔先飞斋》(随笔),9月2日完稿;
《〈小小说揭秘〉后记》,9月2日完稿;
《〈轰动〉后记》,9月2日完稿;

《小小说与苏州园林》(文论),9月2日完稿;
《查查盗墓贼的背后》(杂文),9月2日完稿;
《匪夷所思的绿化》(杂文),9月2日完稿;
《李全的打工系列小小说》,9月3日完稿;
《谈〈轰动〉的创作》,9月9日完稿;
《谈〈空巢〉的创作》,9月9日完稿;
《谈〈刘罗锅墨宝〉的创作》,9月9日完稿;
《谈〈时装大师〉的创作》,9月9日完稿;
《关于聪明的联想》,9月9日完稿;
《干实事的小小说作家李永康》(人物),9月10日完稿;
《一言难尽的生晓清》(人物),9月10日完稿;
《父亲,一个准老式文人》(散文),9月16日完稿;
《我没有节假日的概念》(随笔),9月16日完稿;
《摆摆平》,9月16日完稿;
《老师赠我手抄本》(散文),9月16日完稿;
《建议重奖王义夫》(随笔),9月17日完稿;
《寂寞的曙猿馆》(游记),9月17日完稿;
《汉字中的男女不平等》(随笔),9月17日完稿;
《超水平发挥与发挥失常》(杂文),9月23日完稿;
《文治德艺相益彰,玉麟捐赠遂父愿》(特写),9月23日完稿;
《无悔于煤矿的青春》(散文),9月24日完稿;
《凌寒凌虚,清芬清徽》(随笔),9月24日完稿;
《〈凌鼎年文化意蕴小小说集〉后记》,10月2日完稿;
《做客傣寨竹楼》(游记),10月22日完稿;
《遥望玉龙雪山》(游记),10月22日完稿;
《独木成林奇观》(游记),10月22日完稿;
《抢亲,我当了逃兵》(游记),10月22日完稿;
《欣赏纳西古乐》(游记),10月28日完稿;
《美丽的云杉坪》(游记),10月28日完稿;
《桂子山上的余光中》,10月29日完稿;
《在余光中生日晚会上》,10月29日完稿;
《香港文学期刊全军覆没不确》,11月4日完稿;
《菩提树下》(游记),11月4日完稿;
《在聂耳墓前》(游记),11月4日完稿;
《达天阁,登玉门》(游记),11月4日完稿;
《丽江之水清又纯》(游记),11月5日完稿;
《美哉,丽江古城》(游记),11月5日完稿;
《穿行于原始森林》(游记),11月5日完稿;

《陪拍女孩》（游记），11月5日完稿；
《云南茶文化》（游记），11月11日完稿；
《千奇百怪的热带植物园》（游记），11月11日完稿；
《还价的学问》（游记），11月11日完稿；
《泼水节游戏》（游记），11月12日完稿；
《奇异的白族掐新娘婚俗》（游记），11月12日完稿；
《变味的所谓民俗》（游记），11月12日完稿；
《中缅边境》（游记），11月12日完稿；
《大青树》（游记），11月12日完稿；
《把娄东文化牌打好》（政协发言稿），11月18日完稿；
《回归自然的诱惑》（散文），11月25日完稿；
《我有了属于我的家》（散文），11月25日完稿；
《如此名片也敢发》（杂文），11月25日完稿；
《张南阳、张南垣与太仓》（文史），11月26日完稿；
《唐飞——台湾"行政院院长"》（人物），12月3日完稿；
《古老的盐铁塘与致和塘》（文史），12月3日完稿；
《李时珍与太仓》（文史），12月9日完稿；
《李秀成板桥大捷指挥部遗址》（文史），12月9日完稿；
《洞庭分秀与试院碑》（文史），12月9日完稿；
《韩吉廷与州桥》（文史），12月9日完稿；
《陆世仪读书处与桴亭月色》（文史），12月10日完稿；
《太仓民间十景传说》（文史），12月10日完稿；
《太仓历史上的望姓大族》（文史），12月10日完稿；
《太仓俞姓才俊多》（文史），12月10日完稿；
《朱棣文祖居处遗址》（文史），12月10日完稿；
《抗倭孑遗云塔山》（文史），12月16日完稿；
《清道光年间的西塔》（文史），12月16日完稿；
《长江入海口的阅兵台》（文史），12月16日完稿；
《长江四鲜》（文史），12月16日完稿；
《太仓港远眺》（文史），12月16日完稿；
《唐代古刹普济寺》（文史），12月16日完稿；
《距今800多年的南光教寺》（文史），12月16日完稿；
《郑和纪念馆》（文史），12月16日完稿；
《猛将堂与古银杏》（文史），12月17日完稿；
《美术奇葩麦秸画》（随笔），12月17日完稿；
《新发现弇山园五件遗物》（特写），12月17日完稿；
《垂范世纪康居小区——世纪苑》（文史），12月23日完稿；
《走向海外的太仓服装》（随笔），12月24日完稿；

《自明代传至今的双凤熛鸡》(文史),12月24日完稿;
《宋文治艺术馆》(随笔),12月24日完稿;
《雷锋文献资料馆》(随笔),12月31日完稿;
《车浜天主堂》(随笔),12月31日完稿;
《新世纪寄语》(随笔),12月31日完稿。

2001年(142篇)

《赤子情怀付桑梓殷继山》(人物),1月1日完稿;
《推荐钟子美作品语》,1月6日完稿;
《走向世界的香塘工艺拖鞋》(随笔),1月6日完稿;
《新湖龙狮名传遐迩》(文史),1月6日完稿;
《始建于明末清初的张泾天主堂》(文史),1月6日完稿;
《基督教浏河福音堂》(文史),1月6日完稿;
《弥陀寺》(文史),1月7日完稿;
《元代传至今的双凤玉皇阁》(文史),1月7日完稿;
《鹿河圣像寺》(文史),1月7日完稿;
《有500年历史的小市庙》(文史),1月13日完稿;
《基督教圣马太堂》(文史),2月18日完稿;
*《祝贺〈微型小说学〉出版》(随笔);
《书法大家沙曼翁新春太仓行》(特写),1月28日完稿;
《关于抓住郑和下西洋600周年契机的建议》,1月29日完稿;
《小小说创作一得》(文论),2月3日完稿;
《亲情乡情文学情》(评论),2月4日完稿;
《读与思,写作之基础》(文论),2月17日完稿;
《中国民乐作曲大家张晓峰》,2月24日完稿;
《朱棣文小学校歌歌词》,2月24日完稿;
《2000年小小说大事记》,3月3日完稿;
《踏踏实实做好一件事》(随笔),3月10日完稿;
《多样化结局才浪漫》(文论),3月10日完稿;
《绿化也要多样性》(随笔),3月10日完稿;
《形象工程与富民工程》(杂文),3月11日完稿;
《海天禅寺》(文史),3月11日完稿;
《大学士第碑廊》(文史),3月17日完稿;
《小小说文坛出道最早的白小易》(人物),3月18日完稿;
《春蛹化蝶的启示》,3月19日完稿;
《初露曙色的菲律宾华文微型小说创作》(文论),4月14日完稿;
《睢宁城市名片——睢宁儿童画》(随笔),4月15日完稿;
《千步沙雨夜》(游记),4月15日完稿;
《难忘普陀山古树》(游记),4月15日完稿;

《普陀山随想》(游记),4月15日完稿;
《龟山汉墓,华夏一绝》(游记),4月15日完稿;
《汉文化瑰宝——记徐州汉画石像馆》(游记),4月15日完稿;
《张溥故居巡礼》(游记),5月1日完稿;
《何必妄自菲薄——与王奎山文兄商榷》(文论),5月2日完稿;
《接待工作的回忆》(随笔),5月3日完稿;
*《越来越多的诗集》(随笔);
《郑重选择,精心设计》(文论),5月12日完稿;
《不能光剩老鼠与麻雀》(杂文),5月12日完稿;
《树也是生命》(随笔),5月12日完稿;
《说大论小》(随笔),5月13日完稿;
《妻子有洁癖》(散文),5月26日完稿;
《老婆说我:一样不做》(散文),5月26日完稿;
《张溥立像》,5月26日完稿;
《福州日记》,5月27日完稿;
《参观冰心文学馆》(游记),5月27日完稿;
《马尾感慨》(游记),5月27日完稿;
《与著名编导刘郎聊天》(随笔),6月2日完稿;
《郑和到过菲律宾》(文史),6月2日完稿;
《美丽的邂逅》(散文),6月3日完稿;
《不甘寂寞的袁炳发》(人物),6月3日完稿;
《娄东画派"四王"铜像》(文史),6月3日完稿;
《再谈猛将堂》(文史),6月10日完稿;
《五十感叹》(随笔),6月10日完稿;
《小小说开始走进教授视野》(文论),6月10日完稿;
《万万岁与千岁忧》(杂文),6月16日完稿;
《有绝活的石建希》(人物),6月16日完稿;
《写〈书法家〉的司玉笙》(人物),6月17日完稿;
《稳扎稳打的万芊》(人物),6月17日完稿;
《我想有个女儿》(散文),6月17日完稿;
《许经庭夫妇与芦荟》(散文),6月23日完稿;
《在培育小小说读者市场上下功夫》(文论),6月24日完稿;
《眼疾的感悟》(散文),6月24日完稿;
《小小说文坛快枪手陈永林》(人物),6月30日完稿;
《中国赢了,我也赢了!》(随笔),7月14日完稿;
《购房之我见》(随笔),7月14日完稿;
《谈〈高云翼造园〉的创作》,7月14日完稿;
《谈〈杨美人〉的创作》,7月14日完稿;

《谈〈大学士路〉的创作》，7月14日完稿；
《谈〈与女儿失去联系四小时〉的创作》，7月14日完稿；
《谈〈了悟禅师〉的创作》，7月14日完稿；
《谈〈酒香草〉的创作》，7月15日完稿；
《谈〈倒插门〉的创作》，7月15日完稿；
《"顶风作案"质疑》（杂文），7月15日完稿；
《大串联的回忆》（散文），7月29日完稿；
《读点小小说对高考有利》（文论），8月4日完稿；
《致中国作协主席团的信》，8月4日完稿；
《微山湖畔欠情》（散文），8月4日完稿；
《人文荟萃金太仓》（随笔），8月4日完稿；
《贪官十二怕》（杂文），8月11日完稿；
《董其昌与太仓画家》（文史），8月11日完稿；
《在没有硝烟的战场上》（随笔），8月11日完稿；
《儿子暑期打工锻炼》（散文），8月11日完稿；
《太仓民进成立六年回顾》（随笔），8月11日完稿；
《茅山神奇军号声》（游记），8月18日完稿；
《茅山难解之谜》（游记），8月18日完稿；
《茅山女导游》（游记），8月19日完稿；
《鲜为人知的宝华山》（游记），8月19日完稿；
《夏游九龙口》（游记），8月19日完稿；
《欣闻麻雀列入保护范围》（随笔），8月25日完稿；
《太仓历史上的几座牌楼》（文史），8月25日完稿；
《太仓历史上的几座名人墓》（文史），8月25日完稿；
《霜叶红于二月花——记太仓市诗词协会会长葛天民》（人物），8月26日完稿；
《学术与官术》（杂文），8月26日完稿；
《笃笃悠悠乌镇游》（游记），9月1日完稿；
《说草论草》（随笔），9月1日完稿；
《外出多跑跑对创作有益处》（文论），9月2日完稿；
《因藏成名的徐少奎》（人物），9月8日完稿；
《太仓古玩市场》（文史），9月9日完稿；
《娄东画派陈列室》（文史），9月9日完稿；
《太仓市一中三宝》（文史），9月9日完稿；
《梁祝传说蕴文化》（文史），9月15日完稿；
《江南第一古紫藤》（文史），9月16日完稿；
《明代"洞庭分秀"》（文史），9月16日完稿；
《清代"镇洋县界碑"》（文史），9月16日完稿；
《太仓特产白蒜》（文史），9月16日完稿；

《明代东亭子桥》(文史),9月16日完稿;
《宁波有座麻将陈列馆》(游记),9月16日完稿;
《难以替代的小小说作家滕刚》(人物),9月22日完稿;
《老师,我懂了!》(随笔),9月23日完稿;
《太仓文化界的耆宿陈有觉》(人物),10月1日完稿;
《〈秘密〉艺术特色》(文论),10月1日完稿;
《打造国际品牌的新雅鹿服装》,10月2日完稿;
《吴梅村330周年祭》(随笔),10月4日完稿;
《太仓有位八旬剪报老人》(随笔),10月5日完稿;
《勤耕砚田慰晚年的陆锦球》(人物),10月28日完稿;
《有关微型小说的情况的汇报》,10月28日完稿;
《要想富,先××》(杂文),11月10日完稿;
《五指峰,最有价值的山峰》(游记),11月10日完稿;
《井冈山的红米饭》(游记),11月10日完稿;
《登滕王阁想到的》(游记),11月10日完稿;
《学会预约》(随笔),11月25日完稿;
《我是这样走上小小说创作之路的》(文论),12月1日完稿;
《王世贞与凌濛初及祖上的交往》(文史),12月1日完稿;
《闲章庖丁之目》(随笔),12月8日完稿;
《观美国百老汇歌剧》(散文),12月8日完稿;
《蒲翁后学马新亭》(人物),12月8日完稿;
《体验怪楼》(游记),12月8日完稿;
《周庄的三毛茶楼》(游记),12月8日完稿;
《周庄,我该为你喜还是忧?》(游记),12月9日完稿;
《周庄的古戏台》(游记),12月9日完稿;
《双笔书法家李国宇》(人物),12月9日完稿;
《来之不易的入学》(随笔),12月9日完稿;
《恒发恒发,恒定发展》(随笔),12月15日完稿;
《河泛》(散文),12月15日完稿;
《蟹的变化》(散文),12月15日完稿;
《金太仓由来》(文史),12月16日完稿;
《人是有惰性的》(随笔),12月16日完稿;
《托儿》(随笔),12月23日完稿;
《2001年个人盘点》,12月31日完稿。

2002年(171篇)

《改版有感》(随笔),1月1日完稿;
《收寄贺卡的心情》(随笔),1月1日完稿;
《井的怀念》(散文),1月1日完稿;

《习惯,孰好孰坏?》(随笔),1月1日完稿;
《领导开车为哪般》(杂文),1月1日完稿;
《爱恨塑料袋》(随笔),1月2日完稿;
《彩照》(散文),1月2日完稿;
《办公室性骚扰》(杂文),1月2日完稿;
《2001年小小说大事记》,1月3日完稿;
《儿子与侄子的爱好》(随笔),1月3日完稿;
《圣诞花》(散文),1月5日完稿;
《招聘前后》(随笔),1月5日完稿;
《工资差距》(随笔),1月5日完稿;
《新年愿望》(随笔),1月5日完稿;
《高山流水—知音》(人物特写),1月12日完稿;
《因微型小说走出海南的符浩勇》(人物),1月13日完稿;
《以作品说话最过硬》(文论),1月19日完稿;
《虚火中的保健品》(随笔),1月19日完稿;
《关于编印〈2000版太仓服务指南〉的报告》(提案),1月19日完稿;
《得失之间》(随笔),1月20日完稿;
《有容乃大》(随笔),1月20日完稿;
《寄语〈职工文苑〉》(随笔),1月22日完稿;
《江南丝竹又绽奇葩》(随笔),1月26日完稿;
《与死神擦肩而过》(随笔),1月27日完稿;
《试试追究一把手责任》(杂文),1月27日完稿;
《词义变化话"杀手"》(随笔),1月27日完稿;
《最忆看电影》(散文),1月27日完稿;
《当了一回婚礼主持人》(散文),2月2日完稿;
《晒太阳》(散文),2月2日完稿;
《除夕撞钟》(散文),2月12日完稿;
《美化帝王之风不可长》(杂文),2月13日完稿;
《与酒有缘无缘》(随笔),2月14日完稿;
《喜欢明式家具》(散文),2月16日完稿;
《官员时尚种种》(杂文),2月17日完稿;
《东南亚诸国华文小小说创作与中国大陆的关系及比较》(论文),2月24日完稿;
《清香可口的毛豆结干》(散文),2月24日完稿;
《香喷喷的爆米花》(散文),2月24日完稿;
《与书交道18事》(随笔),3月10日完稿;
《拟题〈太仓胜迹〉38景》,3月16日完稿;
《大画家朱屺瞻》,3月17日完稿;
《寻找蓝宝石》(散文),3月23日完稿;

《时尚的三原则与两效益》（随笔），3月23日完稿；
《太仓的小小说创作红红火火》（文论），3月23日完稿；
《编制、转制与退休》（杂文），3月23日完稿；
《不求回报有回报》（随笔），3月23日完稿；
《在题材拓宽中求新求变》（文论），3月23日完稿；
《走在头里的江苏微型小说创作》（文论），4月13日完稿；
《江苏微型小说与海外的双向交流》，5月1日完稿；
《老母亲今年88》（散文），5月2日完稿；
《读图时代的喜忧》（随笔），5月2日完稿；
《北京的汽车》（散文），5月3日完稿；
《烟花三月下扬州》（游记），5月4日完稿；
《个园之竹》（游记），5月4日完稿；
《把世界华文微型小说做大做强》（文论），5月4日完稿；
《三山岛之美》（游记），5月5日完稿；
《徜徉北大校园》（游记），5月6日完稿；
《潘家园古玩市场一瞥》（游记），5月7日完稿；
《感谢小小说》（随笔），5月15日完稿；
《立足城乡的朱城乡》（人物），6月15日完稿；
*《与程书记去台湾招商》（随笔）；
《目睹反"台独"大游行》（游记），6月1日完稿；
《干旱中的台湾》（游记），6月1日完稿；
《有惊无险乘华航》（游记），6月15日完稿；
《台湾槟榔女》（游记），6月15日完稿；
《台湾企业界盼"三通"》（游记），6月16日完稿；
《台湾的自行车与摩托车》（游记），6月16日完稿；
《台湾机场行李被扣风波》（游记），6月16日完稿；
《台塑的环保》（游记），6月16日完稿；
《给环保加点幽默感》（游记），6月16日完稿；
《台湾的城市印象》（游记），6月16日完稿；
《访台归感》（游记），6月16日完稿；
《台湾的城市改造》（游记），6月23日完稿；
《〈绿岛小夜曲〉背后》（游记），6月23日完稿；
《妙不可言的野柳风景》（游记），6月23日完稿；
《亲见海誓山盟》（游记），6月23日完稿；
《台湾流行吃黑鲔鱼》（游记），6月29日完稿；
《台湾的庙宇》（游记），6月29日完稿；
《招商感慨》（游记），6月29日完稿；
《图文并茂的台湾（地区）儿童教材》（游记），6月29日完稿；

《参观麦寮工业区》(游记),6月30日完稿;
《台湾的物价》(游记),6月30日完稿;
《台湾的电视》(游记),6月30日完稿;
《走马观花阳明山》(游记),6月30日完稿;
《台南的安平古堡》(游记),6月30日完稿;
《台湾的"竞选"》(游记),6月30日完稿;
《台湾与大陆语言的异同》(随笔),6月30日完稿;
《邱教授的风趣》(随笔),6月30日完稿;
《大铁釜镇水说质疑》(文史),7月13日完稿;
《感谢神秘,破译神秘》(随笔),7月14日完稿;
《我去了扬州八怪纪念馆》(游记),7月14日完稿;
《全家协商填志愿》(随笔),7月20日完稿;
《阿里山的纪念戳章》(游记),7月21日完稿;
《值得一游的阿里山》(游记),7月21日完稿;
《名大于实的日月潭》(游记),7月21日完稿;
《从汉代名刺说开去》(随笔),7月27日完稿;
《太仓弇山园》(散文),7月27日完稿;
＊《中学语文课本应该多选些小小说》(文论);
《尊严的乞讨》(随笔),7月28日完稿;
《踩蚌挖蚬鲜餐桌》(散文),7月28日完稿;
《感慨龙川》(随笔),7月28日完稿;
《江泽民主席住过的那条老街》(游记),8月1日完稿;
《塔亚尔湖与塔亚尔火山》(游记),8月10日完稿;
《凭吊二次世界大战阵亡将士公墓》(游记),8月10日完稿;
《巧遇教堂婚礼》(游记),8月10日完稿;
《等待马尼拉湾落日》(游记),8月10日完稿;
《菲律宾国宝竹风琴》(游记),8月11日完稿;
《华人爱住的世纪公园大酒店》(游记),8月11日完稿;
《菲律宾的治安》(游记),8月11日完稿;
《菲律宾印象》(游记),8月11日完稿;
《集尼车,菲律宾交通一绝》(游记),8月11日完稿;
《参观菲律宾华人历史博物馆》(游记),8月11日完稿;
《出微型小说口袋书如何?》(文论),8月11日完稿;
《别有情趣的邵伯湖》(游记),8月24日完稿;
《文气诗意的斗野亭》(游记),8月25日完稿;
《参观朱自清故居》(游记),8月25日完稿;
《琼花观里半日闲》(游记),8月25日完稿;
《邵伯湖船闸一瞥》(游记),8月25日完稿;

《走马观花去油田》(游记),8月25日完稿;
《小小说的现状与发展趋势》(文论),8月31日完稿;
《乐郊园》(文史),9月7日完稿;
《钱氏花园》(文史),9月7日完稿;
《鹤翔洲》(文史),9月7日完稿;
《爱德广场》(文史),9月7日完稿;
《唐飞故乡金太仓》(随笔),9月7日完稿;
《最忆清水大闸蟹》(散文),9月14日完稿;
《结缘〈娄东文艺〉16年》(游记),9月14日完稿;
《海外华文微型小说与中国大陆的双向交流》(文论),9月15日完稿;
《制灯谜9条》,9月21日完稿;
《南园雅集有传承》(随笔),9月21日完稿;
《王世襄老先生赠书》(散文),9月21日完稿;
《兴趣是最重要的动力》(随笔),10月1日完稿;
《苏州诸山之最——穹窿山》(游记),10月12日完稿;
《天下奇寨——抱犊寨》(游记),10月12日完稿;
《让人流连的虹饮山房》(游记),10月12日完稿;
《我学会了发短信息》(随笔),10月13日完稿;
《网络,生活的又一对翅膀》(随笔),10月19日完稿;
《南园雅集赋》,10月20日完稿;
《徐子鹤关门弟子王根福》(人物),10月20日完稿;
《观徐子鹤与关门弟子王根福画展有感》(随笔),10月20日完稿;
《好摄喜文的王大经》(人物),10月20日完稿;
《如此拍卖,百姓反感》(杂文),10月26日完稿;
《系列小小说之我见》(文论),11月2日完稿;
《去美领馆办签证》(随笔),11月10日完稿;
《在旧金山遇太仓学子》(游记),12月7日完稿;
《在珍·莫尔逊老太太家做客》(游记),12月7日完稿;
《美国菜肴中国胃》(游记),12月7日完稿;
《倒时差》(游记),12月8日完稿;
《旧金山的山王饭店》(游记),12月8日完稿;
《手机在美国》(游记),12月8日完稿;
《在美国问路》(游记),12月8日完稿;
《在美国过海关》(游记),12月8日完稿;
《旧金山的流浪者》(游记),12月8日完稿;
《好动的美国青年人》(游记),12月8日完稿;
《美国人与中国人的区别》(游记),12月14日完稿;
《美国的感恩节》(游记),12月14日完稿;

《感恩节的人情味》(游记),12月14日完稿;
《美国人的诚信》(游记),12月14日完稿;
《美国的街头电话》(游记),12月14日完稿;
《美国的街头报刊箱》(游记),12月14日完稿;
《旧金山的卫生》(游记),12月14日完稿;
《美国式的研讨会》(游记),12月15日完稿;
《在旧金山乘车》(游记),12月15日完稿;
《美国的街头见闻》(游记),12月15日完稿;
《旧金山的圣诞节气氛》(游记),12月15日完稿;
《旧金山的绿化》(游记),12月15日完稿;
《书的误会》(随笔),12月15日完稿;
《〈清明上河图〉逸闻》(随笔),12月23日完稿;
《吴梅村写了〈红楼梦〉吗?》(随笔),12月23日完稿;
《去上海看国宝画展》(随笔),12月28日完稿;
《太仓市民进2002年终结》,12月29日完稿;
《2002年个人盘点》,12月31日完稿。

2003年(123篇)

《关于把太仓公园更名为弇山园的建议》(提案),1月1日完稿;
《在旧金山遇严歌苓》(随笔),1月11日完稿;
《菲律宾的华人历史博物馆》(游记),1月11日完稿;
《鸟类的城市户口》(随笔),1月12日完稿;
《家有老痴》(散文),1月18日完稿;
《做独身女人真难》(随笔),1月19日完稿;
《井下遇险回忆》(散文),1月25日完稿;
《写日记是好习惯》(随笔),1月26日完稿;
《母爱无价》(随笔),1月27日完稿;
《容易误用的几个词语》(随笔),2月3日完稿;
《几个古已有之的名词》(随笔),2月3日完稿;
《2002年小小说大事记》,2月7日完稿;
《明代太仓东园》(文史),2月16日完稿;
《诗的絮语》(文论),2月22日完稿;
《在新疆吃煮全羊》(散文),3月4日完稿;
《定格美的一瞬间》(评论),3月8日完稿;
《微山湖畔熬鱼汤》(散文),3月8日完稿;
《如此美味留记忆》(散文),3月8日完稿;
《香喷喷的手抓饭》(散文),3月8日完稿;
《胆战心惊的二十分钟》(散文),3月9日完稿;
《聚餐,每人烧一道菜》(散文),3月9日完稿;

《素斋美味寓文化》(随笔),3月9日完稿;
《答〈微篇文学〉主编李永康问》,3月15日完稿;
《盛世建园让人喜》(随笔),3月15日完稿;
《太仓中心广场》(文史),3月15日完稿;
《小小说在当代生活中的位置》(论文),3月16日完稿;
《慎言"文化垃圾"》(杂文),3月16日完稿;
《陇上书界泰斗,竟是我邑精英——记顾子惠老先生》(人物),3月22日完稿;
《童心因漫画,爱心系学生——记漫画家张兆和》(人物),4月19日完稿;
《李时珍与戚继光茌太上岸处》(文史),4月26日完稿;
《江南丝竹起源太仓说》(文史),4月26日完稿;
《太仓三状元》(文史),4月27日完稿;
《汤显祖与太仓的传说》(文史),5月1日完稿;
《双凤麻雀蛋》(文史),5月2日完稿;
《江南民间文艺奇葩——双凤民歌》(文史),5月2日完稿;
《王世贞写〈金瓶梅〉说》(文史),5月2日完稿;
《〈鸣凤记〉是王世贞写的吗?》(文史),5月5日完稿;
《建文帝出逃太仓说》(文史),5月5日完稿;
《太仓籍著名漫画家朱德庸》(人物),5月6日完稿;
《明代著名杂剧家王衡》(文史),5月11日完稿;
《明代才子王世懋》(文史),5月11日完稿;
《清早期重要诗人唐孙华》(文史),5月11日完稿;
《取材一得》(文论),5月17日完稿;
《宝刀不老的许行》(人物),5月17日完稿;
《与时俱进的电业》(随笔),5月18日完稿;
《经典短信息8则》,5月18日完稿;
《曾任美国化学家协会的女会长朱汝华》(人物),5月18日完稿;
《要人狄君武》(人物),5月18日完稿;
《火线请缨》(散文),5月24日完稿;
《抗SARS采访手扎》(散文),5月24日完稿;
《"娄东二张"之一的张采》(文史),5月24日完稿;
《明代隐士赵宧光》(文史),5月24日完稿;
《娄东三凤》(文史),5月24日完稿;
《明代兵部尚书王在晋》(文史),5月25日完稿;
《太仓凌氏一族》(文史),5月25日完稿;
《太仓陆氏考》(文史),5月31日完稿;
《太仓"四先生"》(文史),5月31日完稿;
《清代父子探花汪廷屿与汪学金》(文史),6月1日完稿;
《明代王世贞祖父王倬与父亲王忬》(文史),6月1日完稿;

《技改·创新·发展》（随笔），6月7日完稿；

《〈江苏太仓旅游〉后记》，6月7日完稿；

《始建于明洪武年间的太仓清真寺》（文史），6月9日完稿；

《王世贞与戚继光的友谊》（文史），6月14日完稿；

《国宝级的唐代褚遂良书〈枯树赋〉》（文史），6月14日完稿；

《明代女性中的异数昙阳子》（文史），6月21日完稿；

《娄东印派溯源》（文史），6月22日完稿；

《谢谢了，台湾牛肉面》（随笔），6月28日完稿；

《宋范仲淹在太仓开河治水的功绩》（文史），6月28日完稿；

《清林则徐在太仓兴修水利，惠泽后人》（文史），6月28日完稿；

《我的先飞斋》（随笔），6月29日完稿；

《为小小说事业做点实事》（随笔），7月13日完稿；

《最忆狮城新加坡》（游记），7月13日完稿；

《在台湾高雄喝茶》（游记），7月19日完稿；

《儿子签约》（散文），7月27日完稿；

《心诚则灵》（随笔），8月2日完稿；

《捕蝉野趣》（散文），8月2日完稿；

《老宅的树木花草》（散文），8月2日完稿；

《名词新解》（随笔），8月2日完稿；

《若要不虚姑苏行，焉能错过〈梦苏州〉》（特写），8月9日完稿；

《收到一则短信息》（随笔），8月10日完稿；

《心态不能老》（随笔），8月10日完稿；

《〈梦苏州〉灿烂苏州之夜》（散文），8月17日完稿；

《走向成熟的粉画家吴锡安》（人物），8月23日完稿；

《别具一格的中国古砖瓦博物馆》（游记），8月24日完稿；

《贺卡、短信息与Email》（随笔），8月24日完稿；

《搓麻将术语》（随笔），8月24日完稿；

《由江阴公车改革想起的》（杂文），8月31日完稿；

《领导要有点人情味》（杂文），8月31日完稿；

《多发现别人的优点》（随笔），8月31日完稿；

《嫉妒是一剂毒药》（随笔），8月31日完稿；

《我和圣诞老人合了影》（随笔），8月31日完稿；

《太湖落日金灿灿》（游记），8月31日完稿；

《不妨从写日记开始》（随笔），9月6日完稿；

《让对方选择或许更美丽》（随笔），9月7日完稿；

《平常心是一种境界》（随笔），9月7日完稿；

《何不分流研究小小说》（文论），9月7日完稿；

《打包的震动》（随笔），9月7日完稿；

《专卖店的启示》(随笔),9月7日完稿;
《高城房产名称》(随笔),9月20日完稿;
《增加就业保平安》(随笔),9月20日完稿;
《天下第一鲜——河豚》(随笔),9月21日完稿;
《郑和,一个永远熠熠生辉的名字》(随笔),10月1日完稿;
《编本世界华文微型小说教材如何?》(文论),10月4日完稿;
《阳春白雪话忆慈》(人物),10月11日完稿;
《在〈江苏太仓旅游〉一书首发式上的讲话》,11月1日完稿;
《为艾青家乡的千年古樟呼吁》(随笔),11月1日完稿;
《大堰河墓前的遐思》(游记),11月2日完稿;
《访吴晗故居》(游记),11月2日完稿;
《冯雪峰故乡行》(游记),11月8日完稿;
《寻访陈望道故居》(游记),11月9日完稿;
《大受欢迎的金佛手》(随笔),11月9日完稿;
《儿子来太仓拍摄〈大海放歌〉》(散文),11月9日完稿;
《碑铭》,12月6日完稿;
《我之近况》(随笔),12月6日完稿;
《连云港的东方天书》(游记),12月7日完稿;
《第一次出国参加国际文学研讨会》(随笔),12月13日完稿;
《太湖之滨宰相府》(游记),12月14日完稿;
《从生活中觅素材》(文论),12月27日完稿;
《才能是需要挖掘的》(文论),12月27日完稿;
《让景衬托主题》(文论),12月27日完稿;
《看恐龙,去常州》(游记),12月28日完稿;
《让学生发挥想象力》(文论),12月28日完稿;
《2003年个人盘点》,12月31日完稿。

2004年(251篇)

《小小说的里程碑:汤泉池笔会》(随笔),1月1日完稿;
《行走中的定格艺术——王大经〈摄影家〉代跋》,1月3日完稿;
《在社区侨务工作年终座谈会上的发言》,1月4日完稿;
《继承弘扬娄东文化,打造我市文化品牌》(政协发言稿),1月4日完稿;
《苏州小小说创作研讨会回顾》(随笔),1月22日完稿;
《让我们拥有阳光》(随笔),1月23日完稿;
《令我神往的竹园》(散文),1月23日完稿;
《中国微型小说学会成立前后》(随笔),1月24日完稿;
《首届世界华文微型小说研讨会纪实》(随笔),1月25日完稿;
《迎财神的爆竹》(散文),1月26日完稿;
《请来点原创的》(随笔),1月26日完稿;

《我有一块猴脸石》(散文),1月28日完稿;

《充实的人生,因了追求》(随笔),1月31日完稿;

《建议编本〈太仓籍在沪、宁、苏等外地工作的专业人才名录〉》(提案),2月2日完稿;

《答小小说作家谢志强问》,2月7日完稿;

《孝嘴》(随笔),2月15日完稿;

《张溥是朱家角的女婿》(随笔),2月22日完稿;

《喜欢朱家角的理由》(随笔),2月22日完稿;

《朱家角石拱桥石缝里的石榴》(游记),2月28日完稿;

《书面语言与民间语言》(随笔),2月29日完稿;

《小说散文化与故事化的忧虑》(文论),3月6日完稿;

《设计,大主意自己拿》(随笔),3月6日完稿;

《诚信靠管理》(随笔),3月6日完稿;

《小游园,城区的翡翠》(随笔),3月7日完稿;

《微山湖边的记忆碎片》(散文),3月7日完稿;

《悼女作家王芬》(散文),3月13日完稿;

《观昆仑堂藏画》(随笔),3月13日完稿;

《痴迷古琴终不悔》(随笔),3月13日完稿;

《多才多艺的文化老人崔护》(人物),3月20日完稿;

《台湾发展研究院院长曹正》(人物),3月20日完稿;

《在太仓生活过的女诗人谢烨》(人物),3月20日完稿;

《醒来第一事,听广播》(随笔),3月27日完稿;

《太仓两院院士11位》(随笔),4月3日完稿;

《三峡水利工程总指挥陆佑楣》(人物),4月3日完稿;

《世界唯一的"水下皇陵"》(游记),4月10日完稿;

《访〈西游记〉作者吴承恩故居》(游记),4月10日完稿;

《盱眙的铁山寺森林公园》(游记),4月11日完稿;

《淮安漕运总督署遗址凭吊》(游记),4月17日完稿;

《韩侯祠的感慨》(游记),4月17日完稿;

《周恩来总理,淮安的骄傲》(游记),4月17日完稿;

《愿为文学献身的冰云》(人物),4月18日完稿;

《中国摄影界的教父狄原沧》(人物),4月18日完稿;

《夜宿延安窑洞》(游记),5月1日完稿;

《杨家岭的饭店》(游记),5月1日完稿;

《延安艺人》(游记),5月1日完稿;

《杨家岭的剪纸艺术家李福爱》(游记),5月1日完稿;

《宝塔山下留影》(游记),5月1日完稿;

《参观延安文艺座谈会旧址》(游记),5月1日完稿;

《飞机场上遇老外一家》(随笔),5月1日完稿;
《小灵通,我喜欢》(随笔),5月2日完稿;
《品尝唐代饺子宴》(随笔),5月2日完稿;
《会唱小调的李导》(随笔),5月2日完稿;
《出手不凡的西雷宁》(人物),5月2日完稿;
《西安买坝》(随笔),5月3日完稿;
《永泰公主墓的谜团》(游记),5月4日完稿;
《从盗墓者说起》(随笔),5月4日完稿;
《乾陵的石人石兽》(游记),5月5日完稿;
《游碑林,忆毕沅》(游记),5月5日完稿;
《为碑林忧》(游记),5月5日完稿;
《壶口瀑布留影》(游记),5月5日完稿;
《西安城墙的感慨》(游记),5月6日完稿;
《黄土高坡的苹果》(游记),5月6日完稿;
《黄帝陵的千年柏树》(游记),5月6日完稿;
《天下第一陵——黄帝陵》(游记),5月6日完稿;
《法门寺珍宝馆的收获》(游记),5月6日完稿;
《童话大王王一梅》(人物),5月7日完稿;
《盆景艺术女专家傅珊仪》(人物),5月7日完稿;
《歌声走天下的缪志刚》(人物),5月7日完稿;
《北大德语教授孙坤荣》(人物),5月7日完稿;
《石化专家郁浩然》(人物),5月7日完稿;
《首都医科大学病理学女教授杨佩荪》(人物),5月7日完稿;
《曲艺家、收藏家朱寅全》(人物),5月7日完稿;
《编辑家汪冠民》(人物),5月7日完稿;
《高等教育出版社副社长蒋栋成》(人物),5月7日完稿;
《研究员王申裕》(人物),5月7日完稿;
《享受国务院特殊津贴的电子专家黄策斌》(人物),5月7日完稿;
《所谓的"发财酒"》(杂文),5月16日完稿;
《借地不占地》(随笔),5月22日完稿;
《为苏州执行禁酒令喊好》(随笔),5月22日完稿;
《娄东文化的起源与发展》(文论),5月22日完稿;
《从明星偷税漏税谈起》(杂文),6月5日完稿;
《天下奇观识沸井》(游记),6月5日完稿;
《遗德在民话季子》(游记),6月5日完稿;
《看六朝石刻去丹阳》(游记),6月6日完稿;
《对小小说刊物的一孔之见》(文论),6月6日完稿;
《读"微篇文学"想到的》(随笔),6月9日完稿;

《湛江师院,世界华文微型小说研究基地》(随笔),6月13日完稿;
《广东湛江师院,微型小说结硕果》(特写),6月13日完稿;
《中国唯一的火山口湖——湖光岩玛珥湖》,6月19日完稿;
《东山采杨梅》(游记),6月26日完稿;
《为民是第一位的》(随笔),6月26日完稿;
《"新闻界的释迦牟尼"俞颂华》(人物),6月27日完稿;
《留法物理学家邵亮》(人物),7月3日完稿;
《经济管理学教授孙锦华》(人物),7月3日完稿;
《〈高尔基文集〉主要译者陆桂荣教授》(人物),7月3日完稿;
《科技情报文献研究专家陆长旭》(人物),7月10日完稿;
《航天航空专家倪行强教授》(人物),7月10日完稿;
《汽车工业专家陆孝宽》(人物),7月10日完稿;
《阿波罗登月计划技术主管陆孝同》(人物),7月10日完稿;
《林木专家黄镇亚教授》(人物),7月10日完稿;
《有国际影响的植病植保专家狄原渤》(人物),7月10日完稿;
《八一电影制片厂著名女编导陆方》(人物),7月10日完稿;
《影响中国美容业的科技专家陈学荣教授》(人物),7月10日完稿;
《气象专家林之光》(人物),7月10日完稿;
《新中国自己培养的首位文学博士莫砺锋教授》(人物),7月11日完稿;
《建材专家张人为》(人物),7月11日完稿;
《计算机专家朱廷一》(人物),7月11日完稿;
《核物理专家陆挺》(人物),7月11日完稿;
《多种才能的画家凌清》(人物),7月11日完稿;
《著名书法家郁宏达》(人物),7月11日完稿;
《几句得罪人的话》(随笔),7月24日完稿;
《青海湖畔尝鳇鱼》(游记),7月24日完稿;
《日月山下的牦牛主人》(游记),7月24日完稿;
《土族"新娘"》(游记),7月24日完稿;
《去土族农家串门》(游记),7月25日完稿;
《高原反应》(游记),7月31日完稿;
《青藏高原的油菜花》(游记),7月31日完稿;
《青藏高原的气候》(游记),7月31日完稿;
《青藏高原的养蜂人》(游记),7月31日完稿;
《寂寞高原人》(游记),7月31日完稿;
《目睹磕长头》(游记),7月31日完稿;
《国之瑰宝炳灵寺石窟》(游记),8月1日完稿;
《黄河岸边的树》(游记),8月1日完稿;
《消夏胜地青海湖》(游记),8月1日完稿;

《孟达天池景色秀》(游记),8月1日完稿;
《骑骡下天池》(游记),8月1日完稿;
《有位强导》,8月7日完稿;
《神奇的倒淌河》(游记),8月7日完稿;
《惊心动魄盘山路》(游记),8月7日完稿;
《从化隆到循化途中》(游记),8月7日完稿;
《妙谛永存的塔尔寺》(游记),8月7日完稿;
《雪域风情拉卜楞寺》(游记),8月8日完稿;
《互助土族自治县一瞥》(游记),8月8日完稿;
《桑科草原之夜》(游记),8月8日完稿;
《临夏,中国的小麦加》(游记),8月8日完稿;
《沪剧表演艺术家邵滨孙》(人物),8月8日完稿;
《弘扬娄东文化,为扩大太仓知名度做实事》(政协发言稿),8月14日完稿;
《学习邓小平论中国先进文化的体会》(发言稿),8月14日完稿;
《数据采集专家陆志梁》(人物),8月14日完稿;
《〈资本论〉研究专家金以辉》(人物),8月14日完稿;
《曾任〈解放军报〉总编的吴之非》(人物),8月14日完稿;
《地质钻井专家张庆弦》(人物),8月14日完稿;
《大校祁海荣》(人物),8月14日完稿;
《大校倪振球》(人物),8月15日完稿;
《农业技术推广研究专家申宝根》(人物),8月15日完稿;
《少将李平安》(人物),8月15日完稿;
《交通部副部长徐祖远》(人物),8月15日完稿;
《诗人长岛》(人物),8月15日完稿;
《能文能武的大校陆震伦》(人物),8月15日完稿;
《北航教授王祖诚》(人物),8月15日完稿;
《苏大核物理学教授凌寅生》(人物),8月22日完稿;
《当前微型小说界现状及格局变化》(人物),8月29日完稿;
《质量管理专家顾楚才》(人物),9月4日完稿;
《电子学研究专家陆孝厚》(人物),9月5日完稿;
《中国工程院院士杨胜利》(人物),9月5日完稿;
《中国科学院院士黄胜年》(人物),9月5日完稿;
《中国"神药"研制者张楚成》(人物),9月5日完稿;
《中国太阳能研究权威龚堡》(人物),9月5日完稿;
《北大经济学教授闵庆全》(人物),9月5日完稿;
《历史教学专家徐锡祺》(人物),9月5日完稿;
《诺贝尔奖得主朱棣文》(人物),9月11日完稿;
《国防大学教授钱抵千》(人物),9月11日完稿;

《中国工程院院士顾懋祥》（人物），9月11日完稿；
《中国工程院院士龚知本》（人物），9月11日完稿；
《中国科学院院士邹世昌》（人物），9月11日完稿；
《中国科学院院士唐孝威》（人物），9月11日完稿；
《舞坛泰斗吴晓邦》（人物），9月12日完稿；
《中国作家协会会员陆泰》（人物），9月12日完稿；
《一代电影导演朱石麟》（人物），9月12日完稿；
《世界物理女皇吴健雄》（人物），9月12日完稿；
《儿童文学专家龚炯》（人物），9月12日完稿；
《现代文学研究专家王文英》（人物），9月12日完稿；
《儿童文学理论家王建华》（人物），9月12日完稿；
《影视评论家李建强》（人物），9月12日完稿；
《文学评论家韩黎范》（人物），9月12日完稿；
《中长篇小说专家吴泽蕴》（人物），9月12日完稿；
《矿山机械专家凌胜》（人物），9月12日完稿；
《留美硕士医药专家唐孝宣教授》（人物），9月25日完稿；
《中国核信息情报专家严家魁》（人物），9月25日完稿；
《我国新华书店总店原总经理汪轶千》（人物），9月25日完稿；
《我国体育科学研究专家陆绍中博士》（人物），9月25日完稿；
《前南斯拉夫问题研究专家徐坤明》（人物），9月25日完稿；
《曾荣获阿根廷政府"五月勋章"的毛金里》（人物），9月25日完稿；
《入选英国剑桥〈国际名人词典〉的张显扬》（人物），9月25日完稿；
《学者型书法家吴聿明》（人物），10月1日完稿；
《行之变化》（随笔），10月2日完稿；
《我为太仓骄傲》（跋），10月2日完稿；
《广交各国文友的新加坡诗人秦林》（散文），10月2日完稿；
《文坛的同名同姓》（随笔），10月2日完稿；
《著名地理历史学家王剑英》（人物），10月3日完稿；
《我国汽车工业专家吴琢之》（人物），10月3日完稿；
《著名天文学家龚树模》（人物），10月3日完稿；
《小麦大麦研究专家陆炜》（人物），10月3日完稿；
《竺可桢野外科学奖获得者毛德华》（人物），10月3日完稿；
《海军大校张耀宗》（人物），10月4日完稿；
《化学电源专家杨承智》（人物），10月4日完稿；
《军级航校校长徐兆文》（人物），10月4日完稿；
《武术名家陈广宇》（人物），10月4日完稿；
《篮坛骄子钱旭沧》（人物），10月4日完稿；
《我国漫画界前辈张文元》（人物），10月4日完稿；

《油画家俞成辉教授》(人物),10月4日完稿;
《太仓文化界耆宿杨克斋》(人物),10月4日完稿;
《早夭的天才画家熊福元》(人物),10月6日完稿;
《实业救国的朱恺俦》(人物),10月6日完稿;
《在日本任华侨学校校长的沈立之》(人物),10月6日完稿;
《农林学专家傅焕光》(人物),10月6日完稿;
《亚洲杰出农民邹家祥》(人物),10月6日完稿;
《国民党中央评议员陆京士》(人物),10月6日完稿;
《曾红遍中国的学毛选积极分子顾阿桃》(人物),10月6日完稿;
《著名书法家徐梦梅》(人物),10月6日完稿;
《硬气功大师曹孝辉》(人物),10月6日完稿;
《中国服饰研究专家周锡保教授》(人物),10月7日完稿;
《曾任北京大学副校长的黄一然》(人物),10月7日完稿;
《曾任中央国医馆顾问的陆真翘》(人物),10月7日完稿;
《中国工商美术家协会理事叶鉴修》(人物),10月7日完稿;
《师级干部李惠生》(人物),10月7日完稿;
《太仓旅港同乡会创会会长汪养然》(人物),10月7日完稿;
《著名出版家陈汝言》(人物),10月7日完稿;
《评弹才子黄异庵》(人物),10月7日完稿;
《著名伤骨科医生崔同海》(人物),10月7日完稿;
《电力化学专家萧永嘉》(人物),10月7日完稿;
《育棉专家刘正銮》(人物),10月7日完稿;
《稻飞虱"天派"创始人蒲茂华》(人物),10月7日完稿;
《水稻研究专家倪文》(人物),10月7日完稿;
《曾任联合国劳工安全的高级顾问傅文毅》(人物),10月16日完稿;
《微米纳米技术专家朱健》(人物),10月16日完稿;
《清华大学雷达技术研究专家陆大淦博导》(人物),10月16日完稿;
《中长篇通俗文学作家尹培民》(人物),10月16日完稿;
《推理侦探小说作家陈奎鹤》(人物),10月16日完稿;
《散文女作家王芬》(人物),10月16日完稿;
《军旅油画家高仁岐》(人物),10月16日完稿;
《篆刻家邓进》(人物),10月16日完稿;
《中国新山水画派代表人物宋文治》(人物),10月16日完稿;
《银行学专家唐永庆教授》(人物),10月16日完稿;
《疾病预防专家唐耀武教授》(人物),10月16日完稿;
《学贯中西的唐庆诒教授》(人物),10月16日完稿;
《曾任中国地质大学副校长的蔡克勤教授》(人物),10月16日完稿;
《计算机软件专家蒋维杜教授》(人物),10月16日完稿;

《航天航空教授袁东辉》(人物),10月16日完稿;
《我国著名畜牧学专家郑丕留研究员》(人物),10月16日完稿;
《现代诗学研究学者许霆教授》(人物),10月16日完稿;
《著名电影演员蒋天流》(人物),10月16日完稿;
《崭露头角的女画家张美华》(人物),10月16日完稿;
《江苏美术馆馆长宋玉麟》(人物),10月17日完稿;
《国家图书奖与中国图书奖得主陆正华》(人物),10月23日完稿;
《40年代上海四大报社掌门人张竹平》(人物),10月23日完稿;
《中国化妆界著名造型师阳乾》(人物),10月23日完稿;
《微型小说的优势、弱处与对策》(论文),10月31日完稿;
《龙虎山悬棺及"升棺"表演》(游记),11月17日完稿;
《大地之父与大地之母》(游记),11月17日完稿;
《大力开发太仓名人资源,为我市两个"率先"服务》(政协发言稿),12月26日完稿。

2005年(200篇)

《2004:微型小说利好之年》(随笔),1月1日完稿;
《汤泉池笔会与王保民》(散文),1月1日完稿;
《推敲文字,精益求精》(随笔),1月2日完稿;
《海啸前,我去了印尼》(游记),1月8日完稿;
《去印尼,千万别忘了带手机》(游记),1月8日完稿;
《在印尼,我成了百万富翁》(游记),1月9日完稿;
《雅加达印象》(游记),1月9日完稿;
《印尼海关,我被特别检查》(游记),1月15日完稿;
《印尼销肉松面包》(游记),1月15日完稿;
《在印尼学点印尼语》(游记),1月15日完稿;
《雅加达街头即景》(游记),1月15日完稿;
《万隆一瞥》(游记),1月15日完稿;
《印尼有座活火山》(游记),1月15日完稿;
《印尼的昂格隆》(游记),1月15日完稿;
《随身携带的蒙牛干吃片》(随笔),1月15日完稿;
《2004年个人盘点》,1月16日完稿;
《长江入海口的感慨》(随笔),1月31日完稿;
《小城有对神仙眷侣》(散文),2月19日完稿;
《著名篆刻家书法家马士达》(人物),2月20日完稿;
《青岛大学数学教授姚炳炎》(人物),2月20日完稿;
《曾任武汉体育学院副院长的徐家杰教授》(人物),2月20日完稿;
《受江泽民主席接见的评弹演员蔡小华》(人物),2月20日完稿;
《澳大利亚华人科技协会副会长俞镔博士》(人物),2月20日完稿;
*《担任过美国总统布什汉语教师的唐孝纯》(人物);

《获全国摄影金奖的摄影家濮演》(人物),2月20日完稿;
《理论与创作双栖的书法家王伟林》(人物),2月20日完稿;
《北京化工大学教授柯以侃》(人物),2月27日完稿;
《我国地理学大家钱今昔教授》(人物),2月27日完稿;
《地杰人灵"金太仓"》(电视片解说词),3月10日完稿;
《素质教育与长效管理》(随笔),3月20日完稿;
《"四王画"传人周海瑶》(人物),3月20日完稿;
《答微型小说研究者邹汉龙问》,3月26日完稿;
《中华爱国人士名言录》,3月29日完稿;
《访美油画家张兴元》(人物),4月2日完稿;
《化学硕导穆绍林教授》(人物),4月2日完稿;
《江苏唯一的女考古领队闻惠芬》(人物),4月2日完稿;
《城市轨道交通专家孙章教授》(人物),4月3日完稿;
*《人工智能研究专家高济教授》(人物);
《我就是你儿子》(散文),4月3日完稿;
《微电子技术研究专家陆大荣》(人物),4月3日完稿;
《书法家张达》(人物),4月3日完稿;
《文化和谐之我见》(文论),4月16日完稿;
《〈再年轻一次〉出版前后》(随笔),4月23日完稿;
《精通古文的英语教授唐庆诒》(人物),5月1日完稿;
《元代赵孟頫的〈归去来辞碑〉》(文史),5月1日完稿;
《汉语与外语》(随笔),5月1日完稿;
《曾任〈城市开发〉杂志主编的钱辉坰》(人物),5月2日完稿;
《获曾宪梓高校优秀教师奖的陆佩洪》(人物),5月2日完稿;
《著名昆剧表演艺术家汪世瑜》(人物),5月2日完稿;
《浙江大学计算机系博导叶澄清》(人物),5月2日完稿;
《建筑专家陆震纬》(人物),5月2日完稿;
《曾任化工机械研究院院长的陆震维》(人物),5月2日完稿;
《明代万卷楼〈东海两难碑〉藏帖》(文史),5月2日完稿;
《明代王世懋〈学圃杂疏〉书法手稿真迹》(文史),5月3日完稿;
《明刻米芾"墨池碑"》(文史),5月3日完稿;
《苏州大学商学院院长万解秋》(人物),5月3日完稿;
《聚氨酯研究专家徐归德》(人物),5月3日完稿;
《享受国务院特殊津贴的医学教授汪守中》(人物),5月3日完稿;
《表演与导演双栖的王世菊》(人物),5月3日完稿;
《油画家唐雪根》(人物),5月3日完稿;
《再答邹汉龙问》,5月4日完稿;
《为致和塘正名》(随笔),5月15日完稿;

《在省作协来苏州听取2005—2010年创作计划汇报时的发言》,5月15日完稿;
《1405:郑和》(电影剧本),5月21日完稿;
《小楷神手政定荣》(人物),5月24日完稿;
《写自己熟悉的得心应手》(创作谈),5月28日完稿;
《工业设计专家江建民教授》(人物),5月28日完稿;
《磁学研究专家刘公强博导》(人物),5月28日完稿;
《曾任省舞协主席的黎明》(人物),5月28日完稿;
《实验艺术探索画家林鑫》(人物),5月28日完稿;
《女音乐家王珏》(人物),5月29日完稿;
《中国画女画家王庆明》(人物),5月29日完稿;
《火箭导弹专家张振华》(人物),5月29日完稿;
《财政与金融研究专家曾浩然》(人物),5月29日完稿;
《书画家徐达》(人物),5月29日完稿;
《中国微型小说集子出版一览》,6月4日完稿;
《日寇"天王"飞行员在太仓被生俘》(文史),6月19日完稿;
《所写代序一览》,6月19日完稿;
《微型小说列入紫金山文学奖有感》(随笔),6月25日完稿;
《第一等好事》(随笔),6月26日完稿;
《神秘的"禁区"饭店》(游记),6月26日完稿;
《知识分子的声音》(随笔),6月27日完稿;
《幸福是一种比较》(随笔),7月2日完稿;
《我不喜欢水杉》(随笔),7月3日完稿;
《一个问题的两种说法》(随笔),7月3日完稿;
《微型小说大事年表》,7月5日完稿;
《补写〈刘家港:郑和〉》,7月20日完稿;
《记忆力是靠不住的》(随笔),7月20日完稿;
《旅居香港的国学家郁增伟》(人物),7月26日完稿;
《小议民族性与国民性》(随笔),7月31日完稿;
《两听碧螺春茶叶》(散文),7月31日完稿;
《微型小说的苏军》(文论),8月10日完稿;
《"中国的江南云雀"孙青》(人物),8月21日完稿;
《热物理学专家杨思文》(人物),8月21日完稿;
《牡丹奖得主国家一级评弹演员张碧华》(人物),8月21日完稿;
《著名学者与书评家徐雁教授》(人物),8月21日完稿;
《南京农大博士生导师陆作楣》(人物),8月21日完稿;
《教、编、写一体的钱沧水教授》(人物),8月21日完稿;
《文化学者王文英》(人物),8月21日完稿;
《抗战时的社会活动家王维驹》(人物),8月21日完稿;

《应用语言学研究专家姚兆炜》(人物),8月21日完稿;
《曾任中国新闻社副社长的陆慧年》(人物),8月21日完稿;
《曾任福建三明市委副书记的余震岳》(人物),8月21日完稿;
《行万里路的享受》(随笔),8月27日完稿;
《哈拉哈河漂流遇险记》(游记),9月18日完稿;
《成吉思汗点将台玫瑰峰》(游记),9月18日完稿;
《鲜为人知的阿尔山侵华日军筑垒遗址》(游记),9月18日完稿;
《神秘色彩的祭泉》(游记),9月18日完稿;
《三角塘钓蟹》(散文),9月24日完稿;
《在阿尔山买灵芝》(游记),9月25日完稿;
《石塘林的地衣》(游记),9月25日完稿;
《阿尔山海拉尔的火车站》(游记),9月25日完稿;
《阿尔山,摄影家不能不去的地方》(游记),9月25日完稿;
《穿越呼伦贝尔大草原》(游记),9月25日完稿;
《答亚洲电视台记者陈雄问》,10月6日完稿;
《用一条腿的代价换来的足球场》(散文),10月6日完稿;
《练拳副产品》(散文),10月6日完稿;
《我曾是校篮球队队员》(散文),10月6日完稿;
《追求油画艺术的蔡萌萌》(人物),10月10日完稿;
《上海防治"非典"首席专家俞顺章教授》(人物),10月10日完稿;
《中国麦秸画创作第一人——史仁杰》(人物),10月10日完稿;
《中科院上海技术物理研究所研究员尹球博导》(人物),10月10日完稿;
《中华谜王单鑫华》(人物),10月15日完稿;
《全国劳动模范顾建平》(人物),10月15日完稿;
《苏大化工学院副院长郎建平博导》(人物),10月15日完稿;
《太仓民俗与民间文化的挖掘与弘扬者陆健德》(人物),10月15日完稿;
《中科院首批"百人计划"青年科学家施剑林》(人物),10月15日完稿;
《〈解放日报〉党委书记冯士能》(人物),10月15日完稿;
《旅美华人女作家邵丹》(人物),10月15日完稿;
《当今中国文坛十大天才青少年作家之一许佳》(人物),10月15日完稿;
《南方摄影学院院长周宁》(人物),10月15日完稿;
《曾任苏大外国语学院副院长的李明教授》(人物),10月15日完稿;
《曾任国民党驻南非大使陆以正》(人物),10月15日完稿;
《中国驻法国大使馆政务参赞唐卫斌》(人物),10月15日完稿;
《中财国企投资有限公司执行总裁高志凯》(人物),10月15日完稿;
《多种体裁写作的作家朱凤鸣》(人物),10月15日完稿;
《江寒汀高足花鸟画家闵文彬》(人物),10月15日完稿;
《老作家杨公怀》(人物),10月23日完稿;

《江苏省粮食局局长吴国梁》（人物），10月23日完稿；
《市运会女子举重亚军顾薇》（人物），10月23日完稿；
《中国摄影家协会会员王大经》（人物），10月23日完稿；
《中国摄影家协会会员陈解发》（人物），10月23日完稿；
《曾任江苏省委宣传部副部长的王建邦》（人物），10月23日完稿；
《民间美术家韩传寿》（人物），10月23日完稿；
《一级国画家邢少兰》（人物），10月23日完稿；
《全国学习毛选积极分子孙玉英》（人物），10月29日完稿；
《曾任宁夏社会主义学院党组书记的陆军》（人物），10月29日完稿；
《少将闻培德》（人物），10月29日完稿；
《东华大学文学院院长张怡》（人物），10月29日完稿；
《全国人大代表陈静怡》（人物），10月29日完稿；
《"感动心灵丛书"是一套值得阅读与收藏之书》（随笔），11月5日完稿；
《在连任第六届太仓市作协主席后的发言》，11月9日完稿；
《台湾蔬菜研究专家陆之琳》（人物），11月9日完稿；
《一生从事职业教育的杨启栋教授》（人物），11月9日完稿；
《台湾职业"外交家"蒋恩铠》（人物），11月9日完稿；
《出任解放军〈军需杂志〉总编的李颂声》（人物），11月9日完稿；
《曾在西藏军区文化部负责拍摄〈农奴〉的朱行》（人物），11月9日完稿；
《大校缪尧坤》（人物），11月9日完稿；
《海军舰航副司令张连富》（人物），11月9日完稿；
《中国工程物理研究院科技部副部长马寅国》（人物），11月9日完稿；
《曾任中国红十字会国际联络部部长的傅五仪》（人物），11月10日完稿；
《曾任湖南省纺织工业厅厅长的沈妙法》（人物），11月10日完稿；
《曾任上海市静安区区长的韩士章》（人物），11月10日完稿；
《曾任湖北省政府外事办副主任的吴雅》（人物），11月10日完稿；
《曾任上海市财经委副主任的蒋锡琪》（人物），11月10日完稿；
《曾任宁夏回族自治区银川市总工会主席的沐高山》（人物），11月10日完稿；
《曾任北京市粮食集团党委书记、董事长的朱养慈》（人物），11月10日完稿；
《葛洲坝工程女副总工程师傅华》（人物），11月16日完稿；
《飞机设计师方锦星》（人物），11月16日完稿；
《曾任中国驻巴基斯坦经济商务参赞的沈银发》（人物），11月16日完稿；
《曾任中国海洋石油公司总经理的钟一鸣》（人物），11月16日完稿；
《苏州金克莱集团公司董事长、总经理倪祖根》（人物），11月16日完稿；
《中日友好医院党委副书记许承铭》（人物），11月17日完稿；
《建筑材料专家席耀忠》（人物），11月17日完稿；
《曾任广州日报报业集团副总编的吴明先》（人物），11月17日完稿；
《我国早期电影女演员倪红燕》（人物），11月17日完稿；

《新华社参编部副总编辑陈德昌》(人物),11月17日完稿;

《北京外国语大学教学与研究出版社副社长、副总编徐秀芝》(人物),11月17日完稿;

《我收集与珍藏的小小说集子》(随笔),12月4日完稿;

《关于建"吴梅村读书处"的建议》(政协提案),12月18日完稿;

《关于扩建南园的建议》(政协提案),12月18日完稿;

《建议申报"中国硬笔书法之乡"荣誉称号的建议》(政协提案),12月18日完稿;

《关于组织文学艺术代表团去日本青谷町交流的建议》(政协提案),12月18日完稿;

《关于适当组织侨务干部到境外开展工作的建议》(政协提案),12月18日完稿;

《打造太仓十大城市名片,提升我市文化品牌》(政协发言稿),12月24日完稿;

《洋节与传统节日》(随笔),12月24日完稿;

《对我国早期电报事业有贡献的俞棣云》(人物),12月24日完稿;

《泌尿外科专家俞莉章博导》(人物),12月24日完稿;

《中国电影家协会副秘书长汪菊平》(人物),12月24日完稿;

《大校张建民》(人物),12月24日完稿;

《大校朱永明》(人物),12月24日完稿;

《大校徐耀峰》(人物),12月24日完稿;

《企业与品牌》(代序),12月24日完稿;

《曾任交通部总工程师的邹觉新》(人物),12月25日完稿;

《旅美化学博士张炜》(人物),12月25日完稿;

《中国国际广播电台频率总监戴以戎》(人物),12月25日完稿;

《我国第一代地对空导弹总设计师钱文极》(人物),12月25日完稿;

《水利部计划司司长陆孝平》(人物),12月25日完稿;

《福建省委组织部常务副部长于卫国》(人物),12月25日完稿;

《凌鼎年2005年盘点》,12月31日完稿。

2006年(84篇)

《吴梅村太仓遗迹考》(文史),1月1日完稿;

《荣辱两重天的吴梅村》(文史),1月2日完稿;

《我国评弹界代表袁小良》(人物),1月6日完稿;

《曾任中南海秘书的法学家俞梅荪》(人物),1月6日完稿;

《北京大学生物化学教授俞梅敏》(人物),1月6日完稿;

《正军级研究员俞焕文》(人物),1月6日完稿;

《医学教授俞松文》(人物),1月6日完稿;

《享受副部级待遇的陆斐文》(人物),1月7日完稿;

《教授级基建专家俞脩文》(人物),1月7日完稿;

《曾任中国驻联合国日内瓦办事处代表俞沛文》(人物),1月7日完稿;

《新中国保险业的创始人之一俞彪文》(人物),1月7日完稿;

《遥寄泰国诗人子帆》(散文),1月14日完稿;

《写给我的母亲》（散文），1月14日完稿；
《第一次当证婚人》（散文），1月15日完稿；
《心香一瓣悼许行》（散文），1月29日完稿；
《写给母亲》（散文），2月3日完稿；
《江苏省广电厅副厅长黄信》（人物），2月4日完稿；
《大校陆正中》（人物），2月22日完稿；
《论系列小小说发挥集束手榴弹作用》（文论），2月23日完稿；
《太仓发现清代珍贵碑拓》（特写），2月26日完稿；
《博客日记三则》，2月26日完稿；
《中国壁画改良与创新第一人陆鸿年》（人物），2月26日完稿；
《贵州省书协主席包俊宜》（人物），2月26日完稿；
《中国书法家协会会员郁文明》（人物），2月26日完稿；
《中国书法家协会会员李志炜》（人物），2月26日完稿；
《八零后青少年学生作家凌君洋》（人物），2月26日完稿；
《我国血液病学科奠基人吴翰香教授》（人物），2月26日完稿；
《小儿哮喘防止专家戴家熊教授》（人物），2月27日完稿；
《中国农业部农业贸易促进会中心副主任倪洪兴》（人物），2月27日完稿；
《中科院高能物理所研究员吴素娟》（人物），2月27日完稿；
《复旦大学经济学教授唐庆增》（人物），2月27日完稿；
《南京师范大学国际经济研究所所长赵仁康硕导》（人物），2月27日完稿；
《我国图学工程创始人之一朱育万教授》（人物），2月27日完稿；
《宝时得科技（中国）公司董事长高振东》（人物），2月27日完稿；
《书香家庭与太仓人才》（随笔），4月1日完稿；
《王世贞后人来太仓寻根》（纪实），4月3日完稿；
《偷偷读书与创作》（随笔），4月22日完稿；
《三进沙家浜的启迪》（随笔），4月23日完稿；
《兴趣加读书，下笔如有神——记八零后青年作家凌君洋》（人物），5月2日完稿；
《我想生病》（散文），5月7日完稿；
《高枕有忧》（随笔），5月完稿；
《选邻而居》（随笔），5月完稿；
《〈太仓日报〉给了我启示》（随笔），5月21日完稿；
《令人刮目的》（随笔），6月10日完稿；
《高迁古村这份文化遗产》（游记），6月11日完稿；
《仙居景区神仙游》（游记），6月11日完稿；
《雁荡山观峰》（游记），6月11日完稿；
《仙居的房子》（游记），6月11日完稿；
《铁镬、铁釜、千人锅》（随笔），6月11日完稿；
《寻访吴梅村墓》（游记），6月17日完稿；

《有缘蟠螭山》（游记），6月24日完稿；
《惜哉痛哉话穿山》（文史），6月25日完稿；
《系列微型小说的魅力》（论文），7月16日完稿；
《关于太仓文化的几点想法》（发言稿），7月29日完稿；
《城市精神之我见》（随笔），8月5日完稿；
《为太仓的文化建设出谋划策》（发言稿），8月6日完稿；
《世界华文微型小说研究权威渡边晴夫教授》（人物），8月13日完稿；
《成语故事给了很多很多》（随笔），8月19日完稿；
《儿时,我养过羊养过兔》（散文），8月20日完稿；
《看、讲、写》（随笔），8月20日完稿；
《家有书香,成长必快》（随笔），8月20日完稿；
《第17个教师节,第17本书》（散文），9月10日完稿；
《只要学,永远不晚》（随笔），9月17日完稿；
《书香小屋当嘉宾的回忆》（散文），9月17日完稿；
《不认识了,连云港的墟沟!》（游记），9月17日完稿；
《在2006年中秋各界人士座谈会上的发言》，9月23日完稿；
《对顾建平评论的回应》，9月27日完稿；
《关于名人》（随笔），10月15日完稿；
《致刘公》（随笔），11月18日完稿；
《两瓶茅台酒》（散文），11月19日完稿；
《阅读,使创作插上翅膀》（随笔），11月19日完稿；
《曾任机械工业部监察局局长的汪国华》（人物），11月19日完稿；
《著名女律师戴绿绮》（人物），11月19日完稿；
《关于和谐文化的几点思考》（发言稿），11月21日完稿；
《太仓参加苏州市农家菜烹饪比赛的菜肴介绍》（随笔），11月25日完稿；
《赴文莱日记》，11月26日完稿；
《世界核物理女皇吴健雄》（人物），12月3日完稿；
《挖掘与保护太仓非物质文化遗产》（政协发言稿），12月17日完稿；
《充分认识我市历史文化遗产价值》（发言稿），12月17日完稿；
《加大保护力度,以提高文化品牌的含金量》（政协提案），12月23日完稿；
《巴城吃蟹一条街》（游记），12月24日完稿；
《苏州博物馆的太仓文物》（随笔），12月24日完稿；
  *《天天有个好心情》（散文）；
  *《人生几个三十年》（散文）。

2007年(55篇)

《祝"娄东文史版"开设》（随笔），1月1日完稿；
《置身苏州博物馆》（散文），1月1日完稿；
《子帆周年祭》（散文），1月2日完稿；

《大学时,我也献过血》(散文),1月7日完稿;
《把主要精力放在创作上》(创作谈),1月13日完稿;
《关于建立太仓娄东文化研究会的建议》(政协提案),1月14日完稿;
《关于把微型小说列入鲁迅文学奖评选的建议》(政协提案),1月14日完稿;
《陆状元与三百廉砖》(文史),1月20日完稿;
《舞台大世界,定格一瞬间》(随笔),1月27日完稿;
《太仓娄东文化》(文史),1月27日完稿;
《"太仓娄东文化文库"策划书》,2月10日完稿;
《曹一清要的开设微型小说网站策划书》,2月11日完稿;
《自贡儒官王孝谦》,2月19日完稿;
《连岛小渔村》(游记),2月24日完稿;
《2005年微型小说大事记》,2月24日完稿;
《2006年微型小说大事记》,2月24日完稿;
《哪把尺子更公正》(随笔),3月3日完稿;
《园中园镇园之宝千猴树干雕》(散文),3月14日完稿;
《鼓励学生说真话》(随笔),4月1日完稿;
《多读书,读好书,一生受用》(随笔),4月3日完稿;
《把江苏的微型小说打造成品牌》(随笔),4月8日完稿;
《翰墨荟萃的双松楼藏品精品展》(特写),4月8日完稿;
《娄东文化的定义》(随笔),4月13日完稿;
《寒山思索》(随笔),5月1日完稿;
《致江曾培会长的信》,5月3日完稿;
《微型小说创作的甘苦》(文论),5月8日完稿;
《沱江放水灯》(游记),6月9日完稿;
《半月日记》,6月9日完稿;
《〈祭扫烈士墓〉的创作谈》,7月4日完稿;
《看牡丹》(散文),7月4日完稿;
《高擎高新技术之旗——记德威董事长周建明》(报告文学),7月22日完稿;
《写作也要从小抓起》(文论),8月4日完稿;
《云清风正帆高张》(随笔),9月15日完稿;
《勤廉座右铭10条》,9月22日完稿;
《名誉之我见》(随笔),10月3日完稿;
《自由一说》(随笔),10月3日完稿;
《急中生智与美味佳肴》(随笔),10月20日完稿;
《小镇上的残障人作家蒋金芳》(随笔),11月4日完稿;
《芦墟镇寻访明大画家王时敏文物》(散文),11月4日完稿;
《贺广西小小说学会成立》,11月5日完稿;
《航天育种的美容抗癌的黑土豆》(随笔),11月7日完稿;

《迎圣火楹联一副》,11月26日完稿;
《让新太仓人成为建设太仓的生力军》(论文),12月1日完稿;
《在〈吴炯明剧作选〉新书首发式上的讲话》,12月8日完稿;
《崛起的太仓西城区》(随笔),12月15日完稿;
《关于建立太仓文艺人才数据库的建议》(政协提案),12月16日完稿;
《关于太仓申报"中国牛郎织女传说之乡"的建议》(政协提案),12月16日完稿;
《关于太仓也举办读书节》(政协提案),12月16日完稿;
《关于重建穿山文化遗址旅游区的建议》(政协提案),12月16日完稿;
《关于完善我市城市公共交通的建议》(政协提案),12月16日完稿;
《关于太仓外来人口决策》(政协提案),12月31日完稿;
《2007年太仓市作家协会总结》,12月31日完稿;
《2007年十大新闻人物》(随笔),12月31日完稿;
《2007年十大新闻事件》(随笔),12月31日完稿;
《2007年个人盘点》,12月31日完稿。

2008年(63篇)

《微型小说:2007年回顾,2008年展望》(随笔),1月6日完稿;
《太仓的文学社团》(随笔),1月12日完稿;
《〈凌鼎年微型小说自选集〉后记》,2月7日完稿;
《微型小说走进春晚的启示》(随笔),2月8日完稿;
《江南丝竹的新舞台》(随笔),2月8日完稿;
《关于读书》(随笔),2月9日完稿;
《扫雪者与拍雪景者》(随笔),2月12日完稿;
《升级后的感慨》(随笔),2月13日完稿;
《我是怎样写出〈1943年的烤地瓜〉的》(创作谈),2月13日完稿;
《给孙子办满月酒》(散文),2月16日完稿;
《给孙子起名》(散文),2月16日完稿;
《虚惊一场》(散文),2月16日完稿;
《楹联的由来》(文史),2月21日完稿;
《参政议政,写好提案的体会》(随笔),3月1日完稿;
《我的"十个一"工程》(随笔),3月2日完稿;
《江南丝竹新舞台揭匾之一》,3月4日完稿;
《江南丝竹新舞台揭匾之二》,3月4日完稿;
《江南丝竹新舞台揭匾之三》,3月4日完稿;
《从太仓城市精神角度分析德资欧美企业集聚太仓的原因》(发言稿),3月20日完稿;
《知识女性陈一红》(人物),3月21日完稿;
《第七届世界华文微型小说研讨会在上海召开的申请报告》,4月8日完稿;
《观自贡灯会想到的》(随笔),4月12日完稿;

《凌鼎年微型小说语录》,4月15日完稿;
《观音山之美》(游记),4月28日完稿;
《根在晟舍》(随笔),5月1日完稿;
《不能不看的自贡恐龙博物馆》(游记),5月2日完稿;
《婺源之樟》(游记),5月2日完稿;
《汶川大地震的感慨》(随笔),5月17日完稿;
《我看江苏微型小说》(文论),5月24日完稿;
《想起了成语"焦头烂额"》(杂文),6月1日完稿;
《永远的定格》(散文),6月13日完稿;
《郑和品牌的启示》(随笔),6月15日完稿;
《自贡有个微型小说作家群》(随笔),6月27日完稿;
《澳门与微型小说》(随笔),6月28日完稿;
《微型小说,改变了我的人生》(随笔),6月28日完稿;
《幽哉,东亭子桥》(文史),6月29日完稿;
《道德,任何时候不可或缺》(随笔),7月1日完稿;
《我与微篇文学的情缘》(随笔),8月3日完稿;
《文化人也要为经济发展服务》(发言稿),8月6日完稿;
《极具中国特色的奥运会开幕式》(随笔),8月9日完稿;
《与台湾(地区)文联主席陆炳文开座谈会》(随笔),8月19日完稿;
《汤泉池笔会影响了我一生》(随笔),8月23日完稿;
《写在北京奥运会开幕之际》(随笔),8月25日完稿;
《为赵昊鹏等〈八面来风〉集子写推荐语》,9月23日完稿;
《为赵昊鹏专访写的评价语》,9月23日完稿;
《为陈大超集子〈女人的衣服与战争〉写推荐语》,9月23日完稿;
《东方巨龙——杭州湾跨海大桥》(游记),10月2日完稿;
《太仓城市精神解读》(随笔),10月9日完稿;
《抓住了中学生,就抓住了微型小说的未来》(文论),11月2日完稿;
《微型小说讲稿》,11月9日完稿;
《现代农村改革发展话题》(发言稿),11月22日完稿;
《对联一副》,11月28日完稿;
《新世界百货买鞋》(随笔),11月29日完稿;
《在微篇文学十周年大会上的发言》,11月29日完稿;
《关于我市"农家书屋"正常运转问题》(政协提案),12月31日完稿;
《关于举办吴梅村诞生400周年活动的提议》(政协提案),12月31日完稿;
《关于建立朱棣文科技馆的提议》(政协提案),12月31日完稿;
《关于聘请徐雁教授等为娄东文化特邀研究员的提议》(政协提案),12月31日完稿;
《关于新区三小更名为娄江小学的建议》(政协提案),12月31日完稿;
《关于太仓申报"麻将起源地"的建议》(政协提案),12月31日完稿;

《关于与日本仙台对口交流七夕文化的建议》(政协提案),12月31日完稿;
《太仓市作协2008年总结》,12月31日完稿;
《凌鼎年2008年个人盘点》,12月31日完稿。

2009年(77篇)

《纪念吴梅村诞生400周年研讨会策划书》,1月15日完稿;
《给刘崇善的拜年信》,1月25日完稿;
《远去的母亲》(散文),1月29日完稿;
《12月5日,世界华文微型小说盛会》(特写),1月31日完稿;
《北川一瞥》(游记),2月1日完稿;
《汶川见闻》(游记),2月1日完稿;
《民间紫砂雕塑艺术家于世根》(人物),2月8日完稿;
《扬州八怪纪念馆感悟》(游记),2月8日完稿;
《太仓旅游宣传口号》,2月12日完稿;
《太仓景点介绍文字》,2月24日完稿;
《中国江海河三鲜美食之乡广告语》,3月9日完稿;
《"吴梅村诞生400周年"编者按》,3月18日完稿;
《一个"缘"字了得》(跋),4月5日完稿;
《智囊启迪》(随笔),4月5日完稿;
《太仓市作家协会上半年小结》,6月18日完稿;
《在"娄东文化丛书"首发式上的讲话》,6月19日完稿;
《推荐一篇与太仓有关的文章》(随笔),6月23日完稿;
《读书消夏过暑假》(散文),6月24日完稿;
《艰难的签证》(随笔),6月23日完稿;
《在巴黎戴高乐机场转机》(随笔),6月24日完稿;
《在巴黎戴高乐机场丢行李》(随笔),6月25日完稿;
《年会感慨》(随笔),6月27日完稿;
《维也纳郊区葡萄园的晚餐》(游记),6月27日完稿;
《在多瑙河边过端午》(游记),6月30日完稿;
《仙境般的翠湖》(游记),7月3日完稿;
《充分享受阳光的奥地利人》(游记),7月4日完稿;
《随处可见读书人》(游记),7月5日完稿;
《阿尔卑斯山滑雪场》(游记),7月5日完稿;
《音乐之国,音乐之都》(游记),7月7日完稿;
《在莫扎特故乡》(游记),7月7日完稿;
*《在维也纳金色大厅》(游记);
《令人欣慰的两岸合作之旅》(随笔),7月16日完稿;
《玛丽大街》(游记),7月25日完稿;
《逛了一回性商店》(游记),7月25日完稿;

《多瑙河的黄昏》(游记),7月26日完稿;
《在多瑙河畔吃烧烤》(游记),7月26日完稿;
《在维也纳购买施华洛世奇水晶》(游记),7月27日完稿;
《莫扎特牌手工巧克力》(游记),7月28日完稿;
《奥地利的建筑之美》(游记),7月28日完稿;
《欧洲最大的圣奥古斯丁修道院》(游记),7月28日完稿;
《答日本渡边晴夫教授问》,8月5日完稿;
《在〈微型小说选报〉编辑会议上的发言》,8月12日完稿;
《关于社区管理的几点想法》(随笔),8月12日完稿;
《不仅仅有草的赤峰草原》(游记),8月15日完稿;
《满眼雕塑看不够》(游记),8月16日完稿;
《江苏省微型小说研究会成立》(随笔),9月1日完稿;
《江苏省微型小说研究会筹办过程》(随笔),9月1日完稿;
《微型小说31年观照》(随笔),9月5日完稿;
《大飞机与强国梦》(随笔),9月6日完稿;
《答太仓政协成立60周年采访问》,9月8日完稿;
《为当地文化建设建言献策》(发言稿),9月17日完稿;
《一代丹青大师朱屺瞻》(人物),9月19日完稿;
《明代玉雕圣手陆子冈》(文史),9月20日完稿;
《答夏光问》,9月21日完稿;
《把微型小说苏军打造成一个品牌》(随笔),10月2日完稿;
《连云港〈西游记〉文化国际研讨会贺信》,10月5日完稿;
《影响我心智的12本书》(随笔),10月9日完稿;
《在中国微型小说之乡挂牌仪式上的讲话》,10月11日完稿;
《兴趣是第一位的》(随笔),10月15日完稿;
《阅读,使参政议政更精彩》(随笔),10月15日完稿;
《走马东台》(游记),10月25日完稿;
《人才与写作》(随笔),10月29日完稿;
《观熊福元油画遗作展》(散文),11月2日完稿;
《关于海宁寺遗址地宫有宋代佛舍利子的报告》,11月3日完稿;
《北海湿地》(游记),11月21日完稿;
《云南看赌石》(游记),11月22日完稿;
《腾冲皮影戏》(游记),11月22日完稿;
《街头广告一议》(随笔),11月23日完稿;
《关于太仓市政府搬迁后,地下碑刻保护问题》(政协提案),11月25日完稿;
《关于南园恢复建立明代昙阳观的建议》(政协提案),11月25日完稿;
《关于召开清代状元毕沅研讨会的建议》(政协提案),11月25日完稿;
《关于召开明代王世贞逝世420周年学术研讨会的建议》(政协提案),11月25日

完稿;

《关于保护干锅将军墓石人石马的建议》(政协提案),12月7日完稿;

《太仓城市印象》(随笔),12月7日完稿;

《人与自然的和谐是文学应有的主题之一》(文论),12月27日完稿;

《在修祥明小小说研讨会上的发言》,12月28日完稿;

《在洪砾漠〈回望大别山〉研讨会上的发言》,12月28日完稿。

2010年(70篇)

《在文化创意产业座谈会上的发言》,1月13日完稿;

《纪念王世贞逝世420周年暨学术研讨会策划书》,1月16日完稿;

《纪念毕沅诞生280周年暨学术研讨会策划书》,1月16日完稿;

《〈手机小说选报〉2009年总结,2010年计划》,1月20日完稿;

《太仓民俗民风民情》(随笔),1月24日完稿;

《微型小说,文坛绕不开的话题——陈勇策划的凌鼎年访谈》,1月27日完稿;

《小小说,说不完的话题——〈小小说选刊〉副主编任晓燕采访凌鼎年》,2月9日完稿;

《和谐是文学创作永恒的主题之一》,2月17日完稿;

《答萧江采访问》,2月24日完稿;

《在大洋洲华文作协年会上的发言》,2月25日完稿;

《贺澳大利亚维拉微型小说学会成立》,3月11日完稿;

《第三条禁止》(剧本),3月19日完稿;

《太仓的工艺美术产业亟待整合、规划、发展》,4月3日完稿;

《给陕西省精短小说学会的贺信》,4月14日完稿;

《地域文学与微型小说》(论文),4月18日完稿;

《给〈小作家〉的贺词》,5月4日完稿;

《我读书我快乐,我写作我快乐》(随笔),5月8日完稿;

《小小说,又一个里程碑》(随笔),5月9日完稿;

《结缘汤泉池》(随笔),5月26日完稿;

《贺捷克小小说学会成立》,5月26日完稿;

《贺泰国汉语水平pk大赛》,6月8日完稿;

《有一说一,有问必答——答湖州师院雪芯寒问》,6月8日完稿;

《悼念曹德权》(散文),6月12日完稿;

《唁电》,6月12日完稿;

《祁红最是祁眉》(散文),6月21日完稿;

《城市品位》(随笔),7月1日完稿;

《第八届世界华文微型小说研讨会召开纪实》,7月7日完稿;

《第二届世界中学生华文微型小说大赛颁奖》(特写),7月7日完稿;

《菲律宾林志玲作品推荐语》,7月16日完稿;

《答13位学生提问》,7月19日完稿;

《给沛县文学创作团的贺词》,7月21日完稿;
《微型小说的态势与趋势》(文论),7月30日完稿;
《微小说的素材与技巧》(文论),7月31日完稿;
《贺澳华作协成立20周年》,8月19日完稿;
《回访张溥故居》(文史),8月18日完稿;
《依然阳光的王鼎钧》(随笔),8月18日完稿;
《与著名评论家姜广平的对话》,8月21—23日完稿;
《给墨尔本作家节的贺信》,8月23日完稿;
《毕沅,一位对中国文化有贡献的乡贤》(文史),8月26日完稿;
《主编〈世界华文微型小说文库〉引发的思索》(随笔),10月9日完稿;
《在太仓实验小学纪念少先队成立61周年大会上的讲话》,10月13日完稿;
《"尽双职,树形象"活动的心得体会》(发言稿),10月14日完稿;
《关于南郊路名的建议》(随笔),11月26日完稿;
《纪洞天这人》(随笔),12月3日完稿;
《在常州〈凌氏族谱〉首发式上的讲话》,12月3日完稿;
《为欧华作协写》,12月3日完稿;
《给林跃奇的贺信》,12月4日完稿;
《在常州敦睦堂九修族谱颁典仪式上致贺词》,12月4日完稿;
《在华东凌氏宗亲会成立大会上的发言》,12月5日完稿;
《阅读指导〈乌鸦的孙子〉》,12月17日完稿;
《阅读指导〈龟兔赛跑续篇〉》,12月17日完稿;
《阅读指导〈得珠记〉》,12月17日完稿;
《阅读指导〈洋媳妇〉》,12月21日完稿;
《阅读指导〈难忘的方苹果〉》,12月21日完稿;
《阅读指导〈滚铁环〉》,12月21日完稿;
《阅读指导〈捉迷藏〉》,12月21日完稿;
《在太仓市政府征求各界人士意见座谈会上的发言》,12月21日完稿;
《关于建立太仓碑刻博物馆的建议》(政协提案),12月26日完稿;
《关于建立太仓石像博物馆的建议》(政协提案),12月26日完稿;
《关于太仓也开展纪念辛亥革命100周年活动的建议》(政协提案),12月26日完稿;
《关于做好吴健雄100周年诞辰活动准备工作的建议》(政协提案),12月27日完稿;
《关于举办纪念陆世仪400周年诞辰学术活动的建议》(政协提案),12月27日完稿;
《关于刻录太仓历代州志与出版地方文献的建议》(政协提案),12月27日完稿;
《关于图博中心、艺术中心举办有影响活动的建议》(政协提案),12月27日完稿;
《关于增加到图博中心班车的建议》(政协提案),12月27日完稿;
《关于恢复致和塘石驳岸原貌的建议》(政协提案),12月28日完稿;
《关于为元代太仓海关遗址立碑的建议》(政协提案),12月29日完稿;
《关于组织"海上漕运起源太仓"国际学术研讨会的建议》(政协提案),12月29日

完稿;

《给何开文的贺信》,12 月 31 日完稿;

《凌鼎年 2010 年个人盘点》,12 月 31 日完稿。

2011 年(47 篇)

《太仓市政协大会发言稿》,1 月 1 日完稿;

《在 12+3 颁奖会上的发言》,1 月 8 日完稿;

《2010 年个人盘点琐语》(随笔),1 月 17 日完稿;

《万万岁与千岁忧》(杂文),1 月底完稿;

《教育随想》(随笔),2 月 3 日完稿;

《海外华文文学研究领域的达人古远清教授》(人物),2 月 6 日完稿;

《为画家沈国红〈太湖图〉题跋》,2 月 12 日完稿;

《答〈现代苏州〉杂志集子采访》,2 月 20 日完稿;

《微型小说、手机小说、微博小说》(随笔),2 月 24 日完稿;

《为沈君〈一任风雨图〉题》,3 月 1 日完稿;

《关于太仓沙溪创建连环画村的建议》(政协提案),3 月 18 日完稿;

《在祭扫凌统墓仪式上的发言》,3 月 19 日完稿;

《向往石膏山》(游记),3 月 25 日完稿;

《廉政警句五则》,4 月 6 日完稿;

《海岛美景看洞头》(游记),4 月 17 日完稿;

《关于修缮扩建先祖凌统墓的倡议》,4 月 19 日完稿;

《太仓文化产业发展建议》(发言稿),6 月 15 日完稿;

《世界华文小小说态势》(文论),6 月 15 日完稿;

《出于公心,热情参与》(随笔),6 月 17 日完稿;

《太仓有个微型小说作家群》(随笔),6 月 19 日完稿;

《贺上海儿童文学研究、推广学会成立》,6 月 29 日完稿;

《小小说创作在海外》(随笔),7 月 2 日完稿;

《关于太仓微型小说的汇报》,7 月 16 日完稿;

《关于开办太仓名人馆的若干想法》(随笔),7 月 21 日完稿;

《在太仓老飞行员联谊会上的讲话》,7 月 22 日完稿;

《给台湾张春荣教授的信》,7 月 22 日完稿;

《给太仓市文联主席汪放的信》,7 月 23 日完稿;

《在藏区有口碑的钱文辉》(人物),8 月 1 日完稿;

《太仓市作协七次会议工作报告》,8 月 8 日完稿;

《浙江海宁讲课稿》,8 月 14 日完稿;

《中国微型小说备忘录》(论文),8 月 16 日完稿;

《给哈尔滨阿城区作协的贺信》,8 月 17 日完稿;

《凸显个性的田子坊》(游记),9 月 12 日完稿;

《走进西沙湿地》(游记),9 月 13 日完稿;

《一种崛起的新文体——微型小说》(文论),9月17日完稿;

《世界华文微型小说宣言》,9月19日完稿;

《当代植树愚公乔建平》(报告文学),9月28日完稿;

《在太仓作协七届会议上的发言》,11月1日完稿;

《弘扬太仓传统文化的几点想法》(发言稿),11月3日完稿;

《答〈图书馆报〉编辑袁江问》,11月7日完稿;

《获奖感言(2)》(随笔),11月25日完稿;

《答姜琦苏问》,12月12日完稿;

《十元钱稿费的感动》(随笔),12月20日完稿;

《2011年十大新闻》(随笔),12月20日完稿;

《有关太仓文化遗存二三事》(文史),12月28日完稿;

《太仓市作协2011年总结》,12月31日完稿;

《凌鼎年2011年个人盘点》,12月31日完稿。

2012年(70篇)

《答美国华文作家融融问》,1月1日完稿;

《关于电视台〈太仓闲话〉栏目的建议》,1月5日完稿;

《答姜琦苏的几个新问题》,1月8日完稿;

《去上博看"娄东画派展览"》(散文),1月26日完稿;

《法治微型小说大赛综述》,2月18日完稿;

《在太仓市文联全委会上的发言》,3月3日完稿;

《四观点四信息》(随笔),3月4日完稿;

《关于重编中小学教材应给多选优秀微型小说的提案》,3月4日完稿;

《〈凌氏宗亲资料汇编〉编后记》,3月18日完稿;

《创作〈茶垢〉前前后后》(创作谈),4月1日完稿;

《做到顶而拔尖就是成功》(随笔),4月4日完稿;

《中国墨舞大师李斌权》(人物),5月1日完稿;

《在太仓青年作家座谈会上的讲话》,5月11日完稿;

《在四川德阳·太仓书画展开幕式上的发言》,5月12日完稿;

《回访援建地,感受重建成果》(随笔),5月19日完稿;

《暮春时节悼奎山》(散文),5月24日完稿;

《与张春先生对话小小说创作走势》,5月25日完稿;

《在纪念傅焕光诞辰120周年会上的发言》,5月28日完稿;

《淡定与焦虑》(随笔),6月2日完稿;

《微型小说世界态势》(文论),6月9日完稿;

《微型小说素材:构思与想象力》(创作谈),6月27日完稿;

《检察文化点滴》(随笔),6月27日完稿;

《祝贺与支持》(随笔),7月1日完稿;

《泰国六日日记》,7月18日完稿;

《艺苑情韵》（随笔），7月19日完稿；
《与泰国著名华文作家曾心对话》，7月20日完稿；
《给泰国吴小菡贺信》，7月21日完稿；
《精致，太仓城市精神的基石》（随笔），7月22日完稿；
《太仓的民谣、儿歌》（随笔），7月22日完稿；
《AA制，中国古已有之》（随笔），7月24日完稿；
《祝贺黑龙江邴继福作品研讨会召开》，7月26日完稿；
《冉冉升起的画坛新星汤雪村》（人物），7月29日完稿；
《成都有家麻将博物馆》（游记），7月29日完稿；
《贺兰山文化之宝——岩画》（游记），7月31日完稿；
《黄河边的108座古塔》（游记），8月1日完稿；
《神奇的西夏文字》（游记），8月1日完稿；
《夏威夷华文作家黄河浪的唁电》，8月2日完稿；
《在宝应笔会上的开幕词》，8月5日完稿；
《在宝应笔会上的答谢词》，8月5日完稿；
《泰国文坛的文曲星司马攻》（人物），8月5日完稿；
《浏河乡贤张隽人》（文史），8月6日完稿；
《在台湾出书》（随笔），8月10日完稿；
《菲律宾著名诗人云鹤的唁电》，8月11日完稿；
《难忘的张溥〈五人墓碑记〉》（文史），8月11日完稿；
《日记，我坚持了50年》（随笔），8月11日完稿；
《从"便当"这词汇说起》（随笔），8月14日完稿；
《死海体验漂浮的感觉》（游记），9月2日完稿；
《下榻地中海的海边宾馆》（游记），9月3日完稿；
《让人过目难忘的犹太人大屠杀纪念馆》（游记），9月7日完稿；
《热爱中国的以色列诗人阿渡》（人物），9月22日完稿；
《全民皆兵的耶路撒冷》（游记），9月25日完稿；
《关于太仓实验小学90周年校庆活动建议》，10月14日完稿；
《以色列的七烛台》（游记），10月21日完稿；
《东台作家赵峰旻评价》，11月8日完稿；
《在常德武陵小小说论坛上的发言》，11月9日完稿；
《世界华文微型小说的思考》（随笔），11月9日完稿；
《祝贺词》，11月13日完稿；
《世界华文微型小说情况通报》，11月14日完稿；
《新西兰日记》，11月26日完稿；
《关于〈亚洲华文微型小说选〉》，11月28日完稿；
《新年寄语》，11月28日完稿；
《给第九届世界华文微型小说研讨会的贺信》，11月29日完稿；

《再答姜琦苏问》,11月30日完稿;
《中国微型小说情况汇报》,12月2日完稿;
《杜甫故里有座长寿山》(游记),12月17日完稿;
《泰国华人作家、编辑黎毅逝世唁电》,12月22日完稿;
《以色列七日日记》,12月25日完稿;
《4000年前的雅法古城》(游记),12月26日完稿;
《太仓市作协2012年总结》,12月30日完稿;
《凌鼎年2012年个人盘点》,12月31日完稿。

2013年(43篇)

《新西兰日记续(2012年3月5—9日)》,1月1—3日完稿;
《澳大利亚日记十三天》,1月11日完稿;
《写导语7则》,1月17日完稿;
《海运堤一条街广告6则》,1月31日完稿;
《故事集后记》,2月3日完稿;
《发义乌的贺信》,2月5日完稿;
《菲律宾吴新钿逝世唁电》,2月10日完稿;
《悼菲律宾华文作协会长吴新钿》,2月11日完稿;
《凌氏宗亲蛇年新春寄语》,2月11日完稿;
《迎财神的炮仗》(随笔),2月14日完稿;
《网民的智慧》(随笔),2月17日完稿;
《关于道德讲课稿》,2月22日完稿;
《关于次道德》(随笔),3月11日完稿;
《在全国公祭凌统活动上的讲话》,3月25日完稿;
《在娄东检察学社成立大会上的发言》,3月27日完稿;
《代拟老挝国凌绪光副总理贺信》,3月29日完稿;
《给山东省小小说学会的贺信》,4月3日完稿;
《东吴三国大将军凌统墓公祭纪实》,4月5日完稿;
《关于励志主题讲课稿》,4月23日完稿;
《侃侃门》(随笔),4月29日完稿;
《高邮情缘》(散文),5月13日完稿;
《我与摄影的因缘》,5月14日完稿;
《我与佛有缘》(随笔),7月7日完稿;
《文学,永远的情节——与作家网总编冰峰对话》,7月22日完稿;
《方友走了,我哭了三回》(散文),7月26日完稿;
《第一讲:素材》,7月28日完稿;
《第二讲:立意》,8月1日完稿;
《第三讲:构思》,8月1日完稿;
《王维峰的"名片"》(随笔),8月10日完稿;

《在北京凌鼎年微型小说研讨会上的发言》,8月27日完稿;

《在北京凌鼎年微型小说研讨会上的答谢词》,8月27日完稿;

《悼泰国华文作家老羊仙逝》,9月13日完稿;

《柬埔寨游》(游记),10月完稿;

《老挝游》(游记),10月完稿;

《答〈人民日报(海外版)〉记者王蔚问》,10月30日完稿;

《答〈微型小说月报〉编辑鲁振鸿问》,11月3日完稿;

《答〈藏书报〉记者杨宪峰问》,11月19日完稿;

《微型小说文坛两大现象》(文论),12月12日完稿;

《对于常德微型小说创作的几点看法》(发言稿),12月13日完稿;

《在太仓市文联七届二次全委会上的发言》,12月22日完稿;

《也说戳祭、触祭》(随笔),12月29日完稿;

《挂名主编之风也是一种腐败》(杂文),12月31日完稿;

《凌鼎年2013年个人盘点》,12月31日完稿。

2014年(64篇)

《我与杂文有缘》(随笔),1月2日完稿;

《对山东淄博旅游的几点看法》(随笔),1月26日完稿;

《高密,莫言的故乡》(游记),1月27日完稿;

《马年贺词》,1月28日完稿;

《越南游》(游记),1月30日完稿;

《湘西红石林》(游记),1月31日完稿;

《沈从文笔下的边城》(游记),2月2日完稿;

《走进桃花源》(游记),2月3日完稿;

《我家的家规家风》(随笔),2月4日完稿;

《四项世界第一的矮寨特大悬索桥》(游记),2月4日完稿;

《湘西有座土司古城》(游记),2月4日完稿;

《槟榔屿的孙中山史迹》(游记),2月5日完稿;

《去额济纳旗,向胡杨致敬!》(游记),2月6日完稿;

《居延海看日出》(游记),2月7日完稿;

《巧遇普氏野马》(游记),2月7日完稿;

《逛一逛魔鬼城》(游记),2月8日完稿;

《敦煌·常书鸿·王道士》(游记),2月9日完稿;

《西夏古城黑水河》(游记),2月9日完稿;

《值得一看的马来西亚槟城邱家祠堂》(游记),2月10日完稿;

《槟城的唐人街》(游记),2月10日完稿;

《槟城的印度街》(游记),2月11日完稿;

《在霹雳州参加世界诗人大会日记》,2月15—18日完稿;

《第四讲:细节》,3月8日完稿;

《第五讲:语言》,3月8日完稿;

《太仓市二中文化建设建议》(发言稿),3月12日完稿;

《漫谈娄东诗派》(讲课稿),3月14日完稿;

《民国时期太仓三位电影人》(研讨会论文),3月17日完稿;

《微型小说,实现我的文学梦》(随笔),3月29日完稿;

《在〈太仓宗教〉一书资料征集、撰写培训会上的讲稿》,4月8日完稿;

《在文化局局长征求意见座谈会上的发言》,4月25日完稿;

《〈舌尖上的中国·三餐〉导演是太仓人丁正》(人物),5月29日完稿;

《归庄黄酒》(文史),5月31日完稿;

《长塸弄之记忆》(散文),6月4日完稿;

《安吉百草园之行》(游记),6月5日完稿;

《第六讲:悬念》,6月14日完稿;

《小小说中的禅思禅悟》(文论),6月14日完稿;

《创新精神与企业文化微论坛发言》,6月14日完稿;

《凌鼎年微自传》,6月21日完稿;

《致老婆信》(随笔),6月26日完稿;

《沙溪高级中学微型小说教育三大特色》(随笔),6月26日完稿;

《点赞〈世界华文微型小说作家微自传〉》(随笔),6月28日完稿;

《在侨办22年》(随笔),6月29日完稿;

《平常心与忏悔精神》(随笔),7月30日完稿;

《壮哉伟哉金山岭长城》(游记),8月4日完稿;

《个人文学创作年谱整理》,9月6日完稿;

《第七讲:人物塑造》,9月7日完稿;

《第八讲:知识积累》,9月8日完稿;

《观太仓海关关史荣誉室后记》,9月10日完稿;

《第九讲:道具使用》,9月11日完稿;

《第十讲:留白艺术》,9月24日完稿;

《与温瑞安先生在杭州见面》(散文),10月1日完稿;

《襄阳的历史名人》(随笔),10月2日完稿;

《朝圣南华寺》(游记),10月3日完稿;

《东华寺讲课》(随笔),10月4日完稿;

《在太仓文艺座谈会上的发言》,11月5日完稿;

《天尽头兮,好运角兮?》(游记),11月9日完稿;

《我与书的情缘》(随笔),11月11日完稿;

《〈纸短话长〉简介》,11月11日完稿;

《我与著名书法家马士达的交往》(随笔),11月12日完稿;

《关于讲课》(随笔),11月13日完稿;

《给书记的信》,12月17日完稿;

《华文微型小说在世界各地的传播》(随笔),12月18日完稿;
《凌鼎年2014年个人盘点》,12月31日完稿;
《盘点以外的话》(随笔),12月31日完稿。

2015年(91篇)

《在太仓新年文艺座谈会上的发言》,1月22日完稿;
《关于科技新城的提案》,2月15日完稿;
《把写作培养成一种乐趣》(创作谈),2月20日完稿;
《后记》,3月9日完稿;
《微型小说文坛四个现象、四个问题》(文论),3月13日完稿;
《酒广告琐语》(随笔),4月6日完稿;
《乐在读书写作中》(随笔),4月17日完稿;
《告诉你一个真实的印度》(日记),4月17日完稿;
《凭吊圣雄甘地墓》(游记),4月27日完稿;
《印度的锡克族人》(游记),4月28日完稿;
《印度的讨价还价》(游记),4月28日完稿;
《印度的等级》(游记),4月28日完稿;
《印度的植物》(游记),4月28日完稿;
《印度的生态》(游记),4月28日完稿;
《印度的车子》(游记),4月28日完稿;
《印度的食物与水》(游记),4月28日完稿;
《印度的基础设施》(游记),4月28日完稿;
《印度的安全问题》(游记),4月28日完稿;
《印度的国旗》(游记),4月28日完稿;
《印度导游阿龙》(随笔),4月28日完稿;
《第十一讲:开头与结尾》,5月13日完稿;
《第十二讲:虚构与想象》,5月14日完稿;
《第十三讲:留白艺术》,5月16日完稿;
《第十四讲:读书与行路》,5月16日完稿;
《第十五讲:武侠微型小说》,5月17日完稿;
《第十六讲:科幻微型小说》,5月19日完稿;
《第十七讲:历史微型小说》,5月20日完稿;
《我了解的东盟十国微型小说情况》(随笔),5月26日完稿;
《沉痛悼念太仓女作家张蕴秋》(随笔),5月27日完稿;
《小小说里的乡愁乡思》(随笔),5月30日完稿;
《铁观音茶叶》(散文),5月31日完稿;
《祖孙三代游柬、老、越》(游记),6月2日完稿;
《蒙鸣春茶广告语》,6月4日完稿;
《爱情结晶泰姬陵》(游记),6月4日完稿;

《印度的神牛》(游记),6月6日完稿;
《友好的印度人》(游记),6月7日完稿;
《印度的阿格拉红堡》(游记),6月8日完稿;
《世界上最大的石制天文台》(游记),6月8日完稿;
《印度的卫生》(游记),6月8日完稿;
《印度的耍蛇人》(游记),6月9日完稿;
《4月7日之记录》,6月11日完稿;
《4月8日之记录》,6月11日完稿;
《4月9日之记录》,6月17日完稿;
《4月10日之记录》,6月17日完稿;
《4月11日之记录》,6月17日完稿;
《4月12日之记录》,6月17日完稿;
《记忆力的衰退》,6月20日完稿;
《从吃素的"喵星人""汪星人"想起》(随笔),6月20日完稿;
《让我们为世界华文文学做奉献》(随笔),6月25日完稿;
《作家网三大特点》(随笔),7月21日完稿;
《走近卢沟桥》(游记),8月9日完稿;
《吴健雄、袁家骝夫妇的科学贡献》(随笔),8月11日完稿;
《人与自然和谐的俄罗斯》(游记),8月13日完稿;
《〈娄城文化人〉创作感言》,8月20日完稿;
《在同觉寺曙提法师新书首发式上的讲话》,8月21日完稿;
《给任主编的信》,8月23日完稿;
《俄罗斯的街头艺人》(游记),8月23日完稿;
《爱秀恩爱的俄罗斯人》(游记),8月24日完稿;
《俄罗斯行的感触》(游记),8月25日完稿;
《第十八讲:推理微型小说》,8月28日完稿;
《第十九讲:动物微型小说》,8月28日完稿;
《第二十讲:对话微型小说》,8月29日完稿;
《第二十一讲:幽默微型小说》,8月31日完稿;
《第二十二讲:官场微型小说》,9月1日完稿;
《第二十三讲:荒诞微型小说》,9月2日完稿;
《第二十四讲:故事新编类型》,9月3日完稿;
《第二十五讲:哲理微型小说》,9月4日完稿;
《太平天国板桥大捷》(文史),9月19日完稿;
《辛亥革命在太仓》(文史),9月20日完稿;
《全国典型洪泾大队与顾阿桃》(文史),9月20日完稿;
《纪念国学大师唐文治的意义》(随笔),10月4日完稿;
《结婚中的双方》(随笔),10月6日完稿;

《屠呦呦获诺奖,太仓人有大贡献》(随笔),10月8日完稿;
《小小说走向世界》(随笔),10月24日完稿;
《关于明代大文学家王世贞的三点看法》(文史),10月25日完稿;
《〈太仓史话〉封底语》,10月26日完稿;
《王世贞是太仓一张文化名片》(文史),11月15日完稿;
《在泰国挂牌仪式上的讲话》,11月16日完稿;
《新太仓人作家群》(随笔),11月22日完稿;
《微型小说,最适合推介给中学生阅读》(文论),11月24日完稿;
《邢少兰艺术馆先睹记》(散文),11月29日完稿;
《中国微电影大典策划书》,12月5日完稿;
《亚洲微电影学院首届文学周策划书》,12月5日完稿;
《第二十六讲:以情动人篇》,12月5日完稿;
《第二十七讲:家庭亲情篇》,12月6日完稿;
《第二十八讲:闪小说篇》,12月8日完稿;
《漫谈太仓散文》(随笔),12月7日完稿;
《几句并非名言的话》(随笔),12月19日完稿;
《悼念美国董鼎山先生》(散文),12月20日完稿;
《在〈雨花〉读者俱乐部干事长会议上的发言》,12月28日完稿;
《凌鼎年2015年个人盘点》,12月31日完稿。

2016年(73篇)

《为福建林跃奇集子写推荐语》,1月7日完稿;
《在太仓民进成立20周年大会上的发言》,1月7日完稿;
《给文化部地方文化司的信》,1月27日完稿;
《在太仓"十三五"文化规划征求意见座谈会上的发言》,1月27日完稿;
《倒药渣与捉鸟判刑》(杂文),1月27日完稿;
《2016年凌氏宗亲会贺信》,1月30日完稿;
《掀开缅华文学之面纱》(文论),2月5日完稿;
《怀念纸雨伞》(散文),2月7日完稿;
《无意间的历史发现》(随笔),2月8日完稿;
*《欧洲小国列支敦士登》(游记);
《沉淀后的醇美》(随笔),2月24日完稿;
《给江阴青阳镇悟空寺能照住持的信》,3月2日完稿;
《给太仓市教育局周局的信》,3月3日完稿;
《太仓市一中点点滴滴》(文史),3月10日完稿;
《越南华文文学目前现状一瞥》(文论),3月19日完稿;
《凤凰涅槃,重返尼泊尔之行》(游记),4月29日完稿;
《飞越雪山,飞越珠峰》(游记),5月2日完稿;
《自然为美,书写自然》(随笔),5月5日完稿;

《值得赞赏的明代王锡爵家风家规》(随笔),5月15日完稿;
《不打洞的老鼠》(随笔),5月21日完稿;
《二进山王洞》(游记),5月25日完稿;
《车顶拉风》(游记),5月28日完稿;
《寺庙之羊》(游记),5月29日完稿;
《马士达在太仓生活30年追思感悟》(随笔),5月29日完稿;
《我写日记感悟》(随笔),5月30日完稿;
《我的马大哈事》(散文),5月31日完稿;
《遭遇山火》(游记),6月1日完稿;
《给淮安〈短小说〉的贺信》,6月5日完稿;
《给四川甘洛县文联建友好作协公函》,6月6日完稿;
《绥阳山水美,溶洞天下奇》(游记),6月10日完稿;
《藤缠树》(游记),6月11日完稿;
《蚁冢》(游记),6月11日完稿;
《独木舟》(游记),6月15日完稿;
《十年常委,百篇提案》(随笔),6月28日完稿;
《我们一家与〈太仓日报〉》(随笔),6月29日完稿;
《给广东省小小说学会的贺信》,7月8日完稿;
《重走长征路日记》,7月2—16日完稿;
《飞渡泸定桥史实》(游记),7月3日完稿;
《长江口,我的家乡》(散文),7月18日完稿;
《探秘西昌卫星发射城》(游记),8月完稿;
《甘洛行》(游记),8月完稿;
《泸沽湖早晨》(游记),8月完稿;
《泸沽湖畔摩梭人》(游记),8月完稿;
《康定情歌景区一瞥》(游记),8月完稿;
《木格措印象》(游记),8月完稿;
《彝海结盟》(游记),8月完稿;
《大渡河·安顺场》(游记),8月完稿;
《我已搬过六次家》(散文),8月3日完稿;
《赵钱孙李》(随笔),8月8日完稿;
《拼死吃河豚》(随笔),8月8日完稿;
《二百五》(随笔),8月9日完稿;
《"虫二"》(随笔),8月9日完稿;
《解手》(随笔),8月10日完稿;
《津贴》(随笔),8月10日完稿;
《讲张》(随笔),8月11日完稿;
《菊花之约》(随笔),8月11日完稿;

《大驾光临》(随笔),8月11日完稿;
《关于重建太仓海宁寺的请示报告》,8月22日完稿;
《在海南探亲访友》(散文),9月7日完稿;
《给安徽凌氏宗亲会的贺信》,9月28日完稿;
《在泰国召开的第11届世界华文微型小说研讨会散记》,10月7日完稿;
《红豆山庄最相思》(游记),10月18日完稿;
《走进铁琴铜剑楼》(游记),10月19日完稿;
《在临海凌氏族谱发谱庆典上的发言》,11月2日完稿;
《给常德武陵区文联的贺信》,11月6日完稿;
《常德武陵给我们的启示》(随笔),11月9日完稿;
《再答日本国学院大学渡边晴夫教授问》,12月14日完稿;
《海礁房》(游记),12月17日完稿;
《痛悼泰国郑若瑟文友》,12月20日完稿;
《我们都是守墓人》(随笔),12月21日完稿;
《为航海家郭川祈祷》(散文),12月24日完稿;
《岁末随想》(随笔),12月29日完稿;
《凌鼎年2016年个人盘点》,12月31日完稿。

2017年(62篇)

《为张红静题》,1月10日完稿;
《〈石头剪刀布〉后记》,1月14日完稿;
《给海南文昌凌氏宗亲会的贺信》,1月28日完稿;
《答谢群》,2月5日完稿;
《在弗罗茨瓦夫寻小矮人》(游记),2月12日完稿;
《在太仓文化战略论坛上的发言》,3月11日完稿;
《扛鼎》(随笔),4月18日完稿;
《湖笔情》(散文),4月29日完稿;
《读曹靖华》(散文),4月30日完稿;
《郑重推荐嵩阳书院》(游记),5月1日完稿;
*《三月三黄帝故里祭祖感想》(随笔);
《给太仓市委宣传部韦部长的信》,5月4日完稿;
《现在的学生》,5月17日完稿;
《石田精神真大家》(散文),5月21日完稿;
《我与香港的文学缘》(散文),5月31日完稿;
《我家的家风家规》(随笔),6月2日完稿;
《给太仓市商务局陈局的信》,6月16日完稿;
《石天石地石文化》(游记),6月19日完稿;
《走进普救寺,解读〈西厢记〉》(游记),6月20日完稿;
《黄河文化代表性遗存嘉应观》(游记),6月21日完稿;

《太极拳的"麦加圣地"——陈家沟》(游记),6月22日完稿;
《与多任皇帝有涉的月山寺》(游记),6月24日完稿;
《登鹳雀楼,思王之涣》(游记),6月25日完稿;
《国宝级的黄河大铁牛》(游记),6月26日完稿;
《中国十大寺庙之一的关帝庙》(游记),6月27日完稿;
《给加拿大中文作协的贺信》,6月28日完稿;
《我的书房我的书》(散文),7月2日完稿;
《给加拿大孙博的信》,7月6日完稿;
《埃及的房子》(游记),9月2日完稿;
《埃及的小费》(游记),9月2日完稿;
《卡耐尔克神庙》(游记),9月3日完稿;
《埃及的纸莎草画》(游记),9月4日完稿;
《令人神往的尼罗河》(游记),9月5日完稿;
《埃及的阿斯旺大坝》(游记),9月5日完稿;
《走近金字塔》(游记),9月6日完稿;
《红海一瞥》(游记),9月6日完稿;
《亚历山大城标庞贝柱》(游记),9月7日完稿;
《名声赫赫的亚历山大灯塔》(游记),9月7日完稿;
《神秘的木乃伊》(游记),9月8日完稿;
《大开眼界的埃及博物馆》(游记),9月9日完稿;
《埃及行纪实》(游记),9月10日完稿;
《埃及行感慨》(随笔),9月10日完稿;
《微型小说高峰对话》,9月12日完稿;
《在江苏靖江中学活动上的发言》,9月29日完稿;
《关于两则浏河史实》(文史),9月30日完稿;
《致澳大利亚王若冰贺信》,10月25日完稿;
《给安徽蒙城文联的贺信》,11月13日完稿;
《在浙江省凌氏宗亲会上的讲话》,11月19日完稿;
《关于乡愁》(随笔),11月19日完稿;
《关于郑和下西洋对苏州地区的影响》,11月29日完稿;
《微型小说"苏军"的品牌效应》,12月14日完稿;
《我与余光中见过三次》(散文),12月15日完稿;
《为温瑞安先生庆生祝寿》,12月18日完稿;
《石头剪刀布》(散文),12月18日完稿;
《给微型小说丛书题词》,12月20日完稿;
《在同觉寺"觉处相逢——六人书画展"上的发言》,12月22日完稿;
《绝句小说贺词》,12月26日完稿;
《网上投票其实是一种变相腐败》(杂文),12月26日完稿;

《渐行渐远的年味》(散文),12月29日完稿;
《也谈小小说乱象》(随笔),12月29日完稿;
《我的处女作发表在〈新华日报〉》(随笔),12月30日完稿;
《凌鼎年2017年个人盘点》,12月31日完稿。

2018年(87篇)

《我去了奥斯维辛集中营》(游记),1月6日完稿;
《三进萨尔斯堡》(游记),1月7日完稿;
《自知之明乱喷》(杂文),1月12日完稿;
《中国文坛的微型小说学会与刊物》(文史),1月15日完稿;
《在江苏省优秀文化老人颁奖会上的发言》,1月18日完稿;
《在陆诚书法展开幕式上的发言》,1月20日完稿;
《啄木鸟与乌鸦及喜鹊》(杂文),1月27日完稿;
《在太仓档案征集稿子座谈会上的发言》,1月30日完稿;
《浏河文化站讲课稿》,1月31日完稿;
《2018新春座谈会发言》,2月5日完稿;
《亲情类记叙文》,3月4日完稿;
《励志记叙文》,3月9日完稿;
《哲理性记叙文》,3月14日完稿;
《禁燃令与禁塑令》(杂文),3月18日完稿;
《干净冬至邋遢年》(随笔),3月18日完稿;
《元朝是太仓最重要的时期》(文史),3月20日完稿;
《王裒至孝(故事新编)》,3月25日完稿;
《毛义捧檄(故事新编)》,3月25日完稿;
《孟氏贤母(故事新编)》,3月25日完稿;
《孟宗哭竹(故事新编)》,3月25日完稿;
《文王世子(故事新编)》,3月25日完稿;
《答山东作家薛兆平问》,4月7日完稿;
《在南昌师院附中微型小说进校园活动开幕式上的讲话》,4月24日完稿;
《六点看法》,4月25日完稿;
《答〈中国妇女报〉记者陈姝问》,5月12日完稿;
《答"百年互娱"主持人楚千会22问》,6月9日完稿;
《微型小说进校园是个好点子》(随笔),6月10日完稿;
《家事国事天下事,事事关心》(对话录),6月13日完稿;
《在苏州吴江区垂虹文化艺术节上的发言》,6月18日完稿;
《半年个人小结》,6月30日完稿;
《巧遇挪威204周年国庆》(游记),7月27日完稿;
《走近瑞典诺贝尔文学奖颁奖宴会厅》(游记),7月28日完稿;
《古斯塔夫·瓦萨战船博物馆》(游记),7月28日完稿;

《塔林的百年老店》（游记），7月29日完稿；
《爱沙尼亚一瞥》（游记），7月29日完稿；
《在安徒生的故乡》（游记），7月30日完稿；
《挪威的民俗博物馆》（游记），8月3日完稿；
《第二次亲近美人鱼雕像》（游记），8月4日完稿；
《走马观花芬兰堡》（游记），8月7日完稿；
《维纳恩湖的日光浴》（游记），8月7日完稿；
《放松于松恩峡湾》（游记），8月8日完稿；
《黑白相间的雪原》（游记），8月8日完稿；
《维格兰雕塑公园与生命之柱》（游记），8月9日完稿；
《在挪威，向易卜生致敬！》（游记），8月10日完稿；
《在瑞典品尝鱼汤》（游记），8月12日完稿；
《瑞典街头打结的手枪》（游记），8月12日完稿；
《边境线上的斗狗比赛》（游记），8月12日完稿；
《江苏小小说创作40年》（随笔），9月1日完稿；
《江苏微型小说40年的40个最》（随笔），9月2日完稿；
《我的微型小说创作与改革开放同步》（随笔），9月2日完稿；
《关于世界华文微型小说奖》（随笔），9月3日完稿；
《独特体验的东非肯尼亚之旅》（游记），9月4日完稿；
《内罗毕的动物孤儿院》（游记），9月6日完稿；
《名声在外的老树顶旅馆》（游记），9月10日完稿；
《大开眼界的与长颈鹿湿吻》（游记），9月11日完稿；
《树上餐厅品鳟鱼》（游记），9月12日完稿；
《巧遇黑白疣猴》（游记），9月12日完稿；
《博高利亚湖的火烈鸟》（游记），9月13日完稿；
《在肯尼亚的赤道线上》（游记），9月14日完稿；
《亲临东非大裂谷》（游记），9月14日完稿；
《在马赛马拉"打飞的"》（游记），9月14日完稿；
《有趣的非洲精灵——织巢鸟》（游记），9月14日完稿；
《非洲最具代表性的礼品黑木雕》（游记），9月15日完稿；
《闯一闯"地狱之门"》（游记），9月15日完稿；
《纳瓦沙湖水上游》（游记），9月15日完稿；
《马赛马拉草原上的下午茶》（游记），9月15日完稿；
《肯尼亚的马赛人》（游记），9月16日完稿；
《等待角马过河》（游记），9月16日完稿；
《请来非洲避暑》（游记），9月16日完稿；
《在太仓政协〈老底子丛书〉座谈会上的发言》，9月19日完稿；
《太仓文化人关于恢复吴晓邦舞蹈艺术馆给市委书记的信》（执笔），9月20日完稿；

《浅谈武侠小说》(文论),10月2日完稿;
《中国微型小说在世界华文微型小说中的地位》(论文),10月17日完稿;
《中国微型小说2017—2018年汇报》,11月20日完稿;
《40年来世界华文微型小说40件大事》(随笔),11月24日完稿;
《江苏改革开放40年40篇有影响的微型小说》(随笔),11月25日完稿;
《世界华文40年40位贡献奖作家》(随笔),11月26日完稿;
《太仓名人馆采访录》,12月5日完稿;
《先飞斋主》(随笔),12月6日完稿;
《三个关键词》(随笔),12月11日完稿;
《五条规定》(随笔),12月11日完稿;
《在第12届世界华文微型小说研讨会开幕式上的致辞》,12月12日完稿;
《在第12届世界华文微型小说研讨会上的发言》,12月12日完稿;
《第12届世界华文微型小说研讨会报道》,12月20日完稿;
《马来西亚云里风逝世唁电》,12月22日完稿;
《凌鼎年2018年个人盘点》,12月31日完稿;
《岁末心语》(随笔),12月31日完稿。

2019年(49篇)

《给武陵文联、作协的贺信》,3月1日完稿;
《给刘斌立新书〈东归〉的推荐语》,3月1日完稿;
《一日四景看淮安》(游记),3月3日完稿;
《文学陶然涂乃贤》(散文),3月14日完稿;
《千年酒都亳州行》(游记),3月16日完稿;
《世界瑰宝婆罗浮屠》(游记),3月17日完稿;
《多读书,读好书》(随笔),3月19日完稿;
《老挝国常务副总理凌绪光回国恳亲祭祖》,3月31日完稿;
《常德武陵打造微型小说品牌的意义》(随笔),4月6日完稿;
《创作、仕途两不误的安谅》,4月7日完稿;
《江苏省非遗项目——滚灯》(文史),4月8日完稿;
《凌居中国画坛300余年的娄东画派》(文史),4月9日完稿;
《明朝万历年间就有盛名的鸿发糕饼铺》(文史),4月10日完稿;
《给北京微电影产业协会的贺电》,4月24日完稿;
《我与〈小小说月刊〉结缘26年》(随笔),4月25日完稿;
《贺〈小小说月刊〉500期》,4月27日完稿;
《关于文学工作室搬迁给市委沈书记的信》,5月16日完稿;
《郑和劈风斩浪下西洋》(情景剧),6月3日完稿;
《宜兴茶之魅:〈七浦文化〉座谈会纪实》,6月4日完稿;
《笔会报道》,6月4日完稿;
《土耳其的热气球》(游记),6月5日完稿;
《游了棉花堡,去土耳其就值了》(游记),6月7日完稿;

《目睹特洛伊木马》(游记),6月7日完稿;
《初识希腊》(游记),6月9日完稿;
《浪漫的圣托里尼岛》(游记),6月17日完稿;
《海岸奇景老梅石槽》(游记),6月18日完稿;
《50年代至今的微型小说》(论文),7月1日完稿;
《廉政文化讲课稿》,7月6日完稿;
《口才琐语》(随笔),7月14日完稿;
《笔墨醉菩提,画马袁春宝》(人物特写),9月6日完稿;
《在松江佘山活动上致辞》,9月6日完稿;
《〈亚裔邻居〉创作谈》,9月19日完稿;
《在国际东方散文颁奖会上的发言》,10月2日完稿;
《关于太仓申报历史文化名城浅议》,10月2日完稿;
《喜得〈快雪时晴帖〉》(随笔),10月4日完稿;
《祝贺小视频发言》,10月5日完稿;
《在初中六七届毕业生同学聚会上的发言》,10月5日完稿;
《与王阳明有缘》(随笔),10月6日完稿;
《参观冯骥才祖居博物馆》(游记),10月7日完稿;
《散文写作漫谈》(讲课稿),10月14日完稿;
《上海交大文学社讲课稿》,11月8日完稿;
《太仓陆渡小学讲课稿》,11月9日完稿;
《给澳大利亚首届戏剧微型小说征文组委会的贺信》,11月9日完稿;
《仰韶、仰韶酒的联系》(随笔),11月21日完稿;
《大屯,我贡献青春的地方》(散文),11月30日完稿;
《有故事的函谷关》(游记),12月22日完稿;
《中医非物质文化遗产传承人支国忠》(人物),12月26日完稿;
《古丝绸之路上的麦积山石窟》(游记),12月28日完稿;
《凌鼎年2019年个人盘点》,12月31日完稿。

2020年(56篇)

《在上海交大人文学院〈太仓文化精髓〉一书座谈会上的发言》,1月3日完稿;
《中小学生"感恩"主题征文发言》,1月7日完稿;
《2019年微型小说的十件大事》(随笔),1月13日完稿;
《散文新春寄语》(随笔),1月17日完稿;
《五十年前的过年》,1月22日完稿;
《太仓70年代以来的三次文化劫难》(随笔),3月11日完稿;
《答法国布列塔尼孔子学院法方院长白思杰采访问》,3月25日完稿;
《话说牙齿》(随笔),4月6日完稿;
《为玉琪武侠小说〈倚楼曌〉写推荐语》,4月7日完稿;
《答宋文治艺术馆扬天问》(采访录),5月13日完稿;
《在青浦大观园的发言》,5月13日完稿;

《〈飞机上下〉创作谈》,5月18日完稿;
《黄星,一路走好》(散文),5月24日完稿;
《文学创作大事年表》,6月8日完稿;
《七十寿辰漫笔》(随笔),6月10日完稿;
《说"场"》(随笔),6月12日完稿;
《聪明兮?愚笨兮?》(随笔),6月14日完稿;
《"福"字杂谈》(随笔),6月14日完稿;
《姑苏陈杰:牡丹高手》(散文),6月16日完稿;
《〈金山〉讲课稿(上)》,6月22日完稿;
《美哉,黄海三水滩》(散文),7月1日完稿;
《说不尽的〈水浒〉与施耐庵》(随笔),7月2日完稿;
《安丰古镇有看头》(游记),7月3日完稿;
《唐塔高耸耀西溪》(游记),7月4日完稿;
《青浦有座大观园》(游记),7月5日完稿;
《〈金山〉讲课稿(下)》,7月11日完稿;
《我参与封面设计》(随笔),7月13日完稿;
《淹没于历史的"五里三诸侯"》(游记),7月21日完稿;
《王陵的母亲》(游记),7月22日完稿;
《悼新加坡诗人秦林》(散文),7月22日完稿;
《沛县有座沛公园》(游记),7月24日完稿;
《大屯电厂的回忆》(散文),7月28日完稿;
《大屯煤矿的回忆》(散文),7月29日完稿;
《人书俱老的何与怀》(人物),8月4日完稿;
《在长三角微电影高峰论坛上的发言》,8月22日完稿;
《在"上海长江口,区域一体化——浏河文旅板块发展论坛"上的发言》,9月7日完稿;
《世界华文微型小说的走向与对策》,9月8日完稿;
《我所知道的阳羡茶》,9月18日完稿;
《促进中澳文化交流的功勋人物常恺》,9月22日完稿;
《散文题问答十道》,10月1日完稿;
《贺〈百花园〉创刊70周年》,10月14日完稿;
《郑和讲稿补写》,10月20日完稿;
《鹿鼎山访谈稿》,10月21日完稿;
《听〈可可托海的牧羊人〉有感》,11月12日完稿;
《参观冯其庸学术馆》,11月18日完稿;
《中医、作家两栖的陈国忠》(人物),11月21日完稿;
《〈可可托海的牧羊人〉唱红的启示》,12月3日完稿;
《文学创作度晚年》,12月8日完稿;
《建立中华姓氏文化园的发言》,12月10日完稿;

《铁莲花开吟荷轩》,12月16日完稿;
《答〈湖州晚报〉黄水良问》,12月25日完稿;
《成功,在于你放弃了多少》,12月27日完稿;
《吴梅村与卞赛》,12月28日完稿;
《拜拜了,2020年》,12月30日完稿;
《我这个人》,12月31日完稿;
《2020年个人盘点》,12月31日完稿。

2021年(45篇)

《下一站太仓》(情景剧),1月19日完稿;
《我是个俗人》,1月21日完稿;
《每一点付出都有回报的》,1月24日完稿;
《给〈卡伦湖文学〉的新春贺词》,2月6日完稿;
《给中国微型小说学会的新春贺词》,2月8日完稿;
《自欺欺人的美颜照》,3月1日完稿;
《给第七届武陵国际微小说节的贺信》,4月12日完稿;
《2019—2021年世界华文微型小说汇报》,4月18日完稿;
《山东文登讲课稿》,5月2日完稿;
《在常德第七届国际微小说节上的发言》,5月4日完稿;
《世界一绝的开化根雕世界》,5月4日完稿;
《给〈太仓日报〉的资料》,5月13日完稿;
《世界华文微型小说研究会成立补充资料》,5月27日完稿;
《去了烂柯山》,5月28日完稿;
《文登有块晒字石》,5月30日完稿;
《在卡伦湖杯颁奖会上的发言》,6月15日完稿;
《对中国十分友好的老挝副总理凌绪光》,6月17日完稿;
《在城厢镇文化商圈建设座谈会上的发言》,6月18日完稿;
《走近原始红松林》,7月6日完稿;
《漫步黑龙江边》,7月7日完稿;
《中俄边境处的嘉荫恐龙博物馆》,7月8日完稿;
《工艺大师付英浩》(人物),7月9日完稿;
《女真人的金祖历史博物馆》,7月11日完稿;
《我去了上甘岭》,7月12日完稿;
《松花江上》,7月12日完稿;
《哈尔滨一瞥》,7月13日完稿;
《参观长影旧址博物馆》,7月14日完稿;
《长春的伪满皇宫》,7月14日完稿;
《长春有家"社会主义新农村"饭店》,7月15日完稿;
《在济南夏令营开幕式上的发言》,7月16日完稿;
《拜访济南老舍故居》,7月24日完稿;

《三进李清照故居》,7月24日完稿;
《寻访辛弃疾故居》,7月25日完稿;
《明代文豪王世贞盛赞过的千年古刹》,7月26日完稿;
《长埭弄人家》,7月29日完稿;
《"凌"门一脚开篇说》,9月6日完稿;
《棠樾牌坊的联想》,10月21日完稿;
《逸笔草草山水画大师倪云林》,10月31日完稿;
《给广东汕尾市作协的贺信》,11月7日完稿;
《鲍家花园赏盆景》,11月7日完稿;
《关于建王世贞文化园的提案》,12月5日完稿;
《谈〈三砖砚小筑与三十砚轩〉创作》,12月8日完稿;
《鹿河采风》,12月11日完稿;
《给〈卡伦湖文学〉的新年寄语》,12月30日完稿;
《2021年个人盘点》,12月31日完稿。

2022年(13篇)

《答卧虎问》(访谈),1月1日完稿;
《给陈勇的贺信》,1月20日完稿;
《新春寄语》(随笔),1月30日完稿;
《给〈金山〉微型小说高研班的贺信》,3月3日完稿;
《贺作家王培静微型小说工作室、文学纪念室挂牌》,3月8日完稿;
《塑造人物永远是第一位的》(创作谈),3月11日完稿;
《创作感悟》(创作谈),3月12日完稿;
《怀念水井》(散文),3月20日完稿;
《井的琐语》(随笔),3月21日完稿;
《与荒林对话》(访谈),3月27日完稿;
《闲话书画同源》(随笔),4月9日完稿;
《答加拿大电视台主持人崔淼淼问》,4月10日完稿;
《惊魂8小时》(散文),4月25日完稿。

七　凌鼎年创作诗歌一览

(1970年—2020年)

(说明:带*的篇名后未标注时间。因写作较早或有的底稿未注明写作日期,已记不清具体完稿时间。)

1970年(2首)

《站在〈金训华劈风斩浪救木材〉画像前》,6月完稿;
《种菊》,12月完稿。

1971年(2首)

《兰赋》,12月完稿;

《友谊》,12月完稿。

1972年(7首)

《接信偶述》,1月完稿;

《无题》,4月完稿;

《自勉(1)》,4月完稿;

《题梅花》,8月完稿;

《菊赞》,8月完稿;

《春意》,9月完稿;

《答同学》,9月完稿。

1973年(11首)

《春》,2月完稿;

《看新芽偶兴》,3月完稿;

《凭栏望偶笔》,3月3日完稿;

《读信有感,作此寄友》,4月7日完稿;

《出差山东遭遇戏作》,4月12日完稿;

《春夜》,5月17日完稿;

《风波记》,6月5日完稿;

《矿工赞》,12月14日完稿;

《煤田抒怀》(散文诗),12月25日完稿;

《煤田抒情》,12月26日完稿;

《安装工之歌》(朗诵诗),12月27日完稿。

1974年(29首)

《新春献词》,1月21日完稿;

《咏梅》,1月27日完稿;

《电厂战丙磨》,3月8日完稿;

《处处摆战场》,3月25日完稿;

《探亲》,4月20日完稿;

《答王诗森》,4月20日完稿;

《在大批判室的灯光下》,6月9日完稿;

《写在工人理论队伍的旗帜上》,6月16日完稿;

《大修夜战》,7月3日完稿;

《握焊枪的兵》,7月4日完稿;

《师傅》,7月6日完稿;

《电工小田》,7月6日完稿;

《司炉工老魏》,7月7日完稿;

《机炉的医生》,7月7日完稿;

《廊下话家常》,7月8日完稿;

《宣讲前》,7月10日完稿;

《我仰望星空》,7月13日完稿;
《焊工抒怀》,7月15日完稿;
《唱样板戏的小伙》,8月28日完稿;
《咱矿的宣传队》,8月29日完稿;
《小华的"迷"病》,8月30日完稿;
《下井之前》,12月17日完稿;
*《滚铁环》;
*《捉迷藏》;
*《第一次试钓》;
*《采枸杞子》;
*《风筝,在蓝天》;
*《放羊,羊儿闯了祸》;
*《削水片》。

1975年(34首)

*《淮海战役纪念碑感慨》;
*《水调歌头·读毛主席诗词有感》;
*《兴业路抒怀》;
*《忆游嘉兴南湖红船》;
《星期天的早晨》,4月7日完稿;
《啊,是你回来啦!》,4月7日完稿;
《书记的日历》,4月10日完稿;
《桌上的钱包》,4月10日完稿;
《练扎针》,8月29日完稿;
《夜练》,9月1日完稿;
《拉练小憩》,9月1日完稿;
《归来后》,9月1日完稿;
《新书记与新团员》,9月10日完稿;
《矿工们的夜》,9月10日完稿;
《国庆抒怀》,9月26日完稿;
《煤海新捷》,11月5日完稿;
《掘进队老队长》,11月5日完稿;
《煤海寄语——一个新矿工的家信》,11月20日完稿;
《战斗在地球"心脏"》,11月29日完稿;
《煤海辈出王铁人》,12月3日完稿;
《红心绘出胜利图》,12月3日完稿;
《煤海风浪我们闯》,12月3日完稿;
《风锤掀起煤海潮》,12月5日完稿;
《乌金不尽滚滚来》,12月5日完稿;

《风镐一吼诗潮涌》,12月7日完稿;

《纵是画家绘不尽》,12月7日完稿;

《贯通》,12月7日完稿;

《大钻机》,12月8日完稿;

《老矿山》,12月8日完稿;

《诸葛亮会》,12月8日完稿;

《地质钻机》,12月8日完稿;

《矿工医生》,12月8日完稿;

《矿山风雪路上》,12月10日完稿;

《矿山放映员》,12月11日完稿。

1976年(27首)

《题新春》,1月25日完稿;

《新春短歌》,1月29日完稿;

《涛鸣涌高壮征帆》,3月5日完稿;

《访"上海人"归来作,并序》,5月9日完稿;

《赠殷继山学兄》,5月10日完稿;

《在微山湖畔写给潘军学弟》,5月19日完稿;

《赠刘明新学弟》,5月20日完稿;

《答李广学弟》,5月20日完稿;

《答陆振光学弟》,5月22日完稿;

《读史随感之一》,5月23日完稿;

《读史随感之二》,5月23日完稿;

《读史随感之三》,5月24日完稿;

《读史随感之四》,5月24日完稿;

《读史随感之五》,5月25日完稿;

《读史随感之六》,5月25日完稿;

《读史随感之七》,5月26日完稿;

《读史随感之八》,5月26日完稿;

《咏火柴》,6月29日完稿;

《写在浪山第一峰》,6月29日完稿;

《读〈法国革命史〉有感》,6月30日完稿;

*《书记的外号》;

*《总指挥的小睡》;

《地震小诗》,8月20日完稿;

《写在金色的深秋》,12月2日完稿;

《欢送入伍》,12月23日完稿;

*《为"四害"除喜作》;

*《献给新一年的歌》。

1977年(57首)

《忆秦娥·总理逝世周年有感》,1月6日完稿;

《蝶恋花·悼总理》,1月6日完稿;

*《为小平不平》;

《沪上小记》,3月19日完稿;

《感遇》,3月19日完稿;

《一个园丁的选择》,4月2日完稿;

《贺小平重新工作》,4月5日完稿;

《闻小平重返政治舞台》,4月5日完稿;

《清明祭先烈》,4月5日完稿;

《清明有感》(2首),4月5日完稿;

《读叶帅〈远望〉有感》,4月8日完稿;

《感春》,4月8日完稿;

《勉己》,4月8日完稿;

《回顾》,4月12日完稿;

《童年》,4月12日完稿;

《题〈大风歌〉碑》,4月13日完稿;

《沛县行》,4月13日完稿;

《沛乡凭吊》,4月13日完稿;

《有疑戏作》,4月13日完稿;

《红五月放歌》,4月27日完稿;

《遥悼外祖母,寄父母大人》(2首),5月11日完稿;

*《春夜偶书》;

《沁园春·喜读"五卷"》,5月19日完稿;

《新歌新诗颂"七一"》,6月28日完稿;

《读书杂感》,7月6日完稿;

《读叶帅〈八十抒怀〉有感,并序》,7月18日完稿;

《闻中阿决裂书》,7月19日完稿;

《新的讴歌》,7月22日完稿;

《纪念建军50周年》,7月27日完稿;

《念奴娇·八一颂》,7月27日完稿;

《临江仙·喜十届三中全会而赋》,7月29日完稿;

《读〈陈毅诗集〉有感》,8月7日完稿;

《读〈朱德遗诗〉有感》,8月7日完稿;

《决心》,8月14日完稿;

《电业工人的心声》,8月14日完稿;

《喜庆之夜抒怀》,8月14日完稿;

《为十一大召开写》,8月15日完稿;

《闻十一大开幕有感》,8月15日完稿;

《十一大开幕:矿山心情》,8月15日完稿;

《我愿擂鼓手不休——一个鼓手的话》,8月21日完稿;

《控制室欢乐的夜晚》,8月21日完稿;

《国庆颂镌乌金壁》,9月6日完稿;

《一样感情别是景》,9月6日完稿;

《捷报写满一百张》,9月6日完稿;

《乌金龙牵献"四化"》,9月6日完稿;

《长街述怀》,9月10日完稿;

《民兵战士的心》,9月12日完稿;

《悼伟人》,9月14日完稿;

《读〈攻关〉》,9月23日完稿;

《有感述怀》,9月23日完稿;

《有志朝前破万关》(2首),9月27日完稿;

《国庆抒情》,9月30日完稿;

*《写在阅览室门口》;

*《游泰山诗》。

1978年(215首)

《迎新花束》(8首),1月1日完稿;

《新春放歌》,1月1日完稿;

《写在总理的像前》,1月2日完稿;

《先代会剪影》(组诗20首),2月2日完稿;

《除夕自勉》,2月6日完稿;

《除夕感怀》,2月6日完稿;

《除夕寄父母大人》,2月6日完稿;

《除夕寄微弟》,2月6日完稿;

《除夕寄故乡诸友》,2月6日完稿;

《除夕寄学兄殷继山》,2月6日完稿;

《除夕寄学兄张暹》,2月6日完稿;

《除夕寄学弟刘明新》,2月6日完稿;

《除夕寄学弟潘军》,2月6日完稿;

《除夕寄学弟李广》,2月6日完稿;

《除夕寄学弟陆振广》,2月6日完稿;

《除夕寄学弟蒋建平》,2月6日完稿;

《除夕寄S君》,2月6日完稿;

《题淮海战役纪念碑》,2月27日完稿;

《看老佛爷庙》,2月27日完稿;

《游送子娘娘庙》,2月27日完稿;

《与L君言》,2月28日完稿;

《喜C君红榜有名,临别相赠》,2月28日完稿;

《总理诞辰80周年感赋》,3月1日完稿;

《缅怀》,3月1日完稿;

《献给淮安的歌》,3月3日完稿;

《三月五日感怀》,3月5日完稿;

《邳县行》,3月12日完稿;

《途中即景》,3月12日完稿;

《夜行车中即景》,3月12日完稿;

《车过台儿庄》,3月12日完稿;

《看大运河》,3月12日完稿;

《苏堤情怀》,4月27日完稿;

《时代诗篇磨不灭——读〈革命诗抄〉有感》(14首),3月15日完稿;

《读〈世界史·英国资产阶级革命〉》(2首),3月17日完稿;

《读〈世界史·1775—1783年美国"独立战争"〉》,3月17日完稿;

《读〈世界史·1789—1793年法国大革命〉》(6首),3月17日完稿;

《写诗杂感》,3月19日完稿;

《参观"工业质量产品三赶超展览会"有感》,4月20日完稿;

《西湖凭吊,并序》(4首),4月25日完稿;

《孤山远眺》(2首),4月25日完稿;

《看巫山十二峰》,4月25日完稿;

《胥山吊伍子胥》,4月26日完稿;

《吴山怀古》,4月26日完稿;

《在去紫云洞山路上》,4月26日完稿;

《黄龙洞》,4月26日完稿;

《玉泉》,4月26日完稿;

《保俶塔》,4月27日完稿;

《苏堤遇雨》,4月27日完稿;

《苏堤桥下避雨》,4月27日完稿;

《喜题"柳浪闻莺"》,4月28日完稿;

《题烟霞洞顶古亭》,4月28日完稿;

《游烟霞洞》,4月28日完稿;

《在游艇上》,4月28日完稿;

《西湖之晨》,4月28日完稿;

《登飞来峰赠L》,4月29日完稿;

《游西湖有憾赠L》,4月29日完稿;

《为飞来峰冷泉题》,4月29日完稿;

《灵隐》,4月29日完稿;

《题六和塔》,4月30日完稿;

《重游六和塔》,4月30日完稿;

《翠微亭见闻》,4月30日完稿;

《虎跑》,4月30日完稿;

《虎跑前游戏》,4月30日完稿;

《放鹤楼》,5月1日完稿;

《水乐洞》,5月1日完稿;

《葛岭放眼西湖想到的》,5月1日完稿;

《游西湖归来感赋》,5月1日完稿;

《见灵隐寺罗汉重涂金身》,5月1日完稿;

《游武林后去苏州途中》,5月2日完稿;

《船过宝带桥》(2首),5月2日完稿;

《归途》(4首),5月2日完稿;

《看"法国十九世纪农村风景画展"》,5月18日完稿;

《看〈红楼梦〉电影后感》(2首),5月24日完稿;

《写在中越矛盾公开化时》,5月25日完稿;

《历史的教益》,5月26日完稿;

《"四化"——祖国的未来》,5月29日完稿;

《未来女神的巡礼》,5月31日完稿;

《收工曲》(散文诗),6月1日完稿;

《读东汉史》,7月16日完稿;

《读秦朝史》,7月16日完稿;

《读隋朝史》(2首),7月16日完稿;

《读唐朝史》(2首),7月18日完稿;

《读五代十国史》,7月18日完稿;

《读唐史与吐蕃国史有感》,7月19日完稿;

《建军节感赋》,7月20日完稿;

《闻〈中日友好条约〉签订》,8月17日完稿;

《镇江新火车站》,8月21日完稿;

《为镇江题》,8月22日完稿;

《在镇江怀想龚自珍》(2首),8月22日完稿;

《题慈善塔》,8月23日完稿;

《戏题》,8月23日完稿;

《吞海亭远眺》,8月23日完稿;

《金山游后》,8月23日完稿;

《金山即景》,8月23日完稿;

《焦山即景》,8月23日完稿;

《观"海门"》,8月23日完稿;

《华严阁小憩》,8月23日完稿;
《焦山脚看长江》,8月23日完稿;
《焦山顶汲江楼情怀》,8月23日完稿;
《壮观亭壮观》,8月23日完稿;
《后山独行》,8月24日完稿;
《北固山感怀》,8月24日完稿;
《题北固山第一亭》,8月24日完稿;
《访北固亭》,8月24日完稿;
《铁塔》,8月24日完稿;
《北固山怀古》,8月24日完稿;
《北固山奇想》,8月24日完稿;
《甘罗寺凭吊》,8月24日完稿;
《题狠石》,8月24日完稿;
《江边晚步》,8月25日完稿;
《在去广陵摆渡江轮上》,8月25日完稿;
《扬州瘦西湖门口》,8月25日完稿;
《瘦西湖》,8月25日完稿;
《瘦西湖即景》,8月25日完稿;
《"长堤春柳"即景》,8月25日完稿;
《题"钓鱼台"》,8月25日完稿;
《游瘦西湖感赋》,8月25日完稿;
《进瘦西湖后门》,8月25日完稿;
《访鉴真纪念堂》,8月25日完稿;
《游平山堂》,8月25日完稿;
《扬州咏》,8月25日完稿;
《扬州乘江轮晚归镇江》,8月25日完稿;
《访"九四二四"基地》,8月26日完稿;
《晨访梅山归后感赋》,8月26日完稿;
《重上雨花台》,8月27日完稿;
《雨花石》,8月27日完稿;
《为桌上雨花石赋》,8月27日完稿;
《燕子矶凭吊》,8月27日完稿;
《燕子矶怀古》,8月27日完稿;
《燕子矶凭栏》,8月27日完稿;
《雨花台怀古》,8月27日完稿;
《三台洞伫立》,8月28日完稿;
《游三台洞》,8月28日完稿;
《瞻仰中山陵》,8月28日完稿;

《过鼓楼》,8月28日完稿;

《南京长江大桥》,8月28日完稿;

《鉴真纪念堂抒怀》,9月3日完稿;

《贺大梁君留校》,9月9日完稿;

《电厂质量月去姚桥矿访问用户,下井感赋》,9月14日完稿;

《中秋月全日》,9月18日完稿;

《中秋无月》,9月18日完稿;

《书济宁宋代声远楼》,9月21日完稿;

《访封存中的汉代碑林有感》,9月21日完稿;

《题济宁汉代碑林》,9月21日完稿;

《山东济宁老街所见》,9月21日完稿;

《济宁太白楼》,9月21日完稿;

《太白楼情怀》,9月21日完稿;

《访太白浣笔泉》,9月21日完稿;

《山东行》,9月22日完稿;

《访邹县孟庙》,9月22日完稿;

《邹县碑林即景》,9月22日完稿;

《孟母断杼教子处碑前徘徊感怀》,9月22日完稿;

《国庆颂》,9月27日完稿;

《国庆赋》,9月27日完稿;

《闻微弟高考中捷,寄赠代送行》,10月15日完稿;

《中美建交感赋》,12月26日完稿;

《中央12月24日为彭德怀、陶铸平反有感》,12月26日完稿;

《新年心语》,12月31日完稿。

1979年(136首)

《悼姑母病逝,寄杭州姑父以表哀思》,1月23日完稿;

《对越自卫反击战有感》,2月完稿;

《读〈大众日报〉2月报道有感》,2月完稿;

《读〈人民日报〉3月有感》,3月完稿;

《游山东济南诗抄》(20首),3月25日完稿;

    1.《黄河边思潮》;

    2.《黄河抒怀》;

    3.《题黄河上》;

    4.《晨临黄河》;

    5.《题趵突泉》;

    6—8.《第一泉情怀》(3首);

    9.《大明湖》;

    10.《大明湖春意》;

11—13.《游大明湖、千佛山、趵突泉后》(3首);

14.《千佛山感怀》;

15.《游千佛山感赋》;

16.《济南见闻》;

17.《曲阜》;

18.《游孔庙》;

19.《大成殿》;

20.《游曲阜孔庙后》;

*《听友人谈及落实政策办公室见闻有感》;

*《春夜杂感》;

《清明情怀》,4月5日完稿;

《清明杂感》(2首),4月5日完稿;

《读〈解放日报〉4月3日报道有感》,4月6日完稿;

《读〈解放日报〉4月9日报道有感》,4月12日完稿;

《读〈人民日报〉4月20日报道有感》(3首),4月22日完稿;

《读〈光明日报〉4月21日报道有感》,4月23日完稿;

《读〈中国青年报〉有感》,4月23日完稿;

《读〈人民日报〉4月22日报道有感》(4首),4月24日完稿;

《读〈人民日报〉4月23日报道有感》,4月25日完稿;

《读〈光明日报〉4月24日报道有感》,4月26日完稿;

《读〈人民日报〉4月24日报道有感》,4月26日完稿;

《写在"五四"的日历上》,5月3日完稿;

*《献给张志新烈士》;

《自勉(2)》,5月20日完稿;

《重游曲阜感赋》(2首),7月25日完稿;

《雨后,车行曲阜与邹县途中观山景》,7月25日完稿;

《去曲阜,沿途即景》,7月25日完稿;

《地震》,8月5日完稿;

《送李卫》(4首),8月10日完稿;

《送李洁》(2首),8月10日完稿;

《五友聚会即席赋诗》(6首),8月29日完稿;

《煤》,9月5日完稿;

《船过采石矶》,9月17日完稿;

《船过马鞍山》,9月17日完稿;

《在东方红10号轮上眺望安庆迎江寺振风塔》,9月18日完稿;

《题小孤山》,9月18日完稿;

《在长江轮上感遇》,9月19日完稿;

《江西九江周瑜点将台凭吊》,9月20日完稿;

《游九江庐山诗抄》(11首),9月20日完稿；
    1. 《上庐山有感》；
    2. 《会址外感慨》；
    3. 《写在庐山人工湖边》(芦林湖,即东湖)；
    4. 《仙人洞即景》；
    5. 《花径》；
    6. 《小天池》；
    7. 《小天池望江亭看剪刀峡》；
    8. 《庐山植物园游后》；
    9. 《题庐山植物园》；
    10. 《含鄱口》；
    11. 《为鄱阳湖、庐山戏题》；

《国庆三十周年》,10月2日完稿；

《登松江方塔》,10月3日完稿；

《明代照壁前感慨》,10月3日完稿；

《题松江醉白池》,10月3日完稿；

《松江醉白池五色泉》,10月3日完稿；

《过醉白池客厅遇阻戏作》,10月3日完稿；

《松江行》,10月4日完稿；

《苏州天平山》,10月14日完稿；

《苏州灵岩山》,10月14日完稿；

《苏州网师园》,10月15日完稿；

《狮子林》,10月15日完稿；

《拙政园》,10月15日完稿；

《留园》,10月15日完稿；

《西园》,10月15日完稿；

《西园罗汉堂》,10月15日完稿；

《苏州虎丘》,10月15日完稿；

《虎丘剑池》,10月15日完稿；

《虎丘试剑石》,10月15日完稿；

《虎丘千人石与点头石》,10月15日完稿；

*《题太仓公园大铁釜》；

*《太仓城内铁锚弄怀古》；

*《题故乡特产太仓肉松》；

*《题故乡特产太仓糟油》；

《上海老城隍庙》(2首),10月21日完稿；

《上海豫园》,10月21日完稿；

《上海龙华盆景园》,10月22日完稿；

《庐山短唱》(13首),10月24日完稿;
    1.《仙人洞》;
    2.《龙首崖》;
    3.《庐山泉》;
    4.《庐山松》;
    5.《庐山路》;
    6.《庐山杜鹃》;
    7.《庐山感怀》;
    8.《庐山情感》;
    9.《庐山情怀》;
    10.《庐山萦思》;
    11.《庐山情思》;
    12.《庐山思绪》;
    13.《问五老峰》;
《10月27日冒雨去嘉定》,10月27日完稿;
《汇龙潭公园即景》,10月27日完稿;
《题汇龙潭公园》,10月27日完稿;
《汇龙潭公园游后》,10月27日完稿;
《思索偶得》(2首),11月1日完稿;
《他们不爱理发》,11月1日完稿;
《他们忘了……》,11月1日完稿;
《写在物价调整时》(2首),11月2日完稿;
《俗语集句戏作》,11月2日完稿;
《储蓄者的喜忧》,11月2日完稿;
《写在马寅初先生平反时》,11月28日完稿;
《在辞旧迎新之际写下的话》,12月31日完稿;
《元旦晨曲》,12月31日完稿。

1980年(211首)

《元旦雪赋》,1月1日完稿;
《读报有感》,1月8日完稿;
《不尽的怀念》,1月8日完稿;
《一个书店常客的疑惑》,1月15日完稿;
《写在日记扉页上的话》,1月15日完稿;
《闻刘少奇平反有感》(4首),2月25日完稿;
《历史是人民写的》,4月19日完稿;
《写在刘少奇平反的日子里》,4月21日完稿;
《5月16日的感慨》,5月16日完稿;
《答友人》,6月3日完稿;

*《赠友人》;

《为三十岁生日作》,6月10日完稿;

《端午感怀》,6月20日完稿;

《端午有感》,6月20日完稿;

《端午思绪》,6月20日完稿;

《端午赋》,6月20日完稿;

《自题》,7月4日完稿;

《为大屯电厂美工小组漫画配诗》(15首),8月7日完稿;

《自嘲》,8月13日完稿;

《自勉》,8月13日完稿;

《读〈解放日报〉有感》(4首),8月15日完稿;

《无题》,8月18日完稿;

《杂感》,8月18日完稿;

《泰山放歌》(18首),9月4—6日完稿;

  1.《山风》;

  2.《恋情》;

  3.《暴雨》;

  4.《云海》;

  5.《"斩云剑"石》;

  6.《探海石》;

  7.《盘路》;

  8.《山泉》;

  9.《玉皇顶》;

  10.《落日》;

  11.《望人松》;

  12.《朝阳洞》;

  13.《封禅石》;

  14.《卧龙槐》;

  15.《升仙坊》;

  16.《登泰途中》;

  17.《泰山石刻》;

  18.《磴道上》;

《为波兰工人大罢工胜利而写》,9月6日完稿;

《写给"渤二"事故的死难者》,9月6日完稿;

《有关于青工数理化普测、上课》,9月6日完稿;

《曲阜行》(2首),9月8日完稿;

  1.《杏坛》;

  2.《鲁壁》;

《烟囱》(2首),9月10日完稿;

《机身》,9月10日完稿;

《煤块》,9月10日完稿;

《锦旗》,9月11日完稿;

《奖金》,9月11日完稿;

《国庆情思》,9月29日完稿;

《有感于"四人帮"即将公审》,9月29日完稿;

《芦苇》,10月3日完稿;

《浮萍》,10月3日完稿;

《茶叶》,10月3日完稿;

《暖瓶》,10月3日完稿;

《工具篇》(4首),10月3日完稿;

  1.《钢锯》

  2.《锉刀》;

  3.《榔头》;

  4.《听棒》;

《灯的断想》(10首),10月3日完稿;

  1.《桅灯》;

  2.《矿灯》;

  3.《红绿灯》;

  4.《指示灯》;

  5.《镁光灯》;

  6.《霓虹灯》;

  7.《探照灯》;

  8.《无影灯》;

  9.《航标灯》;

  10.《走马灯》;

《无花果自述》,10月7日完稿;

《寄语打虎斩蟒英雄》,10月7日完稿;

《致毁林开荒者》,10月7日完稿;

《恶鼠族的猖獗》,10月8日完稿;

《钢花》,10月8日完稿;

《致贤惠的妻子》,10月8日完稿;

《会议室的诉苦》,10月8日完稿;

《错误与罪行》,10月8日完稿;

《碧桃》,10月9日完稿;

《哀保罗·穆勒的悲剧》,10月9日完稿;

《油》,10月10日完稿;

《牛油》,10月10日完稿；

《热水汀阀门》,10月10日完稿；

《漏水的龙头》,10月10日完稿；

《高高的吊扇》,10月10日完稿；

《秋日感怀》,10月10日完稿；

*《四季歌》(4首)；

  1.《给春》；

  2.《给夏》；

  3.《给秋》；

  4.《给冬》；

《黑,你真是个不祥的字眼吗?》,10月13日完稿；

《假如》,10月13日完稿；

《红与绿》,10月13日完稿；

《粉刷的感想》,10月14日完稿；

《防锈漆》,10月14日完稿；

《泰山恋情》,10月14日完稿；

《岱顶情怀》,10月14日完稿；

《关于爱》,10月16日完稿；

《关于美》,10月16日完稿；

《关于梦》,10月16日完稿；

《关于信仰》,10月16日完稿；

《关于早熟》,10月16日完稿；

《关于民族性》,10月16日完稿；

《诗的新意》,10月19日完稿；

《五大夫松下的感怀》,10月19日完稿；

《写在五大夫松下》,10月19日完稿；

《可悲的感情》,10月21日完稿；

《成语诗意》(8首),10月23日完稿；

  1.《毛遂自荐》；

  2.《班门弄斧》；

  3.《闻鸡起舞》；

  4.《淮南鸡犬》；

  5.《焦头烂额》；

  6.《按图索骥》；

  7.《惊弓之鸟》；

  8.《鹦鹉学舌》；

《给故乡》,10月24日完稿；

《盼信》,10月24日完稿；

《放炮间歇》,10月24日完稿；
《为特大冰雹赋之》,10月24日完稿；
《思索偶得》(2首),11月1日完稿；
《肥皂》,11月1日完稿；
《抹布》,11月1日完稿；
《螃蟹》,11月1日完稿；
*《爆冷感赋》(2首)；
《初冬的苍蝇》,11月12日完稿；
《初冬的早晨》,11月15日完稿；
《春夜思》,11月16日完稿；
《秋雨的黄昏》,11月16日完稿；
《流云》,11月17日完稿；
《雪》,11月17日完稿；
《霜》,11月18日完稿；
《春柳》,11月18日完稿；
《晨曦》,11月18日完稿；
《流星》,11月18日完稿；
《七月的傍晚》,11月18日完稿；
《秋水》,11月18日完稿；
《流星》,11月18日完稿；
《新月》,11月19日完稿；
《春雷》,11月19日完稿；
《土》,11月19日完稿；
《我愿是》,11月19日完稿；
《远处的灯》,11月20日完稿；
《天上的鹰》,11月20日完稿；
《醉》,11月20日完稿；
《燕》,11月20日完稿；
《飘落的树叶》,11月22日完稿；
《无名小湖边的遐想》,11月22日完稿；
《仙人掌》,11月22日完稿；
《倒影》,11月22日完稿；
《微山湖抒情》,11月22日完稿；
《月色》,11月22日完稿；
《在淡淡的晨雾里》,11月22日完稿；
《在无名的小湖边》,11月22日完稿；
《归雁》,11月23日完稿；
《关于秋》,11月23日完稿；

《献给缪斯女神》,11月23日完稿;

《渴》,11月23日完稿;

《写在维纳斯女神塑像上》,11月25日完稿;

《螺丝钉》,11月25日完稿;

《消逝的昨天》,11月25日完稿;

《香火烟霞》,11月25日完稿;

《塘泥》,11月25日完稿;

《落下的苹果》,11月27日完稿;

《寻求》,11月30日完稿;

《无花果自述》,11月30日完稿;

《碧桃》,11月30日完稿;

《为儿子出生题记》(2首),12月1日完稿;

《新春寄语》,12月29日完稿;

*《秋》;

*《拳》;

*《盐》;

*《鸣》;

*《蛙》;

*《科学与梦想》;

*《梯子》;

*《乡村一瞥》;

*《土壤》;

*《秋虫》;

*《麻雀》;

*《溪水上的落叶》;

*《菊花开的时候》;

*《飓风》;

*《塑料花》;

*《我会空虚吗?》;

*《悠远的钟声》;

*《落地的苹果》。

1981年(123首)

《冬》,1月15日完稿;

《无题》,1月15日完稿;

《探亲前,一个妻子的话》,1月17日完稿;

《探亲假》,1月17日完稿;

《在坟地上》,1月20日完稿;

《写给妻子蓓蓓28岁生日》,1月22日完稿;

《辞旧迎新曲》,1月28日完稿；

《柳》,2月3日完稿；

《我愿我诗像——》,2月3日完稿；

《有一棵小树死了》,2月3日完稿；

《还暖曲》,2月4日完稿；

《残雪》,2月4日完稿；

《新绿》,2月6日完稿；

《第一丸嫩芽》,2月9日完稿；

《夕照》,2月11日完稿；

《依依月夜——送某君去深造》,2月11日完稿；

《冬的遐想》,2月12日完稿；

《春思》,2月12日完稿；

《雪融时》,2月15日完稿；

《失约》,2月17日完稿；

*《怀梦草》；

*《婚礼上》；

*《请原谅,爸爸又忘了》；

*《失恋》；

*《但愿她不再问》；

*《我是炎黄后裔》；

*《年轻的妈妈》；

《在产房门前》,2月19日完稿；

《为什么是他们、她们?》,2月19日完稿；

《当你成名以后》,2月20日完稿；

《沉思录》(组诗19首),3月5日完稿；

  1.《致天真》；

  2.《悼亡灵》；

  3.《这里,恋人绝了迹》；

  4.《这里,曾是监狱》；

  5.《校园》；

  6.《同学》；

  7.《领呼口号的人》；

  8.《两派》；

  9.《小巷》；

  10.《半夜警报》；

  11.《死囚,绑赴刑场》；

  12.《心灵的鸿沟》；

  13.《他不肯下跪》；

14.《除夕的餐桌》;

15.《关于早熟》;

16.《就算是凭吊》;

17.《这样想,这样思》;

18.《夷平了的墓地》;

19.《一个不肯迎合的诗人》;

《痛苦的思索——一个县委书记的话》,3 月 18 日完稿;

《致地下森林》,5 月 29 日完稿;

《蘸着微山湖的水,我写……》(13 首),6 月 3 日完稿;

1.《啊,微山湖》;

2.《在湖边》;

3.《湖畔思绪》;

4.《湖水情》;

5.《湖,我心中的湖》;

6.《湖边,想起了端午节》;

7.《湖面,小船上》;

8.《在水里》;

9.《湖上夜色》;

10.《微山湖日出》;

11.《微山湖晴雨》;

12.《六月的湖面》;

13.《初夏的夜晚》;

《微山湖畔拾遗》(11 首),6 月 4 日完稿

1.《集市》;

2.《赶集》;

3.《陆上帆船》;

4.《村口水塘》;

5.《色彩》;

6.《背筐》;

7.《狗肉》;

8.《露天电影》;

9.《农闲时节》;

10.《过年》;

11.《穿红衣的老太》;

《屋顶上的草》,6 月 4 日完稿;

《我想》,6 月 6 日完稿;

《车间里,飞进了一只小鸟》,6 月 6 日完稿;

《纱窗》,9 月 6 日完稿;

《致秋风》,9月6日完稿;
《纪念鲁迅诞生100周年》,9月9日完稿;
《国庆32周年》,9月10日完稿;
《阵雨》,9月30日完稿;
《愁》,10月16日完稿;
《庭院枣》,10月16日完稿;
《扬谷》,10月16日完稿;
《开镰》,10月16日完稿;
《街头见闻》(外一首),10月19日完稿;
《叶》,10月27日完稿;
《小树林》,10月27日完稿;
《在夜车上》,10月27日完稿;
《车上,我在想》,10月27日完稿;
《清晨的小河》,10月27日完稿;
《田间,踏出的路》,10月27日完稿;
《黎明,在车前》,10月27日完稿;
《〈大风歌碑〉放歌》,11月7日完稿;
《云龙山怀古》,11月7日完稿;
《写在中国女排夺得冠军之时》,11月19日完稿;
《树的心声》,11月22日完稿;
《我是煤》,11月22日完稿;
《我是电流》,11月22日完稿;
《我是风锤》,11月22日完稿;
《我是发电机》,11月22日完稿;
《给生我养我的母亲》,11月22日完稿;
《树的心声》,11月22日完稿;
《星》(2首),11月25日完稿;
《月亮》,11月26日完稿;
《题日记》,11月28日完稿;
《黄浦江的夜晚》,11月28日完稿;
*《冰凌》;
*《天竺与蜡梅》;
*《怎么说了这句话》;
*《喷嚏》;
*《封冻的湖》;
*《再支持一会儿,爸爸》;
*《失绿的叶子》;
*《长夜警报》;

*《悼亡灵》;

*《我不平,为月儿——》;

*《无题(1—2)》;

*《湖边,想起了屈原》;

*《登中华门》。

1982年(31首)

《黄浦江的夜晚》,1月2日完稿;

《南京路》,1月2日完稿;

《我是炎黄后裔》,1月4日完稿;

《题日记》,1月4日完稿;

《年轻的妈妈》,1月4日完稿;

《童年拾趣》,1月12日完稿;

《放信鸽》,1月12日完稿;

《抹》,1月12日完稿;

《取景》,1月12日完稿;

《大橱买到了》,1月12日完稿;

《新房布置前》,1月12日完稿;

《梦》,1月15日完稿;

《废墟前的思索》,1月15日完稿;

《人生》,1月17日完稿;

《未来,请告诉我》,1月17日完稿;

《写在鲁迅墓前》,1月18日完稿;

《刘家港抒怀》,2月22日完稿;

《滚铁环》,2月23日完稿;

《葡萄架》,2月23日完稿;

《檐水》,2月23日完稿;

《五楼窗口的仙人球》,3月27日完稿;

《在发电厂控制室》,4月19日完稿;

《油漆》,4月19日完稿;

《五月短歌》,4月26日完稿;

《麦收时节的梦》,7月1日完稿;

《清晨,在麦田》,7月1日完稿;

《六一,我给儿子照相》,7月4日完稿;

《创造,才有明天》,8月29日完稿;

《迟开的花》,8月31日完稿;

《生日共勉》,12月20日完稿;

《赠老师》,12月24日完稿。

1983年(54首)

《寄故乡友人》,3月9日完稿;

《春天的湖》,3月10日完稿;
《采枸杞子》,3月10日完稿;
《羊儿,闯了祸》,3月10日完稿;
《离别》,3月13日完稿;
《遥寄》,3月13日完稿;
《桑葚,又酸又甜》,3月13日完稿;
《沿着城墙走,我寻觅》,3月13日完稿;
《郑和纪念馆抒情》,7月27日完稿;
《阅兵台怀古》,7月29日完稿;
《采石矶抒情》,8月29日完稿;
《捉月台情思》,8月29日完稿;
《在李白衣冠冢前》,8月31日完稿;
《翠螺峰上》,8月31日完稿;
《项羽戏马台怀古》,8月31日完稿;
《写在渡江纪念碑上》,9月17日完稿;
《雪霁迎新出》,12月31日完稿;
*《同学》;
*《校园》;
*《女贞》;
*《冬天,我想起了北方》;
*《台风中,我们去旅游》;
*《五彩的情笺》;
*《理解》;
*《在冬天》;
*《永远新鲜的主题》;
*《舞池之思》;
*《我要探亲了》;
*《游艇,驶过古老的河湾》;
*《关于星》;
*《在这篇古老的土地上》;
*《我要回家探亲了》;
*《秋夜走笔》;
*《仲秋》;
*《生活的幽默》;
*《选择》;
*《小诗短章》(9首);
*《冬天的期盼》;
*《春天的信息》;

*《过年》;

*《新房布置前》;

*《一个矿工的情书》;

*《中秋》;

*《微山湖日出》;

*《煤的渴望》;

*《夜曲》。

1984年(128首)

《为倪锦昌20岁弱冠生日写祝词》,3月9日完稿;

《为郁飞20岁弱冠生日写祝词》,3月9日完稿;

《为施渭镔20岁弱冠生日写祝词》,3月9日完稿;

《广场的夜》,3月19日完稿;

《空间》,3月20日完稿;

《二泉抒怀》,5月4日完稿;

《蠡园情思》,5月7日完稿;

《三山岛短歌》,5月7日完稿;

《在扬子江边》,5月13日完稿;

《湖畔,想起了端午》,5月13日完稿;

《贺辞——写在班级"迈开青春第一步"生日会上》,5月19日完稿;

《鼋头渚情怀》,5月19日完稿;

《龙华寺归来》,5月22日完稿;

《毕业赠别》,7月10日完稿;

《赠S君》,7月10日完稿;

《纳凉有感》,7月11日完稿;

《又一次自我练功》,7月11日完稿;

《今夏,真正热了》,7月11日完稿;

《无题》,7月12日完稿;

《夏日断想》,7月12日完稿;

《我仰望星空》,7月14日完稿;

《赠言的余韵》,7月16日完稿;

《小镇风情》,7月16日完稿;

《夏夜的断想》,7月16日完稿;

《扬子江》,7月17日完稿;

《小镇的夜市》,7月18日完稿;

《遥寄》,7月18日完稿;

《海妖的诱惑》,7月19日完稿;

《黄昏,阵雨后》,7月20日完稿;

《故乡的街》,7月22日完稿;

《钻天杨》,9月3日完稿;
《感情的回忆》,9月3日完稿;
《矿工心曲》,9月4日完稿;
《面对着孩子们的童年》,9月4日完稿;
《楼顶,飞来一群"蜻蜓"》,9月6日完稿;
《桂花》,9月6日完稿;
《我们走进矿灯房》,9月18日完稿;
《陈酒》,9月18日完稿;
《写给井下的兄弟们》,9月24日完稿;
《我们走进灯房》,9月24日完稿;
《致天轮》,9月26日完稿;
《啊,综采》,9月26日完稿;
《致游泳池》,9月27日完稿;
《龙飞地遐思》,9月27日完稿;
《牛年》,9月27日完稿;
《煤海,请为希望的航程扬波》,9月28日完稿;
《我姓煤》,9月29日完稿;
《我们,有我们的恋情》,9月29日完稿;
《古莲》,10月1日完稿;
《煤与矿工》,10月1日完稿;
《矿工,太阳的子息》,10月1日完稿;
《致孔林甬道的古桧》,10月2日完稿;
《毕业舞会上》,10月2日完稿;
《锻打有感》,10月2日完稿;
《我注视着锻工》,10月2日完稿;
《矿工,渴望爆炸的哨音》,10月2日完稿;
《综采,矿工的宠儿》,10月4日完稿;
《喔,神奇的综采》,10月4日完稿;
《矿工,煤的知音》,10月4日完稿;
《残碑》,10月5日完稿;
《秋姑娘》,10月5日完稿;
《偶感》,10月5日完稿;
《电业工人的独白》,10月6日完稿;
《双曲线》,10月6日完稿;
《电流,有我的心声》,10月6日完稿;
《我,拿起了听棒》,10月6日完稿;
《子夜,我去接班》,10月6日完稿;
《黄河故道》,10月8日完稿;

《秋虫唧唧》,10月8日完稿;

《银杏,古老的银杏》,10月8日完稿;

《爬山虎》,10月9日完稿;

《砖的自述》,10月9日完稿;

《我愿是》,10月9日完稿;

《读〈万历十五年〉》,10月9日完稿;

《矿工的梦》,10月11日完稿;

《我有一篷如火的岁月》,10月11日完稿;

《矿工,一个无愧的名字》,10月11日完稿;

《矿工,真正的诗人》,10月11日完稿;

《祖国,给我一把风锤》,10月12日完稿;

《分娩》,10月12日完稿;

《分量》,10月13日完稿;

《煤壁,我知道》,10月13日完稿;

《朝阳因我们的采掘而升起》,10月13日完稿;

《矿工的情书》,10月15日完稿;

《矿工,他对我说》,10月15日完稿;

《一座煤城的诞生》,10月15日完稿;

《太阳石断想》,10月17日完稿;

《我,开采黑色的太阳》,10月18日完稿;

《我有一块煤壁》,10月18日完稿;

《采煤工》,10月18日完稿;

《雾》,10月20日完稿;

《一个久病初愈的色盲者》,10月20日完稿;

《与月亮的对话》,10月22日完稿;

《家庭奏鸣曲》(组诗8首);

    1.《母亲》,10月23日完稿;

    2.《父亲》,10月23日完稿;

    3.《岳父》,10月23日完稿;

    4.《妻子》,10月23日完稿;

    5.《儿子》,10月23日完稿;

    6.《姐夫》,10月29日完稿;

    7.《弟兄》,10月29日完稿;

    8.《外婆》,10月31日完稿;

《竖井,冷色调到暖色调》,11月7日完稿;

《代矿工致年轻的姑娘》,11月9日完稿;

《悔》,11月9日完稿;

《约会》,11月9日完稿;

《矿工的话》,11月9日完稿;
《井下小憩》,11月9日完稿;
《升井,目标补习班》,11月9日完稿;
《矿工的妻子》,11月9日完稿;
《姑娘,你等着》,11月10日完稿;
《一个矿工妻子的内心》,11月10日完稿;
《在这片古老的土地上》,11月10日完稿;
《燃烧》,11月13日完稿;
《朋友,去认识认识矿工》,11月13日完稿;
《你梦见了什么?》,11月13日完稿;
《下井的时候》,11月14日完稿;
《我,属于煤海》,12月10日完稿;
《我·煤》,12月10日完稿;
《常州天宁寺偶思》,12月11日完稿;
《小镇》,12月12日完稿;
《玻璃罩下的煤》,12月15日完稿;
《复活》,12月24日完稿;
《黑》,12月24日完稿;
《冬天,我想起了北方》,12月24日完稿;
《悬崖边,一棵小草》,12月24日完稿;
《假如有一天我死去》,12月25日完稿;
*《我有一把风钻》。

1985年(115首)

《煤海,一部耐读的大书》,1月14日完稿;
《矿工形象素描》,1月16日完稿;
《欲寄未寄的信》,2月2日完稿;
《红豆》,3月19日完稿;
《矿工,有了新的话题》,4月18日完稿;
《信鸽自述》,4月21日完稿;
《飞吧,鸽子》,4月21日完稿;
《我拥有闪光的黑色》,5月12日完稿;
《写在矿山女工楼》,5月12日完稿;
《谢谢你,煤层》,5月12日完稿;
《矿山的太阳与月亮》,5月12日完稿;
《我们,太阳的使者》,6月18日完稿;
《我们矿工,要拍彩照》,6月18日完稿;
《爸爸,别怨你儿子》,6月23日完稿;
《矿长去见识了迪斯科》,6月23日完稿;

《周末,我们举起了酒杯》,6月26日完稿;

《化装舞会上》,6月26日完稿;

《摘葡萄》,6月30日完稿;

《夏天的礼物》,6月30日完稿;

《车站邂逅》,6月30日完稿;

《我要寄》,6月30日完稿;

《夜色,给我诗的灵感》,6月30日完稿;

《小溪旁》,6月30日完稿;

《我有一个包裹》,6月30日完稿;

《磨镰与插秧》,7月2日完稿;

《扬场》,7月2日完稿;

《麦收后》,7月2日完稿;

《麦收季节》,7月2日完稿;

《致妻子》,7月7日完稿;

《一颗误了季节的红豆》,7月7日完稿;

《无解的方程》,7月7日完稿;

《故乡的合欢树》,7月7日完稿;

《爱的句式》,7月7日完稿;

《无题》,7月7日完稿;

《我害怕见面》,7月7日完稿;

《在冬天》,7月8日完稿;

《毕业后》,7月8日完稿;

《衬衫》,7月10日完稿;

《信》,7月12日完稿;

《我与她的诗》,7月12日完稿;

《啊,秋天》,7月13日完稿;

《冬天断想》,7月13日完稿;

《啊,微山湖》,7月14日完稿;

《夏天,微山湖上》,7月14日完稿;

《矿工的心思》,7月14日完稿;

《眼睛》,7月14日完稿;

《你,一个神秘的世界》,7月15日完稿;

《夏天的矿工》,7月16日完稿;

《我是三月的微风》,7月16日完稿;

《我种植希望》,7月16日完稿;

《矿工的妻子》,7月16日完稿;

《爱的句式》,7月16日完稿;

《微山岛抒怀》,7月17日完稿;

《游艇直驶微山岛》,7月17日完稿;
《微山岛归途》,7月17日完稿;
《大铁釜》,7月18日完稿;
《铁锚弄》,7月18日完稿;
《弇山园遗址凭吊》,7月19日完稿;
《张溥故居怀想》,7月19日完稿;
《天妃宫抒怀》,7月25日完稿;
《郑和纪念馆抒情》,7月27日完稿;
《左邻》,8月31日完稿;
《右舍》,8月31日完稿;
《晨曲之一》,9月5日完稿;
《夜曲之一》,9月5日完稿;
《心声之一》,9月5日完稿;
《心声之二》,9月5日完稿;
《我培养黑色的花朵》,9月6日完稿;
《妻子对我说》,9月11日完稿;
《发现自己人到中年》,9月11日完稿;
《人到中年述怀》,9月12日完稿;
《我们相约》,9月13日完稿;
《年轻的厂长》,9月16日完稿;
《喜烟的悲喜录》,9月16日完稿;
《致邮电部的领导》,9月28日完稿;
《中国的大趋势——读托夫勒的〈第三次浪潮〉》,9月30日完稿;
《眼神》,10月10日完稿;
《幽默》,10月10日完稿;
《我该叫她什么?》,10月10日完稿;
《谁来一试》,10月11日完稿;
《老花工》,10月13日完稿;
《题徐州西汉兵马俑》,10月13日完稿;
《舞池遐思》,10月14日完稿;
《妻子学跳舞去了》,10月14日完稿;
《厂门口的黑板》,10月18日完稿;
《老师,您听我说》,10月18日完稿;
《诺言》,10月18日完稿;
《乔迁歌》,10月20日完稿;
《彩笔·梦·思绪》,10月23日完稿;
《赶集》,11月1日完稿;
《外祖父与外祖母》,11月1日完稿;

《火车上下》,11月1日完稿;

《矿山的太阳与月亮》,11月1日完稿;

《妻子穿上了牛仔裤》,11月6日完稿;

《清洁工》,11月8日完稿;

《在庐山上》,11月8日完稿;

《我们到海边去》,11月8日完稿;

《他承包了一口水塘》,11月9日完稿;

《种花专业户》,11月9日完稿;

《矿灯房的姑娘》,11月15日完稿;

《在乡间小道上》,11月17日完稿;

《红豆·果实》,11月20日完稿;

《开裁缝铺的小妞》,11月20日完稿;

《花工》(散文诗),11月25日完稿;

《写在电冰箱上》,11月26日完稿;

《台风中,我们去旅游》,11月27日完稿;

《矿长决定戒烟》,11月29日完稿;

《厂长的时间》,11月29日完稿;

《理解》,12月7日完稿;

《我像——》,12月7日完稿;

《悟》,12月9日完稿;

《淮海战役纪念馆抒怀》,12月14日完稿;

《麻风病的恐惧》,12月18日完稿;

《上山下乡风波》,12月18日完稿;

《送别》,12月18日完稿。

1986年(17首)

《科学,你是公正的法官》(2首),1月完稿;

《你永远是我们的民族魂》,3月完稿;

《春游,我们选择了钻井》,4月25日完稿;

《草地沙龙》,4月25日完稿;

《走,我们到海边去》,4月完稿;

《题崇祯自缢处》,7月8日完稿;

《题冷水塔》,9月17日完稿;

《高高烟囱下的反思》,9月17日完稿;

《写在控制室》,9月17日完稿;

《灰池畔的沉思》,9月18日完稿;

《颙贔》,10月29日完稿;

《翁仲》,10月29日完稿;

《石狮》,10月29日完稿;

《铜缸》,10 月 29 日完稿;

《买衣服的小姑娘》,11 月 9 日完稿;

《开杂货店的队长》,11 月 9 日完稿。

1987 年(35 首)

《仙人球,启示录》,3 月 20 日完稿;

《走,我们踏春去》,4 月 2 日完稿;

《矿工的尊严》,4 月 12 日完稿;

《淮南煤矿,我对你说》,4 月 27 日完稿;

《谢一矿留给我的》,4 月 28 日完稿;

《题潘集》,4 月 28 日完稿;

《微山湖渔民》,5 月 10 日完稿;

《游艇,驶过古老的河湾》,5 月 10 日完稿;

《在站台上》,5 月 10 日完稿;

《独白》,5 月 11 日完稿;

《微山湖,有一支歌》,5 月 12 日完稿;

《妈妈的梦》,5 月 21 日完稿;

《心与心》,5 月 31 日完稿;

《两条直线》,5 月 31 日完稿;

《那个夜晚》,5 月 31 日完稿;

《爱的圣火》,5 月 31 日完稿;

《老掉牙的歌》,5 月 31 日完稿;

《分别》,5 月 31 日完稿;

《苦涩》,5 月 31 日完稿;

《沉默》,5 月 31 日完稿;

《河边》,6 月 2 日完稿;

《梦》,6 月 2 日完稿;

《关于信》,6 月 2 日完稿;

《乡村的夜晚》,6 月 4 日完稿;

《雪人·风筝》,6 月 4 日完稿;

《矿工的尊严》,6 月完稿;

《农村随感之一》,8 月 25 日完稿;

《大修印象》,9 月 22 日完稿;

《寻根》,12 月 23 日完稿;

《运行工》,12 月 23 日完稿;

《外线故障》,12 月 23 日完稿;

《机炉现场写意》,12 月 23 日完稿;

《写在扩建段工地》,12 月 24 日完稿;

《煤与电的恋情》,12 月 24 日完稿;

《控制室感受》,12月25日完稿。

1988年(8首)

*《电厂采撷》;

《南方、北方》,3月20日完稿;

《三苏祠遐想》,5月11日完稿;

《郭沫若故居情思》(散文诗),5月11日完稿;

《寻找》,5月23日完稿;

《夜曲》,5月23日完稿;

《薛涛井怀古》,6月1日完稿;

《黄山印象》,6月18日完稿。

1989年(18首)

《草地沙龙》,6月完稿;

《踏春》,6月完稿;

《在站台上》,6月完稿;

《黄山的诱惑》,9月8日完稿;

《老龙头的遐思》,9月27日完稿;

《姜女庙断想》,9月27日完稿;

《山海关随想》,10月6日完稿;

《望夫石》,10月6日完稿;

《云龙山》,10月6日完稿;

《海之感受》,10月9日完稿;

《星之思索》,10月9日完稿;

《昨夜》,11月7日完稿;

《选择》,11月7日完稿;

《往事》,11月7日完稿;

《心事》,11月7日完稿;

《秋意》,11月9日完稿;

《访灵渠》,11月11日完稿;

*《燃烧》。

1990年(3首)

《厦门游》,4月26日完稿;

《题胡里山炮台》,4月26日完稿;

《厦门印象》,4月26日完稿。

1991年(2首)

《回忆红嫂》,4月28日完稿;

《沙家浜情结》,4月29日完稿。

1992年(1首)

《游子吟》,10月15日完稿。

1999年(1首)

《贺"猫王"拜徐子鹤为师》,3月28日完稿。

2001年(3首)

*《无题》(外一首);

*《秋夜走笔》。

2003年(1首)

*《佩佩之歌》。

2006年(2首)

*《寻访大诗人吴梅村》(七律);

*《谒梅村墓四首》(七律)。

2007年(1首)

*《太仓之歌》。

2011年(1首)

*《春天近了》。

2013年(2首)

*《孔子闻韶处》;

*《题"杭州创作之家"》。

2014年(6首)

*《齐白石故居偶思》;

*《走进曾国藩故里》;

*《登岳阳楼》;

*《在彭德怀家乡想到的》;

*《感冒来袭》;

*《故乡》。

2015年(1首)

*《农民工回乡》。

2016年(8首)

*《两进山王洞》;

*《探正在开发的水洞》;

*《双河溶洞群》;

*《题双河客栈》;

*《绥阳双河景区》;

*《游清溪湖》;

*《北海》;

*《无题》。

2018年(1首)

*《路途偶思》。

2019 年(2 首)

*《为太仓著名特产糟油题》(2 首)。

2020 年(17 首)

《为吴骏画展题》,1 月 7 日完稿;

《为吴骏题》,1 月 7 日完稿;

*《宅家静思》(4 首);

*《庚子年有感》(6 首);

*《题练塘茭白》(3 首);

《赞智能化采煤》,7 月 25 日完稿;

《写在大屯公司 50 周年庆典上》,7 月 25 日完稿。

八　凌鼎年撰写评论一览

(1981 年—2021 年)

(说明:带*的篇名后未标注时间。因写作较早或有的底稿未注明写作日期,已记不清具体完稿时间。)

1981 年(1 篇)

《寓批评于控诉,萌新生于伤痕》,7 月 13 日完稿。

1982 年(1 篇)

*《特定环境中的特殊事件——略论〈小镇上的将军〉细节的真实性》。

1983 年(1 篇)

《读〈资本论〉序言有感》(书评),3 月 7 日完稿。

1984 年(1 篇)

《挽歌一曲唱新声》,6 月 7 日完稿。

1985 年(2 篇)

《知识与知识性以外》,10 月 18 日完稿;

《清新流畅,隽永含蓄——读李忠田组诗〈亮着的山村〉》,11 月 13 日完稿。

1986 年(2 篇)

*《意象生动,寓意深刻——读阎志民的几首诗》;

*《在探索中走向成熟》。

1987 年(2 篇)

*《〈日环日〉特辑出得好》;

《混沌与清醒》,8 月 25 日完稿。

1988 年(2 篇)

《看电影〈老井〉后的思索》(影评),6 月 9 日完稿;

《可咀嚼可品味的故事——读刘庆邦小说〈拉倒〉》,11 月 18 日完稿。

1989 年(3 篇)

　　*《内涵深刻的结尾——法国电影〈都市传说〉》(影评);

　　《喜读〈微山湖文学〉第一期》,3 月 2 日完稿;

　　《何必冠于"风流"两字》(影评),8 月 19 日完稿。

1990 年(7 篇)

　　《好在留下空白》,4 月 8 日完稿;

　　《写活了的"二老表"》,7 月 2 日完稿;

　　《五彩斑斓写人生》,7 月 2 日完稿;

　　《霜叶红于二月花——读〈返青〉》,11 月 17 日完稿;

　　*《试评缪红海小小说二题》;

　　*《震之诠释》;

　　*《〈鼠害〉之底蕴》。

1991 年(5 篇)

　　《凡人小事蕴深意——评王大经小小说》,4 月 16 日完稿;

　　《发人深省,以小见大——读谢志强小小说小辑》,9 月 1 日完稿;

　　《汤利平国画〈轻舟短棹西湖好〉赏析》,9 月 5 日完稿;

　　《汤利平国画〈白云深处〉赏析》,12 月 11 日完稿;

　　《雅而出新,拙而去俗》(评论),12 月 15 日完稿。

1992 年(5 篇)

　　《真情最是动人》,1 月 24 日完稿;

　　《妙在点睛》,2 月 23 日完稿;

　　《他们都在生活中存在》,4 月 19 日完稿;

　　《〈松石千秋〉笔底情》,5 月 4 日完稿;

　　《五彩斑斓一幅幅——浅评〈歌唱这片土地〉的小小说》,8 月 2 日完稿。

1993 年(2 篇)

　　《〈张三其人〉有内涵》,3 月 18 日完稿;

　　《创新·博雅·凝重——推荐〈中国读书大辞典〉》,8 月 5 日完稿。

1994 年(2 篇)

　　《裸而不黄,情而不俗——〈画槐〉观感》(评论),4 月 6 日完稿;

　　《诱惑来自文学——读刘放小小说〈远方的诱惑〉》,12 月 4 日完稿。

1995 年(6 篇)

　　《〈红粉〉走红之我见》(影评),3 月 31 日完稿;

　　《历史的真实性,艺术的震撼力——〈屠城血证〉观后》(影评),7 月 1 日完稿;

　　《奇特的构思,厚实的底蕴——读钟子美科幻小小说》,7 月 29 日完稿;

　　《评泰国司马攻散文集》,10 月 3 日完稿;

　　《勤于笔耕,悄然收获——评李波小小说集〈神树〉》,12 月 9 日完稿;

　　《简洁凝练,富有底蕴——评伊德尔夫精短小说集〈公开的内参〉》,12 月 9 日完稿。

1996年(113篇)

《评泰国陈博文小小说》,4月6日完稿;
《关于〈刘罗锅〉的几点看法》(影评),4月25日完稿;
*《爱情载体的背后》;
《点评许行〈立正〉》,6月29日完稿;
《点评孙方友〈崔氏〉》,6月29日完稿;
《点评墨白〈冬景〉》,6月29日完稿;
《点评生晓清〈亮翅〉》,6月29日完稿;
《点评沙黾农〈呦,不是发表了吗?〉》,6月29日完稿;
《点评曹德权〈憨崽〉》,6月29日完稿;
《点评唐训华〈神杯〉》,6月29日完稿;
《点评杨永明〈驼背〉》,6月29日完稿;
《点评刘战英〈阳台即景〉》,6月29日完稿;
《点评高海涛〈一串墨点〉》,6月29日完稿;
《点评王海椿〈胯下桥〉》,6月29日完稿;
《点评沈祖连〈朱经理〉》,6月30日完稿;
《点评张记书〈包公外传新编〉》,6月30日完稿;
《点评修祥明〈天上有只鹰〉》,6月30日完稿;
《点评邵宝健〈玩名片〉》,6月30日完稿;
《点评邢可〈耳朵〉》,6月30日完稿;
《点评焦耐芳〈绝根〉》,6月30日完稿;
《点评伊德尔夫〈窗下的故事〉》,6月30日完稿;
《点评马宝山〈小城无名医〉》,6月30日完稿;
《点评展翼〈丑人〉》,6月30日完稿;
《点评马玉山〈红猫〉》,6月30日完稿;
《点评谢志强〈第三者〉》,7月6日完稿;
《点评袁炳发〈八爷〉》,7月6日完稿;
《点评郑洪杰〈端州遗砚〉》,7月6日完稿;
《点评钱欣葆〈加急电报〉》,7月6日完稿;
《点评陆颖墨〈潮声〉》,7月6日完稿;
《点评徐习军〈道具〉》,7月7日完稿;
《点评刘庆宝〈情债〉》,7月7日完稿;
《点评陈福根〈三喜子下棋〉》,7月7日完稿;
《点评徐社文〈甲同志拍苍蝇〉》,7月7日完稿;
《点评相裕亭〈风吹乡间路〉》,7月7日完稿;
《点评魏思江〈心愿〉》,7月7日完稿;
《点评李波〈路〉》,7月7日完稿;
《点评裴立新〈斩爷〉》,7月7日完稿;

《点评王大经〈显影〉》,7月7日完稿;
《点评汤红玲〈算命〉》,7月7日完稿;
《点评李景文〈鱼鳔胶囊〉》,7月7日完稿;
《点评陈永林〈路〉》,7月13日完稿;
《点评白小易〈沧桑〉》,7月13日完稿;
《点评戴涛〈万先生与方女士〉》,7月13日完稿;
《点评于德北〈朋友〉》,7月13日完稿;
《点评申平〈活鲁班〉》,7月13日完稿;
《点评汝荣兴〈无意〉》,7月13日完稿;
《点评何百源〈人粥〉》,7月13日完稿;
《点评魏金树〈夜遇〉》,7月13日完稿;
《点评杨祥生〈蟹篓〉》,7月13日完稿;
《点评万芊〈红肚兜〉》,7月13日完稿;
《点评病梅〈抓周〉》,7月13日完稿;
《点评刘国芳〈调动〉》,7月13日完稿;
《为时代立此存照——评泰国小小说小辑》(评论),8月4日完稿;
《点评杨传球〈雾天〉》,8月11日完稿;
《点评纪慎言〈似曾相识〉》,8月11日完稿;
《点评周天和〈南郭之考〉》,8月11日完稿;
《点评周仁聪〈爹娘和我〉》,8月11日完稿;
《点评邝继福〈痴情采访〉》,8月11日完稿;
《点评茨园〈一生风流〉》,8月11日完稿;
《点评王孝谦〈八戒下海〉》,8月11日完稿;
《点评薛涛〈古典人〉》,8月17日完稿;
《点评芦芙荭〈死亡体验〉》,8月17日完稿;
《点评徐慧芬〈在水中央〉》,8月17日完稿;
《点评凌可新〈故事〉》,8月17日完稿;
《点评陈建忠〈笑秋先生〉》,8月17日完稿;
《点评杨彩祥〈将星泪〉》,8月17日完稿;
《点评杨轻抒〈钟声〉》,8月17日完稿;
《点评胡双庆〈??〉》,8月17日完稿;
《点评喊雷〈石枕〉》,8月17日完稿;
《点评司玉笙〈高等教育〉》,8月18日完稿;
《点评慧玮〈雪花那个飘〉》,8月18日完稿;
《点评翟展奇〈风铃〉》,8月18日完稿;
《点评吴金良〈痴人轶事〉》,8月18日完稿;
《点评宋海年〈另一种交谈〉》,8月18日完稿;
《点评王青伟〈!?〉》,8月24日完稿;

《点评王奎山〈画家与他的孙女〉》,8月24日完稿;
《点评冯曙光〈二次大战在双牛镇的最后一天〉》,8月24日完稿;
《点评刘国祥〈送礼〉》,8月24日完稿;
《点评刘学林〈怪癖〉》,8月24日完稿;
《点评杨少衡〈复活节岛的落日〉》,8月24日完稿;
《点评沈宏〈走出沙漠〉》,8月24日完稿;
《点评张新民〈落棋有声〉》,8月24日完稿;
《点评张重光〈不再遗憾〉》,8月25日完稿;
《点评赵冬〈教父〉》,8月25日完稿;
《点评谈歌〈桥〉》,8月25日完稿;
《点评杨晓敏〈冬日〉》,8月25日完稿;
《点评胡尔朴〈白点〉》,8月25日完稿;
《点评刘平〈牛魂〉》,8月25日完稿;
《点评高低〈晤〉》,8月25日完稿;
《点评林荣芝〈高低〉》,8月25日完稿;
《点评滕刚〈梅莎语录〉》,8月25日完稿;
《点评王如意〈连长的儿子〉》,8月25日完稿;
《点评牧毫〈飘落的过程〉》,8月25日完稿;
《点评晋川〈噪音〉》,8月25日完稿;
《点评雨瑞〈麻坛百趣〉》,8月25日完稿;
《点评唐训华〈两地书〉》,8月25日完稿;
《点评尹璐〈臭人术窥夜〉》,8月25日完稿;
《点评绍六〈一个复杂的故事〉》,8月25日完稿;
《点评蔡良基〈歪脖子〉》,8月25日完稿;
《点评程习武〈鹰〉》,8月25日完稿;
《点评邓开善〈狐变〉》,8月25日完稿;
《点评刘连群〈魔橱〉》,8月25日完稿;
《点评赵金禾〈还是那片阳光〉》,8月31日完稿;
《点评盛利民〈海水挡不住眼睛〉》,8月31日完稿;
《评韩英小小说〈狗囚〉》,9月14日完稿;
《评韩英小小说〈小胡子先生〉》,9月14日完稿;
《点评〈早晨的语言〉》,9月22日完稿;
《娄东艺苑绽新葩——浅评首届太仓市油画作品展》,9月30日完稿;
《点评芦芙荭小小说〈回家〉》,10月2日完稿;
《点评张超山小小说〈第二次敲门〉》,10月5日完稿;
《平而有情,淡而有味——评泰国倪长游集子〈只说一句〉》,10月5日完稿;
《幽默色彩,批判意识——泰国马凡小小说解读》,10月19日完稿;
《平中见巧,淡中寓意——泰国郑若瑟小小说解析》,10月19日完稿。

1997年(18篇)

《言情小说、武侠小说的创作与赏析》,5月2日完稿;

《香港陶然的小小说世界》(评论),6月7日完稿;

《昆山城里的乡土情结——评万芊小小说集〈流年〉》,6月7日完稿;

《点评何庆华〈乡恋〉》,7月19日完稿;

《泰国郑若瑟微型小说的杂文意蕴》,7月20日完稿;

*《几个难忘的细节——〈鸦片战争〉观感》(影评);

*《赵禹宾书画管窥》(评论);

《弘扬正气,斑斓多姿——"拜伦杯"微型小说征文浅评》,8月9日完稿;

《根植于家乡热土——周仁聪小小说解读》,9月6日完稿;

《激浊扬清皆真心——评泰国曾心小小说》,9月13日完稿;

《张扬个性,抒发心声——张继铭其人其画》,10月2日完稿;

《我读〈买梨〉》(评论),10月11日完稿;

《〈渔鼓〉读后感》(评论),10月16日完稿;

《美丽的诠释——读杨鸿臣的〈记忆的驿站〉》,11月8日完稿;

《喜读〈陆世仪评传〉》(书评),11月8日完稿;

《多种笔法写感受》(评论),11月29日完稿;

《宜作枕边书的〈咬文嚼字〉》(书评),11月30日完稿;

《身残志坚笔意豪——评王茂林集子〈月亮梦〉》,12月13日完稿。

1998年(26篇)

《定格与永恒——王大经摄影展观感》,1月13日完稿;

《一波三折有韵味——评泰国郑若瑟〈宝石戒指〉》,2月15日完稿;

《写活的连队生活——评朱胜喜的〈连队启事〉》,2月22日完稿;

《让生活说话》,4月18日完稿;

《宁静心态随意写》,6月7日完稿;

《点评苏州蒋敏〈犀灵〉〈刘和尚〉》,7月11日完稿;

《点评周仁聪、陈毓、林美兰的作品》,8月1日完稿;

《而立之年的纪念——马新亭小小说集读后》,9月13日完稿;

《各种笔法写春秋——纪慎言小小说解读》,9月13日完稿;

《〈世界华文微型小说佳作选〉指瑕》(书评),9月26日完稿;

《颜良成:乡愁乡谊乡土情》,9月27日完稿;

《写人写狐写百态——评刘纬小小说集》,9月27日完稿;

《关注现实写现实——黄克庭小小说分析》,10月10日完稿;

《点评万芊小小说》,10月24日完稿;

《点评姚淑青小小说》,10月24日完稿;

《点评薛兆平小小说》,10月24日完稿;

《点评徐慧芬小小说》,10月31日完稿;

《点评邹当荣小小说》,10月31日完稿;

《点评史春花小小说》,10月31日完稿；

《点评王建根小小说》,11月5日完稿；

《点评林跃奇小小说》,11月5日完稿；

《评王建根〈天诱〉》,12月10日完稿；

《点评星新一作品》,12月13日完稿；

《点评麦金莱作品》,12月13日完稿；

《点评坎特作品》,12月13日完稿；

《点评阿尔及利亚〈最后一课〉》,12月13日完稿。

1999年(36篇)

《点评吴万夫小小说》,1月3日完稿；

《在小小说海洋里遨游——评樊大为集子》,1月3日完稿；

《个性、特色与探索——陆诚书法展作品观感》,1月31日完稿；

《点评相裕亭小小说》,4月11日完稿；

《起点终点都是爱——评菲律宾吴新钿诗集》,4月24日完稿；

《点评刘纬作品》,5月15日完稿；

《民族的、世界的——蓝海文诗歌读后》,6月12日完稿；

《点评刘志学小小说》,6月19日完稿；

《点评林美兰作品》,6月19日完稿；

《点评许丽萍作品》,6月19日完稿；

《为画品传精神——菲律宾云鹤撰诗〈诗影交辉〉欣赏》,6月20日完稿；

*《董农政：新加坡微型小说文体的探索者》；

《读〈没有时间的雪〉》,6月20日完稿；

《点评海涛小小说》,6月27日完稿；

《〈还珠格格〉中的几位姑娘》(影评),7月31日完稿；

《议评容嬷嬷为最佳女配角》(影评),7月31日完稿；

《小而有底——评香港丁岸的诗》,8月1日完稿；

《点评监利县小小说》,8月11日完稿；

《点评福建三林小小说》,8月14日完稿；

《点评吴万夫小小说》(评论),8月22日完稿；

《点评魏西风的小小说》,8月22日完稿；

《写情高手——评马来西亚朵拉小小说》,8月28日完稿；

《泰国黎毅散文读后》(评论),8月28日完稿；

《点评陈力子小小说》,9月4日完稿；

《幽默为文汤祥龙》,10月2日完稿；

《百字小说的新收获》,10月3日完稿；

《让生活说话——读梁海潮小小说集〈直面人生〉》,10月4日完稿；

《点评马来西亚陈政欣小小说》,11月11日完稿；

《点评台湾地区郭名凤教授翻译的小小说》,11月11日完稿；

《点评汪克会小小说》,11月11日完稿;
《点评刘志学小小说》,11月24日完稿;
《点评李永康小小说》,11月24日完稿;
《点评饶美琴小小说》,12月18日完稿;
《点评马来西亚小小说》,12月25日完稿;
《点评集体亮相稿》,12月31日完稿;
《点评龚逸群小小说》,12月31日完稿。

2000年(35篇)

《方格纸上可耕田,且看文思笔底流》,1月8日完稿;
《丰富多彩的"模糊世界"》,1月8日完稿;
《李金安,诗人气质的小小说作家》,1月9日完稿;
《新加坡骆宾路小小说评点》,1月9日完稿;
《大别山走出的金波》,1月16日完稿;
《龚逸群笔记体小小说评点》,1月22日完稿;
《魏西风文论评点》,1月31日完稿;
《〈紧急迫降〉有看头》(影评),2月5日完稿;
《玫瑰花的微笑——读康丽诗集〈午后的玫瑰〉》(诗评),2月5日完稿;
《古蜀文明的现代吟唱者——读张帆诗集〈三星堆牧歌〉》(诗评),2月6日完稿;
《一本触发想象力的好书》(书评),3月11日完稿;
《点评马来西亚陈政欣翻译》,3月25日完稿;
《海飞的小小说我喜欢》,3月25日完稿;
*《构建海峡两岸极短篇界的桥梁》;
《读台湾地区张春荣教授的〈极短篇的理论与创作〉》(书评),4月8日完稿;
《喊雷,小小说文坛的异数》,4月15日完稿;
《龚逸群小小说评点》,4月16日完稿;
《王海群小小说评点》,4月16日完稿;
《朱迅翎作品评点》,4月16日完稿;
《叶大春作品评点》,4月16日完稿;
《新加坡骆宾路小小说评点》,4月16日完稿;
《官场小小说的别一种写法》,4月16日完稿;
《成功演绎关东风情》,4月16日完稿;
《批恶谴假,劝善励志》,4月23日完稿;
《澳大利亚生活的展示与剖析——心水〈养蚂蚁的女人〉读后》,5月4日完稿;
《李永康与他的小村人》,6月11日完稿;
《行万里路的收获——读张书栋〈域外见闻〉》,6月24日完稿;
《诗性、知性与幽默性——余光中散文的美学追求》,6月25日完稿;
《众说纷纭〈痞子英雄〉》,7月2日完稿;
《有情有义的夕阳颂》,7月16日完稿;

《评周应忠小小说》,8月15日完稿;
《点评邵陆芸科幻小小说》,9月3日完稿;
《评李全的打工系列小小说》,9月3日完稿;
《点评薛兆平小小说》,10月1日完稿;
*《马新亭小小说评点》。

2001年(47篇)
《典雅高格,激情抒怀——〈胜揽太仓〉观后感》,1月7日完稿;
《高品位,厚功底——读顾晓宇集子〈花影月梦〉》,1月7日完稿;
《真诗人秦林——评新加坡诗人秦林诗集》,1月14日完稿;
《诗中自有乐与趣——评泰国子帆诗集》,1月14日完稿;
《一本有独创意义的学术专著》(书评),1月14日完稿;
《为美立此存照》,2月10日完稿;
《有绝活的石建希》,6月16日完稿;
*《铁血柔情皆化诗》;
*《情系花鸟抒胸臆》;
*《墨漏斋主人王浩其人其字》;
*《让读者苦涩一笑》;
《娄东文坛又结硕果——评陆泰散文集〈弇山夜话〉》,6月30日完稿;
《岂止是玉米的馨香》,7月6日完稿;
《韵味最是打动人》,7月6日完稿;
《有梦真好——评泰国梦凌的〈织梦人〉》,7月15日完稿;
《〈赤兔之死〉是篇优秀微型小说》,8月4日完稿;
《评谢志强小小说〈超前〉》,8月18日完稿;
《评万芊小小说〈峰匪〉》,8月18日完稿;
《评钱岩小小说〈啼血红鸟〉》,8月18日完稿;
《评马宝山小小说〈画友章亦桐〉》,8月18日完稿;
《评沈祖连小小说〈夕阳的遗憾〉》,8月18日完稿;
《评茨园小小说〈"棋王"荣誉〉》,8月18日完稿;
《评芦芙荭小小说〈汇报〉》,8月18日完稿;
《评薛涛小小说〈气候〉》,8月18日完稿;
《评刘公小小说〈棋圣〉》,8月18日完稿;
《评侯德云小小说〈搬石头的人〉》,8月18日完稿;
《评秦德龙小小说〈不同凡响的名片〉》,8月18日完稿;
《自然、亲切、风趣——读舒婷〈我儿子一家〉》(评论),9月3日完稿;
《意蕴远胜于故事本身》,9月15日完稿;
《腹有诗书文自华》,10月1日完稿;
《浓浓故园情,郁郁水乡吟——读〈赵炎风景速写画选〉》,10月1日完稿;
《情融于诗抒心声——读夏侯建的诗》,10月2日完稿;

《喻世、醒世、警世——读奚旭初长篇小说〈天道无私〉》(书评),10月6日完稿;

《在生活中发现素材——读吴富明的小小说》,10月14日完稿;

《令人怦然心动的一幕——读沈石溪〈斑羚飞渡〉》,11月3日完稿;

《艺术感染力来自真实——读亦农的〈乡村杂记〉》,11月4日完稿;

《借序回忆与抒情——读美籍华人刘庶凝〈还乡梦自序〉》,11月4日完稿;

《美丽的谎言——读向志勇的〈谎言〉》,11月10日完稿;

《道具寄情——读台湾地区琦君的〈金盒子〉》,11月11日完稿;

《关于生命的一种诠释——读台湾地区张晓风散文〈敬畏生命〉》,11月17日完稿;

《生命在于质量——读法国蒙田的〈热爱生命〉》,11月17日完稿;

《诗是最精炼的文字——读臧克家的诗〈有的人〉》,11月17日完稿;

《这也是一种写法——读张晓伟〈母亲的形象〉》,11月17日完稿;

《读刘朝宪小小说〈连长〉》(评论),11月24日完稿;

《诗情常在乡情里——读乡贤崔护〈太仓杂事诗〉》(评论),11月24日完稿;

《点评范春歌报道》,12月15日完稿;

《〈康熙帝国〉有败笔》(影评),12月15日完稿。

2002年(9篇)

《你喜欢大清的四任皇帝吗?》(影评),3月9日完稿;

《以笔抒情写心曲——读泰国曾心的微型小说》,5月13日完稿;

《潇洒行草中——读〈伊德尔夫书法集〉》,5月7日完稿;

《清新脱俗,雅致可人——阅文彬扇面画》,5月15日完稿;

《发人深省的〈三年之后〉》,7月13日完稿;

《杨鸿臣,诗国永远的皈依者》,7月14日完稿;

《电影中的教师形象浅议》(影评),8月11日完稿;

《有灵气有悟性的郭城》,9月20日完稿;

《向尹家五兄弟致敬!》(影评),12月28日完稿。

2003年(29篇)

《谁是〈英雄〉中的英雄?》(影评),1月18日完稿;

《〈英雄〉的武、侠、情三境界》(影评),1月18日完稿;

《最是细节感动人》(影评),1月18日完稿;

《〈星槎胜揽诗译注〉读后》(书评),1月18日完稿;

《定格美的一瞬间》,3月8日完稿;

《关注生活写日常》,3月9日完稿;

《来自赤道之国的微型小说》,3月9日完稿;

《荒诞与现实主义手法并用》,3月16日完稿;

《揭露负面的异国故事》,3月16日完稿;

《用事例写活弟弟》,3月29日完稿;

《用笔刻画人的内心世界》,4月12日完稿;

《从真实的生活入手》,4月12日完稿;

《轻松中的沉重》,4月12日完稿;
《展示原生态的生活》,4月13日完稿;
《写出生活中的哲理》,4月13日完稿;
《别开生面的印尼华文小小说》,4月19日完稿;
《香港生活的一扇窗户》,4月20日完稿;
《品味文字背后——读海南符浩勇小小说》,4月27日完稿;
《把意蕴藏于故事背后——读张记书小小说》(评论),5月6日完稿;
《捕捉生活中的无奈——读新加坡艾禺小小说》(评论),6月29日完稿;
《生活永远是写不完的——读新加坡林高作品》(评论),6月29日完稿;
《诗,使生命美丽——读周兴春诗集〈生命的恋歌〉》,7月13日完稿;
《荷乡人写荷香情——评宝应徐汝青集子》,7月13日完稿;
《题目好,立意好》(评论),9月6日完稿;
《一本高品位的武侠微型小说选》(书评),9月7日完稿;
《写透生活即本事》,10月3日完稿;
《抓住情字做文章》,10月4日完稿;
《用作品说话的夏雪勤》,11月16日完稿;
《诠释历史,观照现实——读胡丽端小小说》,12月28日完稿。

2004年(58篇)

《写官场生活的高手——余长青集评论》,1月31日完稿;
《著名书画家邢少兰丹青片羽》,2月28日完稿;
《淡淡的忧伤,深深的思考——读黄晓鸽散文有感》,3月6日完稿;
《有黄土地烙印的女作家王雷琰》,5月3日完稿;
《笔触游走于情感世界的姚淑青》,5月3日完稿;
《在日常生活中捕捉题材——梁慧玲作品评论》(评论),5月15日完稿;
《滕刚微型小说创作探索的成功与不足》(评论),10月17日完稿;
《点评新加坡张辉小小说〈金桂,你等等我!〉》,11月13日完稿;
《点评马来西亚朵拉小小说〈钟摆〉》,11月13日完稿;
《点评比利时章平小小说〈赶车〉》,11月13日完稿;
《点评泰国克立·巴莫小小说〈独臂村〉》,11月14日完稿;
《点评达里姆·齐特里小小说〈夺妻〉》,11月14日完稿;
《点评日本浅名朝子小小说〈不称心的强盗〉》,11月14日完稿;
《点评章海生小小说〈猎手〉》,11月14日完稿;
《点评新加坡连秀小小说〈回乡魂〉》,11月14日完稿;
《点评香港地区秀实小小说〈两个女孩〉》,11月20日完稿;
《点评新加坡林高小小说〈入殓〉》,11月20日完稿;
《点评新加坡黄孟文小小说〈喜鹰〉》,11月20日完稿;
《点评新加坡董农政小小说〈蟑螂王〉》,11月20日完稿;
《点评泰国司马攻小小说〈心壶〉》,11月20日完稿;

《点评泰国曾心小小说〈三愣〉》,11月20日完稿;
《点评泰国黎毅小小说〈凶手〉》,11月20日完稿;
《点评马来西亚陈政欣小小说〈做脸〉》,11月20日完稿;
《点评新加坡林锦小小说〈肉体与精神的抗衡〉》,11月20日完稿;
《点评文莱宁静小小说〈现代婚姻故事〉》,11月20日完稿;
《点评台湾地区隐地小小说〈AB爱情〉》,11月22日完稿;
《点评澳门地区陶里小小说〈叶人〉》,11月22日完稿;
《点评荷兰林湄小小说〈番薯粥〉》,11月22日完稿;
《点评美国伊犁小小说〈一夜夫妻〉》,11月22日完稿;
《点评美国叶坦小小说〈吹笛到天明〉》,11月22日完稿;
《点评美国王渝小小说〈窗〉》,11月22日完稿;
《点评日本滕森成吉小小说〈不鼓掌的人〉》,11月22日完稿;
《点评日本三藤英二小小说〈出租小姐〉》,11月22日完稿;
《点评日本星新一小小说〈特技〉》,11月22日完稿;
《点评印尼茜茜里亚小小说〈妈妈,您杀了我孩子〉》,11月23日完稿;
《点评菲律宾吴新钿小小说〈神秘的查理〉》,11月23日完稿;
《点评新加坡尤今小小说〈代价〉》,11月23日完稿;
《点评新加坡艾禺小小说〈雨哗啦啦地下〉》,11月23日完稿;
《点评泰国郑若瑟小小说〈练胆〉》,11月23日完稿;
《点评菲律宾柯清淡小小说〈命名记〉》,11月23日完稿;
《点评印度鲁斯金·邦德小小说〈火车上的女郎〉》,11月23日完稿;
《点评加拿大黄俊雄小小说〈捐肾杂记〉》,11月23日完稿;
《点评埃及穆·阿里小小说〈一个老人的问题〉》,11月23日完稿;
《点评澳大利亚劳森小小说〈他母亲的伙伴〉》,11月23日完稿;
《点评澳大利亚心水小小说〈李修士的见证〉》,11月23日完稿;
《点评许行小小说〈立正〉》,11月23日完稿;
《点评台湾地区张春荣小小说〈黑白〉》,11月23日完稿;
《点评日本芥川龙之介小小说〈沼泽地〉》,11月23日完稿;
《点评许行小小说〈天职〉》,11月25日完稿;
《点评印尼林万里小小说〈大小通吃〉》,12月11日完稿;
《点评印尼袁霓小小说〈圆不了的月〉》,12月11日完稿;
《点评冰峰小小说〈阿T赴宴〉》,12月18日完稿;
《点评缅甸何峰小小说〈可怜人〉》,12月18日完稿;
《点评澳门地区许钧铨小小说〈钻石婚〉》,12月18日完稿;
《点评澳大利亚刘澳小小说〈房东斯蒂芬〉》,12月22日完稿;
《点评德国谭绿屏小小说〈酒家佬〉》,12月22日完稿;
《点评新西兰阿爽小小说〈女博士的眼泪〉》,12月22日完稿;
《点评新西兰林宝玉小小说〈异乡梦〉》,12月25日完稿。

2005年(13篇)

《点评黄克庭小小说〈残疾人〉》,2月4日完稿;

《点评王孝谦小小说〈婚姻证明〉》,2月5日完稿;

《点评荷兰池莲子小小说〈在异国的月台上〉》,2月5日完稿;

《点评刘纬小小说〈月镜〉》,2月5日完稿;

《文莱微型小说创作浅论》(评论),2月11日完稿;

《张凌溪小小说〈青春的躁动〉点评》,3月9日完稿;

《另辟蹊径,独标一格——评王孝谦厕所系列小小说》(评论),5月4日完稿;

*《静心研究深,波推郑和热》;

《读陆静波著〈郑和下西洋〉》,5月24日完稿;

《组合小小说之我见》,8月1日完稿;

《铁笔银钩写庄公》,8月28日完稿;

《北乔的兵味小小说》,9月25日完稿;

《云海渺渺追踪去》(书评),9月27日完稿。

2006年(10篇)

《自然为美的隽永小令,读杨静仪的诗集〈云影梦羽〉》,2月19日完稿;

《因诗而人生丰满的安科》(诗评),5月完稿;

《漂泊在异国他乡的中国心——读美国王性初的诗集〈孤之旅〉》,6月1日完稿;

《只眼观世写褒贬——读梁海潮小小说集〈第三只眼〉》,7月15日完稿;

《意蕴笔端,寄情翰墨——评邢少兰〈六国码头通商图〉》,8月12日完稿;

*《一套有价值的校本教材》;

《结缘微型小说的泰国梦凌》,9月14日完稿;

《隽永文笔写常熟——读赵丽娜〈天下常熟〉》,10月15日完稿;

《关键在于评奖的标准》,12月10日完稿;

《让生命的印痕成为永远——读于晓明日记〈茶歇集〉》(评论),12月11日完稿。

2007年(28篇)

《寒山幸也,凡夫幸也!》(书评),2月完稿;

《童话创作〈小学生的快乐作文〉》,2月完稿;

《以诗吐心声的朱文新》(评论),2月完稿;

《风景这边独好——读龚璇诗集》,2月23日完稿;

《点评小学生陆羿鹏童话〈机器壁虎〉》,2月27日完稿;

《点评小学生曹志雯童话〈白发老奶奶〉》,2月27日完稿;

《点评小学生陈迪童话》,2月27日完稿;

《美景任采撷,存照寓审美——欣赏张云清摄影作品》(评论),3月1日完稿;

《评饶建中小小说》,3月14日完稿;

《点评〈月亮山的故事〉》,4月14日完稿;

《点评〈墙〉》,4月14日完稿;

《点评〈第一次说谎〉》,4月14日完稿;

《诗化的神话——读杨鸿臣长诗〈嫦娥〉》,7月15日完稿;

《点评香港地区出版的〈世界中学生华文微型小说创作大赛获奖作品集〉》(含10篇):

    1. 《点评学生作品〈正义〉》,5月17日完稿;

    2. 《点评香港地区学生作品〈今天也是我生日〉》,5月17日完稿;

    3. 《点评马来西亚巴生兴华中学陈勇康小小说〈流泪手心〉》,5月17日完稿;

    4. 《点评学生作品〈副业〉》,5月17日完稿;

    5. 《点评 Singapore Crescent Girls' School 李明蕾小小说〈拯救〉》,5月18日完稿;

    6. 《点评马来西亚巴生兴华中学彭恒历小小说〈车票〉》,5月18日完稿;

    7. 《点评澳门地区教业中学曾繁华小小说〈重获新生〉》,5月18日完稿;

    8. 《点评学生作品〈黑色文件夹〉》,5月18日完稿;

    9. 《点评新加坡淡马锡初级学院刘笑言小小说〈兄弟〉》,5月18日完稿;

    10. 《点评学生作品〈属于我的英雄奖〉》,5月18日完稿;

《写作也要从小抓起》(评论),8月4日完稿;

《感动的理由》(评论),10月2日完稿;

《立足创新,凸显主题》(评论),11月22日完稿;

*《写活这一个》;

*《思想的深刻性与构思的独特性》。

2008年(60篇)

《一本极具史料价值的地方园林志》,1月19日完稿;

《慧眼发现生活,思索探索内蕴——夏雪勤微型小说近作浅论》,7月10日完稿;

《评点小小说〈手术〉》,7月16日完稿;

《评点小小说〈没人挠痒我就死〉》,7月16日完稿;

《评点小小说〈李小多的幸福生活〉》,7月16日完稿;

《评点小小说〈情寄何处〉》,7月16日完稿;

《评点小小说〈"贪污犯"母亲〉》,7月17日完稿;

《评点小小说〈雕〉》,7月17日完稿;

《评点小小说〈敏感时期〉》,7月17日完稿;

《评点小小说〈恋爱19日〉》,7月17日完稿;

《评点小小说〈暖冬〉》,7月17日完稿;

《评点小小说〈狐〉》,8月20日完稿;

《评点小小说〈一场秋雨〉》,8月20日完稿;

《评点小小说〈瞎子阿根〉》,8月20日完稿;

《评点小小说〈逃课〉》,8月20日完稿;

《评点小小说〈其实很简单〉》,8月20日完稿;

《点评蒋寒〈父与子〉》,8月26日完稿;

《点评泰国曾心〈三杯酒〉》,9月9日完稿;

《点评闫岩〈母亲的欺骗〉》,9月10日完稿;

《点评〈偷〉》,9月29日完稿;
*《点评江苏省太仓市实验中学宋陶陶小小说〈无私的帮助〉》;
*《点评香港地区葵涌苏浙公学张桂成小小说〈背后的公务员〉》;
*《点评澳门地区濠江中学(凼仔分校)叶静欣小小说〈翱翔〉》;
*《点评重庆市酉阳第二中学校杨蕙泽小小说〈我只不过是丢根草而已〉》;
*《点评深圳市文锦中学卢权德小小说〈一把蓝色雨伞〉》;
*《点评 Singapore Crescent Girl's School 潘晶晶小小说〈偷〉》;
*《点评深圳市文锦中学郑舒敏小小说〈寻找英雄〉》;
*《点评新加坡圣尼各拉女校陈舒屏小小说〈天使的孩子〉》;
*《点评香港地区田家炳中学李康岚小小说〈最后的雏菊〉》;
*《点评香港地区沙田循道卫理中学陈昊晴小小说〈两个苹果〉》;
*《点评云南省瑞丽市第一民族中学王雨蓉小小说〈杀猪〉》;
*《点评马来西亚桑佛州居銮中华中学黄骏逸小小说〈月来客栈〉》;
*《点评马来西亚桑佛州居銮中华中学陈子俊小小说〈让我……〉》;
*《点评马来西亚吉华独立中学林丽莉小小说〈幸福〉》;
*《点评广东省台山市第一中学汤锦明小小说〈手机〉》;
*《点评马来西亚峇株巴辖华仁中学黄竹贤小小说〈领悟〉》;
*《点评新加坡美廉初级学院吴长美小小说〈黑色活页夹〉》;
*《点评澳门地区濠江中学(凼仔分校)高佩雯小小说〈车钱〉》;
*《点评新加坡美廉初级学院张庞宇小小说〈正义〉》;
*《点评深圳市高级中学周玥小小说〈抄〉》;
*《点评马可中学廖丽红小小说〈抱歉〉》;
*《点评长沙湾天主教英文中学李泓森小小说〈沉思的秦俑〉》;
*《点评顺德联谊会李兆基中学朱凤仪小小说〈与梵高的一席话〉》;
*《点评拔萃女书院邓颖嘉小小说〈命运〉》;
*《点评嘉诺撒圣心书院何超云小小说〈自由行〉》;
*《点评沙田培英中学陈祖光小小说〈六封遗书〉》;
*《点评地利亚修女纪念学校(协和)萧颖欣小小说〈02号室的邻居〉》;
*《点评嘉诺撒圣心书院陈欣欣小小说〈面具〉》;
*《点评香港地区邓镜波书院王崧小小说〈一碗面〉》;
*《点评玛利诺修院学校(中学部)李静小小说〈对话〉》;
*《点评香港地区教师会李兴贵中学何凤仪小小说〈病人〉》;
*《点评香港地区汇知中学邝凤香小小说〈停下来〉》;
*《点评中华基督教会基道中学区燕婷小小说〈寂寞〉》;
*《点评将军澳官立中学庄婉珊小小说〈母亲眼中的好儿子〉》;
*《点评新加坡圣尼各拉女校于芳倩小小说〈妈妈的短信〉》;
*《点评深圳市文锦中学郑家裕小小说〈影子〉》;
*《点评新加坡南洋女子中学陈裕菲小小说〈原来是他〉》;

*《点评上海市市西中学朱毕礼小小说〈题都城南庄〉》;

*《点评新加坡中华中学蔡桂香小小说〈小丑与擦鞋童〉》;

*《点评新加坡励进中学赵韵佳小小说〈吝啬的悲剧〉》。

2009年(10篇)

《写出特色,写出底蕴——观陆诚榜书展有感》,1月27日完稿;

《极富哲理的〈轮回〉》,3月17日完稿;

《引人入胜,引人思考》,5月12日完稿;

《一个执着、正直的诗人杨鸿臣》,6月13日完稿;

《大雅大俗写底层》,9月6日完稿;

《点评孙波小小说》,12月18日完稿;

《点评太仓市一中陈安琪小小说〈推开那扇窗〉》,12月18日完稿;

《点评太仓市一中黄嘉聪小小说〈空间之旅〉》,12月18日完稿;

《点评沙溪高级中学汪超〈华胥王子的童话〉》,12月24日完稿;

《点评沙溪高级中学王雅婷〈生命的主宰〉》,12月24日完稿。

2010年(30篇)

《写出意境即高手——读吴万夫的小小说》,2月18日完稿;

《作品可圈可点的刘志学》,3月26日完稿;

*《评孙波小小说〈十年之约〉〈请客〉〈清水县书记〉等3篇》;

《点评福建作家练建安小小说〈葛藤坑〉》,3月31日完稿;

《点评山东作家杨文学小小说〈肖像画〉》,3月31日完稿;

*《点评浙江黄岩北城街道中心小学三年级杨梦艳〈花了眼的老母鸡〉》;

香港地区第二届中学生世界华文微型小说获奖作品点评(含10篇),4月14日完稿;

  1.《点评〈九尾猫〉》;

  2.《点评〈鱼泪〉》;

  3.《点评〈告解〉》;

  4.《点评〈好狐狸〉》;

  5.《点评〈画〉》;

  6.《点评〈礼物〉》;

  7.《点评〈看不见的爱〉》;

  8.《点评〈可笑的交换〉》;

  9.《点评〈去与留,在一念之中〉》;

  10.《点评〈捡个手机不想还〉》;

《太仓特色走向全国》(评论),7月16日完稿;

《为澳华文坛立此存照的何与怀》(评论),8月15日完稿;

《率性为文,七色斑斓——新加坡蓉子〈鱼尾狮之歌〉读后》(评论),10月11日完稿;

《点评小小说〈微博小百科〉》,12月4日完稿;

《点评董坚小小说》,12月4日完稿;

《点评朱恋小小说》,12月4日完稿;

《点评晓恋小小说〈月光〉》,12月4日完稿;
《点评〈没救了〉》,12月16日完稿;
《点评王伟〈兄弟〉》,12月16日完稿;
《点评刘宁〈法大〉》,12月16日完稿;
《点评仲净〈大话西游〉》,12月16日完稿;
《点评许永进〈水〉》,12月16日完稿;
《点评林美兰〈钻石之心〉》,12月17日完稿;
《点评符浩勇〈模糊数学〉》,12月17日完稿。

2011年(54篇)

《正路正果,宜书宜篆》(评论),2月8日完稿;
《评点符浩勇小小说〈贩鱼档〉》,2月23日完稿;
《点评太仓市直塘小学六年级周浩吉〈菜肉馄饨〉》,2月27日完稿;
《点评太仓市直塘小学五年级谢涯英童话〈住在冰箱里的精灵〉》,2月27日完稿;
《点评太仓市直塘小学四年级范希敏童话〈一双神奇的跑鞋〉》,2月27日完稿;
《点评太仓市直塘小学五年级曹志雯童话〈一把施了魔法的笤帚〉》,2月27日完稿;
《点评太仓市直塘小学二年级汤鑫逸童话〈肉被骗走以后〉》,2月27日完稿;
《点评太仓市直塘小学三年级周萌艺作文〈文具用品之争〉》,2月27日完稿;
《点评太仓市直塘小学三年级钟宇锋作文〈伟大的母爱〉》,2月27日完稿;
《点评太仓市直塘小学六年级郑家乐作文〈妈妈,我爱你〉》,2月27日完稿;
《点评太仓市直塘小学三年级潘宇晨作文〈航天飞机自述〉》,2月27日完稿;
《点评太仓市直塘小学六年级刘杨作文〈感恩〉》,2月27日完稿;
《点评朱士元小小说〈猎手〉》,9月3日完稿;
《点评李济超小小说〈永远的电话〉》,9月3日完稿;
《点评符浩勇小小说〈哑山〉》,9月28日完稿;
《点评符浩勇小小说〈红槟榔〉》,10月1日完稿;
《点评符浩勇小小说〈死因不明〉》,10月1日完稿;
《评点陈若菲作文〈云娃娃〉》,10月1日完稿;
*《评点陈若菲作文〈一件可笑的事〉》;
*《评点陈若菲作文〈小猪与它的神奇床〉》;
*《评点陈若菲作文〈想念沈老师〉》;
*《评点陈若菲作文〈我听见地球妈妈在哭泣〉》;
*《评点陈若菲作文〈那一刻,我流泪了〉》;
*《评点陈若菲作文〈妈妈是什么?〉》;
*《评点陈若菲作文〈记一次秋游活动〉》;
*《评点陈若菲作文〈春天来了〉》;
《评点陈若菲作文〈成长的故事〉》,10月1日完稿;
《评点李立泰小小说〈神酒〉》,10月3日完稿;
《评点赵丽萍小小说〈我要上初中〉》,10月3日完稿;

《点评上海卢湾第一中心小学双年奖康瑜润〈我的小仓鼠〉》,12月8日完稿;
《点评上海世外小学三年级卢易〈我与一只蝈蝈的故事〉》,12月8日完稿;
《点评上海徐汇逸夫小学双年奖王睿喆〈我变成了大甲虫〉》,12月8日完稿;
《点评上海明珠小学A区三年级陆馨逸〈我变成了大甲虫〉》,12月8日完稿;
《点评上海明珠小学B区三年级崔益来〈爸爸教我拉二胡〉》,12月8日完稿;
《点评上海六师二附小三年级李昕禹〈大兵VS小将〉》,12月8日完稿;
《点评上海六师二附小二年级丁其格〈我的小乌龟〉》,12月8日完稿;
《点评上海爱菊小学五年级陈思然〈尝试〉》,12月9日完稿;
《点评上海曲阳四小五年级陈诗逸〈我追赶春天〉》,12月9日完稿;
《点评上海六师二附小三年级戴昀〈我变成了大甲虫〉》,12月9日完稿;
《点评上海六师二附小三年级安怡然〈我爱小动物〉》,12月9日完稿;
《评点穆清〈刀快家和美〉》,12月10日完稿;
《评点张弘毅〈我是一片叶子〉》,12月10日完稿;
《评点张家菽〈50分和100分〉》,12月10日完稿;
《评点董嘉絮〈动物们的紧急会议〉》,12月10日完稿;
《评点吴琛〈秋天的图画〉》,12月10日完稿;
《评点孙冠宇〈我的课余生活〉》,12月10日完稿;
《评点王倩〈第一次喂鸽子〉》,12月10日完稿;
《评点吕丰源〈奔跑〉》,12月10日完稿;
《评点周润庚〈登山游记〉》,12月10日完稿;
《评点姚雨辰〈母爱深深〉》,12月10日完稿;
《评点〈微风的故事〉》,12月10日完稿;
《点评张思洛〈我的多彩暑假——北海行〉》,12月10日完稿;
《点评竹园小学三年级常乐〈我家的小狗〉》;
《点评小学生作文〈我的小宠物老鼠〉》。

2012年(35篇)

《〈夜宿〉是篇好小小说》,1月8日完稿;
《浅评梦凌的闪小说》,6月23日完稿;
《〈西游记〉——一部动物小说的发轫之作》,7月27日完稿;
*《一章一个性,蔚然成系列》(邓进篆刻评论);
《读司马攻的闪小说——评泰国华文文坛的文曲星司马攻》,8月5日完稿;
《一篇千字文,写活两个人》(评论),8月31日完稿;
《点评四年级朱君琪作文〈春天来了〉》,9月19日完稿;
《点评小学生作文〈画鼻子〉》,9月19日完稿;
《点评小学生作文〈那一次我真的哭了〉》,9月19日完稿;
《点评小学生作文〈发生在教室里的一件事〉》,9月19日完稿;
《点评小学生作文〈我爱计算机〉》,9月19日完稿;
《点评小学生作文〈我不应该这么做〉》,9月19日完稿;

《点评小学生作文〈我的烦恼〉》,9月19日完稿;
《点评小学生作文〈我的小宠物〉》,9月19日完稿;
《点评小学生作文〈我与小鸟对话〉》,9月19日完稿;
《点评小学生作文〈我想设计一种玩具〉》,9月19日完稿;
《点评小学生作文〈元宵节摸狮子〉》,9月19日完稿;
《点评小学生作文〈抓猫趣事〉》,9月19日完稿;
《点评一等奖陈虹〈兄弟〉》,12月15日完稿;
《点评一等奖杨学芳〈手〉》,12月15日完稿;
《点评张凯小小说〈年李氏〉》,12月15日完稿;
《点评夏阳小小说〈乡愁〉》,12月15日完稿;
《点评特等奖刘吾福〈答案〉》,12月16日完稿;
《点评二等奖朱道能〈舌头〉》,12月16日完稿;
《点评二等奖朱盛杰〈偷儿惊梦〉》,12月16日完稿;
《点评二等奖丁迎新〈情与法〉》,12月16日完稿;
《点评二等奖曹隆鑫〈最后的结局〉》,12月16日完稿;
《点评蔡中锋小小说〈金手指〉》,12月16日完稿;
《点评夏阳小小说〈乡愁〉》,12月16日完稿;
《点评侯发山小小说〈心锁〉》,12月17日完稿;
《向尹家五兄弟致敬》(影评),12月28日完稿。

2013年(33篇)

《点评逸夫小学三年级冯麒菲〈我心爱的热带鱼〉》,1月26日完稿;
《始于翰墨,归于清修——李叔安其人其书法》,2月15日完稿;
《大汉雄风,大家气象——张旭光与他的书法》,2月16日完稿;
*《点评〈神奇的小屋〉》;
*《点评〈我眼中的秋天〉》;
*《点评〈菊花〉》;
*《点评〈一件可笑的事〉》;
*《点评〈假如我会飞〉》;
*《点评〈二十年后的我〉》;
*《点评〈无臂书法家〉》;
*《点评〈雨景〉》;
《评点林跃奇长篇小说〈黄道周〉》,2月4日完稿;
《文以载善,薪火相传》(评论),8月8日完稿;
《文字隽永,感情真挚——读赵峰旻散文集〈与太阳一起行走〉》,8月28日完稿;
《点评吴欧扬四年级作文〈小宠物〉》,9月18日完稿;
《点评吴欧扬四年级作文〈雨景〉》,9月18日完稿;
《雪弟,惠州小小说文坛的铁三角》(评论),11月29日完稿;
《关注底层,关注现实——读陈柳金小小说有感》(评论),12月28日完稿;

*《点评四中心东体校区三年级翁永行〈"喜羊羊与灰太狼"大结局〉》；
*《点评上实附小三年级俞快〈我心爱的小狗〉》；
*《点评上南二村小学五年级许怀谷〈"强强"的退休生活〉》；
*《点评七色花小学三年级张旸蕊〈我心爱的挂表〉》；
*《点评蓬莱路第二小学五年级朱明煜〈我想对老师说……〉》；
*《点评蓬莱路第二小学五年级王歆懿〈我想说……〉》；
*《点评明珠小区B区四年级庄致怡〈我的小心事〉》；
*《点评凌兆小学五年级林宣伽〈我想老师不再拖课占课〉》；
*《点评行知小学三年级夏朵朵〈我的小名〉》；
*《点评福山外国语小学花园分校三年级杨奕庭〈我心爱的露露〉》；
*《点评福山外国语小学朱英姝〈我心爱的文具盒〉》；
*《点评福山外国语小学五年级陆盈科〈我想哭〉》；
*《点评大华小学三年级钱曦〈我心爱的小乌龟〉》；
*《点评新加坡中华中学蔡桂香〈小丑与擦鞋童〉》；
*《点评新加坡励进中学赵韵佳〈吝啬的悲剧〉》。

2014年（22篇）

《读常州王佩的闪小说》,3月10日完稿；
《点评孙学印〈费解的女人〉》,4月10日完稿；
点评浦东竹园小学龙阳校区五年级车诺慧作文10篇,8月8日完稿：
  1.《点评〈吊兰〉》；
  2.《点评〈第一次煎荷包蛋〉》；
  3.《点评〈我〉》；
  4.《点评〈第一次溜冰〉》；
  5.《点评〈妈妈病了〉》；
  6.《点评〈我和表姐〉》；
  7.《点评〈我战胜了胆小〉》；
  8.《点评〈一堂有趣的课〉》；
  9.《点评〈游豫园〉》；
  10.《点评〈友谊〉》；
点评世界华文微型小说双年奖作品6篇,9月4日完稿：
  1.《点评马来西亚曾沛〈舞台〉》；
  2.《点评泰国莫凡〈人类真正的神〉》；
  3.《点评泰国若萍〈宠物〉》；
  4.《点评泰国吴小菡〈卖文化〉》；
  5.《点评〈寿司〉》；
  6.《点评〈不落的太阳〉》；
《〈黄雀记〉评点之评》,9月5日完稿；
《微型小说,新移民文学的一朵奇葩》,9月7日完稿；

《潇湘才女罗小玲的书法》,12月24日完稿;
《为诗而醉的谭清红》,12月25日完稿。

2015年(21篇)

《点评苏州梅凤艳小小说》,3月10日完稿;
《点评北京刘志学小小说》,3月10日完稿;
《借黑色幽默,编一个好读的故事》,8月9日完稿;
《点评黄安琪作文〈往事〉》,9月22日完稿;
《点评〈缉拿"真凶"小乌龟〉》,9月22日完稿;
《点评〈仓鼠自我介绍〉》,9月22日完稿;
《点评〈一次有趣的小实验〉》,9月22日完稿;
《点评〈开心做元宵〉》,9月22日完稿;
《点评〈我战胜了自己〉》,9月22日完稿;
《点评〈我与汉字的故事〉》,9月22日完稿;
《点评〈我最不爱听的一句话〉》,9月22日完稿;
《点评〈洗红领巾〉》,9月22日完稿;
《点评〈参观钱学森图书馆〉》,9月22日完稿;
《点评〈我给妹妹化个妆〉》,9月22日完稿;
《点评〈王老师:我想对你说〉》,9月22日完稿;
《点评〈我最喜欢的佳节端午〉》,9月22日完稿;
《点评〈小时候我很胆小〉》,9月22日完稿;
《点评〈最让我难忘的一句名言〉》,9月22日完稿;
《完美演绎中泰一家亲》(评论),9月25日完稿;
《血色记忆,还原历史》(评论),10月7日完稿;
《小诗不小,磨坊助推》,12月29日完稿。

2016年(20篇)

《〈雨花〉3期小小说点评》,1月15日完稿;
《〈雨花〉5期小小说点评》,1月18日完稿;
《写出底蕴方为上》(评论),2月6日完稿;
《白鹿原上的原生态描写——评陈忠实短篇小说集》,3月8日完稿;
*《浅评同觉寺法师曙提的曙师的365个提醒〉》;
《写出故事内涵》(评论),3月18日完稿;
《难得一见的越南华文散文》,3月19日完稿;
《点评黄志伟闪小说》,3月29日完稿;
《自然为美,书写自然》,5月5日完稿;
《东瀛风土与中国游子》,5月13日完稿;
《从微型小说观照马来西亚》,5月15日完稿;
《澳门地区"文二代"许世儒的小说》,5月24日完稿;
《爱,先了解对方》,7月11日完稿;

《点评郑洪杰小小说〈我出了趟远门〉》,8月5日完稿;
《菲律宾林素玲的系列微小说》,8月25日完稿;
《有着中国乡愁的美国行旅诗人王性初》,10月12日完稿;
《加拿大宇秀的散文很小资》,10月14日完稿;
《让原生态说话》(评论),12月22日完稿;
《写真实的——杨玲作品评论》(评论),12月23日完稿;
《美得心醉的文字——庄伟杰作品评论》(评论),12月24日完稿。

2017年(12篇)
《写熟悉的生活》,2月27日完稿;
《王奎山的〈画家与他的孙女〉是对话体典范》,3月12日完稿;
《读韩国教授孙式的散文》,5月16日完稿;
《点评小小说〈有钱无钱〉》,6月21日完稿;
*《精致隽永,哲理禅意——读日本张石的四季诗》;
《泰国梦莉的文学梦》,7月27日完稿;
*《点评郭潞〈堵车〉》;
*《点评赵思源〈古董〉》;
《点评云南五年级学生的〈世界欠他一个道歉〉》,9月26日完稿;
*《钟情于散文创作的钟怡雯》;
《乡镇需要联斋刘》,10月16日完稿;
《点评佚名〈慢慢来,不着急〉》,10月17日完稿。

2018年(8篇)
《真诚而鲜活的凌海涛书法》(评论),1月4日完稿;
*《一本对苏州文坛宏观把握微观分析之好书》;
*《重看老电影〈尼罗河上的惨案〉》(影评);
《留守女人与打工男人》,4月1日完稿;
*《有信息量的波罗的海纪行》;
《姜尼笔下的加拿大风情》,6月23日完稿;
*《多姿多彩的日本华人作家华纯小说》;
《点评加拿大孙博微型小说〈水管王〉》,10月17日完稿。

2019年(18篇)
《印尼华人作家队伍的领军人物袁霓》,2月20日完稿;
《异国情缘的悲欢故事》,4月26日完稿;
《直面底层生活的雅兰》,6月10日完稿;
《公媳关系之战》(评论),7月29日完稿;
《读贾宏图〈早春的芍药〉》,10月16日完稿;
《点评武侠小说〈鹿鼎客栈〉》,10月27日完稿;
《点评武侠小说〈柳门变〉》,10月27日完稿;
《点评武侠小说〈十三娘〉》,10月27日完稿;

《点评武侠小说〈华山论剑〉》,10月27日完稿;
《点评武侠小说〈灵雨随风〉》,10月27日完稿;
《点评武侠小说〈冷情刀〉》,10月28日完稿;
《点评武侠小说〈龙游侠吟〉》,11月9日完稿;
《点评武侠小说〈那一夜的云水〉》,11月21日完稿;
《点评武侠小说〈胆小媳妇〉》,11月21日完稿;
《点评武侠小说〈缱绻华夜剑歌行〉》,11月27日完稿;
《点评武侠小说〈一剑刺太阳〉》,11月27日完稿;
《点评武侠小说〈十八般兵器〉》,11月27日完稿;
《点评武侠小说〈弦戈〉》,11月27日完稿。

2020年(4篇)

《看〈甄嬛传〉有感》(影评),2月29日完稿;
《独家品读,东西观照——读刘小川〈品西方文人〉》,5月12日完稿;
《茅震宇的创作后劲正在发酵》,11月12日完稿;
《评点谢桃花微型小说三题》,12月1日完稿。

2021年(31篇)

《点评美国王传利的〈两块美元〉》,1月28日完稿;
《点评印尼袁霓的〈坠机〉》,1月28日完稿;
《点评德国麦胜梅的〈抉择〉》,1月28日完稿;
《点评贺鹏的〈老鼠娶亲〉》,1月28日完稿;
＊点评浙江省江山市作协周建新、徐春燕等人的24篇作品;
《读安徽作家阮德胜长篇军事小说的收获》,10月10日完稿;
《点评杨静龙小小说〈前夫〉》,11月19日完稿;
《点评盛文秀散文〈道班玉嫂〉》,12月12日完稿。

九 凌鼎年撰写代序、自序等一览

(说明:带＊的篇名后未标注时间。因写作较早或有的底稿未注明写作日期,已记不清具体完稿时间。)

《耐得寂寞有幽香》——王海榕随笔集《寂寞的幽香》代序,1993年1月5日完稿;
＊《小镇上的文学虔诚者》——郑沛刚微型小说集《蟋蟀在弹唱》代序;
《钟情于缪斯的跋涉者》——杨鸿臣诗集《跋涉的岁月》代序,1994年11月21日完稿;
《写在生命树上》——杨鸿臣诗集《生命的吟唱》代序,1996年4月3日完稿;
《我之小传与小小说观》——《小小说杂谈》自序,1996年6月15日完稿;
《崛起的江苏微型小说作家群》——凌鼎年、石飞主编的江苏微型小说作品选《那片竹林那棵树》代序,1996年6月15日完稿;

《宝应城里笔耕人》——何开文小说集《延缓生命》代序,1997年2月28日完稿;
《李景文的锦绣文章》——李景文微型小说集《看天》代序,1997年8月2日完稿;
《多重角色的赵禹宾》——赵禹宾文艺评论选集《解构、超越与重塑》代序,1997年11月23日完稿;
《人生何处不相遇》——同题小小说征文选集《遇》代序,1998年1月18日完稿;
《独树一帜的钟子美》——香港地区钟子美科幻微型小说集《飞天》代序,1998年3月21日完稿;
《扬善嫉恶笔底情》——冯春生小小说集《有人敲门》代序,1998年5月9日完稿;
《续写在生命树上》——杨鸿臣诗集《生命的吟唱》代序,1998年5月24日完稿;
《微型小说集〈悬念〉自序》,1998年9月2日完稿;
《小小说,三十年后再论》——"紫鹦鹉小小说文库"总序,1998年9月5日完稿;
王建根小小说集《天诱》代序;
周建新小小说集《美丽的遗憾》代序;
李朝信小小说集《花蕾纷繁》代序;
刘国祥小小说集《轮回》代序;
秦德龙小小说集《好望角》代序;
吴万夫小小说集《朝圣路上》代序;
陈永林小小说集《白鸽子·黑鸽子》代序;
汝荣兴小小说集《汝荣兴幽默小小说》代序;
陈勇小小说集《枫叶红了》代序;
陈勇小小说集《送你一束康乃馨》代序;
杨彩祥小小说集《蟹王泪》代序;
梁海潮小小说集《直面人生》代序;
《小小说,三十年后再论》——赵禹宾文论集《小小说艺术创作基础》代序,1998年9月5日完稿;
《小小说,三十年后再论》——赵禹宾文论集《小小说艺术创作技巧》代序,1998年9月5日完稿;
《小小说,三十年后再论》——赵禹宾文论集《小小说艺术创作研究》代序,1998年9月5日完稿;
《小小说,三十年后再论》——《中国当代小小说新秀作品选》代序,1998年9月5日完稿;
《小小说文坛也有支苏军》——庄亚梁《爱情游戏》代序,1998年9月6日完稿;
《小小说文坛也有支苏军》——白人微型小说集《来我家玩》代序,1998年9月6日完稿;
《大有潜力的魏思江》——魏思江小小说集《依恋》代序,1998年9月12日完稿;
《颜良成:乡愁乡谊乡土情》——颜良成小小说集《盐蒿菜》代序,1998年9月27日完稿;
《人生有梦即有诗》——张梦杰诗集《痕迹》代序,1998年10月10日完稿;

《小小说是有生命力的》——《中国当代微型小说名家名作选》代序,1998年11月21日完稿;

《自强自立与慈心善举》——报告文学集《跨越坎坷》代序,1998年12月6日完稿;

《一种寄托,一种境界》——刘善明微型小说集《夙愿》代序,1999年1月17日完稿;

《微型小说——一种跨世纪的文体》,1999年2月16日完稿;

《拓出自己的一方天地》——《邹当荣小小说精选》代序,1999年3月13日完稿;

《兴趣·执着·探索》——何开文文学集《停长十岁》代序,1999年3月21日完稿;

《好风知时节》——写在《微风》创刊之时,代《微风》发刊词,1999年4月17日完稿;

《执着艺海行,醉心花鸟画》——《闵文彬花鸟画集》代序,1999年4月24日完稿;

《要推陈出新,勇于创新》——陈勇小小说集《情人河》代序,1999年4月24日完稿;

《与文学同行》——王小峰散文《与你同行》代序,1999年5月3日完稿;

《编写故事写心声》——刘公《新潮小小说》代序,1999年5月9日完稿;

《小小说文坛也有支苏军》——徐习军小小说集《心情消费》代序,1999年5月21日完稿;

《痴情圆得作家梦》——林跃奇小小说集《特别的一年》代序,1999年9月4日完稿;

《一波又一波的李波》——李波小小说集《难得潇洒》代序,1999年10月6日完稿;

《花甲笔耕老有乐》——许国江小小说集《痴情》代序,1999年10月16日完稿;

《早慧的才俊林世保》——林世保小小说集《山里的孩子》代序,1999年11月21日完稿;

《小小说文坛的黑马缪益鹏》——缪益鹏小小说集《牧牛少年》代序,1999年11月24日完稿;

《遨游在中篇天地里的奚旭初》——奚旭初中篇小说集《迷人的日子》代序,1999年12月17日完稿;

《澳大利亚华文微型小说的主将心水》——澳大利亚心水微型小说集子《温柔的春风》代序,2000年3月25日完稿;

《喊雷,小小说作家中的异数》——喊雷微型小说集《魔袋》代序,2000年4月15日完稿;

《诗人心里永远是春天》——杨鸿臣诗集《秋天的感悟》代序,2000年7月12日完稿;

《写好人物即绝活》——吴军小小说集《绝活》代序,2000年10月4日完稿;

《微型武侠小说,一种文体新尝试》——《中国武侠微型小说选》代序,2000年12月24日完稿;

《历史责任感与社会责任感》——黄克庭微型小说集《白开水》代序,2000年12月完稿;

吴炯明等四人艺术摄影展《代序》,2001年1月30日完稿;

《在文学海洋中苦游的缪荣株》——缪荣株小小说集《一只眼睛看世界》代序,2001年2月3日完稿;

序《朱棣文——诺贝尔奖物理学奖得主》,2001年2月17日完稿;

《太仓高级中学图书大楼落成铭》(刻碑),2001年2月28日完稿;

《太仓公园海宁寺遗址碑撰文》(刻碑),2001年完稿;

《初露曙色的菲律宾华文微型小说创作》——《菲律宾微型小说集》代序,2001年4月15日完稿;

序《王浩书法展》,2001年4月完稿;

《成功之路千万条》——纪实文学《叩开成功之门》代序,2001年7月29日完稿;

《勤耕砚田慰晚年的陆锦球》——陆锦球随笔集《随便写写》代序,2001年10月28日完稿;

《笔耕不辍总有成》——蔡历华文学作品集《洪湖晨韵》代序,2001年11月3日完稿;

《梦想成真的邢庆杰》——邢庆杰微型小说集《玉米的馨香》代序,2001年11月11日完稿;

《诗人气质的小小说家李金安》——李金安小小说集《神秘的旅游者》代序,2001年完稿;

《娄江潮起育新人》——太仓实验中学《娄江潮》创刊代序,2002年1月19日完稿;

《生活需要幽默》——《中国当代幽默微型小说选》代序,2002年3月10日完稿;

《老有所乐诗书画,且将白发唱大风》——写在《娄声》创办200期之际(代序),2002年5月15日完稿;

《立足城乡的朱城乡》——朱城乡微型小说集《野白》代序,2002年6月15日完稿;

《杨鸿臣,诗国永远的皈依者》——杨鸿臣诗集《修炼与朝圣》代序,2002年7月14日完稿;

《石牌之麟朱闻麟》——朱闻麟小小说集《湖泾春潮》代序,2002年10月19日完稿;

《为微型小说发展做实事》——顾铁民主编《微篇部落》代序,2002年10月完稿;

《老有所为的许国江》——《许国江微型小说集》代序,2002年11月24日完稿;

《蓝色幽默的陶立群》——《陶立群精短小说选》代序,2002年12月14日完稿;

《为世界华文微型小说的红火添薪》,2003年2月1日完稿;

《主编寄语》——《世界华文微型小说》发刊词,2003年2月1日完稿;

《瑞云诗意亮泰华》——泰国瑞云诗集《生命的遐想》代序,2003年2月3日完稿;

《把故事写精彩》——《世界华文故事》发刊词,2003年3月5日完稿;

《令人刮目相看的刘纬》——刘纬散文集《梦里箫声》代序,2003年5月6日完稿;

《宝兴文坛两同好》——何开文、范学望小说选《同好集》代序,2003年5月17日完稿;

《不断寻找新切入点的范进》——范进微型小说集《爱之经纬》代序,2003年5月17日完稿;

《监利文坛廖武洲》——廖武洲小说集《鬼头》代序,2003年7月12日完稿;

《可贵的探索》——吴皑鸣微型小说集《民间笔记》代序,2003年8月12日完稿;

《退而不休笔耕忙》——谈宝林《谈心微型小说精选》代序,2003年9月6日完稿;

《纪念郑和,太仓人永远的情结》,2003年10月1日完稿;

《一种令人敬佩的精神》——李全微型小说集《秋雨下个不停》代序,2003年10月11日完稿;

《蔡萌萌画展序》,2003年11月2日完稿;

《花甲更痴文学的徐金福》——《徐金福文学集》代序,2003年11月15日完稿;

《生命因文学而充实的白凡》——白凡精短小说散文选《红丝巾》代序,2003年11月16日完稿;

《跋涉着、写作着、美丽着》——盘跚文学作品集《写作着是美丽的》代序,2003年12月29日完稿;

《行走中的定格艺术》——王大经摄影作品集《水乡风情》代序,2004年1月3日完稿;

《正脱颖而出的姚国红》——姚国红短篇小说集《奢望永恒》代序,2004年2月14日完稿;

《推理侦探微型小说的魅力》——《中国推理侦探微型小说选》代序,2004年2月22日完稿;

《微型小说(小小说)形势越来越好》——《世界华文微型小说新作选》代序,2004年2月22日完稿;

《邢少兰丹青片羽》——邢少兰个性邮票序言,2004年2月28日完稿;

《有了文学,心船不再寂寞》——刘勇文学作品集《心船》代序,2004年3月6日完稿;

《为小小说女作家群的崛起而欢呼》——《中国当代十才女微型小说选》代序,2004年5月3日完稿;

《留得书香慰九泉》——王芬散文集《长歌如缕》代序,2004年5月3日完稿;

《创作、评论两栖的陈勇》——陈勇评论集《带刺玫瑰》代序,2004年6月26日完稿;

《厚积薄发的居国鼎》——《居国鼎短篇小说集》代序,2004年10月5日完稿;

《科幻微型小说是座富矿》——《中国科幻微型小说选》代序,2004年10月31日完稿;

《敢于向物理学顶级顶尖难题挑战的高泰》——高泰物理学专著《统一对立场量子论》代序,2005年1月9日完稿;

《在永恒的主题里写出永恒》——《朵拉微型小说自选集》代序,2005年2月9日完稿;

《蓓蕾初绽百合紫》——百合紫微型小说集《翅膀划过的痕迹》代序,2005年3月20日完稿;

《寄情文字,充实晚年》——苏尔荣长篇小说《云海追踪》代序,2005年3月27日完稿;

《写作着是美丽的、快乐的》——杨鸿臣诗集《小石小木,我的世界》代序,2005年3月27日完稿;

《一张有文化品位的"名片"》——王维峰文学作品集《名片》代序,2005年4月3日完稿;

《多才多艺的赵禹宾》——《禹宾书画作品精选》代序,2005年4月完稿;

《谈心印象》——《谈心微型小说选粹》代序,2005年4月完稿;

《从太仓走向世界的郑和》,2005年4月9日完稿;

《评论、创作两手抓的陈勇》——陈勇评论集的代序,2005年4月10日完稿;

《笔遣七彩染春秋》——朱寒汀风景油画展序,2005年8月6日完稿;

《成功乃成功之母》——沙溪高级中学校本教材《学习合作文荟》代序,2005年8月20日完稿;

《世界华文微型小说的一次大检阅》——世界华文微型小说大展序,2005年8月20日完稿;

《一本让人振奋的好书》,2005年10月6日完稿;

《企业与品牌》——《中国·太仓·企业与品牌专刊》代序,2005年12月24日完稿;

《梦莲生香萌诗意》——端木向宇诗集《梦莲湖畔》代序,2006年4月9日完稿;

《放笔纵诗情,主题抒和平》——杨鸿臣诗集《蚁国春秋》代序,2006年5月1日完稿;

《澳门微型小说的旗帜许均铨》——许均铨微型小说集子代序,2006年6月10日完稿;

《为社会画像的许尚明》——许尚明微型小说集子代序,2006年6月24日完稿;

《携手耕耘紫薇园》——浏河《紫薇园》发刊词,2006年6月30日完稿;

《周家有女仁而聪》——《周仁聪微型小说集》代序,2006年7月15日完稿;

《文学、新闻双栖的李国新》——李国新微型小说集子代序,2006年7月22日完稿;

《向长青的〈青藤架〉致敬》——《青藤架》改刊词,2006年8月19日完稿;

《有心灵驿站的邓绍康》——《邓绍康散文集》代序,2006年9月2日完稿;

《从黑土地走向文坛的张呈明》——《张呈明微型小说集》代序,2006年9月3日完稿;

《充实晚年自我,提升人生价值》,2006年9月3日完稿;

《执教之余勤笔耕的陈锋》——《陈锋微型小说集》代序,2006年11月7日完稿;

《贺〈云轩文学〉创刊》——广东高州《云轩文学》创刊词,2006年11月19日完稿;

《文字啄木鸟姜登榜》——姜登榜集子代序,2006年12月10日完稿;

《从咸阳走向全国的刘公》——《刘公微型小说集》代序,2006年12月11日完稿;

《钟情于散文诗创作的邬志章》——邬志章散文诗集《十年流水》代序,2006年12月23日完稿;

《为文学敞开大门的王平中》——王平中微型小说集子代序,2006年12月24日完稿;

《义乌才女潘爱娟》——《潘爱娟散文集》代序,2007年1月3日完稿;

《自贡儒官王孝谦》——《王孝谦微型小说集》代序,2007年2月19日完稿;

《美景任采撷,存照寓审美》——张云清摄影作品序言,2007年3月1日完稿;

《了解奥运,走进奥运》——《青少年一定要知道的奥运全集》代序,2007年4月5日完稿;

《大有生命力的原上草》——《原上草微型小说集》代序,2007年4月14日完稿;

《企业家风采》代序,2007年4月15日完稿;

《以笔抒怀,以画说话》——陆涌生画展序言,2007年6月2日完稿;

《写人状物真感情》——《常德义散文集》代序,2007年6月4日完稿;

《貌拙神清,刚中见柔》——朱强花鸟画展序言,2007年6月23日完稿;

《张晓峰,一个闪耀于民乐音符中的名字》——《张晓峰回忆录》代序,2007年7月14日完稿;

《创作、评论双管齐下的陈勇》——陈勇评论集代序,2007年7月15日完稿;

《诗化的神话》——杨鸿臣长诗集《嫦娥》代序,2007年7月15日完稿;

《新太仓人办〈新太仓〉》——《新太仓》杂志发刊词,2007年8月4日完稿;

《走向世界的中国微型小说》——土耳其版《中国微型小说精选》代序,2007年9月1日完稿;

《太仓需要宣传企业家》——《太仓企业家》代序,2007年10月18日完稿;

《一本极具史料价值的地方园林志》——殷继山文史集《娄东园林志稿》代序,2008年1月17日完稿;

《创作、从政两不误的戴希》——戴希微型小说集子代序,2008年2月9日完稿;

《推出作品,推出作家》——《扬州市微型小说22家》代序,2008年3月2日完稿;

《正走向成熟的微型小说》——《微型小说半年选》代序,2008年4月25日完稿;

《抗震救灾,文学不能缺席》——《中国抗震救灾微型小说选》代序,2008年6月10日完稿;

《正成长为云南微型小说领军人物的杨清舜》——杨清舜微型小说集子《看不见的脚印》代序,2008年7月8日完稿;

《创作、教研两丰收的陈振林》——陈振林微型小说集子代序,2008年8月26日完稿;

《走出汕尾的作家李济超》——李济超微型小说集子代序,2008年9月7日完稿;

《宝应,微型小说正成为城市名片》——《宝应微型小说》2009(1)期卷首语,2008年9月8日完稿;

《立足于皇城根下的刘斌立》——刘斌立中短篇小说集《那一刻的仲夏》代序,2008年10月2日完稿;

《好一个都江堰作家刘平》——《刘平微型小说集》代序,2008年11月29日完稿;

《东瑞,推进香港微型小说的有功之臣》——香港东瑞微型小说集子《留在记忆里》再版本代序,2008年12月31日完稿;

《为海南微型小说五虎将出集喊好》——《海南微型小说五人集》代序,2008年12月31日完稿;

《淮沙的诗情诗意》——安徽省马鞍山诗人淮沙诗集《朋友·海与天》代序,2009年1月24日完稿;

《写出个性,写出特色》——书法家陆诚的《陆诚榜书书法展》序言,2009年1月28日完稿;

《真水无香,大朴不雕》——安徽作家言行一纪实文学集子《走近赵树理》代序,2009年3月7日完稿;

《80后文学黑马凌君洋》——80后文学黑马凌君洋的中短篇小说集《蹄印翻飞》代序,2009年3月8日完稿;

《名声鹊起的何开文》——江苏宝应作家何开文集子代序,2009年3月27日完稿;

《一个执着、正直的诗人杨鸿臣》,2009年6月13日完稿;

《温州文坛黑马颜育俊》——浙江温州微型小说作家颜育俊微型小说集子代序,2009年7月10日完稿;

《日本研究微型小说的第一人渡边晴夫教授》——日本渡边晴夫教授《超短篇小说序论》中译本代序,2009年9月9日完稿;

《世界微型小说研究专家渡边晴夫教授》——日本国学院大学渡边晴夫教授的微型小说理论集子代序,2009年9月完稿;

《把微型小说苏军打造成一个品牌》——《江苏微型小说》创刊词,2009年10月2日完稿;

《功德无量的翻译家闻春国》——四川翻译家闻春国翻译的《海外幽默微型小说选》代序,2009年10月4日完稿;

《太仓文化界立此存照》——写随笔集代序,2009年10月9日完稿;

《为骗子"歌功颂德"的吴锡安》——画家吴锡安美术随笔集《美术家都是骗子》代序,2009年11月1日完稿;

《穿越平凡,走向卓越》——太仓实验小学校长钱澜教育随笔集《行走于平凡与卓越之间》代序,2009年11月6日完稿;

《小处着眼,大化归真》——大丰作家卢群的微型小说集子《菊花盛开的季节》代序,2010年1月17日完稿;

《心近缪斯才情溢》——周玲诗集《恋上阳光》代序,2010年2月19日完稿;

《缤纷多姿的欧洲华文微型小说》——《欧洲华文微型小说选》代序,2010年3月28日完稿;

《心中有诗的梁延峰》——梁延峰诗集《你要爱上这条河》代序,2010年3月30日完稿;

《有文学梦的薛苹》——薛苹散文集《听见花开的声音》代序,2010年4月1日完稿;

《行吟绝唱去天国的杨鸿臣》——杨鸿臣遗作诗集《绝唱》代序,2010年4月29日完稿;

《风中的阿朵,为孩子们笔耕的陶琼华》——陶琼华儿童文学集子代序,2010年4月30日完稿;

《板凳能坐十年冷的陈秉钧》——陈秉钧随笔集《收藏一份心境》代序,2010年5月5日完稿;

《为图书馆树碑立传的邓绍康》——福建厦门文友邓绍康文史集代序,2010年7月28日完稿;

为菲律宾作家林素玲的集子写封底推荐语,2010年7月完稿;

《构建海内外微型小说双向交流的平台》——《世界华文微型小说100强》总序,2010年8月3日完稿;

《山水情怀,文化底蕴》,2010年8月14日完稿;

《心有母语情结的大洋洲华文作家》——《大洋洲华文微型小说选》代序,2010年10月5日完稿;

《中国读者甚为陌生的美洲华文微型小说》——《美洲华文微型小说选》代序,2010年10月5日完稿;

《文体宜,生命久》——江苏宝应作家蔡宜久微型小说集子代序,2010年10月6日完稿;

《林家有女,文美如兰》——福建泉州市作家林美兰微型小说集子代序,2010年10月7日完稿;

《痴迷中华文化的美国华人作家纪洞天》——美国作家纪洞天长篇小说《测字世家》代序,2010年10月完稿;

《小道亦通衢,明月鉴痴心》——石家庄诗人雪藤诗词集《小道明月》代序,2010年11月11日完稿;

《作家陈武性本文》——连云港作家陈武微型小说集子代序,2010年11月28日完稿;

《月季花,太仓的又一张城市名片》——《月季花之歌》代序,2010年12月20日完稿;

《扎扎实实做学问的高琪》——太仓图书馆高琪文史集《娄东诗派导论——太仓历代诗歌创作发展述略》代序,2010年12月31日完稿;

《对文学唯此为大的洪砾漠》——洪砾漠中短篇小说集《前世》代序,2011年2月1日完稿;

《老婆出集子了》——李祖蓓散文集《木衣草》代序,2011年3月5日完稿;

《大草原之鹏》——贺鹏集子代序,2011年3月6日完稿;

《达人、奇人》——著名电影表演艺术家达奇《达奇散文集》代序,2011年3月13日完稿;

《聊城创作、主编双栖的李立泰》——《李立泰微型小说集》代序,2011年4月4日完稿;

《打造手机小说的品牌》——"当代中国手机小说名家典藏"丛书代序,2011年5月完稿;

《校对高手鲍善安》——鲍善安随笔集《善安杂记》代序,2011年7月30日完稿;

《荷兰华文女作家池莲子》——荷兰女作家池莲子微型小说集子《在异国月台上》代序,2011年10月2日完稿;

《画花画鸟画精神》——画家顾志刚画集代序,2011年10月3日完稿;

《为太仓文史留点印记》——随笔集《娄水文存》代序,2011年12月24日完稿;

《走近缪斯的王维峰》——北京作家王维峰的诗集代序,2011年12月29日完稿;

《人退笔不休的张永麟》——张永麟散文随笔集《沙枣树》代序,2011年12月30日完稿;

《青山琴韵娄东情》——殷继山文史集《徐上瀛与古琴》代序,2011年12月30日完稿;

《重建杨将军庙碑》——太仓杨将军庙重建代序,2011年12月31日完稿;

《万里行路读大书》代序,2012年1月22日完稿;

《先飞斋闲话的闲话》代序,2012年1月23日完稿;

安琪散文集《文学安琪18岁》代序,2012年2月18日完稿;

《在西班牙弹奏文学之琴的张琴》——西班牙女作家张琴微型小说集子《罂粟花前的祭奠》代序,2012年3月11日完稿;

《亚洲,世界华文微型小说的大本营》——《亚洲华文微型小说选》代序,2012年3月25日完稿;

《收藏自然美的慧林谷》——太仓收藏家慧林谷集子《蕙风》代序,2012年4月2日完稿;

《为中美文化交流牵线搭桥的冰凌》——美国作家冰凌微型小说集子《摩根律师》代序,2012年4月3日完稿;

《方兴未艾的世界华文手机小说》——"当代中国手机小说名家典藏"丛书代序,2012年4月4日完稿;

《蓝月下的花儿绽放》——苏州作家蓝月微型小说集子代序,2012年4月24日完稿;

《创作、翻译双栖的杨玲》——泰国女作家杨玲微型小说集子代序,2012年8月26日完稿;

《大陆有一支微型小说女作家队伍》——中国台湾版《大陆微型小说女作家精品选》代序,2012年10月13日完稿;

《〈海外见闻〉出版前》——散文集《海外见闻》代序,2013年1月12日完稿;

《书香梅香翰墨香》——《徐梦梅书法作品选集》代序,2013年1月26日完稿;

《太仓,武术之乡名不虚传》——《太仓武术》代序,2013年2月10日完稿;

《始于翰墨,归于清修》——苏州书法家李叔安书法集代序,2013年2月15日完稿;

《灯谜,太仓的又一张文化名片》——文史集《太仓灯谜》代序,2013年3月9日完稿;

《更上一层楼》,2013年3月28日完稿;

《紫薇花开,文学芬芳》——《浏河乡土刊物》发刊词,2013年5月21日完稿;

《万里长空的青春回忆》——太仓纪实文学集《梦圆蓝天:太仓市老飞行员回忆录》代序,2013年8月9日完稿;

《诗,梅尔永远的情结》——诗人梅尔诗集代序,2013年11月5日完稿;

《勤政廉政,百姓心声》——《勤廉微型小说征文优秀作品选》代序,2013年12月14日完稿;

《人文浏河,美食浏河》——《浏河文化》代序,2013年12月27日完稿;

《为英文版微型小说电子书的出版叫好》——美国世界华人作家电子书出版社出版的《世界华文微型小说100强》代序,2014年4月4日完稿;

《金钟声声留诗篇》——宝应诗人刘金钟诗词集代序,2014年4月12日完稿;

《追寻文学之梦的周锦荣》——周锦荣散文集《追梦》代序,2014年5月1日完稿;

《大厨撰写美食篇》——太仓作家陆以延集子《太仓古今美馔谈》代序,2014年6月6日完稿;

《励志好书微自传》——《世界华文微型小说作家微自传》代序,2014年6月28日完稿;

《为小镇匠人立传的李琳》——东海作家李琳的短篇小说集《烟镇匠人录》代序,2014

年7月3日完稿；

《打工者姚彩亚的文学梦》——新太仓人姚彩亚小说集代序，2014年8月2日完稿；

《点赞微小说参与法治文学建设》——《法治与良知：首届中国"太仓杯"全球华人网络法治微小说大赛作品精选》代序，2014年8月16日完稿；

《诙谐因智慧，智慧生妙趣》——郑州老作家李金安的闪小说集子《冰美人牵出的趣事》代序，2014年9月6日完稿；

《医生、院长、诗人多重角色的唐仪强》——太仓市中医院副院长唐仪强诗歌集《唐仪强诗歌112首》代序，2014年11月5日完稿；

《一本功德无量的存史、传世著作》——文史集《太仓宗教》代序，2014年12月23日完稿；

《心语声声吐真情》——宝应作家范敬贵微型小说集子《心语》代序，2014年12月24日完稿；

《文化养老，赞一个！》——太仓"文化养老系列丛书"总序，2015年1月2日完稿；

《读胡南之诗》——苏州诗人胡南的诗集代序，2015年1月5日完稿；

《王元琼的小说野心》——重庆女作家王元琼的中短篇小说集《陌生的城市》代序，2015年1月17日完稿；

《独具慧眼的王大经》——太仓摄影家王大经的摄影集代序，2015年2月7日完稿；

《小小说，一种适合中学生阅读的文体》——"海量阅读·小小说名家丛书"代序，2015年2月20日完稿；

《文新诗意的世界》——朱文新诗集《世界》代序，2015年2月21日完稿；

《文学为桥梁，促进交流》——《龙票：中国小小说选》代序，2015年2月25日完稿；

《太仓是个好地方》（代序），2015年3月9日完稿；

《向抗日先辈、先烈致敬！》——"中国抗日战争题材微型小说选"（4卷本）代序，2015年3月25日完稿；

《有侠有武，有情有义》——《悲魔剑：首届"梁羽生杯"全球华语武侠微小说征文精选》代序，2015年4月5日完稿；

《带着温度去写作》——南京武警某部政委江辉生的文学集子代序，2015年10月7日完稿；

《微型小说，走进中考/高考的文体》——"中国微经典悦读系列"代序，2015年11月24日完稿；

《张永麟的新疆情结》——张永麟诗集《燃情阿勒泰》代序，2015年12月3日完稿；

《为法治文学添砖加瓦》——《醉清风：第二届"光辉奖"法治微小说大赛作品精选》代序，2015年12月18日完稿；

《黄山才子袁良才》——安徽黄山市作家袁良才的微型小说集子代序，2016年3月17日完稿；

《抓大不放小的王娟瑢》——镇江市女作家王娟瑢的微型小说集子代序，2016年3月20日完稿；

《书写娄东文化百科全书的陆静波》——太仓市政协秘书长陆静波出版的《娄东文化

概论》代序,2016年3月21日完稿;

《一本可以做中英文教材的好书》——澳大利亚翻译家郑苏苏与周向群教授合作翻译的《英汉对照中国古代散文选》代序,2016年4月4日完稿;

《笔墨为伴,诗意生活》——太仓市侨办主任杨建新的散文集《你是一棵树》代序,2016年5月30日完稿;

《亦文亦官的欧阳明》——四川省小说学会会长欧阳明的小说集子《谁说要夹着尾巴做人》代序,2016年6月6日完稿;

《为北美生活写真的郑南川》——加拿大魁北克华人作家协会会长郑南川的中短篇小说集《跑进屋里的那个男人》代序,2016年6月26日完稿;

《楚梦的动物小说之梦》——湖南作家楚梦的微型小说集子代序,2016年7月1日完稿;

《亲近、学习语言的魅力》——《语言的魅力》代序,2016年7月30日完稿;

《苏州微型小说创作成绩斐然》——《苏州微型小说选》代序,2016年10月1日完稿;

《真实与虚构》——北京作家王培静的微型小说集子《漂流瓶里的情书》代序,2016年12月18日完稿;

《倪娜的〈一步之遥〉离电影、电视一步之遥》——德国女作家倪娜的长篇小说集《一步之遥》代序,2017年1月16日完稿;

《太仓美食,底蕴是文化》——主编的《舌尖上的太仓》代序,2017年3月11日完稿;

《微型小说已成一种世界性的文体》——《澳大利亚微型小说选》《泰国微型小说选》《新加坡微型小说选》三本选本的总序,2017年3月完稿;

《法治文学润物无声》——主编的法治微型小说集子《正义的力量:第三届"光辉奖"法治微小说大赛作品精选》代序,2017年3月24日完稿;

《武之要义,侠之大者》——主编的武侠微型小说集《清风剑:首届"温瑞安杯"世界华文武侠微型小说大赛作品精选》代序,2017年6月1日完稿;

《文莱华文文学的推动者、实践者孙德安》——文莱华文作家协会会长孙德安的随笔集《有你真好》代序,2017年8月30日完稿;

《长短结合,双剑合一》——小说合集《大珠小珠落玉盘》代序,2017年8月31日完稿;

《法治建设永远在路上》——法治微型小说集《零点行动》代序,2017年9月16日完稿;

《一语双关的"读家选本"》——《2017读家记忆年度优秀作品·小小说》代序,2017年9月18日完稿;

《一部爱心之作》——美国作家海伦的长篇小说《在灯塔里闪光的孩子》代序,2017年10月10日完稿;

《特立独行的雅兰》——南京女作家雅兰的长篇小说《在我离开你之前》代序,2018年1月5日完稿;

《敢于向物理学顶级顶尖难题挑战的高泰》——科学怪人高泰的物理著作《统一对立场量子论》代序之新版新序,2018年1月28日完稿;

《立足岭南,放眼世界的姚朝文》——佛山大学教授姚朝文的专著《岭南微篇小说与中外世界》代序,2018年3月14日完稿;

《让人刮目相看的加拿大华文微小说创作》——《牵住卡西莫多的手:加拿大华文微型小说选》代序,2018年6月24日完稿;

《日本华文微型小说的集体首秀》——《狂奔的高跟鞋:日本华文微型小说选》代序,2018年6月24日完稿;

《向古龙大侠致敬!》——《古剑龙吟:"古龙风"武侠小说作品集》代序,2018年6月26日完稿;

《春风吹又生的印尼华文文学》——《你是蝴蝶,我是花:印尼华文微型小说选》代序,2018年6月29日完稿;

《实例远比理论生动而有说服力》——美国女作家百草园的《走入美国教育:藤儿藤女成长录》代序,2018年7月4日完稿;

《教师,小小说创作队伍的中坚力量》——《全国教师小小说选》代序,2018年7月10日完稿;

《把法治文学打造成品牌》——《天网恢恢:第五届"光辉奖"世界华文法治微型小说大赛精品选》代序,2018年10月14日完稿;

《诗意禅意相辉映》——太仓沙溪长寿寺住持灵霞法师的诗词集《入出之间》代序,2018年11月17日完稿;

《全球视野,个人视角下的微型小说》——《独家视野:2018微型小说年选》代序,2018年12月28日完稿;

《武陵杯:打造城市名片、文化品牌》——"武陵杯"世界华语微型小说奖集子代序,2019年1月3日完稿;

《微型小说:双向交流促发展》——"我的中国心:世界华人微经典书系"总序,2019年1月4日完稿;

《微型小说在印尼华文文坛生根开花结果》——印尼华文微型小说选集《幸福来敲门》代序,2019年1月16日完稿;

《春天里阳光般温暖的散文》——美国女作家春阳的散文集《散花轻拾》代序,2019年1月17日完稿;

《读者需要武侠小说》——武侠微型小说合集《洗心剑:第二届"温瑞安杯"世界华文武侠微型小说大赛作品精选》代序,2019年2月8日完稿;

《自学成才的励志典范祁军平》——陕西作家祁军平的微型小说集子《招聘爸爸》代序,2019年2月12日完稿;

《彝族文学新秀贾巴尔且》——四川彝族作家贾巴尔且的散文集《金阳情缘》代序,2019年2月22日完稿;

《太仓老字号之浅见》——《太仓老字号》代序,2019年3月8日完稿;

《"骨灰级"超级金庸迷:袁斐》——嘉兴学者袁斐在香港出版的《金庸·青春·酒》代序,2019年6月28日完稿;

《中医中药是国粹,更是宝库》——中国第一本中医中药题材微型小说选《岐黄大道》

代序,2019年7月7日完稿;

《戏剧,"非遗"性质的国宝》——世界华文文坛第一本戏剧戏曲主题微型小说集《唱大戏》代序,2019年9月13日完稿;

《一个深远而又大气的作家》——雅兰的《中国人在德国》代序,2019年9月18日完稿;

《因法之名》——《法律卫士:"光辉奖"第六届法治微型小说征文大赛作品选》代序,2019年9月20日完稿;

《立足武陵,辐射世界的"武陵杯"》——《2019"善德武陵杯"全国微小说精品集》代序,2019年12月25日完稿;

《一本值得推介、推广的小小说教材》——重庆三峡学院文学与新闻学院副院长申载春教授的《小小说赏析理论与实践》代序,2019年12月16日完稿;

《三耕不辍终有成的李波》——江苏东台作家李波自传代序,2020年5月9日完稿;

《马华微型小说的领军人物曾沛》——马来西亚作家曾沛集子代序,2020年6月23日完稿;

《香远益清的"莲花杯"》——《天使的翅膀:澳门"莲花杯"全球华人微型小说大赛优秀作品选》代序,2020年7月7日完稿;

《促进中奥文化交流的功勋人物常恺》——奥地利奥中文化交流协会会长常恺的散文集《维也纳风云纪事》代序,2020年9月22日完稿;

《十年树木也树人》——《澳大利亚微型小说研究会十年文集》代序,2020年10月2日完稿;

《云南小小说代表作家江野》——云南昆明老作家江野的微型小说集子《如雷声滚过天穹》代序,2020年10月3日完稿;

《疫情挡不住文学的脚步》——湖南常德《2020"武陵杯"世界华语微型小说年度奖获奖作品集》代序,2020年10月16日完稿;

《法治文学永远不过时》——法治文学集子《邪不压正》代序,2020年11月11日完稿;

为太仓书画家吴骏书画展撰写前言,2020年12月16日完稿;

《一本值得凌氏子孙珍藏的〈凌氏文化〉》——《凌氏文化》代序,2021年1月8日完稿;

《竹心的文学之心》——美国作家竹心小说集《天鹅之歌》代序,2021年5月27日完稿;

《妙妙之文妙处说》——新西兰作家孙妙妙的文集《妙妙小鸟集》代序,2021年8月27日完稿;

《微型小说的别一种尝试与探索》——系列微型小说集子《丝绸之路上女性传奇》代序,2021年9月20日完稿;

《世界华文微型小说的新收获》——《2021"武陵杯"世界华语微型小说年度奖获奖作品集》代序,2021年10月27日完稿;

《微型小说在新西兰开花结果》——新西兰"三公爵杯"世界华文微型小说征文大赛

结集的获奖作品集代序,2021 年 10 月 31 日完稿;

《穿山碑记》,2021 年 12 月 13 日完稿;

《新作不断,底气常在》,2021 年 12 月 31 日完稿;

《照片比文字更真实,比回忆更靠谱》——影集《雪泥鸿爪集》代序,2022 年 2 月 22 日;

《同框是缘分》——影集《缘缘集(二)》代序,2022 年 2 月 23 日;

《人生七十古来稀,弹指一挥间》——影集《历历在目集》代序,2022 年 2 月 23 日;

《一花一世界,一叶一菩提》——闪小说集《最出名的一男一女》代序,2022 年 3 月 13 日。

十　凌鼎年作品被评论一览

(说明:1990 年前未记录。)

1991 年

南京作家企绿写的《每写一首,必出心声——读凌鼎年诗集〈心与心〉》,发表于《南华报》(1991 年 11 月 27 日);

苏州评论家张进写的《传神、反讽、深蕴——凌鼎年小小说简评》,发表于《庆阳师专报》(1991 年 12 月 15 日);

评论家也许写了《冷峻剖视中的观照——凌鼎年小小说集〈再年轻一次〉评读》。

1992 年

徐州教育学院副院长田秉锷教授写的《心语如雷——读凌鼎年诗集〈心与心〉》,发表于《文学报》(1992 年 3 月 19 日);再播于苏州广播电台(1992 年 5 月 10 日);

太仓电台记者宋祖荫写的《丝丝缕缕的情愫——记小小说作家凌鼎年》,发表于《文学报》(1992 年 9 月 17 日);

太仓作家樊大为写的《深入采掘生活的矿藏——凌鼎年印象》,发表于《工人日报》(1992 年 11 月 27 日)。

1993 年

武汉大学《写作》杂志编辑陈中复写的《生活的感悟——读凌鼎年小小说〈拖鞋〉》,发表于《写作》(1993 年 1 期);

太仓作家樊大为写的《太仓有个凌鼎年》,发表于上海《城市导报》(1993 年 2 月);

郑州编辑王远钧写的《评凌鼎年小小说》,发表于《郑州晚报》(1993 年 8 月 20 日);

苏州市文联徐志强写的《文体的自由与束缚——评凌鼎年小小说集〈再年轻一次〉》,江苏经济台(1993 年 9 月 2 日)播出;

徐州文化艺术研究所所长田秉锷教授写的《文学的较量与较量的文学——当代小小说的艺术觉醒,兼评凌鼎年小小说集〈再年轻一次〉》,发表于《写作》(1993 年 9 期);

徐州作家郑洪杰写的《凌鼎年其人》,发表于《徐州日报》(1993 年 9 月 16 日);

太仓作家王茂林写的《凌鼎年与他的小小说》,发表于《上海第二教育学院院报》(1993 年 10 月);

李祖蓓写的《我那爬格子丈夫》,发表于《文化宫报》(1993年10月);

南京大学秋禾教授写的《星星点灯照文程——凌鼎年小小说作品印象》,发表于《读书博览》(1993年12期);

广东湛江师范学院刘海涛教授写的《故事意蕴的发掘与体验——凌鼎年小小说〈牛二〉小议》,发表于《写作》(1993年12期);

甘肃省社科院文学研究所所长、著名评论家马步升写了《在创制细节中开掘主题——凌鼎年小小说艺术探微》。

1994年

连云港作家陈武写的《与作家凌鼎年散步》,发表于《大陆桥导报》(1994年1月6日);

蔚蓝写的评论《微型小说的"巧"与"味"——评凌鼎年的两篇新作》,发表于《写作》(1994年1期);

浙江作家谢志强写的《一个灵魂的剖白——评凌鼎年的〈采撷集〉》,发表于《大陆桥导报》(1994年4月7日);

江苏作家裴立新写的《行家里手,扬"短"避长——访凌鼎年》,发表于《江海晚报》(1994年7月22日);

苏州作家、编辑刘放写的《潇洒的小小说专业户——访太仓作家凌鼎年》,发表于《姑苏晚报》(1994年10月20日);

浙江嘉兴作家汝荣兴写的《痛哭世态炎凉,渴望人间真情——读〈追悼会〉》,发表于新加坡《微型小说季刊》(1994年10月);

孙锦英写的《从矿山走向文坛——访世界华文微型小说大赛获奖者凌鼎年》,发表于《大屯工人报》(1994年10月16日)。

1995年

连云港作家徐习军写的《评凌鼎年小小说》,发表于《小小说选刊》(1995年5期);

娄江生写的《他成功的秘密——评作家凌鼎年微型小说集〈秘密〉》,发表于《乌鲁木齐晚报》(1995年3月7日);

凌晨写的《我的爸爸凌鼎年》,发表于《百花园》(1995年3期);

浙江嘉兴作家汝荣兴写的《〈秘密〉的秘密——读凌鼎年微型小说新著〈秘密〉》,发表于《微型文学报》(1995年3月8日);

广东刘海涛教授写的《作家的素质与作家的流变——凌鼎年小小说创作论》,发表于《百花园》(1995年5期);

晓蔚写的评论《〈营救〉的启示》,发表于《沧州日报》(1995年8月31日);

姚增智写的评论《读凌鼎年的〈史仁祖〉》,发表于《小小说选刊》(1995年18期);

扬州教育学院王延菊教授写的《尺幅制短的魅力——凌鼎年微型小说集〈秘密〉读后》,发表于《写作》(1995年8期);

严生村写的《凌鼎年的九四年——小小说创作的高峰与转折》,发表于《小小说月报》(1995年10期)。

1996年

上海诗人柳易冰撰写的《风姿绰约写世相——初识凌鼎年与他的微型小说王国》

（1996年12月31日）；

　　昆山作家万芊写的《古道热肠扶花人——微型小说作家凌鼎年其人其文》，发表于《江南市场报》（1996年4月5日）；

　　吴广文写的《痴迷微型小说的凌鼎年》，发表于泰国《中华日报》（1996年4月11日）；

　　河南郑州《百花园》老编辑金锐写的《痴迷的凌鼎年》，发表于《太阳》（1996年5期）；

　　著名诗人王辽生写的评论《珠光点点明》，发表于泰国《中华日报》（1996年9月6日）；

　　柳若丝写的评论《故国情深》，发表于《纯情小小说欣赏》（1996年10月）；

　　广东刘海涛教授写的《评凌鼎年小小说〈女浴室新闻〉》，发表于《写作》（1996年8期）；

　　刘海涛教授写的《凌鼎年作家论》，发表于《小小说选刊》（1996年6期）。

1997年

　　河北省文联著名评论家赵禹宾写的《从太仓走向世界的凌鼎年》，发表于《小小说月报》（1997年2期）；

　　作家居国鼎写的评论《评点凌鼎年小小说〈时装大师〉》，发表于《教育时报》（1997年12月）；

　　太仓评论家顾礼俭写的《说小故事，见大世界——凌鼎年微型小说艺术一斑》，发表于《太仓日报》（1997年5月21日）；

　　著名诗人朱红写的评论《关于凌鼎年小小说〈点"之"〉》，发表于《姑苏晚报》（1997年6月）；

　　著名评论家范培松教授写的《浓缩有术——读凌鼎年小小说》，发表于《苏州日报》（1997年7月2日）；

　　中国作协会员、新疆奎屯市文联原副主席刘殿学写的《欣赏凌鼎年小小说》，发表于《姑苏晚报》（1997年7月19日）；

　　广西钦州学院陆衡教授写的《吃息族的悲剧——评凌鼎年小小说〈息爷〉》，发表于《钦州湾报》（1997年7月25日）；

　　山东作家、评论家高军写了《多种写法带来的无穷魅力——凌鼎年小小说创作简论》（1997年7月31日）；

　　北京现代出版社编审冼睿写的《人生处处极短篇——读〈凌鼎年小小说〉》，发表于《湖南工人报》（1997年9月1日）；

　　陕西省作协会员魏西风写的《极致生禅——读凌鼎年8本小小说集子有感》；

　　《上海文学》原编辑吴泽蕴写的《凌鼎年，小小说写出大文章》，发表于《申江服务导报》（1997年12月19日）；

　　中国作协会员、《上海文学》原编辑吴泽蕴写的《见微知著——凌鼎年小小说解读》，发表于《申江服务导报》（1997年12月19日）。

1998年

　　江苏昆山作家张寄寒写的《凌鼎年勾勒》，发表于《作家报》（1998年1月15日）；

　　江苏省作家协会主席范小青写的《以小见大，见微知著——评凌鼎年小小说》，发表

于《香港文汇报》(1998年1月18日);

作家姜琦苏写的《凌鼎年小小说的杂文味》,发表于《社会博览》(1998年1期);

中国社科院文学研究所研究员、著名评论家王淑秧撰写的评论《古韵新声,回味无穷——凌鼎年小小说读后》,发表于《创作评谭》(1998年3期);

作家居国鼎写的评论《评点凌鼎年小小说〈时装大师〉》,被《小小说选刊》(1998年5期)选载;

中国矿业大学中文系主任顾建新教授写的《新的起点——凌鼎年小小说解读》,发表于《三月》(1998年11期)。

1999年

上海华东师范大学中文系副主任、硕士生导师王易如教授写的《娄城君子兰——评〈凌鼎年小小说〉》,发表于《文化市场导报》(1999年6月8日);

太仓作家陆锦球写的《历史的聚焦——读凌鼎年小小说〈古黄杨〉》,发表于《太仓日报》(1999年7月6日);

老九写的《能力之外》,发表于《姑苏晚报》(1999年8月29日);

连云港作家协会副主席兼秘书长徐习军写的《为时代号脉》,发表于《江苏盐业报》(1999年8月25日);再发《大众用电》(1999年8月27日);再发《太仓日报》(1999年9月)。

2000年

北京作家冰峰写的《以文学的名义》,发表于《儒商文丛》(2000年2期);

南京作家祝越写的《古道热肠的凌鼎年》,发表于泰国《新中原报》(2000年5月15日);

四川评论家张帆写的《小小说界的有心人》,发表于菲律宾《世界日报》;

筱沅写的《领悟火热而真诚的心》,发表于《苏州日报》(2000年6月2日);

郑州诗人、编辑王中朝写的《评点凌鼎年的武侠小小说〈侠女与三剑客〉》,发表于《百花园》(2000年7期);

王杲写的评论《想起了"蜀二僧"》,发表于《姑苏晚报》(2000年11月22日);

广东作家楚梦写的评论《实在、使用、权威——〈凌鼎年选评〉评价》,发表于《河源晚报》(2000年11月22日);

郑州作家李金安写的《评论凌鼎年的小小说》,发表于《百花园》(2000年12期);

杨建福写的《凌鼎年的〈他再次作案〉读后》,发表于《阳光》(2000年12期)。

2001年

陈秉钧写的《亦师亦友的凌鼎年》、陈大超写的《凌鼎年的潇洒》、陈健写的《凌鼎年的红包》,发表于《南风》(2001年2期);

作家何济麟写的《他把小小说当作大事业》,发表于《江苏统战》(2001年2期);

河南作家金光写的《初识凌鼎年》,发表于《义乌日报》(2001年4月9日);

著名媒体人韩胜宝写的《勿以善小而不为——记著名小小说作家凌鼎年》,发表于中新网"长江第一港"网站(2001年4月5日);

作家何济麟写的《他把小小说当大事业来追求》,发表于《苏州民进》(2001年5期);

山东济南大学宋家庚教授写了评论《一份国人心态的形象记录——评凌鼎年小小说〈米口彩〉》。

2002年

暨南大学潘亚暾教授写的《三见凌鼎年》,发表于《中原》(2002年2期);

湖北监利作家朱城乡的《初识凌鼎年》,发表于《荆州日报》(2002年11月4日);

上海社科院文学研究所评论家谷梁写了《禅性之中有诗意——读凌鼎年小小说〈了悟禅师〉》。

2003年

三江学院单汝鹏教授写的《从矿工走上文坛的凌鼎年》,发表于《南京港报》(2003年3月2日);

湖南评论家刘文良教授写的《走进先飞斋,品读凌鼎年〈书香小札〉》,发表于《中原》(2003年4期);再发澳大利亚《汉声》(2003年5月);

湖北作家李志先写的《悠悠文气溢清香——读凌鼎年随笔集〈书香小札〉》,发表于《槐荫文学》(2003年1期);

苏州作家、记者、编辑孙柔刚写的《驰骋在精微世界》,发表于《姑苏晚报》(2003年12月4日);

四川成都温江作家李永康写的《凌鼎年访谈》,发表于《微篇文学》;

媒体人武也灵评论凌鼎年主编的集子,写的《一本高品位的武侠微型小说选》;

广东作家、评论家李利君写了《凌鼎年与许行:凌厉的快刀与舒缓的太极剑》《凌鼎年与刘国芳:动词与形容词》《凌鼎年之于小小说》;

苏州评论家小帆写了《凌鼎年微型小说欣赏》;

评论家杭岩岩写了《在小小说之峰潇洒出招——评凌鼎年小小说》。

2004年

三江学院单汝鹏教授写的《云水襟怀,笔耕勤勉——凌鼎年与世界华文微型小说研究》,发表于《世界华文文学论坛》(2004年2期);

郑州作家白保建写的《书缘——初识凌鼎年》,发表于《河南电力报》(2004年2月18日);

暨南大学潘亚暾教授写的《三见凌鼎年》,再发表于《作家报》(2004年2月29日);

河南作家江岸写的《凌鼎年印象》,发表于《作家报》;

三江学院单汝鹏教授写的《从矿工走上文坛的凌鼎年》,再发表于《三江青年》(2004年5期);

江苏南京著名文艺评论家陈辽为凌鼎年所编《江苏太仓旅游》一书撰写了《旅游文化新品位》的评论;

南京三江学院单汝鹏教授为凌鼎年所编《江苏太仓旅游》一书撰写了评论《一本有文化内涵的旅游指南》;

广东佛山市《佛山文化报》副主编何百源写了凌鼎年的专访《他把心交给小小说》;

南京三江学院单汝鹏教授写了《小小说名家凌鼎年写真》。

2005年

江苏省作家协会创作理论研究室主任、著名评论家黄毓璜写的《说长道短——凌鼎年

〈过过儿时之瘾〉阅读感言》，发表于《文学报》（2005年11月10日）；

安徽省作协会员、《太白诗刊》副主编常德义写的评论《小小说透视大世界——读凌鼎年先生的小小说》，发表于《作家报》；

青年评论家姜琦苏写的《凌鼎年微型小说集〈过过儿时的瘾〉读后感》，发表于澳大利亚《汉声》；

河南作家李金安写了《一朵绽开的地域文化奇葩——读凌鼎年风情小说集》；

湖北作家、评论家陈勇写了《他为娄城立此存照——漫议凌鼎年微型小说集子〈过过儿时之瘾〉》的评论；

苏州大学文学院的张晓玥、宋桂友博士写的《营造存在之所——评凌鼎年的〈过过儿时之瘾〉》；

连云港市作协副主席徐习军写了《凌鼎年娄城系列赏读》；

江苏省作协会员、诗人杨鸿臣写了《星汉灿烂，若出其里——读凌鼎年风情小说》；

江苏省作协会员姚国红写了《读凌鼎年新著〈过过儿时之瘾〉》；

江苏省作协会员、女作家影人写了《泼墨写意娄江春——读凌鼎年新著有感》；

上海大学文学院文艺学专业05级硕士研究生侯学标写了《站在民间立场看娄城——读凌鼎年微型小说集〈过过儿时之瘾〉》；

湖南省邵阳学院中文系学生伍铁军毕业论文写了《一粒沙里看世界，一本书中说风情——试析凌鼎年娄城风情小说〈过过儿时之瘾〉》；

广东惠州学院教师、广东小小说作家联谊会会长雪弟写了《凌鼎年：〈过过儿时之瘾〉江南雅致》；

南京三江学院单汝鹏教授写了《笔下神形毕肖，尽显南国风情——凌鼎年风情小说〈过过儿时之瘾〉摭谈》；

广东湛江师范学院中文系大四学生邹汉龙以凌鼎年微型小说为研究对象，撰写了论文《浅谈武侠小说微型化尝试——兼论凌鼎年武侠微型小说》《析读凌鼎年的〈秘密〉》《析读凌鼎年的〈魔椅〉》《析读凌鼎年的〈误墨〉》《析读凌鼎年的〈寻找〉》《析读凌鼎年的〈鱼拓〉》《析读凌鼎年的〈心病〉》《析读凌鼎年的〈嘴刁〉》《析读凌鼎年的〈梅山老怪〉》《析读凌鼎年的〈剃头阿六〉》《析读凌鼎年的〈三代人的遗嘱〉》《析读凌鼎年的〈那片竹林那棵树〉》等，后结集出版；

香港亚洲电视的陈雄写了《谎言保护事实的悲哀——评凌鼎年的〈那片竹林那棵树〉》《可写性文本与绿色观念——评凌鼎年的〈柏树老爹〉》《文本解构与观念多元化——评凌鼎年的〈三代人的遗嘱〉》。

2006年

广东佛山大学中文系姚朝文教授写了《凌鼎年、许行微篇小说创作艺术格局论》（2006年2月9日）；

南京大学信息管理系图书馆学专业2005级硕士研究生李海燕写了《娄城风情堪玩味——凌鼎年风情小小说新著评价》（2006年2月16日）；

安徽马鞍山作家、评论家春晓写的《求——凌鼎年小小说初探》（2006年3月2日）；

安徽马鞍山作家、评论家春晓写的《那爱，那恨，那愁，那情——凌鼎年小小说与他的内心世界再探》（2006年4月）。

2007年

山东济南大学宋家庚教授撰写的《一幅南国社会风情画卷——评凌鼎年微型小说》，发表于《当代小说》（2007年12期）；

安徽马鞍山评论家常德义撰写的《小窗口重现大世界——凌鼎年小小说纵览》，发表于《马鞍山日报》（2007年4月20日）；

河北省邯郸市作家协会副主席、《黄粱梦》杂志主编曹德全写了《万卷楼主凌鼎年——评凌鼎年小小说》（2007年5月3日）；

河北省邯郸市微型小说学会副会长兼秘书长马玉山写了《淳朴浓厚乡土情——读凌鼎年微型小说集〈过过儿时之瘾〉有感》；

湖北孝感作家陈大超写的《著书立说，贵在尊重自己的判断》，发表于《文学自由谈》（2007年1期），再发于《合肥晚报》；

湖北监利作家陈勇写的《精神的超越与升华——评凌鼎年〈了悟禅师〉》，收录于中国文化出版社出版的《号角》一书。

2008年

由台湾地区佛光大学文学系教授、世界华文文学研究中心主任杨松年博士主编的世界华文文学论文集《细致的雕塑：世界华文微型小说评析》，收录了评论凌鼎年微型小说作品《了悟禅师》的论文；

文学博士、中南财经政法大学新闻与文化传播学院院长胡德才教授撰写了《成人的童话，社会的明镜——评凌鼎年微型小说集〈让儿子独立一回〉》；

文学博士、辽宁师范大学文学院乔世华副教授与经济学博士、东北财经大学国际汉语文化学院讲师李秀丽合作写了《在风情中寻找风骨——谈凌鼎年的娄城世界》；

中国现当代文学硕士、广东省文艺批评家协会会员、深圳报业集团的周思明写了《"精短"的凌鼎年》；

南京大学硕士研究生唐曦写了《说说微型小说文坛上的"六方神圣"——〈让儿子独立一回〉读后》；

苏州健雄职业技术学院邓全明副教授写了《咫尺之内，万里为遥——评凌鼎年微型小说集〈让儿子独立一回〉》。

2009年

文学硕士、福建泉州儿童发展职业学院教师王玉玺撰写的《为中学生导航——读凌鼎年微型小说集〈让儿子独立一回〉》，发表于澳大利亚《汉声》（2009年6期）；

诗人杨鸿臣写的《我有新鲜的感觉——读凌鼎年小小说集〈都是克隆惹得祸〉》，发表于菲律宾《世界日报》（2009年7月21日）；

华东师范大学中文系学生王灿写的《淡定之中见珍奇——凌鼎年微型小说集子〈都是克隆惹得祸〉读后》，发表于《作家报》（2009年8月20日），再发于泰国《中华日报》；

湖南邵阳学院文学院副院长龙钢华教授与邵阳学院文学院学生邓玉琪合作写的《凌鼎年微型小说初探》，发表于《苏州健雄职业技术学院学报》（2009年4期）；

中国矿业大学顾建新教授写的《丰富·多彩——读凌鼎年的新集〈都是克隆惹的

祸〉》,发表于《江苏微型小说》(2009年9月创刊号);

南京大学硕士研究生李海燕写的《凌鼎年微型小说的意味与质感——浅评〈都是克隆惹的祸〉》,发表于《江苏微型小说》(2009年9月创刊号)。

2010年

《小小说选刊》主编杨晓敏写的《倾情写作与遍地开花——小小说记忆之三》,发表于《小小说选刊》(2010年8期)、《小小说大世界》(2010年7期)、美国《中外论坛》(2010年4期);

上海交通大学国际教育学院教授、硕士生导师凌德祥写了《凌鼎年为代表的太仓微型小说印象》(2010年2月);

徐州师范大学中文系副教授王力写了《论凌鼎年微型小说创作》(2010年3月);

上海同济大学沈志屏教授写了《大题小做的技巧——凌鼎年小小说简析》(2010年5月);

广东湛江师范学院中文系学生侯永武写了毕业论文《浅谈凌鼎年微型小说的审美特征》(2010年5月);

江苏连云港作家协会副主席兼秘书长徐习军写了《风情民间,意趣悠远——凌鼎年民间传说太仓小小说简析》(2010年9月)。

2011年

《观察与记录社会的窗口——凌鼎年论》《微型小说,文坛绕不开的一个话题——〈文学报·手机小说报〉执行主编凌鼎年访谈录》,收录于陈勇《世界华文微型小说百家论》(2011年12月);

福建作家林美兰写的《有才情有气度的凌鼎年》,发表于澳大利亚《汉声》(2011年7期);

福建作家林美兰写的《才情与气度——凌鼎年教授》,发表于菲律宾《世界日报》(2011年8月2日)。

2012年

宋桂友博士写的《亦人亦禅亦哲学——凌鼎年微型小说〈了悟禅师〉解读》,发表于《名作欣赏》(2012年12期);

武汉大学新闻学院研究生莫玫瑰写的《层层对比显真意》,发表于《写作》(2012年1—2合刊);

邓全明副教授写的《凌鼎年微型小说与文化传统》,刊登在《苏州教育学院学报》(2012年3期),而其《信笔所至,止于不止——谈凌鼎年小小说集〈天使儿〉》,成功申报太仓市社科联课题"加强文学在太仓新文化建设中的作用研究";

衡山写的《评凌鼎年微型小说〈沉重的鸡蛋〉》,发表于《小小说选刊》(2012年11期);

中国矿业大学顾建新教授在《花开烂漫——〈小小说选刊〉2012年6月排行榜》一文中重点评论了凌鼎年的《沉重的鸡蛋》;

文学博士、江苏师范大学文学院副教授、江苏省现代文学研究会理事、江苏省台港暨海外华文文学研究会副秘书长王力教授评论凌鼎年作品《狼来了》,写了《狼在人心里》;

中国作家协会会员、中国现代文学馆办公室副主任北乔写了《朴素平实之中的意味——简评凌鼎年微型小说〈狼来了〉》；

华南师范大学文学院凌逾教授写了《优秀之作〈狼来了〉》；

湖南工业大学一级讲师、湖南师范大学博士生张春写了《〈狼来了〉是篇力作》；

澳大利亚悉尼作家协会荣誉会长、澳华文学网荣誉总编、澳大利亚华人文化团体联合会召集人何与怀博士写了《〈狼来了〉的联想》；

评论家姜琦苏写的《凌鼎年的微型小说〈荷香茶〉赏析》，发表于《青藤架》（2012年2期），而其《浅谈凌鼎年小小说的哲理性》《浅谈凌鼎年的魔幻小说》等系列评论26篇在诗梦网站发表；

江苏省太仓沙溪高级中学教师张年亮写的《评凌鼎年小小说〈了悟禅师〉》，发表于《江苏高考》（2012年8期）。

2013年

由太仓市文联主席汪放主编的《凌鼎年与小小说》（上、中、下）三卷本，2013年10月在光明日报出版社出版。上卷为《凌鼎年小小说作品评论集》，收集了海内外评价凌鼎年小小说作品的相关评论；中卷为《采访、写真、对话、推介》，有媒体记者与小小说研究学者对凌鼎年的采访，以及关于小小说的对话等，还有海内外同行、文友对凌鼎年其人其文的评介；下卷为广东高州市青年评论家邹汉龙追踪凌鼎年作品长达十年，撰写的《凌鼎年小小说研究》。该系列较为全面地展示了凌鼎年的创作脉络，并提供了较为系统的相关资料。

中国传媒大学博士后，苏州大学传媒学院新闻传播系副主任、硕士生导师曾一果教授写的《从传统中来的新笔记小说》，发表于《金太仓》（2013年1期）；

湖南女子学院卿建英撰写的评论《文小而其旨极大——凌鼎年小小说印象》，发表于《光明日报》（2013年8月13日）；

广东湛江师范学院2010级汉语言文学本科生夏雨哲撰写的《那片绿香弥漫的江南风情——凌鼎年小小说创作论》，收录于刘海涛主编、中国图书出版集团2013年2月版的"小小说金麻雀奖作家研究论文集"《海的慰藉》一书。

湖南省邵阳学院文学院副院长龙钢华教授与湖南省邵阳学院文学院中文系学生高磊合作写了《浅析凌鼎年微型小说创作》；

苏州大学范培松教授写了《直面人生的凌鼎年的小小说》；

南京师范大学凌焕新教授写了《凌鼎年微型小说作品文化意味的魅力》（2013年7月25日）；

《文艺报》评论部主任熊元义写了《捕捉时代洪流的浪花——评凌鼎年小小说集〈那片竹林那棵树〉》（2013年7月28日）；

辽宁省文艺理论家协会副主席、大连市文艺评论家协会主席王晓峰写了《凌鼎年的十篇小小说读后》（2013年7月28日）；

广东佛山大学姚朝文教授写了《凌鼎年：中国当代微篇小说创作的超一流选手》；

辽宁师范大学乔世华副教授写了《开拓小小说的文体疆域》；

中国矿业大学顾建新教授写了《风格化的艺术创造——论凌鼎年的小小说》；

连云港市作家协会副主席兼秘书长徐习军写了《凌鼎年微型小说的生态忧患意识——〈那片竹林那棵树〉阅读随感》；

《精品短小说》主编陈雪芳写了《小小说了厚重源自知识的积累——读凌鼎年老师〈那片竹林那棵树〉有感》（2013年7月20日）；

内蒙古大学额尔敦哈达教授写了《妙在精微中——凌鼎年小小说论》（2013年9月）；

太仓评论家姜琦苏写了《当代文学的一道风景——凌鼎年金麻雀奖小小说集〈那片竹林那棵树〉赏析》；

陕西作家高明写了《国民劣根性在小小说中的诗意呈现——我读凌鼎年小小说〈一个谣言的传播过程〉》；

陈建功《苦心经营有所成——凌鼎年小小说印象》、雷达《小小说的学者型写法》、范小青《他的创作路会很长》、郏宗培《写个活娄城出来》、顾建平《画龙点睛，化俗为雅》、李建军《短而又好的杂文体小说》、汪政《也谈"凌鼎年现象"》、丁临一《优雅中见沉痛，含蓄中显辛辣》、肖惊鸿《小小说的大气象》、北乔《在深度和饱满容量上下功夫》等10位评论家的10篇评论，发表于《文艺报》（2013年12月13日）的"重点扶持作品评论"栏目，该栏目发表了凌鼎年《那片竹林那棵树》集子的专版评论；

徐州文化艺术研究所所长田秉锷教授写的《于无说处望青葱——读凌鼎年〈那片竹林那棵树〉兼以"小语"寄作者》，发表于《藏书报》（2013年12月23日）。

2014年

四川成都大学刘连青教授写的《迟到的审美愉悦》，发表于《微篇文学》（2014年11月）；

湖南理工学院郭虹教授写的《虚实之间见功力——凌鼎年〈小小说三题〉印象》，发表于《四川文学》（2014年29期）；

山东师范大学周志雄教授写的《凌鼎年微型小说论纲》，发表于《山西大同大学学报》（2014年6期）；

苏州大学王慧君博士与王尧教授写的《"蓝墨水的上游，是娄江"——评〈新世纪太仓文学作品集：天下名巧（短篇小说卷）〉》，评论到了凌鼎年的短篇小说；

苏州市职业大学宋桂友教授撰写的评论《"真水无香"有滋味——略评随笔集〈真水无香〉》，评论到了凌鼎年的随笔；

邓全明副教授写的《民间写作——平民自己的写作——评〈新世纪太仓文学作品集〉》，评论到了凌鼎年的作品；

南京大学信息管理学院陈欣写了《跟着〈凌鼎年日记〉走读世界文化》；

美国纽约《彼岸》主编王威写的《跳跃的烛光》，介绍了凌鼎年的文章。

2015年

凌焕新教授撰写的《凌鼎年微型小说作品文化意味的特殊魅力》，发表于《小说界》（2015年增刊）；

刘连青教授写的《凌鼎年小小说之文化主题——人格、文化的统一与分裂》，发表于《成都大学学报》（2015年1期）；

南京大学社会学院蒋陈缘写的《褒贬之中寓识见——读凌鼎年的随笔集〈纸短话

长〉》,发表于《东方阅读书院》(第38期)。

2016年

苏州市职业大学宋桂友教授写的《凌鼎年小小说创作中的宗教情怀》,发表于《名作欣赏》(2016年4期);

邓全明副教授写的《诗意江南的失落与重构——以后社会主义时期苏州小说为考察对象》,发表于《苏州健雄职业技术学院学报》(2016年2期);

邓全明副教授写的《吴文化的精灵:凌鼎年小说创作论》,发表于《金太仓》(8月号),再收录于《语言与文化研究(第五辑)》;

广西钦州学院颜莺副教授写的《论凌鼎年小小说"和合"理念的审美呈现》,发表于《写作》(2016年9期);

常熟理工学院中文系毕业生龚樱子撰写的毕业论文《试论凌鼎年微型小说的地方文化特色》,发表于《作家报》(2016年11月18日)。

2017年

羊角岩在"老羊视点"写了《凌鼎年的〈AA制〉堪作本刊贺岁大礼》;

刘海涛教授写了《凌鼎年微小说的文学创意》《反转突变与故事意蕴:凌鼎年的〈牛二〉》。

2018年

邓全明副教授在河海大学出版社出版的评论集《从建构性价值取向看新时期苏州小说创作》一书的第九章为《凌鼎年:娄东文化系列小说的价值建构》;

张联芹写的《平凡中的高洁——凌鼎年小小说作品赏析》,发表于菲律宾《世界日报》(2018年1月23日);

青年评论家林庭光为《小说选刊》"微小说"栏目写的评论中,评论了凌鼎年发在《小说选刊》2018年4期上的《马云庙》;

青年评论家鹿禾为《小说选刊》"微小说"栏目写的评论中,评论了凌鼎年发在《小说选刊》2018年6期上的《高楼坠物》;

江左秋写的《凌鼎年小小说〈香道〉鉴赏》,发表于《鹿禾评刊》;

宫旭峰写了《读凌鼎年的〈了悟禅师〉,悟小小说创作的一波三折》。

2019年

郑州评论家卧虎写的《凌鼎年的〈茶垢〉》,发表于中国微型小说学会官网;

作家张新文写的《作序写跋,甘苦自知的老作家——读〈凌鼎年序跋集〉有感》,发表于《惠州日报》(2019年3月17日);

江苏省沙溪高级中学教师王幽美写的《微型小说〈了悟禅师〉赏析》,发表于《作文成功之路》(2019年3期);

凌焕新教授写的《蓄势待发的张力》,发表于《金山》(2019年11期);

福建作家林美兰写了《战争:人性的扭曲与救赎——凌鼎年〈753阵地的夜晚〉名篇赏析1》《神灸——凌鼎年〈753阵地的夜晚〉名篇赏析2》;

广东作家余清平写了《廉政,是对心灵的洗礼与荡涤——浅评凌鼎年先生小小说二题》。

2020 年

《世界华文作家》2020 年 1 月 7 日发表了有关凌鼎年微型小说《753 阵地的夜晚》的评论；

余清平写的《心灵是作品的起点——浅析凌鼎年微型小说〈三砖砚小筑与三十砚轩〉》，发表于泰国《新中原报》(2020 年 1 月 10 日)，再发于《湛江科技报》；

陈勇写的《本身就是一个世界——评凌鼎年〈剃头阿六〉》，收录于《花儿为什么这样红——评〈中国新文学大系·微型小说卷〉(1976—2000 年)》(九州出版社，2020 年 4 月版)；

《倾情写作与文化意蕴》收录于杨晓敏《小小说作家简论 281 篇》，刊载于金麻雀网刊 (2020 年 7 月)；

澳大利亚著名华文作家何与怀写了《〈先飞斋笔记〉：欣赏与漫议》；

刘帆《一人一篇小小说》中收录凌鼎年作品《此一时，彼一时》，并配发他撰写的评论；

卧虎在公众号发表了《熊与鱼兼得的凌鼎年》。

2021 年

评论家雪弟写的《评凌鼎年〈茶垢〉》，发表于《活字纪》(2021 年 3 月 17 日)；

刘海涛教授在《文学创意写作》一书中有一节专门论述"凌鼎微型小说的文学创意"；

浙江省衢州市作家周光星写了《凌鼎年之"剑"》，评论凌鼎年武侠微型小说集《天下第一剑》；

瑞士 François Karl Gschwend (日内瓦大学在读博士) 把凌鼎年的 20 多篇微型小说翻译成法文后，撰写了《评凌鼎年微型小说》。

十一　凌鼎年作品被翻译一览

1994 年

小小说《拖鞋》被翻译成日文，发表在《人民中国》(日文版)。

1996 年

《中国当代微型小说文坛扫描》，被日本国学院大学渡边晴夫教授翻译成日文后，1996 年 5 月发表在日本《长崎大学学报》上；

微型小说《此一时，彼一时》被翻译成法文，发表在《中国文学》(法文季刊) 1996 年 1 期 (总第 177 期)；

《此一时，彼一时》《偏方》被翻译成法文，收入《汉法对照小小说精选》(系"熊猫丛书")，中国文学出版社，1996 年第 1 版。

1997 年

微型小说《再年轻一次》被渡边晴夫教授翻译成日文，收入他主编的《中国的短小说》一书，作为日本大学的教材，在日本朝日出版社出版；

《此一时，彼一时》《招聘》《偏方》《柔与顺的故事》《寿碗》等 5 篇被翻译成英文，收入《小小说精选》(系"熊猫丛书")，中国文学出版社，1996 年第 1 版。

1998 年

微型小说《让儿子独立一回》被翻译成日文,发表在《人民中国》(日文版)1998 年 4 月。

2001 年

小小说《趣味》被日本中央大学的久米井敦子教授翻译成日文,发表在日本《现代中国小说季刊》2000 年秋季号;

小小说《恋爱》被渡边晴夫教授翻译成日文,2001 年 4 月发表在日中友协的《日中友好新闻旬刊》"从小小说看中国"专栏上。

2005 年

小小说《生日日记》《再年轻一次》《拖鞋》《情人与毒品》和创作谈《取材一得》被加拿大多伦多圣力嘉学院黄俊雄教授翻译成英文,收入《中国小小说选集》一书,中国外文出版社,2005 年第 1 版。

2006 年

微型小说《爱好》被久米井敦子教授翻译成日文,收入渡边晴夫教授与日本中央大学大川完三郎教授合作选编的日本大学教材《中国的短小说》,2006 年 1 月在日本东京株式会社同学社出版社出版;

微型小说《茶垢》被美国爱荷华州立大学的穆爱莉教授翻译成英文,收入英文版《中国当代小小说选》一书,2006 年 9 月在美国哥伦比亚大学出版社出版;

微型小说《此一时,彼一时》被韩国白石大学柳泳夏教授翻译成韩文,作为韩国大学"中国语翻译实习课"的教材;

微型小说《龟兔赛跑续篇》被泰国《中华日报》副刊主编梦凌翻译成泰文;

有微型小说被新疆巴音郭楞州翻译家阿衣古丽萨吾提翻译成维吾尔文。

2007 年

当凌鼎年得知土耳其正在进行翻译中国文学的项目时联系土方,经多次磋商,土耳其方面答应增加一本中国微型小说选的翻译,并委托凌鼎年选编。经反复挑选,选定了冯骥才、陶然、许行、孙方友、滕刚、刘国芳、谢志强、沈祖连、张记书、林如球、陈永林、王孝谦、李永康、修祥明、刘公、万芊、凌鼎年等 36 位作家的一百多篇精品力作,并附有作者简介与照片,由土耳其著名汉学家欧凯教授夫妇着手翻译;土耳其方面还聘请了资深汉学家从凌鼎年主编的集子中再精选 30 篇,编辑成上、中、下三册的《汉语阅读教程》,作为土耳其大学二、三、四年级的教材,及土耳其人学习汉语的教材;

微型小说《让儿子独立一回》《天使儿》《茶垢》被土耳其东方文化中心的欧凯教授翻译成土耳其语,入选土耳其安卡拉大学的《汉语阅读课教程》;

微型小说《边事》被翻译成英文,收入江曾培主编的《世界华文微型小说精选》,2007 年 11 月在上海外语教育出版社出版。

2008 年

微型小说《猫与老鼠的游戏》被美国康涅狄格大学祁守华(音译)教授翻译成英文,收入英文版小说集《珍珠外套及其他的故事》,2008 年在美国加州大学出版社出版;

微型小说《再年轻一次》《拖鞋》《情人与毒品》《生日日记》和创作谈《取材一得》被加

拿大一位对比语言研究博士翻译成英文,2008年7月在上海外语教育出版社出版(该集子系外教社"中国文化汉外对照丛书"之一);

随笔《高枕有忧》被翻译成荷兰语。

2009年

微型小说《一枚古钱币》被渡边晴夫教授翻译成日文,收入日本彩虹图书馆出版的世界儿童文学集子里。

2010年

微型小说《天使儿》被渡边晴夫教授翻译成日文,发表在日本的《中国语》杂志上。

2011年

微型小说《走出过山村的郝石头》被渡边晴夫教授翻译成日文,发表于日本的《中国语》杂志上;

微型小说《娄城故事》被日本江林佳惠翻译成日文,发表于日本《莲雾》杂志2011年第4号上。

2012年

微型小说《追寻丢失的明代书法作品》被日本京极健史翻译成日文,《成熟》被日本塚越义幸翻译成日文,发表于日本《莲雾》杂志2012年第5号上。

2013年

微型小说《揪出病魔》《雅贼》被日本京极健史翻译成日文,《方友走了,我哭了三回》被渡边晴夫教授翻译成日文,发表于日本《莲雾》杂志2013年第6号上;

微型小说集子《请请请,您请!》被内蒙古工业大学外国语学院张白桦副教授翻译成英文。

2014年

微型小说《有一种惩罚乃表扬》由穆爱莉教授指导学生翻译成英文;

微型小说《剃头阿六》被日本久米井敦子教授翻译成日文;微型小说作品《奇怪的盗窃案件》《当了一回窃贼》被日本京极健史翻译成日文,发表于日本《莲雾》杂志2014年第7号上。

2015年

微型小说《有一种惩罚乃表扬》被日本京极健史翻译成日文,发表于日本《莲雾》杂志2015年第8号上;

微型小说《诚信专卖店》被日本国学院大学渡边明子翻译成日文,发表于日本《莲雾》杂志2015年第8号上;

微型小说《误墨》被日本立教女学院短期大学渡边奈津子翻译成日文,发表于日本《莲雾》杂志2015年第8号上。

2016年

微型小说集《鼎年的微型小说集》被张白桦副教授翻译成英文,2016年10月在时代科发集团出版社出版(这是第一本中国作家的个人微型小说作品集被翻译成英文后在海外出版);

微型小说《了悟禅师》被渡边晴夫教授翻译成日文,发表于日本《莲雾》杂志2016年第9号上；

《此一时,彼一时》被久米井敦子教授翻译成日文,发表于日本《莲雾》杂志2016年第9号上；

《寿礼》被大川完三郎教授翻译成日文,发表于日本《莲雾》杂志2016年第9号上；

《史仁祖》被日本青山学院大学附属中学校教谕柳本真澄翻译成日文,发表于日本《莲雾》杂志2016年第9号上；

《点"之"》被日本铃木君江翻译成日文,发表于日本《莲雾》杂志2016年第9号上；

《难忘的方苹果》被日本国士馆大学松野敏之翻译成日文,发表于日本《莲雾》杂志2016年第9号上；

《嘴刁》被日本二松学舍大学博士饭沼果奈翻译成日文,发表于日本《莲雾》杂志2016年第9号上；

《石头剪刀布》被日本国学院大学栃木短期大学塚越义幸教授翻译成日文,发表于日本《莲雾》杂志2016年第9号上。

2017年

《凌鼎年微型小说》被由渡边晴夫教授领衔,大川完三郎教授、塚越义幸教授、久米井敦子教授、松野敏之讲师、大东文化大学绪方昭讲师、静冈大学石村贵博讲师、渡边明子讲师、渡边奈津子讲师等一起合作翻译成日文,2017年1月在日本DTP出版社出版；

《飞机上下》被渡边晴夫教授翻译成日文,发表于日本《莲雾》杂志2017年第10号上；

《〈皇帝的新衣〉第二章》被久米井敦子教授翻译成日文,发表于日本《莲雾》杂志2017年第10号上；

《相依为命》被渡边奈津子翻译成日文,发表于日本《莲雾》杂志2017年第10号上。

2018年

《马云庙》《最出名的一男一女》《狼来了》《医者仁心》《中国微型小说学会与刊物——附中国小小说在国外使用情况》被加拿大黄俊雄教授翻译成英文,收入《中国微型小说选》英译本第2辑；

微型小说《安乐死》被瑞士朱文辉翻译成德文,收入其主编的《今古新旧孝亲文学集》,2018年9月在苏黎世普隆出版社出版。

2019年

《五彩缤纷的世界——汉英对照凌鼎年微型小说选》被澳大利亚学者郑苏苏翻译成英文,2019年3月在美国南方出版社出版；

《菖蒲之死》被渡边晴夫教授翻译成日文,发表于日本《莲雾》杂志2019年第11号上；

《最出名的一男一女》《捏相大师》《洪画家夫妇》《开卷有益》被塚越义幸教授翻译成日文,发表于日本《莲雾》杂志2019年第11号上；

微型小说《见手青》《753阵地的夜晚》《臧大艾与他的女儿》《水带桥的传说》《马云庙》《龙脉》《百年校庆》《曹冲称象后》《龟兔赛跑续篇之续篇》《娄城望族宋氏与唐姓》《糟油传人》《父爱如山》《永难忘怀的演出》《找个日本人来拳击》《三棵树》《院长与名医》《摔头胎》《撞见》《地震来啦!》《半日国王》等20篇,被加拿大孙白梅副教授翻译成英文；

微型小说《生日日记》《再年轻一次》《情人与毒品》《黑节草》《马云庙》《医者仁心》《最出名的一男一女》《拖鞋》,《中国微型小说学会与刊物——附中国小小说在国外》,以及创作谈《取材一得》被加拿大黄俊雄教授翻译成英文,收入其翻译的《新编中国小小说选集》三卷本,2019年7月在加拿大卓识学者出版社出版;

《愚公移山》被渡边晴夫教授翻译成日文,发表于日本《莲雾》杂志2019年第12号上。

2020年

小小说《臧大艾与他的女儿》被加拿大孙白梅教授翻译成英文,小小说《天使儿》被澳大利亚学者郑苏苏翻译成英文;

小小说《相依为命》《〈皇帝的新衣〉第二章》《天下第一桩》《杀手》《菊痴》《让儿子独立一回》《长生不老药》《殉节》《辐射鼠》《难忘的方苹果》《夺山帮》《再年轻一次》《那片竹林那棵树》《最优计划》《神医》《虎大王的民主》等被在读博士François Karl Gschwend翻译成法文,发表于法国纯文学杂志 Brèves(半年刊);

《东方美人茶——凌鼎年汉英对照小小说新作选》被加拿大孙白梅教授翻译成英文,2020年11月在美国南方出版社出版。

2021年

微型小说集《过过儿时之瘾》被韩国白石大学汉学家柳泳夏教授的硕士研究生阴宝娜翻译成韩文,后改名为《依然馨香的桂花树》,2021年4月在韩国青色思想出版社出版;

《一把紫砂壶》《三砖砚小筑与三十砚轩》被渡边晴夫教授翻译成日文;《大生壶》被渡边晴夫教授翻译成日文,发表于日本《莲雾》杂志2021年第13号上;

澳大利亚学者郑苏苏翻译了凌鼎年微型小说集《光怪陆离的世界》,收录50篇作品;

阿富汗籍研究生菲琪把微型小说集《反语国奇遇记》翻译为波斯文;

微型小说《误墨》《天使儿》《狼来了》《荷香茶》《有钱无钱》《此一时,彼一时》《血色苍茫的黄昏》《那片竹林那棵树》被瑞士日内瓦大学谢红华教授的瑞士研究生翻译成法文;

《猎人萧》《1911年的太监》被印尼华文作家协会翻译为印尼文,收录于《世界华文微型小说选》。

十二 凌鼎年作品收录选本一览

(说明:本节所收录资料中的一些信息,如出版社、出版年月、作品体裁等,因凌鼎年创作时间跨度大,年代久远,创作内容又较为丰富,虽然经过多渠道查找,但仍难以补全。编者在整理过程中已尽最大努力,但还是有诸多不完善之处,请读者海涵。)

1988年以前

《春华秋实——沛县诗歌选(1980—1981年)》,1982年,收录《庐山小唱》(外一首);

《采光者》由大屯煤电公司工会编,1984年,收录诗歌《祖国,给我一把风镐》《分娩》《煤壁,我知道》《啊,综采》等4首。

1988年

《放飞的火鸟》,《徐州矿工报》第6届煤海奖诗歌征文获奖作品专集,1988年1月,收录《独白》；

《放鹤亭随笔》，中国新闻出版社，1988年9月版，收录随笔《还缺点什么？》《李鼎铭先生还未安息》；

《爱言情语》一书，收入爱情短语二则，1988年版。

1989年

《太阳是彩色的》，大屯煤电公司工会编，1989年7月，收录短篇小说《风乍起》《水淼淼》，微型小说《茶垢》《再年轻一次》，散文《微山湖风情》；

《千古之谜》，中州古籍出版社，1989年9月版，收录文史作品《辣椒是从海外传入的吗？》；

《中国当代微型小说精萃》（上），生晓清主编，云南人民出版社，1989年11月版，收录《钓鱼》；

《中国当代微型小说精萃》（中），生晓清主编，云南人民出版社，1989年11月版，收录《茶垢》；

《潮花撷贝·"普陀山杯"全国青年诗文大赛获奖集》，1989年版，收录微型小说《失窃》。

1990年

《中国微型小说选》，春风文艺出版社、辽宁教育出版社，1990年12月版，收录微型小说《再年轻一次》；

《扬子潮》，中国卓越出版社，1990年12月版，收录报告文学《乡间"萤火郎"》；

《煤海探秘》，中国煤炭学会科普委员会编，1990年12月，收录科普小品《"清蒸砖"的自述》；

《中国当代微型小说精萃》（下），生晓清主编，云南人民出版社，1990年5月版，收录微型小说《钓鱼》。

1991年

《太仓县中纪念册》，太仓县中学编，1991年5月，收录散文《缪斯，初识于县中》；

《锦绣江南》，华夏出版社，1991年10月版，收录报告文学《飞凤腾龙》。

1992年

《小小说百家代表作》，王保民主编，河南人民出版社，1992年3月版，收录《面对选择》；

《小小说百家创作谈》，王保民主编，河南人民出版社，1992年3月版，收录《秘密》《再年轻一次》；

《世界华文微型小说大成》，江曾培主编，上海文艺出版社，1992年5月版，收录《茶垢》；

《县邑风物丛书·太仓》，江苏人民出版社，1992年7月版，收录《凭吊板桥古战场》《王安石欣赏的水利专家郏亶》《明代文坛"后七子"领袖王世贞》；

《茅草地》，中国文联出版公司，1992年7月版，收录散文《安澜索桥漫步》；

《履痕》，云南人民出版社，1992年9月版，收录散文《走进唐代常建诗意》；

《中国当代大陆微型小说家代表作》，生晓清主编，香港神州出版社，1992年11月版，收录《龟兔赛跑续篇》《菊痴》；

《爱神——中国煤炭报小说散文选》，煤炭工业出版社，1992年12月版，收录《茶垢》《再年轻一次》。

1993年

《"一拖杯"全国小小说大奖赛佳作精选》，陕西人民出版社，1993年4月版，收录《梦之诠释》；

《人间漫记·优秀微型小说选》，国讯主编，香港欧亚经济出版社，1993年7月版，收录《抉择》；

《中国纯情美文精选》，长江文艺出版社，1993年10月版，收录散文《安澜索桥漫步》；

《太阳河月亮潭》，北方文艺出版社，1993年11月版，收录《误墨》《追悼会》；

《中国当代新文学作品选》，1994年3月版，收录《石斧》。

1994年

《微型小说精品》，武汉出版社，1994年4月版，收录《传言》；

《第一届全国大赛袖珍小说精选》，青年作家杂志社编，成都出版社，1994年11月版，收录《电报》《迟到》；

《春兰·世界华文微型小说大赛获奖作品集》，上海文艺出版社，1994年12月版，收录《剃头阿六》；

《苏州小说15年（1979—1994）》，人民文学出版社，1994年12月版，收录《古庙镇风情》之《老式柜子》《祖传名壶》《茶垢》；

《满天星》，刘庆宝编，西南师范大学出版社，1994年12月版，收录《满座》；

《跨世纪彩虹》，1994年3月版，收录《谢谢！谢谢！》；

《当代新文学作品选》，1994年6月版，收录《石斧》《误墨》。

1995年

《名家精品小小说选·探戈皇后（传奇·幽默篇）》，杨晓敏、郭昕主编，青海人民出版社，1995年6月版，收录《抉择》《红玫瑰》《招聘》《勿弄明白》《画·人·价》；

《思维集》，1995年5月版，收录《高高的钻天杨》；

《极短篇（第10辑）》，台湾地区尔雅出版社，1995年10月版，收录《牛二》。

1996年

论文集《世界华文微型小说论》，新加坡作家协会出版，1996年版，收录论文《微型小说，一种崛起的文体》；

《当代短篇小说精品（1995年卷）》，漓江出版社，1996年1月版，收录一篇作品；

《小小说选刊》1996年10月增刊本，收录《永远的箫声》；

《世界华文微小说名家名作丛编（中国卷）》，江曾培主编，上海文艺出版社，1996年版，收录《误墨》《牛二》《秘密》；

《布谷声声》，四川人民出版社，1996年10月版，收录《外乡人》；

《八面来风》，四川人民出版社，1996年10月版，收录《奢侈一回》《生命之归属》《夏天的故事》《生死契约》；

《梦幻尘烟》，四川人民出版社，1996年10月版，收录《快刀张》《万卷楼主》；

《惊涛拍浪》,四川人民出版社,1996年10月版,收录《做一回股民》;
《万家灯火》,四川人民出版社,1996年10月版,收录《红玫瑰》;
《春催桃李》,四川人民出版社,1996年10月版,收录《最后一课》;
《相约如梦》,四川人民出版社,1996年10月版,收录《流产》《老婆很土,老婆很洋》;
《无悔青春》,四川人民出版社,1996年10月版,收录《访友》;
《铁血柔情》,四川人民出版社,1996年10月版,收录《一等功》《失窃》;
《啼笑皆非》,四川人民出版社,1996年10月版,收录《叶公后人》《公布"给李白的一封约稿信"》;
《苏州散文选》,苏州市文联编,百花洲文艺出版社,1996年10月版,收录《老母亲的栀子花》《安澜索桥漫步》;
《中国当代小小说精品库》,杨晓敏、郭昕主编,新华出版社,1996年11月版,收入《剃头阿六》等8篇;
《那片竹林那棵树·江苏微型小说作家作品选》,凌鼎年、石飞主编,国际文化出版公司,1996年11月版,收录《那片竹林那棵树》;
《江苏微型小说作家群作品选》,国际文化出版公司,1996年11月版。

1997年

《中国当代小小说名家名作》,1997年4月版,收录《外乡人》《奢侈一回》《一等功》《失窃》《访友》《快刀张》《万卷楼主》《流产》《老婆很土,老婆很洋》《最后一课》《做一回股民》《叶公后人》《公布"给李白的一封约稿信"》《红玫瑰》等14篇;
《世界华文微型小说论文集》,泰国华文文学出版社,1997年8月版,收录《小小说——凌鼎年如是说》;
《百岁梦圆》,河海大学出版社,1997年9月版,收录报告文学《淡泊名利,物我两忘——记已故105岁画家朱屺瞻》;
《韩英微型小说选评》,上海文艺出版社,1997年2月版,收录《思想的深刻性与构思的独特性》《写活"这一个"》;
《解构·超越与重塑》,湖南文艺出版社,1997年11月版,收录《多重角色的赵禹宾》;
《汉英对照小小说精选》,1997年12月版,收录《此一时,彼一时》《招聘》《偏方》《柔与顺的故事》《寿碗》等5篇;
《新民晚报丛书·市井故事精选》,百家出版社,1997年版,收录《猪郎倌》。

1998年

《中国小小说名家精品荟萃·风铃》,中国戏剧出版社,1998年4月版,收录《营救》《史仁祖》《去宾馆做生日》;
《跨世纪梅园文学经典》,1998年5月版,收录《进京》;
《汶水流韵——全国首届吴伯箫散文大赛作品选》,1998年10月版,收录散文《微山湖畔的回忆》;
《天诱》,黄河出版社,1998年11月版;
《轮回》,黄河出版社,1998年11月版;
《美丽的遗憾》,黄河出版社,1998年11月版;

《朝圣路上》,黄河出版社,1998年11月版;
《好望角》,黄河出版社,1998年11月版;
《花蕾纷繁》,黄河出版社,1998年11月版;
《白鸽子,黑鸽子》,黄河出版社,1998年11月版;
《界》,黄河出版社,1998年11月版;
《苏州杂文随笔选》,苏州市文联编,古吴轩出版社,1998年12月版,收录《书祭》;
《跨世纪梅园文学经典》,1998年版,收录《进京》;
《百年梦圆》,1998年版,收录《淡泊名利,物我两忘——访已故105岁画家朱屺瞻》;
《东南亚华文文学大系·泰国卷》,1998年12月版,收录《激浊扬清显真心》。

1999年
《跨越坎坷》,太仓市残联编,1999年1月,收录《自强自立,善心慈举》;
《太仓五十年文学作品选(1949—1999)》,太仓市宣传部、文联主编,1999年9月,收录小说《古庙镇风情》5篇;
《今日名流丛书》,中国地质大学出版社,1999年版,收录《吴健雄与袁家骝一对科学伉俪》;
《苏州文学十年选》,1999年版,收录《生命》;
《儒商文丛》,1999年版,收录《世界的、民族的蓝海文》;
《微型小说三百篇》,百花洲文艺出版社,1999年版,收录《剃头阿六》《寻找证明》《此一时,彼一时》;
《小小说选刊》1999年增刊本,收录小小说《快刀张》;
《新世纪文学作品选(小说卷)》,冰峰主编,中国文联出版社,1999年6月版,收录《相依为命》。

2000年
《小小说艺术创作基础》,赵禹宾编,中国戏剧出版社,2000年10月版,收录《小小说,三十年后再论》;
《小小说艺术创作研究》,赵禹宾编,中国戏剧出版社,2000年10月版,收录《小小说,三十年后再论》;
《99中国年度最佳小小说》,杨晓敏、郭昕、寇云峰选编,漓江出版社,2000年1月版,收录《消失的壁画》;
《人生感悟》,2000年版,收录《一人一小语》;
作品收入《解梦圆》,2000年版;
《小小说选刊》2000年增刊本,收录《封侯图》《鱼拓》。

2001年
《20世纪中华小小说经典》,新疆人民出版社,2001年版,收录《剃头阿六》《寻找证明》《此一时,彼一时》;
《中国20世纪微型小说新作品选集》,2001年版,收录《拖鞋》;
《21世纪中学生作文》,长城出版社,2001年版,收录评论《韵味最是难得》;
《小小说选刊十五年获奖作品选》,2001年版,收录《史仁祖》《再年轻一次》《房租》;

《非常小说秀》，曹清富主编，海天出版社，2001年1月版，收录《劝架》《忧心忡忡》；

《微型小说佳作赏析（第一卷）》，李春林、胡永其主编，百花洲文艺出版社，2001年5月版，收录《红玫瑰》；

《微型小说佳作赏析（第二卷）》，李春林、胡永其主编，百花洲文艺出版社，2001年5月版，收录《再美丽一次》；

《小小说家园·趣味小小说精选》，王雷琰主编，陕西旅游出版社，2001年6月版，收录《寻找黄金国》；

《苏州报告文学》，苏州市文联编，百花洲文艺出版社，2001年12月版，收录《吴健雄与袁家骝》；

《2001年中国短篇小说精选》，胡平主编，长江文艺出版社，2001年版，收录《了悟禅师》。

2002年

《微型小说佳作选赏析200篇》，敦煌文艺出版社，2002年版，收录《剃头阿六》《寻找证明》；

《微型小说佳作赏析》，百花洲文艺出版社，2002年版，收录《秘密》；

《当代小小说名家珍藏》，河南文艺出版社，2002年版，收录《了悟禅师》《三勿雕》《杀手》《天下第一剑》；

《中国微型小说排行榜》，作家出版社，2002年版，收录《了悟禅师》；

《故事精华本》，漓江出版社，2002年版，收录《杀手》；

《余光中暨香港沙田文学国际学术研讨会论文集》，湖北人民出版社，2002年版，收录《诗性·知性·幽默性——余光中散文的美学追求》；

《传承与拓展——菲律宾华文文学国际学术研讨会论文集》，海峡文艺出版社，2002年版，收录《初露曙色的菲律宾华文微型小说创作》；

《世界华文微型小说经典（中国卷）》，百花洲文艺出版社，2002年版，收录《秘密》《剃头阿六》；

《微型小说佳作赏析200篇》，敦煌文艺出版社，2002年版，收录《秘密》《寻找证明》；

《2001年中国微型小说精选》，长江文艺出版社，2002年版，收录《孔乙己开店》；

《2001中国年度最佳小小说》，漓江出版社，2002年版，收录《了悟禅师》；

《小小说选刊精华本》，漓江出版社，2002年版，收录《永远的箫声》《快刀张》；

《当代小小说名家珍藏》，河南文艺出版社，2002年版，收录《了悟禅师》《汉白玉三勿雕》《杀手》《天下第一剑》《结缘小小说》；

《小小说精选》，内蒙古文化出版社，2002年版，收录《史仁祖》；

《小小说欣赏A卷》，中国文联出版社，2002年6月版，收录《让儿子独立一回》；

《微篇部落》，远方出版社，2002年版，收录小小说《收藏家沙里金》《两份检查》，散文《烟花三月下扬州》《个园之竹》，代序《为微篇文学的发展做实事》；

《小小说月刊》2002年增刊本，收录《各不相让》；

《菲华微型小说集》，菲律宾华文作家协会编，2002年版，收录代序《初露曙色的菲律宾华文微型小说创作》；

《故事精华本》,漓江出版社,2002年版,收录《杀手》;
《蓝眼睛》,泰国时代论坛出版社,2002年版,收录《激浊扬清显真心》;
《糊涂诗300首》,哈尔滨出版社,2002年版,收录诗1首;
《高中语文课内同步阅读》,中华书局,2002年8月版,收录小小说《血色苍茫的黄昏》。

2003年

《2002年中国短篇小说精选》,长江文艺出版社,2003年版,收录《法眼》;
《2002年中国微型小说精选》,长江文艺出版社,2003年版,收录《收到三千封读者来信》《蒲松龄设奖》;
《2002中国年度最佳小小说》,漓江出版社,2003年版,收录《法眼》;
《中国当代微型小说精华》,人民文学出版社,2003年版,收录《再美丽一次》《剃头阿六》;
《中国微型小说(小小说)排行榜》,作家出版社,2003年版,收录《法眼》。

2004年

《写作着是美丽的》,长征出版社,2004年4月版,收录《跋涉着,写作着,美丽着》;
加拿大多伦多圣力嘉学院黄俊雄教授选编、翻译的《中国小小说选集》(英译本),中国外文出版社,2004年12月版,收录3篇微型小说、1篇微型小说理论文章;
由日本国学院大学渡边晴夫教授主编的《中国短小说Ⅱ》,收录由日本中央大学久米井敦子翻译的小小说《爱好》;
新加坡教育部华文课程编写组在新编的中学华文教材中,收录微型小说《让儿子独立一回》,这是中国大陆微型小说首次入选海外正规的中学教材;
《2003年中国短篇小说精选》,长江文艺出版社,2003年版,收录短篇小说《七弦古琴》;
《2003年中国微型小说精选》,长江文艺出版社,2003年版,收录《请请请,您请!》;
《微型小说佳作欣赏》,百花洲文艺出版社,2003年版,收录《走镖》《秘密》《藏戏面具》《红玫瑰》《再美丽一次》等5篇;
《高考金榜作文与微型小说技巧》,江苏文艺出版社,2003年版,收录《法眼》;
《首届中国小小说金麻雀奖获奖作品集》,收录《了悟禅师》《茶垢》《菊痴》《三代人遗嘱》《红玫瑰》《结缘小小说》等6篇;
《中国新时期微型小说经典》,收录《此一时,彼一时》《剃头阿六》《了悟禅师》;
《中国精短小说名家经典》,收录《了悟禅师》;
《普通人的第N种生活》,收录《杀手》;
《中国推理侦探微型小说选》,收录《亲眼目睹后》《坠楼事件》《杀人动机》《邢副局长死之谜》《谋杀指南》《目击证人》《苏大年破案》《除夕夜的灭门血案》《追寻明代丢失的书法作品》《揪出病魔》《当了一回窃贼》《追杀产婆》《离奇的失窃案》《雅贼》等14篇;
《感动大学生的100篇微型小说》,收录《让儿子独立一回》;
《中国当代微型小说排行榜》,收录《此一时,彼一时》;
《人生格言经典》,收录3则格言;
《海外江苏之友》,收录《昆曲创始太仓说》《麻将起源太仓说》《江南丝竹起源太仓说》《牛郎织女传说降生太仓说》；

《苏州诗歌选(1979—2002)》，江苏文艺出版社，2004年9月版，收录《回忆红嫂》；

《胡一笙微型小说评论集》，收录《请请请，您请!》《好色之徒》。

2005年

《第三届全国微型小说(小小说)年度评选获奖作品集》，作家出版社，2005年版，收录《天下第一桩》；

《2004中国年度微型小说》，漓江出版社，2005年1月版，收录《茉莉姑娘》；

《2004年中国微型小说精选》，长江文艺出版社，2005年1月版，收录《好色之徒》《丧礼上的女人》；

《小小说今选》，内蒙古文化出版社，2005年版，收录《发现第八大洲》《难忘的方苹果》《最后的潇洒》《再美丽一次》；

《100位作家教你写作文》，北京同心出版社，2005年版，收录《从写日记开始》；

《启封集》，中国文学出版社，2005年版，收录《硬汉与软蛋》及创作谈《写出故事背后的》；

《感动中学生的100篇微型小说》，北京九州出版社，2005年版，收录《永远的箫声》；

《语文·必修3》，广东教育出版社，2005年版，收录《孔乙己开店》；

《中国小小说选集》，系加拿大大学外国文学教材，2005年1月版，收录《生日日记》《再年轻一次》《拖鞋》《情人与毒品》和创作谈《取材一得》；

《第二届小小说金麻雀奖获奖作品》，漓江出版社，2005年4月版，收录《诚信专卖店》《天下第一桩》《药膳大师》；

《韩英微型小说百篇》，银河出版社，2005年9月版，收录《韩英现象之我见》；

《香港文学小说选》，香港文学出版社，2005年10月版，收录《诚信专卖店》。

2006年

日本国学院大学渡边晴夫教授与日本中央大学大川完三郎教授合作翻译的日本大学教材《中国的短小说》，日本株式会社同学社，2006年2月，收录《爱好》；

《中国当代小小说选》(英文版)，美国哥伦比亚大学出版社，2006年9月版，收录《茶垢》；

《神迹人生》，菲律宾华教中心出版部，收录文学评论2篇；

《微型小说鉴赏辞典》，上海辞书出版社，2006年版，收录《那片竹林那棵树》等2篇；

《震撼大学生的101篇小小说》，内蒙古文化出版社，2006年2月版，收录《让儿子独立一回》；

《心灵的颤音:感动中学生的100篇微型小说》，九州出版社，2006年1月版，收录《生死洞》；

《感动中学生的100篇小小说》，九州出版社，2006年6月版，收录《血经》；

《心灵的颤音:感动中学生的100篇微型小说》，九州出版社，2006年1月版，收录《永远的箫声》等2篇；

《感动中学生微型小说全集》，九州出版社，2006年12月版，收录《永远的箫声》；

《2005年中国微型小说精选》，长江文艺出版社，2006年1月版，收录《美的诱惑》等2篇；

《2005中国年度微型小说》,漓江出版社,2006年1月版,收录《儿子·妻子·老子》;

《2005中国年度故事》,漓江出版社,2006年1月版,收录《雅贼》;

《廉政小小说》,中国方正出版社,2006年1月版,收录《谁是阿太?》等2篇;

《小小说金典》,收录《阿刚其人》等3篇;

《苏州当代小说欣赏》,苏州市文联编,吉林人民出版社,2006年6月版,收录《猎人萧》等3篇;

《启发中学生生活的80个故事》,深圳报业集团出版社,2006年5月版,收录《老寿星之死》;

《阅读版语文·美文如歌》,朝华出版社,2006年1月版,收录《丧礼上的女人》等2篇;

《阅读版语文·时文如雨》,朝华出版社,2006年1月版,收录《让儿子独立一回》。

2007年

《茅台故事》,昆仑出版社,2007年3月版,收录散文《两瓶茅台酒》;

《娄东勤廉史话》,太仓市纪委编,2007年6月版,收录《陆状元的"廉砚"》;

《全球100位名人与中学生谈诚信》,花山文艺出版社,2007年11月版,收录《诚信专卖店》;

汉英对照本《世界华文微型小说精选》,江曾培主编,上海外语教育出版社,2007年11月版,收录《边事》;

泰国出版的《诗人,你并不寂寞》,收录《遥祭子帆》《子帆周年祭》;

香港出版的《世界中学生华文微型小说创作大赛获奖作品集》,收录《拯救》《正义》《车票》《流泪手心》《重获新生》《黑色文件夹》《副业》《兄弟》《属于我的——英雄奖》等获奖作品的9篇点评文章;

《作文与阅读双向突破丛书》高一(下册),重庆出版社,2007年3月版,收录微型小说《诚信专卖店》;

《影响你一生的微型小说》,花山文艺出版社,2007年4月版,收录《血色苍茫的黄昏》;

《感动小学生的微型小说全集》,九州出版社,2007年5月版,收录《永远的箫声》;

《小小说金榜》,北京十月文艺出版社,2007年4月版,收录《阿刚其人》《快刀张》《采风》;

《2006中国年度微型小说》,冰峰、陈亚美主编,漓江出版社,2007年1月版,收录《主任科员老牛》;

《2006年中国微型小说精选》,中国作家协会创研部编选,长江文艺出版社,2007年1月版,收录《友石情缘》《主任科员老牛》;

《2006中国微型小说年选》,中国小说学会主编,花城出版社,2007年4月版,收录《永远的黑蝴蝶》《郑板桥的"风竹图"》《吊肉香》;

《音乐人生》,人民音乐出版社,2007年6月版,收录《民族乐坛一大家》《江南丝竹又绽奇葩》;

《岁月悠悠话宫商》,作家出版社,2007年8月版,收录凌鼎年撰写的代序;

《韩英微型小说百篇（点评版）》，作家出版社，2007年10月版，收录《写活这一个》《思想的深刻性与构思的独特性》2篇评论。

2008年

《中国新文学大系·微型小说卷》，江曾培主编，上海文艺出版社，2008年11月版，收录《茶垢》《秘密》《剃头阿六》《此一时，彼一时》《那片竹林那棵树》等5篇作品；

《2007年中国微型小说精选》，中国作家协会创研部选编，长江文艺出版社，2008年1月版，收录《灵猴》；

《2007中国年度微型小说》，漓江出版社，2008年1月版，收录《娄城一怪陆慕远》；

《2007最适合中学生阅读微型小说年选》，北方妇女儿童出版社，2008年1月版，收录《玉雕门》《张画家，李画家》；

《2007最适合中学生阅读小小说年选》，北方妇女儿童出版社，2008年1月版，收录《崭露头角》；

《"关爱女孩"手机文学作品集——爱的絮语》，江苏人民出版社，2008年3月版，收录《害怕警察的女孩》；

《全球100位名人对中学生谈名利》，花山文艺出版社，2008年5月版，收录《名誉是把双刃剑》；

《一世珍藏的微型小说139篇》，长江文艺出版社，2008年5月版，收录《了悟禅师》；

《宋文治研究》一书，收录《松石斋主宋文治》；

广东省东莞市塘厦理工学校莫金莲编著的联想专班试用教材《语文》（修订本），收录微型小说《古董买卖》；

《名人笔下的文莱》，文莱联华印务有限公司，2008年5月版，收录《赴文莱日记》；

《世界中学生华文微型小说大赛优秀作品选》，上海文艺出版社，2008年12月版，收录点评30篇；

《百年百篇经典微型小说》，长江文艺出版社，2008年12月版，收录《剃头阿六》；

《青少年快乐阅读系列》套书（全套20本）中的一册《快乐心灵的小小说》，代斌主编，北京燕山出版社，2008年7月版，收录《丧礼上的女人》《让儿子独立一回》。

2009年

《收获灵感和感动——60位著名作家和青少年共同阅读》，方圆主编，石油工业出版社，2009年1月版，收录散文《表扬是成功之母》；

《2008年中国微型小说精选》，中国作家创研部选编，郑允钦、张越、吴雁主编，长江文艺出版社，2009年1月版，收录《崭露头角》；

《2008年中国小小说精选》，高长梓选编，长江文艺出版社，2009年1月版，收录《寻找长生不老药》；

《2008中国年度微型小说》，冰峰、陈亚美主编，漓江出版社，2009年1月版，收录《石少丑与老照片》；

《最受中学生喜欢的2008年微型小说选》，汤洁夫选编，北方妇女儿童出版社，2009年1月版，收录《刀子匠龙阿四》。

《2008年值得中学生珍藏的100篇微型小说》，滕岁主编，华东师范大学出版社，2009

年1月版,收录《狂士郑无极》;

《2008年值得中学生珍藏的100篇传奇故事》,刘光全、黄棋主编,华东师范大学出版社,2009年1月版,收录《血经》;

《2008年值得中学生珍藏的100篇校园小说》,刘光全、黄棋主编,华东师范大学出版社,2009年1月版,收录《唐校长》;

《2008年值得中学生珍藏的100篇故事》,陈雄主编,华东师范大学出版社,2009年1月版,收录《吴太后》;

《中国微型小说300篇》,光明日报出版社,2009年2月版,收录《再年轻一次》《血经》《寿礼》《误墨》《诚信专卖店》等5篇;

《中国小小说300篇》,蔡楠主编,收录《法眼》《天下第一桩》《剃头阿六》《了悟禅师》等4篇;

《最具阅读价值的小小说选》,侯德云主编,光明日报出版社,2009年2月版,收录《嘴刁》;

《精美小小说读本》,司玉笙主编,光明日报出版社,2009年2月版,收录《寻找长生不老药》;

《精美微型小说读本》,邢庆杰主编,光明日报出版社,2009年2月版,收录《秘密》;

《阳光的味道·最具中学生人气的100篇微型小说》,李永康主编,光明日报出版社,2009年2月版,收录《天下第一桩》《再年轻一次》;

《太阳开花是什么颜色·最具中学生人气的100篇小小说》,刘建超主编,光明日报出版社,2009年2月版,收录《永远的箫声》;

《纯真最灿烂·中学生必读的100篇生活小小说》,马新亭主编,光明日报出版社,2009年2月版,收录《了悟禅师》;

《过完夏天再去天堂·中学生必读的100篇情感小小说》,谢志强主编,光明日报出版社,2009年2月版,收录《剃头阿六》;

《魔术师的房子·小学生必读的100篇生活小小说》,马新亭主编,光明日报出版社,2009年2月版,收录《1943年的烤地瓜》;

《老师,你能抱我一下吗·小学生必读的100篇校园小小说》,汝荣兴主编,光明日报出版社,2009年2月版,收录《外星人是什么样子的?》;

《没有童话的鱼·小学生必读的100篇成长小小说》,周波主编,光明日报出版社,2009年2月版,收录《让儿子独立一回》;

《巾帼英杰》,江苏省委宣传部、江苏省妇联等主编,收录人物传记《世界核物理"女皇"吴健雄》;

《中国迷你文学1000篇》,现代出版社,2009年4月版,收录《捏相大师》《女孩》《洪画家夫妇》;

《中国当代小小说大系》,杨晓敏、秦俑主编,河南文艺出版社,2009年5月版,收录《茶垢》《再年轻一次》;

《2008年自贡市微型小说年鉴》,收录《自贡有个微型小说作家群》《自贡儒官王孝谦》2篇;

《最具中学生人气的微型小说》,孙绍武、陈玉强主编,内蒙古人民出版社,2009年4月版,收录《永远的箫声》《血经》《请请请,您请!》《生死洞》等4篇;

《感动农民的68个明星故事》,华东师范大学出版社,2009年5月版,收录《诺贝尔奖得主朱棣文江苏太仓寻根记》;

《曾心作品评论集》,张长虹编,泰国留中大学出版社,2009年7月版,收录评论《激浊扬清显真心——泰国曾心微型小说浅析》;

《吴地谜踪》,李嘉球主编,古吴轩出版社,2009年5月版,收录《弇山园是座怎样的园林?》《昙阳子是杜丽娘的原型吗?》2篇;

《读·品·悟:优秀小学生成长必读第一书》,石飞主编,花山文艺出版社,2009年6月版,其中《培养小学生好奇心的80个故事》收录《秘密》,《培养小学生诚实守信的80个故事》收录《我是你儿子》《一枚古钱币》;

《小品文今选》,黄长江主编,中外名流出版社,2009年8月版,收录《有容乃大》《眼疾的感悟》《嘴刁》《乡村小店》等4篇;

《太仓微型小说作家群作品选》,上海文艺出版社,2009年10月版,收录《了悟禅师》《茶垢》《法眼》《天下第一桩》《剃头阿六》《让儿子独立一回》《诚信专卖店》《秘密》《此一时,彼一时》《天使儿》等10篇;

《新中国六十年文学大系》,王蒙主编,杨晓敏、秦俑主编的《小小说精选》分册,长江文艺出版社,2009年8月版,收录《了悟禅师》;

《高考金榜作文与微型小说技巧》,凌焕新主编,江苏文艺出版社,2009年10月版,收录《法眼》;

《帆起南岸》,大众文艺出版社,2009年4月版,收录代序《帆起南岸济沧海》;

淮沙的诗集《天与海》,吉林银声音像出版社,2009年8月版,收录代序《淮沙的诗情诗意》;

言行一的《咱村的赵树理》,陕西师范大学出版社,2009年9月版,收录代序《真水无香,大朴不雕》;

《留在记忆里》,香港获益出版事业有限公司,2009年5月版,收录代序《东瑞,推进香港微型小说的有功之臣》;

刘平文学集子《凡人俗事》,四川美术出版社,2009年10月版,收录代序《好一个都江堰作家刘平》;

《中国的微型小说与日本的掌篇》,日本DTP出版社,2009年12月,收录代序《中日微型小说比较研究学的开拓者渡边晴夫教授》;

《世界儿童微型小说》,日本彩虹图书馆,2009年12月版,收录《一枚古钱币》;

《茅台故事365天》,作家出版社,2009年6月版,收录《1978年的茅台酒》《酒令的回忆》;

英文版小说集《珍珠外套》,美国加州石桥出版社,2009年版,收录《猫与老鼠的游戏》;

《最受小学生喜爱的100篇奇幻故事》,黄棋主编,华东师范大学出版社,2009年9月版,收录《与大熊猫齐名》《鼠人》;

《微型小说超人气读本·法制篇》,百花洲文艺出版社,2009年6月版,收录《当了一回窃贼》;

《微型小说超人气读本·致富篇》,百花洲文艺出版社,2009年9月版,收录《诚信专卖店》。

2010年

《高考语文:阅读与写作》,方圆主编,石油工业出版社,2010年1月版,收录微型小说《拖鞋》;

《中国当代微型小说名篇赏析》,汝荣兴编著,光明日报出版社,2010年1月版,收录《血色苍茫的黄昏》;

《2009中国年度小小说》,漓江出版社,2010年1月版,收录微型小说《铸剑》;

《2009中国年度微型小说》,冰峰、陈亚美主编,漓江出版社,2010年1月版,收录微型小说《定做》;

《100+1位课文作家教你写作文》,叶刚主编,中国少年儿童出版社,2010年3月版,收录随笔《兴趣是第一位的》;

《慈母颂》,中国作协和江苏作协主编,收录散文《走向天国的母亲》;

《感动中学生心灵的短篇小说》,阮约编著,吉林大学出版社,2010年1月版,收录《一夜旅点》;

《2009最适合中学生阅读微型小说年选》,汤吉夫、李朴主编,北方妇女儿童出版社,2010年1月版,收录《高雅一回》《轰动一时的画展》《房东克丽丝·莱希老太太》;

《中学生喜欢的小小说》,收录《请请请,您请!》《永远的箫声》《生死洞》《血经》等4篇;

《2009年中国小小说精选》,高长梅主编,长江文艺出版社,2010年1月版,收录《谁说救人与爱情不相关》;

《阅卷老师推荐的100篇作家经典美文》,尹杰主编,石油工业出版社,2010年3月版,收录《误墨》《了悟禅师》;

《21世纪微型小说排行榜》,微型小说杂志社选编,百花洲文艺出版社,2010年5月版,收录《了悟禅师》;

《汇知·第二届世界中学生华文微型小说创作大赛得奖作品集》,香港超越国际教育服务中心出版,收录多篇点评;

《对窗六百八十格》,台湾秀威出版社,2010年7月版,收录代序《缤纷多彩的欧华微型小说》;

《温暖呼叫转移》,阳光出版社,2010年5月版,收录代序《颜育俊,温州微型小说文坛的黑马》;

《菊花盛开的季节》,大众文艺出版社,2010年7月版,收录代序《小处着笔,大化归真》;

《平凡与卓越之间》,天津教育出版社,2010年5月版,收录代序《穿越平凡,走向卓越》;

《梦笔生花》,内蒙古人民出版社,2010年9月版,收录代序《名声鹊起的何开文》。

2011年

《考点大观·初中语文》,北京教育出版社,2010年7月再版,收录《让儿子独立一回》；

《最好小小说大全集》，中国华侨出版社，2010年11月版，收录《那片竹林那棵树》《丧礼上的女人》；

《娄东大讲堂》，2010年12月，收录《太仓特色走向全国》；

《2010中国年度微型小说》，漓江出版社，2011年1月版，收录《拉手手，亲口口》《鉴定》《走出山村的郝石头》；

《2011中国年度小小说》，漓江出版社，2011年1月版，收录《鉴定》；

《2010年中国小小说精选》，高长梅主编，长江文艺出版社，2011年1月版，收录《成熟》；

《名家小小说欣赏》，北方妇女儿童出版社，2011年1月版，收录《玉雕门》《张画家、李画家》《房东克里斯蒂》；

《中国微型小说名家名作百年经典》，生晓清、陈永林主编，吉林出版集团有限责任公司，2011年2月版，收录《茶垢》《再年轻一次》《剃头阿六》；

《微型小说美学》，凌焕新著，江苏文艺出版社，2011年3月版，收录《法眼》；

《在翠屏山下长大》，邱来根主编，吉林银声音像出版社，2011年3月版，收录点评杨梦艳《花了眼的老母鸡》；

《父亲说，她叫月季》，山东画报出版社，2011年3月版，收录代序《月季花，太仓的又一张城市名片》；

《微型小说百年经典》（中国卷），湖南省少年儿童出版社，2011年3月版，收录《了悟禅师》；

《中小学生阅读大系·中国当代儿童文学精品库·诗歌卷》（1949—2009），农村读物出版社，2012年1月版，收录《滚铁环》《捉迷藏》2首，小说卷收录《难忘的方苹果》，散文卷收录《龟兔赛跑续篇》，故事卷收录《得珠记》；

《"我与自然"全国散文大赛获奖作品集》，收录散文《向往石膏山》；

《中考试卷中的美文选萃》，陈金明主审、方圆主编，湖南少年儿童出版社，2011年6月版，收录《让儿子独立一回》；

《中华散文精粹》，于儒山、王建明主编，作家出版社，2011年8月版，收录散文《我的青春在徐州》《杭州湾跨海大桥》；

《第五届小小说金麻雀奖获奖作品》，《百花园》杂志社编，漓江出版社，2011年9月版，收录小小说《小镇上来了气功师》《赎罪券》《铸剑》《药膳大师》《高雅一回》《轰动一时的画展》《娄城故事》《酒酿王》《蓝色妖姬》《做独身女人真难》等10篇；

《微型小说与语文教育》，香港陈苼、阿兆合编，香港学生文艺出版社，2011年10月版，收录《剃头阿六》；

《拔节的笋芽》，田荣俊主编，吉林银声音像出版社，2011年10月版，收录10篇点评稿；

《2011楚天文学全国年度精品文萃·诗歌》，云南大学出版社，2011年12月版，收录《冬天的期盼》（外一首）；

《2011楚天文学全国年度精品文萃·小小说》，云南大学出版社，2011年12月版，收录《绿洲情爱》；

《美文天下·中国全国旅游散文优秀作品选》，中国言实出版社，2011年版，收录散文《奥地利之行》；

《作家童年的作文》，收录散文《祭扫烈士墓》；

《中国当代百名诗词家作品集》，中国当代文学研究会主编，收录诗歌《回忆红嫂》；

"国际金瓶梅研究系列丛书"第三卷《金瓶梅作者——蔡荣名说要点论述》，美国国际作家书局，2011年8月版，收录《王世贞写〈金瓶梅〉说》。

2012年

《微型小说十年》，漓江出版社，2012年1月版，收录《狼来了》《酒酿王》；

《2011中国年度微型小说》，冰峰主编，长江文艺出版社，2012年1月版，收录《辐射鼠》《最后的潇洒》；

《2011中国年度小小说》，杨晓敏主编，长江文艺出版社，2012年1月版，收录《最后的潇洒》；

《超人气现代名家小小说选》，杨晓敏主编，华夏出版社，2012年1月版，收录《铸剑》《法眼》《药膳大师》《剃头阿六》《菊痴》《茶垢》《天使儿》《了悟禅师》《让儿子独立一回》《再年轻一次》等10篇；

《日记闲话》，古农主编，人民日报出版社，2012年1月版，收录随笔《记日记是个好习惯》《我的日记》；

《邢少兰画集》，西泠印社出版社，2012年2月版，收录评论《幽兰出深谷》；

《作家教你写作文》，刘崇善主编，湖南少年儿童出版社，2012年2月版，收录《祭扫烈士墓》；

《尝试 追赶 超越》，刘崇善主编，吉林银声音像出版社，2012年1月版，收录11篇点评；

《21世纪中国最佳小小说》，杨晓敏、秦俑主编，贵州人民出版社，2012年3月版，收录《药膳大师》《狼来了》；

《中学生不可不读的微型小说名作·迎风而立》，任敏主编，东方出版社，2012年3月版，收录《邢局长死之谜》《丧礼上的女人》《夏三秦家被盗案》《没人报案的案子》《坠楼事件》等5篇；

《中学生不可不读的微型小说名作·乡野的声音》，任敏主编，东方出版社，2012年3月版，收录《怎一个"情"字了得》；

《中学生不可不读的微型小说名作·站立的拐棍》，任敏主编，东方出版社，2012年3月版，收录《邮疯子》《一枚古钱币》《天下第一桩》《药膳大师》《了悟禅师》《发现圣旨》《老板要狗年贺词》《血经》《盆景王》等9篇；

《中学生不可不读的微型小说名作·母爱不会老》，任敏主编，东方出版社，2012年3月版，收录《阳光心情》《儿子·妻子·老子》；

《中学生不可不读的微型小说名作·为什么要远远地躲开》，任敏主编，东方出版社，2012年3月版，收录《沉在水底的秘密》；

《中学生不可不读的微型小说名作·人性的对决》，任敏主编，东方出版社，2012年3

月版,收录《抉择》《弇山之宝》《最高境界》《侠骨柔情》《走镖》《草色青青》《将军与亭尉》《断碑》《吊肉香》《铸剑》等10篇;

《中学生不可不读的微型小说名作·沉重的表扬》,任敏主编,东方出版社,2012年3月版,收录《沉重的表扬》《采桑叶》《谁说只是个游戏》《请给我签个名》《代写书信的女孩》《哥们,驾照考出了!》《伯仲之间》《病中吟》《走,去黄河口》《精神病患者》《狗官司》《千万别带记者来》《爱好》《阿庆伯》《生财之道》等15篇;

《中学生不可不读的微型小说名作·久违的温暖》,任敏主编,东方出版社,2012年3月版,收录《让儿子独立一回》《与女儿失去联系四个小时》《半夜电话》;

《中学生不可不读的微型小说名作·父亲节的礼物》,任敏主编,东方出版社,2012年3月版,收录《红红与她爹》《人与人不一样》《父与子》;

《中学生不可不读的微型小说名作·寻找荆棘鸟》,任敏主编,东方出版社,2012年3月版,收录《寻找荆棘鸟》《鼠人》;

《中学生不可不读的微型小说名作·一条鱼的纪律》,任敏主编,东方出版社,2012年3月版,收录《菊痴》《茶垢》《大师的秘诀》《张画家与李画家》《郑板桥的〈风竹图〉》等5篇;

《中学生不可不读的微型小说名作·要变成蜻蜓的孩子》,任敏主编,东方出版社,2012年3月版,收录《在美国抓小偷》《盗墓》《尿床》;

《中学生不可不读的微型小说名作·生病控制仪》,任敏主编,东方出版社,2012年3月版,收录《生病控制仪》《隐身衣》《长生不老药》《身心健康预测仪》《梦幻器》《凯理与X—1星球人》《孔乙己开店》《外星人什么样子?》《"铁杵成针"考证》《魔椅》《发现第八大洲》《一球定乾坤》《反语国奇遇》等13篇;

《中考阅读·解题锦囊》,百花洲文艺出版社,2012年3月版,收录微型小说《茶垢》;

《美味"杀手"——全国河豚美文大赛作品选》,江苏大学出版社,2012年5月版,收录随笔《河豚之鲜,天下第一》;

《小小说的海岛证词》,南海出版社,2012年5月版,收录评论《海岛风情的艺术眷顾》;

《文学绿岛:中国新时期文学作品选》,夏寒主编,海南出版社,2012年9月版,收录散文《不仅仅有草的赤峰草原》;

《克什克腾风景散文选》,克什克腾旗政府主编,中国人民文化出版社,2012年3月版,收录散文《不仅仅有草的赤峰草原》;

《中国散文大系·旅游卷》,中国散文学会主编,作家出版社,2012年9月出版,收录散文《哈拉哈斯河漂流遇险记》;

《中国散文大系·抒情卷》,作家出版社,2012年9月出版,收录散文《永远的定格》;

《中国散文大系·女性卷》,作家出版社,2012年9月出版,收录散文《美丽的邂逅》;

《对话小小说》,任晓燕主编,海燕出版社,2012年4月版,收录访谈《小小说中有说不完的话》;

《生活 认知 成长·情愫卷》之《把爱写在手里》,杨晓敏主编,地震出版社,2012年5月版,收录《酒酿王》;

《春天的脚印》,苏州市文联编,苏州大学出版社,2012年3月版,收录评论《太仓微型小说》;

《中国诗选2012(汉英双语版)》,香港青桐国际出版公司,2012年8月版,收录诗歌《海妖的诱惑》;

《情与法》,上海文艺出版社,2012年8月版,收录《郝检察官》《蝙蝠》《唐僧》《全国首创,影响深远——"太仓港杯"法制微博小说大赛综述》等4篇小小说和评论;

《我的青春我做主》,地震出版社,2012年9月版,收录《鉴宝》;

《横街阮七》,杨晓敏主编,《小小说选刊》2012年增刊本,收录《东沙镇寻根》;

《脚印串串》,吉林银声音像出版社,2012年10月版,收录评点朱珇祺作文10篇;

《情感散文——爱永存心中》,收录散文《走向天国的母亲》;

《温暖的芬芳》,内蒙古文化出版社,2012年11月版,收录随笔《打造手机小说的品牌》;

《智慧的闪光——〈心有灵犀〉评论集》,程思良主编,泰国泰华文学出版社,2012年12月版,收录评论《泰国华文文坛的文曲星司马攻》;

《2012中国短篇小说经典》,光明日报出版社,收录小说《石头啊石头》;

《2012中国散文经典》,光明日报出版社,收录散文《家乡的民谣、儿歌》。

2013年

《2012中国年度微型小说》,冰峰、陈亚美主编,漓江出版社,2013年1月版,收录《寻找处女作》;

《2012中国年度小小说》,杨晓敏主编,漓江出版社,2013年1月版,收录《沉重的鸡蛋》;

《生活·认知·成长》之《生活中的考试》,杨晓敏主编,地震出版社,2013年2月版,收录《摄影家阿麻》;

《马士达先生追思文集》,江苏教育出版社,2013年3月版,收录随笔《不求闻达求高格——记书法篆刻家马士达》;

《尝试 追赶 超越》,刘崇善主编,吉林银声音像出版社,2012年12月版,收录评点14篇;

《徐梦梅书法作品集》,浏河镇政府编,2013年6月,收录《翰墨香里溢梅香——写在"徐梦梅书法作品选集"出版之际》;

《中国当代散文集力作选》(第四卷),作家出版社,2013年12月版,收录散文《为艾青家乡的千年古樟呼吁》;

《龙舞传奇》,吴国元主编,中国文联出版社,2013年7月版,收录文史作品《新湖龙狮名传遐迩》;

《海边书》,中国戏剧出版社,2013年12月版,收录散文《海岛古渔村》《海岛美景看洞头》《悲壮田横岛》;

《当代中国闪小说精华选萃·情感卷》,蔡中锋主编,北岳文艺出版社,2013年9月版,收录《害怕警察的女孩》《洪画家夫妇》;

《当代中国闪小说精华选萃·传奇卷》,蔡中锋主编,北岳文艺出版社,2013年9月

版,收录《捏相大师》;

《当代中国闪小说精华选萃·幽默卷》,蔡中锋主编,北岳文艺出版社,2013年9月版,收录《最出名的一男一女》;

《最美中国小小说文丛·禅悟中国》,王彦艳主编,大象出版社,2013年10月版,收录《了悟禅师》;

《最美中国小小说文丛·侠义中国》,王彦艳主编,大象出版社,2013年10月版,收录《解药》;

《最美中国小小说文丛·本草中国》,王彦艳主编,大象出版社,2013年10月版,收录《药膳大师》;

《小学语文课本单元平行阅读》(六年级 上)(人教版),崔峦、张在军主编,长春出版社,2013年6月版,收录《永远的箫声》;

《2013中国微型小说排行榜》,微型小说选刊杂志社选编,百花洲文艺出版社,2013年12月版,收录《有一种惩罚乃表扬》;

《在别处——一本杂志与一个时代的剪影》,杨晓敏、秦俑主编,漓江出版社,2013年8月,收录《铸剑》《狼来了》。

2014年

《聚经典·人文读本·智慧的简约——名家微型小说》,亢博剑主编,长江文艺出版社,2014年2月版,收录《了悟禅师》;

《全国勤廉微型小说作品选》,中国方正出版社,2014年3月版,收录《廉主任与陆检察官》《村里来了检察官》;

《周庄365夜》,上海文化出版社,2014年4月版,收录《唱大戏》;

《2013中国年度小小说》,杨晓敏主编,漓江出版社,2014年1月版,收录《有一种惩罚乃表扬》;

《大爱·真情——中国抗震救灾微型小说选》,中国方正出版社,2014年3月版,收录《唐校长》《隔壁乡邻》《小心没大错》;

《曾心微型小说艺术》,龙彼德著,泰国留中大学出版社,2014年4月版,收录《与泰华著名作家曾心对话》;

《黄河湄南河上的星光》,泰国作家协会与中国闪小说学会主编,泰华文学出版社,2014年版,收录《洪画家夫妇》;

《采撷时光得出微笑》,吉林银声音像出版社,2014年10月版,收录评点《吊兰》等10篇;

《现代文阅读秘籍》,电子工业出版社,收录《天使儿》;

《放歌百草原》,张富英、崔世豪主编,中国言实出版社,2014年9月版,收录散文《安吉百草原之行》;

《阅读全突破》(九年级),张在军、孔凡菊主编,华语教育出版社,2014年12月版,收录《天使儿》;

《如果你足够优秀》,薛兆平、王全成主编,青岛出版社,2014年6月版,收录《天下第一桩》《永远的箫声》;

《情感读本》，薛兆平、王新华主编，青岛出版社，2014年7月版，收录《永远的箫声》《相依为命》《将军与亭尉》《诚信专卖店》《天下第一桩》《难忘的方苹果》《相约天涯海角》等7篇；

《中国诗选2014（汉英双语版）》，北塔主编，线装书局，2014年11月版，收录诗歌《孔子闻韶处》；

《亚洲华文微型小说选》，美国环球作家出版社、捷克华文作家出版社，2014年10月版，收录微型小说《吉尼斯纪录认证官到鹅城》《太师饼的传说》与代序《亚洲，世界华文微型小说的大本营》；

《世界华文微型小说作家微自传》，美国环球作家出版社、捷克华文作家出版社，2014年10月版，收录代序《励志好书微自传》与《凌鼎年微自传》；

《品味》，蓉子主编，花城出版社，2014年10月版，收录散文《凸显个性的田子坊》；

《中国最好看的微型小说》，史为昆主编，百花洲文艺出版社，2013年12月第1版，2014年4月第3版，收录《此一时，彼一时》《血色苍茫的黄昏》《了悟禅师》《剃头阿六》《寻找证明》等5篇；

《中国最好看的微型小说》（大全集），刘海涛主编，中国华侨出版社，2014年10月出版，收录《生死洞》《狂士郑无极》；

《冰心儿童图书奖获奖作家作品：我想变成一只蚕》，尹全生主编，成都时代出版社，2014年11月版，收录《非著名摄影家》《有这样一位征婚者》《酒酿王》《娄城一怪陆慕远》《蓝色妖姬》《美与丽》《斗地嗒子的傻精》《麻将老阿太》《走出过山村的郝石头》《海仙人》《唐校长》《阿江之死》《吉祥画家》《冤家对头》《寻找伯乐》《洪升之死》《谁说救人与爱情不相关》《梅韵儿出国》《搭伙夫妻》《结婚是咱俩的事》《沉重的自尊》《倒包》等22篇；

"新世纪太仓文学作品集"之《迷途悔情》，中国文联出版社，2014年8月版，收录中篇小说《迷途悔情》；

"新世纪太仓文学作品集"之《天下名巧》，中国文联出版社，2014年8月版，收录短篇小说《眼力》《局长住院》《书记吃素》《笔会》《真假爱情》等5篇；

"新世纪太仓文学作品集"之《君子如玉》，中国文联出版社，2014年8月版，收录《狼来了》《沉重的鸡蛋》《有一种惩罚乃表扬》《辐射鼠》《吉尼斯纪录认证官来到鹅城》《偷界研讨会》《隐居海宁寺》《老虎招聘》《李时珍出书》《猪八戒答记者问》《洋女婿》等11篇；

"新世纪太仓文学作品集"之《忧乐烟霞》，中国文联出版社，2014年8月版，收录散文《想念我那95岁的老母亲》《三岛纪游》《根在湖州晟舍》《高邮情缘》《中国墨舞大师李斌权》等5篇；

"新世纪太仓文学作品集"之《真水无香》，中国文联出版社，2014年8月版，收录随笔《屁文章》《贪官二十怕》《真水无香，大朴不雕》《小道亦通衢，明月鉴痴心》《影响我心智的12本书》《与书交道18事》等6篇；

"新世纪太仓文学作品集"之《挚爱编织》，中国文联出版社，2014年8月版，收录诗歌《海妖的诱惑》《三山岛短歌》《常州天宁寺偶思》《孔子闻韶处》《故乡》；

《倾镇之恋》，南京大学出版社，2014年11月版，收录评论《小处着笔，大化归真》；

《我与郑州小小说》，郑州市小小说文化传媒有限公司，2014年12月版，收录评论《小小说的又一个新的里程碑》；

《追梦》，中国文联出版社，2014年10月版，收录《追寻文学之梦的周锦荣》；

《太仓美馔古今谈》，中国文联出版社，2014年10月版，收录《大厨撰写美食篇》；

《2014中国年度微型小说》，冰峰、陈亚美主编，漓江出版社，2014年12月版，收录《石头剪刀布》；

《中国当代散文家力作选·哲理卷》，作家出版社，收录《回归自然的诱惑》；

《中国当代散文家力作选·叙事卷》，作家出版社，收录散文《曼翁老新春太仓行》；

《中国当代散文家力作选·景物卷》，作家出版社，收录散文《芦墟古镇寻访王时敏遗迹》。

2015年

《中国最好的小小说精选集》，袁炳发主编，天地出版社，2015年1月版，收录《狼来了》《天使儿》《灵猴》；

《中国(抚州)"清风苑杯"廉政诗歌、散文获奖作品集》，江西省抚州市廉文化促进会编，中国方正出版社，2015年1月版，收录《一次作文比赛》；

《2014中国年度微型小说》，冰峰、陈亚美主编，漓江出版社，2015年1月版，收录《石头剪刀布》；

《中国闪小说年度佳作2014》，蔡中锋主编，贵州人民出版社，2015年2月版，收录《最出名的一男一女》《捏相大师》《洪画家夫妇》《开卷有益》等4篇；

"悦读·青少年成长智慧书系"中《做一个有勇气的人》，陈永林主编，人民出版社，2013年10月版，收录《遇险》；

《名人笔下的义乌》，"义乌丛书"编纂委员会编，上海人民出版社，2014年8月版，收录散文《吴晗故居》；

《苏州散文选》(1996—2013)，苏州市作家协会编，江苏凤凰文艺出版社，2015年4月版，收录散文《全民皆兵的耶路撒冷》；

《时文精读》2015年第5辑，陕西师范大学出版社，收录《有一种惩罚乃表扬》；

《心灵物语·谁该天生对你好》，湖北教育出版社，2015年8月版，收录微型小说《与女儿失去联系4个小时》；

《中国名摄影人王大经摄影作品集》，华夏国学出版社，2015年5月版，收录代序《独具只眼的王大经》；

"微小说丛书"(卷三)《害怕睡觉的人》，杨晓敏、乔叶主编，江苏凤凰文艺出版社，2015年3月版，收录《沉重的鸡蛋》；

"微小说丛书"(卷四)《一种美味》，杨晓敏、乔叶主编，江苏凤凰文艺出版社，2015年3月版，收录《有一种惩罚乃表扬》；

《记忆沙滩》，田荣俊主编，吉林银声音像出版社，2015年10月版，收录点评上海市浦东新区竹园小学五年级学生黄安琪的10篇作文；

"南京电影论坛丛书"，南京艺术学院研究院民国电影研究所主编，中国电影出版社，2015年9月版，收录《民国时期太仓的三位电影人——朱石麟、倪红雁、蒋天流》；

《心灵物语》，湖北教育出版社，2015年12月版，收录《秘密》。

2016年

《2015中国年度微型小说选》,冰峰、陈亚美主编,漓江出版社,2016年1月版,收录《怎一个"情"字了得》;

《2015中国微型小说年选》,卢翎主编,花城出版社,2016年1月版,收录《百年校庆》;

《2015中国微型小说排行榜》,微型小说选刊杂志社选编,百花洲文艺出版社,2016年1月版,收录《智者》;

《当代闪小说名作精选》,程思良主编,安徽文艺出版社,2016年2月版,收录《捏相大师》《洪画家夫妇》《两幅摄影作品》《神奇的衣服》等4篇;

《中国闪小说年度佳作2015》,蔡中锋主编,贵州人民出版社,2016年3月版,收录《黄牢骚》《畸形的爱》《神奇的衣服》;

"环保中国·自然生态美文馆"之《从乐园飞向乐园》,马国兴、吕双喜主编,郑州大学出版社,2015年6月版,收录《鹰的故事》;

《聚焦文学新潮流——当代闪小说精选》,程思良主编,安徽文艺出版社,2016年7月版,收录《捏相大师》《洪画家夫妇》《神奇的衣服》《两幅摄影作品》等4篇;

《中国当代文学史精品》,程思良主编,福建少年儿童出版社,2016年6月版,收录《洪画家夫妇》;

《书香花园——下花园小小说作品选》,郭刚主编,现代出版社,2016年7月版,收录《寻找证明》;

《2015中国年度小小说》,杨晓敏、秦俑、赵建宇选编,漓江出版社,2016年1月版,收录《偷界研讨会》;

《初中语文现代文阅读秘籍》,"好未来研发中心"编著,电子工业出版社,2015年1月版,收录微型小说《天使儿》;

《"小诗磨坊"研究论文集》,泰国曾心、范军主编,泰国留中大学出版社,2016年7月版,收录《小诗不小,磨坊助推——泰国"小诗磨坊"诗歌浅评》;

《中国当代微小说精品集》,程思良主编,福建少年儿童出版社,2016年6月版,收录《女孩》等3篇;

《日记文化论集》,中华文人艺术研究院、河北省国学学会主编,收录《我写日记感悟》;

《崔峦教阅读训练80篇》,崔峦、张在军主编,长春出版社,2016年5月出版,收录散文《三角塘钓蟹》;

《皇冠上的明珠——当代微篇小说佳作精选》(中国卷),蔡中锋、熊荟蓉主编,四川人民出版社,2016年12月版,收录《军嫂》等5篇;

《跑进屋里的那个男人》,美国南方出版社,2016年10月版,收录代序《为北美生活写真的郑南川》;

《中考现代文考点阅读应试一本通》,重庆出版社出版,2016年8月版,收录微型小说《酒酿王》;

《你是一棵树》,文汇出版社,2016年8月版,收录代序《笔墨为伴,诗意生活》;

《醉清风》,中国方正出版社,2016年9月版,收录代序《为法治文学添砖加瓦》;

菲律宾林志玲微型小说集《觉·有情》，菲律宾博览国际传播公司，2016年9月版，收录评论《林志玲的系列微型小说》；

《悲魔剑》，石油工业出版社，2016年10月版，收录代序《有侠有武，有情有义》；

《人格修炼手册·省，会反省，便成长》，严文科主编，山东友谊出版社，2016年10月版，收录评论《阅读，为创作插上翅膀》；

《人格修炼手册·缘，一念成缘，妙不可言》，严文科主编，山东友谊出版社，2016年10月版，收录《永远的定格》；

《人格修炼手册·和，人类只有一个地球》，严文科主编，山东友谊出版社，2016年10月版，收录《向尹家五兄弟致敬》；

《人格修炼手册·勤，有多少努力，就有多少回报》，严文科主编，山东友谊出版社，2016年10月版，收录《我曾是校篮球队员》；

《人格修炼手册·敬，心存敬畏，行致高远》，山东友谊出版社，2016年10月版，收录《小镇上的残障人作家蒋金芳》；

《对话与探讨——关于微小说》，重庆出版社，2016年9月版，收录与李永康的对话《真正的好作品要让时间来检验》与微型小说《了悟禅师》；

《太仓宗教》，中国文史出版社，2016年9月版，收录代序《一本功德无量的存史、传世著作》；

《2016武陵"德孝廉"杯全国微小说精品集》，湖南人民出版社，2016年11月版，收录《香道》；

《往左 往右——首届中国·潇湘法治微小说全国征文大奖赛优秀作品选》，湖南人民出版社，2016年11月版，收录《风雪夜》；

纪洞天长篇小说《测字世家》，美国南方出版社，2016年11月版，收录代序《对中华文化情有独钟的纪洞天》；

《抗日战争题材微型小说选》（四卷本），敦煌文艺出版社，2016年12月版，收录代序《向抗日先烈、先辈致敬！》。

2017年

《2016中国年度微型小说》，冰峰、陈亚美主编，漓江出版社，2017年1月版，收录《风雪夜》；

《2016中国闪小说佳作选》，程思良、程赛男主编，菲律宾博览国际传播公司，2017年1月版，收录《孙供奉》；

《风铃鸟系列美文读物》之《一面墙的记忆》，王彦艳、马国兴主编，文心出版社，2017年1月版，收录《解药》《绑架》；

《风铃鸟系列美文读物》之《一贴灵中药铺》，王彦艳、马国兴主编，文心出版社，2017年1月版，收录《药膳大师》；

《首届"鱼凫杯"全国微小说奖获奖作品选》，成都时代出版社，2017年4月版，收录《那片竹林那棵树》《沉重的鸡蛋》《老虎招聘记》《狼来了》《虎大王的民主》《国鸟竞选记》《拆迁还是保留？》《洋女婿》《魔椅》《〈皇帝的新衣〉第二章》《了悟禅师》《小镇来了气功师》《消失的壁画》《相依为命》等14篇；

《苏州微型小说选》,江苏凤凰文艺出版社,2017年5月版,收录《玉雕艺人哥俩好》《香道》《智者》《百年校庆》《狼来了》《沉重的鸡蛋》《有一种惩罚乃表扬》《嘴刁》《老虎招聘记》《洋女婿》《风雪夜》《怎一个"情"字了得》等12篇;

《2016年中国微型小说排行榜》,百花洲文艺出版社,2017年1月版,收录微型小说《怪医生》;

《中外经典微型小说读本》,凌焕新主编,南京师范大学出版社,2017年5月版,收录《法眼》;

《微悦读·讽刺篇:照向现实的魔镜》,百花洲文艺出版社,2017年12月版,收录《高帽子培训班》;

《微悦读·荒诞篇:人生可以遇见无数可能》,百花洲文艺出版社,2017年12月版,收录《反语国奇遇记》;

《微悦读·抗战篇:历史天穹,闪烁不灭的群星》,百花洲文艺出版社,2017年12月版,收录《1943年的烤地瓜》;

《微悦读·奇幻篇:围城之上,仍有苍穹》,百花洲文艺出版社,2017年12月版,收录《发现第八大洲》《诚信专卖店》;

《微悦读·悬疑篇:一切终将真相大白》,百花洲文艺出版社,2017年12月版,收录《遇险》;

《微悦读·友情篇:你,是世界上另一个我》,百花洲文艺出版社,2017年12月版,收录《比》《谁说只是个游戏》;

德国女作家倪娜的中短篇小说集《一步之遥》,美国纽约商务出版社,2017年1月版,收录代序《倪娜的〈一步之遥〉离电影电视一步之遥》与评论《写熟悉的生活——读倪娜的小小说》;

《中国闪小说年度佳作2016》,蔡中锋主编,山东人民出版社,2017年3月版,收录《军嫂》《鹤将军》《两幅摄影作品》;

《清正家风,梦美中国》,《微型小说选刊》2017年增刊,收录《"四要堂"子孙》;

《2016中国年度小小说》,任晓燕、秦俑、赵建宇选编,漓江出版社,2017年1月版,收录《天下第一匠》;

王娟瑢的微型小说集子《笑对人生》,江苏凤凰文艺出版社,2017年5月版,收录代序《抓大放小的王娟瑢》;

《苏州市杂文选(1999—2015)》,苏州市作家协会选编,江苏凤凰文艺出版社,2017年6月版,收录杂文《贪官十二怕》《皇帝也没有坐过沙发》《迎财神的感慨》;

《正义的力量——第三届"光辉奖"法治微小说大赛作品精选》,中国方正出版社,2017年10月版,收录代序《法治文学润物无声》与微型小说《我不是玩主》;

《"紫荆花开"世界华文微小说征文大奖赛获奖作品集》,现代出版社,2017年10月版,收录《臧大艾与他的女儿》;

《2017"善德武陵"杯全国微小说精品集》,湖南人民出版社,2017年11月版,收录《有钱无钱》;

《苏州小说选》,江苏凤凰文艺出版社,2017年10月版,收录《天使儿》;

《中国当代闪小说精品》，程思良主编，福建少年儿童出版社，2017年11月版，收录《神奇的衣服》《孙供奉》；

《阿桂练阅读》（八年级），严文科主编，华东师范大学出版社，2017年6月版，收录《让儿子独立一回》。

2018年

《2017年中国微型小说精选》，长江文艺出版社，2018年1月版，收录《甲乙丙》；

《2017中国年度微型小说》，冰峰、陈亚美主编，漓江出版社，2018年1月版，收录《迟到的烈士证书》；

《2017年中国微型小说排行榜》，《微型小说选刊》杂志社选编，百花洲文艺出版社，2018年1月版，收录《"四要堂"子孙》；

《2017中国年度作品·小小说》，杨晓敏主编，现代出版社，2018年1月版，收录《四个女人》；

《2017年中国精短小说年选》，刘公主编，收录《"四要堂"子孙》《蓝色睡莲》；

《2017独家记忆年度读本·小小说》，现代出版社，2018年4月版，收录《马云庙》《现在的孩子》《发现第八大洲》；

《2017中国年度作品·微型小说》，冰峰、陈亚美主编，现代出版社，2018年4月版，收录《"四要堂"子孙》；

高级中学课本拓展型课程教材《语文综合学习》一年级下（实验本），上海辞书出版社，2005年第一版（修订版），收录《剃头阿六》；

《锦溪故事》，沈火全主编，百花洲文艺出版社，2018年4月版，收录《老秤收藏家》；

《百题大过关》（中考语文·阅读百题修订本），王学东主编，华东师范大学出版社，2018年4月版，收录《酒酿王》；

《一步到位：现代文阅读终极演练》（七年级），博雅主编，中国社会出版社，2018年4月版，收录《天使儿》；

《读写双赢》（七年级），王建洲主编，南京大学出版社，2018年6月版，收录《酒酿王》；

《青春悬崖——第四届"光辉奖"世界华文法治微型小说征文作品选》，光明日报出版社，2018年7月版，收录《情人节车祸》《两份私家侦探的报告》《狗狗车祸》与代序《法治建设永远在路上》等4篇；

《武陵微小说评论集》，余习琼、钱盛霞主编，郭虹、戴希执行主编，九州出版社，2018年7月版，收录评论《真话的力量》；

《今古新旧孝亲文学集》（德文版），苏黎世普隆出版社，2018年9月版，收录微型小说《安乐死》；

《汉英对照中国古代散文选》，五洲传播出版社，2018年11月版，收录代序《一本可以做中英文教材的好书》；

《岭南微篇小说与中外世界》，九州出版社，2018年11月版，收录评论《立足岭南，放眼世界的姚朝文》；

邓玉琪、龙钢华撰写的《凌鼎年微型小说初探》（2万字），收入国家级社科项目《世界华文微小说综论》一书(龙钢华教授主编),中国社会科学出版社,2018年11月版。

2019年

《2018中国年度微型小说》,冰峰、陈亚美主编,漓江出版社,2019年1月版,收录《娄江畔的矛子舞》;

《全国教师小小说选》,四川民族出版社,2019年1月版,收录代序《教师,中国小小说创作队伍的中坚力量》;

《2018中国年度小小说》,任晓燕、秦俑、赵建宇选编,漓江出版社,2019年1月版,收录《愚公移山》;

《2018中国微型小说排行榜》,《微型小说选刊》杂志社选编,百花洲文艺出版社,2019年1月版,收录《"天吃星"仇九天》;

《2018年中国微型小说精选》,《微型小说选刊》杂志社选编,长江文艺出版社,2019年1月版,收录《刽子手苏》;

《2018中国小小说精选》,陈永林主编,长江文艺出版社,2019年1月版,收录《蓝色睡莲》;

《中考热点作家作品阅读》,延边大学出版社,2019年1月版,收录《酒酿王》《让儿子独立一回》《1943年的烤地瓜》《风雪夜》等4篇;

《异域的呼唤:俄罗斯文集》,枫雨主编,加拿大世界华人周刊出版传媒集团,2019年1月版,收录散文《俄罗斯一瞥》(5篇);

《江湖,野猪横行的日子》,马国兴、吕双喜主编,郑州大学出版社,2019年2月版,收录《天下第一匠》;

《2018"善德武陵杯"全国微小说精品集》,中国市场出版社,2019年3月版,收录《马云庙》《高楼坠物》《地震云》;

《高考阅读》(第三辑),谢伶俐主编,重庆出版集团,2019年2月版,收录《高楼坠物》《摄影家阿麻》《高雅一回》《荷香茶》等4篇;

《天网恢恢》,光明日报出版社,2019年4月版,收录《乾隆御医传人崔朴田》《法庭上》;

王培静的微型小说集子《一双离家出走的鞋子》,江西高校出版社,2017年4月版,收录代序《真实与虚构》;

祁军平的微型小说集子《招聘爸爸》,团结出版社,2019年4月版,收录代序《自学成才的励志典范祁军平》;

《当代中国经典小小说》系列丛书,任晓燕、秦俑主编,中国言实出版社,2019年5月版,收录《再年轻一次》;

《金庸·青春·酒》,香港独家出版集团,2019年6月版,收录代序《我见青山多妩媚》;

《2018"武陵杯"·世界华语微型小说年度获奖作品集》,太白文艺出版社,2019年7月版,收录代序《"武陵杯":打造城市名片、文化品牌》;

《新中国七十年微小说精选》,中国市场出版社,2019年9月版,收录《法眼》;

《世界华文文学研究年鉴·2018》,胡德才策划,古远清编著,中华书局,2019年11月版,收录《世界华文微型小说40年40件大事(1978——2018年)》《春风吹又生的印尼华文文学》《第12届世界华文微型小说研讨会在印尼举办》;

《中考热点作家作品阅读精选》,福建少年儿童出版社,2019年11月版,收录《酒酿王》《误墨》《那片竹林那棵树》《1943年的烤地瓜》等4篇;

论文《世界华文微小说的前世今生与未来走向》,收入世界华文作家协会第11届代表大会会刊手册;

语文主题学习编写组编辑的《语文主题学习》(新版)(五年级上册),上海教育出版社,2019年6月版,收录《剃头阿六》;

重庆三峡学院传媒学院院长、博士申载春教授的《小小说赏析知识结构树》,收录《永远的箫声》。

2020年

《2019中国年度微型小说》,冰峰主编,漓江出版社,2020年1月版,收录《物联网时代》;

《2019年中国微型小说精选》,长江文艺出版社,2020年1月版,收录《三砖砚小筑与三十砚轩》;

《2019中国年度作品微型小说》,冰峰主编,现代出版社,2020年1月版,收录《罚戏碑》;

《锦溪故事》(第二辑),沈火全主编,百花洲文艺出版社,2020年1月版,收录《医者仁心》;

《中国微篇小说年度佳作2019》,山东齐鲁音像出版有限公司,2020年3月版,收录《温泉谷》《钉子户》《怕手机爆炸的姑娘》《袁老大的包子铺》等4篇;

《伴悦读·语文素养核心读本》,方圆主编,长春出版社、山东人民出版社,2020年3月版,四年级(下)第2册收录散文《不打洞的老鼠》,六年级(上)第3册收录小小说《我就是你儿子》,六年级(下)第4册收录小小说《乌鸦的子孙》、散文《老师教我写家乡》,七年级(下)第2册收录小小说《酒酿王》《"富二代"丛也隆》,第4册收录小小说《菊痴》,九年级(下)第2册收录小小说《鱼斗》,第3册收录小小说《诚信专卖店》,共9篇;

《中外作家评陈勇》,北京燕山出版社,2020年4月版,收录评论《创作、评论两栖的陈勇》《评论、创作双管齐下的陈勇》《要推陈出新,用于创作》;

《娄东文化通览》,古吴轩出版社,2020年4月版,收录代序《书写娄东文化百科全书的陆静波》;

《滴水映初心——我与河北文联七十年征文优秀作品集》,河北省文联主编,收录《结缘》;

《中国微型小说年度奖获奖作品选》,金山杂志社主编,上海文艺出版社,2020年6月版,收录《法眼》《天使儿》《灵猴》《荷香茶》等4篇;

《小小说理论与实践赏析》,四川大学出版社,2020年6月版,收录代序《一本值得推介、推广的小小说教材》;

《过目不忘:50则进入中考高考的微型小说》(2),上海文化出版社,2020年7月版,收录《诚信专卖店》;

《过目不忘:50则进入中考高考的微型小说》(3),上海文化出版社,2020年7月版,收录《铸剑》；

《当代闪小说精选·点评本》，程思良、飞鸟主编，百花洲文艺出版社，2020年9月版，收录《洪画家夫妇》；

《太仓70年文学作品精选》，上海文艺出版社，2020年8月版，收录短篇小说《笔会》《书记吃素》《雪韵琴》3篇，微型小说《让儿子独立一回》《狼来了》《天使儿》《茶垢》《荷香茶》《菊痴》《法眼》《了悟禅师》《秘密》《药膳大师》《误墨》《剃头阿六》《再年轻一次》等13篇；

《小小说300篇鉴赏》，杨晓敏主编，收录《茶垢》；

《松石斋访谈录》，宋文治艺术馆主编，天津人民美术出版社，2020年12月版，收录《一山一水总关情——凌鼎年访谈》；

《维也纳风云纪事》，美国南方出版社，2020年11月版，收录《促进中奥文化交流的功勋人物常凯》；

微型小说《朴园》被收入2020年一季度上海静安区初三语文质量测试—3；

微型小说《剃头阿六》被列为2019—2020学年二学期一模检测九年级语文试题（徐州市统一模考试卷）；

福建漳州作家、中学教师林跃奇将凌鼎年16篇微型小说制作为可供教学用的文学阅读题；

微型小说《三砖砚小筑与三十砚轩》入选《润兴10套》预测卷中考语文阅读卷；

微型小说《丹书铁券》入选福建省漳浦道周中学高二（上）第二次月考语文试卷；

微型小说《天下第一桩》入选2020年上海中考语文质量抽查试卷。

2021年

《2020中国年度微型小说》，冰峰主编，漓江出版社，2021年1月版，收录《度种》；

《2020年中国微型小说排行榜》，微型小说选刊社选编，百花洲文艺出版社，2021年1月版，收录《巴特尔与哈尔巴拉》；

《2020年中国微型小说精选》，微型小说选刊社编，长江文艺出版社，2021年1月版，收录《镇国公》；

《2020年中国小小说精选》，陈永林主编，长江文艺出版社，2021年1月版，收录《冷家四杰》；

《2020中国精短小说年选》，刘公主编，陕西《精短小说》杂志社出版，2021年1月版，收录《名门望族》；

《2020"善德武陵杯"全国微小说精品集》，中国市场出版社，2021年1月版，收录《三砖砚小筑与三十砚轩》；

《卡伦湖文学作品选》，读书文化出版社，2021年6月版，收录《在卡伦湖杯颁奖会上的发言》；

《寻找证明——庆祝中国共产党成立100周年微型小说作品精选》，《微型小说》杂志社主编，百花洲文艺出版社，2021年7月版，收录《寻找证明》《营救》；

《2020"武陵杯"世界华语微型小说年度奖获奖作品集》，《小说选刊》杂志社等主编，九州出版社，2021年7月版，收录代序《疫情挡不住文学的脚步》；

《龟兔赛跑续篇》《酒酿王》《让儿子独立一回》《鱼斗》等4篇,收入闫荣霞主编的《全国中考语文热点作家精选》,哈尔滨工业大学出版社,2021年8月版;

《战马火龙驹》,练建安主编,福建少年儿童出版社,2021年10月版,收录《生死手谈》《我就是你儿子》;

《消失的铁三连》,练建安主编,福建少年儿童出版社,2021年10月版,收录《扫晴娘》《1943年的烤地瓜》《抉择》;

《当兵的爸爸》,练建安主编,福建少年儿童出版社,2021年10月版,收录《该死的枪声》《血经》《锄奸》;

《月光浴——中国·文安首届"尚法杯"法治小小说全国征文大赛获奖作品集》,《河北小小说》2021年增刊,收录《禁染指碑》。

苏州中学伟长班单元练习考试卷选用了凌鼎年小小说《酒酿王》为分析题;

微型小说《菊痴》入选马来西亚华文学校现代文校本教材高三上册;

凌鼎年微型小说《此一时,彼一时》,入选2021年中考二轮复习阅读训练;

凌鼎年微型小说《姚和尚》,入选2021年中考语文二轮复习阅读训练;

凌鼎年微型小说《老秤收藏家》,入选2021年中考语文二轮复习阅读系列;

凌鼎年微型小说《狼来了》,入选2021年爱师网阅读答案;

凌鼎年微型小说《酒酿王》,入选山西省2021版七年级上学期语文期末考试试卷A卷(新版),入选2021年九年级上学期语文期末考试阅读卷,入选2021年盐城市中考语文试卷及答案,入选湖南省怀化市2021版中考语文试卷D卷,入选广东省潮州市2021版高一上学期语文期中考试试卷D卷,入选湖南省2021版八年级上学期语文期中考试试卷(I)卷,入选河北省保定市2021版八年级上学期语文期末考试试卷A卷,入选黑龙江省七台河市2021版七年级上学期语文期中考试试卷C卷;

凌鼎年微型小说《让儿子独立一回》,入选2021年浙江省舟山市中考语文试卷;

凌鼎年微型小说《褒贬两画家》,入选山西省大同市灵丘一中、广灵一中2020—2021学年高二下学期期中联考试题语文考试卷;

凌鼎年微型小说《医者仁心》,入选黑龙江省齐齐哈尔市2021年高一上学期语文期末考试试卷A卷;

凌鼎年微型小说《了悟禅师》,入选广东省惠州市2021年高三语文第三次调研考试卷;

凌鼎年微型小说《了悟禅师》,入选辽宁省高级实验中学2020—2021学年高一期末考试语文试卷;

凌鼎年微型小说《天使儿》,入选2021年广东省东莞市语文试卷;

凌鼎年微型小说《天下第一桩》,入选江苏省宿迁市2020—2021年度高二下学期语文期中考试试卷D卷。

十三　凌鼎年作品被选（转）载一览

1988 年
《背景》被《小小说选刊》1988 年 6 期选载。
1989 年
《茶垢》被《小小说选刊》1989 年 2 期选载；
《生日》被《小小说选刊》1989 年 6 期选载；
《再年轻一次》被《小小说选刊》1989 年 7 期选载。
1990 年
《戴工程师的遭遇》被《小小说选刊》1990 年 2 期选载；
《菊痴》《外乡人》《人·画·价》与创作谈《各人有各人的优势》被《小小说选刊》1990 年 5 期选载。
1991 年
《再年轻一次》被《微型小说选刊》1991 年 3 期选载。
1992 年
《招聘》被《小小说选刊》1992 年 2 期选载；
《抉择》被《小小说选刊》1992 年 4 期选载；
《传言》被《微型小说选刊》1992 年 2 期选载；
《水荷仙姑》被《微型小说选刊》1992 年 6 期选载；
《人的改造》被《传奇文学选刊》1992 年 11 期选载；
《房租》被《小小说选刊》1992 年 12 期选载。
1993 年
《拖鞋》被《微型小说选刊》1993 年 2 期选载；
《河豚王》被《传奇传记》1993 年 2 期选载；
《拖鞋》被《小小说选刊》1993 年 3 期选载；
《传话游戏》被《微型小说选刊》1993 年 4 期选载；
《剃头阿六》被《微型小说选刊》1993 年 5 期选载；
《剃头阿六》被《微型小说导报》1993 年 6 月选载；
《追悼会》被《微型小说选刊》1993 年 6 期选载；
《守拙之谜》被《小小说选刊》1993 年 7 期选载；
《梦之诠释》被《佳作精选》1993 年 8 期选载；
《点"之"》被《小小说选刊》1993 年 10 期选载；
《第五竹》被《小小说选刊》1993 年 11 期选载；
《红玫瑰》被《小小说选刊》1993 年 12 期选载。
1994 年
《拖鞋》被《人民中国》1994 年 1 期选载；

《第五竹》被《微型小说选刊》1994年2期选载；

《有钱无钱》被《中国文学》1994年3期选载；

《此一时，彼一时》《我想搬家》被《微型小说选刊》1994年5期选载；

《最优计划》被《微型小说选刊》1994年6期选载；

《微型小说创作一勺谈》被《微型小说选刊》1994年7期选载；

《湖神仙》被《微型小说选刊》1994年8期选载；

《余姚有个谢志强》被《小小说选刊》1994年9期选载；

《最后一课》被《小小说选刊》1994年10期选载；

《寿碗》被《微型小说选刊》1994年10期选载；

《棋局》被《小小说选刊》1994年11期选载。

1995年

《剃头阿六》被《中国文学》1995年1期选载；

《寻找证明》被《微型小说选刊》1995年2期选载；

《真迹》被《微型小说选刊》1995年4期选载；

《多走了一步》被《小小说选刊》1995年5期选载；

《打赌》被《小小说选刊》1995年7期选载；

《史仁祖》被《小小说选刊》1995年10期选载；

《父与子》被《小小说选刊》1995年16期选载；

《与靓女为邻》被《小小说选刊》1995年18期选载；

《剃头阿六》《功成名就后》《血色苍茫的黄昏》与文论《小小说是一种朝阳事业》被《小小说选刊》1995年20期选载。

1996年

《名画》《古砚》被《作家文摘》1996年1月5日转载；

《此一时，彼一时》《血色苍茫的黄昏》被《中国文学》1996年1期选载；

《鱼精与鳜鱼王》被《传奇文学选刊》1996年1期选载；

《红木家具》被《小小说选刊》1996年4期选载；

《营救》（附评论）被《微型小说选刊》1996年3期选载；

《接吻喜忧》被《微型小说选刊》1996年4期选载；

《中州文坛一农民》被《作家文摘》1996年3月8日转载；

《让儿子独立一回》被《微型小说选刊》1996年5期选载；

《快刀张》《十州真迹》《万卷楼主》被《传奇文学选刊》1996年5期选载；

《快刀张》被《小小说选刊》1996年6期选载；

《血色苍茫的黄昏》被《微型小说选刊》1996年7期选载；

《酒女》被《微型小说选刊》1996年9期选载；

《冷美人》被《微型小说选刊》1996年10期选载；

《校花》被《小小说选刊》1996年10期选载；

《难题》被《微型小说选刊》1996年11期选载；

《留影服上的眼影》被《微型小说选刊》1996年13期选载；

《排场》被《微型小说选刊》1996 年 14 期选载；

《反语国奇遇记》被《微型小说选刊》1996 年 15 期选载；

《丢失》被《微型小说选刊》1996 年 16 期选载；

《如何争第一》被《报刊文摘》1996 年 8 月 29 日选载；

《中国当代小小说文坛扫描》被《小小说选刊》1996 年 13 期选载；

《生死契约》被《传奇·传记文学选刊》1996 年 9 期选载；

《遗嘱》被《小说选刊》1996 年 10 期选载；

《校花》被《人民中国》1996 年 10 期选载；

《故乡》被《中国文学》1996 年 4 期选载；

《小城流行 BP 机》被《微型小说选刊》1996 年 17 期选载；

《生死契约》被《微型小说选刊》1996 年 19 期选载；

《出名秘诀》被《微型小说选刊》1996 年 20 期选载；

《守株待兔》被《小小说选刊》1996 年 20 期选载；

《永远的箫声》被《小小说选刊》1996 年增刊选载；

《在爱情载体背后》被《微型小说选刊》1996 年 23 期选载；

《闯闯小小说文坛》被《小小说选刊》1996 年 24 期选载。

1997 年

《遗嘱》被《读者》1997 年 1 期选载；

《做一回股民》被《微型小说选刊》1997 年 10 期选载；

《再年轻一次》被《书摘》1997 年 7 期选载；

《鼠族兴衰札记》被《小小说选刊》1997 年 17 期选载；

《憩园春秋》被《小小说选刊》1997 年 18 期选载；

《名之惑》《定身仪》被《微型小说选刊》1997 年 19 期选载；

《柏峥嵘与柳临风》《会戴金戒指的女人》被《小小说选刊》1997 年 22 期选载；

《息爷》被《微型小说选刊》1997 年 21 期选载。

1998 年

《让儿子独立一回》被《人民中国》1998 年 12 期选载；

《时装大师》被《小小说选刊》1998 年 5 期选载；

《空巢》被《微型小说选刊》1998 年 6 期选载；

《眼睛》被《微型小说选刊》1998 年 10 期选载；

《人瑞》《荷香茶》被《小小说选刊》1998 年 6 期选载；

《开一爿考证公司》《蛇医世家》被《小小说选刊》1998 年 17 期选载；

《微型小说构思技巧》被《微型小说选刊》1998 年 17 期选载；

《时装大师》被《小小说选刊》1998 年 5 期选载；

《河豚的诱惑》被《小说选刊》1998 年 10 期选载；

《儿子·妻子·老子》被《微型小说选刊》1998 年 20 期选载；

《再美丽一次》被《微型小说选刊》1998 年 22 期选载。

1999 年

《古黄杨》《掩耳盗铃考证》被《微型小说选刊》1999 年 1 期选载；

《快刀张》被《小小说选刊》1999年增刊选载；

《猴哀》被《小小说选刊》1999年8期选载；

《轰动》被《微型小说选刊》1999年10期选载；

《串门》被《小小说选刊》1999年15期选载；

《消失的壁画》被《作家文摘》1999年10月19日选载；

《小镇来了气功师》被《中华文学选刊》1999年5期选载；

《一夜旅店》被《微型小说选刊》1999年19期选载；

《米口彩》被《微型小说选刊》1999年20期选载；

《消失的壁画》被《小小说选刊》1999年23期选载。

2000年

《最出名的男人与女人》被《微型小说选刊》2000年4期选载；

《曹冲称象》被《微型小说选刊》2000年5期选载；

《酒酿王》被《小小说选刊》2000年7期选载；

《封侯图》《鱼拓》被《小小说选刊》2000年增刊选载；

《消失的壁画》被《青年博览》2000年11期选载；

《鱼斗》《新司马光砸缸》被《微型小说选刊》2000年21期选载。

2001年

《侠女与三剑客》被《微型小说精选》2001年1期选载；

《猎人萧》被《微型小说选刊》2001年4期选载；

《天下第一剑》被《短篇小说选刊》2001年3期选载；

《我也要戏说一回》被《微型小说选刊》2001年7期选载；

《消失的壁画》被《小小说精选》2001年3期选载；

《采风》被《小小说选刊》2001年10期选载；

《天下第一剑》《程三刀与牛无双》《疤脸老人与他的徒弟》《樊大侠与聂泼皮》被《传奇·传记选刊》2001年6期选载；

《废画》被《微型小说精选》2001年4期选载；

《藏戏面具》被《微型小说选刊》2001年14期选载；

《天下第一剑》被《传奇·传记文学选刊》2001年7期选载；

《了悟禅师》被《小小说选刊》2001年10期选载；

《〈赤兔之死〉是一篇优秀微型小说》被《微型小说选刊》2001年19期选载；

《喊雷，小小说作家中的异数》被《微型小说精选》2001年12期选载；

《孔乙己开店》被《微型小说选刊》2001年23期选载；

《变数》被《小说精选》2001年12期选载；

《寻找黄金国》被《精短小说》2001年12期选载。

2002年

《了悟禅师》被《微型小说选刊》2002年1期选载；

《法眼》被《作家文摘》2002年1月29日选载；

《妙手》被《微型小说选刊》2002年5期选载；

《法眼》被《小小说选刊》2002年6期选载；

《了悟禅师》被《传奇·传记文学选刊》2002年3期选载；

《收到三千封读者来信》被《微型小说选刊》2002年12期选载；

《儒商奚总》被《微型小说精品》2002年7期选载；

《棋手拜师》被《新世纪微型小说选刊》2002年创刊号选载；

《快刀张》《永远的箫声》被《小小说选刊精选本》2002年选载；

《蒲松龄设奖》被《微型小说选刊》2002年15期选载；

《诚信专卖店》被《微型小说选刊》2002年16期选载；

《史任祖》被《小小说精选》2002年10期选载；

《惊马赛里木湖畔》被《传奇·传记文学选刊》2002年10期选载；

《寻找诚信基因》被《微型小说选刊》2002年21期选载；

《激浊扬清显真心》被《台港文学选刊》2002年9月选载；

《他不是骗子谁是骗子？》被《小说精选》2002年12期选载。

2003年

《请请请,您请!》被《小小说选刊》2003年2期选载；

《感谢小小说》被《小小说选刊》2003年6期选载；

《都是空调惹的祸》《十年后的相约》《婚姻介绍所》《拾垃圾之争》被《微型小说选刊》2003年3期选载；

《老寿星之死》被《微型小说选刊》2003年5期选载；

《谜》被《微型小说选刊》2003年6期选载；

《与大熊猫齐名》被《微型小说选刊》2003年6期选载；

《茶垢》被《小小说选刊》2003年增刊选载；

《阿刚其人》被《小小说选刊》2003年10期选载；

《采访婚介所》被《微型小说·金山合订本》2003年7期选载；

《局长一天》被《微型小说选刊》2003年13期选载；

《阿刚其人》被《小说精选》2003年5期选载。

2004年

《边事》被《今古传奇（文摘版）》2004年2期选载；

《内奸》被《微型小说选刊》2004年4期选载；

《好色之徒》被《微型小说选刊》2004年7期选载；

《揪出病魔》被《微型小说选刊》2004年10期选载；

《怪人言先生》被《微型小说选刊》2004年12期选载；

《出手不凡的西雷宁》被《微型小说选刊》2004年16期选载；

《四大美女重出江湖》被《微型小说选刊》2004年19期选载；

《手机游戏》被《微型小说选刊》2004年20期选载；

《当了一回窃贼》被《微型小说选刊》2004年22期选载。

2005年

《滕刚作品探索的成功与不足》《拍卖会来了款爷》被《微型小说选刊》2005年1期

选载；

《嘴刁》被《小小说选刊》2005年7期选载；

《铸剑》被《短篇小说选刊》2005年5期选载；

《准秀女姑姑》被《微型小说精品》2005年6月上旬刊选载；

《诚信专卖店》被《杂文选刊》2005年6月下旬刊选载；

《铸剑》被《微型小说精品》2005年7月上旬刊选载；

《这是真的吗？》被《微型小说选刊》2005年14期选载；

《美的诱惑》被《微型小说选刊》2005年18期选载；

《杀手》被《青年博览》2005年10期选载；

《孝嘴》被《意林文汇》2005年10期选载；

《友石情缘》被《小小说选刊》2005年21期选载；

《三代人的遗嘱》被《杂文选刊》2005年12期选载。

2006年

《让大象骚扰一回》被《微型小说选刊》2006年4期选载；

《阿春的爱》被《微型小说选刊》2006年6期选载；

《友石情缘》被《微型小说选刊》2006年9期选载；

《做过女体盛的云云》被《微型小说选刊》2006年20期选载；

《主任科员老牛》被《微型小说选刊》2006年22期选载。

2007年

《剃头阿六》被新西兰《先驱报》2007年1月20日选载；

《灵猴》被《传奇·传记文学选刊》2007年2期选载；

《灵猴》被《文摘周报》2007年3月23日转载；

《生病控制仪》被《微型小说选刊》2007年24期选载。

2008年

《托儿》被《清风苑·法律文摘》2008年2期选载；

《许行〈立正〉赏析》被《微型小说选刊》2008年6期选载；

《算命》被《微型小说选刊》2008年7期选载；

《吴太后寿诞》被《微型小说选刊》2008年9期选载；

《剃头阿六》被《微型小说选刊》2008年10期选载；

《1943年的烤地瓜》《寿礼》《血经》《茶垢》《误墨》被《中国微型小说丛刊》2008年11月选载；

《扫晴娘》被《青年博览》2008年7期选载；

《俺要不说谁知道》被《微型小说选刊》2008年15期选载；

《扫晴娘》被《微型小说精品》2008年11期选载；

《让儿子独立一回》被《青年博览》2008年11期选载；

《石少丑与老照片》被《微型小说选刊》2008年22期选载；

《颠覆》被《微型小说选刊》2008年23期选载；

《那只跛脚的京巴》被《微型小说选刊》2008年24期选载。

2009 年

《生死洞》被《文学报·微型小说选报》2009 年 4 月 6 日"百年精品珍藏版"选载；

《高雅一回》被《小小说选刊》2009 年 19 期选载；

《铸剑》被《小小说选刊》2009 年 23 期选载；

《药膳大师》被《小小说选刊》2009 年 24 期选载；

《牛二》被《小小说月报》2009 年 7 期选载；

《剃头阿六》被《特别关注》2009 年 11 期转载；

《贪官十二怕》被《特别关注》2009 年 12 期转载。

2010 年

《鉴定》被《小小说选刊》2010 年 8 期选载；

《消失的壁画》被《小小说选刊》2010 年 12 期选载；

《走出过山村的郝石头》被《小小说选刊》2010 年 19 期选载；

《摄影家阿麻》被《小小说选刊》2010 年 20 期选载；

《黄克庭〈残疾人〉赏析》被《微型小说选刊》2010 年 21 期选载；

《才子林少斌》被《语文导刊》2010 年 9 月 7 日选载；

《茶垢》《菊痴》《血经》《法眼》《诚信专卖店》《此一时,彼一时》《天下第一桩》《让儿子独立一回》被新西兰《以文会友》选载；

《贪官十二怕》《悼念曹德权》等被新西兰《以文会友》选载。

2011 年

《不仅仅有草的赤峰草原》被《散文选刊》2011 年 2 期选载；

《酒酿王》《蓝色妖姬》被《小小说选刊》2011 年 5 期选载；

《酒酿王》被《小小说月报》2011 年 6 期选载；

《蓝色妖姬》被《微型小说月报》(选刊版)2011 年 1 期选载；

《超天才创作软件》被《小说精品》2011 年总 162 期选载；

《龟兔赛跑续篇》被《文学报·手机小说报》2011 年 8 月 22 日选载；

《辐射鼠》被《意林》2011 年 9 期选载；

《最后的潇洒》被《小小说选刊》2011 年 15 期选载；

《狼来了》被《小小说选刊》2011 年 21 期选载；

《卷首语》被《小小说选刊》2011 年 23 期选载。

2012 年

《沉重的鸡蛋》被《小小说选刊》(半月刊)2012 年 11 期转载；

《沉重的鸡蛋》被《读者》(半月刊)2012 年 12 期转载；

《沉重的鸡蛋》被《小小说月报》2012 年 9 期转载；

《洋女婿》被《现代女报》2012 年 10 月 18 日选载；

《虎大王招聘》被《微型小说选刊》(半月刊)2012 年 17 期选载；

《隐居海宁寺》被《讽刺与幽默》2012 年 10 期选载；

《虎大王招聘》被《杂文选刊》2012 年 11 期选载；

《沉重的鸡蛋》被《微型小说选刊》(半月刊)2012 年 23 期选载；

《殉节》被《微型小说选刊》(半月刊)2012年24期转载；

《了悟禅师》《一副对联引发的构思》被《小小说选刊》2012年23期选载。

2013年

《洋女婿》被《微型小说选刊》2013年6期转载；

《扬州"瘦马"》被《微型小说选刊》2013年7期转载；

《绑架》被《小小说月刊》2013年5期转载；

《茶垢》等2篇被《当代文萃》2013年7期选载；

《内奸》被《小小说月刊》2013年7期转载；

《有一种惩罚乃表扬》被《小小说选刊》2013年18期选载；

《有一种惩罚乃表扬》被《小说选刊》2013年10期选载；

《有一种惩罚乃表扬》被《微型小说选刊》2013年21期选载；

《殉节》被《小小说月刊》2013年11期选载；

《唱大戏》被《小小说选刊》2013年23期选载。

2014年

《内奸》被《微型小说选刊》2014年8期转载；

《鹰的故事》被《小小说选刊》2014年8期转载；

《扬州"瘦马"》被《小小说月刊》2014年5期转载；

《菊痴》被《江苏文学报》2014年5月转载；

《废画》被《微型小说选刊》2014年11期转载；

《血经》被《南风志》2014年11月总4期转载；

《糟油脚》《多跑跑对创作大有益处》被《小小说选刊》2014年24期选载。

2015年

《百年校庆》被《小说选刊》2015年4期转载；

《剃头阿六》被《小小说大世界》2015年4期选载；

《有一种惩罚乃表扬》被《读写指南》2015年1期转载；

《功高盖主》被《小小说月刊》2015年4期转载；

《法眼》被《民间故事选刊》2015年5月下半月刊选载；

《有一种惩罚乃表扬》被《时文精选》2015年5期选载，《躲不过的厄运》被《微型小说月报》(选刊版)2015年6期选载；

《功高盖主谁之错》被《微型小说选刊》2015年17期选载；

《智者》被《小说选刊》2015年9期选载；

《偷界研讨会》被《小小说选刊》2015年20期选载；

《车祸之谜》被《微型小说月报》(选刊版)2015年8期选载；

《疾病控制仪》被《微型小说月报》(选刊版)2015年9期选载；

《沉重的鸡蛋》被《头条》2015年9期转载；

《遇险食人族》被《微型小说选刊》2015年22期选载；

《"鱼精"绝技》被《小小说月刊》2015年10期转载；

《车祸之谜》被《微型小说选刊》2015年24期选载。

2016 年

《香道》被《小说选刊》2016 年 2 期转载；

《天下第一匠》被《小小说选刊》2016 年 4 期选载；

《风雪夜》被《微型小说选刊》2016 年 12 期转载；

《车祸之谜》被《民间故事选刊》2016 年 3 期(上)转载；

《遇险食人族》被《民间故事选刊》2016 年 6 期(下)转载；

《追捕》被《小说月刊》2016 年 6 期转载；

《玉雕艺人哥俩好》被《新华文摘》2016 年 15 期转载；

《怪医生》被《微型小说选刊》2016 年 18 期转载；

《菊痴》被《小小说月刊》2016 年 10 期选载；

《怪医生》被《小小说月刊》2016 年 18 期转载；

《追捕》被《民间故事选刊》2016 年 9 期转载；

《比》被《微型小说选刊》2016 年 19 期选载；

《劝降》被《小小说选刊》2016 年 19 期选载；

《宋江给李逵的一封信》被《喜剧世界》2016 年 10 期(下)转载；

《追捕》被《微型小说选刊》2016 年 21 期选载；

《逃得了和尚,逃不了庙》被《微型小说选刊·金故事》2016 年 12 期选载；

《裸体照》被《微型小说选刊》2016 年 24 期选载；

《裸体照》被《传奇·传记文学选刊》2016 年 12 期转载；

《风雪夜》被《小说选刊》2016 年 12 期选载。

2017 年

《老秤收藏家》被《微型小说选刊·金故事》2017 年 12 期选载；

《劝降》被《小小说月刊》2017 年 2 期转载；

《甲乙丙》被《小小说月刊》2017 年 7 期转载；

《"四要堂"子孙》被《微型小说选刊》2017 年 9 期选载；

《四个女人》被《微型小说选刊》2017 年 11 期选载；

《剃头阿六》被《天池小小说》杂志的"华章回放"栏目转载；

《有钱无钱》被《小说选刊》2017 年 8 期选载；

《酒酿王》被《中华活页文选》2017 年 4 期现代文备考专号(初三年级)选载；

《风雪夜》被《民间故事选刊》2017 年 10 期(上)转载；

《香道》被《微型小说月报》(文摘版)2017 年 9 期选载；

《药膳大师》被《新华文摘》(网络版)2017 年 21 期转载。

2018 年

《风雪夜》被《传奇·传记文学选刊》2018 年 1 期选载；

《愚公移山》被《小小说选刊》2018 年 2 期选载；

《马云庙》被《小小说选刊》2018 年 4 期选载；

《摄影家阿麻》被《小小说月刊》2018 年 1 月下半月号选载；

《秘密》被《小小说月刊》2018 年 2 月下半月号选载；

《刽子手苏》被《微型小说选刊》2018年4期选载；

《马云庙》被《小说选刊》2018年4期选载；

《蓝色睡莲》被《微型小说选刊》2018年7期选载；

《法眼》被《天池小小说》2018年4期的"华章回放"选载；

《老秤收藏家》被《小小说月刊》2018年5期转载；

《"天吃星"仇九天》被《微型小说选刊》2018年8期选载；

《酒酿王》被《微型小说选刊》2018年9期选载；

《高楼坠物》被《小说选刊》2018年6期选载；

《马云庙》被《微型小说选刊》2018年16期选载；

《药膳大师》被《新华文摘》新开发的数字平台选载；

《家规》《高楼坠物》被《微型小说选刊》2018年15期选载；

《高楼坠物》被《小小说月刊》2018年15期选载；

《地震云》被《小说选刊》2018年9期选载；

《角色互换》被《微型小说选刊》2018年16期选载；

《法眼》被《传奇·传记文学选刊》2018年9期转载；

《医者仁心》被《微型小说选刊》2018年20期选载；

《地震云》被《微型小说选刊》2018年21期选载；

《剃头阿六》与创作谈《把写作培养成一种兴趣》被《小小说选刊》2018年23、24期合刊选载；

《娄江畔的矛子舞》被《微型小说选刊·金故事》2018年10期选载。

2019年

《一把紫砂壶》《李医生与孙医生》《丹书铁券》《闻三省与花千韵》被《台港文学选刊》2019年1期选载；

《愚公移山》被《民间故事选刊》2019年1期（上半月）选载；

《李医生与孙医生》被《微型小说选刊》2019年3期选载；

《丹书铁券》被《微型小说选刊·金故事》2019年2期选载；

《蝶幸》被《小小说月刊》2019年2期选载；

《大鱼王》被《精短小说》2019年2、3期合刊选载；

《高楼坠物》被《小小说月刊》2019年3期选载；

《愚公移山》被《传奇·传记文学选刊》2019年4期选载；

《娄江畔的矛子舞》被《传奇·传记文学选刊》2019年5期选载；

《娄江畔的矛子舞》被《小小说月刊》2019年5月下选载；

《一把紫砂壶》被《小小说月刊》2019年6月下选载；

《此一时，彼一时》被《文摘周刊》2019年5月31日转载；

《三砖砚小筑与三十砚轩》被《微型小说选刊》2019年13期选载；

《才子林少斌》被《微型小说月报》2019年4期选载；

《大鱼王》被《微型小说选刊·金故事》2019年5期选载；

《牛二》被《微型小说月刊》2019年6期选载；

《闻三省与花千韵》被《小小说月刊》2019 年 8 期选载；

《寻找人皮台灯》被《微型小说选刊·金故事》2019 年 8 期选载；

《三砖砚小筑与三十砚轩》被《小说选刊》2019 年 11 期选载；

《让儿子独立一回》被《天池小小说》2019 年 11 期"华章回放"转载；

《家规》被《民间故事选刊》2019 年 11 期选载；

《三砖砚小筑与三十砚轩》被《小小说月刊》2019 年 12 期选载；

《沉重的鸡蛋》被《幸福》2019 年 11 期转载；

《百年校庆》被《语文世界·中学生之窗》2019 年 11 期转载；

《天下第一匠》被《高中生之友》(中旬刊)2019 年 12 期选载。

2020 年

《亚裔邻居》被《微型小说选刊》2020 年 3 期转载；

《法眼》被《微型小说选刊》2020 年 4 期转载；

《巴特尔与哈尔巴拉》《火鹰》被《小小说选刊》2020 年 7 期转载；

《度种》被《小小说月刊》2020 年 5 月(下半月)选载；

《愚公移山》被《幽默与笑话》2020 年 1 期选载；

《明崇祯十七年》被《小小说选刊》2020 年 11 期转载；

《火鹰》《巴特尔与哈尔巴拉》《糟油传人》《唱大戏》《花将军》被《台港文学选刊》2020 年 3 期选载；

《剃头阿六》被《特别文摘》2020 年 9 期转载；

《巴特尔与哈尔巴拉》被《微型小说选刊》2020 年 16 期转载；

《唱大戏》被《微型小说选刊·金故事》2020 年 8 期转载；

《昆石收藏家》被《传奇·传记文学选刊》2020 年 9 期选载；

《镇国公》被《微型小说选刊》2020 年 18 期转载；

《花将军》被《微型小说选刊·金故事》2020 年 9 期转载；

《镇国公》被《小小说月刊》2020 年 10 月(下半月)转载；

《藏大艾与他的女儿》被《中国当代文学选本》2020 年第 4 辑选载；

《昆石收藏家》被《小小说选刊》2020 年 23 期选载；

《斗鸡》被《微型小说选刊·金故事》2020 年 12 期转载。

2021 年

《剃头阿六》被《民间故事选刊》2021 年 1 期转载；

《陪老爸看电影》被《微型小说选刊》2021 年 4 期转载；

《拜师》被《微型小说选刊》2021 年 5 期转载；

《镇国公》被《民间故事选刊》2021 年 5 期转载；

《最后一杯酒》被《作家文摘》2021 年 5 月 28 日转载；

《琼花大使》被《微型小说选刊》2021 年 9 期转载；

《最后一杯酒》被《微型小说选刊》2021 年 10 期转载；

《寻找证明》被《微型小说选刊》2021 年 11 期转载；

《猛犸牙雕》《蟋蟀玩家》《斗鸡》《昆石收藏家》被《台港文学选刊》2021 年 3 期转载；

《生死手谈》被《微型小说选刊》2021年14期转载；
《拜师》被《民间故事选刊》2021年9月（上）转载；
《最后一杯酒》被《小说选刊》2021年10期转载；
《生死手谈》被《中国当代文学选本》2021年10月总第7辑选载；
《急程茶》被《微型小说选刊》2021年18期转载；
《车祸证人》被《微型小说选刊》2021年20期转载；
《操一刀这个人》被《微型小说选刊》2021年21期转载；
《半个藏书家》被《小小说选刊》2021年22期转载；
《半个藏书家》被《微型小说选刊》2021年22期转载；
《内奸》被《文摘周刊》2021年11月19日转载；
《小眼睛》被《传奇·传记文学选刊》2021年12期选载；
《小眼睛》被《微型小说选刊》2021年24期选载。

十四　凌鼎年文学作品获奖一览

（说明：带＊的事件后缺少具体时间，因获奖证书全部捐给文学馆，查核不方便。）

作文《我长大了干什么?》获太仓县城厢中心小学作文比赛全校第一名（1961年）；
作文《祭扫烈士墓》获太仓县全县小学作文比赛第二名（1963年）；
杂文《别了,匹哀尔·索台里尼式的婆婆》获《徐州矿工报》第四届煤海奖1985年度杂文征文二等奖（1986年1月）；
科普作品《近亲结婚与遗传学》获《徐州矿工报》第五届"煤海奖"1986年度科普作品征文优秀作品奖（1987年2月）；
微型小说《吃苹果》获江苏太仓县文协、太仓县文化馆举办的微型小说征文二等奖（1987年10月）；
诗歌《独白》获《徐州矿工报》第六届"煤海奖"1987年度诗歌征文三等奖（1988年3月）；
短篇小说《水淼淼》获徐州市文协1987年度优秀创作奖（1988年3月）；
短篇小说《灰池问题》获《工人日报》"改革浪潮奏鸣曲"小说征文三等奖（1988年5月）；
《双增双节之我见》获大屯煤电公司1987年度研究文章三等奖（1988年5月）；
小小说《要不要解释?》获四川甘孜雪莲文学会《雪莲》编辑部第一届"雪莲杯"小小说大赛新人奖（1988年7月）；
诗歌《寻根》获江苏省沛县首届"大风杯"诗歌大奖赛三等奖（1988年8月）；
《感情》获《淮北矿工报》建矿三十周年征文优秀作品奖（1988年9月）；
《他搏击在煤海学海》获《徐州矿工报》"九年一瞬间"征文三等奖（1988年10月）；
小小说《盖章》获第一届全国"屈原杯"文学作品竞赛鼓励奖（1988年9月）；
小小说《骨质增生》获河南省驻马店市《长鸣》编辑部全国小小说大奖赛鼓励奖（1988

年12月）；

《宋师傅这个人》获《徐州矿工报》"神花杯"纪实文学征文优秀奖（1988年12月）；

《那个夜晚》获首届华夏青年文学大奖赛佳作奖（1989年1月）；

小小说《电梯，超负荷》获《徐州矿工报》第七届"煤海奖"1988年度改革文学征文一等奖（1989年1月）；

微型小说《钓鱼》获上海《小说界》第二届全国微型小说大赛鼓励奖（1989年3月）；

小小说《茶垢》获中国煤矿文化宣传基金会、《中国煤炭报》"改革大潮"文艺作品征文奖（1989年4月）；

诗歌《薛涛井怀古》获江苏徐州市《大风》编辑部"黑釉杯"全国新诗大奖赛优秀作品奖（1989年5月）；

短篇小说《背景》获徐州市文协1988年度优秀作品奖（1989年7月）；

小小说《海水挡不住眼睛》获《江苏工人报》"金山杯"企业报文学作品大奖赛三等奖（1989年9月）；

小说《绿荷》获徐州市文联庆祝中华人民共和国成立四十周年文学作品征文优秀作品奖（1989年10月）；

小小说《失窃》获"普陀山杯"诗文大奖赛评委会、《潮花》编辑部举办的"普陀山杯"全国青年诗文大奖赛佳作奖（1989年11月）；

散文《徐州，我的第二故乡》获《徐州矿工报》《徐州经济新闻报》"国庆抒怀"征文三等奖（1990年1月）；

小小说《秋妹》获《徐州矿工报》第八届"煤海奖"1989年度庆祝中华人民共和国成立40周年文艺作品征文二等奖（1990年2月）；

小小说《再年轻一次》获徐州市文协1989年度优秀作品奖（1990年4月）；

小小说《来了一只电话》获太仓县城厢镇文艺创作学会、城厢镇文化站国庆征文二等奖（1990年12月）；

小小说《菜市发现》获太仓县文化馆微型小说征文优秀作品奖（1990年9月）；

小小说《秘密》获长江文艺出版社、《当代作家》编辑部1990年第二届全国小小说征文大奖赛二等奖（1991年2月）；

《周庄的价值》获苏州广播电台"兴吴杯"旅游散文征文入选奖（1991年3月）；

《再年轻一次》获《小小说选刊》1989—1990年全国优秀小小说作品提名奖（1991年4月）；

《回忆红嫂》获苏州市文化局、苏州市群艺馆"七月的光辉"诗歌征文大赛优秀作品奖（1991年6月）；

小小说《棋友》获《小小说选刊》《百花园》庆祝建党70周年全国小小说大奖赛鼓励奖（1991年7月）；

诗歌《沙家浜情结》获太仓县委宣传部、太仓县文化局、太仓县文联征文活动征文奖（1991年7月）；

散文《凭吊板桥古战场》获《苏州日报》"天翔杯·吴都风物"征文竞赛三等奖（1991年8月）；

小小说《心态》获太仓县文化馆"党的光辉"文学征文荣誉奖(1991年8月);

小小说《罪人》获"黄河象杯"全国微型文学大奖赛小说三等奖(1991年11月);

《小镇,汽锤声声》获太仓城厢镇"七·一"征文荣誉奖(1991年11月);

《讽刺打击全当补药吃》获中国青年出版社《追求》杂志首届"王府杯·我的追求"全国征文佳作奖(1992年2月);

《春游》获江苏省妇联、江苏省文化厅、江苏省电视台、江苏省家庭教育研究会1991年省家庭教育电视小品剧本评选奖(1992年3月);

小小说《谢谢,谢谢!》获太仓县文化馆"5·23"征文一等奖(1992年5月);

《游子故国情》获《苏州日报》、苏州电台文艺部精短散文征文优秀作品奖(1992年6月);

＊有作品获《青春》编辑部第二届微型文学青春奖大赛佳作奖(1992年8月);

小小说《评委》获《写作》杂志创刊十周年征文大奖赛三等奖(1992年10月);

《小巷情韵》获苏州市群艺馆"阳光之路"散文诗歌征文二等奖(1992年10月);

小小说《传话游戏》获首届袖珍文学大赛优秀奖(1993年1月);

小小说《说不清的家事》获河南《宋河报》首届"宋河杯"全国小小说创作大奖赛三等奖(1993年3月);

小小说《招聘》获《华东电力报》1992年度好作品奖(1993年4月);

小小说《你必须回答》获湖北《芳草》文学月刊"芳草杯"全国精短作品大赛优秀作品奖(1993年6月);

小小说《石斧》《误墨》获湖南省作家企业家联谊会"新中国文学履痕大系丛书"来稿评选二等奖(1993年7月);

小小说《寿碗》获"镇洋杯"微型文学征文大赛二等奖(1993年7月);

小小说《剁指》获陕西延安文学杂志社首届"延安文艺杯"全国文学大奖赛优秀奖(1993年8月);

小小说《第五竹》获太仓市文化馆1993年文学征文二等奖(1993年8月);

小小说《未捅破的纸》获四川青年作家杂志社第一届袖珍小说全国大奖赛三等奖(1993年11月);

小小说《黑天鹅提醒你》获《小小说选刊》与四川《蜀南文学》合办的全国微型小说征文大赛二等奖(1993年12月);

小小说《古庙镇风情系列》获太仓市委、市政府首届(1992—1993)文学艺术奖(1994年4月);

随笔《土地——宝中之宝》获太仓市文联、太仓市土地管理局"土地与生存发展"征文三等奖(1994年6月);

小小说《酒女》获1994年度中国"鲁迅奖"(1994年7月);

小小说《红玫瑰》获广西《南方文学》1992—1993年优秀作品奖(1994年7月);

散文《一个荣获骑士勋章的农民》获太仓市文化馆1994年国庆诗歌、散文征文三等奖;

小小说《剃头阿六》获春兰·世界华文微型小说大赛二等奖(一等奖空缺)(1994年

9月);

＊有作品获《文学星空报》社"绿茶杯"全国文学大赛优秀奖(1994年12月);

小小说《追悼会》获太仓市文化馆"乐斯尼文艺创作"奖提名奖(1995年2月);

随笔《食文化杂谈》获太仓市电视台、太仓市广播电台、太仓市文化馆"乐斯尼杯·饮食与文化"征文比赛特等奖(1995年5月);

小小说《鱼拓》获《百花园》第四届全国小小说大奖赛三等奖(1995年6月);

随笔《沉甸甸的画册》获苏州市文联、《苏州日报社》、苏州广播电台等8家单位联合举办的"和平与发展"主题旅游文化杯散文大赛三等奖(1995年9月);

小小说《史仁祖》获河北《沧州日报》社"亚龙杯"全国小小说大奖赛三等奖(1995年10月);

影评《历史的真实性,艺术的震撼力——〈屠城血证〉观后》获由中国电影评论学会、总政治部文化影视局主办的"珠光杯"百部爱国主义影片全国群众影评征文比赛荣誉奖(1995年11月);

散文《站在阿拉玛力哨卡上》获上海市炎黄文化研究会,《解放日报》社"爱我中华"精短散文征文三等奖(1995年12月);

散文《弇山名园留胜迹》获"墨妙亭杯"全国文化宫精短散文创作大赛二等奖(1996年2月);

微型小说集子《秘密》获中国微型小说学会"春兰·微型小说个人作品集评奖(1980—1995)"优秀作品奖(1996年4月);

小小说《阿智下海》获首届"农金杯"小小说全国征文大赛铜奖(1996年4月);

微型小说《剃头阿六》获太仓市第二届文学艺术暨"五个一工程"奖(1996年5月);

小小说《寻找证明》获《微型小说选刊》全国首届微型小说征文大奖赛三等奖(1997年2月);

小小说《史仁祖》获《小小说选刊》1995—1996年度"奥克杯"小小说佳作奖(1997年4月);

小小说《邻里》获太仓市职工文化联合会"舒宝杯·家家乐"征文三等奖(1997年4月);

散文《故乡情结》获太仓市"太仓杯·爱我太仓"征文一等奖(1997年5月);

小小说《事故》获《四川劳动保障》杂志《警钟长鸣》编辑部举办的安全文学征文"安全文学征文奖"(1997年5月);

在天津《今晚报》副刊主办的小说《征婚启事》续尾征文中,获佳作奖(1997年5月);

小小说《阿闲与大勤》获湖北省全国首届"李白杯"文学作品征文大奖赛优秀奖(1997年6月);

散文《港区,太仓的希望》获太仓市文联、太仓市文化局、《太仓日报》社"工行杯"以港兴市征文比赛一等奖(1997年11月);

小小说《鼠族兴衰札记》获江西《星火》文学杂志社,1997年小小说公开赛一等奖(1997年12月);

小小说《伯乐相马外传》获山东《文学世界》编辑部第三届"宏祥杯"小小说大奖赛三等奖(1998年3月);

小小说《遇》获《广西工商报》"独家村"杯同题小说大赛三等奖(1998年3月);

散文《微山湖畔的回忆》获全国首届吴伯箫散文大奖赛优秀奖(1998年3月);

《凌鼎年小小说》获太仓市第三届文学艺术暨"五个一工程"奖(1998年5月);

小小说《打"金钱眼"》获中国写作学会、武汉大学写作研究所、《写作》杂志社全国微型小说大奖赛优秀奖(1998年8月);

报告文学《吴健雄与袁家骝:一对世界级的科学伉俪》获江苏省政府侨办全省侨务宣传优秀作品评比一等奖(1998年10月);

《太仓钱氏一族》获太仓市旅游局、《太仓日报》社"天马杯·爱我太仓"旅游散文征文大赛一等奖(1999年5月);

随笔《五颜六色话正色》获《四川日报》社第九届(1998年度)《四川日报》文学奖(1999年7月);

小小说《过过儿时之瘾》获"大红鹰杯"1999年浙江金华"祖国颂"文学作品大赛佳作奖(1999年9月);

小小说《猎人萧》获首届"蒲松龄杯"世界微型志怪小说征文大奖赛优秀奖(1999年10月);

小小说《书神》在《人民日报》文艺部、《小小说选刊》、《中山日报》社"中山路桥杯"全国文学作品征文大赛中获三等奖(1999年11月);

中篇小说《情殇》获《文学港》杂志社"大红鹰杯"全国文学大奖赛佳作奖(1999年11月);

《书橱梦,梦想成真》获苏州市"太白杯"征文二等奖(1999年11月);

小小说《救人》《黄狗之死》获河南《传奇故事》杂志社1999年度微型传奇擂台赛入选奖(1999年12月);

散文《用我的笔讴歌火热的生活》获苏州广播电台"七都杯"征文三等奖(1999年12月);

随笔《剃头的变化》获《江苏工人报》"我与共和国"征文三等奖(2000年1月);

《二十年前的一件旧呢中山装》获《太仓日报》社"迎接新世纪·美固龙杯"征文比赛三等奖(2000年1月);

《小小说杂谈》获太仓市第四届精神文明建设"五个一工程"奖(2000年4月);

小小说《相依为命》获内蒙古《鹿鸣杂志》社"鹿鸣杯"全国小小说大奖赛一等奖(2000年4月);

小小说《老瞎子》获上海解放日报实业公司、浦东新区文化艺术指导中心"海韵杯"全国微型小说大赛三等奖(2000年6月);

小小说《最后的决定》获"春笋杯"全国小小说大奖赛三等奖(2000年7月);

随笔《速度,历史的必然》获广东《南风》编辑部"里程杯"征文三等奖(2000年8月);

小小说《手机万岁》获"全球通杯"全国首届手机文学作品大赛佳作奖(2000年10月);

《城市个性》获浙江《义乌日报》"城市与我们"征文三等奖(2000年11月);

*《回归自然的诱惑》获《太仓日报》社"世纪苑杯"征文一等奖;

摄影作品《无臂书法家》获太仓市摄协"美固龙杯"摄影比赛三等奖(2001年1月);

*散文作品获《太仓日报》社、太仓市绿化办"高氏杯·绿在太仓"征文特等奖(2001年5月);

小小说《藏戏面具》获上海市浦东新区文化艺术指导中心、《劳动报》副刊"梅园杯"全国微型小说大赛三等奖(2001年10月);

*有作品获太仓市贸易局"金厦杯"有奖征文三等奖(2001年12月);

散文《微山湖畔欠情》获首届"孟郊奖·慈母游子情"全国散文大赛优秀奖(2001年12月);

*小小说《了悟禅师》获苏州市委宣传部、苏州市文联颁发的2001年度苏州作家文学创作奖;

小小说《了悟禅师》获太仓市第五届精神文明建设"五个一工程"奖(2002年7月);

小小说《了悟禅师》获首届郑州小小说学会优秀作品奖(2002年8月);

小小说《了悟禅师》获中国微型小说学会首届全国微型小说(小小说)年度评选一等奖(2002年8月);

*小小说《求画者》获北京驰书文化交流艺术中心与《世纪风》杂志举办的西柏坡全国文学艺术大奖赛一等奖;

《时尚的三原则与两效益》获《姑苏晚报》征文优秀奖(2002年6月);

*有作品获苏州调频生活广播网"国际照相·我爱我家"征文比赛三等奖(2003年1月);

*有作品获太仓市广电总台、《太仓广播电视报》征文比赛二等奖(2003年5月);

*有作品获太仓市爱卫会、太仓市广电总台"联通新时空杯"征文二等奖(2003年9月);

《法眼》获中国微型小说学会主办的第二届全国微型小说(小小说)年度评选一等奖榜首(2003年9月);

《酒香草》获《短小说》杂志社举办的"古运河杯"短小说征文大赛一等奖(2003年10月);

《了悟禅师》《三代人的遗嘱》《菊痴》《茶垢》《红玫瑰》《法眼》《让儿子独立一回》《再年轻一次》《此一时,彼一时》《猎人萧》等10篇获《小小说选刊》《百花园月刊》《小小说俱乐部》、郑州小小说学会举办的"首届中国小小说金麻雀奖"提名奖(2003年10月);

《郑和到过菲律宾考证》获江苏省郑和研究会、中国新闻社苏州支社举办的"纪念郑和下西洋600周年征文"论文类三等奖(2003年11月);

《与时俱进话电业》获《太仓日报》社"供电杯"征文三等奖(2003年11月);

短篇小说《眼力》获苏州市委宣传部、苏州市文联2003年度苏州作家文学创作奖(2004年6月);

论文《小小说在当代生活中的位置》获政协全国委员会教科卫体委员会、中国新闻社、《纵横》杂志社举办的"中华纵横"全国诗书画征文比赛论文类二等奖(2004年6月);

*有作品获太仓市精神文明办、太仓市绿化办、《太仓日报》举办的"格利杯·绿色太仓"征文比赛三等奖(2004年6月);

论文《中国当代小小说现状与发现态势》获太仓市政府颁发的太仓市2002—2003年

度优秀学术论文二等奖(2004年7月);

《小小说在当代生活中的位置》获《中国当代思想宝库》优秀学术成果一等奖(2004年9月);

* 有作品获太仓市人防办"人防杯"征文二等奖(2004年11月);

小小说《法眼》获太仓市第六届精神文明建设"五个一工程"奖(2004年11月);

* 有作品获太仓市纪委、市委组织部、宣传部、地税局、《太仓日报》社举办的"地税杯"征文优秀奖(2004年12月);

微型小说《局长一天》获首届国际文学笔会评选委员会评出的"中山微型文学奖"榜首(2005年4月);

《江苏太仓旅游》一书获中国文化出版社、香港文学促进协会、中山文学院、《香港文学报》、《小小说读者》杂志社、《金山》杂志社举办的"中山图书奖"(2005年4月);

小小说《菖蒲之死》获天津市作家协会、《青春阅读》(即《天津文学》)举办的2004年精品小小说大赛一等奖(2005年5月);

微型小说《天下第一桩》获中国微型小说学会主办的第三届全国微型小说(小小说)年度评选一等奖(2005年6月);

* 小说《天使儿》获《人民文学》"爱与和平"征文优秀奖;

* 随笔《汉语为主,外文为辅》被四川省经济文化协会评为优秀理论成果一等奖;

* 《江苏太仓旅游》一书获江苏省档案局评定的"江苏省档案编研成果"三等奖;

* 散文《小城有对"神仙伴侣"》获《文学报》"我心中的完美文学"大赛优秀奖;

* 微型小说《天下第一桩》获苏州市2004年度作家文学创作奖;

* 散文《三角塘钓蟹》获《苏州日报》"蟹文化"征文三等奖;

* 《天使儿》获中国微型小说学会主办的第四届全国微型小说年度评选一等奖;

* 《天使儿》获2005年度苏州市作家文学创作奖;

* 短篇小说《笔会》获得由《中国作家》《中华散文》《诗刊》《地火》《文学报》、山东垦利县人民政府、东营市作家协会等联合举办的首届"黄河口杯"文学征文大赛三等奖;

* 散文《喜欢朱家角的理由》获上海《解放日报》征文佳作奖,获中国国际文艺家联合会、《中外精英》杂志社、中国国际亚洲新闻社、中国文艺杰出成就奖组委会联合主办的首届中国文艺杰出成就奖·文学艺术金奖;

随笔《阅读,使创作插上翅膀》获《苏州日报》"书香门第杯"征文大赛三等奖(2007年);

《太仓近当代名人》获太仓市第七届精神文明建设"五个一工程"奖(2007年);

《主任科员老牛》获中国微型小说学会主办的第五届中国微型小说2006年度评奖二等奖(2007年);

散文《我大学里也献过血》获太仓市"我与献血"征文优秀奖(2007年);

短小说《天使儿》获淮安市政府与江苏省作家协会主办的首届"吴承恩文学奖"三等奖(2007年);

《害怕警察的女孩》获江苏省大丰市计生委、大丰市文联等四部门联合举办的"关爱女孩"全国手机文学大赛一等奖(2007年);

报告文学《正走向世界的德威品牌》获太仓市文联举办的"和之太仓"报告文学征文

二等奖(2008年);

散文《崛起的西城区》获太仓市城厢镇政府与《太仓日报》、太仓市文联联合举办的"锦绣城厢,魅力西城"征文大奖赛三等奖(2008年);

散文《观音山之美》获《人民文学》"观音山游记"征文优秀奖(2008年);

微型小说《灵猴》获中国微型小说学会主办的第六届全国微型小说年度评选一等奖(2008年);

短篇小说《娄城遗韵》获《中国作家》杂志社"绵山杯"征文二等奖(2008年);

散文《微型小说,改变了我的人生》获苏州市文化馆、苏州市群众文化学会举办的2008年苏州市群众文化征文一等奖(2008年);

微型小说《别忘了谢谢中行的长城卡》获中国银行太仓支行、《太仓日报》社举办的"我与奥运,我与中行"征文二等奖(2008年);

小小说集《都是克隆惹的祸》荣获"冰心儿童图书奖"(2009年11月);

《1943年的烤地瓜》获中国微型小说学会主办的第七届全国微型小说(小小说)年度评选二等奖(2009年);

散文《扬州八怪纪念馆感悟》获《人民文学》与扬州市委宣传部联合举办的"风物扬州"征文优秀奖(2009年);

微型小说《海仙人》获江苏省第十九届报纸副刊好作品评选二等奖(2009年);

随笔《永远的马丁·伊顿》获《苏州日报》"新华杯·重温经典"读书征文二等奖(2009年);

散文《微山湖畔欠情》获苏州市文联、苏州市作协与苏州广电总台都市音乐频道举办的"五月的鲜花"2009年苏州市母亲节主题征文大赛优秀作品奖(2009年);

随笔《微型小说,改变了我的人生》获太仓市文广局第十届"太仓文化繁星奖"(2009年);

《读书,使参政议政更精彩》获太仓市委统战部各民主党派、无党派先进基层支部暨读书活动二等奖(2009年);

微型小说集子《让儿子独立一回》获太仓市文联2008年度签约重点作品一级资助(2009年);

散文《祁红之最看祁眉》获安徽省作家协会、安徽省徽茶文化研究会、《作家文荟》杂志社、祁门县委宣传部等共同举办的"祁眉杯·走进祁红想象祁眉"全国华语散文大赛特别奖(2010年);

微型小说《定做》获中国微型小说学会主办的第八届全国微型小说(小小说)年度评选二等奖(2010年);

散文《海岛古渔村》获中国散文学会、中国文学艺术研究院、大河诗刊社、河南省宜阳县文联举办的"李贺杯"全国散文诗歌大奖赛二等奖(2010年);

微型小说《乡里来了拍电影的》获《小说选刊》首届全国小说笔会二等奖(2010年);

散文《走向天国的母亲》获由中国散文学会、江苏省作家协会主办,淮阴区人民政府承办的第二届"漂母杯"全球华文母爱主题散文大赛三等奖(2010年);

作品《永远的香榧子》获《浙江作家》杂志社、浙江作家网等单位联合举办的"冠军香榧杯"全国微篇文学征文大赛三等奖(2010年);

报告文学《俞颂华,新闻界的释迦牟尼》获苏州市报告文学学会举办的苏州市第四届(2007—2009)"六六杯"报告文学奖三等奖(2010年);

小小说《斗茶》获浙江作家网、《浙江作家》杂志社多家联合举办的"天赐生态杯"全国小小说大赛优秀奖(2010年);

微型小说集子《都是克隆惹的祸》获首届太仓市文学艺术"月季花奖"一等奖(2010年);

微型小说集子《天下第一桩》获江苏省文学最高奖——紫金山文学奖(2011年);

在郑州市政府主办的第四届小小说节上,《小镇来了气功师》等10篇作品获第五届(2009—2010)小小说金麻雀奖(2011年);

微型小说《荷香茶》获中国微型小说学会主办的第九届全国微型小说(小小说)年度评选一等奖(2011年);

短篇小说《素食者》获《小说选刊》征文短篇小说类一等奖(2011年);

评论《海内外微型小说的双向交流正在形成》获中国民族文化研究会举办的第二届中国民族文化创新成果奖一等奖(2011年);

诗歌《回忆红嫂》获中国当代文学研究会举办的"中国当代百名诗词家作品集"征文活动一等奖(2011年);

散文《我的青春在徐州》《杭州湾跨海大桥》获《中华散文精粹》编委会一等奖(2011年);

散文《奥地利之行》获中国大众文学学会与《散文选刊》杂志社举办的"美文天下"首届全国旅游散文大赛一等奖(2011年);

小小说集《天下第一桩》获太仓市文联第二届太仓市文学艺术"月季花奖"一等奖(2011年);

小小说集《同是高材生》获第四届小小说学会奖优秀文集奖(2011年);

小小说评论《我不是坚守"小",我是选择"小"》获第四届小小说学会奖理论奖(2011年);

小小说《狼来了》获《小小说选刊》、河北省作家协会小小说艺术委员会、《沧州日报》社、《河北作家》《河北小小说》、河北新华高压电器股份有限公司联合举办的"新华杯"全国小小说大奖赛三等奖(2011年);

小小说《鉴宝》获《中国文化报》、天津市文广局、天津市东丽区人民政府举办的天津市第二十届"文化杯"全国梁斌小说奖评选小小说奖优秀奖(2011年);

散文《向往石膏山》获中国散文学会"我与自然"全国散文大赛优秀奖(2011年);

小说《先飞斋笔记》获由福建省作家协会、福建师范大学文学院、海峡文艺出版社、福建省台港澳暨海外华文文学研究会等单位主办,台湾《幼狮文艺》,以及《福建文学》《台港文学选刊》与中文书刊网等单位承办的首届海峡两岸文学创作网络大赛短篇小说三等奖(2012年);

微型小说《狼来了》获中国微型小说学会主办的第十届全国微型小说(小小说)年度评选一等奖(2012年);

随笔《河豚之鲜,天下第一》获江苏扬中市政府、扬中市文联举办的首届全国河豚美文大赛二等奖(2012年);

微型小说集子《天下第一桩》获第三届太仓市文学艺术"月季花奖"一等奖(2012年);

散文《凸显个性的田子坊》获《散文选刊》举办的全国散文奖征文一等奖(2012年);

微型小说《狼来了》获第四届太仓市文学艺术"月季花奖"一等奖(2013年1月);

《酒令的回忆》《1978年的茅台酒》获山东《鲁北文学》、德州市旭日副食品有限公司主办的"旭日杯"全国暨海外华人酒文化比赛优秀作品奖(2013年1月);

散文《扬州采撷五题》获中国散文学会、中国诗歌学会、扬州市园林局和《中国名城》杂志社联合主办的"瘦西湖杯"全国散文诗歌大奖赛二等奖(2013年);

散文《海岛渔村》获中国散文学会、浙江省岱山县人民政府举办的"岱山杯"全国海洋文化征文大赛二等奖(2013年);

微型小说《目击证人》获苏州市司法局文艺评奖一等奖(2013年);

散文《从鸟窝想到的》获中国萧军研究会、北京市写作学会、北京世纪百家国际文化发展中心联合举办的2013年"东方美"全国诗联书画大赛金奖(2013年);

散文《不仅仅有草的赤峰草原》获《散文选刊》杂志社、《北方文学》杂志社、《青海湖文学》杂志社联合举办的"行走天下"首届全国人文地理散文大赛二等奖(2013年);

《凌鼎年科幻微型小说》一组作品获第一届"世界华人科普奖"短篇类银奖(2013年);

*散文《新西兰的蹦极跳》获由北京墨斯文化艺术研究院主办的"中华旅游杯"全国散文大奖赛评选一等奖;

*散文《长江入海口的沉思》获北京墨斯文化艺术研究院举办的全国当代抒情散文大奖赛一等奖;

《一次征文评奖》获中国(抚州)首届"清风苑杯"廉政诗歌、散文大奖赛征文二等奖(2014年);

《我就是你儿子》获中国·武陵"德孝廉"小小说全国征文大奖赛二等奖(2014年);

小小说《另类惩罚》获苏州市委宣传部、苏州市文联颁发的2013年度苏州作家文学创作奖(2014年);

微型小说《"关梦"后代》在苏州市宣传部、苏州市文广新局举办的"中国梦·我心中的梦"征文中获文学类小说三等奖(2014年);

微型小说《相遇老同学》获"庄子税苑杯"全国税收大奖赛三等奖(2014年);

散文《海外的三处海》获中国散文学会、浙江省作家协会、浙江省岱山县人民政府主办的第四届"岱山杯"全国海洋文学大赛优秀奖(2014年);

散文《民间紫砂雕刻艺术家于世根》获中国散文学会、中国诗歌学会、宜兴市旅游园林管理局举办的"陶都杯"全国散文、诗歌大赛优秀奖(2014年);

《壮哉伟哉金山岭长城》获中国散文学会、致公党中央宣传部主办的首届全球华人长城散文金砖奖征文大赛优秀奖(2014年);

小小说集《那片竹林那棵树》获第六届太仓市文学艺术"月季花奖"一等奖(2015年);

《小小说,实现我的文学梦》获太仓市委宣传部、太仓文广新局、太仓市广电总台、太仓市文联联合举办的"中国梦·太仓梦·我的梦"文艺作品征集文学类一等奖(2015年);

《壮哉伟哉金山岭长城》获华文作家协会、华文作家网等举办的"新视野杯·我与自

然"征文散文类一等奖(2015年);

微型小说《智者》获2015年武陵"德孝廉杯"全国微小说精品奖三等奖(2015年);

微型小说《任新送酒》获"康百万酒"全国小小说征文大赛优秀奖(2015年);

微型小说集《幽灵船》获中国微型小说学会图书提名奖(2016年7月);

微型小说《国鸟评优》获江苏省泗阳县宣传部、泗阳县文联举办的首届"林中凤凰杯"全国短小说征文二等奖(2016年8月);

散文《重走长征路,缅怀烈士魂》获首届蔡文姬文学奖一等奖(2016年8月);

散文《恐龙、恐龙》获四川自贡市恐龙博物馆、自贡市微型小说学会联合举办的"东方龙宫杯"大赛三等奖(2016年);

微型小说《风雪夜》获中华全国法治新闻协会、湖南省司法厅、《小说选刊》杂志社等联合举办的首届中国·潇湘法治微小说全国征文大奖赛二等奖(2016年);

* 微型小说集《幽灵船》获2016年度苏州市优秀版权奖二等奖;

* 小小说《玉雕艺人哥俩好》获全国小小说学会联盟年度系列评选之2016年全国小小说优秀作品奖;

* 微型小说《风雪夜》获中国作家·《雨花》读者俱乐部评选的2016年微型小说排行榜榜首;

散文《小小说里的乡愁乡思》获上海叶辛文学馆首届"书院杯"留住乡愁主题征文荣誉奖(2016年);

随笔《我与香港的文学情缘》获苏州市政府侨办、苏州市海外交流协会举办的苏州侨界庆祝香港回归20周年征文一等奖(2017年);

微型小说《黑节草》获福建林语堂研究会、林语堂文学馆等联合举办的"林语堂杯"小小说大赛征文二等奖(2017年);

微型小说《香道》《玉雕艺人哥俩好》《风雪夜》获第八届太仓市文学艺术"月季花奖"一等奖(2017年);

散文集《太仓史话》获第八届太仓市文学艺术"月季花奖"三等奖(2017年);

微型小说《"四要堂"子孙》获盐城市大丰区纪委、大丰区监察局、《微型小说选刊》杂志社联合举办的首届"清正家风·梦美中国"全国微型小说征文大奖赛一等奖(2017年);

微型小说《廉主任与陆检察官》获江苏省泗阳县纪委、泗阳县监察局举办的反腐倡廉微型文学征文二等奖(2017年);

微型小说《臧大艾与他的女儿》获《小说选刊》、香港小说学会等联合举办的"紫荆花开"世界华文微小说征文大奖赛优秀奖(2017年);

微型小说集《幽灵船》获江苏省版权优秀奖评选三等奖(2017年);

随笔《市一中的点点滴滴》获太仓市第一中学主办的"太师府第杯"征文三等奖(2017年);

微型小说《风雪夜》改编拍摄的微电影《老杨和小伙子》获泰国泰中国际微电影展之"司法与社会奖";

《罚戏碑》获羊城晚报报业集团和广东观音山国家森林公园联合举办的首届"观音山杯·人与自然"全国小小说大赛三等奖(2018年1月);

《都察院副都御史丁时鼎》获"绿城清风杯"全国廉政小小说征文大赛优秀奖(2018年1月);

微型小说《有钱无钱》获第九届太仓市文学艺术"月季花奖"一等奖(2018年2月);

《凌鼎年微型小说28讲》《凌鼎年微型小说选》获第九届太仓市文学艺术"月季花奖"三等奖(2018年2月);

游记《世界上最古老最大的卡尔奈克神庙群》获由中国大众文学学会、《作家报》、北京写作学会、《中华英才》半月刊社、中华文化艺术促进会主办的首届郦道元山水文学大赛一等奖(2018年11月);

散文集《微小说序集萃》获首届江苏省散文学会奖(2018年11月);

《孔雀蛋与鹌鹑蛋》获"两德杯"德廉主题征文入围奖(2018年12月);

《茶垢》获"改革开放40年江苏有影响的40篇微型小说"的荣誉;

微型小说集子《永远的箫声》获太仓市第一届文学艺术"金月季奖"三等奖(2018年12月);

《剃头阿六》获《小小说选刊》《百花园》"改革开放40周年最具影响力小小说"荣誉称号(2018年12月);

《高楼坠物》获评世界华文微型小说研究会2018年世界华文十佳优秀作品(2019年1月);

《凌鼎年微型小说28讲》获评世界华文微型小说研究会2018年世界华文微型小说理论与评论奖(2019年1月)

短篇小说《情感的烦恼》获江苏邳州市作家协会"激扬青春,逐梦邳州"文学作品大赛一等奖(2019年10月);

小小说《父亲》获广东省河源宣传部、广东省小小说学会等单位颁发的"万绿湖杯"全国小小说大赛优秀奖(2019年10月);

散文《石头剪刀布》获《东方散文》杂志社第二届国际东方散文奖一等奖(2019年10月);

小小说《500万啊500万》获广东省佛山市普法办主办,佛山市小小说学会、《珠江时报》承办的"弘法杯"法治小小说全国征文大赛一等奖(2019年12月);

微型小说《地震云》获《小说选刊》主办的第十届"茅台杯"年度微小说奖(2019年12月);

《结缘》获河北省文联举办的"我与河北文联"主题征文活动优秀奖(2020年1月);

在2020年"赤帜阳杯"世界华文闪小说大赛中获特别贡献奖(2020年8月);

《救援驴友》获2020年"方川杯"世界华语闪小说征文大赛三等奖(2020年9月);

《成都有家麻将博物馆》获四川省文化和旅游厅、《四川日报》社"安逸四川"征文纪念奖(2020年9月);

《娄城笔记三题》获广西南宁市文联第四届《红豆》文学奖(2019—2020年)优秀作品奖(2020年11月);

《凌鼎年序跋集》获太仓市第二届文学艺术"金月季奖"二等奖(2020年12月);

微型小说集《永远的箫声》获2020年度苏州市优秀版权奖二等奖(2020年12月);

获太仓市老干部局颁发的"最美书屋"奖牌(2020年12月);

主编的《法律卫士——"光辉奖"第六届法治微型小说征文大赛作品选》获《中华英

才》《作家报》《神州》杂志社等评选的"中国文学奉献奖"（2021年6月）；

　　*微型小说《两颗核桃》获福建省文联主办的第三届"祖国颂"世界华语文学作品征文一等奖；

　　*《禁染指碑》获首届中国·文安"尚法杯"法治小小说全国征文大赛优秀奖；

　　*获在福建举办的第二快"重宇杯"世界华文闪小说大赛特别贡献奖。

十五　凌鼎年获得荣誉一览

（说明：带*的事件后缺少具体时间，因相关证书已捐给文学馆，而当时的记录较为简单，具体情况已记不清。）

2001年前

　　被评为太仓县城厢镇中心小学品学兼优学生（1963年）；

　　被评为太仓县中学（高中部）"五好战士"（1970年）；

　　被评为上海第二教育学院"三好学生"（1984年）；

　　被江苏省煤炭工业总公司党委组宣部评为《徐州矿工报》1985年度优秀通讯员（1986年3月）；

　　被中国煤矿地质工会大屯煤电公司委员会记二等功一次（1986年9月）；

　　被大屯煤电公司发电厂评为"先进生产工作者"（1987年）；

　　被评为《徐州矿工报》1986年度"优秀作者"（1987年2月）；

　　被江苏沛县县委宣传部评为"1986年度文艺创作评佳活动优秀作者"（1987年5月）；

　　被江苏省煤炭工业总公司党委组宣部评为1987年度《徐州矿工报》优秀通讯员二等奖（1988年3月）；

　　被评为大屯煤电公司文协优秀会员一等奖（1988年5月）；

　　获首届中国微型纪实文学青春奖评选纪念奖（1988年9月）；

　　获大屯煤电公司1988年度矿区工会系统对外宣传报道二等奖（1989年1月）；

　　小小说《病态》获《江苏工人报》"金山杯"企业报文学作品大奖赛二等奖（1989年9月）；

　　被沛县文联评为"沛县1987—1988年度文学艺术评佳活动优秀作者"（1989年10月）；

　　被大屯煤电公司教育学会评为"优秀会员"（1989年12月）；

　　获《太仓科普》优秀稿件鼓励奖（1992年2月）；

　　以一组幽默小小说在中国书画艺术研究院、国际华人报社、加拿大《华侨新报》社、菲律宾学群文艺社等海内外21家文学艺术社团举办的全国"金鹅奖"幽默大赛中获"十大幽默明星"称号，并获奖杯一座、金鹅一尊（1995年8月）；

　　被江苏省侨办评为"1994—1995年度侨务宣传先进个人"（1996年8月）；

　　被太仓市文化局、太仓市广电局、《太仓日报》社评为"1996年太仓市优秀藏书家庭"（1996年10月）；

　　被民进苏州市委评为"1994—1996年会务积极分子"（1996年10月）；

获太仓市精神文明建设委员会表彰(因1995—1996年度文化艺术工作成绩显著)(1997年5月);

获《微型小说选刊》社第三届"读者荐稿奖"纪念奖(1997年9月);

被第二届姑苏藏书家庭评选活动组委会评为"优秀藏书家庭"(1997年12月);

被江苏省政府侨办评为"1996—1997年度全省侨务先进个人"(1998年10月);

被民进苏州市委评为"先进个人"(1998年12月);

被太仓市文协评为"1998—1999年度优秀会员"(1999年9月);

在太仓市图书馆首届文明读者评选中被评为"1999年文明读者"(1999年9月);

被太仓市精神文明建设委员会评为"特色文化示范户"(2000年5月);

在太仓市人事局1999年度考核中被评为优秀(2000年6月);

受太仓人事局嘉奖(2000年8月)。

2001年

荣获太仓市文联、太仓市委组织部颁发的太仓市"德艺双馨"会员光荣称号;

荣获苏州市文联、苏州市委组织部颁发的苏州市"德艺双馨"会员光荣称号。

2002年

北京东方伯乐文学研究所主办的大型文学期刊《伯乐》杂志2002年5期用凌鼎年的照片做封面;

*在中国作协创研部、《文艺报》社、《百花园月刊》《小小说选刊》联合评选中入选"中国当代小小说风云人物榜",并获得"小小说星座"荣誉称号;

被民进江苏省委授予"民进江苏省优秀基层干部"称号(2002年5月);

获《微型小说选刊》社第八届"读者荐稿奖"纪念奖(2002年9月);

被苏州文明家庭创建活动协调小组评为"文明家庭标兵户"(2002年);

*被太仓市爱卫会、太仓市妇联评为"健康家庭"。

2003年

《姑苏晚报》编辑、中国作协会员孙柔刚专程来太仓采访了凌鼎年,在《姑苏晚报》"本周人物"发表了整版文章《驰骋于精微世界》;该版的通栏标题为"新闻人物、公众人物、有成就的人物",并配发了凌鼎年人物档案与相关照片;

被太仓市委宣传部评为2002年度"学习型家庭"(2003年1月);

被苏州市文联评为"2002年苏州市文联系统优秀文联工作者"(2003年2月)。

2004年

《作家报》在"作家印象栏"推出凌鼎年照片、简介,并发表广东暨南大学潘亚暾教授撰写的《三遇凌鼎年》,与河南作家江岸撰写的《凌鼎年印象》;

《小小说读者》第7期用凌鼎年的漫画头像做封面图案,并在封二刊登了凌鼎年的4张照片;

月发行量达70万册的《微型小说选刊》在六月下半月号的第13期封二刊登了凌鼎年的照片和简介;

河北省文联主办的《小小说月刊》在七月上半月号的第13期封二刊登了凌鼎年赴美参加国际研讨会时的8张照片,并配了文字介绍,同时在该期发表了《与凌鼎年谈小小说的文化视角》的访谈文章；

河南郑州《中学生学习报·语文周刊》重点推介了凌鼎年，刊登了照片、简介，寄语中学生与小小说作品；

山东《生活杂志》刊登了凌鼎年的照片与其为杂志题写的祝贺词；

小小说星网发表了马新亭撰写的《百家争鸣凌鼎年》；

12月上旬，应印度尼西亚华文作家协会邀请，赴印尼万隆参加了第五届世界华文微型小说研讨会。期间，印尼的《世界日报》《国际日报》先后3次刊登了凌鼎年在会议上的有关照片；

被太仓市城厢镇妇联评为2003年度"十佳"学习型家庭（2004年3月）；

被评为"太仓市各民主党派、工商联为经济建设服务（2000—2004年）先进个人"（2004年11月）。

2005年

被江苏省政府侨办评为"2004年度全省侨务宣传先进个人"（2005年4月）。

2006年

《阜阳广电报》3月份时，在新设的"名作家作品专栏"，刊登了凌鼎年的作品与作者简介、照片；

由香港国际英才集团主办的《华人》杂志2006年第2期在"文坛漫步"栏目刊登了《微型小说名家——凌鼎年》，并配发了凌鼎年的7张照片；

黑龙江《学生之友》杂志封二刊登了凌鼎年的照片，并在"作家连线"栏目发表了介绍凌鼎年的相关文章；

《九州文艺》刊发了凌鼎年评论作品专版（两个整版），刊登了作者简介与照片，以及多篇代序；

南京师范大学文学院院刊《瀚海》杂志在4月号封二刊登了凌鼎年为刊物写的题词，并发了短篇小说与作者简介；

《小小说月刊》4期推出了凌鼎年的"博客日志"，并配发了作者简介与照片；

《小小说月刊》24期刊登了凌鼎年赴文莱参加第六届世界华文微型小说研讨会的2张照片；

《微型小说》5期在新设的"名家新作"栏目推出了凌鼎年作品，并配发了作者简介与照片；

《中国与海外》2006年5期刊登了凌鼎年的照片；

《江南晚报》6月25日整版发表了介绍凌鼎年的文章《微型小说收藏：在书海中徜徉并快乐着》，并配发多张照片；

在文莱参加第六届世界华文微型小说研讨会期间，凌鼎年接受了《星洲日报》《诗华日报》《联合日报》记者的采访，就中国的微型小说状况进行了介绍。《星洲日报》《诗华日报》《联合日报》与泰国的《中华日报》等刊登了凌鼎年的多张照片与采访报道；

* 被中国国际网络电视台、世界华人联合会（总会）授予首届华夏英才金爵奖；

* 被中亚联合国际经济发展研究中心聘为高级研究员，并被授予2006年度世界百名各行业创新杰出人才金奖；

* 被河南《故事世界》评为"首届全国最受读者喜爱的故事家百杰";

* 荣获2006年首届苏州阅读节"十佳藏书家"称号;

* 被评为"太仓市政协2005年度先进个人";

* 被评为太仓市民进总支部2005年度优秀会员。

2007年

新西兰《先驱报》1月20日刊登了凌鼎年与新西兰著名华人作家、毛利历史和文化研究学者林爽的合影,转载了凌鼎年的微型小说《剃头阿六》,配发了香港作家阿兆撰写的赏析文章;

《作家报》在1月31日头版介绍了凌鼎年,刊发了凌鼎年的照片、作者简介与"作家寄语"——"把主要精力放在创作上";

四川微篇文学研究会会长李永康著的《为了一种新文体——作家访谈》,2007年2月在中国文联出版社出版。该书收录了《真正的好作品要让时间来检验——凌鼎年访谈录》,并配发了凌鼎年的7张照片;

凌鼎年4月20日接受了中国教育电视台《文明中华行·走进太仓》摄制组的采访拍摄,并就娄东文化的定义、内涵、内容,以及牛郎织女传说降生太仓的经济基础、历史原因等谈了自己的看法,该专题(5集)在中国教育电视台播放;

5月份,凌鼎年被中国民主促进会江苏省委员会评为"为构建和谐社会做贡献"先进个人;

作为太仓市政府文化建设项目之一,2007年7月,太仓市文联给凌鼎年挂牌"凌鼎年微型小说工作室"。这在全国微型小说文坛是第一家,是一个创举。挂牌后,澳大利亚、新西兰、荷兰、美国、泰国、菲律宾,以及中国香港、中国澳门等地的数十家网站与报刊发了消息。中国作家协会主办的《中国作家通讯》、江苏省作家协会主办的《江苏作家》,还有《作家报》《开卷》等数十家报刊先后报道;

苏州市图书馆郭腊梅副馆长等一行三人7月15日到太仓就藏书、读书等采访了荣获"苏州藏书家"称号的凌鼎年,向读者介绍凌鼎年的读书成绩;

北京的《名流周刊》9月号发表了广东青年评论家陈雄撰写的《先飞斋里的凤凰鸟——作家凌鼎年印象》;

央视《探索与发现》栏目到太仓拍摄《〈金瓶梅〉作者寻访》《"娄东画派"故里行》专题,作为当地文史研究者的凌鼎年接受了采访;

* 被评为2006年度太仓民进优秀会员;

《新远见》杂志2007年1期发表该刊主笔寇建平采访凌鼎年的万字专访《与智者凌鼎年的对话》,并配发凌鼎年的作者简介与照片;

获太仓市统战部颁发的"我为太仓又好又快发展献一计"活动二等奖(2007年)。

2008年

澳大利亚《澳中周末报》2月22日在"世界华文作家园地"推出冠名为"中国著名微型小说作家凌鼎年专辑"的整版,配发了凌鼎年的照片、作者简介,发表了他的随笔《第一等好事》与微型小说《菊痴》《长生不老药》等;

《湖州晚报》分别在5月24日与31日发表了该报编辑特约凌鼎年撰写的《根在湖州

晟舍》,并加发编辑按语,配发作者简介与照片,分上、下两部分发表。该报此栏目是专门介绍湖州籍当代名人的;

北京图书馆出版社4月出版了邱冠华主编的《中国阅读报告·爱书人的世界》,该书在《阅读,为创作插上翅膀——凌鼎年》一节中介绍了凌鼎年的藏书、读书与创作的情况,并附录了"凌鼎年推荐阅读的微型小说集子";

凌鼎年被收入"与2008同行,优秀泰山人物风采联展",被冠以"泰山文化人物——著名作家凌鼎年"推出,配有照片与作者小传;

中央电视台科教频道《探索与发现》栏目4月5日播放了《金瓶梅与王世贞》,4月6日播放了《娄东画派揭秘》,分别有采访凌鼎年的镜头,并冠以"太仓文化学者"的头衔;

香港凤凰卫视《江河水》栏目组7月12日到太仓拍摄《长江四鲜》,特邀凌鼎年作为嘉宾串场。在长江边上,凌鼎年与香港凤凰卫视著名主持人谢亚芳以聊天的形式,介绍了河豚、鲥鱼、鲴鱼、刀鱼、银鱼等长江特产的典故与民俗,于8月24日奥运期间播放;

凌鼎年7月29日接受了新华网的电话采访。凌鼎年谈了他为什么主编针对青少年读者的《青少年一定要知道的奥运全集》的初衷,并对该书内容做了大概的介绍,最后对奥运会表示了诚挚的祝福;

获苏州市文联2007年度文艺创作优异奖(2008年)。

2009年

为北京的《今日文艺报》题写报头,6月总第20期刊出;

获苏州市文联2008年度文艺创作奖(2009年)。

2010年

在上海世博会结束前夕,被2010年上海世博会联合国馆UNITAR周论坛组委会特别授予"世界华文微型小说创新发展领军人物金奖"。联合国助理秘书长、联合国训练研究所主任卡洛斯·洛佩斯与论坛组委会执行主席、秘书长龙荣臻分别在荣誉证书上签字,以表彰凌鼎年多年来对推进微型小说这种新文体的发展、对推进华文微型小说在海内外的双向交流所做出的贡献;

微型小说集《让儿子独立一回》,经东方出版社推荐,参加中国作协主办的第五届鲁迅文学奖评选,进入公示榜。这是太仓市作家第一次有作品进入鲁迅文学奖公示榜;

被民进江苏省委评为"全省民进先进会员"。

2011年

10月,在美国纽约访问时,被美国全美中国作家联谊会授予"世界华文微型小说大师"水晶奖牌。

2012年

被苏州市作家协会推荐为江苏省作家协会评选的"全省文学组织工作优秀个人";

被中国小小说名家沙龙评为"2012年中国小小说十大热点人物";

主编的微型小说集子,在上海市教育委员会、上海市教育委员会中小学图书馆工作委员会主办的上海市优秀青少年读物评比中入选;

《雨花》杂志开辟了"江苏作家群英谱"栏目,专门介绍江苏省的优秀作家,第9期封三刊登了凌鼎年的个人简介与7张照片;

《百花园》11期封面用了凌鼎年的头像,在封三做了介绍,刊登了凌鼎年的3张照片与个人简介,以及专家的评介;

郑州《中学生阅读》12期封二刊登了凌鼎年的个人简介、照片与书法题词;

陕西《小小说大世界》6期封二刊登了凌鼎年的4张照片与个人简介;

在以色列第32届世界诗人大会上,接受世界诗人大会执行主席、诺贝尔和平奖得主卡汉博士与世界艺术文化学院院长杨允达博士颁发的世界艺术文化学院授权的世界诗人大会主席奖证书,与一枚圆形的铜质奖章(2012年);

获苏州市文联颁发的"优秀成果奖"(2012年);

获太仓市文联2011年度"文艺创作最高奖"(2012年);

被太仓市政府评为"太仓市侨务工作先进个人"(2012年);

被太仓市政协评为"2011年度政协工作先进个人"(2012年)。

2013年

应邀前往杭州的冰凌电视工作室接受了全美中国作家联谊会会长、著名旅美作家冰凌的电视访谈。冰凌电视工作室艺术总监兼中国首席摄像师肖晓晖、美国首席摄像师徐晨执机拍摄,历时4个多小时,圆满拍摄完成《中国著名作家访谈录》(凌鼎年卷)。大型电视访谈资料片《中国著名作家访谈录》系美国世界作家书局出品,保留了中国作家珍贵、原始的电视声像资料,分批制作后,将无偿地赠送给世界著名大学图书馆和汉学研究机构,让国际汉学研究者和海外读者通过第一手的电视声像资料,更加全面、真实、深入地了解中国作家和中国文学。人民网、中新网、新华网、中国作家网、新浪网、网易、《中国日报》网、凤凰网、美国世界名人网、澳大利亚澳华文学网等海内外数十家网站发了报道;

《人民日报》(海外版)王蔚记者采访了凌鼎年,在11月5日"文学新观察"栏目发表了《小说创作"微风"盛》的文章;

被江苏省作家协会授予"全省优秀文学组织工作者"荣誉称号(2013年2月);

被太仓市委、市政府授予"娄东英才奖"(2013年3月);

被太仓市文联授予"太仓文艺创作领军人才"称号(2013年3月)。

2014年

微型小说集《那片竹林那棵树》进入中国作家协会第六届鲁迅文学奖短篇小说公示目录;

北京举办的凌鼎年《那片竹林那棵树》研讨会,与汪放主编的《凌鼎年与小小说》均进入"2013年中国小小说十大新闻";

北京《图书馆报》1月17日在"精彩阅读"版发表福建作家林美兰写的《有才情有气度的凌鼎年》;

泰国《新中原报》2013年6月19日发表美国全美中国作家联谊会会长冰凌的《我读凌鼎年》,占四分之三的版面;

泰国《泰华文学》总70期发表泰国华文作家协会秘书长曾心撰写的《行列榜首的凌鼎年》;

《茉莉》双月刊2期用凌鼎年照片做封面;

《微篇文学》2期用凌鼎年照片做封面;

《精彩短小说》6月号封二刊登凌鼎年照片,并刊发其个人简介;

日本《中日新报》发表凌鼎年作品,并刊登凌鼎年照片与个人简介;

国家级社科研究项目"世界华文微型小说研究"负责人龙钢华教授把凌鼎年个人传记、创作年谱等整理后收录于《世界华文微型小说百家传论》一书。

2015年

香港《南风志》4期用凌鼎年照片做封面,在"重磅出击"栏目刊登了蓝月撰写的《为促进海内外微型小说交流做实事的凌鼎年》,还配发了2篇凌鼎年的作品;

收到中华人民共和国海外同胞史编辑委员会国际交流部颁发的荣誉证书,特别推荐凌鼎年为"全球华人华侨喜爱的东方才子";

《小小说家》3期封二的"本期作家推荐"刊登了凌鼎年的2张照片与个人简介;

《华文小小说》2期封二的"名家档案"栏目,刊登了凌鼎年的照片与个人简介;

11月14日,凌鼎年接受了江苏卫视关于法治微型小说的采访;

《微篇小说》5期头题发表了5篇凌鼎年的作品,配发作者简介与照片;

上海华东师范大学《中文自修》杂志12期发表了一组凌鼎年的作品,并配发作者简介与照片;

《金山》杂志11期封二刊发了凌鼎年的个人简介、照片与卷首语;

《苏州广播电视报》"书香苏州"栏目发表了凌鼎年的作品,配发照片与作者简介;

获第七届小小说金麻雀奖之"小小说事业推动奖"(2015年);

获太仓市2014年度文艺创作最高成就奖(2015年)。

2016年

大型人文杂志《中华英才》在9月号"名人天下"栏目,用3个版面的篇幅发表了淮海工学院学报副主编徐习军教授撰写的《凌鼎年:世界华文微型小说领军人物》7000字的报道,并配发了凌鼎年的简介与7张照片;

《中外名流》2016年10月秋季号发表了浙江湖州师范学院学生雪芯寒采访凌鼎年的6000多字的访谈,并配发5张照片;

香港《华人月刊》2016年12期,以7页的篇幅,发表了蓝月撰写的8000字的《为促进海内外微型小说交流做实事的凌鼎年》,并配发了17张凌鼎年参加各类文学、文化活动的彩色照片;

四川省广安市的《小小说家》杂志1期,在"大家视角"刊登了凌鼎年撰写的卷首语《小小说正走向世界》,并配发了作者的照片;

江苏卫视来太仓拍摄明代大学士首辅王锡爵家风故事,凌鼎年被邀请做嘉宾,参加拍摄;此片在中央纪委网站以《江苏省苏州王锡爵家风》电视专题正式发布。

2017年

在日本大阪,获《关西华文时报》颁发的"日中文化艺术交流奖";

获昆山康桥国际学校X-ZONE"三百六十行"家长人文讲座"卓越贡献奖";

江苏凤凰文艺出版社4月出版的何开文著的《南京纪事》,在第四辑《写南京缘》收录了《凌鼎年:中国微型小说界的蒲松龄》;

北京作家韩静撰写了4000多字的《"先飞斋"飞出了微型小说领军人物凌鼎年先生》

发表于江山文学网；

加拿大华文作家孙白梅撰写了《欢迎微型小说大师凌鼎年访多伦多》；

《娄东银潮》杂志2期发表了姜琦苏撰写的《退休后生活更充实的凌鼎年》；

获当代微篇小说作家协会颁发的第二届中国微篇小说金燕子奖（2015—2016年度）（2017年）。

2018年

著名闪小说作家蔡中锋撰写了《凌鼎年：一个让我倍感惭愧的男人》；

印度尼西亚的《印华日报》发表了《凌鼎年2017年盘点》（1月5—6日连发两个版面，并配发6张照片）；

北京作家韩静撰写的《"先飞斋"飞出了微型小说领军人物凌鼎年先生》被收入《爱，是不同的》一书，中华书局2018年2月版；

《姑苏夕阳红》2018年2期用凌鼎年照片做封面，并发表贺鹏写的《世界华文微型小说的扛鼎人物——记江苏省十佳文化老人凌鼎年》；

接受山东沂水作家薛兆平的"作家访谈"邀约，写了《答薛兆平问》；

接受《中国妇女报》记者陈姝的采访，回答了7个问题。记者陈姝撰写了《凌鼎年："用作品说话，我心里踏实"》的报道；

百年互娱（上海）文化传媒有限公司一行四人专程开车来太仓拍摄凌鼎年文学成果展专题片；

《新校园文学》2018年1期封二刊登了凌鼎年的照片与个人简介；

《今日湖北》发表评论家陈勇撰写的《观察与记录社会的窗口——凌鼎年论》；

太仓市政协、史志办、档案局、文广新局在国庆期间联合主办了"太仓市地方文献展"，其中有凌鼎年作品展出的专柜，并有照片与作者简介等；

由全国小小说学会联盟评选的"改革开放40年：40名小小说业界人物"公布，杨晓敏、冯骥才、王蒙、南丁、吴泰昌、翟泰丰、陈建功、雷达、江曾培、胡平等40位作家、评论家、编辑家榜上有名，凌鼎年名列其中；

由《小小说选刊》《百花园》联合组织的"改革开放40周年最具影响力小小说评选"揭晓，评出了1978—2018年来40篇优秀微型小说。凌鼎年1993年发表于《解放日报》的《剃头阿六》榜上有名；

由全国小小说学会联盟组织评选的"改革开放40年：中国小小说百篇经典"公布，凌鼎年的《茶垢》名列第36；

11月3日，凌鼎年接受太仓市电视台采访，主题为"改革开放40年，我与微型小说"；

11月4日，凌鼎年接受民间媒体"太仓123"采访，对话"王世贞与《金瓶梅》"；

"改革开放40年《微型小说选刊》最具影响力微型小说评选"揭晓，共评出40篇，凌鼎年发表于1993年《解放日报》，后被《微型小说选刊》1993年5期选载的《剃头阿六》，名列第6篇；

江苏太仓市阅读节组委会办公室组织的"最美书房"评选活动中，凌鼎年的书房被评为太仓市"十佳最美书房"；

凤凰出版传媒集团的《苏人书事》专栏发表了《凌鼎年：与微型小说结缘，终身不悔》；

南京大学与北京大学教授策划的《娄东历代藏书纪事诗》收录了《先飞斋主凌鼎年》专题；

应邀去太仓市名人馆接受采访、拍摄,讲述与宋文治的交往,用于纪念宋文治诞生100周年《国画大师宋文治》专题片；

微型小说集子《永远的箫声》进入第七届鲁迅奖评选公示(已连续第五届、第六届、第七届三次进入公示)；

获江苏省老年大学协会、凤凰网江苏频道等主办的江苏省第二届"中国人寿杯"十佳优秀文化老人荣誉称号(2018年2月)。

2019年

收到《高考阅读》期刊通知,《高楼坠物》《荷香茶》《摄影家阿麻》《高雅一回》等4篇微型小说用于高考命题；

微型小说《褒贬两画家》被选作广东省佛山市2018—2019普通高中期末统考试题；

《初中生·锐作文》2019年2期发表孙永庆撰写的《对话凌鼎年:最需要的是创造力》；

苏州市职业大学宋桂友教授带领"三点水文学社"的沈琦、萧长风、张明达、郭艳强等4位大学生前来采访,主题是"吴地(娄东)文化对作家的影响"；

河南省作协副主席杨晓敏在金麻雀网发表《业界人物:小小说之凌鼎年》；

获中国文艺家交流协会、中华海峡两岸文化交流协会授予的"澳门莲花奖",并被授予"澳门文化形象大使"荣誉称号；

《小小说月刊》500期封二刊登凌鼎年照片、个人简介等,还刊发了凌鼎年撰写的《贺〈小小说月刊〉500期》；

福建中学教师、中国作家协会会员林跃奇把凌鼎年的《臧大艾与他的女儿》《发现黑松露》《独园之殇》《见手青》《蓝色睡莲》《医者仁心》《石耳》《丹书铁券》等8篇微型小说作品命制为文学阅读题,设置了若干问题,并附录了参考答案,在《中学时代》连载；

被民进太仓市基层委员会评为"2019年度优秀会员"。

2020年

美国宾夕法尼亚大学的海伦教授在2月1日美国的《海华都市报》上发表《梅花香自苦寒来,佳作频传海内外——记在文学界勤奋耕耘的凌鼎年老师》；

3月26日,接受法国布列塔尼孔子学院法方院长白思杰(中国作家艺术节项目负责人)隔洋电话采访,拍摄问答小视频；

讲课视频《郑和下西洋、海上丝绸之路与太仓刘家港》被上海奉贤区图书馆选用,进入数据库；

获2019年世界华文微型小说贡献奖；

收到中国世纪大采风活动组委会通知,被评为"中国当代英才人物"；

获"中国文艺金凤凰奖",同时被授予"全国十大文化名人名家"和"中国最具影响力艺术大家"荣誉称号；

哈拉哨撰写了《大屯煤矿走出的具有国际影响力的作家凌鼎年》；

12月13日,"今日头条"推出《著作等身的高产作家凌鼎年》；

由中国新闻通讯社主办的《中国新闻月刊》2020年8期在"特别报道"栏目中刊登了凌鼎年的照片与个人简介；

《宝安文学》封面刊登了凌鼎年的照片；

接受《湖州晚报》黄水良记者的采访；

陕西《丝路诗刊》"文化新视角"平台推出"喜迎2021，元旦送祝福"凌鼎年贺新小视频。

2021年

《湖州晚报》2021年1月22日刊登该报记者黄水良的采访《微型小说是我无法割舍的最爱——访我国著名微型小说作家凌鼎年》；

太仓镇洋小学学生郁欣怡写了《小记者拜访大作家凌鼎年》；

给新西兰中文广播电台FM90.6全新改版致贺词；

《中外名流》杂志2021年夏季号总26期在"访谈·纪实"栏目发表《让微型小说有一席之地——凌鼎年答〈湖州晚报〉黄水良问》，并配发5张照片；

应邀为华盛顿《华府新闻日报》新开的"文系中华"联合特刊题词；

太仓市文联主办的《娄东文艺》2021年7月号在"文艺看台"栏目介绍凌鼎年，题目为《凌鼎年：推进微型小说繁荣发展》，并配发照片；

曾任太仓市委副书记、太仓市政协主席的金世明撰写了4000多字的《凌鼎年和这座城市》，发表在《太仓日报》与"世界头条"等媒体上；

在美国南方出版社出版的《东方美人茶——凌鼎年汉英对照小小说新作选》，被美国宾夕法尼亚大学、美国密歇根大学，美国国会图书馆、加拿大多伦多大学图书馆等收藏；

在北京《科普时报》副刊开设"凌门一角"专栏，专发旅游散文。

十六 凌鼎年社会兼职一览

1990—2000年

出任美国纽约商务出版社特聘副总编；

被聘为美国小小说总会顾问；

出任香港世界华文文学研究会理事；

出任香港《华人》月刊特聘副总编；

中国作家协会会员（1994年入会）；

世界华文文学学会会员；

出任《世界华文微型小说》杂志名誉主编（曾任）；

被聘为河北《小小说月刊》顾问；

被聘为内蒙古赤峰市《作家世界》杂志编委（曾任）；

被聘为四川省成都市小说学会顾问；

被聘为四川微篇文学研究会顾问；

被聘为四川《微篇文学》顾问；

被聘为湖北《九州文艺》顾问(曾任);
被聘为湖北《微风》杂志顾问(曾任);
被聘为浙江《微型文学》顾问(曾任);
被聘为山东德州《读写指南》杂志顾问(曾任);
被聘为重庆市小小说学会名誉顾问;
出任郑州小小说学会副会长;
出任江苏省微型小说研究会会长(曾任);
出任江苏省台港澳暨海外华文文学研究会副秘书长(曾任);
出任江苏省闪小说学会名誉会长;
被聘为江苏淮安《精彩短小说》顾问;
被聘为江苏宝应县微型小说学会顾问;
出任金陵微型小说学会副秘书长(曾任);
出任苏州市作协理事(曾任);
被聘为苏州健雄职业技术学院娄东文化研究所特聘研究员;
出任太仓市第十一届政协常委;
出任太仓市作家协会原主席(现系名誉主席);
出任太仓市微型小说学会会长(曾任);
出任太仓市旅游协会常务理事(曾任);
出任太仓市郑和研究会理事(曾任);
被聘为太仓《南园》文学顾问;
被聘为太仓市高级中学校外辅导员;
被聘为太仓市第一中学文学教学研究校外辅导员;
被聘为太仓市沙溪高级中学文学社顾问;
被聘为太仓市明德高级中学文学社顾问;
被聘为太仓市实验中学校外辅导员;
被聘为太仓市朱棣文小学校外辅导员;
被聘为太仓市牌楼小学校外辅导员;
出任太仓市党政廉政建设理论研讨组成员(曾任);
出任太仓市教育系统行风监督员(曾任);
太仓市影视学会会员;
太仓市集邮协会会员;
被聘为太仓市长江第一港网站"长江文苑"主编(曾任);
被聘为苏州健雄职业技术学院公共艺术教育顾问;
太仓市娄东文化研究中心理事;
被聘为沙溪地区文联艺术顾问;
被聘为太仓市沙溪镇《青藤架》文学顾问;
被聘为太仓市浏河镇《古港潮》文学顾问;
被聘为新西兰中华文学艺术联合会华人元宵征文终评委;

被聘为越南华人作家协会网极短篇续句征文大赛评审;
被聘为《中国微经典》征文终评委;
被聘为世界华文中学生微型小说大奖赛征文终评委;
被聘为第一届至第十五届全国微型小说(小小说)年度评选初评委;
被聘为江苏省靖江中学"百盛杯"首届微型小说征文终评委;
被聘为太仓市社会诚信体系建设领导小组办公室、太仓市教育局、太仓市文联主办的"诚信在我身边"征文启事评委。

2001年
被推举为世界华文微型小说研究会(筹)秘书长;
当选为中国微型小说学会副秘书长;
被聘为华夏精短小说学会副会长;
当选为民进太仓市总支宣传委员;
当选为苏州市文联第八届委员会委员。

2002年
在菲律宾马尼拉召开的世界华文微型小说研究会成立大会上,当选为秘书长;
被福建省台湾香港澳门暨海外华文文学研究会聘为理事;
被香港海隅诗词研究会聘为顾问。

2003年
被太仓市组织部任命为太仓市政府侨办副主任;
被北京《世界华文微型小说》月刊聘为名誉主编;
被北京《精彩故事》聘为名誉主编;
被浙江省义乌市绣湖中学聘为朝阳文学社顾问;
被聘为"纪念郑和下西洋600周年征文"文学类作品主评委。

2004年
在世界华文微型小说研究会第二届理事扩大会上,继续当选为秘书长;
被中国首届喜剧小品征文大赛组委会聘为评委;
被河南大河网举办的全国微型小说征文大赛聘为评委;
被中国国情图集编委会、中国国情网聘为"中国国情·太仓图集"编委会主任(任期2004年12月—2005年12月);
被北京现代世界华文文学研究中心聘为名誉主任;
被广东东莞《作家企业家》报聘为编委;
被山东济南《生活》杂志聘为顾问;
被山东德州《幽默传奇小小说》杂志聘为顾问;
被内蒙古《小小说作家》聘为顾问;
被内蒙古小作家协会聘为顾问;
被太仓市文联、作协创办的文学专刊《金太仓》聘为副主编;
被吸收为中国国际专家学者联谊会会员。

2005年
太仓市作家协会换届,继续当选为太仓市作家协会主席;

当选为苏州市小说学会副秘书长；

被聘为河北省文联《小小说月刊》"小小说函授高级班"辅导老师；

民进太仓总支部换届,继续当选为总支宣传委员。

2006 年

被香港汇知教育机构、伯裘教育机构、毅智教育学会主办的世界中学生华文微型小说大奖赛聘为总顾问,并被聘为终审评委；

在文莱首都斯里巴加湾召开的第六届世界华文微型小说研究会理事会上,再次改选理事会,连任秘书长；

被安徽亳州市《药都文学》聘为顾问；

被北京《新课程导报·语文周刊》聘为"校园微型小说"栏目主持人；

被上海文艺出版社聘为《中国新文学大系·微型小说卷》特约编辑；

被中国微型小说学会聘为第四届中国微型小说年度评奖委员会初评委；

继续当选苏州市文代会委员；

当选太仓市楹联研究会副会长；

出任《太仓楹联》副主编。

2007 年

被聘为《太仓企业家》一书主编；

被香港汇知·世界中学生华文微型小说创作大赛组委会聘为大赛的总顾问、终审评委；

被聘为中国微型小说学会会刊《中国微型小说丛刊》副主编；

当选为中国微型小说学会7人常务理事会理事,并被聘为学会副秘书长；

被常州机电职业技术学院人文科学系秋韵文学社聘为顾问；

在太仓市政协第十二届换届会议上,连任常委；

被太仓市直塘小学聘为作文教科研文学顾问；

被太仓市实验小学聘为历史文化教育少先队校外辅导员；

被太仓市纪委聘为《太仓历代勤政廉政文化》一书编委。

2008 年

出任华东师范大学出版社出版的"受益一生的丛书"总主编；

出任江苏省作家协会微型小说工作委员会副主任；

被聘为《文学报·微型小说报》执行主编；

被聘为蒲松龄文学奖评委会副主任；

被香港万钧教育机构举办的第二届汇知·世界中学生华文微型小说创作大赛聘为总顾问、终审评委；

被北京《今日文艺报》聘为编委；

被甘肃《世界》杂志社《小说与散文》专刊聘为艺术顾问；

被江苏省宝应县微型小说学会聘为顾问；

被太仓市文联续聘为副秘书长；

被聘为中国教育学会组织的《红烛读本》分册主编；

出任"娄东文化丛书"编委之一；

被太仓市第一小学聘为校外辅导员；

被太仓市实验小学续聘为历史文化教育少先队校外辅导员。

2009 年

被聘为《文学报·手机小说报》执行主编；

被美国世界华文小小说总会聘为顾问；

被美国"汪曾祺世界华文小小说奖"组委会聘为评委；

被陕西省精短文学研究会聘为顾问；

被广西壮族自治区廉政小小说征文大赛聘为终评委；

被中国微型小说学会聘为第七届全国微型小说(小小说)年度评选初评委；

被北京新创办的《儒博》杂志聘为编委；

被苏州健雄职业技术学院聘为娄东文化研究所特聘研究员；

被北京"中华名人系列丛书"编辑部聘为《祖国万岁》采编中心特约编委；

被增补为中国艺术学会常委会常务委员；

被太仓市广电总台聘为《太仓闲话》栏目顾问。

2010 年

被全国高校大学生文学征文大赛聘为小说组评委；

被《文学报·手机小说报》、中国市政工程中南设计研究总院等单位共同主办的"中南市政"杯百字小说、诗歌大奖赛聘为终评委；

被《澳门文艺》杂志聘为特约副总编；

被聘为新加坡《环球华人作家》(电子版)主编；

当选为美国《金瓶梅》研究会副会长；

出任《世界微型小说100强》主编；

被聘为"陈毅杯"全国小小说"12＋3"大奖赛终评委；

被聘为中国微型小说学会第八届全国微型小说(小小说)大赛初评委；

被江苏《清风苑》杂志与苏州市检察院主办的法制微博小说大赛聘为评委；

应北京中大文景文化传播有限责任公司的邀请，出任《中国当代微型小说方阵(江苏卷)》一书主编；

被陕西省《小小说大世界》杂志社聘为刊物顾问；

被北京《今日文艺报》聘为编委；

被中国炎黄文化出版社聘为特约编审；

被太仓市农委、太仓市文联聘为"月季花杯"征文大赛终评委；

被苏州健雄职业技术学院聘为公共艺术教育顾问；

被聘为"娄东文化丛书"(第二辑)编委；

被聘为《太仓企业家》(二)一书的首席顾问；

被聘为《中国国情·中国太仓》(系列之六)执行主编；

再次被太仓市实验小学聘为历史文化教育少先队校外辅导员；

被太仓市牌楼小学聘为校外辅导员；

应太仓市实验小学邀请,担任"小小达人秀"决赛评委;

应美国世界华文小小说总会邀请,担任"汪曾祺世界华文小小说奖"终评委。

2011年

被聘为新西兰中华文学艺术联合会顾问;

被聘为第九届全国微型小说(小小说)年度评选初评委;

被四川省成都市小说学会聘为顾问;

出任《情与法:"太仓港杯"法制微博小说大赛作品集》一书主编。

2012年

出任由世界华文微型小说研究会、中国微型小说学会等主办的"黔台杯"第二届世界华文微型小说大奖赛组委会秘书长;

在第九届世界华文微型小说研究会理事会上,连任世界华文微型小说研究会秘书长;

当选为中国小小说名家沙龙副会长;

被聘为吉林大学文学院与《参花》杂志社共同创办的"吉林大学文学院青年作家、青年剧作家进修班"辅导老师;

被山东《新聊斋》杂志聘为2012年蒲松龄小小说大奖赛评委;

被聘为江苏省作家协会、昆山市纪委主办的全国廉政小小说创作大赛终评委;

被聘为黑龙江伊春小小说沙龙网顾问;

被聘为内蒙古赤峰市《作家世界》杂志编委;

被聘为全国微型小说(小小说)年度(2011)评选初评委;

被聘为太仓市"科教新城杯"七夕文化微小说征文评委;

被聘为太仓市诗歌学会顾问;

被聘为太仓市城厢镇第一小学校外辅导员;

被聘为太仓市实验小学校外辅导员。

2013年

在苏州市委、市政府召开的全市庆祝教师节大会上,被聘为首批苏州市校外专家,周乃翔市长颁发聘书;

被美国小小说总会聘为世界华文小小说创作函授学院的首任院长,学院总部设在美国洛杉矶;

被《读者》杂志聘为签约作家;

被浙江义乌市古今文学研究院聘为顾问、研究员;

被美国小小说总会聘为第二届世界华文小小说评奖终评委;

在太仓市第七次文代会上连任太仓市文联副秘书长;

被太仓市司法局聘为文化司法顾问;

被太仓市检察院聘为娄东检察学社顾问;

被江苏《精品短小说》聘为名誉主编;

被昆山市聘为"周庄365夜"征文终评委;

被太仓市文化馆特聘为社会文化活动辅导员;

被太仓浏河镇聘为《文化浏河》顾问;

被太仓市沪太外国语小学聘为校外辅导员,被太仓市新区第四小学聘为校外辅导员;
被聘为太仓市勤廉文化研究所研究人员;
被聘为"太仓市撤县建市20周年征文"终评委;
被聘为太仓市"聚焦民企,共筑和谐"征文终评委;
被聘为"太仓杯"勤廉微型小说征文终评委;
被聘为中国微型小说学会2013年度评奖评委。

2014年

出任美国小小说总会发起的"微型小说进入教科书推荐委员会"副主任;
被聘为世界华文微型小说研究会、中国微型小说学会主办的"世界华文微型小说双年奖(2012—2013)"终评委;
出任《中国微经典》征文终评委;
出任世界华文中学生微型小说大奖赛征文终评委;
被湖南省湘潭市女作家协会聘为顾问;
出任作家网"微型小说"栏目主编;
出任江苏省淮安市《精彩短小说》杂志顾问;
被聘为2015New Beginning华文故事大赛终评委;
被太仓市文化局聘为太仓市娄东文化研究中心理事;
被中国国学出版社等聘请为学术顾问委员会顾问;
被太仓市诗词协会聘为顾问;
被太仓市第二中学聘为校外辅导员;
再次被太仓市实验小学聘为校外辅导员。

2015年

被聘为第一届当代微篇小说作家协会名誉主席;
被《闪小说》季刊聘为顾问;
被江苏宜兴市《阳羡茶》杂志聘为特约编辑;
被聘为"圣竹杯"全国散文大奖赛终评委;
被北京儒博文化艺术院聘为《今日文艺报》编委;
被聘为首届"京华奖"全国微电影小说大赛终评委;
被聘为中国矿业大学银川学院人文社科系主办的"鲲鹏小小说创作班"顾问;
被太仓市良辅中学聘为特聘校外专家;
被聘请担任第二届中华人民共和国海外同胞史编辑委员会国际交流部副部长(任期三年);
被聘为江苏省宿迁市《西楚文艺》文学顾问;
被聘为太仓市委宣传部组织的"童谣童诗里的中国梦"终评委;
被中国微型小说学会聘请为2014年度中国微型小说年度奖复评委;
被任命为中央新影集团"中国微小说与微电影创作联盟"常务副主席;
被中国闪小说学会聘为顾问;
被聘为江苏省闪小说学会名誉会长;

被作家网聘为副总编；

被聘为太仓市纪委勤廉微故事征文大赛终评委；

被太仓市委聘为太仓市"政社互动"社会观察团成员（全国范围内共聘请21位）。

2016 年

被美国《伊利华报》社、全美中国作家联谊会主办的第五届"伊利华杯"全球文学征文大赛聘为终评委；

被新西兰中华文学艺术界联合会与新西兰旗袍会聘为"旗袍"主题全球诗歌创作征文比赛终评委；

被新西兰中华文学艺术界联合会举办的"56个龙的图腾"征文比赛聘为评委；

被香港小说学会举办的全港微型小说征文大赛聘为终评委；

被荷兰女诗人池莲子主编的《欧华诗人选集》聘为编委；

被2016"宝味源杯"新疆沙湾微文学征文大赛聘为终评委；

被四川自贡市聘为"自贡灯彩"杯全国微型小说大赛终评委；

被江苏省作家协会主办的《雨花》杂志评为特约编辑，主持"微型小说"栏目；

被广西《红豆》月刊聘为特约编辑，主持"海外华文文学作品"栏目；

在华东凌氏宗亲会换届会议上，当选为华东凌氏宗亲会第二届会长；

在常州中华凌氏宗亲会成立大会上，被推举为"中华凌氏宗亲会"创会会长；

被陕西省《精短小说》杂志聘为"中华精短文学培训班"导师；

被"中华实力派作家书库"系列丛书聘为文学顾问；

被重庆市小小说学会聘为名誉顾问；

被山东高级创作研修班聘为名师团队老师；

被太仓市纪委聘为廉政微语征文大赛评委；

被太仓市妇联聘为家风家规征文大赛终评委；

被聘为太仓市社会诚信体系建设领导小组办公室、太仓市教育局、太仓市文联主办的"诚信在我身边"征文启事终评委；

应邀担任第三届中国旗袍大赛（太仓赛区）的评委；

再次被太仓市实验小学聘为校外辅导员。

2017 年

被中国微型小说年度评选组委会聘为中国微型小说年度奖（2016）评选复评评委；

被聘为四川省自贡市"贡井检察"杯全国微型小说（小小说）征文大赛终评委；

被陕西《精短小说》杂志社和山西省怀仁市悟道旅游发展有限公司联合主办的"悟道杯"全国小小说大奖赛聘为评委会副主任；

出任天津《微型小说月报》杂志社、江苏靖江市文联、靖江中学主办的"中国微小说进校园"活动组委会常务副主任；

被聘为江苏省靖江中学"百盛杯"首届微型小说征文大赛终评委；

被聘为"中国微小说进校园"讲师团团长；

被四川自贡市沿滩新城区管理委员会、自贡市微型小说学会举办的"沿滩新城"杯全国微型小说大赛聘为终评委；

被太仓市娱乐养老服务中心、研究中心聘为高级顾问;

被江苏"百花苑·珺之春"文化公益平台组织聘为文学顾问;

被聘为太仓市妇联"品家的味道"征文大赛评委;

被聘为2018国际青少年微文学大赛暨第二届全国青少年创意写作大赛终评委;

被聘为北京中外精短文学研究会顾问;

被聘为"海外文轩"旅美华人作家协会与江苏省沙溪高级中学主办的第一届"海外文轩文学奖"终评委。

2018年

被香港世界华人文化研究会聘为名誉会长;

被2018国际青少年微文学大赛暨第二届全国青少年创意写作大赛聘为组委会主席;

被第五届"光辉奖"世界华文法治微型小说大赛聘为终评委;

被东西方(上海)文化讲谈有限公司聘为《365个中华美德儿童故事集》文字撰稿区域负责人与特约文字撰稿工作委员会顾问;

被天津市作家协会主办的《微型小说月报》杂志聘任为名誉主编;

被世界华文微型小说双年奖聘为终评委;

被2018"武陵杯"世界华语微型小说年度奖聘为终评委;

被澳大利亚《澳华文学》杂志聘为顾问;

被聘为四川成都辉汉文化传播有限公司签约作家;

被太仓市勤廉文化研究所聘为研究员;

被中国寓言文学研究会闪小说专业委员会主办的"美音自在溧阳"全国闪小说大奖赛聘为终评委;

被聘为首届"骏马杯"全国小小说征文大赛终评委;

被聘为"仰韶杯"全国小小说大奖赛终评委;

被聘为第二届"温瑞安杯"世界华文武侠微型小说大奖赛组委会成员与评委会执行副主任;

被聘为河南省文化厅主管的《传奇故事(校园文学版)》杂志顾问;

被太仓市妇联聘为"我家40年"征文终评委;

被太仓市城厢镇聘为改革开放40周年征文大赛终评委;

被亚洲微电影学院聘为客座教授;

被江苏淮安市《短小说》杂志举办的"井神杯"全国短小说大赛聘为终评委;

被微篇小说金燕坊微信平台聘为顾问;

被福建《台港文学选刊》聘为特约编辑;

被聘为安徽江淮小小说沙龙顾问;

在印度尼西亚首都雅加达召开的第12届世界华文微型小说研究会之理事会上,全票当选为新一届世界华文微型小说研究会会长。

2019年

被"新健康杯"中医题材世界华文微型小说征文聘为评委会主任;

被第六届"光辉奖"世界华文法治微型小说大赛聘为评委会主任;

被首届全球戏剧主题华语微型小说征文大赛聘为评委会主任；

被澳门为庆祝澳门回归20周年举办的"莲花杯"华文微型小说征文大赛聘为评委会主任；

被"鹿鼎杯"纪念金庸诞辰95周年暨《鹿鼎记》小说问世50周年全网征文大赛组委会聘为终审评委；

被"汾酒杯"世界华文武侠小说征文大奖赛聘为终评委；

被四川《华西都市报》举办的"温瑞安武侠文学奖"聘为终评委；

被河南濮阳市文联、濮阳市作协举办的"神州奇侠武侠文学奖"征文大赛聘为终审评委；

被2019"武陵杯"世界华文微型小说年度奖作品征集组委会聘为终评委；

被江苏淮安"互邦地产杯"全国短小说征文大赛聘为终评委；

被湖北孝感市文联、孝感市作协举办的"华农妹酒杯"全国微型小说大赛聘为终评委；

被湖北《神农架文艺》征文大赛聘为终评委；

被纯文学季刊《北京阅读》聘为顾问；

被甘肃成纪伏羲影视文化传媒公司聘为公司永久性艺术总监；

被成纪文化旗下的《中国美术》《中华艺术导报》《世界》杂志、《中华慈善报》《中华艺术品信息报》聘为签约作家；

被新西兰中华文联聘为顾问（2019—2021）；

在北京召开的中关村数字媒体产业联盟第二届会员代表大会上，当选为短视频专委会副会长；

被《东方散文》杂志社聘为签约作家；

被上海交通大学致远文艺协会聘为顾问；

被美国《纽约商务》杂志聘为顾问。

2020年

被新创刊的国际性期刊《世界生态》杂志聘为顾问；

被聘为澳大利亚第二届墨尔本华文文学奖评委会主任；

被德国《欧洲华文文学》杂志聘为顾问；

出任2020"秀竹奖"长三角作文大赛组委会副主任；

被2020国际青少年微文学盛典暨第四届全国青少年创意写作活动组委会聘为终评委；

被聘为2020年"趣微口袋杯"全国征文大赛终评委；

出任第七届"光辉奖"世界华文法治微型小说大奖赛评委会主任；

应邀担任《作家报》专刊《中华文艺报》文学顾问；

被北京微型小说研究会聘为顾问；

被首都师范大学出版社聘为驻社作家；

再次被太仓市实验小学聘为校外辅导员；

被《江南文艺之友》杂志聘为顾问。

2021 年

被河南评论家卧虎聘为小小说培训班校长；

被聘为 2021 年"趣微口袋杯"小小说大赛终评委；

被吉林长春的《卡伦湖文学》聘为总顾问；

被湖南常德武陵区聘为 2021"武陵杯"世界华语微型小说年度奖作品征集终评委；

被新西兰中华文联聘为"三公爵杯"世界华文微型小说大赛首席终评委；

被 2021 菲律宾华文微型小说暨闪小说大赛聘为评委会主任；

被河南"仰韶杯"2021 年世界华文微型小说大赛聘为终评委；

被吉林长春"卡伦湖杯"文学奖征文大赛聘为终评委；

被福建厦门第二届"重宇杯"世界华文闪小说征文大赛聘为终评委；

被四川第四届"阿德杯"世界华文文学征文比赛聘为终评委；

被聘为陕西省首届"魅力秦都杯"全国小小说大奖赛终评委；

被世界华文青少年征文大赛聘为评委；

被聘为广西平南县纪念郑成功收复台湾 360 周年暨建军 94 周年全球征联启事终评委；

被加拿大国际华人作家协会的《朗读者——海外精英》大型节目聘为顾问；

被太仓市经贸小学聘为校外辅导员；

被太仓市实验中学聘为校外辅导员；

被中国微型小说学会与太原师范学院文学院联合设立的"中国微型小说学会山西创作基地"聘为顾问；

再次被太仓市实验小学聘为校外辅导员；

被太仓市科技新城实验小学聘为校外辅导员。

十七　凌鼎年入选辞典等相关书目一览

《中国当代青年作家名典》；

《中国当代文艺家辞典》；

《中国当代艺术界名人录》；

《中国当代高级专业技术人才大辞典》；

《中国当代文化艺术辞典》；

《中华成功者》；

《中华人物辞海·当代文化卷》；

《世界人才大辞典》；

《东方之子》；

《世界华人文学艺术界名人录》；

《世界文化名人辞海·华人卷》；

《中国当代高级专业技术人才大辞典》；

《中国当代文艺名人大辞典》；
《中国青年艺术家大辞典》；
《中华诗人大辞典》；
《中国专家人才库》；
《中国校园作家大辞典》；
《中国大文化英才传略会典》；
《当代群英谱》；
《中华百年人物篇》；
《中国当代社会科学专家学者大辞典》；
《中华优秀人物大典》；
《中国新世纪文化名人大典》；
《世界艺术家名人录》；
《亚洲艺坛名流》；
《中国艺术家大视野》；
《中国专家人名辞典》；
《中国专家著述目录大全》；
《中华魂·中国百业领导英才大典》；
《世界名人辞典》；
《中国当代创业英才》；
《中华兴国人物大典》；
《二十一世纪人才库》；
《中华英才大典》；
《世界优秀专家人才名典》；
《中华百科英才大典》；
《中国当代学者风采录》；
《新世纪中国文化名人大典》；
《中国文化艺术界名人大典》；
《世界人物辞海》；
《国际文化艺术人才大典》；
《中国当代百科人物传集》；
《2000中国风·杰出人物特集》；
《中华人物家教大辞典》；
《国际名人录》；
《国际优秀文艺家辞海》；
《中国世纪专家》；
《中国专家学者辞典》；
《华夏英杰》；
《中华成功人才大辞典》；

《东方之光——二十世纪共和国精英全集》；
《中国世纪专家》；
《世界知名作家艺术家辞典》；
《中国世纪专家传》；
《中国文艺家传》；
《辉煌成就·世纪曙光》；
《中华英才大典》；
《文艺家大典》；
《共和国专家成就博览》；
《中国各界名人代表大辞典》；
《21世纪中华英才大典》；
《世界科技专家与人才》；
《中国当代创业英才》；
《中华儿女荣誉档案》；
《中国世纪专家》；
《东方龙典》；
《中国知名专家优秀成果总览》；
《21世纪中国知名专家文库》；
《民族之光·中国专家人才精英荟萃》；
《中国当代行业人才大典》；
《中国世纪英才荟萃》；
《中华热土》；
《中国改革撷英》；
《21世纪奥运风采·人物卷》；
《中华热土》；
《21世纪中华新人才大典》；
《走向世界的中国》；
《世纪回眸·伟业铸丰碑》；
《当代中国人力资源宝库》；
《共和国专家成就博览》；
《国际文化艺术名人档案》；
《中华名人大典》；
《中华当代名家传记》；
《当代民间名人大辞典》；
《中华骄子》；
《全国优秀人文科学专家学者名典》；
《当代华夏艺术家》；
《中国社会主义建设成就大典》；

《华夏当代艺术家》；
《全国优秀人文科学专家学者名典》；
《中华文学书画艺术名人大典》；
《相约2008中华文化艺术界优秀人物采访实录》；
《中国老年人才库》；
《建设小康社会的伟大实践·成功人物风采》；
《中国当代人才库》；
《当代中国人》；
《世界华人突出贡献专家名典》；
《新世纪优秀专家大辞典》；
《共和国精英档案》；
《中华英模创新人才榜》；
《话说百年——共和国儿女英雄传》；
《建国先锋——共和国杰出人物》；
《共和国拓荒者——全国优秀老干部图鉴》；
《祖国荣誉·人物名典》；
《中国传统文化大典·当代人物卷》；
《辉煌人生·共和国功勋人物风采》；
《激情岁月·岁月辉煌篇》；
《红色经典》；
《盛世之光——中国当代创新撷英》（人物集）；
《中国当代社会发展报告》（优秀人物卷）；
《国旗下的风采——中华优秀儿女传》；
《辉煌人生——当代杰出人物荣誉档案》；
《东方娇子》；
《国际知名文艺家大辞典》；
《中华文化名家大辞典》；
《中国传统文化大典·当代人物卷》；
《新生代焦点人物风云榜》；
《国家名人档案》；
《百年文艺风云人物大典》；
《民族脊梁——华夏功勋人物志》；
《中华骄子》；
《百年中华——共和国主流人物盛典》；
《中国影响力人物大典》；
《共和国杰出国学专家名录》；
《中华百家姓氏流芳谱·姓氏传承人物卷》；
《中国诗词家大辞典》；

《世界人物辞海》；
《中国传统文化名人通鉴》；
《共和国先锋人物》；
《贡献中国典范人物档案》；
《中国小说家大辞典》；
《世界民间文化艺术大师辞典》；
《艺术名家成就人物》；
《东方艺术之巅》。
（说明：2013年6月后没有再记录）

十八　凌鼎年创作、发表作品统计

（1970年至2022年6月）

1970年：创作2篇；
1971年：创作2篇；
1972年：创作8篇；
1973年：创作11篇；
1974年：创作31篇；
1975年：创作47篇；
1976年：创作31篇（首）；
1977年：创作59篇（首）；
1978年：创作185篇（首）；
1979年：创作141篇；
　　（1970—1979年作品发表在大屯煤矿的油印刊物上，没有记录）
1980年：创作224篇（首），发表2首；
1981年：创作147篇（首），发表1篇；
1982年：创作65篇（首），发表3篇；
1983年：创作85篇（首），发表2篇；
1984年：创作172篇（首），发表3篇；
1985年：创作248篇（首），发表24篇；
1986年：创作202篇（首），发表80篇；
1987年：创作204篇（首），发表32篇；
1988年：创作124篇（首），发表171篇；
1989年：创作114篇（首），发表102篇；
1990年：创作73篇，约12万字，发表165篇；
1991年：创作74篇，约14万字，发表105篇；
1992年：创作87篇，约13万字，发表126篇；

1993年:创作97篇,约16万字,发表181篇;
1994年:创作91篇,约15万字,发表93篇;
1995年:创作139篇,约26万字,发表223篇;
1996年:创作239篇,约40万字,发表365篇;
1997年:创作202篇,约35万字,发表318篇;
1998年:创作215篇,约40万字,发表300篇;
1999年:创作230篇,约40万字,发表380篇;
2000年:创作391篇,约51.5万字,发表286篇;
2001年:创作303篇,约50万字,发表342篇;
2002年:创作265篇,约45万字,发表352篇;
2003年:创作218篇,约33.8万字,发表215篇;
2004年:创作389篇,约51.5万字,发表233篇;
2005年:创作280篇,约45万字,发表211篇;
2006年:创作166篇,约30万字,发表298篇;
2007年:创作118篇,约30万字,发表168篇;
2008年:创作137篇,约30万字,发表192篇;
2009年:创作100篇,约20万字,发表190篇;
2010年:创作123篇,约30万字,发表153篇;
2011年:创作164篇,约40万字,发表186篇;
2012年:创作126篇,约28万字,发表230篇;
2013年:创作127篇,约30万字,发表123篇;
2014年:创作103篇,约30万字,发表188篇;
2015年:创作198篇,约36万字,发表199篇;
2016年:创作170篇,约35.5万字,发表203篇;
2017年:创作162篇,约30万字,发表96篇;
2018年:创作128篇,约20万字,发表100篇;
2019年:创作139篇,约20万字,发表142篇;
2020年:创作217篇,约40万字,发表129篇;
2021年:创作237篇,约40万字,发表131篇;
2022年1月—6月:创作46篇,约25万字,发表68篇。

第三章

声　音

一　对　话

微型小说创作与理论
——与刘海涛教授高峰对话

编者按：刘海涛是中国乃至世界华文微型小说界出版微型小说理论专著最多，对微型小说作家、作品研究最深最广的理论权威、评论权威，桃李遍天下。凌鼎年是中国微型小说界乃至世界华文微型小说界创作、发表作品最多，出版集子最多，获奖最多，策划、参与海内外活动最多的一位作家，是微型小说界最有号召力、影响力的领军人物。说刘海涛是"世界华文微型小说理论、评论第一人"，说凌鼎年是"世界华文微型小说创作第一人"，应该不算溢美之词。

其实，早在1999年11月台北师范大学张春荣教授在台湾尔雅出版社出版的《极短篇的理论与创作》一书中就认为："大陆微型小说在创作及理论研究上分别有突出的成绩，前者以凌鼎年、刘国芳为代表……后者以刘海涛为代表……"一晃20年过去了，凌鼎年与刘海涛在中国微型小说界乃至世界华文微型小说界的权威地位，已得到公认，他们两位为微型小说的发展、繁荣尽心尽力，大家有目共睹。

这次，邀请两位微型小说创作、理论方面的代表性人物来了一场关于世界华文微型小说的高峰对话，碰撞出诸多智慧的火花，有前瞻性，有指导性，还有很大的信息量，对世界华文微型小说的健康且持续发展、繁荣有积极意义。

刘海涛问（以下简称"刘问"）：近年，随着新媒体对传统媒体的冲击，随着网络文学对传统文学的冲击，有些人惊呼——纸媒完了！纯文学完了！面对这股浪潮，也有人说——微型小说完了！你是中国最早写微型小说的资深作家之一，被称为"第一代微型小说作家"，而且又是为数极少的四十年来依然在写微型小说的作家，说你是微型小说文体的拓荒者、参与者、见证人，应该没有水分；你多年来又做有心人，收集了大量的微型小说集子与资料,对海内外微型小说文坛的创作情况可以说最有发言权,你能客观地谈一谈微型小说目前的情况吗?

凌鼎年答(以下简称"凌答"):新媒体对传统媒体的冲击确实厉害,不少纸质媒体因订阅用户的锐减,或关门打烊,或被兼并。网络文学对传统文学的冲击也很严重,但因此说纯文学完了,恐怕有危言耸听之嫌,至少有博眼球之嫌。新闻对多数人来说乃一次性消费,而网络能在第一时间传给受众,几乎属免费提供,纸质媒体的命运也就可想而知了。但文学作品不同,除了阅读价值之外,还有教育价值、收藏价值、传世价值等,当物质日益丰富后,文学在人们心目中的地位自然会水涨船高。

微型小说短小精悍,既具备了文学的特质,又兼有了快速传播的特性,在多元文化并存的当下,在网络上各种作品泥沙俱下、良莠难分的情况下,它的生命力也就日益焕发。

微型小说大约从20世纪70年代中期在大陆兴起,我的第一篇微型小说是1975年写的,应该算与这股浪潮同步。屈指算来,前前后后有40多年了,但真正兴起是20世纪80年代。40年来,作家队伍不断吐故纳新,第一代作家还在坚持创作的也就只有我与谢志强、刘国芳、沈祖连等不多几位。但新人辈出,不少后起之秀大有后来居上之态势。概括起来说,创作队伍壮大了,整体水准提升了,队伍年轻化、知识化了。与国外的互动在增加,中国微型小说正在走出国门,走向世界。

刘问:2018年,天津的《微型小说月报》、北京寓乐世界教育科技有限公司策划了"中国微小说校园行"的活动,并联手作家网、游读会等新媒体,与地方文联、作协一起来办,计划去全国各地100家中学讲课,开展微型小说创作活动。据说你被聘请为讲师团团长,你有什么想给读者介绍的吗?

凌答:这个活动的背景是近年微型小说正在走向校园,越来越多地受到教育工作者的关注,尤其是得到高考、中考命题专家的青睐。大量优秀的微型小说作品成为各省各市各学校中考、高考的阅读理解题或模拟考卷试题。可以说微型小说已成为高考、中考的热点文体,考生用微型小说文体写作高考作文、中考作文而获得高分的例子比比皆是。微型小说因其与高考、中考的紧密关系而受到广大师生的重视,全国有许多中学把微型小说开设为校本课程,或者把微型小说作为课外阅读赏析内容,中学生对微型小说的阅读与写作技能的掌握已经成为一种现实需求。为了推动中国微型小说事业的发展,顺应校园对微型小说的需求,天津《微型小说月报》杂志社与北京寓乐世界教育科技有限公司联手作家网、游读会等联合发起"中国微小说校园行"活动。这次活动旨在通过作家开展讲座等多种形式,展示微型小说经典作品,加强微型小说作家与学生的交流,让学生了解微型小说的文体特点,掌握微型小说写作与阅读理解的技巧,共同探讨微型小说与高考、中考的关系,助力广大学生在高考、中考中取得更加优异的成绩。

这次,聘请了国内三十来位顶级的微型小说作家作为讲师团的成员,分别去各地各中学讲课,推介微型小说。可能因为我被十几所中学聘为校外辅导员,同时还是苏州市政府特聘的校外专家,所以主办方要我出任讲师团团长。我是上海第二教育学院中文系毕业的,讲课算是我的老本行,微型小说又是我最爱,自然恭敬不如从命。

2018年5月30日,"中国微小说校园行·太仓一中站"活动上,中国作家协会副主席叶辛(左)向校长张文授旗

刘问:听文友说,你从2017年开始选编微型小说年度选本,是什么缘由促使你接受这项任务的?你主编的年度选本为什么叫"读家记忆"与"独家视角"?

凌答:我每年都会或多或少地主编几本微型小说集子,多数是出版社邀约的,或有关部门叫帮忙编的。二十多年来已主编、出版了230多本。2018年,四川的一家文化出版公司邀约我主编一本小小说年选本,我之所以答应,有三个原因:其一,我喜欢这书名《2017读家记忆年度优秀作品·小小说》;其二,公司的负责人以前就打过交道,比较信任;其三,我只用负责编书,其他统统不用我负责。

我把"读家记忆"理解为"独家记忆",我就想主编一本有独家品质、独家特色的年选本。我的海外人脉关系是一般选家所没有的,故我可以选一点海外的作品,编成一本世界华文微型小说年选本。这家公司对我很信任,相信我的选稿眼力,放手让我去组稿,不干涉我,这就变得很轻松、愉快;并且他们有自己的发行渠道,发行也不用我操心。今年(2019年),另一家文化出版公司也让我主编微型小说年选,为了区别于去年主编的年选,今年的选本改名为《独家视角——2018年微型小说年选本》。

刘问:我印象中,你每年都在策划、操办各种主题的微型小说大奖赛,以及主编各种主题的微型小说集子,这要花费你大量的时间与精力,为什么你还乐此不疲?能介绍介绍吗?

凌答:一言以蔽之:我喜欢微型小说。微型小说已成了我生命中不可或缺的一个组成部分,做自己喜欢的事,是最开心的。而微型小说,作为小说家族中相对年轻的成员,其发展、繁荣还需要有人来推动。策划、操办各种主题的微型小说大奖赛,以及主编各种主题的微型小说集子,让更多的作家、作者、读者了解微型小说、参与微小说创作、阅读微型小说作品,这等于是在春耕播种,早晚会有收获的。个人多付出一点也就无所谓了。譬如,我策划的"梁羽生杯"世界华文武侠微型小说大奖赛、"温瑞安杯"世界华文武侠微型小说大奖赛、世界华文法治微型小说大奖赛、全国勤廉微型小说征文等,有的已办了六届了,都取得了不俗的成绩,我很欣慰。我主编的《中国武侠微型小说选》《中国侦探推理微型小说选》《中国科幻微型小说选》《中国抗震救灾微型小说选》《中国抗日题材微型小说选》《世界华文微型小说作家微自传》《大洋洲华文微型小说选》《美洲华文微型小说选》《亚洲华文微型小说选》《大陆微型小说女作家精品选》《澳大利亚华文微型小说选》《新加坡华文微型小说选》《泰国华文微型小说选》《加拿大华文微型小说选》《日本华文微型小说选》《印尼华文微型小说选》等都是用来填补中国出版界空白的。像2013年我主编并出版的"世界华文微型小说经典丛书",今年(2019年)第一辑30本再版,我又主编了第二辑28本。涉及美国、加拿大、南非、西班牙、荷兰、德国、新西兰、澳大利亚、日本、新加坡、马来西亚、泰国、菲律宾、印度尼西亚、文莱及中国香港、中国澳门等17个国家与地区,已进入出版程序。我主编并出版的还有像《中国幽默微型小说选》《中国当代微型小说方阵(江苏卷)》《苏州微型小说选》等也都是很有价值的,至少有史料性吧。做这样的事,多做点,做得心甘情愿。

刘问: 过去,文坛有"一本书主义",但据我了解,你已发表了5000多篇作品,出版了53本集子,而且每年还创作、发表100多篇,基本上每年有20万字到30万字的新作品,关键是你的作品还能题材、主题、笔法翻新,较少雷同,你是如何做到新意不断、才思不竭的?有没有题材枯竭的苦恼呢?

凌答: 我曾经写过一篇《我的"五个一工程"》,我对自己的要求是每年创作不少于一百篇作品,每年出版一本个人集子,每年主编一本集子,每年出一次国,每年去一个没有去过的地方。这样,我就劳逸结合,写作、旅游两不误了,基本上轻轻松松就能完成。

我写了几千篇作品,之所以还没有江郎才尽,我想得益于我的读万卷书行万里路。我是"苏州十大藏书家"之一,我家里和我的工作室,除了书还是书,而且我看书杂,偏爱知识性的书,这些书给我提供了大量的素材。我又是个喜欢旅游的人,全国所有的省市都去过了,中国十大寺庙、四大名楼、三山五岳都跑遍了,还去了40多个国家与地区,看到的、听到的、经历过的也就比一般人多得多,所谓见多识广,下笔就不愁素材了。还因为我曾经担任世界华文微型小说研究会秘书长近20年,与三四十个国家的文友有联系,在国内参与的活动多,我的活动圈、朋友圈就更广,每天的信息量很多,各种观点交流、碰撞,带给了我诸多的思考,或多或少会在我的作品中有所反映。至少,目前还没有题材枯竭的苦恼,只感到时间不够用。创作高峰时,我有几年每年写50万字,最多一年写了330多篇。近年活动多了,年创作量仍保持在二三十万字左右。

刘问: 我每年都看你的年度盘点,一晃你写了好多年了,内容一年比一年多。你每年策划、操办很多活动,还常常外出参加活动。有人说你是中国微型小说圈内最潇洒的,老见你飞这个国家,飞那个国家,跑这个城市,跑那个城市,很多人惊讶于你是如何做到活动、创作两不误的?

凌答: 时间对每一个人来说都是一样的,我是如何合理利用、发挥最大效率的呢?第一,保持一个好的心态,天天有个好心情,工作效率就高。第二,养成良好的作息习惯,我每天晚上10点半到11点睡觉,心中无挂碍,一觉到天明。新的一天,永远精力充沛。春、夏、秋天,我基本上"七进七出",即早上7点左右进工作室,晚上7点出工作室,中午在机关食堂吃饭,不回去,时间就省下来了。我一般天亮醒来,冬天醒得晚点,出门就晚些。晚上回家时间几乎一年四季不变。退休多年,依然保持这种生活节奏。第三,每天早上醒来第一件事,是想一想今天要做什么,记在便条上,这样到工作室后,逐条逐条去做,不会一忙就忘了什么事。

多年来,我养成了速战速决的习惯,做什么事都雷厉风行,能不过夜的事,尽量当天完成。到了家,没有特殊情况,一般不写东西,全身心放松。出门在外,坚持写日记,这样回家就有东西可写了。

有邀请时,我轻轻松松外出;在家时,独自一人安安静静在工作室写作,有张有弛,就一直有创作的欲望、创作的愉悦。

刘问:你是中国微型小说圈内与海外接触最多、认识的海外作家最多、参与海外文学活动最多的一个,你能否谈谈微型小说在海外的情况?

凌答:20世纪七八十年代时,台湾地区的极短篇、香港地区的迷你小说等影响大陆(内地)文坛,到90年代,互相交流,过了2000年,基本形成了以大陆(内地)为中心的微型小说格局。实事求是地讲,微型小说在海外还是有一定市场的。东南亚国家中的新加坡、马来西亚、泰国、印度尼西亚、菲律宾、文莱都有一批华文作家在写微型小说,而且像新加坡的黄孟文、希尼尔、艾禺,马来西亚的曾沛、陈政欣,泰国的司马攻、曾心、杨玲、晓云,印尼的袁霓,文莱的孙德安,等等,都是各国华文作家协会的会长、副会长、秘书长级的人物,他们都是写微型小说的。美国全美作家联谊会会长冰凌、美国小小说总会秘书长纪洞天等都出版过微型小说集子;加拿大华文笔会前后两任会长曾晓文、孙博也都写过微型小说,加拿大魁北克华文作家协会会长郑南川也写微型小说;日本华文作家协会的前任会长华纯、《中文导报》副总编张石等也写微型小说;新西兰的大洋洲华文作家协会会长冼锦燕,担任过澳大利亚华文作家协会领导的吕顺、李明晏等也都写微型小说;还有当过几任欧洲华文作家协会会长、副会长、秘书长的朱文辉也写过微型小说。不少海外的华文作家还参与了中国的各种微型小说征文,获奖的也不少,作品收入中国各种微型小说选本的就更多了。

刘问:三十多年来,微型小说的作家队伍新陈代谢,必然会有变化,你认为现在的队伍是壮大了,还是式微了?作品质量是提高了,还是降低了?

凌答:说句公道话,微型小说作家队伍肯定是壮大了。20世纪80年代时,微型小说作家中几乎没有一个是中国作家协会会员的,现在加入中国作家协会的微型小说作家不少于150位,省级会员成百上千。我是1994年加入中国作家协会的,是中国第一个因微型小说创作而被批准入会的。

微型小说的整体质量无疑是提高了。因为我经常被邀请出任微型小说、小小说征文的评委,还主编微型小说集子,我每年的微型小说阅读量肯定比一般的读者与评论家要多得多,质量到底怎样,我应该有点发言权。每当我听到、看到有人做忧虑状地说微型小说作品质量下降了,我就断定这是一种先入为主的观点。说这话的人,往往读的微型小说作品并不多,或没有读到好的作品。那些在报纸上发的作品与正规的纯文学刊物上发的作品一般不在同一水准上。报纸上的作品以宣传为主,与正规的纯文学刊物的选稿标准是不一样的。还有,读者的审美在提高,他们看得多了,欣赏水平日益提高,那些千篇一律的题材、老生常谈的主题、以不变应万变的笔法,读者肯定不买账、不满足了。再说,有比较就有鉴别,读者对作品的要求高了,很正常。还有,真正的好作品是要细品的,我做评委,有时看得快了,觉得作品都一般般,但静下心来,慢慢读,好作品就读出来了。那些一目十行就能判断出好读的作品,多数是故事,而不是小小说。

刘问:我注意到,近年你在微型小说创作之余,还参与了微电影的相关活动,为什么跨行业,是想转行吗?

凌答:我在北京东城区图书馆讲课时,图书馆按惯例,要讲课嘉宾在留言本上写几句。那次,我刚好参加了央视中国微小说与微电影创作联盟成立大会,我就随手写了"微型小说将借助微电影的翅膀飞得更远"。

与微电影结缘,也是机缘巧合,我20世纪80年代在微山湖畔的煤矿待了整整二十年,认识了徐州矿务局的作家郑子,当时我与他都是徐州市作家协会的理事,1990年我调回家乡太仓后,就与他失去了联系,但彼此还能在报刊上见面。2015年年初时,我突然接到郑子的电话,说他如今主要从事微电影行业,希望合作。我这才知道他已调北京,并且是中央电视台微电影发展中心的主任。后来我去北京时,我们见了面,聊起了合作,一起策划成立了中央新影集团"中国微小说与微电影创作联盟"。2015年7月4日在中央新影集团大礼堂举行了成立大会,我出任常务副主席,主席是中央电视台副台长高峰。因为有了这个头衔,就名正言顺可以参与微电影的一些活动,如亚洲微电影艺术节、山东潍坊金风筝国际微电影艺术节、中国·贵州铜仁2017华语微电影盛典、河北沧州国际微电影盛典等,还去泰州参加斯琴高娃主演的微电影《一壶老酒》的开机仪式,去泰国参加微电影活动,等等。我的微型小说作品也有拍摄成微电影的,并在泰国获得了泰国文化部颁发的泰中国际微电影展的大奖。我希望更多的优秀微型小说作品被改编、拍摄成微电影,毕竟微电影的受众面要比微型小说大。这对微型小说来说,是双赢的路子。

2018年11月7日下午,凌鼎年(右2)与最高人民检察院影视中心专职副主任范子文(左1)、著名相声演员、北京曲艺家协会主席李伟健(左2)、中央新影集团《亚洲微电影》杂志副主编、亚洲微电影艺术节终评委刘玉龙(右3)接受客座教授聘书

刘问:我个人认为,你是撰写"微型小说史"的最佳人选,你有这个打算吗?你认为在

四十多年的微型小说发展过程中,哪些人是不能忘记的?为什么?

凌答:我算是中国最早写微型小说的一代作家,有幸名列"第一代小小说作家",我也做有心人,收集了大量微型小说集子与资料,还每年坚持写"微型小说大事记",第一手资料确实都在我手里,撰写"微型小说史"最佳人选不敢说,但应该是有资格写的人选。只是我是作家,不是文史研究学者,目前仍以创作为主,暂时无暇旁顾。

梳理一下微型小说四十多年的发展历程,回过头来看,江曾培(组织、理论)、凌焕新(理论、评论)、王保民(办刊)、李春林(办刊)、郑允钦(办刊)、郏宗培(组织)、杨晓敏(组织、办刊、评论)、刘海涛(理论、评论、教育)、唐金波(办刊)、赵禹宾(办刊、评论)、尚振山(出版)、高长梅(办报、编书)、滕刚(创作、出版、办刊)、赵智(办刊、办网、编年选)、龙钢华(理论、评论)、顾建新(理论、评论)、姚朝文(理论、评论)、陈永林(创作、编书)、严苏(办刊)、王红蕊(办刊)、庞俭克(出版)等在编辑、出版、理论、评论、办杂志、搞活动等方面都有各自的贡献,功不可没。目前仍在办刊的有任晓燕、张越、秦俑、黄灵香、李永康、刘公、刘斌立、朱士元、戴希、蓝月、颜士富、蒋寒、周波等,应该向他们致敬。海外部分,日本的渡边晴夫,新加坡的黄孟文,泰国的司马攻、曾心、杨玲、梦凌,菲律宾的吴新钿(已故)、王勇,马来西亚的曾沛、朵拉,印尼的袁霓,文莱的孙德安,美国的冰凌、纪洞天、穆爱莉,瑞士的朱文辉,澳大利亚的吕顺、郑苏苏,新西兰的冼锦燕,韩国的柳泳夏,以及中国香港的陶然、东瑞、陈葒,等等也应该记上一笔。微型小说、小小说文坛以外的,像柯灵、冯骥才、王蒙、陈建功、叶辛、南丁、雷达、胡平、汪政等都一直对这一文体很关注、很支持,我们也不能忘记。

刘问:在中国的微型小说作家中,你算是最专一的,三十多年来矢志不渝,不因微、不因小、不因稿费低、不因被人小瞧而放弃,数十年如一日,坚持微型小说创作,现在功成名就,成了微型小说文坛绕不过的一位作家,对未来你有什么打算与想法吗?

凌答:我已退休多年,只想在有生之年做点自己喜欢的事,我把微型小说当作事业来做,乐此不疲。眼下我还写得出,那就以写为主。有活动邀请、讲课邀请,有没有去过的地方,我就外出散散心,算"行万里路"。不外出时,我就在工作室静静心心地写作、编书。

我是个坐得住冷板凳的人,但又是个愿做实事的人,如果有出版社邀约编集,如年选本、专题选本、征文集等,我都会按时按质完成。

有朋友希望我出版《凌鼎年微型小说文集》,如果出版社落实,我会考虑,一下子出二三十本、五六百万字应该没有问题。也有朋友怂恿我编《凌鼎年文学年谱》,我曾说70岁以后再说。但2018年宋桂友教授来访,说正带领他的研究团队在做"凌鼎年文学年谱"的课题,希望得到我的支持与配合,于是,我整理了一些资料,提供给他们参考。据说,已写得差不多了,在联系出版事宜。据说,最后题目可能会改为《凌鼎年文学纪年》。

目前,我要做的是集子的翻译、出版。2016年,在加拿大出版了我的第一本英文版微型小说集子;2017年2月,在日本出版了我的日文版微型小说集子。2018年,澳大利亚的翻译家郑苏苏翻译完成了《五彩缤纷的世界——汉英对照凌鼎年微型小说选》,这是我的第二本微型小说英文版,已由美国南方出版社出版;韩译本,由韩国白石大学柳泳夏教授的学生阴宝娜翻译,已完成得差不多了,争取2019年在韩国出版;日译本的第二本集子,依然由日本国学院大学的渡边晴夫教授领衔翻译,也基本翻译好了,正在修改中;法文版因法国的出版社没有完全敲定,还未最后落实;德译本的出版,欧洲有家出版社表示有兴趣。太仓系德企之乡,德国人很多,有的在太仓已生活十多年了,朋友推荐了一位懂汉语的德国人,他看了我的作品后,觉得不是那种常见的爱情故事、社会生活,涉及较多的中国文化元素,陌生用词太多,他没有把握翻译好,也就没有签约。我正在物色合适的德文翻译。

前几年,我曾与香港的文友联手主办过世界中学生华文微型小说大奖赛,我们还想继续,正在寻找合作伙伴。另,"中国微小说校园行"活动,我们准备在取得一定经验后,逐步推向海外华校,再与海外的孔子学院合作,去讲微型小说。因为我们发现,韩国、日本等国的汉语培训教材中就有微型小说作品,这是外国人学中文的很好媒介。

还有,第十三届世界华文微型小说研讨会准备放在加拿大开,这是世界华文微型小说研讨会第一次在亚洲以外的国家举办。

要做的事、可以做的事很多,一步步来,扎扎实实地做,做得开心就好。

刘问:据我了解,请海外的翻译家翻译,费用是很贵的,而国内的翻译家能达到海外认可水平的寥寥无几,你是如何找到翻译家,并解决翻译的费用问题的?另外,在海外出版也很困难,如何解决呢?

凌答:一看你提的问题,就知道你是行家。是的,中国的翻译家如果把海外的作品翻译进来,大部分都能胜任。但如果要把中国的作品翻译出去,要让西方国家的出版社、读者都认可,很困难。有一种说法,被海外主流出版市场认可的中国翻译家大概就二十位,而真正还在翻译的,也就十来位。这说法是不是客观存在的实际情况,我无法核实,但从侧面告诉我们:中国的文学作品翻译到海外,在海外出版发行是有难度的。

我很幸运,遇到了一位顶级的翻译家,我的第一本英译本是内蒙古工业大学外国语学院英语系的张白桦副教授翻译的。她是上海外国语大学的文学硕士,系中国比较文学学会翻译研究会理事、上海翻译家协会会员、内蒙古作家协会会员;累计发表原创和翻译作品文字达1 200多万,在生活·读书·新知三联书店、中国对外翻译出版有限公司、北京大学出版社等出版英译汉长篇译著26部,小说译作获多个国家级奖项。因为她翻译过微型小说作品,我和她就有了联系,但从未见过面。联系很多年后,一次我问她:有兴趣翻译微型小说集子吗?她说,可以考虑。我就寄了一本微型小说集子给她。过了一年多,她说翻译好了。我大吃一惊,也很感动,要知道这是无偿的,她从未提过翻译费用的问题,我也没有翻译费给她。为了弥补,我就开始着手联系出版,找了多位美国的朋友,这过程像坐过山车,一会儿说大有希望了,一会儿说出不了,反反复复好多次。最后在加拿大的时代科发集团出版社出版了。翻译与出版我都没有花钱。这是中国微型小说作家在海外出版的第一本个人英译本,在中国微型小说发展史上还是应该记上一笔的。

日译本是日本国学院大学渡边晴夫教授领衔翻译的。渡边晴夫教授是我在1994年新加坡举办的首届世界华文微型小说研讨会上认识的,一晃认识二十多年了。他退休后,成立了日本世界华文微型小说研究会,会员以日本的大学教授、汉学家为主,每月活动一次,主要就翻译问题切磋交流。后来他就把翻译我的微型小说列为他们研究会的一个课题,每位会员翻译一两篇、两三篇。活动时,把翻译好的作品拿出来切磋交流,在一年多的时间里,翻译了我一百多篇微型小说作品。最后,渡边晴夫教授挑选了50多篇翻译得比较好的,再由他修改、润色,最后交由日本 DTP 出版社出版。出版事宜完全由渡边晴夫教授联系,我没有插手,也没有花出版费用。

2017 年 2 月,日译本出版后,在游读会的安排下,我专程去了趟日本,与日本的翻译家见了面。渡边晴夫教授在国学院大学安排了凌鼎年日译本首发式暨读者见面会。活动由东京外国语大学博士生、日本立教女学院短期大学讲师渡边奈津子讲师主持。日本国学院大学栃木短期大学塚越义幸教授代表日本世界华文微型小说研究会致欢迎辞,日本 DTP 出版社鸟居有一社长、日本华文文学笔会会长华纯女士、日本《中日新报》社长刘成、《中文导报》副总编张石,与中国游读会赵春善董事长等先后致祝贺辞。日本《莲雾》杂志主编阿部晋一郎先生、日本世界华文微型小说研究会会员中森智子等代表翻译家发言,对我的微型小说作品给予了很高的评价。会上还宣读了日本中国当代文学研究会会长、和光大学加藤三由纪教授,亚细亚儿童文学大会日本分会会长、日中儿童文学美术交流中心副会长城户典子女士,东日本汉语教师协会会长、日本大学吴川教授等名家的贺信。

日本明治学院大学名誉教授、日本中国语学会顾问,在日本电视台开汉语讲座二十多年,系日本家喻户晓的电视明星榎本英雄,日本国学院大学文学部吴鸿春副教授,国学院大学铃木崇义副教授,国学院大学牧野格子副教授,早稻田大学桥本幸枝讲师,东京外国语大学和富弥生教师,东京大学波多野真矢讲师,日本专修大学石村贵博讲师,青山学院大学中等部柳本真澄教谕,立正大学讲师、日本中国友好协会埼玉西部支部事务局局长平松辰雄,二松学舍大学大久保洋子讲师,翻译家铃木君江,日本中国当代文学研究会会员福岛俊子,亚东书店原营业科长(专卖中文书)加藤武司,日本东京书画国际文化艺术交流协会会长广开,厦门大学日本校友会会长福田崇子,等等,来自东京、大阪、横滨的三十多人参加了首发式。

我的第二本英译本由澳大利亚的翻译家郑苏苏翻译。这也是机缘巧合。郑苏苏的夫人是我妻子的同学,而且是非常要好的同学,都是上海市第六女子中学 69 届初中毕业生。记得 1979 年时,郑苏苏还在江西九江的外事办工作,他们夫妇说马上要调到无锡外事办了,叫我们夫妇俩去庐山旅游一次,那时我俩还没有结婚,为了去庐山,我们去单位开了结婚证明。郑苏苏夫妇调到无锡不久,就出国了,定居在澳大利亚。2017 年,郑苏苏突然联系我,说翻译了一本《中国宋元明清散文选》,想在国内出版,问我可否代为联系。我很认真地联系了几家,开始都说可以出版,到签约时,就提出能否包销若干本,弄得我很为难。还好,最后郑苏苏自己联系到了五洲传播出版社,集子已正式出版。

郑苏苏在海外生活了四十多年,长期从事翻译工作,翻译能力肯定是过硬的。我与郑苏苏有了电子邮件往来后,就在邮件里试探着问他有没有兴趣翻译我的微型小说。

郑苏苏说:"你把书稿发来看看,但不要催我。"

发过去后,我也不好意思再问。我知道他是精益求精的人,就静候佳音。说起来是多年的朋友,但他能免费为我翻译,我感激不尽,只希望我的作品不使他失望。前不久,突然收到他发来的翻译好的书稿。我收到书稿后,马上联系出版社,幸运的是美国南方出版社对这本中英文对照本特事特办,很快通过选题,进入编辑、出版流程。我明确表示:如果出版后有稿费的话,我一分不要,权当翻译费,不能让翻译家无偿劳动。

刘问:印象中 2018 年,网络上有一篇关于抨击小小说文坛不良现象的文章,引起了一点小小的反响,可惜没有讨论下去,最后不了了之。你作为微型小说的资深作家,又是多个微型小说、小小说组织的顾问与有实职的领导人,参与了大量的活动,你了解的情况应该比一般的微型小说作家、作者、读者、编者多,你能站在公正的立场上说点你的看法吗?

凌答:这是个得罪人的话题。我觉得最大的弊病是没有坚持以作品说话。有些评奖没有做到公正、公平、透明,伤了一部分作家、作者的心。另,小圈子意识,各自为政,微型小说、小小说没有拧成一股绳,劲没有往一处使,力没有往一处用。我们应该有大局意识,微型小说、小小说要合力推出这个文体真正的代表性作家,必须以作品说话,以作品质量说话,推出的作家要在微型小说、小小说圈外也站得住脚,能得到广大读者与评论家的公认。

刘问:最近几年,600字以内的闪小说异军突起,可以说是风生水起,在社会上似乎很受欢迎,活动此起彼伏,参与者众多,但文学界好像对此现象或不置可否,或颇有诟病,你对此有何看法?

凌答:闪小说从其名字的出现到现在,大概有十年的时间,应该讲发展还是蛮快的,这与江苏程思良、山东蔡中锋的大力推动分不开。据我了解,各地成立了不少省一级、市一级的协会,征文也是一个接一个,很是热闹。对闪小说的崛起,有些人很不以为然,认为根本不是文学。根据我的创作实践,1 200字以下的小说是很难把故事讲完整、把人物写出来的,现在闪小说通常五六百字,大部分就是一个故事的梗概,或一个类似段子的素材,确实谈不上有多少文学性,但由于篇幅短,门槛低,参与者众多,传播方便、快捷,吸引了很多有文学梦的创作者加盟其中,他们多数人属自娱自乐,过把作家瘾,这有什么不好呢?中国的乒乓球就是因为群众基础好,才人才辈出。闪小说队伍中,有些人写着写着,真喜欢了,自然会不满足于几百字,会开始写小小说,写短篇小说,写其他文体,说不定就冒出了真正意义上的作家。

用作品说话,心里踏实
——答百年互娱(上海)文化传媒主持人楚千会问

编者按:2018年5月30日,太仓市第一中学举办了"凌鼎年文学成果展",媒体报道后,百年互娱(上海)文化传媒有限公司一行四人专程到太仓来拍摄凌鼎年文学专题。前期准备时,主持人楚千会给凌鼎年发了22问采访提纲,凌鼎年一一做了书面回答。

楚千会问(以下简称"楚问"):您毕业那么多年,母校太仓市第一中学在建校111周年之际举办"凌鼎年文学成果展",您是什么样的心情?

凌答:我是江苏太仓市第一中学67届初中毕业生、70届高中毕业生,一晃离开母校已48年了,这次母校举办"凌鼎年文学成果展",是对我文学创作的一种肯定。我的成长,我走上文学创作之路,都离不开母校对我的教育、培养,我是带着感恩的心情回到母校的。

楚问：从一个在学校汲取知识的学生，到满载作品回校的杰出校友，心态有哪些变化？

凌答：回忆起来，我算是个读书比较认真的学生。初中时，我是学校文学社成员，对文学的爱好已显露出来，但数学、物理一般般，有点偏科了。高中时，曾被评为"品学兼优"学生，在学校里会写文章，已小有名气。经常偷偷地投稿，虽然学生时代并没有文字变成铅字，只是收到一些退稿信，但我坚信：只要耕耘，总有收获。

我撰写、出版过《太仓近当代名人》，故我非常清楚地知道这111年来，从母校走出来的各行各业的名人不止一两个，我仅仅是母校培养的其中一个，比起那些学有所成的学兄学姐，或后起之秀，我的成绩微不足道。我唯一能告慰自己的是，我没有辜负母校对我的教育与期望。

楚问：平时在活动和写作之余有什么放松的事？

凌答：写作之余，我最大的爱好就是藏书、读书，还有就是旅游，即所谓的"读万卷书，行万里路"。我很欣慰的是，这么多年来，因为参与海内外的诸多文学、文化活动，得以走遍全国所有的省市，国内的主要景点大部分都去过了，还去了40多个国家与地区，拓宽了眼界，增智长识。

如果说还有什么业余爱好的话，那就是我从初中一年级时就喜欢上了集邮。90年代末期始，对收藏也有了点兴趣，不过，喜欢而不入迷，不为收藏而收藏，只为增加点知识面，增加点写作素材而已。

楚问：您每年有那么多活动，但每年依旧有20万—40万字作品出来，是什么促使您有这么多的灵感与创作动力？

凌答：有人说我是微型小说的活动家，而旧时在文坛，"活动家"往往是带有贬义的，相当于"华威先生"。我不在乎别人怎么说，因为我活动虽多，作品却不少。我常常告诫自己"作家以作品说话""让作品说话最硬气""作家应该把主要精力放在作品创作上"，有作品就有底气，有底气就不怕别人说三道四。

有邀请我就外出走走，散散心，开阔开阔眼界，没有邀请就安安静静地在工作室写东西，乐此不疲。我的创作动力来自对文学的真喜欢、真热爱。要我做，是被动的；我要做，是自觉的。自觉做事，就无所谓累、无所谓苦，一切甘心情愿。

做生活的有心人，素材就不会缺。用文学的眼睛去观察生活，发现生活，感悟生活，思考生活，素材就源源不断，灵感就时常不请自来。

楚问：您什么时候开始把写作作为生活的重点的？您是受什么影响成为一名作家的？

凌答：其一，爱好写作可能有点遗传的因素，我是明代写《初刻拍案惊奇》《二刻拍案惊奇》的凌濛初的后裔；其二，在学校时，我就喜欢写作文。小学三年级时作文获全校第一名，五年级时作文获全县第二名，语文老师的表扬与鼓励为我埋下了文学的种子。踏上工作岗位后，我去了微山湖畔的煤矿。煤矿的业余生活相对比较单调、枯燥，但应了"物以类聚，人以群分"的老话，我认识了一拨爱读书、爱文学的同事。更幸运的是，1973年，我被推荐参加了矿里的文艺创作学习班，还被推选为负责人，结束后留了下来，前后负责了6期文艺创作学习班。再后来，我被借到矿里编《采光》杂志，就这样一步步走上了文学创作之路。1990年,我从微山湖畔的煤矿调回家乡太仓时,已是徐州市作家协会理事。1990年5月,我应邀去汤泉池参加中国第一届小小说笔会暨理论研讨会,被媒体定位为"中国第一代小小说作家",从那以后,与小小说就有了此生割不断的联系。

楚问:在写作中最大的享受是什么?

凌答:当文学创作成为自己的业余爱好后,凡与文学有关的事,我都会关注,任何付出都心甘情愿。

开始,发现一个细节是享受,发现一个题目是享受,完成一篇作品是享受,发表一篇作品是享受。随着年岁的增加,创作、发表、获奖多了,多写一篇、少写一篇、多发表一篇、少发表一篇、多一篇获奖、少一篇获奖,看得淡了。写作,成了我生活的一个有机组成部分,不可分割。

现外出参加活动,经常碰到读者对我说,"我是读着你的作品长大的""我读中学时就看你的作品""我读大学时就读你的作品""我学生时代就是你的粉丝"……我觉得这是最大的褒扬、最大的安慰。

楚问:作品被广泛发表和想表达的思想转化成文字相比,哪一种带来的愉悦感更大?

凌答:我在写作者简介时写"发表过5 000多篇作品",其实上,我已发表过6 600多篇(次),我想把重复发表的水分挤掉点。发表多了,就不可能再有发表处女作时的激动与快乐。

小说与杂文不同,小说不可能像杂文那样直抒胸臆、酣畅淋漓,往往有隐喻、有象征,让读者通过人物、通过故事去联想、去共鸣、去领悟、去反思、去理解故事背后的寓意,如果有读者读懂了,如果评论家分析到位了,那就是我的知音,比获奖更有成就感。

楚问:生活中您会从哪些地方找寻创作灵感?

凌答:有句老话说"吃什么饭,当什么心"。既然喜欢上了文学,捕捉灵感、分析素材就成了基本功。我的素材来自生活,来自书本,来自新闻,来自思考,等等。

每个人有每个人的创作习惯,我思维最活跃的有三个时间段:一、骑自行车上下班的路上;二、看书时的联想;三、临睡或早晨新来之际。所以,我口袋里几乎常常放着笔和纸,以备不时之需,随时准备记下来,因为好记性不如烂笔头,有些灵感常常稍纵即逝。当时记了,是自己的,当时忘记,过后再想寻找就难了。

近年来,我发现手机有记事功能,手边有没有笔与纸无所谓了,想到啥只要拿起手机记一下就行。常有人看到我骑自行车骑着骑着就无缘无故地停在了路边,拿出手机,我是把突然想到的素材记到手机上再说。

楚问:有人说:您有广泛的人脉,这些人脉对您的创作、文学活动有何帮助与影响?

凌答:在20世纪90年代时,凡读者来信,只要是第一次来信,我一概回复。我的私人信件可能是整个太仓最多的,365天,从来没有哪一天没有信的,一天进出十几封信很平常。我买邮票都是托人到集邮市场去整版整版买那种打折的,一买就是好几百上千元。那几年,邮局分拣信件的与送信的都熟悉我的名字,哪怕地址写错,哪怕只写太仓凌鼎年收,我照样能收到。

举一个小小的例子,某年,我收到一封党内干部刊物的约稿信,说要向读者介绍我。我只好告诉编辑,我是民主党派,不是中共党员,不宜在他们刊物上介绍。但他执意要我把作者简介、照片、作品等寄他,他来处理。刊登后,我有次碰到我们当地的市委组织部部长,他很奇怪我非党员,怎么会刊登在这个刊物上?

原来,这位编辑在大学时,因喜欢文学,给很多作家写了信,结果几乎都泥牛入海无回音,就我回了信,故对我印象深刻。当他大学毕业当了编辑后,就想到了我,就来约稿。

我曾经写过一篇随笔《不求回报有回报》。我在侨办工作的20多年间,结识了不少海外朋友,凡有事需要帮忙的,只要政策许可,我能帮则帮。自1994年我去新加坡参加第一届世界华文微型小说研讨会以来,我已参加了11届,是中国唯一一个全部参加的作家,人头自然最熟。2002年,世界华文微型小说研究会在菲律宾成立,我当选为秘书长,这样与世界各国的华文作家联系就更多了,在海内外双向交流中,我穿针引线,起到桥梁作用。我没有功利目的,无偿为各国作家服务,大家都看在眼里,关系自然就纯真,就铁了。各国的华文作家都比较信任我,有什么事,一条微信、一封邮件,轻轻松松就搞定了。我发的文讯,就像免检产品,往往第一时间就在海外的文学刊物、网上发布了。

楚问: 您身兼数职,对自己的创作有什么影响?

凌答: 最大的影响就是时间不够用。

时间对所有的人都是公平的,我没有三头六臂,也无分身术,只能充分利用。譬如我没有退休前,我们的上班时间是朝九晚五,上班时间不能看书、写作,我就"七进七出"。每天早上七点进工作室,傍晚七点后出工作室,这样我就每天多出4个小时,这4个小时我就看书、写作。有些人双休日、节假日或睡大觉,或疯玩,我不搓麻将,不打牌,也几乎没有节假日的概念,几乎所有的双休日、节假日,即便大年三十、大年初一,也都在工作室爬格子,有多少付出,才有多少收获。

因为忙,我养成了做事速战速决的习惯,能今天做好的,绝不拖到明天。能自己做的,绝不假手于人。

楚问: 退休后,"无官一身轻",脱掉了诸多行政性、事务性的工作,乐得自在的您还有什么想法?

凌答: 我是2011年退休的。退休真好,退休后,出门不用向领导请假,只要老婆同意,想去哪就去哪,想哪天走就哪天走,护照等组织部也还给我了。

退休后,有多位朋友希望我去北京或上海的杂志社或出版社兼职,发挥余热,挣点钱,我一概谢绝。好不容易成了"自由之身",我不想再被牵住、套牢。2017年年初,我把中华凌氏宗亲会会长、华东凌氏宗亲会会长的职位都主动辞了。同年5月,太仓市作家协会换届,我的作家协会主席的职务也卸任了,就是想"无官一身轻",多一点时间写写东西,做一点自己喜欢的事。

除了读书、写作之外,我还想趁自己走得动,去世界各地走走、看看,不枉此生。

楚问: 身为一名作家,您作品的关注点是什么?希望自己能达到什么境界?

凌答: 我只是一位业余作家,前20年是煤矿工人,后20年是侨务干部,写作仅仅是我的个人爱好。

在煤矿工作的时期,我主要写微山湖畔系列,写煤矿的人与事,反封建是我的母题。1990年调回家乡太仓后,主要经营娄城系列,写江南小城的人与事,其中,文化领域的故事占了相当的比例。我力图写出文化人在近代、当代的所作所为、所言所行,让当代读者与后来的读者对他们在时代浪潮中的人生态度、社会作用有个客观的了解。

德国作家、画家,德中文化交流协会会长谭绿屏认为:"凌鼎年的微型小说是一扇观察社会、记录社会的窗口,不仅具有旺盛的生命力,而且具有连绵的不朽性,可供社会学家和历史学者作为时代特征、社会历史的研究参考,其综合的典型性和代表性,一百年后仍是社会史料的研究资料。"——我把谭绿屏的话视为对自己的要求与鼓励,我会朝着这方向努力的。

另外,我常告诫自己:要有敬畏之心,有感恩之心,有自信之心,有进取之心。

楚问:您对陈道明说的"你们都只看到我的清高,却没有看到我的无奈"这句话深有感触,能具体谈谈吗?

凌答:我曾听过这样一句话:"吃瓜"群众往往只看到结果,看不到过程。是的,大部分人能看到的通常都是表面的,背后的很难看到。拿我来说,有些读者或同道会通过一些媒体的报道,知道我又去了某某地方参加了什么活动,看到我又出国了,又出书了,又获奖了,认为我很风光,成功似乎很容易,其实没有付出哪有收获,只是较少有人看到我比一般人付出了更多的努力。老话说,"一分耕耘一分收获","心在哪儿,收获在哪儿"。1 000多万字,不要说创作,就算抄一遍,也是个不小的工程,更何况是小小说,一千篇就有一千个点子,两千篇就有两千篇素材。不做有心人,不时时想着、惦记着、思考着,不板凳坐十年冷、二十年冷、三十年冷、四十年冷,怎么可能有这些产量与这样的质量?

故有些熟悉我的朋友把我看作"苦行僧"。在我家人眼里,我就是"一根筋",除了创作之外,不懂生活,不懂浪漫,没有情趣,没有休息,因为我8小时外几乎都扑在文学创作上,唯此为大。家务活一样不做,家里事大多不管,没有节假日概念,双休日和节假日都在看书、创作、参加活动,好在家人理解我,也习惯了我这种做派。

楚问:您怎么看待"世界华文微型小说创作的中心在中国"这句话?

凌答:20世纪80年代时,日本星新一的作品、中国香港刘以鬯的《打错了》、中国台湾陈启佑的《永远的蝴蝶》等一批作品影响了大陆(内地)的作家、作者。90年代时,大陆(内地)的微型小说迅速崛起,与东南亚国家互相影响。进入21世纪后,特别是最近几年,大陆(内地)涌现了一大批微型小说作家,出版了一大批微型小说集子,举办了一系列的微型小说征文、研讨会等活动,每年有多本微型小说、小小说年选出版,中国微型小说作家代表团访问了美国及欧洲国家,多位中国微型小说作家应邀去了泰国、马来西亚等国家与哈佛大学、瑞士日内瓦大学等学校讲课,讲微型小说创作,可以毫不夸张地说中国的微型小说正在影响海外。世界华文微型小说创作中心在中国已得到公认。

楚问:《此一时,彼一时》里面的场景描述的灵感和您在煤矿工作20年的经历是否有关?

凌答:当然有关。我是70届高中毕业生,学工学农一年后,正好碰上大屯煤矿来太仓招工,那年我弟弟初中毕业,我们两个里有一个去外地,另一个才可能分配在当地工矿,我当哥哥的自然我去外地。说起来我不是真正的下井工人,但自1993年借调到煤矿工程指挥部的文体办公室后,我常常接待来访的文化界人士,往往会陪他们下井参观,我前前后后上百次下井,而且还在井下遇到过塌方与事故。那种危险性,那种遇险后的心情,不是亲身经历是虚构不出来的。

在煤矿工程指挥部的文体办公室的几年时间里,我认识了不少真正的下井工人,听他们讲了不少井下故事,这些自然而然成了我的原始素材,融会到了我的笔下。当然,我写《此一时,彼一时》是以一次意外的井下塌方事故为背景展开的,但我不是要去描写塌方事故本身,而是借这次事故,演绎四位井下矿工在事故中、事故后的思想变化,这有偶然性,也有普遍性,从而让读者有所共鸣,有所思索。

楚问:从江南学生娃,到微山湖畔的"煤黑子",再到机关干部,到作家,这样的经历与人生脉络,对您有哪些影响?

凌答:作为20世纪50年代出生的67届初中毕业生,我的人生经历不算坎坷,也不算平坦,至少我没有像我家属一样上山下乡,去农村,去边陲。说起来煤矿也是工矿,但刚踏上工作岗位时的艰苦确实出乎我的意料。我的家乡太仓系江南鱼米之乡,到微山湖畔煤矿的第一天,积雪厚达一尺(约33厘米)多,气温比太仓低了十度以上,我明显感受到了南北方的差异。20年中,我生活在最基层,接触的是最原生态的风土人情,南北方文化差异的碰撞,对我的文学语言、文化比较,以及看问题的视角等影响很大。1990年,通过太仓人才交流中心,我调到家乡太仓的机关,到了涉外部门工作,这与煤矿的工作性质完全不同,我的视野一下子开阔了许多。有了南方的童年记忆、北方的青年磨砺与中年的机关经历,有了南北方不同的生活感受,我学会了比较,学会了站在不同的位置想问题,这种种丝丝缕缕地渗透到了我的作品中。不仅我的题材拓宽了,更重要的是我既接受了南方水乡文化的熏陶,也得到了北方粗犷文化的洗礼,锤炼了精致中透豪放、细腻中有大度的兼容性格,养成了宽容、宽厚的脾性,吃苦、耐劳的习惯。

楚问:《人民文学》主编、评论家施战军教授评论:"在我感觉里,凌鼎年与微型小说的关系,相当于李白与唐诗的关系。"听到这样的评价,是什么感受?

凌答:以施战军在文学界的地位与身份,这样评价,我认为是对我最高的褒扬,比获什么奖都更让我欣慰。我引为知音,真诚地说声:"谢谢!"有这样高的评价,我对微型小说所有的付出与努力,都值了。

楚问:谈到您,大家都会想到"小小说作家",您觉得这是一个定论吗?还是您早已经想改变它,或已经在改变它?

凌答:是的,不少人介绍我时,会说我是"小小说作家",有的好听些,称一声"小小说大作家",也有蔑视意味的,但不管是捧我、赞我,还是贬我、埋汰我,我都微微一笑,不置可否。

其实,我不光写小小说,出版过微小说集、小小说集,还出版过中篇小说集、短篇小说集、散文集、随笔集、诗歌集、评论集、文史集、序跋集、日记集,正在出版的还有杂文集;即便把我已出版的20多本小小说集都抹去,我还有其他体裁的集子20多本,因为我有50多本集子,1 000多万文字在那儿放着,我有底气,也就无所谓别人怎么给我定位了。我坦然接受"微型小说作家""小小说作家"的称谓,我从来没有想要去改变它。

有评论家说:"谈微型小说,凌鼎年是绕不过的。"对作家来说,有此说法,够了,人生也值了。

楚问:听说您有16篇微型小说作品被译成了英文、法文、德文、日文、韩文、泰文、维吾尔文等多种文字,被收入美国、加拿大、土耳其、瑞士、日本、韩国、新加坡、中国香港等多个国家与地区的大学、中学教材。对此,您有什么想与读者分享的吗?您有什么好的书推荐给他们阅读?

凌答: 微型小说的篇幅在 1 500 字左右,是非常适合作为课文的。据我所知,在海外多个国家的大学、中学、小学,特别是各国大学的外国文学教材中选用中国的微型小说作品的不少,累计不少于 200 篇(次),我有幸被多选了几篇而已。

被翻译、被选入教材,得有几个基本条件,即写的故事要让外国读者读得懂,要让外国读者读后有所启迪、有所收获,文字要适合翻译。

譬如有些写中国官场的故事,外国读者看了就莫名其妙,觉得怎么可能会有这种事呢,还以为作者在胡编乱造。

中国的好书太多,我只能站在微型小说作家的立场上推荐,希望更多的海外读者阅读中国的微型小说。应该讲,每年的微型小说、小小说年选本质量还是不错的。有中国作家协会创研部选编的,有《微型小说选刊》选编的,有中国小说学会秘书长卢翎教授主编的,有作家网总编冰峰主编的,有《金麻雀网刊》杨晓敏主编的,各有选择的标准。我也在主编一本"读家记忆"年选本,自认为颇有特色,在此做一个小小的广告,希望读者喜欢。

楚问: 您认为文学成果展对您有什么影响?下一步怎么做?

凌答: 文学成果展的举办是我母校与朋友们、读者们对我以往文学创作的一种认可与肯定。对我来说,是一个小结,是一个激励,而不是终点。我将会把这次文学成果展看作一个新起点,力争写出让读者满意的新作品,以回报母校,回报关心我、厚爱我、鼓励我的领导与方方面面的朋友,以及广大读者。

我这人不喜欢制订具体的计划,只有一个大框框,譬如每年写一百篇作品,出版一本个人集子,出版一本主编的集子,出一次国,去一个没有去过的地方,我戏称这是我的"五个一工程"。一般来说,我可以轻轻松松完成,没有任何压力。

一切随缘,随心意,随兴趣,能把自己调整在最佳状态。

因为文学成果展在学校图书馆,而图书馆是一个公共空间,人来人往,万一展品丢失就不好办,所以展出一星期就撤了。已全部搬到腾空的三楼空房子里,学校想建永久性的文学馆。

怎么建,几时建,建多大的面积,是学校的事。我能做的,就是把所有的获奖证书、奖杯、奖牌,与出版的个人集子、主编的集子,以及相关资料全都无偿捐赠给母校。

楚问: 文学成果展结束后,近期有什么计划与新的打算?请问您现在手头正在写,或准备写的是什么作品?

凌答: "中国微小说校园行"已走进了江苏省靖江高级中学、南昌师范附属中学、江苏省太仓市第一中学等三所学校,可以说名声在外。作为一个正能量的公益活动,被方方面面看好,现各地要求做的学校很多,我作为"中国微小说校园行"组委会主席肯定有不少事要忙。我们正在规范此活动,形成总体框架,将成熟一个做一个。我们还准备把这一活动推向海外,这也符合中央要求中国文学走向海外的大方向。

近期,我主编的《澳大利亚华文微型小说选》《新加坡华文微型小说选》《泰国华文微型小说选》将由江苏凤凰出版集团出版。手头正在主编《加拿大华文微型小说选》《日本华文微小说选》《印度尼西亚华文微型小说选》,争取 2018 年出版。

5月上旬写的地方文史研究文章《元代是太仓最重要的历史时期》，准备修改后发表。五月中下旬去了北欧，要趁热打铁，把北欧游记抓紧写好。完成这些后，再一鼓作气创作几篇微型小说。

楚问：最后想问一个问题，接下来您的创作怎么走？奔哪个方向？

凌答：第一，不管事多事少，创作将坚持；第二，微型小说是我的最爱，永不放弃；第三，为海内外微型小说的双向交流做一些实事；第四，如果精力、时间允许的话，准备把构思已久的长篇小说《娄城春秋》完成。

2018年6月10日于太仓先飞斋

美丽的诱惑，寂寞的事业

——答《中国妇女报》记者陈姝问

陈姝问（以下简称"陈问"）：在您刚出版的新书《永远的箫声》中，您最喜欢的一篇文章是什么？谈谈您的创作经历。

凌答：对作家来说，每篇作品都是自己的心血，或者认为是自己的孩子，难免有一种偏爱。但一旦发表了，评论家评论了，读者给反馈意见了，又难免有若许遗憾，感觉某几篇没有写到位，或者可以写得更好。这也就激励自己下一篇写得更精彩些，或者再版时做些修改。

《永远的箫声》也留下了一些遗憾，譬如出版社认为篇幅多了，删去了十几篇，把代序和后记也删了。还有第一辑都是收入教科书、教辅教材与考试卷、考试模拟卷的作品，原本我每篇下面都一一注明，一目了然，但还是因为篇幅问题，被删了，也就不那么完整了。当然，我也理解出版社，一套丛书要总体平衡，不能我一个人的集子太厚。

第一辑的29篇，删去6篇，保留23篇。这些作品有的被十几次、几十次收入海内外各种选本与中考/高考的试卷、模拟卷中，也算是被选家与读者认可吧。像《让儿子独立一回》《狼来了》《茶垢》《法眼》《了悟禅师》等有不少评论家评论过，有些评论把我落笔时没有想到的内涵也给挖掘了出来。后面三辑50篇都是近年新作，其中，《AA制》《"四要堂"子孙》《黑节草》等几篇系获奖作品，而最后一辑中的《百年校庆》《香道》《智者》等5篇，都被《新华文摘》《小说选刊》选载过。《玉雕艺人哥俩好》获全国小小说学会联盟年度系列评选之"2016全国小小说优秀作品奖"（共10篇）；《风雪夜》获中国作家·《雨花》读者俱乐部评选的"2016年微型小说排行榜榜首"（共10篇）；《风雪夜》还被改编拍摄成微电影，获泰国泰中国际微电影展之"司法与社会奖"，泰国文化部颁发了获奖证书与奖杯。

我从来不是创作时临时找素材想故事，都是靠平时积累。我的电脑里有素材库，平日里看到、听到、遇到、想到什么人什么事，觉得可以写的，我都会存入素材库，多时一两百篇，少则几十篇，所以我创作时，不愁没有东西可写。素材积累做在平时，有时间创作时，我坐到电脑前，打开素材库，浏览一遍，把最有感觉的调出来写，所以思路一般比较顺畅，上午一篇，下午再一篇，一点也不累。我写东西从来没有绞尽脑汁、费尽心思的状况。一般都是在比较愉快、比较轻松的状态下完成的。即便写悲剧题材，只要放下笔，作品就与我无关，进入角色快，退出角色也快。有人说我写作品像开自来水龙头，想开就开，想关就关。其实，我在构思的时候，反反复复想，他们没有看到。

陈问：您作为微小说界里有影响力的人物，相比散文、小说、诗歌等，您是如何定位小小说的？

凌答：我最初是写诗歌的，1980年，我的处女作《庐山小唱》（外一首）发表于《新华日报》，就是以诗歌叩开文坛之门的。但我本质上不像诗人那样浪漫，那样有激情，那样有冲动，那样有灵性，因而选择了同时兼写小说、散文、杂文等。我出版过《心与心》《岁月拾遗》两本诗集，一本还在以色列第32届世界诗人大会上获过世界诗人大会主席奖。我的第一篇小小说是20世纪70年代中期写的，正规发表的第一篇小小说是80年代中期。大约在20世纪七八十年代，微型小说、小小说这种文体从日本、中国香港、中国台湾传到大陆（内地），因为短小精悍，深受报纸副刊编辑的喜欢。有了征文，我敏锐地感觉到这种新文体前景无限，就开始以写微型小说、小小说为主，我是自觉的，是一种自我选择。80年代初，我已在当时的《文汇月刊》发表了短篇小说，这本刊物当年可与《人民文学》相提并论。我的这篇短篇小说是他们创办以来，发的第一篇，也是唯一的一篇处女作。按理，我完全可以在短篇小说方面走下去，但我认定了微型小说这种文体，当时，我的老师、长辈、同道，不少人都劝我不要去写微型小说，认为那是"小儿科"，没有大出息，可我不为所动。我写了《小小说是朝阳文体》《小小说，三十年后再论》等多篇文章，有人说我在赌气，其实，我只是看好这种文体，比一般人看得远一点，说得好听些就是前瞻性，并愿意做个拓荒人而已。

一晃三四十年过去了，当年一起写小小说的，有的转行了，有的发财了，有的搁笔了，有的病故了，还有的去写中短篇小说、长篇小说了，坚持还在写小小说的剩下没几个了。《微型小说选刊》原主编郑允钦说："凌鼎年是微型小说马拉松赛最后走到底的那位。"

陈问：能否说说您是如何走上创作微小说这条道路的？在创作中，您经历的最有趣的事情或者最难忘的事情是什么？每个人在追梦的路上，都会遇到不同的挫折，能否说说您遇到的困难，又是如何克服的？

凌答：我走上文学创作之路，有必然，有偶然。我是明代写《初刻拍案惊奇》《二刻拍案惊奇》的凌濛初的后裔。凌濛初是写短篇小说的圣手，可能有点遗传吧。走上文学之路，与我小学、初中、高中的语文老师喜欢我的作文有关。人都是需要被肯定的，人都是表扬出来的，学生尤其如此。因为老师常常在课堂上读我的作文，我的虚荣心得到了满足，写作文时特别用心，慢慢就培养了对写作的喜好。兴趣往往是第一动力，心在哪儿，收获在哪儿。

弱冠之年，我到了微山湖畔的煤矿打工，煤矿的业余生活相对枯燥，为了排遣无聊，我写写诗歌，自娱自乐。1973年，煤矿工会办文艺创作学习班，我被推荐去了，一去就被矿工会领导看中，留了下来，负责了6期文艺创作学习班。领导还专门从其他单位借了一名工人顶我上班，我等于成了半专业的作家，于是，诗歌、小说、散文都尝试去写，这一写就一发不可收拾。

1990年，我从微山湖畔的煤矿被太仓人才交流中心调回家乡，调到政府机关。同年5

月,我收到《小小说选刊》全国首届小小说理论研讨会暨汤泉池笔会邀请,我被列为"第一代小小说作家",从此与小小说结下不解之缘。

总体来说,我的创作之路还是比较顺的。大约是20世纪90年代中期吧,我们单位的一位副主任吞吞吐吐地对我说:"有件事一直想告诉你,不大好开口。"我说:"尽管说无妨。"副主任说,接到一家报纸的电话,说我的一篇微型小说是抄袭的。我当即笑了,表示不可能!副主任说:"我也不相信"。后经查实,我的一篇微型小说收到了我出版的一本集子里,没有发表过,正好有约稿,我就把这篇发去了,刊登后,有细心的读者给编辑部写信,说这篇作品已署名某某某发表过,几乎一模一样,可以认定为抄袭,编辑就以为是我抄袭了。我后来把情况说明了,编辑才恍然大悟。那个抄袭我的作者来信道歉了,是位刚工作不久的年轻人。他请求我不要告知他们单位,并表示了悔意,还把稿费退给了我。我想到列宁说过"年轻人犯错误,上帝也会原谅",就原谅了他。

还有一次,有朋友告知:有一部正在热播的电视连续剧有一集内容剽窃了我的一篇微型小说《茶垢》,只不过我写的是紫砂茶壶,他改为瓷器茶壶,好巧不巧这一集我也看到了。如果打官司,我稳赢的。但我没有走这一步,倒不是没有维权意识,而是觉得为了一篇微型小说大动干戈打官司,有点不值,因为我知道,打赢一场官司,要花费很多精力。有这点时间,我还是多写几篇作品吧!后来,我文友喊雷打赢了剽窃他的一篇微型小说的官司,对方赔了45 000元。而喊雷的这篇《鸭趣》就是收在我主编的集子里,我把这篇列为打头稿。有人对我说:"你如果打官司,也一定赢,也能赔这么多。"我说:"你知道喊雷为了打这场官司去了多少次北京,前前后后花了多少时间与路费、食宿费吗?"我心态平静,天天有个好心情,多写几篇作品,这不也很好吗?各人有各人的活法。

陈问:您觉得您身上最大的闪光点是什么?或者最吸引人的地方是什么?有人评价,您与微小说的关系相当于李白与唐诗,您又如何理解这句话?

凌答:我这人不属于聪明人,不像有些人,手机、电脑等电器一看就会,一学就会,我不行,甚至前教后忘。所以我的书斋起名先飞斋,笨鸟先飞嘛。但我做事有毅力,有恒心,能坚持。记得有人说:所谓专家,就是肯把同一件事,做十万次以上。我大概就是愿做十万次以上的那种人。我因了只问耕耘,不问收获,反倒春种秋收,有了1 000万字的文字积累、52本集子的出版。

我这人,有人认为是没有趣味的人,酒不喝,烟不抽,麻将不搓,牌不打,一年四季,没有节假日概念,只知写写写,连大年三十与年初一也在办公室或工作室爬格子、敲键盘,生活太乏味了,还有啥劲。但我做我自己喜欢的事,自得其乐,生活得有滋有味。没有邀请,没有活动,我在工作室安安静静地写我的东西;有邀请,有活动,我就外出走走,有张有弛。因为文学,我走遍了全国所有的省市,我国有点名气的景点我大部分去过了,还走了40多个国家与地区,我也挺满足的,自认为幸福指数还蛮高的。

我没有什么闪光点,也谈不上有什么吸引人的地方,我没有理财观念,没有经商头脑,做事只看我喜欢不喜欢,从不顾及经济利益。如果说优点,就是肯帮助人,我的原则是能帮则帮,如修改作品、推荐稿子、写序写评。我写了300多篇代序,基本上都是不收费的。特别是能为年轻作者助推一把,也算是一种功德吧!

用我老婆的话,我属一根筋,是个一条道走到黑的主。从20世纪80年代中后期到现在,四十多年来,我一直在写小小说,用现在的时髦词就是不忘初心。我还做有心人,写微型小说大事记,收集了大量的微型小说集子,夸张点说,全世界任何一个图书馆不如我多、不如我全。以单个作家而言,我出版的微型小说个人集子也是全世界最多的。多年来,我策划了一个又一个文学活动,几乎都与微型小说有关。20世纪90年代初,中国微型小说学会在上海成立,是我赞助的钱,开的成立大会。1999年时,我策划成立世界华文微型小说研究会,几经波折,2001年时终于在新加坡注册成功,2002年在菲律宾马尼拉召开成立大会。目前在做的"中国微小说校园行",应该也是有价值的,力争做成一个品牌。

我为这个文体的付出、努力,心甘情愿。有人看在了眼里,《人民文学》主编施战军说:"在我感觉里,凌鼎年与微型小说的关系,相当于李白与唐诗的关系。"这是极高的褒扬。这可能是对我于微型小说之执着的一种评判吧,有这样的评价,我一切的付出、努力都是值得的。

陈问:这么多年来,您的佳作不断,您能谈谈您创作的理念吗?是什么力量支撑您不断追求写作的?

凌答:因为我爱好文学,所以我写作不觉得累,不觉得苦。有人说我是苦行僧的生活,每天一个人在工作室太寂寞了。可我不觉得,我倒认为我坐拥书城,创意写作,很惬意。如今文学创作已成了我生活的一个有机组成部分,做得开心,有成就感,为什么不坚持呢?

当年与我一同起步的,有些身体不行了,有些写不出了,只好淡出了。好在我还写得出,还没有江郎才尽的感觉,那就继续写吧。我之所以创作上有后劲,与我的读万卷书行万里路有关。我是苏州"十大藏书家"之一,我一直在读书,在汲取,在学习,在思考,故题材没有枯竭,甚至越写题材越广阔。我应该是我国微型小说、小小说作家中到的国家、走的城市最多的一人,旅游采风也是一种学习,也是一种读书——读社会的大书。名胜古迹、风土人情,滋养着我的头脑,丰富着我的生活,我的很多素材来自旅途的亲历亲闻,来自目睹后的联想、思考。

我搞创作,不为稿费。我不喜欢的题材,给我钱,我也不写。有企业,有领导,有大款,找我写树碑立传的文字,许以优厚的稿酬,我一概谢绝,已不是一次两次。

我写东西,是为了表达我对社会、现实、历史、人生的种种思考,为当代读者提供点提炼后的观照,为后代了解我们的生活提供一个文学的参照系。

陈问:您已过花甲,仍然在不停地创作,能否谈谈您今后的愿景?

凌答:只要写得出,我还会写。要写的东西,可写的题材还很多很多。我拟定了几本书的书名与内容,慢慢来,一本本写吧。或许随着年岁的增长,不可能像十几年前那样,每年有四五十万的文字量,但我不会放弃写作。

至今,我中篇小说集、短篇小说集、微型小说集、散文集、随笔集、诗歌集、评论集、文史集、日记集、序跋集、杂文集都有了,就是没有写过长篇小说,已构思了多年,希望在有生之年完成一部长篇小说。

2017年,我与朋友策划了"中国微小说校园行"活动,没有经济的目的,带有公益性质,无非是为了推进微型小说文体的繁荣、发展,在中小学的学生中播撒微型小说的种子。

陈问:您有什么话想对热爱微型小说写作的作者说呢?以此勉励。

凌答：文学是个美丽的诱惑，文学也可能是个寂寞的事业。它不像影视业可以一部戏成名，一个角色成名，一夜爆红，风靡全国。如果是为了出名，为了发财，请不要轻易选择写作，要知道作家远不如歌星、影星那样出名快，挣钱多，更不如他们万众聚焦，光彩夺目。兴趣是最重要的，如果你真喜欢文学，即便付出，你也无怨无悔。

一个时代有一个时代的文体，微型小说遇上了好时代，微信、微博等为微型小说的发展提供了肥沃的土壤，这种文体的繁荣是挡不住的。

假如真想成为一名优秀的微型小说作家，多读书、多走走、多思考，很重要。当下，有写作技巧或玩弄写作技巧的作家、作者很多，肯深入生活、走进民间、有独立思想、具备创意写作的作家、作者较少。窝在书斋里写，为点击率写，为稿费写，只能写穿越、惊悚、鬼怪等胡编乱造的东西。一个优秀的作家，有所为，有所不为。以此共勉吧！

2018年5月12日于江苏太仓先飞斋

让"四大家族"并驾齐驱

——答《湖州晚报》记者黄水良问

黄水良问（以下简称"黄问"）：您是我国著名的微型小说大作家，可以说是微型小说作家队伍中最为活跃的一位，一直作品不断，一直在为微型小说的发展奔走呼吁，请问您何时开始微型小说创作的？取得了哪些成绩？

凌答：我最早的微型小说是1975年9月2日写的《代表性》，同年10月22日又写了《代理考勤员》。我早先是写中短篇小说、诗歌、散文随笔的，大约80年代中后期，开始转向以微型小说创作为主。迄今，出版了56本集子，其中，33本是微型小说集，或与微型小说有关的理论、评论集子。微型小说作品被译成英、法、日、德、韩、泰、荷兰、土耳其、西班牙、波斯、维吾尔文等11种文字，16篇收入日、韩、美、加拿大、土耳其、新加坡及中国香港的大学、中学教材。

成绩谈不上，但参与的活动较多，譬如我是世界各国唯一参加了12届世界华文微型小说研究会的作家。

近年，有翻译家开始翻译我的微型小说作品集。如2016年10月，加拿大时代科发集团出版社出版了《鼎年的微型小说集》，系内蒙古工业大学张白桦副教授翻译的。

2017年1月，日本DTP出版社出版了日本国学院大学渡边晴夫领衔翻译的《凌鼎年微型小说选》。同年2月，在日本国学院大学召开了凌鼎年新书首发式暨读者见面会。

2019年2月，美国南方出版社出版了《五彩缤纷的世界——汉英对照凌鼎年微型小说选》，澳大利亚学者郑苏苏翻译。这书在美国最大连锁书店巴诺书店及亚马逊等网上和实体书店均有发行，且在全球范围内发行。

2020年11月，美国南方出版社又出版了《东方美人茶——凌鼎年汉英对照小小说新作选》，加拿大孙白梅教授翻译。

目前，我的韩译本微型小说集《依然馨香的桂花树》，由韩国阴宝娜翻译。韩国外国语大学博导、著名汉学家朴宰雨教授,韩国釜山大学教授、著名汉学家金惠俊,中日韩国际文化研究院院长金文学教授,全美中国作家联谊会会长冰凌分别写推荐语。该书收入"世界文学全集丛书",2021年4月在韩国青色思想出版社出版。

2020年年底,澳大利亚学者郑苏苏又翻译了我的微小说集《永远的箫声》,澳大利亚作家、曾任澳大利亚驻广州总领馆二等秘书麦高文(Patrick McGowan)为翻译集子写了《逍遥游——发自澳大利亚麦高文的心声》的代序,已交出版社,准备2021年出版。

另外,瑞士Francois Karl Gschwend(在读博士)把我的小小说《相依为命》《〈皇帝的新衣〉第二章》《天下第一桩》《杀手》《菊痴》《让儿子独立一回》《长生不老药》《殉节》《辐射鼠》《难忘的方苹果》《拿山帮》《再年轻一次》《那片竹林那棵树》等十多篇翻译为法文,发表在法国纯文学杂志 Brèves 2020年下半年刊上,配发了十多张照片,封底有我的照片与推介文字。

另,经湖州去阿富汗援教的王建峰牵线搭桥,阿富汗研究生菲琪正在着手把我的微型小说集《反语国奇遇记》翻译为波斯语。

2022年7月,将出版《凌鼎年小小说中考版》《凌鼎年小小说高考版》,这两本集子中有我的收录到中考与高考试卷、模拟卷中的60多篇作品。我可能是小小说作家中收录得最多的一人。

黄问:许多人比较关注长篇小说、中短篇小说,从创作类型来说,微型小说也是文学体裁之一。为了让微型小说在全国读者中占有一席之地,您做了哪些力所能及的工作?

凌答:微型小说,或曰小小说已被公认为小说的"四大家族"之一,与长篇、中篇、短篇小说并驾齐驱。其实,微型小说、小小说刊物的发行量都超过纯文学刊物,它的受众面也胜过长篇、中篇、短篇小说的读者。鲁迅文学奖也把微型小说纳入了。

让微型小说在文学之林中占有一席之地,不少前辈与有识之士都做了不少开拓性的努力,我只是其中的一个。从20世纪90年代以来,我策划、参与的活动很多,就不一一列举了。比较有成就感的有四件:其一,1999年策划成立世界华文微型小说研究会,在新加坡注册,在菲律宾开成立大会,我先任创会秘书长,现在任会长;其二,策划、操办微型小说的双向交流,把中国微型小说作家的优秀作品推介到海外,把海外的优秀微型小说作品介绍给中国读者;其三,参与策划、操办微型小说走进校园,出任"中国微小说校园行"组委会主席、讲师团团长,把微型小说的种子撒向学校;其四,主编了230多本微型小说选本,像抗震救灾题材、抗战题材、中医中药题材、戏剧戏曲题材的微型小说集及欧洲、美洲、大洋洲、亚洲微型小说选,以及世界微型小说作家微自传等都填补了我国出版界的空白。

黄问:您不仅自己写小说,也潜心研究微型小说创作理论、创作技巧,在这方面您有哪些好的创作实践、创作技巧,可以向全国微型小说作家、爱好者传授?

凌答:传授经验不敢当,但写微型小说时间长了,写得多了,实践出真知,多少会有点体会,我只是做了有心人,思考并记录了而已。

从20世纪90年代末开始,我就写了多篇有关微型小说的理论文章与创作谈,发表在武汉大学的《写作》杂志等上,还在河北省文联主办的《小小说月刊》出版了《小小说:从素材到作品》的增刊本。因为各地常邀请去讲课,要我讲微型小说创作,我就被赶鸭子上架,总结了若干微型小说创作的技巧之类,譬如"误会法""巧遇法""水落石出法""水涨船高法""先抑后扬法""先扬后抑法"等五六十种。后来作家网与北京的青少年创意写作机构请我去拍摄讲课录像,我就写了《凌鼎年微型小说创作28讲》,不但拍了录像,还出了书,很受读者欢迎。

黄问:在漫长的创作生涯中,您提携与帮助了许多微型小说的初学者,可以说是有求必应,为他们写序言,帮助他们修改作品,为他们推荐发表作品,使他们迅速成长为微型小说队伍的中坚力量。您是如何做到的?有哪些成功的案例可以给我们分享?

凌答:我把微型小说作为一个事业在做,如果单打独斗是成不了大气候的,帮助他人,就是在推进微小说文体的发展。21世纪前后,那时写信还比较多,凡是第一次来信的读者,我都回复。有几年信件的每年进出在两三千封左右。曾经有位大学生毕业后,做了编辑,给我来信约稿,他对我说,他读大学时给100位作家写了信,结果只有我一个人回复了。

从1993年1月我写第一篇代序开始,前前后后写了330多篇代序,三分之二是为微型小说作家集子写的代序,有人说我应该是全国写代序最多的作家,也许吧。收获是交了很多朋友,结集出版了《微型小说序集萃》《凌鼎年序跋集》。

目前,中国微型小说作家中至少有200人的作品被介绍、翻译到海外,其中大部分是我推荐出去的,或者他的第一篇走出国门的稿是我推荐的。像日本《莲雾》杂志翻译的中国微小说作家作品,多年来,样刊都是我负责免费转寄的。

要说案例,我说其他人不妥,就说说我侄子凌君洋吧。我1990年从微山湖畔的煤矿调回太仓,那时他好像读三四年级,看到我集邮,就问我讨要邮票,我说可以,但必须拿他的作文来换。他为了要邮票,就用心地写了作文,我每次不多给,他就一次次写,一次次来换,我给他修改后,推荐发表,叫他"小作家",慢慢地他就喜欢上了写作。他目前是太仓市微型小说学会会长、太仓市作家协会副主席,出版了5本个人集子。

黄问:湖州是您的祖籍地,请说说您与湖州的渊源?您对湖州的微型小说作家队伍建设有什么好的意见与建议?

凌答:元朝时,我祖上有个叫凌懋翁的,湖州安吉人,进士出身,做过元朝翰林学士。他有16个儿子。元末时,他召集16个儿子,告知他们元朝将亡,改朝换代时,稍有不慎就可能招致满门抄斩,诛灭九族,为了家族的安全,他要求16个儿子立马分散居住,一个县只能有一个。我祖上是凌约言、凌迪知、凌濛初一支,定居在湖州府乌程县,祠堂在晟舍。到我祖父、父亲一代,已搬迁至湖州城里衣裳街。

我祖父凌公锐毕业于早稻田大学,是陈布雷的老师,做过《申报》主笔,可惜英年早逝,但留下了《万国史纲要》《法治理财》等专著。据说在北洋政府时做过学校的教材。

20世纪40年代后期,我父亲到了江苏太仓银行工作,离开了湖州。我叔叔一家在南浔,我姑妈嫁到杭州,姑父做过鲁迅的助教。

我多次到过湖州,描写过飞英塔、陈英士墓、小莲庄、百间楼、嘉业堂藏书楼、大竹海、百草园等。

湖州写小小说的作家邵宝健、沈宏、李全都是我的老朋友,桃子等是我的新朋友。多年前,我就设想推出湖州微型小说的"三驾马车",即邵宝健、沈宏、李全,但因为这几人都比较低调,没有得到积极回应,就不了了之了。从这次湖州召开桃子闪小说新书首发暨研讨会来看，湖州的文学氛围很好，有那么一拨微型小说、闪小说的作家与爱好者都团结在作协、文学院周围，还有文学志愿者，这都是不可多得的基础。一般来说，有活动才有凝聚力，作协、文学院就是要多搞活动，无非是请名作家来讲课、辅导，请编辑部来组稿，来开改稿会，作家出了集子，有了成绩，开开作品研讨会等，鼓励出人才，表扬出人才嘛。另外，要有奖励制度，譬如获了正规的文学奖，当地宣传部、文联要有对等的奖励，在《小说选刊》《新华文摘》《小说月报》《小小说选刊》《微型小说选刊》《人民文学》《中国作家》《江南》等发表作品也应该有相应的奖励，每年年底或年初评定。再大张旗鼓地宣传，造成一种以作品说话的良好生态，这样湖州的微型小说、湖州的文学必会走出浙江，走向全国。

黄问：2020年是难忘的一年，不平凡的一年，这一年您是怎么过的，有什么收获可与大家分享？

凌答：2020年确实难忘，因疫情，很多活动因此取消或推迟，较长时间宅在家，很少出门。往年总出国好几次，2020年一个国家也没有去。国内的各种活动也大大减少，外省的活动也较少参加。但有些事，往往有两面性，因为外出少了，在家的时间多了，写的东西就相应多了。2020年共创作小小说、散文、随笔、评论、代序、文史稿、讲课稿等217篇，总计40多万字。

2020年还有一个大收获，就是把自己创作的家底盘点清楚了。这事一直想做，一直没有时间做，一拖再拖。今年因宅在家，总算有时间完成了。

去年，就有出版社的朋友来联系出版《凌鼎年文集》，这是好事。但要求一下子能出版四五十本集子，我猜想出版社是走馆配的路子，十本二十本码洋少了，不划算，但作家中能一下子出版四五十本的，毕竟不多。我虽已出版了56本集子，但到底能出几本，我一下子也说不清，这得先摸清楚自己文学创作的底才能定。于是我花了一两个月时间，核对底稿，查看日记，再按年月编排，列出目录，终于弄清了1970—2020年这51年来，我创作的作品数量。没有丁点水分与虚头。

黄问：据我们了解，1990年5月在河南汤泉池参加我国第一届小小说笔会暨研讨会的20位作家被誉为我国"第一代小小说作家"，目前第一代小小说作家还在写作，并不断有作品发表的也就您与刘国芳、谢志强等不多几位，请问，您是如何保持小小说创作热情不衰，做到创作后劲依然旺盛的？

凌答：首先是热爱，只有真喜欢，才会坚持去做去写。如今，文学创作已融入了我的生命，成了我生活的有机组成部分，而微型小说则成了我无法割舍的最爱。

坚持创作，很重要的一点是对自己创作的作品有自信。相信自己写的作品是有文学价值的，有读者的，能传下去的。如果只是玩票，怎么能坚持呢？再则，坚持创作，要有素材可写，有思想可表达，重复自己，重复别人，就没有再写的必要了。

要想素材写不完，读万卷书行万里路极为必要。我不抽烟、不喝酒，个人消费很低，唯买书大方，是苏州市"十大藏书家"之一。工作室里永远有看不完的书。我走遍了全国所有的省市，还去了四十多个国家与地区，看的书多了，走的国家与地区多了，知识面就广了，题材就写不完。有了南北文化的比较，有了东西方文化的碰撞，思想就深刻，作品就有厚度，读者就会喜欢。

2020年12月25日于太仓先飞斋

创作、研究、育人、推广

——答天津《微型小说月报》编辑鲁振鸿问

鲁振鸿问（以下简称"鲁问"）：您在微型小说圈内口碑很好，据说您培养、提携、推荐过不少新人，能否具体说说？

凌答：谈不上培养，但我乐于见到新人的冒升与成长。每当发现微型小说文坛有潜力的新人，我都会很欣慰，愿意伸出援手，只是出点小小的力罢了。我不担心年轻人超过我，更不会妒忌他们的活力，这个文体必须不断有新人涌现，才真正有希望。

当年，我是一个微山湖畔煤矿名不见经传的业余作者，在文学上的每一步都走得很艰辛，幸好有多位文坛前辈、老师推荐我、提携我，使我较快地融入文坛的主流。我帮助新人，只是向文坛前辈学习而已。

在微型小说作家中，我可能是回复读者来信最多的，也可能是推荐读者、文友作品最多的。多年来，只要是读者、文友寄来或发来的作品，不管我认识不认识，凡我看后觉得达到发表水平的，我都会及时推荐出去，到底推荐过多少作品我已记不得了，但有多位如今也是有点名气的微型小说作家，他们当年的第一篇作品就是我推荐的、评点的，有多位作者的第一本集子是我主编、写序的，有几位最开始一两年的作品我都是第一读者。

有次，一家党内刊物的编辑来向我约稿，说他当年在读大学时，曾向多位作家写信求教，唯我回了信，指导了他的作品，现在他毕业当了编辑，首先想到约我的稿。我说我是民主党派，不宜在党刊上推介，但他坚持发了我的稿，还配发了我的照片与简介。以至我们当地的一些党政领导很奇怪，省级党刊怎么会重点推介一位民主党派的作家。后来我写了一篇《不求回报有回报》的随笔。

鲁问：听说您经常去学校、图书馆演讲，推广微型小说，能具体介绍介绍吗？

凌答：我把微型小说当作事业来做。我认为微型小说的未来在年轻一代身上，抓住了年轻人，就抓住了微型小说的未来。我因担任了十几家学校的校外辅导员，各地学校常会邀请我去开讲座，有的定好题目，有的让我自己定内容，碰到这种机会，我就讲微型小说，一是轻车熟路，二是可以借此宣传微型小说，撒播微型小说的种子，培养潜在的微型小说新人。我所在城市的学校，从小学、初中、高中、中专到大专，我都去讲过微型小说创作，外地的学校如香港、深圳、上海、浙江、河北、福建、山东、湖南等多个省市也去讲过。

我极少去逛商店、逛百货公司，去得最多的是新华书店与图书馆，认识了不少图书馆的朋友与爱读书的朋友，中国阅读学研究会会长徐雁教授就是我的好朋友，因此，我多次参与图书馆系统的活动，有些图书馆就会请我去讲课。如北京的东城区图书馆就去讲过两次。南京、苏州的图书馆我也去讲过。我还应邀去澳大利亚墨尔本的金山图书馆讲过。美国哈佛大学的燕京图书馆也去讲过。

我有个观点：在海内外的文学场合，不能少了微型小说作家的声音。因此，只要有文学活动邀请我，不管是国内还是海外，逮着机会，我就谈微型小说，宣传微型小说。让那些小看微型小说、不了解微型小说的人慢慢因了解因阅读而改变轻视的态度。我想,只要本身的作品过硬,文坛的专家、权威早晚会正确评价这种文体。

比如,2012年泰国留学中国大学校友总会邀请我去讲课,我就讲微型小说创作,在澳门也是讲微型小说创作。还去新疆、内蒙古、贵州、四川、湖北等多个省市讲微型小说创作。今年"黔台杯"第二届世界华文微型小说大奖赛一等奖获得者刘斌立在领奖台上发表获奖感言时说:他是十多年前听过我关于微型小说的讲座,多年以后才投入微型小说创作的,虽现在才开花结果,但种子是十多年前播下的。我想像刘斌立这样因听过微型小说讲座而喜欢上微型小说创作的也许还有不少。

鲁问:您有不少作品被翻译到海外,能介绍一二吗?

凌答:这要查核家里的一本本翻译集子与外文刊物,太费时间了,真的没有时间细查,查到几篇写几篇吧。

▲1989年,有诗歌被法国汉学家翻译成法文。

▲1994年,小小说《拖鞋》被翻译成日文,发表在《人民中国》(日文版)上。

▲1996年,日本的渡边晴夫教授翻译过我撰写的《中国当代小小说文坛扫描》,2万多字,发表在日本《长崎大学学报》上。

▲1996年,小小说《此一时,彼一时》翻译成法文,发表于《中国文学》(法文版)。

▲1997年3月,渡边晴夫教授翻译的微型小说《再年轻一次》,收入他主编的《中国的短小说》一书,作为日本大学的教材,由日本朝日新闻出版社出版。

▲1997年,中国文学出版社出版的《法汉对照小小说选》,收录小小说《此一时,彼一时》《偏方》《招聘》《柔与顺的故事》《寿碗》等5篇。

▲1998年,中国文学出版社出版的《英汉对照小小说选》收录《此一时,彼一时》《偏方》2篇。

▲1998年,小小说《让儿子独立一回》翻译成日文,发表于《人民中国》(日文版)。

▲2001年,日本中央大学久米井敦子翻译的《爱好》,发表于日本《现代中国小说》季刊。

▲2001年,渡边晴夫教授翻译的小小说《恋爱》,发表于日本《中日友好新闻》旬刊。

▲2006年,日本中央大学大川完三郎教授与日本国学院大学渡边晴夫教授主编的日本大学教材《中国短小说10选》,1月在日本同学社出版社出版,收录了翻译的微型小说《爱好》。

▲2006年,微型小说《茶垢》被美国爱荷华州立大学的穆爱莉教授翻译成英文,收入英文版《中国当代小小说选》一书,9月在美国哥伦比亚大学出版社出版。

▲2007年11月,江曾培主编的《世界华文微型小说精选(中国卷·上)》在上海外语教育出版社出版,收录《边事》。

▲由加拿大对比语言研究博士Harry J. Huangjs教授翻译的《英译中国小小说选集》(一)(二)两本集子,2008年7月在上海外语教育出版社出版。该集子系"外教社中国文化汉外对照丛书"之一。集子(一)收录了本人的微型小说作品《再年轻一次》《拖鞋》《情人与毒品》3篇;集子(二)收录了本人的《生日日记》,并附录了我的创作谈《取材一得》,在欧美发行。

▲微型小说《此一时,彼一时》,被韩国白石大学柳泳夏教授翻译成韩文,作为韩国大学"中国语翻译实习课"的教材。

▲微型小说《龟兔赛跑续篇》被泰国《中华日报》副刊主编梦凌翻译成泰文,发表在泰国的泰文报纸上。

▲新疆巴音郭楞蒙古自治州翻译家阿衣古丽萨吾提把我的微型小说翻译成维吾尔文。

▲微型小说《让儿子独立一回》《天使儿》《茶垢》3篇被土耳其东方文化中心的欧凯教授翻译成土耳其语,入选土耳其安卡拉大学的《汉语阅读课教程》。

▲微型小说《一枚古钱币》被渡边晴夫教授翻译成日文,收入日本彩虹图书馆出版的世界儿童文学集子。

▲微型小说《猫与老鼠的游戏》被美国康涅狄格大学祁守华(音译)教授翻译后,收入美国加州大学出版社2009年出版的英文版小说集《珍珠外套及其他的故事》。

▲渡边晴夫教授翻译的微型小说《天使儿》发表在日本《中国语》杂志上。

▲渡边晴夫教授翻译的微型小说《走出过山村的郝石头》,发表于日本《中国语》杂志2011年8期上。

▲日本江林佳惠翻译的微型小说《娄城故事》,发表于日本《莲雾》杂志2011年第4号上。

▲日本京极健史翻译的微型小说作品《追寻丢失的明代书法作品》,塚越义幸翻译的《成熟》发表于日本《莲雾》杂志2012年第5号上。

▲微型小说《揪出病魔》《雅贼》,由日本京极健史翻译成日语,发表在日本《莲雾》杂志2013年第6号上。

▲《方友走了,我哭了三回》被渡边晴夫教授翻译成日文,发表在日本《莲雾》杂志2013年第6号上。

▲由内蒙古工业大学外国语学院张白桦副教授翻译的微型小说集子《请请请,您请!》已全部完成,美国诺贝尔文学奖中国作家提名委员会主席冰凌为集子撰写了《我读凌鼎年》的代序。代序已在美国、泰国等国家的报刊上发布。已向出版社报出版选题,海外的出版社也在联系中。这是大陆(内地)第一本微型小说作家的个人英译本集子。

鲁问:请谈谈您在组稿,及个人图书出版方面的情况。

凌答:我个人从1991年出版第一本小小说集《再年轻一次》以来,共出版个人集子36本,其中18本系微型小说、小小说集子,正好占一半,另一半包含中篇小说集、短篇小说集、散文集、随笔集、评论集、诗歌集、文史集等。正在联系出版的还有微型小说集《石头剪刀布》,武侠微型小说集《天下第一剑》,故事集《真假爱情》,随笔集《先飞斋闲话》《守拙庐漫笔》《凌鼎年序跋集》《凌鼎年微型小说集序》《世界华文微型小说面面观》,创作理论集《微型小说创作揭秘》等多本。

我主编过170多本集子,基本上都是微型小说集子,如《美洲华文微型小说选》《欧洲华文微型小说选》《大洋洲华文微型小说选》《亚洲华文微型小说选》《世界华文微型小说精品选》《中国微型小说300篇》《中国当代小小说名家新作丛书》《中国当代幽默微型小说选》《中国推理侦探微型小说选》《中国武侠微型小说选》《太仓微型小说作家群作品选》《我最爱读的微型小说丛书》《当代中国手机小说名家典藏》《海外华文微型小说百家经典丛书》(50本)等;与人合作主编过"中国当代微型小说十家精品集"(10本)、"当代微型小说精品集丛书"(12本)、"紫鹦武文库"(12本)、"新纪元文丛——江苏微型小说作家群作品集展示"(10本)、"小小说作家作品文库"(10本)、"中国当代微型小说名家新作选"(10本)、《星星闪亮——当代微型小说精品集》《那片竹林那棵树——江苏微型小说作家群作品选》《中国当代小小说新秀作品选》《世界华文微型小说双年选(2000—2001)》《感动小学生的100篇微型小说》等。

鲁问:您是微型小说作家中为数不多既从事微型小说创作,又兼顾微型小说理论研究的,有不小的贡献,能谈谈吗?

凌答:我是作家,微型小说作家,不敢称评论家。微型小说创作是我的主业,理论研究、作品评论是附带的,更正确的说法是"赶鸭子上架"的。

论年纪,我属第一代微型小说作家,也算资深吧。因为写得早,有一些微型小说的后来者就会要我写评,写评不是我的长项,但为了鼓励年轻人,我勉为其难地写了。我有个原则:对新人,褒扬为主;对名家,则一分为二。谁知写了几篇后,名声在外,找我写评的越来越多,不少想推也推不掉,只好从形象思维改为逻辑思维,积少成多,结集的话大概可以出两三本评论集了。

一般文体,理论先行,创作跟上。微型小说的理论则落后于创作,可能因为这个吧,常有刊物来约我写微型小说的理论文章,我讲不出一套一套的理论,但我有创作的实践,有时总结总结,也算一篇理论文章,可能从实践中来,有感而发,听起来不空不虚,还颇受欢迎。曾经有泰国等海外的华文报纸约我写微型小说理论的文章连载,我再次被"逼上梁山",尝试着理论了一番。

我的微型小说评论与微型小说理论文章都不是自觉的产物,而是被逼出来的。人,有时被逼一逼也有好处。

鲁问:对微型小说作品走入大学、中学,使其进入大学、中学研究视野,使其进入教科书,您是重要推手,请介绍一二。

凌答:在20世纪八九十年代时,微型小说虽然蓬勃发展,但总体还是被小瞧的。但这种文体的篇幅、内容等又非常适合进入教科书,而一旦进入教科书,就会影响一代人,我看准这一点后,就抓住机会,向有关方面、有关专家推荐微型小说作品。譬如日本国学院大学的渡边晴夫教授是研究中国微型小说的专家,在1996年就主编过中日文对照的微型小说教材,作为日本大学的外国文学课本,我积极向其推荐中国的微型小说作品。到了2001年,他第二次主编中日文对照的微型小说教材,作为日本大学的外国文学课本,我再次推荐。每本教材有10篇作品入选,大陆(内地)的作品占了多数,我很欣慰。我自己每本有1篇入选。

加拿大圣力嘉学院的黄俊雄教授是微型小说作家,也是翻译家,他翻译了100多篇华文微型小说作品,选取多篇作为欧美大学的中文教材的内容,是较早进入欧美主流读者市场的。这本教材中的大陆(内地)微型小说作品不少是我推荐、提供的。为了翻译、授权等问题,我常常与他一通就是半小时至一小时的国际长途,有多次他没有算准时间,半夜把我吵醒。

美国的穆爱莉教授与葛浩文教授翻译中国微型小说作品作为教材时,因她对中国的微型小说作家不熟,找不到他们,无法获得授权。我知道后,主动帮她分忧,让她把没有联系上的作家的授权书全部寄给了我。我多方寻找,一一联系,终于解决了这个难题。后来这本教材顺利在美国哥伦比亚大学出版社出版,之后还在耶鲁大学出了精选版。

我了解到欧洲华文女作家高丽娟的先生欧凯教授是土耳其著名的汉学家,负责土耳其东方文化研究中心的工作,我就与其联系,请他翻译中国的微型小说作品,经多次磋商,由我先编好一本《中国微型小说选》,搞定授权,再提供给他们,由他们再选择合适的作品翻译。我精选了国内36位有知名度的微型小说作家,每人选3篇,附作者简介,编定后,发电子版给土耳其方面,后来他们选了30多篇翻译成土耳其文,作为土耳其大学的汉语试用教材。

韩国白石大学的汉学家柳泳夏教授是我多年的朋友,我在国际研讨会上多次碰到他,就游说他翻译中国的微型小说作品作为教材。我向他提供了中国的微型小说集子,后来他带领他的研究生以每星期一篇的速度翻译了不少中国的微型小说,连续多年在教学中试用,听取学生的反映,以最后确定哪几篇可正式进入韩国教材。

在国内,我听说曹文轩教授在编教材,就向他提供、推荐过多篇微型小说作品,还与人民出版社负责编教材的部门联系过,提供、推荐过微型小说作品。

中国矿业大学的顾建新教授撰写的《微型小说学》,把微型小说提升到学科的高度。我提供过素材,积极支持。

听闻湖南邵阳学院文学院的龙钢华教授申报到了国家级的社科项目"世界华文微型小说研究",我不但积极配合,提供资料,还尽可能地利用我世界华文微型小说研究会秘书长的身份推荐他参加世界华文微型小说研讨会与相关文献整理活动,让他有机会与海外华文微型小说作家认识,并一一介绍,帮他尽快熟悉这些作家,以便得到更多的第一手研究资料,推进微型小说研究进入一个更高的层面。

鲁问:微型小说圈内都知道您是收藏微型小说资料最多最全的,请说说吧。

凌答:你说的应该是事实。我收集的微型小说资料确确实实是最多最全的,可以说是全世界最多的。只要我知道哪家出版社出版了微型小说丛书、集子,我都会购买。那些50本或100本一套的,我都成套购买。

我参加的微型小说活动多,就有机会得到微型小说作家的签名本,我去过近30个国家与地区,因每年受邀请去海外参加文学活动,所以我有不少海外的微型小说作家签名本与相关资料。我是大陆(内地)作家中唯一参加了9届世界华文微型小说研讨会的作家。每次研讨会的资料我都有,这点我得天独厚。

记得在菲律宾的一次国际研讨会上,有位菲律宾华文作家举着一本他的微型小说集子说,仅剩最后一本,谁最想要就给谁。我反应最快,抢先于古远清教授,把书拿下。

我每天记日记,每年记微型小说大事记,每年写年度个人盘点,所以资料齐全,因当年当月即时记录,就相对准确。

鲁问:据我了解,您可能是中国写序最多的作家,什么原因促使您写了那么多序?

凌答:是不是写序最多我不清楚,但我确实写过230多篇序,其中,100多篇是微型小说集子的代序。最早的一篇代序写于1993年1月。第一篇微型小说集子的代序写于

1994年7月。我写序前必须先读作品集,否则我不敢落笔。读了,我心里有底了,就可有的放矢,有话可说,不会空对空,顾左右而言他。作者、读者都是聪明人,一看就知道我是认真读过作品后再写序的,与不读作品就写序的不一样。另外,我写序,尽可能给作者其人其文一个相对准确的定位,且尽可能把他的名字放进题目里,这也是对作者的一种宣传。我的代序风格赢得了不少读者的喜欢,来找我写序的也就越来越多。

除了给国内文友的集子写序之外,海外的华文作家也请我写过序,印象中为日本国学院大学教授渡边晴夫的《日中微型小说比较研究论集》(2006年10月版)、《超短篇小说序论》(2009年12月版)两本微型小说理论书籍写过序;为菲律宾华文作家协会主编的《菲律宾微型小说选集》写过序;为澳大利亚作家心水,马来西亚作家朵拉,西班牙作家张琴,荷兰作家池莲子,泰国作家杨玲,美国作家冰凌,以及中国香港作家钟子美、东瑞,中国澳门作家许钧铨等海内外华文微型小说集子写过代序。

写序是个苦差事,落笔也许花一天时间就够,但看书稿至少得两天,有时,不是没有时间写,而是没有时间看书稿。

我写序从不言钱,基本上都是免费的,谁叫我喜欢这个文体呢。当然,也有个别的会寄润笔来,或寄些土特产来。我把文友请我写序看成是对我的信任,对我的尊重。我写序呢,视为对文友、对微型小说后来者的一种学习,以及和他们的一种交流。

鲁问: 你策划过不少微型小说的活动,为微型小说做过不少事,能谈谈这方面的情况吗?

凌答: 这要翻我写的日记与每年的个人盘点,以及每年的微型小说大事记,否则哪记得住、记得全。有些事件我都已经记不清具体发生时间了。

▲1992年5月,策划、牵头在江苏省苏州市以江苏省作家协会的名义召开江苏省小小说创作研讨会。

▲1992年6月,拉来赞助,资助在上海成立中国微型小说学会。

▲1992年12月,协助在南京成立金陵微型小说学会,出任副秘书长。

▲1993年5月,与凌焕新教授操办在南京召开中国微型小说学会第二次代表大会。

▲1993年9月,与金陵微型小说学会的郭迅、凌焕新教授,以及连云港的徐习军策划召开了连云港金秋笔会,有16个省市的60多位作家参加,还开了微型小说讲座。

▲1993—1994年,与徐习军一起编辑《中国微型小说报》《金陵微型小说报》。

▲从1994年开始撰写《中国微型小说大事记》,每年一篇。

▲1994年12月,应邀参加在新加坡召开的首届世界华文微型小说研究会,并宣读论文。

▲1995年1月,去郑州参加郑州小小说学会成立大会,当选为理事,后当选为副会长。

▲从1995年起,以个人之力,策划并主动联系在《北京文学》《天津文学》《四川文学》《青年作家》《长江文艺》《星火》《春风》《大时代文学》《文学世界》《作品》《青春》《萌芽》《芒种》《写作》《广西文学》《鸭绿江》《当代小说》《鹿鸣》《南方文学》《广州文艺》《青岛文学》《三月三》《文学港》《瀚海潮》《牡丹》《太阳》《石油作家》《安全文学》《南京日报》《闽北日报》等数十家报刊推出"小小说名家作品小辑",并义务承担组稿任务,形成了微

型小说在全国各文学刊物全面开花的效应。

▲1995年4月,策划、组稿并联系在泰国《亚洲日报》分两个整版推出12位中国作家的微型小说作品。

▲1995年,在美国《侨报》发表我撰写的《独领风骚的中国小小说》。

▲1995年9月,到北京参加当代小小说作家作品讨论会,并代表小小说作家在大会上发言,经中央电视台新闻频道播出。

▲1995年9月,《中国当代小小说文坛扫描》发表在马来西亚的《蕉风》杂志上,把大陆(内地)的小小说情况介绍给马来西亚的读者。

▲1996年4月,策划成立江苏省太仓市微型小说学会,当选为会长,这是我国第一家县级市的微型小说学会。

▲1996年4月起,在泰国《新中原报》连载《小小说创作技巧谈》。

▲1996年5月起,在泰国《新中原报》整版推出"中国大陆小小说作家作品"专版,并由我逐篇评点,共109篇。

▲1996年5月,两万余字的《中国当代小小说文坛扫描》被翻译成日文,发表在日本《长崎大学学报》上。

▲1996年7月,在台湾地区《文讯》杂志2期上发表《中国大陆小小说现状》,把大陆的小小说情况介绍给台湾地区读者。

▲1996年11月,在泰国《中华日报》连载《小小说:从素材到作品》,共20讲。

▲1996年11月,主编《江苏微型小说作家群作品选》,在中国国际文化出版社出版,是我国第一本以省为单位的区域性微型小说选本。

▲1996年,主动联系并促成中国文学出版社翻译并出版《英汉对照小小说精选》《汉法对照小小说精选》。

▲1996年起,担任《小小说月报》小小说函授班中级班与高级班的辅导老师。

▲1996年起,在《小小说月报》主持"八面来风"栏目,向国内读者介绍海外作家的微型小说作品。

▲1997年5月,由江苏省作家协会、湖南文艺出版社、太仓市文联召开的凌鼎年小小说作品讨论会在太仓召开。

▲1997年6月起,为《小小说月报》主持"集体亮相"栏目,专门介绍一个城市或一个地区的微型小说作家与作品。

▲1997年,帮忙组稿,在《东方文化周刊》推出"江苏小小说作家作品小辑"栏目。

▲1997年,策划由太仓市微型小说学会与《太仓日报》举办的"拜伦杯"小小说征文。

▲1997年,被江苏镇江《金山》杂志聘为微型小说特约组稿人。

▲1998年11月,策划由太仓市微型小说学会与太仓市文化馆举办的太仓第二届微型小说征文。

▲1998年7月,应邀去内蒙古,为包头市首届文学创作学习班讲课,讲微型小说创作。

▲1998年,在《小小说月报》开设"凌鼎年谈小小说创作"专栏。

▲1999年年底,策划成立世界华文微型小说研究会,联络了日本、澳大利亚、新加坡、

马来西亚、菲律宾、印尼、文莱、韩国与中国香港等10个国家与地区的华文作家协会的主要领导,在马来西亚召开筹委会第一次会议,商定在新加坡注册。2001年,又牵头在福州召开第二次筹委会,确定了研究会的领导班子成员。2002年在菲律宾马尼拉正式成立。

▲ 肯定并推荐江苏高中生蒋昕捷的高考作文《赤兔之死》到《微型小说选刊》上发表,并选入上海文艺出版社出版的《世界华文微型小说双年选》。

▲ 动员太仓市企业界的一位朋友赞助20万元,与《小说选刊》合作,策划了"德威杯·中国蒲松龄微型小说文学奖"。

▲ 代表中国微型小说学会撰写了3 000多字的《微型小说情况汇报》,提交给中国作家协会第六届副主席、党组书记金炳华,后在中国作家协会第六届作代会报告中第一次正式提到并肯定了微型小说这一文体。

▲ 在汶川大地震后,立马组稿,主编了世界上第一本《中国抗震救灾微型小说选》(因发行的问题,尚未出版)。

▲ 两次邀请日本国学院大学的著名汉学家渡边晴夫教授到太仓高级中学与太仓市第一中学讲课,讲中日微型小说比较。

▲ 在中国作家协会会刊《作家通讯》发《2004,小小说利好之年》一文。

▲ 以世界华文微型小说学会的名义与北京的东方伯乐文学研究所在北京联合召开中国小小说趋势研讨会。

▲ 与中国小说学会副会长兼秘书长汤吉夫教授多次联系、磋商,促成了微型小说进入中国小说排行榜这一事宜。

▲ 与冰峰合作,策划把微型小说搬上荧屏,组织秦德龙、喊雷、蔡楠等多位微型小说作家撰写了30集电视系列剧《求职公寓》。

▲ 在国家阅读报告《爱书人的世界》一书里,向全国读者推荐微型小说书籍,共计22种,并附有多本微型小说集子的封面。

▲ 被聘为《中国新文学大系·微型小说卷》特邀编辑。作为编辑,阅读了大量微型小说选本,选出了600多篇候选篇目,并编印了目录,复印了数百篇作品,寄到主编江曾培处。后又三次专程到上海,与江曾培、胡永其、徐如麒(责编)开会商量编辑事宜。根据出版社要求,删减到400多篇。胡永其负责国内作家的授权书,我负责海外作家的授权书。收集、整理"世界微型小说文献目录",附于《中国新文学大系·微型小说卷》。

▲ 被聘为中国微型小说学会会刊《中国微型小说丛刊》特约编辑,负责海内外作者的组稿事宜,组到过美国、加拿大、澳大利亚、德国、新西兰、捷克、挪威、越南、新加坡、马来西亚、泰国、菲律宾、文莱,以及中国香港、中国澳门、中国台湾等十多个国家与地区的作家的微型小说作品,后编辑、出版《玫瑰之约》。

▲ 2001年12月下旬,为支持深圳龙岗中学曹清富进行的"微型小说续尾"的教育课题实验,与中学生语文会的秘书长等专程去深圳市做该课题的成果鉴定。

▲ 2005年,为上海辞书出版社出版的《微型小说鉴赏辞典》一书点评了60来篇作品,作为该书的特约编辑,整理出了后附于书中的《海内外出版的微型小说集子目录》,共整理出近900本集子的篇目。

▲ 策划在北京大型文学期刊《伯乐》杂志推出"世界华文微型小说大展"栏目,海外

各国各地区的稿子系我一人独组,约 100 万字,并为"世界华文微型小说大展"撰写了序言。

▲ 2006 年,策划并承办了在太仓召开的江苏省微型小说研讨会。

▲ 2006 年,与香港的陈葒、阿兆策划了由香港汇知教育机构、伯裘教育机构、毅智教育学会主办的世界中学生华文微型小说大奖赛,为大赛聘请了十多个国家与地区的著名作家、教授作为顾问与终审评委。与香港中文大学的谭万钧教授、香港作家联合会会长刘以鬯等被聘为总顾问。

▲ 为香港选编中学生教材,推荐了内地 15 位作家的 30 多篇微型小说作品以供候选。

▲ 为《香港文学》的"世界华文微型小说大展"栏目代为向各国各地区的华人作家组稿,77 位来自不同国家或地区的作家的作品在《香港文学》2007 年第 1 期推出。

▲ 2007 年 7 月,"凌鼎年微型小说工作室"在太仓挂牌,系全国第一家,也是太仓市政府文化建设项目之一。

▲ 作为香港汇知·世界中学生华文微型小说创作大赛组委会聘请的总顾问、终审评委,审读了高中组的 30 篇初选作品,并为前 10 名获奖作品,撰写了评点文章。

▲ 当我得知土耳其正在实施翻译中国文学的项目时,经多次磋商,土耳其方面答应增加一本中国微型小说选的翻译,并委托我选编。经反复挑选,选定了 36 位作家的一百多篇精品力作,并附上作者简介与照片,由土耳其著名汉学家欧凯教授夫妇着手翻译。土耳其方面还聘请了资深汉学家从我主编的集子中再精选 30 篇,编辑成上、中、下三册的《汉语阅读教程》,作为土耳其大学二、三、四年级的教材,以及土耳其人学习汉语的教材,据说试用后学生反映甚好。

▲ 美国爱荷华大学的穆爱莉教授来中国进行小小说的调研,以便撰写《中国微型小说研究》一书,我帮助其联系了江苏宝应、湖北监利等多个采访城市。2008 年 6 月 7 日,陪其到《天津文学》杂志社召开微型小说座谈会。因为《天津文学》的前身《新港文学》在 50 年代就倡导过小小说。

▲ 2008 年 7 月 23 日,在江苏宝应举办了《扬州微型小说 22 家》一书首发式暨宝应县挂牌"中国微型小说之乡"仪式,该书由我写序。我与穆爱莉教授等应邀参加了这次活动,并代表中国微型小说学会为宝应县的"中国微型小说之乡"揭牌。

▲ 我策划并筹建了江苏省微型小说研究会,挂靠于江苏省写作学会。2009 年 8 月 30 日,江苏省微型小说研究会在宝应隆重成立,我当选为创会会长。

▲ 策划并主编了江苏省微型小说研究会的会刊《江苏微型小说》,创刊号于 2009 年 12 月出版。

▲ 与《小说选刊》的李朴一起策划、商定了 2010 年举办微型小说"12+3"活动,即《小说选刊》《文学报》为发起单位,《福建文学》《四川文学》《黄河文学》《北方文学》《山东文学》《广西文学》《山西文学》《飞天》《山花(B 版)》《青春》《文学港》《天池小小说》等 12 家刊物发表原创作品,由《小说选刊》《微型小说选刊》《文学报·手机小说报》3 家对"12+3"的作品择优选发。

▲ 经与江苏省作家协会联系,成立了江苏省作家协会微型小说创作委员会,范小青出任主任,我为副主任。

▲ 2010年7月19日,"江苏省微型小说创作基地(宝应)"授牌仪式暨全省微型小说笔会在宝应举行。与世界华文微型小说研究会副会长、中国写作学会副会长、江苏省写作学会会长凌焕新教授出席活动,并向宝应县微型小说学会授牌。还主持了全省微型小说笔会,与会者就进一步搞好江苏的微型小说创作、江苏的微型小说研究与推介等一系列问题进行了探讨。

▲ 2010年9月,应邀参加了由墨尔本中华国际艺术节、墨尔本华文作家协会、澳大利亚维多利亚州华文作家协会、澳大利亚华人作家协会联合主办的墨尔本华人作家节,发表了关于微型小说创作、微型小说阅读与欣赏的主题演讲。活动期间,接受了澳大利亚SBS国家广播电台专题采访,并与大洋洲文联、《大洋时报》《墨尔本日报》等文化机构进行了学术交流,还接受了澳亚民族电视台8分钟的专题采访。

▲ 2010年9月,参加了由澳华文学网与澳大利亚华人文化团体联合会在悉尼主办的中澳作家悉尼文学研讨会,做了微型小说主题演讲,还与澳大利亚作家就各自关心的文学问题进行了探讨与对话。会议期间,分别接受了新华社驻悉尼分社记者、当地电视台记者的采访。

▲ 经我的努力,2010年10月15日,"中国微型小说之乡"与"江苏省微型小说创作基地"挂牌仪式暨《太仓微型小说作家群作品选》首发式在江苏太仓举行。江苏省作家协会党组书记、常务副主席范小青与中国微型小说学会会长郑宗培等专程到太仓,授予太仓"中国微型小说之乡""江苏省微型小说创作基地"两块铜牌。

▲ 我与太仓市图书馆一起策划了筹建"中国微型小说、小小说资料陈列馆",并帮助图书馆起草了征集微型小说图书的启事,不仅向海内外寄发,还带到中国现代文学馆的活动上,征集启事当场被文学馆收藏。

▲ 2010年10月18日,应邀去武汉参加了由中国世界华文文学学会、中南财经政法大学、三峡大学、湖北日报传媒集团主办的第16届世界华文文学国际学术研讨会,并提交了《主编〈世界华文微型小说文库〉的汇报与思考》《微型小说的双向交流》的文章。

▲ 2010年10月,策划并参加了由民盟连云港市委、连云港市作家协会、淮海工学院学术期刊社与江苏省微型小说研究会在连云港市联合举办的江苏省微型小说发展论坛。

▲ 在香港期间,又参加了由香港万钧教育机构、香港汇知中学主办,世界华文微型小说研究会合办,欧洲华文作家协会、香港华文微型小说学会、香港小说学会等协办的第二届世界中学生华文微型小说创作大赛,为第八届全港微型小说创作大赛的获奖作者颁奖。

▲ 浙江杭州《西湖》杂志2010年第10期,发表了著名评论家姜广平与我的2万字的对话《我不是坚守"小",我是选择"小"》。我用一万多字的篇幅就小小说的创作、小小说的前景等一系列问题与姜广平进行了探讨,阐述了自己的观点。

▲ 应美国小小说总会邀请担任"汪曾祺世界华文小小说奖"评委,评出了首届获奖作者。

▲ 作为香港世界中学生华文微型小说大奖赛评委,评出了获奖学生。

▲ 被聘为全国高校文学征文的小说评委。小说评委有中国作家协会党组成员、书记处书记、《人民文学》主编李敬泽,陕西省作家协会主席、西安市文联主席、《美文》杂志主编贾平凹,四川省作家协会主席阿来,北京师范大学文学院教授张清华,《人民文学》主编

助理邱华栋,等等。

▲ 被《文学报·手机小说报》、中国市政工程中南设计研究总院等单位共同主办的"中南市政杯"百字小说大奖赛聘为终评委。

▲ 在上海世博会结束前夕,被2010年上海世博会联合国馆UNITAR周论坛组委会特别授予"世界华文微型小说创新发展领军人物金奖"。联合国助理秘书长、联合国训练研究所主任卡洛斯·洛佩斯,与论坛组委会执行主席、秘书长龙荣臻分别在荣誉证书上签字,以表彰我多年来对推进微型小说这种新文体的发展,对推进华文微型小说在海内外的双向交流所做出的贡献。

▲ 微型小说集《让儿子独立一回》,经东方出版社推荐,参加中国作协主办的第五届鲁迅文学奖评选,进入公示榜。

▲ 应全美中国作家联谊会、美国诺贝尔文学奖中国作家提名委员会邀请,以团长身份率中国微型小说作家代表团访问美国。访美期间,中国微型小说作家代表团先后向耶鲁大学东亚图书馆、哈佛大学燕京图书馆、美国国会图书馆、联合国图书馆、中国驻美国纽约总领馆图书馆等捐赠微型小说等书籍800多册,以协助耶鲁大学东亚图书馆、哈佛大学燕京图书馆建立中国微型小说作家作品文库。我自费购买了460多册微型小说书籍,带到美国分别捐赠给耶鲁大学东亚图书馆、哈佛大学燕京图书馆。

我还应哈佛大学中国文化工作坊的邀请,在哈佛大学燕京图书馆作了《中国崛起的新文体——微型小说》的主题演讲。这是中国微型小说作家首次登上哈佛大学的讲坛。

代表团在美国纽约召开了新闻发布会,全美中国作家联谊会会长冰凌先生与中国驻美国纽约总领馆文化领事孔晶向我颁发了"世界华文微型小说大师"的水晶奖牌。

旅美文化泰斗董鼎山、海外中国文艺复兴协会会长林缉光等多位文化名人与中国新闻社、美国中文电视台、《星岛日报》《侨报》、美国网络电视、纽约中国广播等多家媒体记者也出席了这次活动。我还接受了美国中文电视台的采访。

在代表团访美期间,美国的《星岛日报》《侨报》、加拿大的《中华时报》、美国中文电视台、美国中文网视频、美国网络电视、纽约中国广播、美国名人网、精品网、文心网、澳华网、巴西侨网、《澳门日报》电子版等数十家媒体,以及中国新闻社、新华社、作家网、中国社会科学网、中国经济网、中国台湾网、中国诗歌网、上海作家网、江苏作家网、《人民日报》(海外版)、《文艺报》等中国的数百家媒体做了大量报道。其中,美国《伊利华报》做了两个整版的报道,刊登了18幅照片。中国微型小说真正意义上走向世界。

▲ 主编《被孤独淹没的女人》《两只指环的爱情》,2011年11月在台湾秀威资讯有限公司出版。

▲ 主编的《大陆微型小说女作家精品选》2013年6月在台湾秀威资讯公司出版,著作收录了39位大陆女作家的精品力作,我为集子撰写了《大陆,有一支微型小说女作家队伍》的代序。

▲ 2013年8月,北京东城区图书馆举办了"书海听涛——著名作家凌鼎年与读者见面会",一百多位读者冒着酷暑前来参与这次活动,我就小小说新著《那片竹林那棵树》与读者对话。

▲ 作家网策划、拍摄、制作的《凌鼎年微型小说创作20讲》,于2013年8月12日开

始在作家网陆续播出。

▲《凌鼎年科幻微型小说》一组作品获第一届"世界华人科普奖"短篇类银奖。世界华人科普奖由世界华人科普作家协会设立,系全球华语科普创作的最高奖。

鲁问：据我们了解,您在多年的微型小说创作过程中,收获了不少荣誉、学者赞誉和媒介刊物报道等,网上收集、整理了部分,肯定挂一漏万,请您补充、更正。

凌答：那我就再补充几条吧。有一些我已经记不清具体的时间了。

▲2011年2月23日,接受《现代苏州》杂志采访,第8期《现代苏州》刊登了《"小小说之王"眼中的幸福太仓》的采访报道。

▲2011年4月10日,苏州的《姑苏晚报》整版发表作家汤雄、刘放撰写的《创造了微型小说的N个第一——凌鼎年访谈录》,还刊登了我的照片、简介与签名。

▲2011年4月,上海著名连环画画家罗希贤为我的微型小说《麻将老法师》一文创作了10幅连环画,图文并茂。

▲2011年5月,新华社在《"90后"青春新语》中播放了采访中国高校文学作品征文评委凌鼎年的视频。

▲澳大利亚《汉声》杂志2011年第7期发表了林美兰撰写的《有才情有气度的凌鼎年》。

▲菲律宾《世界日报》2011年8月2日发表了林美兰撰写的《才情与气度——凌鼎年教授》。

▲海南第一时尚生活周刊《海周刊》第43期以一个整版发表了多位评论家的介绍性文章综述《让娄城系列走向世界的凌鼎年》,并刊登了我的简介,与《天下第一桩》《过过儿时之瘾》《让儿子独立一回》《都是克隆惹的祸》《海外关系》等5本微型小说集子的书影与介绍。

▲2011年11月28日,《苏州日报》文艺部编辑黄洁来太仓采访,同年12月23日《苏州日报》"人文周刊"第196期以一个整版发表黄洁的采访报道《凌鼎年：中国微型小说的领军人》,并配发我该年访美时的彩色照片与简介。

▲接受北京《图书馆报》《名家阅读》栏目袁江编辑的采访,2011年12月30日《图书馆报》以一个整版推出袁江的采访报道《读书与思考比创作更重要——访世界华人微型小说研究会秘书长、著名微型小说作家凌鼎年》。

▲2011年12月,内蒙古出版集团出版的陈勇著的《世界华文微型小说百家论》,收录了《观察与记录社会的窗口——中国大陆凌鼎年论》《微型小说,文坛绕不开的一个话题——〈文学报·手机小说报〉执行主编凌鼎年访谈录》。

▲评论《海内外微型小说的双向交流正在形成》(发表于《世界华文文学论坛》2010年第1期)获中国民族文化研究会举办的"第二届中国民族文化创新成果奖"评比一等奖。

▲微型小说集子《天下第一桩》(光明日报出版社,2010年8月版),获江苏省文学最高奖——紫金山文学奖。

▲在郑州市政府主办的第四届小小说节上,《小镇来了气功师》等10篇作品荣获第五届(2009—2010)小小说金麻雀奖。

▲ 湖南工业大学文新学院张春讲师在广西《钦州学院学报》2012 年 4 期《文学研究》栏目发表了与我的对话《一种文体的辉煌走向——关于小小说未来创作走势的对话》（此文系国家社科基金一般项目）。

▲ 广东《东莞时报》在《文化·人物谱》栏目以整版的篇幅发表了该报记者吴诗娴对我的采访报道《凌鼎年：数字时代，微型小说可以大显身手》，配发了我的照片与 4 幅书影。

▲ 河南省郑州市《中学生阅读》第 12 期，在封二刊登我的简介、照片与书法题词。

▲ 主编的微型小说集子，在上海市教委、上海市教委中小学图书馆工作委员会主办的上海市优秀青少年读物评比中入选。

▲ 被太仓市政府评为"娄东英才"。

▲ 北京的《都市文化报·书脉周刊》2 月 7 日重点介绍了我，以三个整版的篇幅发表了姜琦苏采访我的访谈录，刊登了我的大幅照片。内容涉及我在文学创作，特别是微型小说创作方面的成就与贡献，还披露了我在读书、藏书，以及进行地方文化研究方面的努力与探索。

▲ 广东汕头大学的《华文文学》第 1 期发表了我与泰国华文作家协会秘书长曾心关于文学的长篇对话。

▲ 南京《现代写作》专刊 2013 年第 17 期发表了《凌鼎年谈微型小说（小小说）》。

▲ 泰国《亚洲日报》2013 年 3 月 4 日发表了邝继福撰写的《终于见到了凌鼎年》。

▲《苏州健雄职业技术学院学报》2012 年 4 期发表了连云港作家协会副主席兼秘书长徐习军撰写的《推动世界华文微型小说发展的凌鼎年》，重点介绍了我在为推进世界华文微型小说发展方面所做的努力与取得的成效。

▲ 因微型小说创作成绩被聘为首批苏州市校外专家，苏州市时任市长周乃翔亲自向我颁发了聘书。

▲ 被美国小小说总会聘请出任世界华文小小说创作函授学院的首任院长，学院总部设在洛杉矶。

▲ 6 月 2 日，应邀前往杭州的冰凌电视工作室接受了全美中国作家联谊会会长、著名旅美作家冰凌的电视访谈，冰凌电视工作室艺术总监兼中国首席摄像师肖晓晖、美国首席摄像师徐晨执机拍摄，历时四个多小时，圆满拍摄完成《中国著名作家访谈录（凌鼎年卷）》。

▲ 因文学组织工作成绩突出，被江苏省作家协会授予"全省优秀文学组织工作者"荣誉称号。

▲ 2013 年 10 月，接受《人民日报》（海外版）记者关于微型小说的采访。

2013 年 11 月 3 日

家事、国事、天下事，事事关心
——山东作家孙永庆对话凌鼎年

编者按：孙永庆，中学高级教师，学科拔尖人才，山东省作家协会会员，有作品发表于《文学自由谈》《散文选刊》《中国教育报》等报刊，作品入选多种选本，出版著作3种。

孙永庆问（以下简称"孙问"）：孙永庆：从媒体上知道，前不久您母校江苏太仓市第一中学举办了"凌鼎年文学成果展"，中国作家协会副主席叶辛、中宣部办公厅原主任薛启亮、江苏省作家协会副主席王尧、太仓市政协主席邱震德、太仓市副市长顾建康、太仓市教育局局长何永林、太仓市第一中学校长张文等共同揭幕，很是隆重。真像您说过的："微型小说，改变了我的人生。"关于这，能与学生们聊聊吗？

凌答：其实，我最初是写诗的，像不少文学青年一样，以诗歌叩开文坛之门。后来我写杂文，写中短篇小说，大约到了20世纪80年代中后期，我敏锐地发现微型小说这种新文体是一种朝阳文体，前景看好，我就自觉地选择了微型小说，把创作的重点转到了微型小说方面，从此与微型小说结缘。

1990年5月，当时的《小小说选刊》在全国挑选了他们认为最有创作后劲的20位作家，在河南汤泉池召开了中国首届小小说笔会暨理论研讨会，这20位作家被认为是"中国第一代小小说作家"。一晃30年过去了，这20位作家一大半加入了中国作家协会，并在各自的领域里都颇有成绩。有的走了仕途，当了官；有的下海，发了财。但他们都出版了小小说集子，有的出版了20多本。至今，仍在坚持小小说创作的有我、谢志强与刘国芳。依然有小小说情结，但作品不太多了的有沈祖连、滕刚、张记书、司玉笙等。应该讲，在这一拨作家中，我是最把小小说当回事在做的一个。我创作的小小说作品是最多的，参与小小说活动也是最多的，还策划了一系列的小小说活动，有海内的，也有海外的。以至于尽管我的非小小说集子诸如中篇小说集、短篇小说集、散文集、随笔集、评论集、文史集、序跋集等也出版了20多本，但人们一提到我的名字，第一个反应就是"小小说作家"，介绍我时总是先说到我的小小说头衔与小小说成绩。

不必讳言，小小说成了我生活的一个组成部分。用我家属的话，"他把小小说看得比什么都大、都重要"。

退休后，我的生活更是围绕着小小说这一中心来安排的，每天准时到文学工作室，准时回家，比上班还卖力。如果没有活动，没有邀请，就在工作室写写、编编、看看书、翻翻杂志，回回邮件、微信。有邀请，只要与小小说有关，对推进小小说文坛发展、繁荣有利，我能参加的一般都参与。

孙问：读《永远的箫声》《茶垢》《了悟禅师》《法眼》《剃头阿六》《消失的壁画》等作品，体会到微型小说只截取生活的一个横断面，或事件中的一个小片段、小插曲，对人物勾勒其轮廓，捕捉其主要性格特征的某种光彩或斑点，在单一的情节中追求一种丰富和变化，巧妙地制造出"意料之外，情理之中"的艺术效果，也就是构思巧妙。学生写作文最痛苦的是构思。

凌答：中国有句老话谓之"巧妇难为无米之炊"，所以我的创作实践告诉我：素材是第一位的，构思是第二位的。学生怕写作文，最头疼的恐怕还是肚子里少了真材实料的货，即拿不出多少人物与故事。如果你满肚子故事，眼睛一闭，各色人等就在你眼前出现，你还怕什么构思，怕什么写作。

小小说因其篇幅短小，无法展开描写，通常就截取生活的一个横断面，从一个小故事入手，或单就某个人物的性格进行勾勒。写过小小说的一般都知道，故事可以虚构，细节必须真实，故你要想写活人物，讲好故事，平时一定要注意对细节的收集。有了与众不同的细节，有了个性化、让人耳目一新的细节，就不愁写不出好作品。至于说"意料之外，情理之中"，那是艺术手法之一，是有些小小说作家常用的，但如果一成不变，那就成套路了。一个优秀的小小说作家，其作品一定是多变的。假如能做到题材翻新、立意翻新、构思翻新、语言翻新，那一定会受读者追捧，一定是好作家。

孙问：《凌鼎年微型小说创作28讲》是"一本微型小说创作与作文写作实用宝典"，这本集子被认为"对中考有益，对高考有益；对作文有助，对创作有助。读之记之，思之学之，必有提高，必有长进"。您简要地说说写这本书的想法好吗？

凌答：《凌鼎年微型小说创作28讲》最初是应作家网的要求写的，因为作家网有作家的视频栏目，他们要求我拍摄视频讲课，每课30分钟左右，按讲课的语速，得写3 000～4 000字。我拟了十几个题目，有空就写几讲，去北京参加活动时，顺便就去作家网拍摄几集，前前后后一年多时间，我写了28讲，全部拍摄成了讲课视频。因为是电脑写作，都有电子版，开始想在杂志社上连载，但杂志一般一期发一篇，最好控制在2 000字之内，我又不太舍得删减，干脆交出版社出版了。

有句话叫作"出于实践，深有体会"。我是中国第一代写小小说的作家，若论数量，没有人超过我。从这点上说，我对如何写小小说还是有点发言权的，与不搞创作的、纯理论研究的人写出来的不太一样，虽然我没有高深的理论、专业的术语，说不出一套一套的理论依据，但我的创作谈都是结合自己或同道的创作实践生发出来的，应该比较接地气，读者容易看懂，不会看得云里雾里。

我当初写这28讲，就是针对小小说爱好者与中小学生这两个群体，可以说是为他们量身定做的。我尽量少讲理论，多举例子。不少案例以我自己的作品来解剖，来分析，毕竟自己的作品自己最了解，如何从素材到构思、到作品，所以更切合实际，读者更容易接受。

孙问：《凌鼎年微型小说选》收录了66篇作品，每篇作品后都附有江苏省教育厅中文专业指导委员会委员，中国矿业大学文法学院教授、硕士生导师顾建新的评点。因了评点，孰优孰差，一目了然。非常适合中学生阅读，对提高中考、高考作文成绩大有裨益。封底还印有"名家之作，精彩纷呈，教授点评，锦上添花。宏观把握，微观切入，寥寥数语，银针点穴。一语提醒，豁然顿悟，费时甚少，收益颇大"。能结合您的创作谈一下吗？

凌答：《凌鼎年微型小说选》当初是一套书，是应某出版社之约主编的，共主编了5本，等交稿了，责任编辑突然调了岗位，不再负责文学书籍的编辑工作，这套书的出版就没有了下文。

当初约稿时,说好是编一套面向中学生的丛书,所以选的作品都是适合中学生阅读的,出版社要求每篇作品都有一两百字的点评,以利于中学生理解、阅读。其他四位都是请中学语文老师写的点评。唯我这本请了中国矿业大学文法学院教授、硕士生导师顾建新写的评点。顾建新是我的好朋友,他又是著名的微型小说评论家,他的点评还是很到位的。有了顾教授的点评,读者阅读起来就比较省力,等于有了一位导游,熟门熟路带你参观,还以他的学识给你娓娓道来地讲解。一般来说,比学生自己阅读、自己分析、自己理解更有效果,甚至事半功倍。

孙问: 学生写作文往往流于肤浅、庸常,这是由于其思想性的贫弱,不少学生不善于对所描绘的题材进行哲理性的思考和提炼。您曾说:一篇好的微型小说要在现实生活的基础上加上自己的想象,需要有生动的事例,通过事例要告诉大家一个道理,这就是通常所说的"一事一理"。您认为怎样才能提高学生作文的思想深度和层次?

凌答: 对小学生来说,作文能文通句顺不偏题就算过关了;对中学生来说,能写好一个故事,讲清一个道理,也算不错的了。至于对所描绘的题材进行哲理性的思考和提炼,那就是较高的要求了,如果哪名学生的作文能做到这点,应该算佼佼者了。

就我看到的中学生作文来说,质量良莠不齐,肤浅、庸常的固然有之,但也不乏有思想、有文采的,他们中的优秀学生起点往往比我们学生时代高。

小小说既然是小说,就允许虚构,但即便是科幻作品,是荒诞派,也要根植于现实的土壤,不能天马行空,胡编乱造。作品的深度来自学生的思想认识的深浅,好的学生要学会思考,勤于思考,养成思考的习惯。

文学创作最怕人云亦云,千篇一律,模仿、跟风都是没有生命力的,要提高自己的层次,要学会比较,有比较才会鉴别,还要学会融会贯通,举一反三。当然更重要的是有自己的主见,思想比文采更有价值。

孙问: 您曾在《初中生》杂志上解答学生的问题,有关于立意的,有关于网络语言的,随着校园网络应用的逐步普及,网络文学对学生的影响越来越大,以网络为载体发表文学作品容易,人人都可以写,这就使得文学作品的质量良莠不齐。作为学生很难选择好的作品,您有好的建议吗?

凌答: 20世纪五六十年代出生的人比较偏爱纸质读物,而八零后、九零后,特别是零零后已习惯数字化阅读,他们的阅读方式已大大改变了,这是不可抗拒的时代潮流,可谓有利有弊。

校园不是世外桃源,网络的普及使得手机阅读成为大势所趋。成年人离不开网络,离不开手机,学生也是,甚至有过之而无不及,只能因势利导。

一个不争的事实是网络发表门槛低,因此,网络文学鱼龙混杂,良莠难辨。应该承认,网络文学也有好作品,但文字粗糙、粗鄙、内容不健康的也占了相当的比例。不少网站为了追求点击率,为了赚钱,有意无意地放任一些不适合青少年阅读的内容在网上泛滥。有些写手在利益的驱动下,就放肆地大写色情、软色情、暴力、恐怖题材的文章,以博眼球。中学生求知欲望强,但辨识能力有限,学校、老师有责任引导。其一,要鼓励学生多读一点世界经典文学作品、中国经典文学作品;其二,要让学生知道有些网站不宜轻易进入,进去后有害无益;其三,多鼓励学生读点小小说,尝试写写小小说,因为这个文体目前是最干净的,是对学生最有益的文体之一。

孙问:2018年是改革开放40周年,高考作文致力于讲好改革故事,凸显时代主题。全国卷加上北京、天津、上海、江苏、浙江等省市卷,共9道作文题,有5道紧扣时代主题,其中,3道作文题聚焦新时代的青年,2道关注新时代的生态文明建设、改革开放等主题。从高考作文题透露出的信息看,学生写好这类题目要做到:要读有字书,也要读无字书,"风声、雨声、读书声,声声入耳;家事、国事、天下事,事事关心"。

凌答:高考作文的题目再千变万化,要想得高分,第一是不能偏题,第二是文字功夫,第三是作品的思想性。

是否偏题在于审题是否准确,一定要看清楚题目的主语是什么、要求是什么,审题错误,全盘皆输。文字功夫体现在平时的积累与练习上,不是突击就能见效的。作品的思想性也是平时认识水平的集中反映。从今年的高考素材与题目来分析,两耳不闻窗外事,一心只读高考书还真不行,那种死读书,读成"书呆子"的,到了社会上,会碰钉子。一个考生,对国家大事,对时事形势,还是要有所关注、有所思考的,要有自己的基本判断。胸中有全局,心中有天平,这样,不管出什么题,都能应付自如、胜券在握。

孙问:出题者的动机很明显,想把课堂上的语文教学和学生们课外的语文生活联系起来,涉及科技、社会、时政等内容,这或许能够触动现在的语文学习。

凌答:语文说起来主要是文字,但比起数理化,它是一门综合性的学科,特别是作文。要写好一篇作文,不涉及政治、时事几乎不太可能。我们说要读好三本书:第一本就是有字之书,语文课本、历史著作、哲学著作、美学著作等都在这一范畴;第二本是无字之书,就是指在"社会大学"的历练,就是行万里路,了解民间,了解基层,读书本上读不到的东西;第三本是心灵之书,指精神层面的书,乃思想境界,涉及天道、灵魂。

参与高考出题的专家,力图把三本书的内容融会贯通,可谓用心良苦。这样的作文题目,靠死记硬背、临时抱佛脚显然行不通。

我想说的是,不要把自己沦为考试机器。为什么我们有些学生的考试成绩一直名列前茅,但踏上社会后,平庸一生,无所作为,关键在于不会思考,只会机械地按标准答案来回答。而比尔·盖茨,一个哈佛大学的肄业生,却能创立微软,改变世界,这值得问一个为什么。要知道,当今社会,不管科学还是文学,最需要的都是创造力。

独立思考,勇于创新,以此与大家共勉。

2018年6月13日于太仓先飞斋

文学到底带来了什么?
——凌鼎年答山东作家薛兆平问

薛兆平问(以下简称"薛问"):您好。读者想要知道的是您怎样走上文学创作之路的,也许这对广大读者和文学爱好者来说有宝贵的启发意义。那么,请您谈一谈好吗?

凌答:可能有点遗传吧。我是明代著名短篇小说家凌濛初的后裔,祖上的《初刻拍案惊奇》《二刻拍案惊奇》,对我不可能没有影响。我的祖父凌公锐毕业于日本早稻田大学,出版过《万国史纲要》《法治理财》等书,是"文胆"陈布雷的老师。我父亲、叔叔50年代前也舞文弄墨。

我小学三年级时作文获全校第一名,五年级时作文获全县比赛第二名;中学时,我是校文学社的中坚力量;高中时,会写作文,在校园内已小有名气。

1971年,我去微山湖畔的煤矿,一去二十年。在矿上,被矿工会看中,选到了文艺创作学习班,因能写,被留了下来,这一留就是好多年,负责了6期文艺创作学习班,还创办、编辑了《采光》杂志、《春晖》文学报。从写曲艺节目到写文学作品,不知不觉就走上了文学创作之路。20世纪七八十年代,中短篇小说、诗歌、散文我都写,80年代中后期,开始以写微型小说为主。

薛问:您觉得文学给您带来了什么?

凌答:文学给我带来了生活的充实与精神的愉悦。文学为媒,认识了海内外许许多多的文朋诗友。因了文学,参加了各种笔会、采风、研讨会,也领奖、讲课等,使我有机会走遍了全国所有的省市,也去了40来个国家与地区。行万里路使我开阔了眼界,给我带来了更多的素材,创作更得心应手了。

薛问:对您影响最深的作家和作品有哪些?

凌答:我是苏州"十大藏书家"之一,我书看得很杂,海内外文学名著我大部分都看过。海外作家、作品,如美国杰克·伦敦的《马丁·伊顿》《热爱生命》对我影响较深;中国作家与作品,至今难忘的有鲁迅的《故事新编》,鄂华的《幽灵岛》,高晓声的《陈奂生上城》《李顺大造屋》等。小说家中,我比较喜欢的作家有贾平凹、莫言、阎连科等;散文家中,我比较喜欢的有余秋雨、夏坚勇、田秉锷等;评论家中,我比较喜欢的有雷达、李建军、施战军、汪政等。

薛问:在您的创作历程中,最难忘的一件事是什么?

凌答:我是以诗歌叩开文坛之门的。1983年,我因为被聘为新创办的《杂文报》特约通讯员,一度杂文写得较多,还当上了徐州市杂文小组副组长。我那时在煤矿工作,矿工嘛,喜欢直来直去,加之我的性格从小就不喜欢逢人只说三分话,后来,一篇发在当地报纸的杂文惹了点麻烦,心有余悸的我转向了其他文体的创作。之后,微型小说成了我的主打。回想起来,或许算是我的幸事,由此我与微型小说结缘,终身不悔。

薛问:您最新作品有哪些?或者您近期的创作计划是什么呢?

凌答:我2011年退休了,但退休后似乎更忙了,各种约稿与邀请不断。我再忙,从不放弃写作,近年依然保持每年创作20万—30万字的新作品,年年有新的书出版,已出版了50本集子。最近有《凌鼎年序跋集》在江苏凤凰出版集团即将出版,还有中短篇小说集《真假爱情》,收入"紫金文库",近期也将在中国书籍出版社出版。

我创作无所谓计划,想写就写,有时间就写,一切随缘,顺其自然。如前不久去北京拍摄10集讲课视频,在高铁上就为一位画家写了山水画展的前言。我当时写在垃圾袋上,潦潦草草,密密麻麻,从北京回到家,在电脑上一整理,1 500字的前言就出来了。

薛问:在这次专访结束的时候,您还想对全国读者和文学爱好者,或者特定的什么人,说点什么呢?

凌答：作家的头衔曾经很光彩、很神圣，如今拜金主义泛滥，娱乐至死盛行，影视明星更受到追捧。但如果要实现文化强国，作家应该比娱乐明星更重要，优秀文学作品是可以传世的，可以影响一代人，甚至几代人。

喜欢、热爱、痴迷永远是第一位的，遗传、天赋、机遇是第二位的。天道酬勤永远不过时。

多读、多走、多思、多写，有此"四多"，如果还能拒绝文学以外的种种诱惑，持之以恒，春种秋收，必有收获。

2018年4月6日

二　写　真

小小说是他的阳光和空气

——"汪曾祺世界华文小小说奖"终评委凌鼎年剪影

纪洞天（美国）

在中国文坛上，有两位著名的小说家他们的经历是十分相似的。一位是"短篇小说之王"刘庆邦，他当过矿工，对煤矿的生活十分熟悉；另一位是"小小说之王"凌鼎年，他在微山湖畔的大屯煤矿一干就是二十年。在中国，矿工是个令人谈虎色变的职业，报纸上不时的矿难报道更是触目惊心。凌鼎年的井下经历其辛酸苦辣就可想而知了。刘庆邦在以小煤窑为题材的长篇小说《红煤》中写道，"在没当煤矿工人之前，他对阳光和空气并不怎么在意，你有我有他也有，有什么可稀罕"。想必凌鼎年对阳光和空气的感受和我们是不太一样的。正因为如此，他才能把小小说视为阳光和空气，视为他的精神依托，将他的生命全然地献给小小说事业。谈到中国的小小说，谈到世界华文的小小说，甚至谈到世界的小小说，凌鼎年都是一位你无法绕过去的重量级的人物。

凌鼎年从1980年发表处女作以来，已经发表了3000多篇作品，约一半是小小说，字数达700多万字，已出版了20本集子，其中近一半是小小说专著，而正在出版的几本集子也都是小小说集子。中国已有多家大学开课讲授凌鼎年的小小说，大学生、研究生还有以研究凌鼎年小小说为选题写毕业论文的。凌鼎年创造了中国微型小说界的许多第一：他被列为中国第一代微型小说作家，他是第一个以小小说创作业绩进入中国作协的作家，他是出版小小说专著最多的中国作家，他是小小说被译成多种文字在海外发表最多的作家，也是应邀参加海内外小小说活动最多的一位作家。

如果你因此认为凌鼎年是个"两耳不闻窗外事，一心只问小小说"的书斋型作家，你就大错特错了。凌鼎年的小小说既多产又有质量，他的时间是十分宝贵的，但他为了繁荣小小说事业仍然腾出大量的时间来做许多小小说的公益事业。1999年，他与新加坡作家协会原会长黄孟文等筹建并成立了世界华文微型小说研究会。后来，他又在北京与他人合作成立了北京微海微型小说文化传播中心，创办了《世界微型小说》刊物，并担任名誉主编。2009年，他又出任《文学报·手机小说报》的执行主编；发起并成立了江苏省微型小说研究会，创办了《江苏微型小说》杂志。他为了扶持小小说新人，还亲自为他们的集子写序、写评论、写评点。他是为小小说集子写序最多的作家，据说他写的200来篇代序中，有近百篇是小小说集子的序。从1994年以来，他每年都坚持写《小小说大事记》（2万多字），他担任小小说的"太史令"已有十多年了。

第一届"汪曾祺世界华文小小说奖"评奖委员会虽然已有了几位重量级的作家，但毕竟还缺少一位专职写小小说的顶尖作家，我们自然想到了凌鼎年，可是手头没有他的邮箱。于是我从网上搜索有关凌鼎年的一切资料，终于在一篇文章中找到了一个与凌鼎年可能有关系的邮箱。作者是太仓市图书馆副馆长周卫彬，我给他去信，而他也真的将我的信转交给了凌鼎年。谢天谢地也谢谢周先生，我终于同凌鼎年联系上了。凌鼎年爽快地答应出任终评委，并给了我许多指导性的意见、建议。举办世界性的大奖赛，凌鼎年经验丰富，向来驾轻就熟、游刃有余。有凌鼎年出任终评委我也就当吃了颗定心丸。

关于凌鼎年，我们还能说些什么呢？凌鼎年还是个藏书家，他家藏书逾万，他收藏的各国微型小说集子与相关资料，被认为是全世界最多最全的，而且他还有上千本各国作家的签名本，弥足珍贵。2006年，凌鼎年荣获首届苏州阅读节"十佳藏书家"称号。

2007年7月，江苏太仓市文联经慎重研究，给凌鼎年挂牌"凌鼎年微型小说工作室"，成了太仓市文化建设项目之一。这在全国微型小说文坛是第一家，也是一个创举，有着典范意义。在凌鼎年的带领下，太仓涌现了一批微型小说作家、作者。2009年，上海文艺出版社出版了凌鼎年主编的《太仓微型小说作家群作品选》，在该书首发式上，中国微型小说学会授予太仓市"中国微型小说之乡"的牌子，江苏省作家协会授予太仓市"江苏省微型小说创作基地"的牌子。

如今，凌鼎年已成了太仓市一张亮丽多彩的文化名片，提到凌鼎年的名字，人们自然就会联想到小小说，联想到太仓。凌鼎年自己也感慨地说："微型小说，改变了我的人生。"

作者简介：纪洞天，1994年在匈牙利任《欧洲导报》社长、匈牙利华文作协秘书长，2001年在美国任《环球导报》总编辑，现旅居美国加州，创立世界华文小小说作家总会，出任秘书长，并成功策划了首届汪曾祺小小说大奖赛。

梅花香自苦寒来，佳作频传海内外

——记在文学界勤奋耕耘的凌鼎年老师

海伦（美国）

我与凌鼎年老师相识，是在林语堂小小说获奖者的一个微信群里。后来，从海外文轩的微信群里，对凌老师有了更多的了解。得知凌老师不仅自己勤奋写作，还不断提携和帮助新人，是文友圈里很受人敬佩的老师。

几年前,我的儿童小说《在灯塔里闪光的孩子》完稿后,我冒昧地问凌老师和北美女作家虔谦是否愿意给我的小说作序?我知道,他们都是一边工作一边写作的人,每一分钟都很宝贵。如果其中一人能够帮我的书作序,我将不胜感激。令我喜出望外的是,两位我敬佩的作家,他们在百忙之中,都为此书作了序,让我很感动。

此后,我对凌老师有了更多的了解,与之有了更多的文字交流。得知他三年级开始写日记,67届初中毕业生,1970年高中毕业,毕业后,他每年都去看望他的班主任老师程小云。自1990年年初,他从微山湖畔的大屯煤矿调回家乡太仓后,则每年的9月10日教师节都去看望老师,每次带一两本他自己出版的集子与主编的集子,算是向老师汇报。一晃50年了,看望老师的事情一次也没有少过。程小云老师说:教了这么多学生,年年来看望她的也就他一个。大学的老师,他每年都在教师节与春节电话问候一下,也没有缺过。凌老师坚持自己的创作理念:"如果思想不进步、不提高,没有独立主见,没有个性创意,光有文字数量的增加,那再勤奋,写得再多,也仅仅是数量的累积,意义不大。作家不是靠刷存在感来赢得读者的,要靠有分量、有内涵的作品立足于世。"尽管他收到了多个文化单位、文化协会、出版社、杂志、网站寄来的入编、入选通知,抬头都很大,桂冠也诱人,但或要交费等,他就将其放在一边。他的原则是:凡要自己出钱的荣誉一概谢绝。这些小事,让我认识到凌老师不仅是个德高望重的人,也是一个很有情怀和思想的人。

凌老师因为多年来坚持写作,视力已有所下降,前几年两只眼还能达到2.0,后来降到1.5,今年两只眼睛都降到1.2了。年纪大是一个原因,最主要的是天天看微信,微信的字小,看起来眼睛太累。尽管如此,仅在2019年凌老师就收获多多。在2019年,凌老师全年创作小说、散文、随笔、文史稿、评论、代序等139篇,约20多万字。他的作品发表在日本《华人杂志》《中文导报》,澳大利亚《联合时报》《大洋日报》《大华时代》《澳华文学》杂志,泰国《中华日报》,印尼《印华日报》《国际日报》,新西兰《大洋洲》杂志,以及《香港文学》《小说选刊》《台港文学选刊》《微型小说选刊》《民间故事选刊》《传奇·传记文学选刊》《文摘周刊》《安徽文学》《春风文艺》《青岛文学》《长江文学》《校园文学》《红豆》《东方散文》《解放军报》《解放日报》《北京日报》《微型小说月报》《小小说月刊》《天池小小说》《金山》《中学时代》《远东文学》《骏马》《山阴》《西楚文艺》《营山文学》《神农架》《故事会》等上,合计136篇。

凌老师还出版了《五彩缤纷的世界——汉英对照凌鼎年微型小说选》,澳大利亚郑苏苏翻译,2019年3月由美国南方出版社出版,在美国巴诺书店上架发行,美国、加拿大、英国、德国、南斯拉夫、巴西、日本、印度等多个国家的亚马逊网站有邮购。

另外,凌老师的散文集《石头剪刀布》也在2019年8月由时代文艺出版社出版,新华书店与网上均有售。

凌老师为青少年写的小说读本《反语国奇遇记》收入"麦田少年文库",江西教育出版社2020年一季度出版。新华书店与网上有售。

不仅如此,凌老师的小小说集《娄城物语》还收入凌翔主编的《当代作家精品系列·小小说卷》,百花文艺出版社2020年上半年出版。经南京大学徐雁教授推荐,随笔集《守拙庐漫笔》,已交内蒙古教育出版社,加盟"书话随笔丛书"。随笔集《先飞斋闲话》,已交稿,在审读中。游记散文集《且行且记万里路》(海外游记),已交稿,在审读中。游记散文集《万水千山总是情》(国内游记),已发出版社。微型小说集《过过儿时之瘾》韩译本,阴宝娜(韩国)、左维刚翻译,在韩国联系出版中。韩国外国语大学博导、著名汉学家朴宰雨教授,韩国釜山大学教授、著名汉学家金惠俊,中日韩国际文化研究院院长金文学教授,全美中国作家联谊会会长冰凌分别为《过去儿时之瘾》韩译本写推荐语,他不仅编好了微型小说集《东方美人茶——凌鼎年汉英对照小小说新作选》,有11万多字,还编好了《凌鼎年个人年度盘点汇编》,20多万字,待出版。

在百忙之中,凌老师还担任了许多书籍的主编。例如,《天网恢恢——第五届"光辉奖"世界华文法治微型小说大赛精品选》,2019年4月在光明日报出版社正式出版;微型小说个人集子"我的中国心——海外华人微经典书系",共58本,涉及15个国家与地区,最后正式出版56本。他还主编了世界华文文坛第一本戏剧戏曲主题的微型小说集《唱大戏》,18万字,2019年11月由澳大利亚大华时代传媒集团出版;《澳大利亚华文微型小说选》《新加坡华文微型小说选》《泰国华文微型小说选》等三卷本,由江苏凤凰出版集团于2020年一季度出版;《洗心剑——第二届"温瑞安杯"世界华文武侠微型小说大奖赛作品精选》,中国第一本中医中药题材的微型小说选本《岐黄大道》,30万字,《法律卫士——"光辉奖"第六届法治微型小说征文大赛作品选》,以及文史集《太仓老字号》,已交稿;还有《独家视角:2018微型小说精选》等。

在2019年,凌老师还获得了几个大奖。其微型小说《地震云》获中国作家协会旗下的《小说选刊》主办的第十届"茅台杯"年度微小说奖;散文《石头剪刀布》,获《东方散文》杂志社第二届国际东方散文奖一等奖;小小说《500万啊500万》获广东省佛山市普法办主办,佛山市小小说学会、《珠江时报》承办的"弘法杯"法治小小说全国征文大赛一等奖;短篇小说《情感的烦恼》获江苏省邳州市作家协会筑梦邳州文学作品大赛一等奖;小小说《父亲》获广东省河源宣传部、广东省小小说学会等单位颁发的"万绿湖杯"全国小小说大赛优秀奖;等等。凌老师不仅自己分秒必争地写作,还利用自己的宝贵时间担任一些文学征文赛的策划和评委等,我为凌老师在2019年取得如此骄人的成绩和荣誉由衷地赞叹!同时,我也深知"胸藏文墨虚若谷,梅花香自苦寒来",凌老师所有成绩的背后是其天才加勤奋和付出,愿岁月让其文字永恒。在2020新年伊始之际,我也祝福凌老师身体健康,万事如意,期待他给文学界带来更多惊喜!

2020年1月13日写于美国宾夕法尼亚大学

作者简介：海伦(笔名),姓名静慧燕,于美国一所常青藤大学任职,凤凰美东诗社社长,影视签约作家,海外文轩、纽约华文女作家协会、文心社会员等。百余篇作品发表在《文综》《汉新月刊》《家庭》《西南当代作家》《风雅》《中国草根》《中国诗影响》《国际日报》《侨报》《人民日报》《长江诗歌》《天峨文艺》等海内外文学杂志和报纸上。诗歌、散文、小说及评论数十次获海内外文学大奖,获奖作品入选多本获奖文集。小说《天使的翅膀》等,获2019年度海外华文著述奖。

行列榜首的凌鼎年

曾心(泰国)

未认识凌鼎年之前,早拜读过他的微型小说。当年微型小说最能吊起我"胃口"的,一位是许行,一位就是他。

1996年,他来泰国参加第二届世界华文微型小说研讨会,我到机场接机。因心灵早聚首,首次见面,倒不觉有什么陌生感。他给我的第一个印象:思维敏捷,快言快语,对泰国的微型小说了如指掌,能数家珍般地说出泰华作家的名字和作品。

会上,我送了他一本散文小说集《大自然的儿子》。也许他偏爱微型小说之故,回去挑了书中11篇微型小说,写了一篇《激浊扬清显真心——泰国曾心微型小说浅析》。评文很中肯,褒扬有分寸,结尾看似指出"缺点",实又是给予莫大的鼓励。他说:"如果说不足的话,曾心的微型小说写得还少了些,按他目前的中文水平、文字修养,以及社会洞察力,是可以在微型小说创作上有一番作为的。"这是他第一次送给我的精神礼品,用文字为我鼓劲。

几年后,在他的鼓励下,我出版了第一本微型小说集《蓝眼睛》。

司马攻说:"湄南河流向大海,大海也通向湄南河。"泰华文学的发展,需要与海内外,尤其与中国文学接轨。凌鼎年就是"接轨"的电焊师,他不遗余力地把泰华微型小说"引进"中国。

2006年,由于他的推荐和鉴赏,司马攻的《心壶》、我的《三愣》、郑若瑟的《练胆》、黎毅的《凶手》、克立·巴莫的《独臂村》被选入上海辞书出版社出版的《微型小说鉴赏辞典》;2010年,经他推荐,以上五篇微型小说又被选入中国华侨出版社出版的《最好的小小说》(大全集)。2009年,他推荐司马攻的《敲钟的人》、我的《蓝眼睛》、陈博文的《惊变》,进入百花洲文艺出版社出版的《外国微型小说300篇》;同年,他又帮助把司马攻的《单身女房客》《水灯变奏曲》《演员》《天网》,陈博文的《猴变》,马凡的《放猫》,黎毅的《一铢钱》,克立·巴莫的《独臂村》,我的《三愣》《蓝眼睛》,老羊的《青春难再》,范模士的《他是这样坐监的》,郑若瑟的《看车》《相夫之道》,倪长游的《出走的女佣》选入《世界微型小说经典》(亚洲卷)。

正因为被选入这几本有影响的选本,泰华微型小说"不胫而走",而且越走越远,影响越来越大。正如我的《三愣》,由于被选入《微型小说鉴赏辞典》,时隔6年后,在中国教育界受到了重视,先后被选作2012年语文全新教程精品练习,又被选作辽宁省大连市2012届高三双基测试卷语文试题和广东省珠海市2011—2012学年高二下学期期末语文试题等。还有一篇微型小说《三个指头》,最初是被凌鼎年选入他负责编辑的《世界华文微型小说双年选(2000—2001)》,后入选《世界中学生文摘》,2004年被选入九年级语文统练试题(浙教版),2005年被选入初二语文期中考试试卷(苏科版)和2005—2006学年第一学期期中考试初二语文试卷。

由此可见,泰华微型小说能走出湄南河,与九百六十多万平方公里的中国土地"接轨",多数来自凌鼎年的"引进"。十多年来,他为泰华文学,尤其是微型小说进入长江、黄河,走向世界文学的"大海"做了不少工作,功不可没。泰华文坛,以至于世界华文文坛多么需要像凌鼎年这样富有心眼和具有慧眼的"伯乐"和"电焊师"呀!

2012年7月,泰国留中总会文艺写作学会邀请凌鼎年参加5周年庆,会上他讲演了《微型小说的素材、构思与想象》。在此文中他总结了自己收集素材的16种方法,他说,他的口袋里笔和纸永远备着,每天发现素材,每天记录,随时记录。他还列举了几篇他获奖小说的素材来源和创作过程,坦诚披露了自己创作中的"秘密",对文友启发很大,现场时而寂静,时而爆发笑声。在轰动中,我心中闪现了一个感叹号:他真不简单,笔才一流,口才也一流!

凌鼎年在泰6天,每天晚上都把当天的事记录下来,回去不久,便写出了《泰国六日记》,记下了他在泰国所见所闻、所思所想,每一记都6 000多字,共3万多字。这是我接待的国内作家、诗人、评论家中,在泰国所写下的文字里最"丰收"的一个。《泰国六日记》在泰国《新中原报》副刊连续刊登,反映很好。其中第二天"日记"上半部,是写到我家小红楼,凭他的洞察力和生花之笔,把庭苑里的树、盆景、金鱼、六角亭、题匾、墨宝,以及小诗磨坊,同人在这儿雅聚、切磋、交流的氛围和气息,写得"文韵流动,诗意四溢"。我建议此篇单独发表,他同意了,并以他在小红楼所留下的墨宝"艺苑情韵——记泰国小诗磨坊聚合处"为题。此文在泰国报纸单独发表,还在大洋洲文艺专辑发表。我觉得这是他《泰国六日记》中写得最"宜诗宜画宜摄影"的"半日"记。

更出乎我意料的是,他回去不久,以邮件送来一份与我对话的提纲。我一看这份提纲,就知他是我的知音人,方方面面都想到了。尤其对我的微型小说,哪篇获奖,哪篇入选"经典",哪篇入选考卷和试题都一清二楚。提出的问题很贴切,很敏锐,很周全,开阔了我的思路,引发了我的灵感。我按他的提问给予文字"回话",有问必答,写得很随意,潇潇洒洒,一写就近万字。不久,这篇《对话》在汕头大学出版的《华文文学》(2012年2月)上刊登,题为《田螺壳里做道场的灵光——与泰华著名作家曾心对话》。

还有个突出的亮点,就是他的年终盘点。他年年忙碌,年年果盘丰盈。仅看他2012年的盘点:出版了6本集子,如《天使儿》《魔椅》等,还有5本正在出版;主编了5本选集,如《当代手机小说名家典藏》《海外华文微型小说百家经典》等;还创作了小说、散文、随笔、评论、文史稿126篇,约28万字,获得了12个奖项。

每到年终,他总用电子邮件先送给我看,我年年先睹为快,年年感到惊讶和敬佩,年年叹息自愧:"他一年的成果,我一辈子也做不到呀!"

若要排名中国文坛上的"拼命三郎",凌鼎年著作等身,在微型小说的行列榜上,榜首非他莫属。

作者简介:曾心,本名坚盖·塞塔翁。现任厦门大学东南亚华文文学研究中心兼职研究员、泰华作家协会秘书长、泰国留学中国大学校友总会主任、厦门大学泰国校友会秘书长等。

凌鼎年印象

符浩勇

我与凌鼎年第一次见面,是2003年4月。当时中国小说学会在海南师大举办第七届年会暨学术研讨会,在那次会上,我透过嘈杂晃动的人群,一眼认出那位儒雅的中年人就是他了,虽然我与他素未谋面。那时微型小说文体尚未引起文学界足够的关注,可他信心满满地来了,在曹文轩副会长主持的圆桌论坛上,提交、宣读了《小小说在当代生活中的位置》的论文。用他的话说,在重要的文学场合,小小说不能缺席,不能失语。我至今还记得他合身的衣着好像是从身体里长出来一样适配。

凌鼎年三十年来在海内外26个国家与地区发表了3000多篇作品,800多万字,出版了35本个人集子,是目前世界上创作并发表微型小说作品、出版微型小说集子、获微型小说奖最多的作家,曾获冰心儿童图书奖、江苏紫金山文学奖、吴承恩文学奖、小小说金麻雀奖,连续7年获中国微型小说年度评奖一等奖,还获过美国的世界华文微型小说大师奖。

凌鼎年微型小说的魅力与独特风格在于他精细地体察人类及其所生存的环境,并把这种体察真实而生动地传达出来。为了拓展艺术的视野,凌鼎年尽量汲取人类的文化遗产。我去过太仓,造访过他的书屋,他的藏书涉及面很广,文学书籍之外,有哲学、美术、史学、考古等。走进他的书房,看见的,不仅是一架一架的书籍,而且有名人字画,有古旧瓷器,有沾满泥土的秦砖汉瓦,有剑,有琴,有石,有兰。这风雅的摆设,使他的陋室不陋,站在其中,仿佛是站在一个广阔的跨越古今的空间里。他创作过地域微型小说"古庙镇系列""娄城风情系列",以及"推理侦探系列""微型武侠系列""微型科幻系列"等,有的在20世纪90年代已在海内外报刊连载,受到海外读者与评论家的关注,评论家称其独树一帜的作品为"文化意蕴微型小说",又因其作品量大质优,而被誉为小小说界绕不过的"凌鼎年现象"。

1999年,在马来西亚召开的第三届世界华文微型小说研讨会期间,在凌鼎年的一手策划下,与各国同道发起成立世界华文微型小说研究会,并在新加坡成功注册,2002年在菲律宾马尼拉召开成立大会,十多年来他连选连任秘书长。2011年10月,我协同他率中国微型小说作家代表团访问美国,光他个人自费购买捐赠给耶鲁大学东亚图书馆、哈佛大学燕京图书馆的微型小说集子就达400多册,并在哈佛大学发表有关微型小说的主题演讲。他侃侃而谈,妙趣横生,使不少外国记者为之倾倒。他是大陆(内地)迄今唯一参加过9届世界华文微型小说研究会的微型小说作家,并多次应邀去美国、澳大利亚等20多个国家与地区做微型小说主题演讲与参加文学活动。其作品被译成英、法、日、德、韩、泰、荷兰、土耳其、维吾尔文等9种文字,16篇被收入日、韩、美、加拿大、土耳其、新加坡、中国香港的大学和中学教材。最近,他的微型小说英译本也在出版中了。

凌鼎年与人交往,重要的一条原则是平等对待。不管你是官是民,是老是少,是名流是凡夫,在他眼里,在人格上都是平等的。他不会因为对方位高权尊而做出什么媚态,也不会因为业余作者、基层作者而摆谱、拿架子。他一向总是谦让、宽容、温良,能帮则帮,不求回报。不过,他性格爽直,有话直说,从不掩饰自己的态度。我感觉,只要他厌恶了什么,即使它是石头,也要摔碎;即使它是硬木,也要折断。据说,在几十年前,他也遭受过业界的误解,但他泰然处之,我行我素,不以物喜,不以己悲,所幸的是,随着年月推移,大家终于了解他、理解他,误解也就冰释。

凌鼎年主编、出版过《世界华文微型小说精选》《美洲华文微型小说选》《欧洲华文微型小说选》《大洋洲华文微型小说选》《亚洲华文微型小说选》等170多册文学集子。他还被聘担任过美国"汪曾祺世界华文小小说奖"终评委,香港世界中学生华文微型小说大赛总顾问、终评委,"蒲松龄文学奖(微型小说)"评委会副主任,全国"12+3"微型小说征文终评委,首届全国高校文学作品征文终评委。所有这些,在业界赞声鹊起,颇得好评。前年,他退休了,但似乎更忙了,前不久,他被美国的华文小小说总会聘为世界华文小小说函授学院首任院长。最近他又率团去老挝访问,还顺道去了柬埔寨、越南。下个月又要去马来西亚参加国际研讨会,总之,老见他马不停蹄的。但熟悉他的文友都知道,他一回到太仓,就窝在他的工作室里写个不停,没有节假日,甚至大年三十、年初一也不肯停笔。

圈内一直有这样的说法:凌鼎年是微型小说活动家。有褒的,也有贬的,言下之意,他的知名度主要来自活动。但在我看来,言者未必真正研读过凌鼎年的作品,可能也没有了解凌鼎年创作上总体追求的轨迹。故而,我在这里说,三十年来,凌鼎年醉心微型小说、钟爱微型小说、痴情微型小说、鼓吹微型小说在当代中国屈指可数,在世界华语界绝无仅有。更可贵的是,他以量质兼优的作品说话,赢得了众多荣誉,也获得了广泛尊重。

作者简介: 符浩勇,中国作家协会会员、海南省作家协会副主席。

世界的凌鼎年

马新亭

凌鼎年是开朗爽直的人,天南地北、古今中外、天文地理、琴棋书画、禅佛道宗好像无一不知,无一不晓。他嗜书如命,每到一处总见他在搜寻各种各样的闲书、奇书。

凌鼎年的书房名为"先飞斋",先飞者,源自"笨鸟先飞"这个成语,这里既有凌鼎年的自谦,又是他的一种自勉。创作需要天赋,更需要勤奋。鲁迅说:他是把别人喝咖啡的时间都用在了创作上。凌鼎年同样惜时如金,他至今从不搓麻将、不打牌,8小时之外,除了参加社会活动外,就是用于看书、读报、翻杂志,以及给读者写信、回信,双休日、节假日则是他雷打不动的创作日,据说他曾连续十几个春节独自一个人窝在家里闭门爬格子。中国传统文化是"学而优则仕",读书人连做梦也想当官,而且越大越好,过去如此,现在亦然。凌鼎年身在官场,却把当官看得很轻。凌鼎年从不介意身外的名利褒贬,他更喜欢江南的水乡,因为这种清新、悠远、宁静、恬淡,正与他心静如水的心境相吻合。凌鼎年是买书大户、订报刊的大户,什么都不舍得买,唯独买书不心疼钱。出差在外,其他都会忘,唯买书不会忘。他说他在海外什么东西都不带,但再重的书他也要带回来。他不管去哪里,一支笔几张纸总是不离身的,一听到、一见到有意思的事,他就会赶紧记下来,有时是一个小题目,有时是某个人的个性特征,有时是一个小故事、一个小情节……他把心交给了小小说。

与凌鼎年交往的人都知道,他不是那种只顾自己吃红烧肉,窃喜别人吃糠咽菜的人。他的乐于助人、他的侠义心肠、他的待人雅量,在众多小小说朋友当中是有口皆碑的。因为他接触、认识的编辑、作家多,与海外联系多,他那儿简直成了小小说的信息中心,只要有出书、出专版、出小辑的机会,他首先想到的是各位文友,常常及时地把各种信息转达给大家。他热衷于策划组稿,为他人做嫁衣。不管有名的无名的、名大的名小的,只要作品上乘,他都愿使出浑身解数极力推荐。在他没有学会电脑以前,他一年要收发3 000多封信函,信封是自己花钱印刷的,邮票一买就是好几板。他每年用来买书、回函、发稿、接待朋友和文友的费用,就花去他全部稿费和版税的一半。

凌鼎年对每一个小小说作者都有很高的评价,无论成功的还是没有成功的,他都尽量发现他们的优点。在文艺界,批评固然是一种美,也是一种激励,但真诚的赞扬不更是一种激励吗?作为一位小小说名人,他眼中看到的总是别人的长处,用鼓励的办法激励那些有缺点的作者去改正自己的不足。他对有基础的稿子尽量给予推荐。因为他相信,一次成功比十次批评更有效。成功比失败更能激发人的信心与创造力。有人写出几十篇小小说便江郎才尽了,有人写出几百篇小小说后也江郎才尽了,可凌鼎年写出了千百篇小小说,不但没有江郎才尽,还不时精品迭出,如《法眼》《让儿子独立一回》《狼来了》《沉重的鸡蛋》等。一年还能写出三四十万字的作品,不能不说是一种奇迹。那么他文思泉涌的奥妙在哪里?他说,写作是一种快乐,是一种放松,来自心灵的不断所感、所悟、所思及心灵的倾诉。一个人脑子里如果老是装着发表、获奖、入集,该说的不敢说,该写的不敢写,是不会有深刻的作品问世的。即使有也是假的,没有多少生命力。虽然在作家群落里,特别是小小说作家,抛去文学成就,几无与自身价值相称的地位,但凌鼎年坚信:小小说是个大事业,是个朝阳事业!因此,他全身心地投入,把小小说视为他此生唯此为大的崇高事业。

作者简介:马新亭,山东省作协会员、中国微型小说学会会员、山东淄博市临淄区作协副主席。

凌鼎年:世界华文微型小说领军人

徐习军

在中国乃至世界华文文学圈里,凌鼎年是个出镜率、见报率十分高的作家。

在"识字人"的阅读视界,凌鼎年又是个"老少皆宜"的"故事家"。他的微型小说曾经让许多不同层次的读者欣赏不已:文学青年把他的作品当范本;初高中学生把他的作品当获得作文高分的法宝;城市白领说读凌鼎年的作品能学到很多知识性东西与人生道理;退休老人说读凌鼎年的作品能引起共鸣,调动起毕生的生活积累来把玩思索。

在教育界乃至学界,凌鼎年还是个值得研究的"师表楷模"。世界范围内的不少大中小学,闪动着他讲学的身影;各种国际国内的论坛研讨会场上,常有他慷慨激昂的报告演说；各类学术刊物上，关于凌鼎年及由他营构的微型小说的研究比比皆是。

在与他30年的交往中，我所知、所识、所感、所悟的凌鼎年，不仅是个著名作家、世界华文圈的社会活动家、地方文化研究专家、文化史料收藏家，还是个助人为乐的"雷锋式"的师友、业界的"劳动模范"。"凌鼎年"这三个字俨然成为微型小说的代名词和品牌标志。

伴着吴韵唱大风

凭我近半个世纪的阅读经历，我相信，"认识"凌鼎年的人一定很多，据说他有整整一抽屉的名片。翻开报章杂志，那大量署名为"凌鼎年"的文章，让许许多多读者"认识"、至少知道"有个作家叫凌鼎年"。我就是在20世纪80年代从报刊上那些署名为"凌鼎年"的文章开始知道他的，旋即就有幸见面相识、相交、相知。

在与凌鼎年见面之前，凭着报刊上的文章及其介绍，我认为，"凌鼎年"这三个字就透露着凝重而又厚实的信息，加之他的文章里常常有那些内蕴十足的历史文化，更由于那时他在苏鲁交界的微山湖畔的一个煤矿上工作，我断定他一定是个"唱大风"的"金戈铁马式"的汉子。20世纪80年代末90年代初，南京《青春》杂志筹备成立中国微型文学研究会（这是全国最早的微型文学组织，1992年改为"金陵微型小说学会"），我才见到了在书刊上"认识已久"的凌鼎年。一见面他就让我"一头雾水"，在我面前的竟是一个说着一口柔软细绵的吴语、长相十分文静秀气的"白面奶油"！他，一个地道的江南小生，苏州"土著"。

见了面，我有机会更深地了解凌鼎年，他祖籍浙江湖州，1951年6月出身于江苏太仓一个书香门第，是明代文学家凌濛初的后裔。祖父凌公锐毕业于日本早稻田大学，出版过《法治理财》《万国史纲要》等著作，还是"文胆"陈布雷的老师。而凌鼎年则在"文革"最高潮期间高中毕业，后到微山湖畔的大屯煤矿，期间他当过工人，做过教师，编过报刊，写过史志，丰富的经历丰富了他的文化积累。

集吴越之地小桥流水的婉约、苏北鲁南金戈铁马的豪放于一身，就不难理解凌鼎年的创作为何那么勤快、那么高产、那么吸引读者；沐浴着汉风、萦绕着吴韵，成就了凌鼎年与其他作家的不同风格，南北交融的生活阅历使得他能够独享"伴着吴韵唱大风"。

世界华文文学圈的社会活动家

在当今世界范围内的华文微型小说圈里，可能有很多人不一定知道某些国家的总统，说不清楚哪些人得过诺贝尔文学奖，但是我相信：这个圈里极少有人不知道凌鼎年。中央电视台、中国教育电视台、中央广播电台、东方卫视、江苏卫视、香港凤凰卫视、台湾东森电视台、美国蓝海电视台、美国中文电视台、澳大利亚SBS国家电台、澳亚民族电视台，以及各国各地区多家海外报刊均采访报道过凌鼎年。他还名列《世界名人录》《世界名人辞典》《国际名人辞典》《亚洲艺坛名流》《东方之子》等100多种辞典，并入编《国家名人档案》。2010年，我去韩国考察，在朝韩边境遇到一群不知来自何国何地的青年学生，说起微型小说都知道中国有个凌鼎年是搞微型小说的；日本大地震之后我去日本，和一位来自台湾地区的张姓导游聊起江苏风光，导游居然说："你们江苏有个叫凌鼎年的作家，他写了好多文章。"凌鼎年的名气之响亮,占尽了华文圈的每个角落,真让人"羡慕嫉妒恨"。

当然,这一切都源自凌鼎年自己的努力及他为世界华文微型小说所做出的奉献。近年来,凌鼎年跑遍了中国所有的省市,还两次去美国、七次去欧洲、三次去非洲、两次去大洋洲、十几次去东南亚,跑了40多个国家与地区,如应邀去美国伯克莱-加州大学参加过世界华文文学国际学术研讨会,应邀去维也纳参加过欧洲华文作家协会的年会,应邀去新西兰奥克兰参加大洋洲华文作家协会的文学研讨会,应邀去澳大利亚参加墨尔本华人作家节与中澳作家悉尼文学研讨会,应邀参加过联合国世界汉语日系列活动。他在全球范围内奔走,全都是为了华文文学。

作为世界华文微型小说研究会秘书长、会长,凌鼎年是一个为华文微型小说作家和组织干实事的人。他是迄今大陆(内地)唯一应邀参加过在新、泰、马、菲、印尼、文莱、中国香港、中国上海召开的12届世界华文微型小说研究会的作家。说起世界华文微型小说研究会,故事多多。单说第五届,凌鼎年告诉我这一届2004年12月在印度尼西亚万隆召开,因为我去不了,也就没关心具体的事宜。当2004年12月26日我从电视上得知,印尼发生特大海啸,十分揪心地想到一帮微型小说朋友还在那里开会,我几乎是本能地拨通凌鼎年的手机,鼎年告诉我:这次在印尼他代表中国的作家上台,与新加坡、马来西亚、泰国、菲律宾、文莱、印尼华文作家协会的会长一起敲响平安锣,祝福东南亚华文繁荣、昌盛。现他已平安回到国内。电话里他也在庆幸自己躲过一劫。

在华文文学界,凌鼎年为微型小说做了大量的中外交流工作,借助他兼任美国纽约商务出版社特聘副总编,中国香港《华人月刊》、中国澳门《澳门文艺》特聘副总编,新加坡《环球华人作家》(数字版)主编,美国"汪曾祺世界华文小小说奖"终评委,中国香港世界中学生华文微型小说大赛总顾问、终审评委,美国国际《金瓶梅》研究会副会长,新西兰中华文学艺术联合会顾问等职务,将中国微型小说作家作品大量推介到海外,组织海外作家、学者研究中国作家作品,组织海外翻译家翻译出版中国微型小说作家作品。中国微型小说作家在海外发表、翻译的作品,大部分与他的力荐有关系。

2011年10月,凌鼎年率中国微型小说作家代表团访问美国,应邀在哈佛大学作微型小说主题演讲,并组织向美国哈佛大学、耶鲁大学捐赠微型小说书籍,协助建立"中国微型小说作家作品文库"。为了建这一文库,他自费购买了6 000多元460多本的微型小说。在海内外,"凌鼎年"这个名字就是一个标志品牌,"凌鼎年"成为微型小说的代名词。

微型小说界的"劳动模范"

若是谁将来编著微型小说史,我想有关"凌鼎年"必定是要有浓墨重彩的章节的,在他的条目中会留下这么几条具有研究和史料意义的内容。

凌鼎年是当代世界华文微型小说作家中作品发表量最大的。自1980年年底发表处女作以来,迄今在《人民文学》《北京文学》《天津文学》《香港文学》《新华文学》《小说界》《中华散文》等海内外数百种报刊发表过5 000多篇文学作品,约1 000万字;出版过中篇小说集、短篇小说集、微型小说集、散文集、随笔集、诗歌集、评论集、文史集等53本,正在出版的还有多本;他的多篇作品还被国内多家大专院校选为教材,入选高中语文教材及教辅教材,并被收入《全球100位名人与中学生谈名利》《全球100位名人与中学生谈诚信》

《世界华文微型小说获奖作品集》《微型小说鉴赏辞典》《新文学大系·微型小说卷》《中国当代小小说大系》《21世纪微型小说排行榜》《中国微型小说名家名作百年经典》等海内外的520多种集子里。他还主编、出版过230多本集子。

凌鼎年是第一个把作品推向国外多家报刊,并且在海外发表量最大的。他的作品被译成英、法、日、德、韩、泰、荷兰、土耳其、西班牙、维吾尔文等10多种文字,有500多篇作品发表在世界28个国家与地区的报刊上。《茶垢》《让儿子独立一回》等16篇被收入日本、韩国、美国、加拿大、土耳其、新加坡,以及中国香港的大学教材、中学教材和当地汉语培训教材。他是微型小说界创作和理论研究双栖型作家,他写过的微型小说评论文章及为作家的集子写序多达数百篇,光代序就写过300多篇,应该是业界最多的。

凌鼎年是海内外微型小说活动的主要策划者、组织者、实施者,大凡微型小说界的研讨、采风、作品集出版几乎都离不开他的操劳。他应邀访问过中国台湾,并应邀去美国,澳大利亚墨尔本、悉尼,瑞士日内瓦,泰国曼谷,马来西亚吉隆坡,以及中国香港、澳门、北京、上海、新疆、内蒙古、贵州、四川、湖北、湖南、河北、福建、山东、浙江、江苏等各地讲课,具体多少场次,或许已经无法统计。

微型小说创作给凌鼎年带来了很高的声誉,使他成为获奖"专业户"。他的作品曾获世界华文微型小说大赛最高奖、冰心儿童图书奖、紫金山文学奖、吴承恩文学奖、叶圣陶文学奖,先后七次获中国微型小说年度评选一等奖、小小说金麻雀奖等大小230多个奖项。2010年,被上海世博会联合国馆UNITAR周论坛组委会特别授予"世界华文微型小说创新发展领军人物金奖";2011年,被全美中国作家联谊会授予"世界华文微型小说大师"奖。

其实,为凌鼎年在世界华文文学界赢得声誉的,不仅仅是微型小说,他的中短篇小说和诗歌同样精彩。他早在1991年5月曾在江苏文艺出版社出版过诗集《心与心》;2012年,又在中国文联出版社出版了第二本诗歌集《岁月拾遗》,其中收录了199首作品;2012年9月,第32届世界诗人大会在以色列首都特拉维夫举办,凌鼎年应邀出席大会,他荣获第32届世界诗人大会主席奖,给他颁奖的是诺贝尔奖得主以色列的卡汉博士。

凌鼎年不仅作品写得好,他的人品也让人赞赏有加。在他的办公桌上,时常会看到全国各地的一些文友的来稿,请他编辑审定,他会根据"各取所需"的原则,批量将这些朋友的文稿推荐到他熟悉的一些报刊上。

他不抽烟、不喝酒、不会打牌,唯热衷于写作和为微型小说建设与发展鼓劲,在圈内文友的口中,他就是一个地地道道的微型小说界的"劳动模范"。

娄东文化传承人

凌鼎年的作品,丰富多彩,色彩斑斓,或讲究某种境界,或朴素空灵,或诡谲深奥;或者是哲学意义上的,或者是人性意义上的。在这些作品里,我们会真切地体味到什么叫语境,什么叫人物,什么叫氛围,什么叫底蕴,什么叫内涵。我们会感受到人与人的那份关爱和温情,那种怀旧的光辉和依恋的韵味,那种绵长悠远的少年情结,那种悲悯、怅惘的人生体验。感受更多的则是他对地方文化——娄东文化的弘扬与传承,这一点限于篇幅只能简略介绍,留待另文详细阐述。

他著的《江苏太仓旅游》,是了解太仓的"钥匙"。他的随笔集《弇山杂俎》《娄水文存》《太仓史话》《太仓老字号》,写太仓历史、文化与太仓文化界人与事,纳入"娄东文化丛书"出版。他撰写过《麻将起源太仓说》《牛郎织女传说降生太仓说》《昆曲起源太仓说》《江南丝竹起源太仓说》《太仓王世贞写〈金瓶梅〉说》《太仓吴梅村写〈红楼梦〉说综述》《李时珍与太仓》《董其昌与太仓》《汤显祖与太仓》《凌濛初与太仓》《戚继光与太仓》《建文帝与太仓》《范仲淹与太仓》《林则徐与太仓》《唐伯虎与太仓》《郑和与太仓》等发掘太仓文化历史的文章,在海内外发表。他还花费三年时间搜集资料、撰写、修改、编辑,完成了50万字的《太仓近当代名人》一书,收录560位太仓名人的简介与照片。该书由太仓市委书记写序,市长题词,可以说是研究和传承娄东文化的一本必备的工具书。

他的微型小说代表作《茶垢》《再年轻一次》《此一时,彼一时》《秘密》《红玫瑰》《剃头阿六》《了悟禅师》《法眼》《天下第一桩》《诚信专卖店》《血色苍茫的黄昏》《让儿子独立一回》《狼来了》《沉重的鸡蛋》等,无不浸润着娄东文化的淳厚底蕴。创作之外,他担任过十一届、十二届太仓市政协常委,期间写了上百个提案,被公认为提案大户,几乎都与文化有关。他极力呼吁保护和恢复文化古迹,为传承娄东文化他不遗余力,被视为娄东文化的代言人。如今,凌鼎年被苏州健雄职业技术学院娄东文化研究所聘为研究员。用他的话说,他目前做两件事:一是微型小说的创作、研究;二是娄东文化的发掘、研究。前者属创作型,后者属研究型,他是微型小说圈内为数极少的学者型作家,中央电视台等采访凌鼎年时都为其打上"文化学者"的标签。

作为作家网副总编、世界华文微型小说研究会会长、央视中国微小说与微电影创作联盟常务副主席、江苏省微型小说研究会会长、蒲松龄文学奖(微型小说)评委会副主任、全国"12+3"微型小说大奖赛终评委、全国高校文学作品征文小说终评委、世界华文微型小说大赛终评委,有着100多个社会兼职的凌鼎年,他主打的仍然是微型小说。他在微型小说界的出色贡献,引起海内外数十家报刊与网站的关注,先后介绍过凌鼎年其人其文,他上过封面、封二、封三,做过记者专访、人物写真,有大量研究凌鼎年作品的作家论、评论等发表;有多位毕业生的学士论文、硕士论文或博士论文是研究凌鼎年微型小说的。广东湛江师范学院的大学生还撰写了系统研究凌鼎年微型小说的20万字的评论专著《感动大学生的六位小小说作家之凌鼎年卷——先飞之鸟》。一些高校教师纷纷开设"凌鼎年微型小说研究"课程和讲座。

关于凌鼎年,可以写很多卷来介绍,我在此浓缩成一句话:凌鼎年就是世界华文微型小说的代名词。

(原载大型人文杂志《中华英才》2016年9月《名人天下》栏目,有改动)

作者简介:徐习军,作家、评论家、学者,系江苏省连云港淮海工学院学报副主编、连云港文艺评论家协会副主席。

凌鼎年：中国"微型小说界的蒲松龄"

何开文

在中国微型小说界，只要提到凌鼎年的名字，可以说是如雷贯耳，无人不知，无人不晓。

凌鼎年，中国作家协会会员、世界华文微型小说研究会秘书长、江苏省作家协会微型小说工作委员会副主任、江苏省微型小说研究会会长、太仓市作协主席、美国"汪曾祺世界华文小小说奖"评委、香港世界中学生华文微型小说大奖赛总顾问与终审评委。尽管他有多个头衔和身份，但在微型小说圈子内，大家都尊称他为"凌老师"。

凌老师是目前我国微型小说界创作、发表文学作品最多，出版个人集子最多，获奖最多，写序最多，主编集子最多，社会兼职最多，应邀参加海内外文学活动最多，在海外影响最大的微型小说作家。据我了解，凌老师于1980年年底发表处女作，迄今已在《人民文学》《北京文学》《天津文学》《香港文学》《新华文学》《小说界》《中华散文》等海内外数百种报刊发表过3 000多篇文学作品，字数达800万之多。他被海内外微型小说同行与评论界誉为中国当代"微型小说创作的代表""领头雁""大哥大""微型小说文坛司令级人物""中国微型小说之王""中国微型小说的名片""微型小说文坛的劳动模范""微型小说获奖专业户"，是中国微型小说界的"泰斗级作家"，是中国"微型小说界的蒲松龄"。小说界还把凌鼎年所创作的微型小说作品既有数量、又有质量的情况，称为"凌鼎年现象"。

凌老师创作过电影、电视剧本《刘家港：郑和》，还策划并参与创作了30集电视连续剧《求职公寓》；多次被聘请为全国性微型小说大赛的评委，还策划过多项全国性文学活动；先后被中央电视台中文国际频道、中央电视台科教频道、中央电台、东方卫视、江苏卫视、美国中文电视台、澳大利亚SBS国家电台，以及中新社、新华网等多家海内外媒体报道；曾获世界华文微型小说大赛最高奖、冰心儿童图书奖、紫金山文学奖、首届叶圣陶文学奖、首届吴承恩文学奖，先后7次获中国微型小说年度评选一等奖、小小说金麻雀奖，个人作品集曾获全国微型小说个人作品集（1980—1995）优秀作品奖，入选中国作协评定的中国当代微型小说风云人物榜并获"微型小说星座奖"，2010年被上海世博会联合国馆UNITAR周论坛组委会特别授予"世界华文微型小说创新发展领军人物金奖"；名列《世界名人录》《世界名人辞典》《国际名人辞典》《亚洲艺坛名流》《东方之子》等多部辞典，并入编《国家名人档案》。

认识凌老师，缘于微型小说，可上溯到20世纪90年代。我自第一篇微型小说《他、她》在《东北文学》1989年第3期上发表，并获东北文学精短文学作品大奖赛优秀奖之后，便有不少微型小说作家、评论家开始关注我。尤其是当我陆续出版了微型小说集《青苹果》《嫩藕枝》和微型荒诞小说选集《红辣椒》，微型小说《取经》在《新华日报》（1995年4月16日）发表，又被全国微型小说名刊《微型小说选刊》（1995年第8期）转载后，大约是在1997年年初，我接到了凌老师从苏州太仓打来的电话，他特别了解我的微型小说创作情况。从此，我与凌老师就成了紧密型的文友。

2016年春节刚过完,我和夫人再到南京女儿家小住时日。在南京期间,我从邮箱中多次收到凌老师的邮件,均是为江苏省微型小说研究会年会做准备工作,并多次与我联系,要我提供相关材料,为研究会"2014—2015年江苏微型小说创作双年奖"做好资格上的申报和审核,可见他对微型小说工作的热心程度和执着精神。我与凌老师的文友之情,并没有因我退居二线而降温,也没有因我离开宝应来到南京而失去联系,这种文友之情、师生之缘也从宝应延伸到了南京。我想,这就是我在新书《南京纪事》中设立"写南京缘"一辑的初衷。

凌老师十分注重推介微型小说作者。自从我和凌老师成为紧密型的文友之后,他特别将我推荐给《微型小说选刊》,在该刊的封二上用一个整版刊发我的一张生活照片和个人简介,并同时破例发表我的微型小说《延缓生命》《病因》(1997年第17期)。在全国微型小说名刊《微型小说选刊》上发表微型小说作品,是从事微型小说创作者十分向往的事情。《微型小说选刊》选发已经在报刊上发表的微型小说作品,很少发表原创作品,也就是还没有在报刊上发表的微型小说作品。因而当我的生活照片和简介在封二上刊发,同时又有两篇微型小说作品发表时,曾在全国微型小说界引起较大的反响。我想,这个反响应该是凌老师关心微型小说新人、极力推荐微型小说作者的结果。

凌老师十分注重为他人做嫁衣。为他人做嫁衣,说起来容易,但真正做起来却是十分的不容易。因为,为他人做嫁衣,需要用大量的时间来阅读作者的作品,而这会影响自己文学作品的创作。凌老师在这方面,不仅做到了,而且还做得十分的好,做出了影响力,得到了广大微型小说作者的一致认可。他在向微型小说名刊推介我的同时,还先后为我主编的和我个人出版的微型小说作品集撰写序言。如为《延缓生命》而写的序言《宝应城里笔耕人》,为《梦笔生花》而写的序言《声名鹊起的何开文》,为《停长十岁》而写的序言《兴趣、执著、探索》,为《扬州微型小说22家》而写的序言《推出作品、推出作家》,还有文学评论稿《微型小说名家何开文》。

凌老师十分注重打造微型小说品牌。身为世界华文微型小说研究会秘书长、江苏省作家协会微型小说工作委员会副主任、江苏省微型小说研究会会长的凌老师,还为宝应创建"中国微型小说之乡"品牌提供诸多方便。他指导宝应成立了宝应微型小说学会,创办了《宝应微型小说》杂志,设立了"江苏省微型小说创作基地",帮助出版了《宝应微型小说作家群作品选》《扬州微型小说22家》,在由中国微型小说学会、镇江市文联主办的文学月刊《金山》杂志上以"宝应微型小说军团风采"栏目,集中推出了宝应4位微型小说作家及其20篇作品,于2005年、2006年两次来到宝应作微型小说专题报告会,为宝应争取到承办全国、全省微型小说研讨会,并将江苏省微型小说研究会成立大会放在宝应举行。所有这些活动都为宝应创建微型小说品牌工作打下了坚实的基础。同时,他主动与中国微型小说学会领导联系,为宝应创建"中国微型小说之乡"做出了较多的努力。2008年7月23日下午,在"中国·宝应荷藕节"到来前夕,凌老师代表中国微型小说学会专程来到宝应,授予宝应县"中国微型小说之乡"这一全国首个微型小说品牌。凌鼎年先生说,宝应被授予"中国微型小说之乡"当之无愧,希望宝应在全国微型小说这座繁茂的百花园中,不断出新品、出新人,让宝应微型小说创作结出累累硕果,叫响"中国微型小说之乡"文艺品牌,以提高宝应在外界的知名度。之后不久,苏州太仓市也成功创建"中国微型小之乡"。

凌老师十分注重褒奖微型小说作家。江苏省微型小说研究会在凌老师主政之下,曾先后开展"2013年度江苏省微型小说30强""2014—2015年江苏微型小说创作双年奖"的评比工作,得到了广大微型小说作家们的欢迎和一致好评。这两届评奖活动,宝应连续两届都有两人获此殊荣。特别令我感动的是,为了展示宝应"中国微型小说之乡"的特色,我设计了两个有关微型小说的活动:一是设计了"首届江苏省微型小说奖(宝应)"的评奖活动。当我将此项活动向他请示之后,他表示全力支持宝应的做法,并于2013年11月16日这天,专程来到宝应举行首届江苏省微型小说奖(宝应)颁奖会。会上,宝应11位作家荣获首届江苏省微型小说奖。二是设计了在相关杂志上开设"宝应专栏",重点推介宝应的微型小说作家。他得知我的想法后,便与《小小说大世界》《茉莉》两刊双主编蓝月联系,先后于2014年、2015年在这两刊上开设"宝应专栏",分别推介宝应26位和36位微型小说作家的微型小说作品,从而较好地调动了宝应微型小说作家们的创作积极性。

凌老师十分注重微型小说的组织建设。在他的不断努力下,经过较长时间的筹备,江苏省微型小说研究会于2009年8月30日在宝应隆重举行。这天的下午,来自省内外的60多名作家汇聚"中国微型小说之乡"宝应,见证了江苏省微型小说研究会成立仪式这一令微型小说作家激动的时刻。在凌老师的带领下,江苏省的微型小说创作出现了作家多、作品多、读者多的趋势,从文化基础建设方面最能展示江苏文学风貌,江苏的微型小说创作与发展代表了当代中国文坛微型小说的总体水平,在世界华文圈产生了广泛的影响。他在成立大会上说,成立江苏省微型小说研究会,旨在进一步展示江苏微型小说的创作成果,探究江苏微型小说的发展轨迹,总结江苏文学繁荣的规律,促进全省乃至全国微型小说的创作、发展与繁荣,推进江苏文化大省建设。江苏省微型小说研究会在宝应隆重举行成立仪式,我想这既是对宝应"中国微型小说之乡"的一次宣传推介,也是对宝应微型小说创作工作的一次肯定。

德国作家、画家谭绿屏在印尼万隆召开的第五届世界华文微型小说研讨会上撰文说:"凌鼎年的微型小说是一扇观察社会、记录社会的窗口,不仅具有旺盛的生命力,而且具有连绵的不朽性,可供社会学家和历史学者作为时代特征、社会历史的研究参考,其综合的典型性和代表性,一百年后仍是社会史料的研究资料。"

由此可见,凌老师在中国乃至世界华文微型小说界的地位之高、影响之广,他不愧为中国微型小说界的"泰斗级作家",是中国"微型小说界的蒲松龄"!

感谢凌老师!祝福凌老师!

(原载《南京纪事》一书,江苏文艺出版社,2017年4月版)

作者简介:何开文,江苏省作家协会会员、江苏省微型小说学会副会长,曾任江苏省宝应县宣传部副部长、文联主席。

一份特殊的新年礼物

沙 优

新年第一天打开邮箱,总会收到太仓作家凌鼎年兄的年末盘点。今年也不例外。

虽然是意料的惊讶,但还是心中温暖了一下,轻声感叹一句:"老兄辛苦了,感谢你的新年礼物!"

凌鼎年是作家队伍的"劳动模范",不妨公开一下他的年末盘点。过去的这一年,他创作的文学作品有170篇,约35.5万字,包括短篇小说、散文、随笔、评论等,其中,微型小说49篇。差不多两天要写出一篇。在他的统计中,今年的篇数比去年还略微少些。考虑到还有诸如人在旅途中,不得不停下写作的原因等,他许多时候估计一天还不止写一篇作品。称他是"劳动模范",不为过吧!

像他这种级别的作家,作品写出来了,当然是不愁发表的,往往都是约稿在先,没有预约的,也都是写出来即被人抢用。他的这170篇作品,先后发表在国外的有美国《红杉林》,泰国《中华日报》《新中原报》,新加坡《新华文学》,菲律宾《世界日报》,日本《莲雾》,越南《越南华文文学》等;其余的,发表或转载在《小说选刊》《新华文摘》《湖南文学》《雨花》《意林》《草原》《写作》《微型小说月报》《红豆》《小说月刊》《世界英才》《啄木鸟》《新民晚报》《新民周刊》《苏州杂志》《鲁北文学》,以及香港的《文综》,澳门的《柠檬周报》等。此外,年末盘点里还包括结集出版书多少本,其中哪些被译成英文和日文在海外出版,主编作品集多少本,获奖多少篇,被哪些报刊媒体采访评价,做过哪些大赛评委,到过哪些大型论坛或中小学做讲座,接待过多少文化名人的统计。不得不说,光是被《小说选刊》等转载的就有19篇次,有40篇作品入选35种作品选集,为11本书写序。这些都是非常了不起的成绩。这些统计,占去他这篇年末盘点的1万多字,余下4 000多字他写了一篇《岁末随想》。凌鼎年全部盘点下来,在旧年剩下不到几个小时,将一万多字发给海内外的朋友,舒一口气,等候聆听新年的钟声。

凌鼎年兄很有个性,包括他的这个年末盘点。别人也许还会回顾一下,写了哪些作品,有哪些成果经验或需要弥补的不足,等等,但不会像他这样写如此一篇"万言书"。对于老读者、老朋友自然不必说了,没有读过他作品的人,只须看看他这篇文字,就明白他是一个多么勤勉、多么扎实、多么坦诚的作家了。我相信,如我一样,在每年的新年第一天,等着收、看他盘点的人还不少。我不知别人怎样看待他的这个年末盘点,具体到我本人,我是当作新年礼物的,看看朋友的努力,明白自己的差距。对他本人,是自勉;对于他的朋友,是共勉。而且,我也向来自以为是个努力勤奋的人,在许多同胞都酣睡的早晨,我三四点钟就起来读书、写稿了,我的一大半稿子就是在这个时间段写的。写完天色未明,人也很困,就再睡一个回笼觉。多数时候是到了出门上班的时间了,才哈欠连天地出门。有时很累,也很失落,内心也不平,但看了这篇来自太仓的盘点,也就近乎喝了一杯凌氏清热消火茶,感觉自己太小家子气了,算是小巫见大巫了,也就心平气和,该干什么还干什么了。

凌鼎年对中国的小小说是有着公认贡献的。我认识他的时候,我在苏钢厂,他在微山湖畔的大屯煤矿。那时，他就痴迷小小说，并成为国内率先出版小小说作品集的不多的几个作家之一。目前，他已经出版了45本集子，还有三四本正在出版中，到今年一季度，会达到48本，到年底，估计有可能突破50本。因为他还有编好待出版的几本。他的集子有中篇小说集、短篇小说集、微型小说集、散文集、随笔集、游记集、诗歌集、评论家、日记集、书话集、序跋集、文史集等多种，较少有重复入选的。他的集子一般比较厚，通常都在20万字以上，有几本多达四五十万字。就像他说的，微型小说不像长篇小说，一天可写上万字。得一篇一个题材、一个主题，而且不能有小小的败笔。往往越写越难提高与超越，这可能也是不少微型小说作家见好就收，转到其他领域去发展的原因。他说他比较笨，不会其他的，"就一棵树上吊死"，坚守这个他已经拥有充分知名度的阵地。他用民间那句"笨鸟先飞"来激励自己，给自己的书斋名取个"先飞斋"。其实，文学原本就是个来不得虚头巴脑的活，就算再有灵气才华，那也得一个字一个字写出来，一篇文章一篇文章写出来，一本书一本书出来。现在是电脑稿，看不到手迹，我当年可是看到过他很多手稿的，他的字完全是刻钢板落下的毛病，说好听点是仿宋体，其实就是在做字。因为钢板上有条纹，转折不便，平常我们写个横折钩，是一笔完成的，在钢板上写这个一笔，要一横、一竖、一撇、一点，才完成，旁观者看上去，就是在点点点点个没完。他现在难得写信封或扉页签名，因为还得写字，而他仍然是这样"做字"。横折钩的四笔，他写得不耐烦了，缩减一半，只要两笔完成，即一横一竖，那个钩就没有了，等于是写横折他多用了一笔，出来的还是个尚未到位、有欠缺的横折。我有时也想，他毛笔字咋写呢？也许写出来倒是有些舒同体的味道吧？但就是这样"做字"，人家早已著述等身，笨鸟冲天了。创作的同时，他还主编了若干书籍，多数是微型小说集子，累计超过200本了。用英文、日文出版的小小说集，填补了空白。环顾文坛，还有谁与之争锋？

感谢凌老兄的新年礼物，代表自己，也代表众多的小小说爱好者；也恭祝凌老兄新年体康笔健，鼎力相助中国微型小说，续写新的一年！

2017年1月5日

凌鼎年，小小说界有心人

张　帆

把一种纯正而美妙的爱好、兴趣与专长发挥到极致，成为自己终生倾慕与奋斗的事业，这需要付出巨大的热心、爱心与恒心。在我有限的交往中，我认为，凌鼎年称得上当之无愧的小小说界的有心人。

初识凌鼎年，是因了他众多的小小说作品，读作品如读人，文如其人嘛。迄今，他发表、选载、转载过的小小说及其他作品已有2 000来篇，已出个人专集11本，并获世界华文微型小说大赛最高奖，集子曾获全国微型小说集子优秀奖，作品译成英、法、日、德等文字。量多质优的后面，是辛勤的汗水耕耘，更是掩抑不住的他对于小小说事业的蓬勃燃烧的一颗热心。

凌鼎年在小小说界算是很有名气的了,按说,像他这样的"腕级"作家,可能是很傲气的,然而,他却以自己的一颗热情的爱心,帮助、扶掖着一批又一批后来者。据说他业余阅读、修改、推荐的各地认识不认识的小小说作者的来稿,超出了一般专职编辑的发稿量。仅1998年初冬至1999年春末,他便主编了4套小小说丛书,无偿审读、校对了30多本书稿,看得他眼酸流泪,眼球毛细管肿胀充血。即便如此,他还是以宽厚的爱心,赶着时间写序。若实在来不及,他也会在书成之后,写出长长的评论来祝贺。他的爱心,使他在小小说界获得了亲切而美好的口碑。

　　如果说热心是引力,爱心是动力,那么,恒心便是一个人对一项崇高事业的忠贞定力。

　　出道十多年来,凌鼎年"咬定青山不放松"。他坚信:小小说是个大事业!是个朝阳事业!因此,他全身心地投入,把小小说视为他此生唯此为大的崇高事业。他说:"作家应该以作品说话,以作品表明其存在价值,我将始终把创作放在第一位。若有一天我江郎才尽,我将会为小小说界的朋友做些力所能及的服务工作……"

　　执着、谦逊、清醒,这是每一个成大器者所必备的品质。凌鼎年是这样说的,也是这样做的。十多年里,除了大量的小小说创作外,他还写下了几十万字的小小说评论及有关小小说的创作谈与理论思考、序言等;并且从1994年起,他每年坚持记小小说大事记,为小小说界收集、整理第一手珍贵的资料付出了大量心血。

　　凌鼎年是小小说界的有心人,他以自己的热心、爱心和恒心,赢得了广泛感召力。去年秋天,我与他在郑州虽只一面之缘,却留下了深刻的印象。他精力充沛、儒雅健谈。

　　在郑州大学国际学术交流中心那高高的白杨树下,他向我建议把小小说作家作品比较研究作为课题之一;在温馨的宿舍里,他饶有兴致地听着各地文友海阔天空侃侃而谈,时不时来几句睿智而不失幽默的话语,对年轻作者一再鼓励、鼓劲。他还忙里偷闲,为他主持的几家小小说报刊的栏目组稿。那种敬业精神,那种对小小说的一往情深,令人感动。

　　新学年伊始,祝愿鼎年先生热心不减,爱心长存,恒心永健!祝愿小小说事业蒸蒸日上,蔚为大观!

2014年1月13日

凌鼎年——"用作品说话,我心里踏实"

陈　姝

　　当夏天悄悄来临的时候,凌鼎年的微型小说新集《永远的箫声》宛如一阵清凉的风,拂过我们的心坎,带来一股清香与芬芳。

　　殊不知,这已经是凌鼎年出的第50本集子了。对他来说,每一本书都饱含心血,每一本书的到来都像迎接孩子出生一样欣喜。但似乎也有些遗憾,所谓这些遗憾,与其说他是一个追求完美的人,倒不如说他心系读者,只想把最好的作品呈现给读者,他的笔下永远是精益求精。

有人评价他是"世界华文微型小说领军人物",是"未来微型小说界的金庸"……面对这些称赞,他总是微微一笑,坦言"用作品说话,我心里踏实"。

50本集子与默默无闻的努力

凌鼎年的作品,像雨后春笋一样涌现,被海内外各大报刊发表、转载、入选教材、考试卷、教辅、阅读试题,以及不少中考、高考模拟试卷。前前后后他已发表了5 000多篇,光在海外28个国家与地区的华文报刊发表的作品就有600多篇。他的作品被翻译成10种文字,是我国唯一在日本出版过日译本个人微型小说集子、在加拿大出版过英译本微型小说个人集子的中国作家,也是唯一参加过11届世界华文微型小说研究会的中国作家。

中国作家协会主办的《小说选刊》一向被认为是最权威的选刊,能被选上1篇就算成绩了。可凌鼎年被选载的微型小说超过了10篇,仅收在集子里的就有《百年校庆》《香道》《智者》《有钱无钱》等6篇被《新华文摘》《小说选刊》选载过。其中,《玉雕艺人哥俩好》还获全国小小说学会联盟年度系列评选之"2016全国小小说优秀作品奖"(共10篇);《风雪夜》列中国作家·《雨花》读者俱乐部评选的2016年微型小说排行榜10篇之榜首;《风雪夜》还被改编拍摄成微电影,获泰国泰中国际微电影展之"司法与社会奖",泰国文化部颁发了获奖证书与奖杯……

从1980年《庐山小唱》发表于《新华日报》到如今,他发表的作品已有1 000万字。这可不是长篇小说,这是什么概念?几千个题材啊!他的勤奋与努力可想而知。

凌鼎年有自知之明,知道自己并不聪明,于是以勤补拙,多下笨功夫,他特意把书斋取名为"先飞斋",意为笨鸟先飞。众所周知竹子是将根在土壤里延伸了数百米,才有了雨后春笋的拔地而起。而他像竹子一样把写作扎根在心上,只问耕耘,以写为乐,他放弃了很多享受,却收获了沉甸甸的作品,以及来自读者与同行的尊重。

胡适曾说:"这个世界聪明人太多,肯下笨功夫的人太少,所以成功者只是少数人。"

他所谓下苦功夫,就是贵在平时积累,并不是临时找素材想故事,他口袋里的笔与纸是常备的,平日里看到、听到、遇到、想到什么人、什么事,觉得可以写的,都会拿出笔与纸记下,回家存入电脑素材库,以备不时之需。学生时代起,他就养成了好读书的习惯,养成了阅读后思考的习惯,养成了记日记的习惯。他的电脑素材库里长年保存着一二百篇待写的故事,所以创作起来,不愁没有东西可写,因且每次写作都是在比较轻松的状态下完成的。

踏上文坛,特别是这一二十年来,他策划了一个又一个文学活动,大部分都与微型小说有关。中国微型小说学会在上海成立,他出过力;世界华文微型小说研究会成立,他是第一功臣;中国微型小说作家代表团访美,他是团长;向美国耶鲁大学东亚图书馆、哈佛大学燕京图书馆赠送中国微型小说集子,他是策划者;中国微小说校园行,他是组委会主席、讲师团团长……作为作家,他对微型小说的贡献有目共睹。如今,微型小说日渐成了一个有深度、有价值的品牌,凌鼎年为此推波助澜,功不可没。

愿做小小说拓荒人

20岁的时候,凌鼎年还只是微山湖畔的一位煤矿工人,业余生活相对枯燥。带有文学天赋的他喜欢写写诗歌,但之后从写诗歌到坚持写小小说,也是从偶尔走向必然。他是明代写《初刻拍案惊奇》《二刻拍案惊奇》的凌濛初的后裔,凌濛初是写短篇小说的"圣手",无论是遗传还是热爱,凌鼎年走上创作微小说之路,仿佛是一种注定。

在20世纪80年代初期,微型小说、小小说这种文体从日本、中国香港、中国台湾传到内地,因为短小精悍,深受报纸副刊编辑喜欢。凌鼎年敏锐地感觉这种新文体前景无限,就开始转向以写微型小说、小小说为主。当时,他在文坛已崭露头角,像名家如云的《文汇月刊》他也露过脸,他的短篇小说《风乍起》据说是《文汇月刊》创刊以来发表的唯一的一篇处女作。按照常理,他完全可以在短篇小说方面走下去,但他看准了微型小说的发展前景,毅然选择了微型小说,他心中就只有一股信念,愿意做小小说界拓荒人。当时他的选择遭到了长辈、老师、朋友的反对,认为那是"小儿科",没有大出息。但他不为所动,不管外界的声音如何,只专注自己内心的文字。他奋笔写下了《小小说是朝阳文体》《小小说,三十年后再论》等多篇为小小说鼓与呼的文章,他相信自己的选择,不会辜负心中的梦想。

岁月无声,凌鼎年在创作小小说的道路上,一晃已三四十年。当年一起与他写小小说的作家,有的走了仕途,升了官,有的经商,发了财,有的转行了,有的搁笔了,他是信心最足的一个,不但坚持创作,还为推进文体发展、繁荣,做得风生水起。难怪《微型小说选刊》原主编郑允钦说,凌鼎年是微型小说马拉松赛,最后走到底的那位。

安静从容的心态是好作品的根基

凌鼎年在谈起自己创作时,他坦言是比较顺利的,主要是他能够用平稳的心态面对现实遇到的种种。说个小插曲吧,大约在20世纪90年代中期,当时他们单位的一位副主任接到一家报社的电话,说他的一篇微型小说是抄袭的。他一听就笑了,经查核,这篇所谓"抄袭"的微型小说已收进他出版的一本集子,是一篇没有在报刊上发表过的作品,恰好有约稿,他就把这篇投出去了。刊登后,有细心的读者给编辑部写信,说这篇作品与署名某某某发表的几乎一模一样,可以认定为抄袭,编辑也误以为他涉嫌抄袭,就给他单位领导打了电话。当凌鼎年把一两年前已出版的集子拿出来,编辑才恍然大悟。那个抄袭作者来信道歉了,是位刚工作不久的年轻人,这位年轻人还把稿费退给了他,并请求千万不要告知他的单位,表示了悔意。凌鼎年想到,人非圣贤,孰能无过,更何况年轻人犯错误,上帝也会原谅,就选择给他一次机会,不再追究。

据凌鼎年回忆,当年有一部热播的电视连续剧有一集内容剽窃了他的一篇微型小说《茶垢》,只不过他写的是紫砂茶壶,剧中改为瓷器茶壶,如果打官司,对方肯定是需要赔偿的。他没有选择打官司,并不是没有维权意识,只不过他认为打一场官司,劳心神、费时间,与其这样,还不如把时间、精力放在写作上,心态平静了,多写几篇作品,比打赢官司更有价值更有意义,何乐而不为呢?

古人云:"心心在一艺,其艺必工;心心在一职,其职必举。"

在凌鼎年的生活里,没有节假日概念,只知写写写,连大年三十与年初一也在办公室或工作室爬格子、敲键盘,他觉得是种乐趣。读万卷书,行万里路,因为文学,他走遍了全国所有的省市,还去了40多个国家与地区,感谢文学让他的视野更开阔。

一个人的气质,不决定于"脸",而在于内在修养。凌鼎年已过花甲,但是他乐于助人,喜欢为年轻人做点实际的事情,为一些作家、作者改稿,做推荐,写代序,迄今为止,他已写了300多篇代序,只要是有作者希望得到他的指点,他都全心全意给予指导。

凌鼎年认为写作是为了表达对社会、现实、历史、人生的种种思考,为当代读者提供点提炼后的观照,为后代了解我们的生活提供一个文学的参照系。所以他丝毫不敢松懈,把写作当成一种使命,希望自己能为更多喜欢微小说的作者提供永恒的精神食粮。

2018年6月12日

终于见到了凌鼎年

——上海第九届世界华文微型小说研讨会散记之一

邴继福

想见凌鼎年先生,是我参加在上海召开的第九届世界华文微型小说研讨会的主要动力。其中深层次原因,是他的人格魅力征服了我。

在世界华文微型小说界,"凌鼎年"这个名字如雷贯耳,这不仅因为他是中国微型小说发展的开拓者和奠基人,更重要的是因为他是著名微型小说活动家。

凌先生是我国第一代微型小说作家群中创作热情最高、社会活动量最大的作家之一。迄今为止,他已发表3 000多篇作品,出版小说集、散文集、随笔集等31部;荣获冰心文学奖、紫金山文学奖、小小说金麻雀奖等两百多个奖项,是微型小说业界30年风云人物之一。

我最早知道他,是在20世纪90年代,读过他一本微型小说集《再年轻一次》,很是欣赏。我们最早的交往,始于1993年。

当时,我的微型小说集刚刚出版,凌先生不知从哪儿得到信息,电话打到我家,索要我的集子。给我带来意外惊喜的同时,让我产生一种敬佩感。不久,他给我邮来一份泰国华文报纸《新中原报》,我的微型小说《痴情的采访》赫然登在报上。

一位素不相识的人,能默默为你荐稿邮报样,不是一般人所能做到的。从中领略了凌先生的为人,我非常感动。

1998年,我儿子邴元秋的微型小说集出版。凌先生不知又从哪儿得到消息,又来电话索要一本。后来,这本书被他收入《中国微型小说大辞典》微型小说作品集目录。据说他是全世界收集微型小说书籍最多的藏书家。

后来,他又打电话索要我们父子俩的小小说新作,说要编一本亲情小小说集。作者之间必须是亲人,或父子,或夫妻,或兄弟……

三次电话,升华了我对凌先生的敬佩,进而让我对他的创作和活动更加关注。

2011年,我和于成海创办伊春小小说沙龙网,凌先生爽快答应了我的请求,担当沙龙顾问,并积极支持沙龙网。中国微型小说界每有活动,他都主动把情况和照片发来,让我们在网上宣传。2012年6月,吉林《小说月刊》开我的作品网上研讨会,凌先生在百忙中发来贺信,对我鼓励很大。

对这位在微型小说创作和服务上做出了卓越贡献的大家,我从心底佩服,却始终没有谋面。这次天津的《微型小说月报》执行主编滕刚和编辑部主任尹全生推荐我参加上海的会议。凌先生是世界华文微型小说研究会秘书长,更是这次会议的主办人之一。他得知我要参会的消息,在网上高兴地说:"我们终于可以在上海见面了!"我也相当高兴和企盼。

2012年12月6日晚6点,我下飞机,换地铁,背着旅行包走进上海好望角大酒店时,正在吧台忙碌的尹全生发现我,立马热情地向忙于接待的上海文艺出版社总编辑郏中培和编辑部主任徐如麒介绍。

我们刚刚握手寒暄完,一位身着唐装、眉毛浓黑、脸色红润、气质儒雅的中年男子走过来,尹全生正要介绍。那人却紧紧握住我的手说:"黑龙江的邴继福吧,我们认识多年了。欢迎你来上海,快先到房间洗洗,一会儿吃饭时饭桌上再聊。"

我看过凌先生的照片,一眼就认出是他。他的一句话,消除了我的陌生感,像见到了老朋友一样。多年来,我觉得自己一直徘徊在微型小说界门外。如今,我终于融入了中国微型小说的大家庭。直到坐电梯来到房间,我的心还热乎乎的呢。

第二天上午大会开幕,很快就进行研讨。凌先生是会议的核心人物,在会上总是看到他忙碌的身影。看他太忙,只是匆忙与他照了几张相,却没机会深谈。

12月8日清早,我给他的房间打了电话,约他唠唠。他爽快答应了。

交谈中我发现,凌先生稳重热情、胸怀全局,对中国微型小说充满希望。他关注伊春小小说沙龙网的成立和发展,并提出了自己的合理化建议,我都一一记下。

我问他,他每年在微型小说事业上活动量这么大,是怎么做到的?他说,主要源自对小小说的热爱。他是江苏太仓市侨务办副主任,为了钟爱的微型小说事业,他每天早晨都是提前一两个小时上班,推迟两小时下班,这种工作习惯,已坚持十多年。

我这才恍然大悟,一分耕耘,一分收获,凌先生之所以能对微型小说事业做出巨大贡献,与他的巨大付出是密不可分的。

12月9日研讨会结束。我离开好望角大酒店时,凌先生正在吧台前欢送大家。他紧握我的手说:"2013年第十届世界华人微型小说研讨会在马来西亚召开,欢迎你参加!"我说:"好的,马来西亚再见!"

在返程的飞机上,凌先生忙碌的身影一直闪现在我脑海里。我感慨万千:中国微型小说作家成百上千,创作成绩斐然者不在少数,但是,没有一个让我像对凌先生这样钦佩。我认为:有为才有位,凌先生在世界华人微型小说界的崇高威望,缘于他对众多微型小说作者的满腔热情,缘于他对世界华文微型小说事业的巨大贡献!

作者简介:邴继福,黑龙江省作协会员、黑龙江伊春市作协副主席。

拜访太仓市作协主席凌鼎年先生

李仙云

近日,很意外地收到了一条手机短信,原来是太仓市作家协会主席凌鼎年先生发来的。凌主席在《太仓日报》看到了记者撰写的《在轮椅上追逐文学梦》的报道,知道我是残疾人,喜爱文学创作,就向我伸出了橄榄枝,欢迎我加盟太仓市作家协会。这当然是我求之不得的好事,我立马按他说的要求写了入会申请。没有想到太仓市作家协会办事效率极高,没有几天就通知我说,入会审批通过了,说作家协会秘书长张庆会具体通知我。考虑到我坐轮椅行走不便,凌主席说,他准备与张庆秘书长上门来办理入会手续。我连忙说:"我也想外出走走,我儿子会陪我来,放心。"

骄阳似火,我的心也似这三伏天,胸中似有一团篝火熊熊燃烧。顶着烈日,我和儿子去太仓市作协办理入会手续。作协张庆秘书长在市政府6号楼,这也是我第一次进太仓市政府大楼。看着我的电动轮椅缓缓驶来,张庆秘书长非常热情而客气地接待了我们。办完手续,我和儿子便迫不及待地想去拜访这位太仓最知名的作家,被誉为"中国小小说之王"的凌鼎年先生。

凌主席在市政府2号楼的三楼办公,走进凌主席的办公室,我们母子俩惊呆了,四壁书橱,满屋藏书,少说也有五六千本,那杂志更是从地上堆到天花板上,也有好几千本。儿子不由得惊叹:"哇,这么多书啊!"凌主席微笑着说:"家里放不下了,只好放点到办公室。"原来他家里的藏书比这儿更多,他不愧是苏州"十大藏书家"之一。

凌主席待人随和,精神矍铄,亲切中带着威严,让人油然起敬。与他交谈,似一股涓涓细流在不断地滋润我干涸的心灵。他的语言充满智慧,在谈及他创作的一些故事时,我领悟颇多。

多少年来,他养成了"七进七出"的生活规律。他这样就比"朝九晚五"的同事们多出4个小时,怪不得他每年能做那么多事,写那么多作品。

环视整个房间,我犹如沉浸在一片书海中,这里静谧清幽,是一个读书写作的绝佳之处。"境由心生",在一种宁静、喜悦、祥和的氛围中写作,不正是一种最好的修身养性秘法吗?凌主席虽已进入花甲之年,但视力极好,才思敏捷,看到他第一眼,就感觉气质儒雅,仙风道骨,清瘦干练。难怪每每读他的作品,总感觉文中有一种至善至美的情感,极有人情味,让人读后心里暖暖的。

遇到一位仰慕已久的文学大家,我自是不忘请教。说来真是无奈,我经常会在深夜半梦半醒间思如泉涌,灵感频发。可清晨醒来,就犹如南柯一梦,能够记起的已是只言片语了。

听到我的困惑,凌主席说:"纸与笔最好常放身上,有灵感随时记下来,记下标题或者关键词。"然后凌主席给我讲述了一个他的写作秘籍,在电脑上建立自己的"素材库"。每次心有触动,灵感显现,他就用笔立刻在小本子上速记下来,然后将简短的文字收录"素材库"中,等有空写作,随时调用,不用冥思苦想为素材伤脑筋,信手点出一则原始记录,理理思绪,即可天马行空构思起来。这真是绝妙的方法,我随后效仿,竟然一下子从"记忆库"中搜出好几篇素材。原来写作也并非要去死磕,高人自有妙招,真有种醍醐灌顶之感。

当凌主席得知我们来自八百里秦川的陕西,他随即从办公桌上拿起一张照片,原来那是他不久前接待陕西作协代表团时,与陕西作协副主席的合影。他曾多次赴陕西参加文学活动,那里深厚的文化底蕴、名家辈出的作家团队,给他留下了很深的印象。凌主席的足迹不仅走遍了祖国的大江南北,他还去过世界上三四十个国家和地区。真可谓读万卷书,行万里路。拥有渊博的知识、广博的见识,想必下笔一定是如鱼得水,似有神助。读书多,走得多,他的素材自然也多,见识也多,难怪他在创作上硕果累累,已出版了40多本书,还每年能写二三十万字的作品。

文学大家自有他博大的胸襟和悲天悯人的情怀。长期困坐于轮椅中,我的腿部肌肉会不自觉地痉挛,当天在与凌主席交谈时,我的右腿再次开始不听指挥地痉挛,以至于卸掉鞋子。凌主席当即弯腰蹲下,帮我捡起……那一幕,我们母子俩深受感动。临走,视书如宝的凌主席,将他珍藏的书籍挑了一堆送我,直至袋子再也容纳不下。

拜访凌主席后,我的思绪久久难于平静,先生虽已退休,但他对写作的执着与热爱,让他的晚年生活充实、宁静而有收获。那样的生活,正是我内心向往的!我在心中发愿:无论脚下的路如何艰难坎坷,我都会坚持阅读写作,让自己的人生无悔,让生活更有意义!

作者简介: 李仙云,女,高位截瘫的一级残障人士,江苏省作协会员。

永不长进的电脑盲

吴塘晚生

对凌鼎年的大名我是早有耳闻的,然而五年前接到调令与他共事却是我始料未及的,更令我讶异的是,刚一见面他竟然朗声说道:"你是电脑专家,机关里有名的!"我吓一跳:我那点三脚猫功夫什么时候成专家了?可是,显然他是认定了这一点,从此借着与我同事的便利,隔三差五地喊我去"救火"。

头一次是我意料中的,重装系统,因为他抱怨说电脑太慢了。我一看,硬件配置虽然有点落伍,但对于一位仅用于写作、浏览网页和收发邮件的作家来说完全够了,为什么还是会越用越慢呢?跟他一时半会儿也说不清,估计今天说得他一知半解,转身他也会忘。也难怪,网络跟社会一样越来越杂,系统自己也会越来越脏,于是决定重装。花了半天时间弄好,以为万事大吉,大作家一试叫道:"啊呀,我原来的词组哪去了?"我暗暗叫苦,一定是他以前保存的自定义词组随着系统分区的格式化而化为乌有了。对于习惯用五笔字型的我来说,从来不去自定义词组,但是他就不同了,靠着勉强学会的凑合着用的拼音过活,那些历年来积累起来的词组给了他极大的便利。没有了它们,他将重新回到码字的原始社会。幸好我有经验,一查他的搜狗拼音,有网络同步自定义词组的功能,于是几经折腾找回账号,将词组恢复了大半。总算没让他老人家对我这"电脑专家"产生信任危机。

在以后的日子里,只要是他打电话过来,十有八九是叫我去隔壁他办公室解决电脑问题。通常在他看来都是发生了"天大的灾难",而其实都是一些误操作而已。有一次,他在电话里惊恐地喊道:"我电脑里东西都没了,这下完蛋了!我那么多东西都白写了!这不是要我命吗?"我一听不由心里一紧,有这么严重?硬盘坏了?于是赶紧冲过去,一看电脑运行正常,先放下了一半心,便问道:"别着急,慢慢说什么东西没了?"大作家一脸如家里着火一般,一边不住跺着脚一边指着屏幕说:"就是这上面啥东西都没了!这下惨了,我正在编的书全都没了,又要花几个月重新写,快帮我看看能不能找回来,不然我死定了!"我看他哭的意思都有了,既是大作家又是我的长者,竟然在我面前如此率真,我觉得跟他的关系一下子拉近了许多。想归想,问题还没解决呢!我仔细一看,屏幕上确实啥都没有,连回收站都没了。我一下子明白了,不禁暗自好笑,一边轻点鼠标右键查看,果然如我所料,他操作失误把桌面图标隐藏了!于是瞬间恢复,大作家顿时展开笑颜,大呼:"哦哟哟,到底是高手,几秒钟就解决了!刚才吓死我了!"再查看了一下硬盘,所有文档好好的,接着是他的千恩万谢,一天云彩散去。

  于是我试图向他普及一些电脑操作的基本知识,可是很快便发现对于他那颗只知写作的脑袋来说,什么桌面、窗口、程序、浏览器、文件夹、文档这些东西,恐怕永远都无法建立起概念来。如WORD,他只会说"写字的东西";如IE,他只会说"上网的东西";如邮箱里的通讯录,他只会说"我写给他信的人",诸如此类,不一而足。所以,要解决他的问题有时候会很累,因为他完全不会用电脑操作用语来描述。要命的是他并不以为然,反而一次次地说:"我已经算好的了,我认识的那么多作家有很多到现在还完全不会用电脑,还是手写的呢!"于是我便死了心,也知道从此我是被他套牢了。

  果然,我与凌鼎年开始了数字化共事的日子。今天是"桌面怎么变黑了?",原来他动了桌面壁纸,他喜欢的浅绿色树叶图片变成了纯黑单色背景;明天是"图片怎么打不开了?",那是因为那压根不是图片文件,而是相机存储卡的索引文件,得找对目录,认准图标;后天是"人家发来的文章怎么看不了?",我诚恳地说:"嗯,这个有点技术含量,情有可原,不能怪你不懂。因为人家发给你的格式是PDF,得安装专用的阅读软件。"不料他却说:"那帮我转成我的那个东西,我要修改修改它。"我踌躇道:"这个……复杂了,要给你的OFFICE套件安装OCR光学识别组件,然后像扫描一样转换成文档,但是会有差错和乱码,还得全部重新校对……算了,你还是叫对方重新发一份WORD格式的文档来吧。"就这样,他翻着花样地考我。

  我发现,凌鼎年使我有机会将我使用电脑以来碰到的各种问题及其解决办法从头到尾温习了一遍。这倒是符合孔子那条经典的"温故而知新"的训诫,有利于巩固我这"电脑专家"的民间荣誉称号。然而我又不由得心生疑惑,一个对电脑操作知识如此贫乏,几乎还是个电脑盲的作家,这么多年靠电脑写作是怎么活到今天的?原来,从前有人担当着我今天的角色,无奈怎么教都不长进,甚至冒了大不敬以小辈的身份朝大作家光火斥责:"不是教过你的怎么又忘了!"对此,大作家无奈地自嘲说:"这辈子除了老婆外,还没人敢对我骂得这么凶。没办法,有求于人,我只好挨骂。唉!"听到这样的话,我不知道是该觉得荣幸还是伤感,但更多的是亲切。从前在我眼里高高在上的享誉海内外的大作家,此刻在我面前流露的是他最天真可爱的一面。

  或许是因为我还没被烦到光火的程度,或许是因为我脾气好点,总之自我来了以后他就基本上不再为电脑的事去求我的"前任"了。于我,这是一种信赖,也是一种正能量。

作者简介: 作者系江苏省太仓市统战部副部长,侨办主任,作家,书法家。

小记者拜访大作家

郁欣怡

不久前,我这个小记者去拜访了知名作家——凌鼎年。凌爷爷非常厉害,是国内外知名的作家和学者,是世界华文微型小说的领军人物、娄东文化的研究学者。他出版过56本集子,获过大大小小300多个奖,作品被翻译成11种文字,进入海内外多个国家的教科书,影响很大。听说他的母校太仓市一中还举办过"凌鼎年文学成果展"呢。

早就听说凌爷爷的书屋被太仓市阅读办、太仓市老干部局评为"最美书屋",今天终于有机会见识一下了。走进他的文学工作室,屋子里三排书柜摆满了书。有文学方面的,有历史方面的,有地理方面的,当然,最多的是小小说集子,简直就是小小说集子展览室。

我还有幸翻看了凌爷爷的一本《缘缘集》,里面都是他的照片,他去过的地方真多,还应邀去过国内外多家有名的学校讲课,其中,最吸引我的是凌爷爷在美国有名的哈佛大学讲课的照片。哈佛大学可是我梦寐以求的大学啊!这使我更加敬佩他了。

期间,我还问了凌爷爷好多关于写作上的问题。凌爷爷非常亲切地回答了我的问题,给我介绍了他是如何爱上写作的。凌爷爷还对我说:"兴趣是最好的老师,希望你能养成写日记的习惯,有话则长,无话则短。日积月累你就有话可写了。"我觉得很有道理。

临告别时,凌爷爷送了我一叠他亲笔签名的书,还在书的扉页上为我写了赠言——文学,从小培养。看到凌爷爷的赠言,我笑着说道:"凌爷爷,我们一起照张相吧,希望我也能沾点大作家的文气!"

这一次拜访对我来说实在是受益匪浅,与大作家面对面的交流,使我深刻感受到了真正的文学修养。我希望自己以后能够养成写日记的习惯,多多阅读,提升自己的写作水平和文学素养。

作者简介: 郁欣怡,江苏太仓市镇洋小学三(1)班学生。

凌鼎年和这座城市

金世明

今年6月,凌鼎年先生的第58本个人著作正式出版,我闻讯向他求取。他郑重签名赠我,并另选送了好几本他以前出版的书籍,有他写的,也有别人写他的。我如获至宝。

我与他算是同时代人,退休前在太仓市政协共事多年,彼此熟悉。他是当年政协常委中开展工作、组织活动的"台柱子"之一,常代表文化界建言献策,提出真知灼见。他在

《政协论坛》发表的论文屡获高度评价,影响深远。任职期间,他写了上百个提案,都是与太仓文化有关的,被誉为"提案大户"。我知道他在微型小说方面的造诣和成就,看他时内心不免带些仰视。

细细品读那一摞书,书中刊载的众多对于他的评论推介,震撼了我。上网一查,关于凌鼎年的介绍不说铺天盖地,也是琳琅满目,颇具"名人效应"。以前光知晓凌鼎年是名人,名扬海内外,但外界对他的评价如此之高,出乎意料。2013年出版的《凌鼎年与小小说》三卷本在卷首撷取了42位中外著名作家、评论家对他文才、文品的评荐,时任中国作协副主席何建明、陈建功、叶辛、江苏省作协主席范小青等都给予了他很高的评价。《人民文学》主编、评论家施战军直言:"在我感觉里,凌鼎年与微型小说的关系,相当于李白与唐诗的关系。"世界华文文学学会副会长潘亚暾教授认为:凌鼎年会成为微型文学领域中的"金庸",决不可小觑其辉煌的成就及其灿烂的未来。书中同时收录了海内外专家学者的评论和采访、写真、对话、推介文章,这还是从数万篇文章、评论和网上留言中精选出来的。诸多专家一致认为,誉凌鼎年为"微型小说领军人物"实至名归。

20世纪70年代中期,凌鼎年把文学创作的重点转到微型小说创作上,是我国最早从事微型小说创作的第一代作家,属元老级的。在一篇《自序》中,他袒露自己的心路历程:"我从1975年写第一篇微型小说至今,已经40多年了,可能是全世界写微型小说量最多的一个,我收藏的微型小说书籍与资料也是全世界最多的,我参与的微型小说活动可能也是全世界最多的,我把我的青春、我的业余时间几乎全部投给了微型小说事业,唯此为大。我爱微型小说,微型小说成了我生命的一个有机组成部分。我愿为微型小说贡献我的一切,无怨无悔。"

数十年来,他坚持在这片土地上耕耘播撒,直至今日不改初衷,成为依然坚守的寥寥无几者之一。他的坚持不懈,终于把自己心爱的事业做到了极致。他共写下了7 600多篇中短篇小说、小小说、散文、随笔、评论等,1 000多万字,在《人民文学》《新华文摘》《小说选刊》报刊发表过5 000多篇作品,出版了58本个人著作。他今年年内还有6本集子要出版,封面都设计好了。他的作品曾获世界华文微型小说大赛最高奖、冰心儿童图书奖、紫金山文学奖、叶圣陶文学奖、小小说金麻雀奖等300多个奖项。有600多篇作品被翻译成英文、法文、德文、日文、韩文、西班牙文、维吾尔文、波斯文等10多种文字,出版过英译本、日译本、韩译本、法译本、汉英对照本等;有16篇作品被收入海内外教材,60多篇被收入教辅教材和中考、高考试卷与模拟考试卷。这在文学界是少见的,在微型小说界更是独一无二的。中央电视台、中国教育电视台、中央广播电台、上海东方卫视、香港凤凰卫视、台湾东森电视台,以及美国、澳大利亚等地的中文电视台、电台,多家海外报刊采访报道过凌鼎年。他还名列《世界名人录》《世界名人辞典》《国际名人辞典》《国家名人档案》《亚洲艺坛名流》《东方之子》等辞典。苏州市政府特聘他为校外专家,十几所中小学与大专院校聘他任校外辅导员。他曾应邀到北京、上海、天津、新疆、内蒙古、港澳等国内20多个省市、地区的大中小学,美国哈佛大学、瑞士日内瓦大学,以及澳大利亚墨尔本、悉尼,泰国曼谷,马来西亚吉隆坡等地讲过课。他在学生中有一大批铁杆"粉丝",有一些毕业生的学、硕、博士论文都是研究凌鼎年微型小说的。广东湛江师范学院有位大学生跟踪研究他多年,撰写了系统研究凌鼎年微型小说的20万字的评论专著《感动大学生的小小说作家之凌鼎年卷——先飞之鸟》，在光明日报出版社出版。一些高校教师纷纷开设"凌鼎年微型小说研究"课程和讲座。他是业内公认的我国微型小说史上"绕不过去的人物"，是以微型小说创作加入中国作家协会会员的第一人，同时有着世界华文微型小说研究会会长、作家网副总编、亚洲微电影学院客座教授等多个头衔。

凌鼎年年轻时曾在微山湖畔的煤矿摔打过20年，后被太仓市人才交流中心引进，回到故乡。金戈铁马大风，小桥流水吴韵，在他身上完美地融合，既体现在他的选题拓展上，也融入他的微型小说、中短篇小说、散文、随笔、诗歌、评论、文史稿等各种文体的写作之中，充分体现了他的艺术追求和个性风格。我仔细阅读了他近年来出版的两本书，一本是《凌鼎年微型小说创作28讲》，侧重微型小说的理论构建，在他多年创作基础上总结带有规律性的东西，从实践上升至理论。这是他整个学习创作的一次升华。另一本是适合学生阅读的《凌鼎年微型小说选》，着眼引起学生的阅读兴趣，既对学业有助，又利于微型小说在学生中的推广与传承。这也呼应了他所说的："我更希望看到微型小说事业的发展、繁荣，希望有更多的文学爱好者加入到微型小说创作的队伍中来。微型小说必须后继有人，才能发扬光大。"不得不佩服他的战略眼光，相信他的付出定有收获。

记得早些年看过央视推出的系列纪录片《一个人和一座城市》，刘心武、张贤亮等10位著名作家娓娓讲述着他们所在城市的历史变迁和风土人情，给我留下了难以磨灭的印象。我常想，作为城市的一员，每个人每天都在以自己的勤奋努力，为这座城市添砖加瓦，增光添彩，个人的成就和对城市的贡献紧紧联系在一起。凌鼎年就是一个突出的人物，他为微型小说做出的贡献，不仅是他个人的成功，也是和我们这座美丽富饶的城市紧密相连的。太仓这方沃土、太仓人民的奋斗历程给了他创作的源泉、智慧和灵感，而他作为我国改革开放后迅猛发展的微型小说这种文体的最早参与者和推动者，使微型小说与太仓结缘，在其发展过程中留下了诸多鲜明的太仓印记，为太仓争得了"中国微型小说之乡"和"江苏省微型小说创作基地"的牌子。正如著名文艺评论家汪政、晓华所说，"太仓让人们记住了微型小说，微型小说又让人们想起太仓"。

凌鼎年把系列微型小说的创作看作微型小说作家和微型小说文体走向成熟的标志之一，因而身体力行，在早期"微山湖风情系列"的基础上，又开拓创作了反映江南文化的"古庙镇风情系列""娄城风情系列"作品。他笔下的古庙镇系列、娄城系列，都是以太仓的城乡生活为蓝本，发掘与表现太仓独特的地域风貌、风土人情，通过太仓的过去、现在，太仓人事的点点滴滴，故土娄东的丝丝缕缕，塑造了一个个活灵活现的人物，描绘这些人物背后的地域和社会的急剧变革，成为人们观察与记录社会、认识和熟知太仓的窗口。不少海外华人作家感慨地说："我们是通过凌鼎年才知道、了解太仓的。"日本国学院大学教授、著名汉学家渡边晴夫曾三次到太仓，就是为了看看凌鼎年笔下的娄城的风土人情，以便更确切地翻译凌鼎年的作品，至今他已翻译了凌鼎年的上百篇作品。

为了更好地宣传太仓，打造具有世界影响的文化品牌，凌鼎年组织了许多活动，会同市司法局，联合世界华文微型小说研究会、江苏省作家协会、作家网等单位，在海内外连续举办7届法治题材微型小说征文大赛。征集优秀作品汇编成《法治与良知》《醉清风》《正义的力量》《青春悬崖》《天网恢恢》《法律卫士》《仰望星空》等7本集子，在全国新华书店公开发行，推动了法律知识的普及和法治文化的弘扬。他还与太仓市纪委合作，举办全国性的勤廉微型小说征文,在中纪委旗下的中国方正出版社出版了《选择游戏——全国勤廉微型小说征文作品选》,在全国新华书店发行。他还与太仓市商务局合作,举办了面向海内外的美食征文,主编、出版了77.5万字的《舌尖上的太仓——2017中国·太仓江海湖三鲜美食征文精选》,在光明日报出版社出版……

作为干了20多年的太仓作协主席,在他的领衔下,太仓出现了一批微型小说作者,形成了独具特色的作者群。他曾专门出版过一本《太仓微型小说作家群作品选》,获得了高度评价。所选作品具有浓厚的太仓地方特色,从太仓的历史与现实中撷取题材,焕发着娄东文化的勃勃生机。一个县级市,能收集60位业余作家的136篇作品汇编成书,且这些作品全部在地市级以上报刊发表过,多篇获奖,入选微型小说辞典、微型小说卷,入选海内外大学、中学教科书和各种教辅材料、考试卷,确实难能可贵。

凌鼎年作为一个文化活动家、友好的文化使者,几十年来,不遗余力地参与中外交流,在世界推广华文文学,推广微型小说。他应邀参加或参与组织微型小说有关活动,跑遍了国内所有省市,到了40多个国家和地区。他是迄今为止大陆(内地)唯一应邀参加过在新、泰、马、菲、印尼、文莱,以及中国香港、上海召开的12届世界华文微型小说研讨会的作家。作为世界华文微型小说研究会的创会秘书长、会长,他为推动世界华文微型小说的开拓发展做出了不小的贡献,从诸多海外华文作家对他的高度赞誉中可见一斑。即使退休后,他仍像一枚高速运转的陀螺,写作、编书、作序、讲学、参评,组织海内外各种有关微型小说的活动。

在世界华文微型小说界,凌鼎年温文儒雅、彬彬有礼,饱含书生味的形象使人赞叹不已,这使他颇具亲和力。人们常对凌鼎年助人为乐、扶携后生的优秀人品、文品赞赏有加。在他的办公桌上,时常会看到全国各地文友的来稿,请他编辑审定,然后发挥他在微型小说领域的影响力,将文稿推荐到报刊上发表。有些素昧平生的年轻作者得到他的无私帮助,受到很大鼓舞,感激之情溢于言表。他先后为世界华文创作领域的330多位作者的书籍写序,已经正规出版了两本序跋集,还可结集出版一本,这在全国文坛都是少有的。

凌鼎年自述一生在事业上做了两件事:一是微型小说的创作、研究与推广,二是娄东文化的挖掘、研究与传播。2004年,在太仓市政协专题论坛上,他发表了《娄东文化的起源与发展》论文,比较早地对娄东文化进行了全面系统的考证界定和论述,开始了他对娄东文化的研究、弘扬与传承。这方面具有代表性的著作有《太仓近当代名人》《江苏太仓旅游》,文史集《太仓史话》《太仓老招牌》,随笔集《弇山杂俎》《娄水文存》等,还有一批介绍太仓历史重要人物、重要事件的专题文章在海内外发表。他通过各种渠道和形式,不遗余力地呼吁保护和恢复文化古迹,为传承娄东文化鼓与呼。他以自己的实际行动,为娄东文化的传承发展留下了我们这一代人的鲜明足迹。独具特色的太仓微型小说,将作为娄东文化在新时代的充实发展记入史册。

那天在他工作室聚谈,面对整墙的书柜,柜内书籍排列整齐,柜顶摆满奖杯、奖牌,他在世界各地参加活动的胸卡拢挂在书柜把手上缤纷斑斓,如鲜花绽放,我思绪荡漾。一本书,一个奖杯、奖牌,一张胸卡,都默默叙说着一段引人入胜的精妙故事。没来得及到他家里去看书房、看藏书,就已能领略他所获得的苏州市"十佳藏书家"和太仓市"十佳最美书房"的风采。说实话,满墙书柜、满橱书的人家不少,但全与主人有关的,包括他自己写的书、他主编的书、他为别人作序的书和别人写他的书则很少,我叹为观止。

话别时,他面对书柜喃喃细语:"我就是热爱。"我心领神会,这是一种深沉的爱、一种执着的爱,是对故乡太仓刻骨铭心的爱、对文学创作如痴如醉的爱。当这些爱的火花碰撞在一起,定会产生无穷力量,迸发灿烂光华。

回家在电脑上回看《一个人和一座城市》,浮想联翩,心潮难已,于是敲键记下了太仓作家凌鼎年和我们这座城市的故事。今天的"凌鼎年们",正以他们的卓越才识、昂扬激情和艰辛磨砺,为这个世界讲述着太仓版的《一个人和一座城市》。我们热切期盼更加精彩纷呈的续篇。

据了解,凌鼎年的母校百年老校太仓市一中在筹建"凌鼎年文学馆",特地腾出了学校图书馆的几间房子,已装修竣工,正委托文化公司在设计、布馆,希望早日建成、开放,与太仓浏河的张晓峰艺术馆、邢少兰艺术馆、郁宏达艺术馆、邵滨孙纪念馆,科教新城的包俊宜艺术馆、太一道人艺术馆等一样成为太仓对外展示的文化风景线。

2021年9月于太仓

作者简介:金世明,曾任江苏省太仓市委副书记、太仓市政协主席。发表过散文、文史、论文等,2019年12月出版过散文集《太仓记忆》。

三 评 论

妙在精微中
——凌鼎年小小说论

额尔敦哈达

小说可以在恢宏壮阔中展开社会生活的方方面面,也可以在精微短小中揭示生活的本质内涵;既可以在鸿篇巨制中编制结构网络,也可以在只言片语中塑造形象。一言以蔽之,小说的大手笔不在其篇幅,而在其意蕴和境界。

小小说或曰微型小说是小说中的"金麻雀",其艺术品位在于短小和精微。篇幅短,结构精,故事简,人物少,结尾意料之外而又情理之中,是小小说的主要特色。近来忙里偷闲读了凌鼎年小小说集《那片竹林那棵树》进一步加深了对小小说的此番理解。

一、微言大义

好文章皆以含蓄精妙的语言道出精深核要的义理为重。这不仅仅是春秋笔法,也不仅仅是书写历史的准则,还应该是艺术创作的准则之一。小小说本质上是一种"微言",表达的却是"大义"。这大义中包括社会法则、人生规则和生活智慧。当然小小说之微言,并非子书之微言,也非散文之微言,而大义却和经传、史书、伦理学相通,宣扬的是人生的意义和生活的美。那个为消失的壁画而死不瞑目的林三锡(见《消失的壁画》),那些坚持文人气节的茶痴(见《茶垢》)、菊痴(见《菊痴》)、画痴(见《画·人·价》),文字只寥寥几笔,故事也并不复杂,表达的却是执着人生,与众不同的价值观、审美观和人生观,表达的是一种"竹本清高物,风吹又何妨"的高风亮节。那些为寻找"特大灵芝"蜂拥而至以至于破坏环境的一批批"探险家",是物欲横流的世俗社会的生动写照(见《那片竹林那棵树》),那个以表扬的方式惩罚犯事者的部落故事,是挖掘善心、扬善抑恶的哲理故事(见《有一种惩罚乃表扬》)。老虎常常以召集森林大会的名义,把森林百兽集合到身边,然后给某一个动物加上罪名,通过"讨论"的方式除掉它,目的不言而喻,是为了饱餐一顿(见《虎大王的民主》)。这则故事告诉读者,老虎的"民主",不过是"捕杀"的另一种方式而已。凌鼎年的小小说几乎都是这样,在一些小故事、微情节中包含着大义,娓娓道来皆道理。

二、精妙结尾

短篇小说已经很难写,更何况小小说。在非常有限的篇幅内表达一种意思,而且是深刻的意思谈何容易。"微言大义"是高手的游戏,是哲理的思考和散文的思维相结合的产物。就小说而言,必须具备让人出其不意、拍案叫绝的叙事圈套,才能够达到微小中容深奥的目的。

凌鼎年小小说总的叙事方式平铺直叙、徐徐前行,整个描述过程一般不以悬念博眼球,而往往在结尾之处突来一妙笔,犹如缓缓前行的山路突然一转弯,转弯处却是一道难得的美景。这美景或许是雪山,或许是瀑布,或许是百花争艳,或许是一望无际的大草原。出人意料而情理之中的结尾往往给小说增添光彩,加强它的审美力度,这在小小说里尤为重要。

《〈皇帝的新衣〉第二章》是现代版《皇帝的新衣》。皇帝用美国制造的最新测谎仪测小男孩和自己的众臣。读者的期待目光在于众臣们被测出是撒谎,但小说的结尾测出众臣没有一个人在撒谎。那么撒谎的应该是小男孩,但小说也没有那样结尾,男孩子是否在撒谎,小说没有交代,以无结尾的形式结尾了。这才是小说的妙,留给读者想象的空间,让读者在阅读中续写小说。

《弇山帮》的结尾也很妙。山匪弇山帮的大当家、二当家、三当家和几个手下先后落网,他们自以为自己的行动天衣无缝,无人知晓,但其实他们每一次的行动都被监狱长掌握得一清二楚,只要一行动就被缉拿。正当山匪们为此纳闷不已的时候,监狱长告诉他们一个意想不到的秘密,原来告密的是大当家的亲儿子。儿子告父亲的密,似乎不可能,但大家找出了他告密的好几个理由,似乎也都合理,但又觉不太可能。整个结尾竟是这样扑朔迷离,可信又不可信。这就是成功的结尾法,在扑朔迷离、可信不可信中结尾,使人觉得小说"文已尽而意犹存"。《"扬州瘦马"》陈公子和月儿双双殉难的结尾,《国鸟竞选记》麻雀当选国鸟的结尾,《褒贬两画家》中万画家作品价钱一路飙升的结尾,《杀手》中杀手秋撞车自尽的结尾……都是意料之外而情理之中的结尾,能够凸显小小说的艺术魅力。

三、杂文的境界,小说的笔锋

世界有时候充满欺诈、邪恶、黑暗,有时候荒唐无比、滑稽可笑,于是就有有识之士拿起杂文的笔向虚假、欺骗、丑恶开战。文字辛辣、笔锋犀利,蔚为大观。凌鼎年小说里有不少讽喻、讽刺、批评社会中怪人怪事的作品。他对历史上和现实中一些不可理喻的怪诞事情采取了讽刺的态度,体现了批评精神。这是杂文家的境界。但凌鼎年是小说家,他的文字是叙事的,笔法是小说的,整部作品集不以辛辣的文字、尖刻的批评取胜,有的只是平缓的叙事、阅尽春色的平淡和智者的俯瞰。

在"失语症"泛滥的当今世界,人类丢失了"真话基因","假话基因"流行成灾。再不去寻找"真话基因",人类将面临一场危机。以鲍姆博士为首的课题组,在联合国高层的支持下开始在世界范围寻找"真话基因",但找遍七大洲都找不到"真话基因",连传说中的野人身上也没了。终于,课题组在海底世界的类人鱼身上找到了"真话基因","人类有救了"。故事虽荒唐,意义却深刻。这是对互相失去信任的人类社会的一种讽刺,对建立诚信社会的一种呼唤。

美是一种无功利目的的存在。康德说"无目的的目的"才是欣赏美的正确视角。但《留影服上的眼影》中的梦依娜,《美的诱惑》中的司无邪,似乎不太懂得这一规律。在他们那里,欲望和审美混合在一起,艺术和功利融在一起,致使他们背离了艺术精神。梦依娜在模特比赛上争取冠军,本身是一种积极心态,但她却用引人肉欲的形式参加比赛,是对艺术精神的一种歪曲。司无邪做人体摄影时,对人体的美妙绝伦没有感觉,面对裸体只会发呆,根本背离审美活动规律。小说用讽喻手法诠释了真艺术和假艺术的区别。

在"真话基因"缺失的世界里,空话连篇是必然的。林教授、萧科学家、龙记者、裴记者等对所谓核辐射的岛国进行考察,回国后各尽所能,在媒体上、在报告中、在实验室里发出了种种奇谈怪论。有的还被认为是诺贝尔奖竞争者(见《辐射鼠》),真是荒唐世界无奇不有,可叹可叹,可笑更可悲。在所有的招聘中没有比老虎招聘猴当秘书更可笑的了。文中的猴妹除了有几分姿色之外,毫无能力可谈,但在老虎眼中它就是最好的秘书。果然在花豹的精心安排下,猴妹过五关斩六将,终于如愿以偿地成为虎王的秘书(见《老虎招聘记》)。故事让人想起"说你行你就行,不行也行"的老话,实际上是对权色交易的严厉批评。

四、题材的驾驭

凌鼎年小说的题材非常广,从佛门高僧到文人墨客,从人间万种到杂树生花,都是他描写的对象。其作品有"假语村言",有"荒诞文本",光怪陆离,点点闪闪。

题材广是一位作家生活阅历和人生经验丰富的表现,而就作家来说,更为重要的是对题材的驾驭。对题材的驾驭就是对题材内涵的深刻挖掘。从不同的题材中挖掘人生意蕴,并将其以"羚羊挂角,无迹可寻"的形式表现出来,才是一个作家艺术能力的体现。

《那片竹林那棵树》文集中有两处涉及青楼题材。青楼女子历来是被人嗤之以鼻的存在,而在凌鼎年的两篇小说中(《殉节》《"扬州瘦马"》)都是殉节的烈女。乍一看,这是对底层弱势的一种怜悯,但细细品读才发觉,这是一种"指桑骂槐"的才子笔法。外敌侵入江南,江山摇摇欲坠,知县同与自己缠绵的青楼女海誓山盟,要一同殉节,结果女子真的自杀了,知县却苟且偷生,活下来得到了朝廷的褒奖,还被记在史书中。故事告诉我们,某些所谓"忠良",还不如一青楼女忠良。陈公子和月儿共同殉节,表面上是一则凄婉的爱情故事,实则是对江南地区无知迷信、低级恶俗的严厉批判,是作者"指松论柏"的艺术手法。

从其许多文字来看,作者对所谓"劫富济贫"的山林好汉并无多少好感,但在一些小说中对某些"道上人"或"犯人"予以了不同的评价。《杀手》写的是在"道上"颇有名气的一名杀手,在一次"行动"中,从追杀对象身上看到人的善行,从而复苏自己"人之初"的故事。《走出牢房后》写的是一个蹲了四年冤狱的年轻人,第一次得到他人的信任,从而动摇了复仇之心的故事。两则故事内容各异却有某种内在的相通之处,都是在善与恶的冲突中,寻求善的复苏,呼唤人们唤醒心中的"上帝"。

凌鼎年对自己作品的各类题材都能深度把握,能够驾驭自如地进行叙事,惜墨如金地描摹,总会在故事背后隐藏些什么,让读者去想、去悟。小说小说,就是在小的地方说,在深的地方思虑的艺术,其妙都在精微中,这大概就是凌鼎年的成功之道吧。

2013 年 9 月

作者简介: 额尔敦哈达,内蒙古大学教授、内蒙古作家协会副主席、鲁迅文学奖评委。

凌鼎年微型小说论纲

周志雄

在目前的大学中文系的中国当代文学史教学中,小说部分的内容主要讲解长篇小说、中篇小说和短篇小说,微型小说长期被忽略。在人们的印象中,微型小说所包蕴的生活容量有限,缺乏清晰的文学思潮演变,在艺术上的革新与变化不大,审美空间上可供艺术分析的层面相对较简单。这种印象是简单而不准确的。当代微型小说受众面巨大,产生了广泛的社会影响,有一批优秀的微型小说作家不断地进行微型小说的艺术探索,积极推动微型小说艺术的发展,微型小说艺术越来越成熟。凌鼎年就是这样的一位中国当代重要的微型小说作家。近 30 多年来,凌鼎年致力于微型小说创作,发表了微型小说一两千篇,他的《茶垢》《再年轻一次》《让儿子独立一回》等多篇作品进入日本、加拿大、美国、韩国、土耳其、新加坡、中国香港的大学或中学教材,在文学界产生了广泛影响。如果写作一部中国当代微型小说史,他是一个不容忽视的作家。

时代生活的全景图

意大利小说家阿·莫拉维亚在谈到短篇小说与长篇小说时认为,短篇小说比长篇小说更像是社会的百科全书,他说:"我们且以 19 世纪后半期两位短篇小说大师莫泊桑和契诃夫为例。这两位作家各自给我们留下数量蔚为可观的短篇小说,构成了他们生活的那个时代法国和俄国生活的无可比拟的全景图。从量的观点来考察,莫泊桑的世界,较之他的同时代人福楼拜,要更加广博,更加丰富多姿。而契诃夫的世界,较之比他略微早一些的陀思妥耶夫斯基,也要更加广博,更加丰富多姿。"①阿·莫拉维亚关于短篇小说的看法同样适合于微型小说。微型小说篇幅短小,创作速度快,是文学的"轻骑兵",对现实生活的反映更快捷,能及时地抓住社会生活的变革。就优秀微型小说家的视野而言,他们为我们描摹了丰富多姿的社会生活全景图。

作为20世纪50年代生人,凌鼎年与莫言、王安忆这代作家经历了政治主导文学的时代,经历了改革开放以来的社会变革,他们写作的使命感十分强烈,在他们的作品中,有历史的沧桑变革和现实的时代图景。如果说长篇小说是通过人物命运来抓住历史的,那么凌鼎年的微型小说写作更像是历史的卡片。凌鼎年穿梭在历史的细节与社会的发展变革之中,像是生活的裁剪师,上下几千年,纵横几万里,从历史人物到科幻故事,从时代风云到生活琐事,从精神正能量到社会乱象,无所不在他的艺术视野之中。"小说家应当从蕴藏于自身的经验,而不是从蕴藏于文化的、宗教的传统之中提炼主题;换句话说,应当从正在行进的历史,而不是已经实现的历史之中,去提炼自己的思想意识。"②凌鼎年的微型小说与时俱进,从小处落墨,以一个个的镜头、一个个的人物故事抓住了时代。

在一批以"大跃进""反右倾""文化大革命"为背景的作品中,凌鼎年对历史进行再现与思考,与改革开放初期的"反思小说"相呼应。《好色之徒》写一个人的命运。20世纪70年代,美术系油画专业的高材生贺喜春因为画裸体人物画,被人视为"好色之徒",戴上了"坏分子"的帽子,直到粉碎"四人帮"后,贺喜春有了自己的工作室,开了画展,成为一个真正的艺术家。这是一篇类似《芙蓉镇》(古华)、《天云山传奇》(鲁彦周)式的篇幅压缩的"反思小说"。《相依为命》以"文化大革命"为背景,小农的父亲被抓后,小农和奶奶相依为命,过着艰难的生活,小农渴望知识,期待拥有一本《新华字典》,但这竟然是一个难以实现的愿望。《依然馨香的桂花树》是一个凄美的爱情故事,小说横跨中华人民共和国成立前、"文化大革命"、20世纪80年代。翰林弄里的怪人高去病几十年来独身不娶,以性命守护着天井里的桂花树,守望着爱情,终于等到了自己恋人的消息,世道沧桑,令人感叹。《最后一课》让人想起都德的同名作品,小说采用学生的叙述视角表现一个"右派"教师的故事,以学生的忏悔写出了一个"右派"教师对学生的一片良苦用心。这些作品立意高远,在短短的篇幅内浓缩了长篇小说的容量,以人物的命运表现了时代的变化。

作为在红旗下成长起来的一代人,凌鼎年的小说有鲜明的时代烙印。《1943年的烤地瓜》写革命年代的革命斗争的故事,通过类似红色经典小说的场景再现,写出了革命者对革命的忠贞。《抉择》记录抗日故事,以生死关头的抉择写出了游击队英勇牺牲的过程。从这两篇作品可以看出,凌鼎年受到中国当代革命历史题材小说的影响。《三代人的遗嘱》以三份遗嘱,写出了历史的变迁:曾祖1936年写的遗嘱交代儿孙要寒窗苦读,早日完婚,以续香火;祖父1971年的遗嘱是遗憾未能入党,叮嘱儿孙要将一生交给党安排;父亲1995年的遗嘱交代儿孙们要抓住经济机遇,创一番事业。小说构思巧妙,以少胜多,以三份简单的遗嘱,概括了三个时代的变迁,有很强的历史感。

---

① 阿·莫拉维亚.短篇小说与长篇小说[M]//吕同六.20世纪世界小说理论经典(下).吕同六,译.北京:华夏出版社,1995:27.
② 阿·莫拉维亚.短篇小说与长篇小说[M]//吕同六.20世纪世界小说理论经典(下).吕同六,译.北京:华夏出版社,1995:27.

以当代社会重大历史事件为背景,凌鼎年的微型小说写出了历史忧虑和令人关心的时代问题。面对环境污染带来的严重影响,凌鼎年写出了多篇环保主题的小说。《制造岛屿》映射国际争端,讽刺改变自然的做法;《引进物种》以科幻想象的故事表达对地球物种灭绝现实的忧虑;《下海!下海!!下海!!!》以奇思妙想虚构了杰弗逊博士推出人类在海水中出生,留在海底生活的计划,读后让人在微笑中深思。以空气污染问题为背景,凌鼎年写出了戏谑搞笑的故事《吻吧,兴衰》;以粮食危机展开想象,凌鼎年写作了《辟谷》;《辐射鼠》以日本地震为起因,想象一种新的生物——辐射鼠,科学家对其考察,做出的种种判断令人啼笑皆非。这些故事思落天外,想象奇崛,读后令人啼笑皆非,又引人深思。

　　在地震发生后,凌鼎年及时创作了多篇以地震为背景的小说。《唐校长》写唐山的唐校长带着学生搞地震疏散演习,在地震发生时起了重要作用,唐校长为救一个脚崴了的学生,献出了生命。这篇小说以汶川地震中的一个新闻事件为基础,进行了艺术的加工,塑造了品行高尚的唐校长形象。《劫后之劫》写地震中侯老汉失去了所有的亲人,只留下一条狗,这条狗成为他唯一的"亲人",可是,为了防疫的需要,所有的狗都得处理掉,法律不管人情,小说表现的是地震后普通人的精神劫难。《那只跛脚的京巴》写狗在地震中救了人的命,《小心没大错》写地震带给人的恐惧心理,《当大地震动的时候》塑造了患难中见真情的根友大伯形象。在地震发生后,各种关于地震的画面和救人现场通过报纸、电视、网络媒体铺天盖地地倾倒而来的时候,作为小说家,凌鼎年敏锐地抓住了地震中的几则小故事,以小说家的人文主义情怀,挖掘了新闻事件背后蕴含的人性与人情,写出了人间温情。

　　当克隆人的消息传来时,凌鼎年发挥想象力,创作了关于克隆人的微型小说。《都是克隆惹的祸》想象了克隆人技术带来的后果,与预想的情况相反,克隆人在医学上的应用并不普遍,而更多的可能是当官的与有钱的人克隆另一个自己,去做原来分身乏术的事情,最后克隆人公司改革老总成为世界首富。小说讽刺了社会现实的种种丑态。

　　改革开放以来,社会发展迅速,年轻人与父辈的观念差距很大;随着对外交流增多,文化冲突也日渐普遍。凌鼎年的微型小说及时捕捉了种种文化差异故事。《走出过山村的郝石头》写农民走进上海的感受,对"灯照草"不理解,好心搞了"破坏",令人啼笑皆非。《结婚是咱俩的事》表现晚辈与父辈在文化观念上的差别,新一代年轻人不办婚宴,还不打算要孩子,父辈人完全不能接受。《洋媳妇》中,1937年黄石坚娶洋媳妇,不被人接受,而到了1996年,乡人积极寻找各种机会出国,时代不同,观念变化巨大。《房东克丽丝·莱希老太太》中,中国租客郝洁好心为英国房东克丽丝·莱希老太太做清洁,结果收到了法院的传票,状告郝洁随意改变了她家客厅与厨房原有的面貌。《谁说救人与爱情无关》通过救人的行为在中国和在西方引起的结果差异,表现了道德滑坡的现实,前后对比,发人深省。《洋女婿》写有趣的文化冲突,女婿和丈人一起吃饭要AA制,带丈人出游,要丈人承担汽油费。这些带有文化冲突的故事可读性强,并无高深的寓意,让人读后在微笑中增长见识。

　　跟随时代的步伐,凌鼎年创作了许多与时代变化同步的故事。《博士征婚》写时代的闹剧,征婚广告用语夸张才有市场效应,小说戏谑了时下的社会风气。《沙和尚走红》以故事批判现实。沙和尚在牛不空博士的包装下,上"仙家讲坛",讲无中生有的蜘蛛精看中唐僧的事,撩起听众的欲望,炒红了之后拍电视剧、出书、到各地演讲、做嘉宾,参加友情出演、做广告代言,在名利双收之时,也带来各种泥沙俱下的舆论,闹剧的结局是经纪人卷走了主角的收入。《老虎招聘记》以老虎招聘猴妹当秘书来讽刺当今的"萝卜"招聘,因人设岗,因人自行设置用人条件,以特殊试题取人,幽默有趣,批判现实招聘的腐败。

凌鼎年的微型小说采撷生活的边边角角,题材视域广泛,除上文分析的题材外,其他如拆迁、网络短信、征婚广告、电影故事、手机故事、家庭装修、禽流感、看风水、鉴宝、邮购、扫黄、拍卖、买彩票、隐身衣;女性减肥、狗得富贵病、倒插门旧俗、补拍结婚照、独生子女教育、自费出书、行贿受贿、美女作家、电视相亲、定做衣服、国际争端、文坛闹剧、官场怪癖;气功师、外星人、庸俗的官员、农民工、头上出角的老人、矿工、画家、小学生、记者、杀手、官员、小文化人等光怪陆离的当代社会现象和各色人物,都被凌鼎年写入微型小说故事之中。通过这些故事,凌鼎年勾画了时代的生活百态与社会变革的历史图景。

文化意识与文学传统

凌鼎年是有自己创作根据地的作家,他的写作有很深的生活根基,又有很鲜明的地域色彩。他说:"我出生于江南一个古老的小镇,弱冠之年才独在异乡为异客,童年的记忆格外清晰,小镇的风情、小镇的人物,烂熟于胸,每当动笔前,其人其事于眼前如电影镜头般切进切出,于是小镇人事成了我创作的一大题材,我珍惜我的生活,视之为小小优势。"① 从这篇写于作者创作早年的作品自序中可以看出,凌鼎年有很丰富的现实社会生活体验和自觉的文化意识,他曾将自己的小说集命名为《凌鼎年风情小说》。

凌鼎年笔下的娄城,是一个地域文化的名片。五行八作,带有地域风情的人物故事,成系列地出现在凌鼎年的笔下。小说发生的地点是翰林弄、大学士路、状元弄,有文化气息;故事中的人物名字也很有文化气息,如齐三元、楚诗儒,美食家戚梦萧、收藏家郑有樟、斗茶的田依衣、谷正黄、谢琴语、柳拂云、钱梦村,盆景王乐胜天,性情高洁的种荷人周寒冰,等等。

凌鼎年的风情小说大致有以下几个类型。

一、塑造有独特精神个性的狂狷之士形象。他们有独立的文化人格,坚守业道,忧道不忧贫。《鱼拓子》中的鱼怪子面对日军头儿铃木三夫少佐的威胁,坚贞不屈。《扫晴娘》中的剪纸阿婆面对邀功请赏的汉奸和吉田太君,勇敢地剪下了自己的手指,表现出可贵的民族气节。《酒香草》中的阿九坚守抗日的秘密,不为日军的诱惑所动。《书女魂》中面对日本人的威胁,闻洁如以死相拼,保护了弇山书楼的藏书。《憩园春秋》中的周汉章宁死不屈,面对日军的抢夺,放火烧了憩园。《剃头阿六》中剃头匠阿六在日军的轰炸中坚持为田野剃完头,坚守职业道德,结果被炸死。《酒酿王》写民间艺人的淳朴本性,坚守生意之道,坚持做货真价实的买卖。《春云出岫》中,日本侵略者占领娄城,欲夺钟先生的太湖石"春云出岫",钟先生是个爱国主义者,以表演"春云出岫"为机会,以奇特的烟气将侵略者酒井铃木等一干人杀死,表现了一种民族气节和一种巧妙的斗争艺术。《封侯图》写画家王枕石的民族气节,他不拿自家的灵猴换钱求生活,面对汉奸的胁迫,刚正不阿,直面斗

---

① 凌鼎年.再年轻一次[M].南宁:广西民族出版社,1991:序言.

争。在篇幅短小的微型小说中，这类人物的性格相对还比较简单，他们身上有鲜明的民族传统文化气息，他们坚守传统的"义利"标准。在市场经济时代，凌鼎年收集了散落民间的人物故事，有文化寻根的意味，富有教育意义。

二、讲述文人雅趣的故事。故事富有知识性，读后让人长见识。凌鼎年写荷香茶："荷花特点，朝开暮合，夜晚放入，那茶叶即被荷花瓣包裹住了。待清晨荷花绽放时取出。吸收异味乃茶味之特性，尤以龙井为最，这一小包龙井茶经一夜之吸收，荷香尽吸其中，花露也尽吸其中，可挂阴凉之处晾干，夜来再放入，晨来再取出，再晾干，如是三夜，此龙井茶叶既得荷花之馨香，又得天地之精华。再用洁净之水泡之，立时清香扑鼻，闻之荷香缕缕，呷之沁人心脾，即便最挑剔的老茶客也常常赞不绝口。"（《荷香茶》）语言干净、利落，徐徐道来，让人读来不仅很享受，还增长了知识。《药膳大师》写娄城的药膳美食，知识性强，读后让人想起陆文夫笔下的《美食家》。《斗茶》展示茶文化，喝茶、品茶、写茶对联，趣味高雅、古色古香、文气十足，写出了一群文化人的儒雅生活场景。《法眼》写娄城的古玩市场。齐三元买古玩，遇到一个外地的汉子出售一只斗彩莲花盖罐，齐三元凭眼力，认为是明成化年间的官窑产品，又拿不准，怕吃亏，打电话让古玩鉴赏家楚诗儒来看，被鉴定为赝品，结果一个挂杖的老者买走了盖罐，齐三元认为老者上当了，结果老者的一席话让齐三元大长见识，知道这个盖罐是真正的官窑货，看上去像是仿制的，只是因为这是"库货"。小说层层递进，熔故事与文物鉴赏知识于一炉，读来趣味盎然。

三、书写一种文化人格与现实人生。与上述文化符号式的人物相比，这类故事人物更复杂一些，小说不只着眼于文化人格的塑造，也寄托了作者对人生的慧悟与人情世态的洞察。《裴迦素》是一个关于佛教信仰的故事，裴迦素是有慧根之人，她的父亲因为反对拆除红庙而得罪了当地领导，长期受压郁郁而终。裴迦素大学学的是财会专业，毕业后就业受挫，自己创办了软件公司，工作之余参禅拜佛，领悟到了佛学信仰的力量，内心变得强大，裴迦素发誓，自己有了钱要弘扬佛法，重建红庙。小说故事很简短，一个现代佛家弟子的形象却很鲜明地树立了起来，裴迦素将佛学的精髓化为内心的力量，达到了很高的精神境界。《柏峥嵘与柳临风》写柏峥嵘和柳临风两位性格不同的画家的故事。柏峥嵘是名士风范，有一些怪脾气，很少参加各种活动，很少有人能求得他的画；柳临风性格随和，名字经常出现在报纸上，是个名大于实的画家。一次聚会上，柳临风在柏峥嵘未完成的画作上添了几笔，记者失言柳临风糟蹋了柏峥嵘的画，在记者和众人的推举下，柏峥嵘使出全身的劲当众画出《百兰图》，此后竟一病不起，这幅画竟然成了他的绝笔。小说的结局引人深思，两位画家的实力差异不言自明，柏峥嵘为何此后一病不起，是柳临风伤害了他，还是他自己伤害了自己？实力派艺术家为何在精神上不能战胜走穴的艺术家？两种不同的性格、两种不同的命运，引人深思，小说对人性有深刻的洞察。《盼头》中的女青年陆渺渺想当画家，她嫁给画家娄妙笔后，生活有了盼头，娄妙笔死于意外的交通事故，陆渺渺生下了腹中的孩子，后来嫁给了一个乡镇企业的厂长。在有了富足的生活后，陆渺渺的感受完全变了，她想："以前怎么这么傻呢？不去赚钱，不去享受，却苦行僧似的生活着，去追求虚名。"后来，厂长有钱变坏了，陆渺渺只得和厂长离婚，画家妻子经过两重生活的对比，领悟到自己应该给孩子留下什么。文化人格在现实功利法则面前经受洗礼，迈向一个更高的精神层面。小说故事曲折，读来令人深思。《麻将老法师》故事颇有传奇性，吴太玉是娄城遗老遗少一类的人物,娄城的麻将老法师发起麻将节的活动,不被领导支持,竟然将写的麻将考的文章发表在各种娱乐性报刊上,随后自掏腰包组织"麻将王杯"麻将赛,并身体力行,参与打麻将,却不料手气一直很背,结局一幕颇有戏剧性,吴太玉时来运转和了清一色,乐极生悲,突发脑溢血猝然而去。故事颇有娱乐性,似乎也没有太多的深意,表现的是一种文化人格下的一种喜剧化的人生。

凌鼎年风情小说的精神底色是中国的传统文化,在这些地域文化人格身上,作者执守的是精神的正能量。这些角色的精神趣味和精神品格,以一种民间故事的方式得以传承,寄托着作者的某种文化理想。阅读这些小说,会让人产生精神的向善感,亦如沈从文所言:"我们得承认,一个好的文学作品,照例会使人觉得在真美感觉以外,还有一种引人'向善'的力量。我说的'向善',这个词的意思,并不属于社会道德一方面'做好人'的理想,我指的是这个:读者从作品中接触了另外一种人生,从这种人生景象中有所启示,对'人生'或'生命'能作更深一层的理解。"①从这个意义上说,在凌鼎年的文化风情小说中,较之那些传承传统文化价值规范的作品,那些以独特慧眼透视生命本体的作品更具现代气息。

凌鼎年风情小说传承的是古代笔记小说的传统,奇人奇事,文化人格傲岸不屈,令人感佩。在那些文人生活故事中,有一股文人雅趣及古色古香的味道,也不乏深刻的含义,既有大众休闲娱乐趣味,又让人感受到文化人格的魅力。凌鼎年对地域文化的自觉挖掘,使他的小说有一种文化的厚度,这种厚度也绵延在凌鼎年其他的小说创作中。他所写的人物故事,是有地气的,也是有文气的。

小说艺术的探索

"没有文学影响的过程,即一种令人烦恼并难以理解的过程,就不会有感染力强烈的经典作品出现。"②所有的创作者都会受到已有的艺术传统和自己已有的创作的挑战,要摆脱影响的焦虑,需要不断地推陈出新。凌鼎年写作了上千篇微型小说,他的小说不仅题材广泛,而且在艺术上不断探索,建构了丰富立体的艺术大厦。以下就凌鼎年微型小说艺术的突出特点择要述之。

写作视角的选择意味着作者观察世界的眼睛从哪里看世界。凌鼎年的小说视角多变,他擅长揣摩人物心理,变化的视角带来小说内容的多姿多彩。《生生日记》是小学生的日记,以小学生的视角来透视家庭离婚战对孩子的伤害。《我想生病》揣摩小学生的内心活动,文字细腻,情感真切。《外星人是什么样子的》以学生的想象力虚构了外星人的样子,读来颇有意味。《宋江给李逵的一封信》虚拟宋江的口气给李逵写信,以实用的观点、油滑的处世方式劝李逵搞个文凭,管住嘴,要有点商业头脑,该玩的玩,好好享受生活,不要惹乱子,语言幽默,有现实讽刺意味。《猪八戒答记者问》以猪八戒答记者问的方式,戏讽了当今某些文化名人的闹剧。

跳跃式的情节组接。《那片竹林那棵树》是实验体的文本,通过几个传说故事和几组

---

① 沈从文.短篇小说[M]//计红芳.中国现代小说理论经典.苏州:苏州大学出版社,2008:350.
② 哈罗德·布鲁姆.西方正典:伟大作家和不朽作品[M].江宁康,译.南京:译林出版社,2005:6.

新闻媒体报道的镜头组接,短小的篇幅包含了极大的信息容量。周阿狗家的竹园因采到特大灵芝被电视台报道,"传说"中人们以为周阿狗的灵芝卖给了台湾大老板获得20万元,引起了人们的眼红,人们都到周家竹园寻找灵芝,破坏了竹园。周阿狗决定把灵芝献给国家,请求电视台帮忙,报道灵芝是假的,以保护竹园。几组镜头组接写出了新闻媒体如何搅动生活的现实,也鞭挞了经济利益驱动引起了环境破坏的现实。《从青梅竹马开始》以蒙太奇式的片段组接写出了石与水两个人的一生,从青梅竹马的故事开始,经历相识、相知、相恋、创业、发迹、危机等过程,跨越童年、少年、青年、中年几个人生阶段,浓缩了整个人生历程,微型小说承载了长篇小说的容量。

散文化小说。《那晚那月色那河边》以抒情化的文字开篇:"那晚,残月如钩,月色淡淡;那晚,疏星几颗,闪闪烁烁。夜幕下的田野,有点朦朦胧胧起来。"小说用散文化的笔法,写出了一个女子的心情、两个陌生人的情谊,写出了家庭的冷漠和人间的温情。

老故事新讲法。《乌鸦的子孙》续写乌鸦喝水的故事,富有时代气息,以新与旧的斗争写出了时代进步、变革的阻力。《龟兔赛跑续篇》写乌龟和兔子再次赛跑,兔子中途抢救心脏病发的松鼠耽误了比赛,记者报道此事,标题竟然是"比赛途中也风流,再次败北兔先生",故事结局交代松鼠小姐和新闻记者是乌龟先生事先买通的,讽刺了现实中不择手段的"公平竞争"。

古语笔记。《懒狐》托于王世贞的《弇舟山人手稿残卷》,小说将古代故事用现代汉语翻译介绍给读者,没有续写,没有评点,类似读书笔记。

文以复意为工。《废画》中的任双馨以画出名,当上了县人大副主任委员,为领导画画,因家中的画作被育才中学的初二学生偷走了,于是在多个场合批评育才中学。后来,一个买画者在任双馨的废画中挑了两张,要送给育才中学,任双馨觉得不妥,陌生人说:"只要不带偏见,谁会因一幅画的优劣来评判一个画家呢。"由此,任双馨反思自己因为一个学生的偷窃行为怪罪整所学校,是否带了偏见。小说有多重内涵:任双馨因为有领导多次索画,被书记提名为县人大副主任委员,这是一层世态的反映;家中失窃,国画被小偷当废纸包首饰与玉器,令人啼笑皆非,这个情节也出现在其他的小说中,这是第二层;因为育才中学的学生偷了任双馨的画,他批评育才中学,弄得育才中学校长脸上无光,颇感压力,写出了个人恩怨报复的人性黑洞,这是第三层;一个陌生人来买任双馨的废画送育才中学,引起了他的反思,写出了一种巧妙的斗争艺术,这是第四层;任双馨的名字颇有反讽意味:他真的是个德艺双馨的人吗?这是第五层。这篇简短的微型小说包含多重意蕴的叠合,有现代小说的繁复深邃与悠长余味。

故事曲折多变。《医术》故事一波三折,主题模糊漂移,耐人寻味。何少聪开诊所,口碑很好,他看病遵循"三分精神,三分药物,三分静养",这是第一波,塑造了一位好大夫形象。何少聪收了个徒弟阿墨,阿墨给一位记者病人看病,开了西药,被何批评"病留三分治","都一下治好了,不自砸饭碗吗?",道出了一个好大夫原来是个奸诈之人,好大夫的形象被解构,这是第二波。《民声报》的记者因为阿墨治好了他的病,写了篇文章报道何少聪的诊所"药到病除",诊所声名在外,遂引进了西药,改变了"看病留一手"的做法,这是第三波。小说可做多层理解:好的徒弟改变了师傅;新时代改变了旧行业的陋俗;媒体正面宣传激发了个人向善之心。

一个故事两种结局。这类小说采用实验性的文本,在一个故事中写出两种不同的故事结局。《车祸以后》中,小伙子苏一丁因为拉肚子,中途要上厕所下了班车,长途班车不等人,丢下苏一丁和女朋友宗二妞两个人走了,结果长途班车在山路上出车祸了,苏一丁和女朋友躲过一劫。场景一的结果是两人庆幸他们的幸运,决定以后每年对一泡屎进行祭拜;场景二是苏一丁深深自责,如果不是自己下车,长途车也许就开过去了,就不会有这场灾祸了,他打110电话救人,决定以后每年的这一天吃素一整天,上供果祭奠亡灵。同样的事件,同样的人,因为人不同的境界而有不同的结局,故事发人深省。《女浴室新闻》打破了平铺直叙,用两个不同的故事结局写出了世态人心的微妙与复杂,故事中社会舆论是混乱的,是随意性的,救人者难免陷入两难境地,引人深思。

幻想故事。以科学幻想故事讽刺现实,针砭时弊。《梦幻器》写诸葛重生制作梦幻器,让人梦幻成真,结果麻烦不断,是一个戏谑、荒诞的故事。《忌妒预防针》是幻想讽刺小说,忌妒预防针使科研组人人变成了谦谦君子。《超级天才创作软件》以电脑软件写作虚构了一个情人间欺骗盗取注册版权的故事。《吉尼斯纪录认证官来到鹅城》写一场由文化公司策划的闹剧,语言幽默、夸张,读来令人啼笑皆非。

心理小说。"小说的特点在于:作家可以大谈人物的性格,可以深入到人物的内心世界,让读者听到人物的内心独白。他还能接触到人物的冥思默想,甚至进入他们的潜意识领域。"①《蓝色妖姬》捕捉中年人渴望出轨的情感心理,有所行动,又犹犹豫豫,知难而退,是一篇很好的精神分析材料。《最后一面》写当年揭发"右派"的人良心难安,被揭发的人早就原谅了,揭发者却耿耿于怀,不能放下自己的错误。《那一夜,辗转反侧》故事中写微妙的情感心理,结尾留白,留给读者思考的空间很大。这类小说以精神分析来透视人物的心理,增加了微型小说的深度。

人性的深层。《此一时,彼一时》表现了人性的两面性。遭遇塌方的四个矿工被困在矿井中,释放了内心的最洒脱的想法;获救后,他们又各自回到了原来的生活轨道之中,此一时,彼一时,小故事,大道理,小说洞察了深层的人性秘密。

多种笔墨语言。凌鼎年有多种笔墨语言,或文雅蕴藉,或通俗明快,或夸张戏谑,或凝练简洁。总体上看,他多用凝练、通俗的现代汉语,读来自然、亲切。"你如果向人打听:认识不认识虞达岭,十有八九会说没听说过这个人。但如果你说就是那个搞摄影的阿麻。闻者一定会说:呃,阿麻,知道知道。说阿麻就是了,谁不认识他呀,说虞达岭干什么,真是的。"(《阿麻虞达岭》)这段话通过生活化的口头语叙述故事,凝练、简洁、生动。"我们这研讨会开得很成功,是一个团结的大会、交流的大会、学习的大会、提高的大会,大家以偷会友,切磋沟通,回去后要好好消化、领会老大的讲话精神,写出心得,并以老大为榜样,偷出成绩,偷出新高。"(《偷界研讨会》)这一段模仿官方语言写偷界领导讲话,读来幽默、有趣。

通过上文的简要分析,我们可以看出,凌鼎年精通微型小说的各种技巧,积极探索各种微型小说的写法,他的微型小说不拘一格,体式丰富多样,题材内容广阔,语言风格多变。凌鼎年是一位有文化使命感和责任感的作家。人情练达,世事洞明,他有深刻的洞察

---

① 爱·摩·福斯特.小说面面观[M].苏炳文,译.广州:花城出版社,1984:74.

力,善于裁剪生活;他有丰富的想象力,善于体察细微的人生与人性;他的微型小说机智、灵活、与时俱进,既活泼生动,富于阅读乐趣,又让人在"悦读"中增长知识,获得精神的提升。凌鼎年积极推进微型小说的发展,以其创作实绩赢得了读者,赢得了尊敬。

2014 年 10 月 12 日

作者简介: 周志雄,安徽大学文学院特聘教授、博士生导师,中国文艺理论学会网络文学研究会副会长,中国作家协会网络文学委员会委员,"茅盾文学新人奖·网络文学新人奖"评委。

论凌鼎年小小说"和合"理念的审美呈现

颜 莺

凌鼎年是当代小小说的著名作家,其小小说成绩斐然,至今在《人民文学》《香港文学》《新华文摘》《小说选刊》等报刊发表过 3 000 多篇作品,900 万字,出版过 45 本集子,主编过 200 多本集子,作品被译成英、法、日、德、韩、泰、荷兰、土耳其、维吾尔文等 9 种文字,在中外小小说界影响极大。凌鼎年说自己这一生致力于两件事:一是微型小说创作、研究和推广;二是娄东文化的挖掘、研究和弘扬。这两件事凌先生其实是把它当成一件事在做,其小小说的创作与娄东文化的挖掘、研究、推广很好地融合在一起。他认为:即便用整个中国古代文化舞台这个规模来衡量,太仓的文化人对中国传统文化的贡献也是功不可没的。可见,他的创作有着对中国传统文化的秉承与发扬的担当。

和合理念是中国传统文化的精髓,体现了中国文化的首要价值。不管社会如何变化,作为中华文化生命所在的"和合"始终是我们实现"和谐"的途径。凌鼎年的小小说创作坚持"和合"理念,注重表现中国传统文化中"贵和尚中"的和谐意识,表现"天人合一"的思想,注重人与自然关系和谐的描写;体现"中庸"之道,注重人与人、人与社会关系和谐的叙述。作为太仓人的凌鼎年,其创作又有浓郁的地域特色,注重太仓风情和现代的人情世故,知识性与趣味性同在,而娄东文化的哲学与审美形态又是他的小说的表现主体。

一、意在笔先,主旨鲜明

凌鼎年的小小说注重对传统文化的探究,着力于探讨文化意蕴,刻画了文化人的众生相,又注重于古往今来的风土人情、历史典故的描述,以及社会现象的针砭,主旨鲜明,构思严谨,做到了意在笔先。

(一)"和合"理念的立意

"和合"理念被认为是中国文化生命中完善完美的体现形式。"和"当然指的是和谐、祥和,是中国人从古至今的美好追求;"合"指结合、合作、融合,这是中华文化不排外、开放的一种体现。凌鼎年营造的小小说世界里,充满了"和合"的理念,不管是针砭还是歌颂,不管是写实还是虚拟,都贯穿着和谐观。而这种和谐观又表现在对传统文化的传承与发扬上,他致力于娄东文化研究,因而小小说体现出很浓的传统文化味,而对于人性与人生的思考,又让他的小小说富于哲理性。

讲亲情,是凌鼎年小小说的主题之一,如《相依为命》写出了人的相依为命的感情,而最感人的在于:不管环境如何恶劣,生活如何的艰难,每个人都在为对方付出。小说的线索是小农的一个朴实的愿望:想要一本《新华字典》,而吃香蕉是奶奶的一个奢望,但这些愿望都深深烙印在奶奶和小农心中,为了实现对方的愿望,两个人都在努力……可当攒够了钱的时候,却来了小农爸爸病危的电报,而听到消息的奶奶中风了,钱被小农寄给了爸爸:

> 奶奶的病,一天重似一天,弥留之际,奶奶努力想说啥,可说不上来,小农哪里知道,奶奶还挂念着他的《新华字典》。奶奶终于走了,她没吃到香蕉就走了,这成了小农一生中最大的遗憾。以后,每当祭奠奶奶时,小农总不忘买一串又大又黄的香蕉供在奶奶的灵前。

奶奶未能实现的愿望,小农未完成的孝心,在小说最后点明,这种方式更好地呈现了人与人之间的真情。那个特殊的年代,有太多缺乏人情人性的事情,而这样温情脉脉的情感书写在此背景下更感人至深,发人深省。

讲人情人性又是另一重要主题,而当这个主题放到"文化大革命"那个残酷的岁月,就更有别样风情。如《难忘的方苹果》,小说主人翁袁鲁谷身陷牢狱,每天被造反派批斗,深受煎熬的他有了自杀的念头。此时,一个小女孩出现,给了他一个苹果,拿着被挤压得变成了方形的苹果,耳边响起小女孩的声音:"爷爷,你还欠我一个故事。"无形中这句话变成了他对小女孩的承诺,于是小说有了这样的结局:

> 袁鲁谷把编好的绳子拿了出来,他知道只要把绳子挂在窗栅栏上,只要再往自己脖子上一套,那么用不了多少时间,自己就彻底解脱了,一切的一切都成为过去。然而,当他瞥见那只方苹果时,他犹豫了,是呀,自己还欠小女孩一个故事,怎么能匆匆而去呢。他把玩着那方苹果,仿佛又一次面对着那小女孩天真无邪的眼神,感受到了一种人间真情的力量。他自己问自己:我这样死了,值吗?
>
> 他终于决定不死了。
>
> 他把那方苹果放在窗台上,每天看着。
>
> 袁鲁谷平反后,充满激情写下了他生平的第一篇散文《牢狱中的方苹果》,这篇散文还获得了当年的全国散文大赛金奖。
>
> 袁鲁谷至今遗憾的是,他一直没能找到那送苹果的小女孩。

人性人情的魅力在于,在最艰难的时刻给了你最真挚的关怀,于是就有了最顽强的生命力。

对"和合"理念的坚持,让凌鼎年的创作总会在残酷的现实中留有余地,不管是嬉笑怒骂,还是批评讽刺都不会带有过激的言语,以客观的心态,在平静的叙述中寻求平衡与安稳,仿佛炎炎夏日中的清凉小酌,寒风冽冽中的温热小酒,不会让读者有大喜大悲之情感波动,却能让人有所思,有所动。

(二)卒章显志的呈现方式

卒章显志,也叫"篇末点题"。凌鼎年的小小说常用这种创作手法,在文章结尾时,用一两句话点明中心、主题。

《香道》中写了日本香道爱好者从故意挑衅到心悦诚服的过程,小说结尾用主人公侯古今的题字"致虚极、守静笃——与村上香彦共勉"结束。这里道出了做人的境界:现代人由于外界的干扰、诱惑,私欲膨胀,常感闭塞不安,所以必须要"致虚"和"守静",以期恢复心灵的清明。"致虚极"也即要做到空到极点,没有一丝杂念与污染,"守静笃"讲的是修炼功夫,要一心不乱、专一不二地守住本心。

《两幅获奖摄影照片》篇幅很短,写了张华裔与李中华两位摄影爱好者邂逅于偏僻、遥远的山寨,半年后,张华裔把拍摄的山寨组照,取名曰《苦难岁月》,在海外获了国际摄影比赛的金奖。不久,李中华的一幅题为《世外桃源》的作品,获了"华夏杯"全国摄影大赛特等奖。这么一个小故事,文章在最后通过网友跟帖的方式,道出了人生哲理:

有位摄影发烧友做了个有心人,把张华裔与李中华两幅获奖照片进行了比较,得出结论:是同时间段、同一地点拍摄的,只是使用的相机与拍摄的角度稍稍有点不同而已。

网友甲跟帖评之:人生的许多苦乐,不在于你的处境,而在于你看问题的视角,以及你的心境、你的理解。

网友乙跟帖评之:文学作品的好与差,优或劣,与体育比赛不一样,常常公说公有理,婆说婆有理,所谓因人而异,因国而异,这往往与评判标准,以及审美有关。

凌鼎年把这种高潮设置在结尾的手法,称之为"抖包袱"。这种手法的恰当运用增加了文章的深刻性、感染力和结构美,起到了"画龙点睛"的艺术效果。

二、意在言外,余音绕梁

凌鼎年的小小说又采用了中国传统抒情手法,有着含蓄美,不显山露水,却含而绽放。常常是意在言外,不把真正用意明白说出来,但读者细细体会就会明白其中深意。

(一)"贵和"的创作意识

在创作中作家的创作意识往往会影响他对故事的建构,纵观凌鼎年的小小说,"贵和"的意识总会出现在他的作品中,每部集子中总会有温情的"和为贵"的故事。

《玉雕艺人哥俩好》中阳春、夏立两兄弟继承祖业后走上不同的发展道路,可一次比赛一人高中一人落选,这样巨大的水平落差,让两人的关系从相安无事到暂生隔阂。阳春于是带着夏立去参观"陆子冈杯"获奖作品大展,让夏立意识到自己坐井观天,与一流水准差了好几个档次。

回到娄城后,夏立对阳春说:"哥,从今天起,我拜你为师。"

阳春连忙说:"使不得,使不得。我们兄弟俩多交流切磋就是。"

这后,夏立变了个人似的。他说:历史上烧瓷器有哥窑弟窑,成就一段历史佳话。

他发誓:自己也要为娄城争光,让后世知道玉雕界有哥俩好。

当今社会总流传这句话:亲兄弟明算账。可金钱可以算得清,人情呢?当亲人之间也要事事分清,即是一种不信任。这篇小说的点睛之处在于,兄弟情深并不妨碍彼此的发展,不计较得失,携手才能共进。很明显,这也是作者和谐观的体现。

凌鼎年的小小说是把自己的想法融到作品中,把自己的理念让主人公来呈现,因而他的"贵和"的理念就成了创作中的自然意识。他的小小说没有大起大落、荡气回肠的壮丽,却有着江南国画式的轻墨弄舞,浓淡相宜。小说不会加入主观自我评论,最多以第三者的客观身份加以评说。化生活素材为艺术形象,经过提炼改造,凌鼎年造就了笔下的各色人物。

(二)托物言志的表达方式

托物言志是中国古典诗词中常见的一种表现手法,通过对物品的描写和叙述,表现自己的志向和意愿。凌鼎年说:"我的技巧,不是为技巧而技巧,都是为主题服务的。"于是,凌鼎年把托物言志这种手法也运用到小小说的创作中,寄寓于物,通过事物,表达情感或文章的主旨。

《第五竹》就是其中较为著名的一篇:

……钱记者近年被经济这只看不见的手牵得东颠西跑,干起了文化掮客的第二职业。他来找第五竹说:"你的竹,当今画坛能望其项背的有几人?但你名实相符吗?说穿了,宣传没跟上,这事包我身上,我发动各报各刊、电台电视台来个全方位宣传……"

第五竹朗然一笑,抓过一支狼毫笔,一气涂抹,几株风中之竹尽传精神。

钱记者见之,甚喜,吟古诗赞曰:"举头忽看不是画,低耳静听疑有声——"

第五竹全然不理会钱记者说些啥,顾自在画上题即席吟就的打油诗:"竹本清高物,风吹又何妨。若为虚名诱,画竹如画钱。"……

翌日,钱记者再度来访。第五竹指指墙上的《病竹》,笑而不言,但见画面之竹枝枯叶残,一派肃杀。那一首题诗更使钱记者哭笑不得。诗云:"竹本山野物,天地任率性。若作富贵养,病枝又病根。"

主人公第五竹通过画竹,以竹言志,在他的"师竹斋"挂有自书的书法条幅"高节人相重,虚心世所知"。这也正是他自己的写照、做人的遵从:画画只为兴致所在,不为名不为利。

三、意在深处,言近旨远

凌鼎年的小小说的深刻还在于意在深处,言近旨远,能把平常的人与事,以小说真与假的虚构方式,融入文化,阐明哲理。

(一)"中庸"的审美追求

"中"作为哲学范畴,主要是指人的主观认识和行为与事物的客观实际相符合,从而达到一定的预期目标。"中庸"则强调对待事物关系要把握一个度,以避免对立和冲突,追求和谐的人际关系。基于对传统文化的热爱,对娄东文化的深入研究,喜欢被称为"文化人"的凌鼎年,深受此传统观念的影响,喜欢从娄东文化的哲学与审美蕴含出发,体现人的生命的"本然性"和人与人之间的和谐关系。

《青花瓷罐》讲的是助人为乐的故事,眼镜在大雪天救了摔倒的老太太,老太太感激他把家里的一个有年头的青花瓷罐送给了他。

眼镜实在推不了,就拿回了家。

有朋友看后说:像官窑的。

有邻居说:假的,怎么可能是开门货呢。

朋友说:越看越像是元青花。劝他拿到鉴宝节目请专家鉴定一下。如果是真家伙,那可老价钱呀,发大了。

　　朋友还说,鉴宝的一切费用由他来出,鉴宝事宜也由他来联系。

　　眼镜说:不去鉴定,不去鉴定! 这是老太太的一份情谊,至于青花瓷罐真的假的,不重要,真的不重要。

　　小说最后眼镜这简单的一句话,把人情贵在真的道理说明。整个小说篇幅短却涉及碰瓷、讹诈等当今热点问题,凌鼎年在这里采用的是正能量的叙述。眼镜救人的不犹豫、众人为他作证的不约而同、他对老太太的慷慨解囊、老太太对他的感激馈赠、他对馈赠品的拒绝到不鉴定……寥寥几笔,却内涵丰富,变紧张的人际关系为和谐。

　　(二) 隐喻象征的表达方式

　　隐喻象征手法在凌鼎年的小小说中运用较多,凌鼎年通过古今故事的演绎针砭时弊,但并不轻易表露自身的观点,把对事对人的看法融进故事的展开和人物语言对话中。

　　《国鸟竞选记》以拟人的手法,生动幽默地通过众鸟的表现,隐喻象征性地把现代社会的某些现象植入作品中,不直接表明态度,却引人深思。

　　…………

　　经过大淘汰,剩下孔雀、鹦鹉、天鹅、麻雀、鸵鸟、仙鹤、老鹰、喜鹊等8种鸟为候选鸟,最后角逐国鸟。

　　评选委员会要求候选鸟有一番自我介绍,以争取选票。

　　孔雀说:套句古诗"天下谁人不识君",请问有谁不知道孔雀开屏? 我们孔雀的羽毛多美啊,孔雀当国鸟,国之幸也,鸟之幸也!

　　马上有鸟反驳说:你呀,典型的金玉其外,败絮其中,正面看确乎漂亮,转到你背面看呢,一个难看的屁股加屁眼而已。你孔雀除了靓丽的外表外,能派什么用场,还不如老母鸡能下蛋,能炖汤,你还好意思竞选?

　　…………

　　最后只剩下麻雀了,麻雀不亢不卑地说:想必各位都听说过"麻雀虽小,五脏俱全"的说辞吧,上了年纪的想必还记得五十年代的"除四害"吧,结果呢,我们麻雀越灭越多,越灭越兴盛,为何? 大有大的难处,小有小的优势嘛,麻雀的生命力在鸟类中最强,与普通老百姓生活最息息相关,老百姓对麻雀最熟悉不过,天南海北,天涯海角,处处都有麻雀的踪迹,假如世界上还剩最后一只鸟,必然是麻雀,鉴于此,麻雀当选为国鸟,最有理由,最顺理成章。

　　很多鸟都在寻找反对麻雀当选的理由,但一时竟找不到有力的攻击借口。

　　据说,最后麻雀当选为国鸟。

　　不知你是投赞成票呢,还是投反对票?

　　小说以反问的方式结束,从而把问题引向了深入,赞成或反对,必须有理由,其实也让人们审视一下自己的生活和现代的社会:我们如何去评价人与事? 如何去评定好与坏? 如何去鉴定优与劣? 什么是衡量的标准?

　　《猪八戒答记者问》中以一问一答的方式,把《西游记》的故事和现代生活结合,以古喻今,从事物的正反面去探究生活现象。

......

于勒斯:嘿,你满嘴的理呢。有人举报你垄断与控制了生猪的饲养、宰杀,暗中操纵、抬高肉价,你如何解释?

猪八戒:我承认我是上市公司猪八戒集团的董事长,我们公司的股票一路看涨。但你说我暗中操纵、抬高肉价,那冤枉我了,我们是在争取自身利益最大化而已。你这大记者应该追究的是瘦肉精、垃圾猪,而不是我们正宗猪家族。

......

于勒斯:最后问一个也许不该问的问题,几百年来,民间流传不少有关猪八戒的歇后语,几乎清一色的贬义,像猪八戒调戏嫦娥——也不掂量掂量自己;猪八戒照镜子——里外不是人;猪八戒吃人参果——全不知滋味;猪八戒看唱本——冒充识字人;猪八戒戴花——越多越丑;猪八戒做梦娶媳妇——尽想好事;猪八戒吃肉——自相残杀;猪八戒拉着西施拜天地——压根不配;猪八戒擦粉——遮不了丑;猪八戒的脊背——悟(无)能之背(辈)……

猪八戒:你不觉得这是我老猪对中国语言学的贡献吗?你应该建议联合国教科文组织给我老猪颁个杰出贡献奖才对。你不是说你是联合国教科文组织环球网首席记者吗?如果真是,你应该有能耐办成此事,办不成的话,你的身份是真是假,要打问号了。我还要去开股东大会,今天的采访就此结束。对不起了。

记者和猪八戒两个人针锋相对,猪八戒四两拨千斤最终取得谈话的胜利。其实,这里蕴含着一个生活的哲理:事物往往有正反两面,有时候不是本质的问题,而在于你如何看待,或者说从哪个角度去看问题。

隐喻象征手法的运用让篇幅短小的小小说有了更大的空间,无形中扩充了小说的内容,以最简要的文字获得内容的最大的容量,这也是凌鼎年小小说的特色之一。

凌鼎年的小小说构建了一个自己理解的世界,他的价值取向与指向不断变化,他的题材多变,用他的话来说:"我希望通过题材的变换、主题的变换,多角度、多层次、多方位地写出我对历史、对现实、对社会、对人生的看法,写出我对家乡、对民族、对国家的爱。"可见,不管题材如何变化,始终不变的是作者对家乡、民族、国家的情感,是对中华传统文化的传承之心,而在此创作初衷下,中华文化生命国力最好体现的"和合"理念自然就成为凌鼎年的小小说创作的主要理念,在他的许多小小说中,"和合"理念以不同的审美方式呈现,其小说注重"中庸",志在提倡"贵和""持中"的和谐意识。他的创作又有浓郁的地域特色,注重太仓风情和现代的人情世故,知识性与趣味性同在,在当今小小说界可谓是自成一体,独具一格。

作者简介:颜莺,女,文学硕士,广西钦州学院人文学院中文系主任,副教授。

《先飞斋笔记》：欣赏与漫议

何与怀（澳大利亚）

凌鼎年先生把今年写的没有发表过的6篇微型小说组合在一起，起了个总题目"先飞斋笔记"。

这个总题目可说一下。所谓"笔记"，自然让人想到中国历史上短小精炼的笔记小说，那些志怪、传奇、杂录、琐闻、传记、随笔之类的文言文，其内容广泛驳杂，举凡天文地理、朝章典制、草木虫鱼、风俗民情、学术考证、鬼怪神仙、艳情传奇、笑话奇谈、逸事琐闻……不一而足，千奇百怪就是了。至于"先飞斋"，这是凌先生的书房，即他的"凌鼎年文学工作室"，书斋的匾额为已故著名国画大家宋文治先生生前所题。在江苏太仓市阅读节组委会组织评选的"最美书房"活动中，先飞斋被评为太仓市"十佳最美书房"。它里面放了多个直达天花板的大型书柜，藏书近两万本，还有几千册文学杂志，特别是收藏的微型小说专著、文集、刊物堪称世界第一。所谓"先飞"，寓意"笨鸟先飞"，凌先生当然不是"笨鸟"，飞却的确是先飞。这点我绝对赞同。虽然我与他不过是君子之交，只见过几次——在维也纳的欧洲华文作家协会年会、在奥克兰的文学研讨会、在墨尔本的华人作家节、在悉尼的中澳作家悉尼文学研讨会，但在交谈中，在对他的关注了解中，我知道，凌先生已发表过千万字作品，先后出版了五六十部个人作品，有小说集、散文集、随笔集、评论集，还有多本文史集子。他的阅读量非常大，知识面广，所写的微型小说，不好说是千奇百怪，但内容也够广泛的，大多像评论家所称赞的——富有"文化意蕴"，很有独到之处。凌先生这"先飞一步"确实非同小可，也让他常常获奖——据统计，大大小小奖项竟有二三百之多，在微型小说界，肯定是世界第一了。

《先飞斋笔记》中的6篇微型小说，3篇是历史题材，3篇则与当今"文化事业"有关。

《传国玉玺》讲朱棣做了永乐皇帝后，着手三件大事，第三件便是传令不管武取智取，一定要得到传国玉玺。经过数度战事和血腥阴谋，玉玺终于到手，朱棣本来大喜过望，但发现却是赝品，有点伤感。国师姚广孝献计说，此事可以将计就计，做得滴水不漏。他主持了一个极为隆重的大典，朱棣还一本正经地吃斋三天，沐浴更衣后，焚香敬祖，祷告天地，郑重其事地把传国玉玺捧在手里，高高举起，向群臣展示。为了把戏做足，还颁发圣旨，表彰敬献玉玺者的功绩，封王封地。此后，传国玉玺就锁在深宫，束之高阁，再无人见过，最后又在一场大火中失去踪迹，成了无解的历史之谜。

姚广孝曾对朱棣推心置腹地说过："国运长短，在于德政，皇上顺天而为，天道赐福，祖宗庇佑，其实不必耿耿于怀是否得到传国玉玺。"然而，一国之君往往不这么想。即使皇位已稳，但为了向天下证实自己的确是受命于上天的，将传国玉玺不时拿出把玩，不失为赏心乐事；若皇位未稳，那传国玉玺对即位的合法合理性就太重要了，其有与无，分分钟是政权得失、身家性命保与不保的事。好在，假作真来真亦假，传国玉玺即使是假的，也是有办法的——为了国家、民族这个理由嘛。

《老将军出征》讲的"历史之谜"，没有传国玉玺那么高大上，没有直接涉及顶层秘事。

故事不过是:某朝边境有事,皇上请老将军白近鹏挂帅出征,老将军有痔疮病,向皇上要了一个擅长医治肛肠的谢御医随军打仗。一次战役中,谢御医为了冲进帐篷抢救出那些中药,不幸被流箭射中,活活烧死。没有了谢御医及中草药,老将军却硬要披甲上阵,结果痔疮破裂,战事不利,最后死在了边陲。这次失败,尽管不无偶然性,却让皇上很没面子。皇上命白近鹏将军之死以病故处理,因事关肛肠,史书上一笔带过,后来也就湮灭于历史的尘埃中了。的确,古今多少事,都是不明不白;许多成功与失败,原因竟然不过于小事。小说小说,从小事说起,小故事背后有故事以外的东西,让人咀嚼、回味、领悟,那就算是好小说。

《杨将军碑》,顾名思义,也事关古代一位将军。话说娄城的古庙镇早年庙宇众多,后来历经时代风雨,一座寺庙也没有了。幸得原在京城工作如今退休回镇定居的钱病榆老干部出面交涉,当地同意重建杨将军庙。故事便在撰写碑文与碑文落款上展开。碑文敬撰者为丁双丁。碑文写就后,捐款最多的大户孙牛空局长却希望把他的名字刻上去,丁双丁拒绝得很干脆,说如果这样"就一定不要把我名字刻上"。这让钱病榆很无奈很头痛,最后,他改了又改,重写了碑文,很不情愿地加上了孙牛空的名字,落款了他自己的名字。一年后,孙牛空局长被"小三"举报,"双规"了。钱病榆被人指责没有丁双丁的先见之明,感到很难堪,最后下决心把孙牛空的名字凿去,并要求把落款"钱病榆敬撰"五个字也凿去。

本来一件文化雅事,却落得如此难堪的下场。小说中,凌鼎年让我们见识了一篇文采飞扬的《辛卯年重建杨将军庙碑》碑文。但其意肯定还不仅仅在此。请看碑文:"嗟夫!杨将军与娄城非亲非故,因功在社稷,利在百姓,故娄城乡民敬之祀之,顶礼膜拜,斯可谓有情有义,有胆有识也欤。""噫吁!纵观历史,数度兴衰,然百姓眼中有尺,心中有秤,拆庙墙易,去口碑难……"杨将军的功绩与品格,对比现今官员如欺世盗名、贪污腐化的孙牛空局长之流,反差何其之大?!

《你会明白的》又回到古代,讲述某朝大臣们不明白皇上为什么会把康国霞这种奸佞小人委以监察御史之高职,有的甚至表示即使告老还乡也不愿与其为伍。左都御史宁有谅有次借着与皇上单独的机会,鼓足勇气对皇上说了自己的不解,请皇上赐教。皇上笑笑,说:"刑部、大理寺、都察院并称为三法司,是朝廷不可或缺的部门,你与右都御史等都是朕的股肱之臣,我要保护你们啊!到时你就明白了。"宁有谅听后还是有点云里雾里,摸不着头脑。第二年秋天,顺天府破获了一个高丽国的谍者窝点,抓获了为首者朴德宏以及他手下的喽啰。皇上同意康国霞"和为贵"的建议,就派他为钦差大臣,护送朴德宏一行回国。在快要进入高丽国的前夜,他们遭到一伙不明身份的歹徒截杀,朴德宏中刀身亡。高丽国异常愤怒,皇上为了平息,下令把康国霞急召回京,并当着高丽国来使的面,推出午门斩了。此时,左都御史宁有谅突然想起皇上说过的话:"到时你就明白了"。

皇上的某些决策,说是心机深重也好,雄才大略也好,常常只可意会,不可言传。小说的巧妙之处在于通过历史小片段,让读者在欣赏好故事的同时,引发思索,得到启示。

《老宅院·破门楼》可以说是当下某些有钱的生意人玩弄小心计的故事,不血腥,倒很有文化,围绕一个有千年以上历史的古庙镇里的一个老宅院的破门楼展开。故事说,这座陈家老宅,最后被一位代表蒋老板的上海人相中买下。他付定金时,说了一句:"这门楼会不会倒啊，太危险了。"说得不动声色，但房主听进去了。一星期后，蒋老板在上海人的陪同下来交钱收屋。一下车，上海人就惊叫了起来，气急败坏地问："门楼呢，门楼怎么不见了？"房主代表很讨好地说："拆了。这门楼随时会倒，太危险了，怕压着你们贵人。"蒋老板大失所望地说："算了算了，这房子我不要了。定金也不要了。"房主感到莫名其妙，不就拆了一座快要倒塌的门楼，至于吗？后来，有小道传：上海人与蒋老板真正看中的其实是这门楼。因为整个这幢宅院是民国初年翻建的，唯有这门楼是货真价实的明代建筑，特别是这门楼上的砖雕出自明代砖雕大师陆天翼之手。再后来，有人在上海的一家高档私人会所见到了装饰在仿古门楼上的那四幅砖雕，古色古香，弹眼落睛。还有人说：经查证，那私人会所的总经理是来过古庙镇的那个上海人，法人代表呢就是蒋老板。

故事读到结尾，真相大白，让人想到美国小说家欧·亨利那些结尾出乎意外的构思奇妙的作品，不能不拍案叫绝。

凌先生熟悉文化人文化事，写来得心应手。就说《认养古树》这篇吧。他怎么会想到写认养古树的呢？其实，他是个爱旅游的人，国内外各地到处跑，而且爱植物，特别留意古树名木，奇花异草。他发现如今景区有些大树，会挂着一块小木牌，上面写着树的编号、树的品种，并注明某某某认养，还有年月日。这似乎很受爱心人士的青睐，愿出资认养的还不少。凌先生就想，他们为什么愿出资认养呢？原因可能有多种，或者确有爱心，或者出于对环保的考虑，或者真的喜欢某种树、某棵树，或者是爱情的纪念，或者是到此一游的纪念，或者是为了留名……不管什么原因，都值得点一个赞。在他这样七想八想时，小说的故事也就浮现他眼前了，情节越来越清晰。而且，凌先生的一位同学 20 世纪 90 年代是当地一座古典园林的负责人，近水楼台先得月，他们号称"十君子"的十位朋友就出资认养了一棵罗汉松。这棵罗汉松从根部长出三株，凌先生称之为"一炷香"。他们还特意在树下立了一块石头，刻了"娄东十君子认养"，并刻了年月。一晃十几年过去了，罗汉松长得郁郁葱葱，让人欣慰。他人的认养，与自己参与的认养糅合在一起后，凌先生便有了底气，觉得这素材可以动笔了。但作品置于一个什么背景下来展开呢？他想到了 2000 年前的老城区改造之风。在那次大拆大建过程中，不少大树被挖了，移植了。他们当地就有这种情况，其中一棵六百年古黄杨的移植，凌先生还到现场去看，还写了报道。这些都构成了《认养古树》这篇小说的原始素材。

凌先生把移植这棵六百年的古黄杨作为小说的一个重要情节，当然，为的是引出认养。在认养过程中，最引人注目的是这棵古黄杨，不仅仅因为这棵古黄杨知名度高，而且它移植后的位置也醒目，在弇山园入口处的一个坡上。接下来，就引发了认养古黄杨的竞争，有企业家，有文化人，有政府官员……竞争结果，呼声最高的当地爱心慈善协会会长戴舍得竟然输给一个没听说过的一般人，但其实是拆迁办主任龚朝阳。六年后，古黄杨枯死了，那年要升副市长的龚朝阳被"双规"，他判刑后弇山园把古黄杨连根挖了。再后来，一晃二十年过去，颐养天年的戴舍得常常去弇山园。人们发现，他的一张照片背景是一棵罗汉松，从根部分叉为三枝，竟像一炷香之状；有人更无意间看到，在罗汉松树底下一块小青石，刻着："戴舍得认养，2000 年 3 月 12 日。"

《认养古树》这篇小说既是篇文化题材小说，也是篇官场题材小说，还是篇反腐题材小说。它也像凌先生的其他许多作品一样，故事性强，还有知识性、趣味性，而且寓意深，有启发性。这都是凌先生微型小说的特点。

这是积累之功。凌先生把看到的、遇到的、经历的某些素材都用到写作之中,当然都经过了移花接木,改头换面。所谓积累,在他看来,主要有四方面:文字功底的积累、生活素材的积累、思考深度的积累,以及人脉的积累。他还说过,微型小说作家缺少的不是精彩的故事,不是个性的语言,不是独到的结构,不是鲜活的典型,而是深刻的思想。思想哪里来?学习得来,思考得来,交流得来,碰撞得来,越钻越深,越思越广,这也是个过程,这也是一种积累。熟能生巧是一种锻炼、一种成长;他山之石,也不要忘。两者合一,自然就易出精品。

不论是现实生活题材,还是历史题材的作品,凌鼎年先生都信手拈来。他从不为钱写作,不为虚名写作,不为发表而写作,他努力挖掘人性,展现人性,弘扬真善美,鞭挞假恶丑,作品往往有批判锋芒,往往寓意深刻。凌先生也像《辛卯年重建杨将军庙碑》碑文的撰写者丁双丁一样,高风亮节,而且有先见之明。

2020 年 8 月 8 日于悉尼

作者简介:何与怀,现为大洋洲作协副会长、悉尼作协荣誉会长、澳大利亚中华文化促进会副会长、南溟出版基金评审、《澳洲新报·澳华新文苑》主编、澳华文学网荣誉总编辑,以及澳大利亚华人文化团体联合会召集人等。

亦人亦禅亦哲学

——凌鼎年微型小说《了悟禅师》解读

宋桂友

《了悟禅师》这篇小说是将禅宗的一些故事小说化。作者凌鼎年作为微型小说的顶尖高手,重新将故事演绎得出神入化。小说叙述了海天禅寺的法眼方丈引进了一位佛界奇才了悟禅师。了悟到来后,其"怪异"言行激起了禅寺上下的清水狂澜,有力地冲击着众僧的生活,同时对于禅与佛的思考与修炼(包括方式与内容)也被有力推进。可不久后的清兵大举南侵,彻底改变了海天禅寺所有人的"佛生"。几乎所有的僧人都逃之夭夭,清兵在进入只有一个人的禅寺时发生了了悟与刽子手的较量。结果是禅师据法获胜,清兵退去。而局势安定后,众僧返回寺院重新佛的生活,而了悟禅师却选择云游四海作为对加持于他方丈之位的回应。

该小说叙述的虽是佛境,实为人世,是佛界亦为芸芸众生,所蕴人生道理似来自禅理,其实也是哲思。短短千字语胜过大部头,通读全文,令人忍俊不禁,又掩卷良久沉思。

一、僧分三阶

我们先从题目往下看吧。了悟禅师从字面上看,了是彻底,悟是参悟,禅是禅宗,其意归佛。"了"之于禅,为修行终极。"了"也是一个过程,禅宗北宗谓之"渐悟",须年复一年在蒲团之上参禅打坐。对这个过程,南宗代表,唐代著名禅师青原行思(671—740,吉安庐陵人,俗姓刘,传系汉长沙王后裔。其与菏泽神会、南阳慧忠、永嘉玄觉、南岳怀让并列为六祖慧能大师座下五大弟子)则用"见山"三阶段来喻之。《五灯会元》卷十七《惟信》中说:"老僧三十年前未参禅时,见山是山,见水是水。及至后来,亲见知识,有个入处,见山不是山,见水不是水。而今得个休歇处,依前见山只是山,见水只是水。"第一阶段是未参禅念佛之时,所见山水为现实之平实之物,山水作为观察的客体在观察者这个主体的观察之下自然有着本身"质的规定性"。第二阶段是参禅念佛修行一段时间之后,懂得颇多佛理,处处以佛之意识观照客体,则所见山水就已不是其本来面目,达到这种境界就会以"色空"眼光看待周围的一切,意在其中,事物的本质似乎也在按着意识被扭曲和变形。祖庭事苑五曰:"道生法师说:无情亦有佛性。乃云:青青翠竹,尽是真如。郁郁黄花,无非般若。"这就是禅悟所谓"入处"吧。第三阶段是觉悟以后,对待山水——客观事物及其意注之事物即使以"空"的眼光看待也仍然是没有彻悟的表现,必须连这个念头也不要有,即面对山水,既不说它"空",也不说它不"空",其状态应该是自然自在,事物于我,则一念不起。这样就是找到了"休歇处",也就达到了"了"的境界,是为"了悟"。自然,了悟禅师之"了悟"就是小说的文眼,了悟禅师自然就是核心。叙述者的叙事也就从他向下展开。寺庙也是一个舞台,这里的人也在演绎着自己不同的人生。小说按照禅理的参悟(表演)程度将寺庙中人分为三种。

第一种是禅寺众僧徒。他们或初入佛门,或倦于修行,或迟于顿悟,对于佛事虽不缺少做但对佛理禅宗的理解并不深入。其身上有着众多俗世之人的一干特征,具体表现为俗世的思维方式、俗世的价值观和俗世的言行。比如,对了悟禅师还用"论资排辈"思想,"比了悟先进庙门的,自认为比他有资历,也就不把了悟放在眼里,时不时斥责他,骂他是懒和尚"。对佛事亦用俗世评价作为标准:"若轮到他(了悟禅师)值勤值夜,其他和尚总有些放心不下。"对待人生亦有俗世行为,清兵南下,战争风声吃紧,"胆小的僧人离寺避到了乡下"。清兵来时,"其他僧人全逃了避了"。这是参禅念佛修行第一阶段,可称为"佛有之境"。这个"有"字是有佛也有俗。这个时候,众僧还没有破除人世间凡俗的见解,局限于感官的认识,常易被外在的色相迷惑,即古人所谓"见山是山,见水是水"。每有诱惑,则生起思欲、贪求、执着之心。外界的事物扰乱其心,正所谓五色令人目盲,五音令人耳聋,五味令人口爽。主要还是用实在之心观看世间万物,不知道它们原是因缘所合而成,不知道它的空之佛性。这是代表俗世的、物质的执着境界,亦可谓第一境界,或曰"基境界"。结合下文可知,这种人物的叙事设置在人物塑造上当是作为了悟禅师的反衬,是为完成了悟禅师的形象刻画所做的侧面叙事。

第二种是法眼方丈。法眼作为方丈,他勤于修炼,精通佛理,勇于将方丈之位让于自感道行更深的和尚,不计较个人得失,已经是很有修养。但由他和了悟禅师第一次相遇时对于了悟的认识,可知他现在其实是进入了第二重境界,即"见山不是山"的"佛无之境"。通过参禅修炼,对佛认识加深,对宇宙万象的真实现状有了进一步佛理上观照,明白了"凡所有相,皆是虚妄"。万物无常,万事无常,一切如梦、如幻、如影、如风、如雷、如电。会感悟到"若以色见我,以音声求我,是人行邪道,不能见如来"。此时,当然是"见山不是山,见水不是水"的虚无感受了。如果人还在俗世,那此时此刻的美女,无非就是一堆骨与肉抑或碳水化合物了,美酒无非就是水样物了,金钱亦与粪土无异了。那修佛缘呢?就应超越了尘世,放下功名,抛却烦恼,看破红尘,走向虚无。

这第二重境界是对第一重境界的否定,是对佛理认识的一大飞跃。虽然如此,却还不够。所以法眼方丈在看到过水的女子时,自己做到了"无色",但他却不能理解了悟禅师抱起与放下的"空",他还必须继续修行,才能(可能)进入第三重境界。

综观全文,这个人物的设置在人物塑造上当是作为了悟禅师的正衬,也是为完成了悟禅师的形象刻画所做的烘托。这正如登山,众僧在山脚,了悟禅师在山顶,而法眼方丈,就是越过山腰向上攀登的行者,他还在追求的路上。

第三种就是了悟禅师。他是修成正果的佛的代表,是小说中的修炼叙事所达到的最高境界。境界指的是修炼者可能达到的思想觉悟和精神修养,是主观在感知力上所感知的程度。境界可以质来区分,以度来衡量,当然就有了层次。在这里,不仅知道了"过去心不可得,现在心不可得,未来心不可得",并且这不可得亦不可得。故一切无求亦无得。在这个境界中,一切均不刻意,包括逃避与挑剔、融入与淡出,包括身外世界的形相,亦包括内心世界的思想,统统都是过眼过心而已,再也不形成波澜,也就是《金刚经》里的"应无所住而生其心",《维摩诘所说经》里的"能善分别诸法相,于第一义而不动",就是《六祖坛经》里的"外离相曰禅,内不乱曰定",即所谓的"看山只是山,看水只是水"。所以,本来男女授受不亲,何况对陌生女子还抱起来?可了悟禅师遇到了危难女子,眼里显然"见山只是山,见水只是水",何其淡定!过河之后,放下怀中的女子,表面是放下了,其实又何曾有过?有过的只是抱了一个人过河,那些俗世的礼教本来就不曾有。这,我们不妨称之为"佛空之境"。

二、偈语人生

小说始终围绕一个"空"字,分别在开头和结尾各使用了一首偈语来释佛,也是在写人生。开头的"空门岂用关,净土何须扫",开宗明义是对佛的理解,结尾是对修行的总结与要求。

作为戏剧冲突的处于第一阶层的众僧人和代表参悟了的了悟禅师双方之间的第一次冲突是在了悟禅师到达海天禅寺后不久,众僧发现了悟禅师作为值日生从不打扫卫生,不关寺庙大门,不好好值日,于是这些"老资格"的和尚们就对了悟禅师进行斥责和喝骂。不想了悟禅师既不接受批评改正错误,也不据理力争进行辩解反抗,而是"了悟不气不恼,一笑了之"。就在众人疑惑一拳打在了棉花上时,那边厢了悟在门口贴了一副对联,上联为"空门岂用关",下联为"净土何须扫"。现实中虽然这副对联曾出现在好多寺庙的门槛上,但福建五大禅林之首的福州鼓山涌泉寺山门联(小说中联语与此有两字不同,但联义相同)是为原始正宗。这副对联,有一个地理的缘故。山门建在山坡口,前面是一条青石红墙的通道,山风直冲而来,吹去落叶闲草,省去人扫之力,所以说"净地何须扫";夏秋之际,台风频频,山门多次被刮倒,后来索性连门都不设了,因此说"空门不用关"。这副对联还是"藏头联",分别藏"净""空"两字,以纪念鼓山涌泉寺第122代住持净空方丈。同样,还有净空藏骨塔的对联,"刮摩心地净,解脱世缘空"也是纪念净空的。但此对联显然不是写实,"净地""空门"都是双关语。"净地"指佛教"净土",是说本来就干干净净无灰无垢,何须打扫?"空门"即佛门,四大皆空,空空如也,如去如来,无遮无碍,怎么用关呢?

这副佛联偈语放在小说的开头部分,开宗明义,讲述佛之本义,了悟禅师以此来教育寺庙众僧,阐释"色不异空,空不异色,色即是空,空即是色,受想行识,亦复如是"(《摩诃般若波罗蜜多心经》)的色空道理。而众僧此时佛觉也确实有些差劲,看了对联始以为是"奇谈怪论",并告状于法眼方丈,在得到方丈解释之后,仍然不能觉悟,"都认为法眼方丈在偏护了悟,甚至认为他法眼有私,多少有些不服"。了悟的用心终究没有白费,过了"不久",到清兵南下之后了悟云游之时,众僧的觉悟就都有了提高。这里也是叙事者所设置的伏延千里的草蛇灰线。当然,小说的叙述者并不是虔诚的佛教徒,构拟小说其意重在写人生。适佛借佛,宜道用道。何况佛之空与道家之静也有相通之处。老子《道德经》第十六章就有:"致虚极,守静笃,万物并作,吾以观其复。夫物芸芸,各复归其根。归根曰静,是谓复命。"意为我们要力求心灵达到虚空的极点,生活清静坚守不变;宇宙万物相互运作生长,我们得以观察到它们的本源。不论万物如何变化多端,终会回归根本。回到静极的境界,也就是回归其生命自性。这当亦为小说《了悟禅师》之落脚点。

在海天禅寺因为了悟禅师而幸免于兵燹之后,法眼方丈从寺庙和佛教双重的发展大局出发,决定让位于了悟。结果是了悟禅师"云游四海"躲避。拒绝接班,完全在意料之中,这符合他的"空"之"了悟",是人物性格叙事的连续性保持。关键是他临走时,留下一偈语:"泥佛不渡水,金佛不渡炉,木佛不渡火,真佛内里坐。"然后才头也不回地走了。这一偈语来自禅宗公案"赵州三转语"。"赵州从谂以机转之三语句接引学人,开示真佛之所在,俾使人人彻见本来面目。""示众云:'金佛不度炉,木佛不度火,泥佛不度水,真佛内里坐。'"碧严评唱曰:"泥佛若渡水,则烂却了也;金佛若渡炉中,则镕却了也;木佛若渡火,便烧却了也。"只有自性本然之真佛端坐于内心里,方不为水火所坏;所谓一心不生之处即"万法一如"。这一偈语是了悟和尚对修行的总结和对修行者提出的要求。所谓泥佛、金佛、木佛都是带有外壳的,这壳是不是空壳另当别论,但带壳的肯定不是纯正的佛,或曰不是真佛。真正的佛是在心里的,只有心中有佛才是有真佛。所以那些空壳会被毁掉,但心中的真佛永远毁不掉。修炼是一种境界,修炼的路途就是不断抛弃外壳的过程。佛是如此,人生其他也是如此,任何信仰都是不可以有外壳的。具体的奋进前行,都不必在意"千山鸟飞绝,万径人踪灭"的孤寂落寞,知道那"独钓寒江雪"的"孤舟蓑笠翁"必定会成功。所以关键是心中有佛。佛就是理想,就是追求,就是信念。它启示我们,不管时局怎样变化或者环境怎样优美与恶劣,人都必须要守住那尊心佛。

了悟禅师的良苦用心发挥了作用。小说结尾是"法眼方丈与众僧们都默默念着这偈语,各人参悟着"。这与开头第一段偈语(对联)出现后大家的表现形成了鲜明的对比,众僧不再视之为"奇谈怪论",而是接受教导。这一方面让众僧的人物性格有所发展,另一方面再次使用侧面迂回叙事凸显了悟的形象,同时也是照应前文。在区区一千三四百字的微型小说里闪转腾挪,可见叙述者的超高功夫。

总之,小说以偈语始,开宗明义对佛的理解;以偈语结,形象地提出修行的要求。如无缝对接的一叶扁舟,轻灵来自结构谨严。偈语述佛说人生,高度概括,亦简练有力。

三、对立统一

在感悟佛学精深佛理与人生相通的阅读里有着收获的话,那么小说人物与故事所蕴含的哲思也是不可不体会的。

黑格尔辩证法认为,世界历史的进程由心灵"正、反、合"(正题—反题—合题)的"对反、重复、超越"原则支配,马克思主义则用普遍联系的观点看待世界和历史,认为世界是一个有机的整体,认为世界上的一切事物都处于相互影响、相互作用、相互制约之中,反对以片面或孤立的观点看问题。这是唯物辩证法,它有三大基本规律:对立统一规律、量变质变规律与否定之否定规律,其核心就是对立统一。凌鼎年在《了悟禅师》里用经典的故事体现了这些哲学道理。

有与无的辩证法。霍金在他的名著《时间简史》一书的开头提到了一个故事:一位老妇人向罗素发难,宣称我们的世界是由无数重叠的乌龟所托起的平板。这也颇类我们传说中的大地是由三条鳌鱼背负着的一个平台。现代科学早已证明这些说法的荒诞与可笑,但现代科学也同样证明它切中了真理之一维——世界就是寓于无限性中的有限存在。有限与无限,有与无就是一对孪生兄弟,总是携手相伴。在《了悟禅师》里第一次的有与无的冲突是关于寺门的。海天禅寺的众僧以寺庙大门是寺庙建设组成部分的视角,它当然是客观存在的,毋庸置疑,所以天天打扫与守护,这是他们的职责。而了悟和尚却以佛学修炼的程度为视角看待事物,以"空"否为标准,以心无一物为境界,所以他认为这个空门应是"门空"。这是从物质与精神的不同角度看问题。而与此恰恰相反的是小说紧接着的一个故事:河水暴涨的岸边有一孱弱女子,两位慈悲为怀的佛者怎样相助其过河?法眼方丈秉持佛家色戒,采用折木棍做拐杖的辅助过河方式以示范,但于女子仍无济于事。而云游到此的了悟禅师却是毫不犹豫,抱起女子就过了河,然后放下就走。在这里,法眼方丈考虑的是与女子接触产生的精神问题,而了悟禅师只是把她看作一个生命存在,把她背过河去就是拯救了一个生命,与男女的性别问题没有关联。这也就是前评议文所谓第三个境界里的"见山只是山",也就是小说里所说的因为注重接触女性身体带来的精神负担却迟迟不能放下的症结所在。小说中的这两处有与无的叙事也证明了有与无这一对矛盾体不仅相互依存,也相互转化的道理。

惧与无畏。这二者也是一对矛盾体,既对立又统一,一定条件下还相互转化。寺院平静的生活终被打破,战争起了,这回来的是清兵。叙述者先做铺垫,说是清兵南下,发生了"扬州十日""嘉定三屠"等惨烈之事,善男信女逃难的逃难,避灾的避灾。如此清兵,大家是惧还是无畏?结果先是"胆小的僧人离寺避到了乡下",继之在清兵进入寺庙时"其他僧人全逃了避了,唯了悟禅师依然不慌不忙、不紧不慢地念他的经,对大胡子将军的来到熟视无睹"。这里的"惧"是海天禅寺众僧人之惧。僧人们面对清兵的到来,惧怕的是生命的失去。而了悟禅师的选择与僧人相反,作为有着崇高信仰的信徒,自己的逃走就意味着寺院的毁损和信物的丢失,更是信仰的坍塌。保护寺庙也是他的重要职责和义务,所以了悟选择了对此无畏。即当他把保护寺庙和佛心看得最为重要时,他选择了不惧生命的失去。众僧与了悟的惧与不惧是对比叙事,既为发展情节突出人物又为彰显主旨服务。因为了悟心中只有佛,所以面对凶神恶煞的刽子手他自然是毫不畏惧。"了悟正眼也没瞧大胡子将军一眼,朗声回答说:'将军你大概还不知道寺庙中也有不惧死的和尚吧,既然死都不怕了,还有什么好怕的呢?'"这里的"朗声"二字特别形象而切题,其"空"的意境也因与静的对比而被强调。但了悟禅师所语倒有些革命家大义凛然的气概,少了些佛空。这可能还是语气与语词的设置问题,所言意思其实符合叙事线路。因了空,生死当然置之度外,所以无畏。该回合最后是惧与无畏相互转化,了悟禅师无所畏惧,而清兵将军表面是"佩服"了悟,其实却是畏了自己的良心或者神灵,客观上也是畏了和尚。

否定之否定。否定之否定规律是指从事物发展方向上看,事物的发展总是前进的,因为在辩证发展的链条上,事物发展过程中的每一阶段,都是对前一阶段的否定,同时它自身也被后一阶段再否定。经过否定之否定,达到事物肯定和否定的对立统一,由此构成事物从低级到高级、从简单到复杂的周期性螺旋式上升和波浪式前进的发展过程,体现出事物发展的曲折性和前进性的统一。小说《了悟禅师》对于修行境界层次的叙事就揭示了这一规律。小说写了参禅悟道修行的三种人,分别是众僧徒、法眼方丈和了悟禅师,他们各代表了一个境界,即佛有之境、佛无之境和佛空之境。这三重境界虽然不是佛教自己划分的全部修行境界(佛门自己曾划分为 14 个阶段,分别是:如,是,空,相,本,无,终;善,恶,因,果,有,世,循),但这却是典型的惯常意义上的三个层次。众僧徒所代表的第一重境界是对佛的初级认知,法眼方丈所代表的第二重境界就是对第一重的否定,这一次的否定是认识上的一次飞跃,具体到本文就是对佛的深层理解和认识。而第三重境界则再对第二重境界进行否定,但这个否定不是回到第二重否定前的第一重境界的内容里面去。它虽然有对第一阶段也即出发点的回归、复归,却不是重现,是向事物本质的再次逼近。本文中的佛空之境就正是对佛本质的最高层级的意释与体现。所以只能说在形式上是反复甚或是重复,因为都是否定,但在内容上却不相同,每一次的否定都是前进。小说本文中参禅修行的三个层阶就说明与印证了这一道理。

【注】本文为江苏省社会科学基金项目"新时期苏州作家群研究"(编号 11ZWD020)的阶段性研究成果。发表于《名作欣赏》2012 年 12 期。

作者简介:宋桂友,文学博士、苏州职业大学教授、江南文化研究院院长、苏州大学文学院研究生导师。

虚实之间见功力

——凌鼎年小小说三题印象

郭 虹

虚实之论,源于先秦道家哲学中以虚无为本、有无相生的理论,所谓"大音希声""大象无形",以及以此为基础产生的传统文艺思想中的"大美无言",皆由此衍生,成为我国古代传统美学观之一,并广泛运用于文学、绘画、书法,甚至园林艺术等各个领域的创作和评论。古往今来的文学艺术家莫不重视虚实之法的运用。清代叶燮在《原诗》中提出"虚实相成,有无互立"的观点。金圣叹认为,"须知文到入妙处,纯是虚中有实,实中有虚"。文学创作过程中,应该虚者实之,实者虚之,有无相生,虚实互用,艺术形象才具有较高的典型性,而无固定刻板的模式,也才具有含蓄蕴藉、简练沉潜之美。在中国古代文论中,虚与实各具相对独立的内涵,又包含历代文艺创作实践积淀的二者之间辩证的丰富内容。

同时,它还和有与无、心与物、形与神、情与镜、空灵与质实等审美概念存在着横向互渗的复杂关系。

大致说来,在文学艺术创作中,所谓"实"指的是文学创作的对象、材料等,即生活中真实发生和出现的人和事;"虚"指的是艺术家想象和虚构的部分。但在具体的文学作品中,由于作家艺术造诣不同,虚实运用的技巧亦有别。由于篇幅的限制,微型小说更讲究虚实的处理,让读者在有形中领略言外之意,从有限延伸至无限,获得广阔的艺术空间。

凌鼎年先生的小小说三题,题材各异,风格不同,却颇富张力,这完全得力于作品中虚实手法的巧妙运用。

设若以形象为实,那么其承载的意义则为虚。那么,《武松遗稿》则是以实写虚,虚虚实实,让人虚实莫辨。作家叙述的是一个考古发现中的一堆"牛屎",在专家眼里却是"宝贝",经过专家"处理"后变成"武松遗稿"并成为"国家一级文物",进而引发"专家们"关于武松墓及"遗稿"真伪、武松观点的正确与否的"学术界"的激烈争论并由此波及社会大讨论的故事。这个故事虽然不一定已经发生,但是绝对可能发生的。其中地址确切,人物武松历史上也有其人,可谓"实";但一堆"牛屎"变成"武松遗稿"明显带有艺术的夸张,可谓"虚"。经过漫长的地下岁月,古墓中的某种物件变成"牛屎"是完全可能的,而这堆"牛屎"经过专家处理变成"武松遗稿"也是符合逻辑的。因此,挖掘出的那堆"牛屎"和"武松遗稿"则为实,而"专家"究竟如何"处理"的过程则为虚。整个故事辐射到社会的方方面面,尤其是所谓的学术界,这也可以说是一场极其无聊、无中生有的学术论争。作家客观地叙述这个故事,意在讽刺了当前所谓专家学者不尊重历史、极其庸俗的学术态度,虚实互藏,含蓄婉转。

与此不同的是《国王、宰相与狮子》,这篇小说初看起来有点类似于寓言,故事明显是作家杜撰的,虽然世界上也曾有过暴戾的国王,但用这种方法来对付政敌微乎其微,是为虚。但读完小说,人恍然大悟,作品卒章显志,揭示了"民意难违"的主题,从而使这个虚构的故事又落到了实处。故事虽虚构,但描写落实。开头一段描写:"国王的权力已达到了巅峰状态,几乎所有的重要位置都安排了他最信得过的亲信,如皇宫侍卫队队长是他小舅子,宰相是他的二叔,财政大臣是他的表哥,吏部尚书是他的连襟,兵部尚书是他的侄子……"几笔就交代了这是个任人唯亲的国王。大臣与狮子决斗的血腥、宰相的规劝、宰相的出场、宰相与狮子的"决斗"及观众迥然不同的情态,描写真实细腻,栩栩如在目前,此为实;国王的心理、狮子饲养者私下的行为则为虚。这样以虚代实,曲折有致,刻画了一个昏聩、残暴的君王形象,表达了"民意"即"天意",民意难违的主旨。

与之比较,《走出牢房后》又是另一番景象。如果眼前为实,则过往为虚。眼前是走出监狱的朱浩任满腹屈辱和仇恨,只有一个念头,那就是"我要报复!我要报复!!一定要报复!!!"。三个"报复",言仇恨之深、报仇之切。但是当他来到火车站候车时,出狱后遇到的第一件事却淡化了他的仇恨,"动摇了"他报复的决心。这里发生了一件看似极其平常但对朱浩任来说又是极不寻常的事情。一个农村来的"满脸阳光"的打工妹因为内急竟将自己的所有物件交给他看管,这不是一些普通的物件,对朱浩任来说,这是一份责任,一份即使误了回家的车也不能辜负的沉甸甸的信任。尤其那女孩"你是好人,我一看就知道你是好人!"的声音一直在他脑海里回响。就是这句话使他感到"一股暖流温麈全身",

并由衷地感叹:"信任真好!"在这些实笔之中,作家穿插了一些回忆,这个有良知、有道德的好青年救人反被冤枉,并被判入狱,有冤无处申诉,拾金不昧反被人嘲讽,还有老乡带来的关于母亲的消息,以这些虚笔来交代朱浩任仇恨的原因。这样的虚实相济,不仅交代了事情的来龙去脉,而且丰富了作品的内涵。其中,警察的质疑、被救者家属的态度、法官的判决,使作品有了纵深感。

有人认为,微型小说受到篇幅的限制,很难写出深邃的思想,也显示不出什么高超的技巧。但是小小说的魅力来源于作家对内外世界的灵敏把握和传神表达,因此,在构思和技巧上最为讲究。凌鼎年小小说三题以形象为实,以意为虚者有之,只凭想象展开者有之,以眼前之境为实,以回忆为虚者亦有之,皆能寄直于曲,寄锋于婉,寄显于隐,寄理于喻,兼有思想的纵深和现实的厚重。

作者简介:郭虹,女,系湖南文理学院中文系教授。

信笔所至,止于不止
——谈凌鼎年微型小说集《天使儿》

邓全明

"所示书教及诗赋杂文,观之熟矣。大略如行云流水,初无定质,但常行于所当行,常止于所不可不止,文理自然,姿态横生。"这是苏轼对谢民师的文章的行文、布局的评价,用这句话来概括凌鼎年微型小说的结构特点,也是十分恰当的。

或许有人不以为然,因为苏轼这一评价主要针对的是散文和诗赋,而小说特别是微型小说的文体特征与散文诗赋迥然有别。一般而言,微型小说特别重视情节的安排、故事的叙述,作者的才华和小说的看点也主要体现于此。微型小说一般都有比较连贯的情节,整篇小说都要围绕情节而展开,不可能像散文一样"形散神不散",天马行空,因此,也很难像散文那样行云流水、舒展自如。对单篇小说而言,确实如此,但就作家的众多作品而言,就未必如此。凌鼎年微型小说虽主要将笔墨集中在人物塑造上——塑造形神兼备的人物成为他微型小说的主要任务,并不刻意追求情节。或许正是因为他不刻意经营情节,反而使他能跳出情节之外,灵活自如地布局,不落俗套。《天使儿》是凌鼎年新近出版的微型小说集,也延续了一贯的布局和叙述特点:信笔所至,而止于不可不止。这一结构、行为特点大体体现在三个方面。

一是叙述视角的变化。小说是叙事的艺术,是讲故事的艺术,而叙述的变化与叙述视角的变化有着密切的关系。叙述视角是故事呈现的方式,包括多种类型:从人称上说,有第一、第二、第三人称的叙述;从叙述人的性质看,有人格叙述和非人格叙述(非人格叙述又包括非正常人非人格叙述和动物非人格叙述,前者如以智力残疾者做叙述人的非人格叙述);从叙述者的自由程度看,有受限制的叙述和不受限制的叙述;从叙述者与作者之间的关系看,有可靠叙述和不可靠叙述;等等。叙述视角的变化、聚焦者的变化等往往会带来意想不到的"陌生化"效果。凌鼎年深谙其道,他的微型小说也注意叙述视角的变化。

如《生日日记》《我想生病》，采用的是非成年人叙述视角，通过儿童的视角来反映离异家庭孩子的教育问题。《乌鸦的子孙》《鱼斗》采用的是非人格化叙述，《三代人的遗嘱》则采用戏剧化的展现方式。

二是小说的开头的变化多端。《天使儿》中的作品有许多种开头的方式：或直奔主题，如《牛二》《三叔》《蒋师爷》《杨美人》《老瞎子》等以人物命名，小说开头便如承题讲述人物故事；或从叙述人的感慨开始，如《天使儿》《外乡人》，叙述人的感慨的作用，如同诗歌的起兴；或顾盼左右，采用迂回的手法，如《怪人言先生》《抉择》《血色苍茫的黄昏》《菜人》，从环境入手，再破题转到人物、故事；或无所依傍，直入故事现场，镜头直接对准正在发生的故事，如《1943年的烤地瓜》《边事》《你别采访我，别——》；或以叙述人娓娓道来的拉家常方式开始故事，如《三代人的遗嘱》《懒狐》《一片"豆瓣"引发的故事》；还有的以谚语开头，如《剃头阿六》。总之，《天使儿》中的微型小说开头并无定例，可以说是信手拈来，天然自成。信手、信笔是随意，又不是随意，如同巴金所说的最高的技巧是无技巧。凌鼎年小说能做到信笔所至，无所不可，也是常年积累的结果。

三是小说的结尾。文章的结尾十分重要，点睛之笔常在结尾处。微型小说注重情节的引人入胜和跌宕起伏，结尾往往是抖包袱——出人意料最终又落在情理之中。凌鼎年的微型小说也不例外，其结尾往往出人意料又在情理之中，由于篇幅关系，笔者在这里不详论。笔者在这里重点说的是他的一种不算结尾的结尾方式——结尾不是一个故事的结束而是故事的开始，《寻找蛛丝马迹》《痴痴头与鬼点子》《重在参与》是这种结尾方式的代表性作品。《寻找蛛丝马迹》一开始讲的是余亦真听同学说自己的老公"在外边有花头"，接下来便是她如何找出老公的花头，有还是没有，是读者期待的一个结果，读到最后，读者发现上当了，作者在最后也没有按照读者的思路，给他们一个结果，对读者来说，余亦真的故事才刚开始，结局到底如何，就凭读者自己去想象了。《重在参与》写的是当下流行的电视相亲节目，热心观看《相约星期六》的卓梦静原来另有所图：希望通过看节目，寻找自己的梦中人。结果竟然找到了，而且对方也落榜了，于是给了他机会。当卓梦静、叶澄静的故事才开始时，小说戛然而止，他们的爱情结出什么样的果实，就要读者自己去揣摩了。《痴痴头与鬼点子》讲的是七丫村的两个才人的故事，但小说没有在抖完包袱后结束小说，而是在另一个故事开了个头时结束全文，让读者回味无穷。

作者简介： 邓全明，文学硕士，苏州健雄职业技术学院副教授、江苏省作家协会会员、太仓市作家协会副主席、太仓市评论协会会长。

凌鼎年微小说的文学创意

刘海涛

以凌鼎年的《那片竹林那棵树》为代表的数千篇微小说创作，最具象地演绎了"微小说是微时代的文学创意艺术"的情境，多彩地展示了微小说的选材和创作方法的无限可能性。我们已经很难用"擅长某某领域的作家"来定义他的微小说题材。他写过禅微小说，写过武侠微小说,写过科幻微小说,写过怪诞微小说,还有更多的文化微小说、官场微小说、青春微小说……无论用哪种方法写哪种题材,凌鼎年的微小说个性与风格,突出地显现了微小说机智、精深、新颖的"微小说文学创意"。无论读他的哪一类故事,一个别人没有发现、没有表达过的生活哲理;一个别人虽然也发现、也感觉过的历史哲理;一个别人虽意识到但从没有用明确的微小说意象和微小说细节来醒目地揭示的人性哲理,都会在他的微小说里形成阅读的启迪和思索,形成"与时代同步的文学创意"。当凌鼎年数以千计的微小说大多闪亮着这样的"文学创意"时,特别是当他的"文学圈内的微小说活动"向传统出版、向网络媒体、向校园学子、向海外文坛等全方位拓展时,一个别人无法复制的"凌鼎年微小说气场"就此形成。

在凌鼎年创作的数量颇丰的科幻微小说里,《张约翰发明的仪器》较有代表性。张约翰发明了可以"洞察任何人内心"的探测仪,他测老朋友李保罗,没想到老朋友在谩骂他、诅咒他;他测自己的顶头上司局长,也没料到局长却像"伯乐"般评价他,于是他对老朋友和局长的态度发生了180度的变化。在小说的结尾高潮处,张约翰突然发现,仪器的线头装反了,探测仪传达的老朋友和局长的信息刚好相反。凌鼎年的这个微小说意核从外表形态看,是超现实的怪诞,但在这个超现实的外表里却有一个最真实、最朴素的意蕴:人性中有与诚信相连的部分,但无生命的科技与人性相连时可能会出现"人类的异化"。这个"创意"不可谓不深刻、不概括。

《天下第一桩》用微小说经典的"斜升反转"的故事模型来结构情节和塑造人物。郑有樟喜欢阮大头的樟树硅化石,他连续求购于阮大头,一次又一次,均不成功,但在情节结尾,他最终用真情真心和实际行动对阮大头的这个"天下第一桩"的收藏做了带感情的研究,终于感动得阮大头改变了初衷,这就是情节的反转。这个典型的"斜升反转故事"有一个双重创意:第一,郑有樟和阮大头作为真正的收藏家,对自己喜爱的藏品,"兴趣与情感"超越了金钱和使用价值,一个情节写活了两个人物;第二,推广至收藏界,藏品的无价是与人类的主观情感和超功利的目的紧密相连的。这样的"故事创意"就具有了对现实生活的概括意义和象征意义。凌鼎年的多数作品,无论是哪类故事、哪种形态,富有启迪意义的"故事创意"均能上升至充满艺术韵味的"文学创意",而让读者浮想联翩、思索连环,实现"微小说是微时代的文学创意艺术"的美学境界。

作者简介: 刘海涛,教育部"微文学与新读写"课题组及"青少年创意写作课程建设与教学模式研究"课题组负责人、湖南科技学院特聘教授、广东写作学会会长、广东岭南学院原副院长。

凌鼎年小小说之文化主题

——人格、文化的统一与分裂

刘连青

凌鼎年先生是中国小小说作家群中的领军人物、佼佼者。他的作品反映生活面宽阔,传统文化意识厚重,在中国小小说作家中,能与其并驾齐驱者无几。他的小小说写人心、写世道、写风情,篇篇扣住读者心,读起来畅快淋漓,回头想意味无穷。凌鼎年在小小说的艺术表现形式方面更是多姿多彩:体裁形式有新闻报道式、传奇寓言式、杂文抒情式、历史穿越式;其语言风格朴实无华、直白清爽、用词得体、描写传神。20世纪90年代伊始,在国内,他的小小说引人关注;有作品在新加坡《联合早报》发表后,他的名字从东南亚到大洋洲,从欧洲走向美洲和非洲的二十几个国家,在海外华人文学界,享有盛名,并获"世界华人微型小说大师奖"殊荣。从1990年到2013年,凌鼎年先生发表小小说上千篇,过800万字,国内已出版他的小小说集30本(部),据悉尚有4部小小说书稿待出版。他是一位丰产的小小说家。

凌鼎年先生在他新近出版的小小说集《那片竹林那棵树》中,写了不少文化题材的故事,诸如《血经》《菊痴》《画·人·价》《误墨》《褒贬两画家》《美的诱惑》《第五竹》《陶少闲》《道具》《李时珍出书》等,脍炙人口,在这文化题材背后蕴藏着作者犀利、深沉的文化判断。凌鼎年先生作品的文化坚持和抗争,有着鲜明的自我个性。

在前一篇评析凌鼎年的小小说文章中,我说他的小小说"在平静情节进展中,主要在挖掘、揭示和展现深层文化内涵,文化精神在故事中闪光。"凌鼎年先生的作品给人一种冲击性感受。他重文化思考,读他作品越多,读者感受越深。凌鼎年先生不乏小说家的想象力,更具有杂文家的思辨深度,是一个实实在在有知识、有文化的作家。这么说,是因为有知识未必有文化,世人皆知,知识界不乏卑鄙文人,则为证。

凌鼎年小小说的文化主题,是文化赞美诗,也是文化忧思录。

文化崇高

凌鼎年先生对文化人的自尊、自重、自爱、自信十分看重,他笔下的画家第五竹、陶少闲就是作家内心文化底蕴的外显。《第五竹》中的画家第五竹画竹,以竹自喻,"竹韵竹情竹魂充满于胸",不傲人,也不屈于人,深信"高节人相重"。其画为画坛独步,其行为人格独立,他想得很深,"竹本清高物,风吹又何妨"。有文化串串(捐客)钱记者,以政协主席之名向他求画,并许诺该画家一个副主席的职位。庸俗辈为虚名诱惑,势必趋之若鹜,为上司、主席、局长、董事长、总经理、总裁之流人物画画,乃求之不得之体面,机不可失,岂可放过,必是画完之后选了再选,恨不得一画巴结上,万般宠信于一身,受宠若惊之情难以言表。而第五竹对此处之淡然,可,咋应付?他胸有成竹,且自有担当,难怪隔日钱记者见到的画,是一派枯枝残叶的肃杀景象,画中配诗一首:"竹本山野物,天地任率性。若作富贵养,病枝又病根。"一派"粪土万户侯"的气度。画家第五竹的结局如何,不得而知,但是他的傲气、骨气、豪气、勇气,为读者所目睹。读者对第五竹的作为认同与否,看各人的价值取向,见仁见智。画家说"如为虚名诱,画竹如画钱",人的气节与人的欲求分道扬镳,有为钱、为名而画者,画匠也。此非笔者妄言,鼎年先生的另一篇小小说《画·人·价》对此再有一番解读。陶少闲是娄城一画家,以善画莲花著名,自题画室"爱莲居"。耄耋老人作画自娱,不参加美协,不参加画展,更不想通过发表画作去获奖。对所作之画,不满意的,点火焚之,遇知音者,以诚馈赠。小孙儿以500元卖掉了他的得意之作《小荷出水图》,老人大骂孙子毁了他一生清贫之名,作践了他的人品:"我若想靠画赚钱,早可腰缠万贯,不过那岂不成了画匠。"好一个"画匠"之比!特别使他痛心的是:"我陶少闲还有何颜面画出淤泥而不染的莲花呢!"为钱作画,为钱写作,追求暴发的文化人,留名青史有几?为富不仁有的是,唯独平民知艰辛。天下平民众也,应为平民代言,为平民作画,为平民写书,表平民心声。至于画家陶少闲后来封笔也罢,焚画也罢,凌鼎年先生传达了这样一个事实:人各有志。当今的"暴发户"(钱权交易者、拉关系侵吞国有资产者、赚黑心钱者)文化层面低俗,附庸风雅却也热乎,装门面挤不出半点趣味,遭独立不阿的文化人鄙薄,咎由自取。本来,文化人与"暴发户",各自有可夸耀的,他们本不在一个精神平台上。

古今中外,历朝历代的骚人墨客,诗人、作家、哲学家,包括科学家,将人类思考力——自我认识和了解宇宙——从一个高潮推向另一个高潮,他们对人类文化、文明一心奉献,不求索取,清苦一生,屡见不鲜。鼎年先生的小小说《李时珍出书》让读者心酸,年迈61岁的李时珍,千辛万苦写成《本草纲目》,用今天的话来说,属中药研究成果,济世良方,共16部50卷,收药物1 892种,收药方10 000多个,总字数不下于200万字,书稿装了一大麻袋。为了出书,李时珍四处碰壁,又遭浅薄嘲笑,书商说,人家拿钱买色情书看,比你药方有情趣。老板建议他自费出版,要耗银1 000两,家徒四壁的李时珍惊得傻了眼,无奈悻悻然离去。李时珍去世后,《本草纲目》一书终于上市了,那是在文坛泰斗王世贞的帮助下实现的。李时珍和他的后人未因此而发财。写作与暴富不是与生俱来的必然。文化人以完成崇高的社会使命,名垂千古。小小说《血经》中的养真法师和弘善法师为文化而献身,把他们的爱国主义热情,把他们对日本侵略者的强烈仇恨,把他们对抗日战士流血牺牲的崇敬,化为一股力量,用自己身上的鲜血,抄写一卷又一卷的佛家经典文献,将他们的爱国主义精神留在文化中,他们没有索取,潜心贡献。"每天清晨,弘善法师与养真法师两人刷牙洗脸后,用刀片割破舌尖,让舌尖之血一点一滴地沥在一只洁白的瓷盆里,待沥满一小盆后,再加少许银硃,然后用羚羊角碾磨。"据作家描述,采血后,三四个小时才能吃饭,饥肠辘辘。饿得难受,还不停地抄写血经,更严重的是,"两人舌尖上的老伤口还未长好,新伤口又添,以致后来味蕾快失去功能了"。如此沉重,如此痛苦,用时666天,书写血经百万字,那需要多大的毅力和决心。日复一日,两位法师虚弱、憔悴、面无血色、形容枯槁,弘善法师抄完最后一个字,瘫倒了,累死了,因为终于如愿以偿,"一丝欣慰的笑浮上他的嘴角"。法师们不忘国耻的艰苦作为,体现了张扬文化的坚韧,今日知之,亦令人生敬。他们用自己的血经历了人生艰辛的文化之旅。

文化失真

凌鼎年在创作中始终坚守自己的是非观、美丑观、善恶观和真伪判断,这就赋予了他的小小说以深邃的社会意义。

文化的精髓和核心是什么?是真实,是真人、真事、真思想。自然主义大师左拉强调,除了真实还是真实。既然在生活中,为了金钱,"诚信"可以抵押和买断,小说家的《诚信专卖店》发出此议,那么心无诚信,说出的话又有几分可信?世人知言为心声。俄国作家索尔仁尼琴说:"一句真话能比整个世界的分量还重。"诚信是人类文明的灵魂,没有诚信,就没有道德,也就没有文化;诚信也是个人品格的灵魂,没有诚信,就不可能有高贵的品格。缺失诚信的人,不是无赖,就是痞子。诚信带来高尚,带来尊严,带来生命高贵的价值。古代欧洲的贵族宁愿用决斗分胜负,也不愿用阴谋诡计争输赢,制高点就是对诚信价值的死守。诚信是真话的基因,言无诚信,真话基因消失乃情理中事。在《寻找真话基因》中,作家告诉读者,在亚洲,未找到真话基因;在欧洲,未找到真话基因;在美洲,未找到真话基因;在非洲,未找到真话基因;在大洋洲,未找到真话基因;在拉丁美洲,未找到真话基因。真话不见了,假话甚嚣尘上。在丹麦的宫廷里,《〈皇帝的新衣〉第二章》的故事在继续演绎,大臣们的假话说得更加圆滑,更加煞有介事,不得不叫昏庸的皇帝信以为真:"皇上,你一再告诫我们臣民要说真话,不说假话,要实事求是,不能弄虚作假,可那魔鬼化的小男孩不但说假话,还发展到光天化日之下说假话,此风不可长,此风不刹,贻害无穷!"官员伎俩,先颂皇帝英明,再表自己忠诚。假话说得无懈可击。说假话人知道自己在说假话,他也知道别人知道他在说假话,他要把假话假到底。不许人说假话,又爱听人讲假话,这是丹麦盛行的"宫廷逻辑"。世人信为真,不说假话干不了大事,反之,说真话的小男孩成了异端,说假话的人,彼此相安,如鱼得水。真话基因消失,假话像瘟疫般蔓延,心口不一,嘴似蜜,心如蝎,造成人间多少悲剧。亏得基因专家鲍姆博士的研究组在海底发现了人类的分支——人鱼,真话基因尚存,专家庆幸地说,人类有救了。而我们的社会主义核心价值观,包含着"诚信"。

　　诚信是中国人的传统美德。凌鼎年有一篇小小说《剃头阿六》,作家让一个小人物代表着做人的基本品德:敬业、诚信。阿六街面剃头挣钱,是他的需要,但他讲诚信,手上活一丝不苟,要人满意,不满意,"砸我担"。故事发生在1942年抗日战争时期,一天,阿六正为顾客剃头,日机飞来,狂轰滥炸,老百姓四处逃命,唯阿六静心剃头,好像什么也没有发生,顾客心慌,要给钱走人。阿六继续认真剃头,喃喃道:"不满意,砸我担。"一弹击中阿六,他倒下了,口中念叨着:"如不满意,可以…不…给钱。"千万读者从这个小人物身上受到的感动,是他的行为焕发出来的文化内涵的震撼力。一个有文化精神的人,就是一个真正的人、纯洁的人、有道德的人,哪怕他是一个没有知识的人。

　　人丢失文化,犹如失去镜子,不能自审,不见自我之美丑。歪理邪说成了这种人的看家本领,实用主义是他们的救命稻草,真诚失去踪影。小小说《拆迁还是保留》中的娄城某领导,有经济头脑,无文化意识,只要经济开发区的统一性、广阔性和完整性,不要具有"历史底蕴和历史价值"的"三家村"文化遗址,说拆就拆。不久,这"三家村"的一位后裔——官二代、世界100强的某公司的副总裁,回娄城寻根访祖,要修缮"三家村",以慰列祖列宗,还揣了几百亿美金来投资。市委书记表了态:"'三家村'一定会保护好的。"于是拆了再建,浪费纳税人的钱。这位领导无自责之心,假辩证文过饰非:"情况在不断变化嘛,我们的思维、决策也要与时俱进。当初拆迁是正确的,现在重建也是必要的。"某领导大言不惭,辩证思维成了他的行为口实,但是他丢掉的是唯物主义者的实事求是,丧失的是群众路线的原则,失去一个当权者"当众脱裤子,忍痛割尾巴"承认决策过失的勇气及改正错误的决心。失去了真诚,丢掉了诚信。如果说,某领导是死要面子,那么下面这个年轻画家的话,更是无文化的自以为是、自鸣得意。民间有语云:"有其父必有其子。"生理上可能,心理上未必。基因遗传也会变异,市面流传的"遗传血缘论"让一些人自吹自擂,自我涂金"老子英雄儿好汉"为世袭舆论导向,缺乏科学观。小小说《消失的壁画》中的父亲林三锡跟他儿子就不见遗传表现:老子民族自尊心强烈,儿子与之相反。中华人民共和国成立前,林三锡在荒漠的雨夜,偶然发现了山洞中的壁画,他不懂绘画,对佛家知识也知之不多，但他毕竟是个摄影师，吃文化饭，他把洞中壁画拍摄出来，公开发表，以国宝激起个人的民族自豪感。事过几十年，他的儿子也学画画。当今新潮艺术笼罩在垮掉的氛围中，儿子不像老汉那么朴实，很新潮，很前卫，竟然不伦不类地把"无产阶级无祖国"一语衍化为"艺术无国界"，将原本兄弟般的支援精神变成颠倒黑白为文化窃贼涂脂抹粉。父亲想的和儿子想的不一样，性格迥异，父亲的民族自豪感在儿子身上荡然无存。儿子说，盗贼有破坏敦煌文物的一面，也有保护的一面，因为被盗窃，才留在美国，在网上，大家能看到实像，依他说法，靠了窃贼，中华文化才"真正成了全人类共同的文化遗产"。如此荒谬，父亲痛心，混账儿子说出混账话。生活中许多值得注意然而又每每被人忽视了的是，有巧言令色者，忽悠大众，把精确的概念模糊化、不确定化，导致原本清晰的事理表述先被肢解，再被曲解，鱼目混珠，最终是"鸡"同于"鸭"。这种人失去的是人类文化中对人对事的"真"与"诚"。这新潮青年不懂得，放弃中华民族文化瑰宝的归属，实为出卖。

文化败坏

　　人类文化包含了人本精神和伦理本位诸因素。文化是人类创造力衍化的共同的精神财富，但是有作家不缺知识，就缺文化，事物在他们口中或笔下被扭曲了，打着理想主义口号弄虚作假，以虚代实，设定目的，张冠李戴，真假颠倒。此乃信仰颠倒——崇拜金钱万能的结果。文化促进人类心灵和人格圣洁的功能，被他们降格为赤裸裸的暴富手段。

　　民族的传统文化遭人败坏，鼎年先生看到了，并写出了这样令人感伤的事实：一种文化出售，在市面上满街吆喝。文凭是机构聘用人才的硬指标，于是文凭热、资格证热铺天盖地，到处呈现办班热、听课热，学士、硕士、博士进入产业化流程。考试过了关，算是会考试，能力有无，用人者不详。凌鼎年先生的小小说《正宗嫡传伯乐第九十九代孙开设相马信息总公司的轶闻》《吉尼斯纪录认证官来到鹅城》《宋江给李逵的一封信》等，将这种考试、认证狂热写得栩栩如生，虽然荒唐可笑，但也非空穴来风。有了伯乐信息总公司盖章认可的鉴定书，你就是正宗人才，就是千里马，修成正果，跃龙门，身价倍增，效果超前："不到三天之内被起用，被委以重任，或平步青云，或一夜间成名，或高级职称踏破铁鞋无觅处，得来全不费功夫。"如此这般，世人心知肚明。在朝廷做官的宋江，也深谙个中奥妙，在私人信件中对小兄弟李逵如此交代："你去读个电大函授班吧，我去给校长打个招呼，你好好混个文凭出来，到时有了个本科生文凭，或者有了研究生文凭，管他真的假的，有没有水分，上面认就成。"宋江再把话说透：切记"千万千万不能与教授有摩擦有冲突，只要相安无事就行了，作业不会做没有关系，我会安排枪手代劳的，有我疏通关系，考试保证你一次性过"。文化就这样被玷污了，学位就这么掉价了。文化被文化贩子们弄得面目全非。《沙和尚走红》中的牛不空博士，学问是有的，可是他把文化败坏了。他的知识，玩得就是一个"骗"字。把知识当成骗术，他的假不仅将沙和尚玩得团团转，公众也成了他的鼓掌机，被骗了，还心满意足，还高兴。故事中的牛不空博士是编导兼总策划师，叫沙和尚拍电视，登论坛，编小说，胡编乱造，于是瞎扯佛门弟子唐僧与妖魔蜘蛛精谈情说爱，也受欢迎。本是嘴笨口呆、五大三粗、肚内无货的沙和尚能在 CCTV 88 频道的"仙人论坛"讲出西天取经的精彩故事，那是因为后面有团队，有写手，真真假假，不妨事，照着文稿念，"把不可能变成可能"就是成功。出版社要沙和尚写书，沙和尚说自己只会舞枪弄棍，哪会弄笔舞墨,文化贩子告诉他,"我会安排枪手,你只要签个名就行了,读者是冲着你沙和尚的署名才掏兜买这书的"。也是,购买者炫耀的是名人的签名,书中说些什么,谁人操刀,他们才无所谓。这类事,不是小说家的杜撰,戏上有,世上有。

不少人为名奔波,为无名而焦躁,"名"为何物?鼎年先生的小小说《道具》一语捅破:被人利用的道具。小说中的戏剧家钟守一因一个剧本一炮走红,入名人行列,电视、报纸吹捧之,文化部门委托之,更大的作家来本市指名道姓邀请之,举杯交欢,摄影留念,不亦乐乎。突然有个靓丽女子站到钟守一身边,说了句:"钟老师,借你当道具用一下,拍张照留念。"在照相机"咔嚓"声中名人顿悟:"啊,我是道具。"名人的自觉十分重要,做他人道具,名人的悲哀。历代的文化名人,生前生后,让人崇拜得五体投地,崇拜者何曾有从他们身上"揩油"(利用)的心思?时下,凭一张与名人合影照,招摇过市,能带来滚滚财富,绝非天方夜谭。

中国人的"人情文化"既传统又现代。传统意义指在喜庆日子互赠礼物,你有情,我有义,促进和睦和谐,情在其中,友谊长青。而今日送礼,变味了,沦丧了,无须遮羞布的功利目的,彼此心照不宣。有报纸报道,某勘察院为了"在工程项目中得到照顾或其他利益",向业主单位有关人员仅一次送礼金高达十万元。凌鼎年《正宗嫡传伯乐第九十九代孙开设相马信息总公司的轶闻》告诉读者,为了靠人情拴住伯乐九十九代孙,获得该公司的一份人才鉴定书,来访者出手阔绰,"送茅台送五粮液,送中华门送万宝路,送家电送金银器送字画古玩,送外币送美人,等等,等等。""人情"掩盖下的贿赂与受贿在光天化日公开进行,腐蚀着人心,即凌鼎年先生展示在作品中的文化忧思。小小说《模仿家长游戏》是几岁的幼儿园孩子们从家庭中耳闻目睹的行为再现,搬演大人世界。心理学家说,父母是孩子的模子。环境影响人的思想与性格,父母恶习毒害着孩子心灵。小说中,孩子表演的是,甲一次给局长乙送礼,遭厉声拒绝,乙一副清廉相。第二次,甲变个手法,再送礼,说是买了一本好书,请局长先阅。甲走后,局长乙翻开书,落下一个信封,"就把信封往口袋里一放,把书一扔,说:'总算与时俱进了。'"这一笔,形象刻画得入木三分,塑造出一个活灵活现的伪君子。作家对局长乙的鄙夷不屑在其中,然而对孩子们后期成长的忧虑,意在言外。

凌鼎年小小说的文化定位是善与恶的较量、美与丑的对比。凌鼎年先生的小小说体现人文观照,美好人性,他自有表现;人性弱点,也充分暴露,谎言、欺骗、无耻、暴戾、邪恶、诡辩、狡诈,一切丑恶,遭到作家无情曝光,狠狠鞭挞。先生爱文化,固有家风影响,但更重要的是他热爱现实生活。有爱才有恨。我们的民族需要传统文化核心价值的支撑,需要道德文明的基础。鼎年先生的小小说意义深刻,但不直白,因为他将每篇作品的意蕴"隐在故事背后,隐在字里行间"。"意"就是教育意义,就是文化,是读者在咀嚼、品味作品的情节、场景、人物、对话及从作家幽默、讽刺、调侃的文采中领悟出来的。

2014年11月

作者简介:刘连青,成都大学文学院教授、成都市微型小说学会顾问。

迟到的审美愉悦

刘连青

2014年第2期(总第77期)的《微篇文学》,复刊凌鼎年先生早前的三篇微型小说:《了悟禅师》《法眼》《茶垢》。从作品第一次与读者见面时间,距今多则26年,少则也12年有余。美好的文化精品不随时间而苍白,如陈年窖酒,年代久远愈香醇,又似作者笔下的茶垢,能使茶水"逾整日而原味,隔数日而不馊",今天拜读这陈年小说,墨香味依然,情趣润心扉,人生感悟,又一心境。

纵观先生三篇作品,以文笔朴实而吸引人,用词用语如促膝谈心般娓娓道来,只是就情节处理而言,非他刻意,有情节但未必在起伏上下功夫。在《了悟禅师》中,他告诉读者,了悟禅师的出现,"海天禅寺的平静就打破了"。作家没有用心去解密为什么,在平静情节进展中,主要在挖掘、揭示和展现深层文化内涵,文化精神在故事中闪光,书中人物法眼方丈谓之"对禅的理解",人们常说的修身悟性是也。了悟禅师非一个普通和尚,他有文化,他有知性,他有悟彻,和他的善言辞、反应敏捷浑然一体,这个和尚跟一般和尚不能同日而语。对了悟禅师,你得刮目相看,他的淡泊与不屑难免流露出狡黠,"空门岂用关,净土何须扫",懒人的自我清高,文过饰非,美言掩过,在他身上有文化人容易犯的毛病。就这个人,也不乏真知灼见。言语间,睿智的答语令人惊厥。出于出家人普度众生的善哉善哉,他将被困河边女子抱过河,法眼方丈责难:"这位和尚,出家人应不近女色,你怎么抱一个姑娘呢?"了悟禅师反唇相讥:"我早已把那姑娘放下了,你怎么反而老放不下呢?"反客为主,发问的反被问着了。了悟禅师有他的知性的深刻,更有他的信仰的坚守。那一句"泥佛不渡水,金佛不渡炉,木佛不渡火,真佛内里坐"的偈语,颇有哲理,物质与精神孰重?物质会毁,精神永存。丧失灵魂者,行尸走肉也。有人口若悬河,乃假大空之徒。偈语推崇的是:一个人,或平民百姓,或市井商贾,或在位官员,或世袭贵族,心中有灵魂,真佛内里坐才是"根"。真正意义上的人,是一种追求精神,并从精神中获得愉悦的人。世间虚华、浮华、假话、套话和冒牌,一句话,假冒伪劣均在"有魂"和"真佛"的扫荡之中。小说《法眼》中的真古董与假古董间的"真佛"与"假佛"的较量,更加发人深思。凡假者,迟早被揭穿,不以人的意志为转移,在历史长河中,真的假不了,假的真不成,时间验证真伪,人间共识。艺术作品反映人民的心思,大众精神、普世观念,接受的自然也是普世大众,世界人民,如其是,中国微型小说的大众化、民族化、国际化,岂限于在纸面笔尖上的讨论?

我们说凌鼎年先生的作品不以编制曲折情节取悦大众,但是这不等于说,他笔下的故事平淡无奇。他有一招技巧:场面描写夸张。想一想,走在平静街道,突然,一个龇牙咧嘴的汉子在你面前又唱又跳,你的感觉是什么?不知什么时候,一个女人防不胜防,在你眼前号啕大哭,呼天抢地,你惊恐不?思考不?凌先生作品的场面夸张,类似此。场景出乎意料,"言过其实",而又尽在情理之中。不过,它不是制造舞台的聚光灯效应,是强有力的对人的心性的烘托。物与人的关系、人对物的感情,其命脉相通,超乎一般大众的想象。《茶垢》的可读性很强,再读不厌,其艺术魅力有赖于此。史老爷的紫茶壶,"邋里邋遢",

人看不顺眼,但其出身名门,经历非凡,岁月百年,茶垢之厚实,不放茶叶冲出来的水,也是茶。饮着茶水的史老爷,其乐,其爽,其怡然自得,其心醉神迷,物我两忘,难分难舍,哪容得半点距离。正如斯,一旦割裂,自有一番煎熬在心头。

小孙女好心把爷爷的壶中茶垢洗刷得干干净净,想不到惹了天大的祸:

> 僵立半晌后,史老爷突然发出撕心裂肺般的叫喊:"还我茶垢!还我……"
>
> 随着这一声喊,史老爷血窜脑门,痰塞喉头,就此昏厥于地……
>
> 恍恍惚惚中回过气来的史老爷,一见紫砂壶,顿时如溺水者抓到了救命稻草,一把抢过紫砂壶,紧紧地贴在胸口。许久,他泪眼迷糊地呷了。哪晓得茶才入口,即刻乱吐不已。眼神一下子又黯然失色,手,无力地垂了下来,面如死灰似的。唯听得他声若游丝,喃喃地吐出:"不是这味,不……是……这……味,不……是……这……味……"

这死去活来、似死非死的场面,恐怕一时半会儿难从读者的脑海中消失,艺术品给观众、读者留下的余味、思维空间,就是审美愉悦。《茶垢》中场景的筛选、大胆的夸张笔墨,令人拍案叫绝。主人与茶壶若非心有交欢,何有此情此景?小说的兴奋点贵在提神,颠覆读者,此为一例。

读凌鼎年先生的微型小说,趣味尽在回味、韵味的反复中。

作者简介:刘连青,成都大学文学院教授、成都市微型小说学会顾问。

试论凌鼎年微型小说的地方文化特色

龚樱子

地方文化是一种自然形成的具有地方特色的文化,它对文学创作发生影响的因素一是地方的自然景观经过作家而传达出的一种审美情致;二是地方的社会风情沉淀于作品中的文化意蕴。地域环境和社会习俗融入了作家的血脉,让读者从作家的字里行间读出弥漫地方文化特色的气息。

凌鼎年是近年来活跃文坛并有很大影响力的一位作家,是目前中国微型小说界创作、发表文学作品最多出版微型小说集子最多、获奖最多、应邀参加海内外文学活动最多、在海外影响最大的微型小说作家,被海内外小小说同行与评论界誉为中国当代"微型小说界领袖人物""微型小说创作的代表""领头雁""小小说文坛司令级人物"等,并把凌鼎年微型小说既有数量、又有质量称为"凌鼎年现象"。他信奉"以作品"说话,30多年来,他以3 000多篇,900多万字,45本个人集子,16篇收录于海内外教科书,大小300来个奖项,诠释与验证了他是个既勤奋又有才华的作家。

凌鼎年是有自己创作根据地的作家,他的写作有很深的生活根基,又有很鲜明的地域色彩。他说:"我出生于江南一个古老的小镇,弱冠之年才独在异乡为异客,童年的记忆格外清晰,小镇的风情,小镇的人物,烂熟于胸,每当动笔前,其人其事于眼前如电影镜头般切进切出,于是小镇人事成了我创作的一大题材,我珍惜我的生活,视之为小小优势。"①他的作品人文精神深湛,有强烈的精神追求,有来自民间的和文人的风骨、智慧,尤其注重文化传统与文化意趣的表现,注重人的尊严和人的魅力的描写。他的娄城风情系列、古庙镇系列创作多以江南水乡的小城、古镇为背景,处处渗透着太仓人和事的点点滴滴,无不浸淫着故土娄东风情的丝丝缕缕。

一、吴文化和娄东文化介绍

吴文化形成历史可追溯到公元前11世纪的商朝末年,西周泰伯南奔建勾吴国,从而在江苏南部地区产生了新的文化形态,即吴文化。3000多年来,吴文化在长江文明与黄河文明不断交融,江南土著文化多次在移植、吸收中原文明的基础上不断发展,历经六朝时期、唐代安史之乱、宋代靖康之变三次北方汉族人民及华夏中央政权南迁,以及明开国定都金陵等重大的历史机遇,逐步发展成我国政治、经济、文化等各方面最重要的中心区域,清代康熙帝评价"东南财赋地,江左人文薮",吴文化由此成为中国文化中成就最高、影响最大的地域分支,占据了中国文化主流、正统地位。文脉相承、博采众长形成了吴文化显著的兼容并蓄、开放包容的特征。

首先,从地理位置和生产、生活方式来看,吴文化是一种在太湖、三江、长江、东海交汇,水网密布的地区孕育、发端起来的地域文化,本质上是"水文化"。一方自然条件孕育、造就一方文化,吴文化来自水乡泽国,故而富含水的灵动、秀雅。吴地人亦充溢着睿智、精致的精神,他们崇尚文化,重视人才和教育,在各行各业都取得了骄人的成绩。

从文化门类来看,吴文化是雅俗共赏、全面繁荣,人文社会科学、自然科学全面发展。宋元明清以来,在诗歌、散文、小说、戏曲、书法、美术、音乐、经学、哲学、史学、科技、手工业等方面都出现了一批引领天下风气的浸润着吴文化的大师、大家,出现了众多优秀作品,包括著作、先进思想、理论和技术。

娄东文化源自吴文化,是吴文化的一个重要分支,它的形成、发展、繁荣,脱离不了吴文化的滋养与影响。除此之外,娄东文化还有自己某些独到之处。首先,娄东文化扎根于太仓地区,因为有太仓港口的交通便利条件,娄东文化具有"近水楼台先得月"的优势,能够更多更快地引进、吸收中国北方如京津、辽沈、齐鲁、徐淮,南方如浙江、福建、台湾、广东等地,海外各国、地区如日本等的文化之长。娄东文化中吸收吴文化以外的地区文化和异国文化元素的比例很高。

其次,娄东文化是吴文化地区内的一支后发性文化。在元代以前,由于今太仓境内尚未正式建立州、县治所,娄东文化受客观条件所限,相对落后于周边县域文化,经过元代时期的快速进步,至明清时代,娄东文化的发展水平已经达到与周边各县同等的水平。娄东文化主要分为三个层次,即以魏良辅为首的昆曲,以王世贞、吴梅村为领袖的古典诗文,以王时敏、王原祁为首的娄东画派,以徐上瀛为首的娄东琴派,以赵宧光、汪关为首的娄东篆刻派,以弇山园、南园为代表的园林文化,以王锡爵故居、张溥故居为代表的宅院建筑文化,等等;俗文化就是民间的唱宣卷、关梦等;以太仓肉松、太仓糟油为代表的饮食文化,而

---

① 凌鼎年.再年轻一次[M].南宁:广西民族出版社,1991:序.

像江南丝竹、双凤民歌、舞龙狮、堂名、滚灯等则属雅俗共赏文化。

最后,娄东文化也是一种"水文化",但它体现出较为强烈的海洋文化的特性,展现出开阔博大、刚健顽强的文化精神。

一方水土养一方人,在吴文化与娄东文化的熏陶之下,太仓本地作家的文学创作带有浓厚的地方文化色彩。凌鼎年的微型小说创作,充分体现了这一点。

二、凌鼎年小小说中地方文化特色研究和分析

凌鼎年从"大风起兮云飞扬"的千古龙飞之地沛县回到江南水乡太仓后,他以游子归来的心态与眼光去审视家乡的方方面面,觉得家乡的民情民俗、一草一木都可以激发起他的创作欲望。因此,他的微型小说创作,基本上以江南水乡的古镇、小城为背景,执着地采撷生活中的点点滴滴,精心构思扣人心弦的故事,在引人入胜的情节中,寄寓着自己浓郁的乡情。

(一)凌鼎年小小说中的地方语言特色

独具特色的语言是形成作家创作风格的重要因素。凌鼎年风情系列微型小说创作中语言是自然、唯美、清爽流畅的,作家在《小小说创作二十讲》中所言,对于语言,他追求"平平淡淡才是真",追求"自然既美"。所谓自然,一是力求选题与题材使用同一氛围的语言,二是不刻意为之。他相信大诗人陆游"雕琢自是文章病,奇险尤伤气骨多"的诗句,乃经验之谈。凌鼎年的小小说语言简净而细致,叙述从容而自然,以诗意化的语言加上独特的地方特色,通过洗练的行文风格精心设置场景,讲述故事。

1. 隽永、清新、空灵的诗化语言

凌鼎年的创作是从写诗歌开始的。诗歌创作的经历,锤炼了作家的语言,对小说创作的空灵、隽永不无益处。他成功地把诗歌的语言美运用到了小说创造中,融情入景,寓意于物,使小说语言具有诗化的特征,看似随意流动的闲笔,却游走着唐诗宋词的精魂。

写自然环境优美,如"穹窿山是座好山、古木参天、浓荫蔽日、山泉清澈、飞瀑如练,有野兽出没,无家居人迹"。这是小说《铸剑》的开头,寥寥数句诗一样优美的语言,勾勒出了名山美景、人迹罕至的自然环境的轮廓。

写生活场景安静,如"风吹竹叶、雨打芭蕉,因了这风声、雨声,巷深轩似乎愈发静谧了"。以风声、雨声突出环境的静谧,与"蝉噪林逾静,鸟鸣山更幽"具有异曲同工之妙。

写情景交融,"那晚,残月如钩,月色淡淡;那晚,疏星几颗,闪闪烁烁。夜幕下的田野,有点朦朦胧胧起来"。《那晚那月色那河边》以抒情化的文字开篇,用散文化的笔法,写出了一个女子的心情,两个陌生人的情谊,写出了家庭的冷漠和人间的温情。

诗意化的语言就是一泓缓缓流淌的泉水,沉静而又自然地流进读者的心田,让读者几乎是在不知不觉中,沉浸于故事的情景和氛围之中。

2. 洗练、典雅、灵动的行文风格

微型小说的语言是经过压缩成形的文学语言,如同数字压缩处理技术一样,把一篇数千字乃至上万字的小说压缩成千把字,因此,语言密度较大,要求行文能精则精,情节能简则简,人物能少则少,句子能短则短。凌鼎年的微型小说在精微上下功夫,作家通过精巧的构思和剪裁组织,以达到思接千载、视通万里的境界,作家行文的洗练集中体现在"少"

与"小"两方面,一篇作品中塑造的人物,可以少到一个,一般不超过三个;塑造的人物大多是一些日常生活中的小人物,采撷生活中普通的镜头,以典雅、灵动的语言塑造出具体人物的鲜明性格。

3. 艺术性与通俗性的结合

凌鼎年以生花妙笔精心构造了一个多姿多彩的娄城世界,因而在语言叙述中穿插了不少娄城本土的称呼、俗语、行话:娄城习惯称打铁的张三为"打铁张"、箍桶的李四为"箍桶李",如此风气,是为了好记,让外乡人一听就清楚知道对方是干哪个行当的,吃哪碗饭的。作家在创作中也数次提到这种对不同职业者的特殊称呼习惯,玉雕匠人门阿四被称为"玉雕门",做服装生意的姚老板被称为"服装姚",还有看相算命嘴巴特灵的"铁嘴林",等等。娄城把会吃、讲究吃、一般性吃的看不上、口味很特别的称为"嘴刁"(《嘴刁》)。"捡漏儿",在娄城不是指检修房顶漏雨部分,也不是指抓住别人的漏洞,而是古玩市场的一个行话,意指用低价位寻觅到了别人没注意或不识货的古董古玩。作家以释词方式对娄城人的土话、收藏用语加以诠释、解说,使这座江南小城变得立体可感、和蔼可亲起来,让读者由此对这座城市产生了一种想一睹真容的愿望。

语言的通俗性也是凌鼎年微型小说创作的特色之一。"你如果向人打听:认识不认识虞达岭,十有八九会说没听说过这个人。但如果你说就是那个搞摄影的阿麻,闻者一定会说:呃,阿麻,知道知道。说阿麻就是了,谁不认识他呀,说虞达岭干什么,真是的。"《阿麻虞达岭》中这段话通过生活化的口头语叙述故事,洗练、简洁、生动。"我们这研讨会开得很成功,是一个团结的大会、交流的大会、学习的大会、提高的大会,大家以偷会友,切磋沟通,回去后要好好消化,领会老大的讲话精神,写出心得,并以老大为榜样,偷出成绩,偷出新高。"这一段模仿官方语言写偷界领导的讲话,读来幽默有趣。

(二)凌鼎年小小说中的地方风情特色

地方风情包括山川风景、楼观村镇等自然风物,世俗民情等民风习俗,以及特定地方居民的地域人心等。一个地方的民俗文化总是与地方文化形态和特定的社会历史形态相联系,而一定地方的风物又同作家的感情密切相关,文艺理论家曾说过:"伟大的小说家们都有一个自己的世界,人们可以从中看出这一世界和经验世界的部分重合,但是从它的自我连贯的可理解性来说,它又是一个与经验世界不同的独特的世界。"凌鼎年的"自己的世界"无疑是与家乡或者与家乡有关的世界,他的小小说创作不仅有对太仓地方风情的描绘,也着力于对这一特定地方社会百态的刻画,其《过过儿时之瘾》系列以故乡太仓为背景,虚拟了一个"娄城"地名,或掇拾旧闻、或表述近事,以较长的时间跨度和丰富的社会容量向读者展示了一幅幅集聚当代南国社会风情的画卷。

1. 自然风物的描绘

凌鼎年的小小说世界中,"娄城"这座地处吴文化的中心区域、苏州一隅的江南小城经常作为一个特定的背景出现,渗透在作家的艺术世界中。因此,古朴幽远的小巷、古旧的庭院树木、精致典雅的园林等自然风物成为凌鼎年微型小说中地方文化色彩的重要外在表现。

明代以来,吴地有"姑苏园林甲天下,娄城园林甲姑苏"的说法,娄城地处苏州,天造地设,修建园林普天之下尤为精美。作家笔下的"娄城"园林蕴含了苏州园林的精髓,讲究"水要曲、园要隔"、讲究"借景"、讲究"以小见大"、讲究"咫尺天里"、讲究"曲径通幽"、讲究"山重水复疑无路,柳暗花明又一村"。典型的有宜园、朴园、七雅园、五美园、憩园等,虽然同属园林,却各具特色。《高云翼造园》一文中提到的宜园,乃是"春宜花,秋宜月,夏宜凉风,冬宜晴雪;景与兴会,情与时适,无所不宜,则名之曰宜园也亦宜"。朴园,为高云翼亲自建造并命名,取其朴实无华、与平民共享之园林,造园之宗旨朴实中见精致:朴实一面体现在多栽树少造屋,以仄砖、碎石铺地,以砖为骨,以石填心;其精致一面则表现在细节上,如"那花纹或冰片式、或八方式、或海棠式,还有的用碎瓷拼成鱼鳞莲瓣"。《斗茶》中的七雅园以雅闻名,"位于娄城东南角,因花雅、树雅、石雅、水雅、亭台楼阁雅、书画雅、主雅客亦雅"而得名;《春云出岫》中乌梅园又名"五美园",因石美、水美、树美、花美、建筑美而得名;《憩园春秋》中的憩园虽没了早年的风光,却"因了历史的浸淫,有一种古朴感,有一种沧桑感",这样美丽的地方由于材质得天独厚,也就出产"种花高手""盆景专家"。那一件件的作品也自然就"苍老古朴"中"柔枝几条,顺风摇曳,婀娜多姿,倔强与妩媚相统一,刚柔相济"(《盆景王》)。

2. 社会风情的描绘

社会风情和一定的地方文化精神紧密联系,蕴含着浓厚的历史和文化积淀。作为一种物态文化和观念文化的载体,是特定地方社会文化经历多年沉淀的外在表现。凌鼎年在微型小说创作的诸多篇章里,从日常生活、民风民俗、人物刻绘等方面展示了一个五彩斑斓、独具风韵的江南小城。

凌鼎年的风情小说很多讲述的是文人雅趣的故事,日常行为中的点点滴滴,都充满艺术的气息,体现了在吴文化与娄东文化熏陶之下,人们精致而又诗意化的生活。赏荷、品菊、斗茶、作画、下棋、鉴赏古玩是凌鼎年风情小说中经常描绘的生活场景。《荷香茶》中,周寒冰生活是离不开荷花的,开春,欣赏"小荷才露尖尖角,早有蜻蜓立上头"的景色;入夏,陶醉于"映日荷花别样红"的意境;深秋,体会"留得残荷听雨声"的趣味。他以荷香茶待稀客,"待夜色漫开,暑气消散后,取龙井一撮,用洁净的白纱布包之,然后选一朵晨来刚开的荷花,放在莲房之上。荷花特点,朝开暮合,夜晚放入,那茶叶即被荷花瓣包裹住了。待清晨荷花绽放时取出。吸收异味乃茶味之特性,尤以龙井为最,这一小包龙井茶经一夜之吸收,荷香尽吸其中,花露也尽吸其中,可挂阴凉之处晾干,夜来再放入,晨来再取出,再晾干,如是三夜,此龙井茶叶既得荷花之馨香,又得天地之精华。再用洁净之水泡之,立时清香扑鼻,闻之荷香缕缕,呷之沁人心脾,即便最挑剔的老茶客也常常赞不绝口"。仅此制茶一法,足见生活之艺术。《斗茶》展示了完整的斗茶文化,从论杯开始,经过嗅茶香、观茶形、冲泡、赏汤色、品味、斗茶诗茶联,最终作《七雅园斗茶记》结束。整个斗茶过程趣味高雅、古色古香、文气十足,写出了一群文化人的儒雅生活场景。

民风民俗的展示也是凌鼎年描绘社会风情的侧重点,娄城不管是城里或者乡下,倒插门都不是失面子的事,也没听说过谁因倒插门而被人瞧不起(《倒插门》);娄城盛行斗草之风,此乃端午期间的一项民间活动(《斗草》);娄城人喜好麻将,这里是麻将的发源地,当初娄城守粮的兵士是麻将的真正发明者(《麻将老法师》);娄城药膳文化源远流长,李时珍曾来此拜访王世贞,委托其为《本草纲目》作序(《药膳大师》);娄城是著名的书画之乡,是娄东画派的发源地,娄东文人喜好作画(《彻悟》《废画》《带徒拜师》);等等。

对社会风情的描绘,如果只是写出某地民风习俗和日常生活场景,是远远不够的,还应该注重具有鲜明的地方文化色彩的人物的刻绘。凌鼎年微型小说中塑造了一批极具吴文化与娄东文化色彩的人物,对他们的生存状态和精神品格进行了细致而独到的刻绘。"自古江南出才子",由于历史、地理及社会发展等多种因素,江南之地素来是文人雅士荟萃之地。因而,凌鼎年笔下刻画的一个重点就是传统文人的形象。传统文人雅士那种傲骨、安于清贫、淡泊名利、与民同乐的优秀品质在高云翼、高一清等人身上得到了充分的体现。

《高云翼造园》中的高云翼可以说是古代"清贫"文人的代表。"坊间向有'云翼一幅画,国朝十锭金'的说法",可见其才华出众,但高云翼并没有用画换钱,而只有在造园迫不得已时才提出"以物易物最佳……",足见其高尚的情操。园林修建好后,题名为"朴园","意谓朴实无华,与民共享之园林"。这充分体现了与民同乐的志趣。《求画者》里的高一清则是当代"清高"文人的代表。有"诗书画三绝"之称的高一清,"一不参加协会,二不参加展评,三不拿去发表"。县长出国访问派人来索画,他也一口回绝。总之,与名利沾边的事,他都不屑为之。然而故友之子来求画,他却欣然予之。从这可以看出,高一清"清高"却并非不近人情,淡泊名利却重情重义。当得知好友之子尹小艺夫妇骗画的真相后,他竟动情地说:"我要给小艺大侄儿再画一幅!"其情之真、其意之切,可见一斑。传统文人那种重情重义的高大形象肃然屹立于读者眼前。再现了风骨傲然的知识分子个人,无论是古代"清贫"文人高云翼,还是当代"清高"文人高一清,他们都是理想中传统文人的典型,有着相同的特点,即超凡脱俗、淡泊名利,再现了知识分子的傲然风骨。这是作者钟爱的一群人物,在商品经济发达的今天,依然恪守着文人之道,对于滚滚商潮中人,不啻为一帖清凉剂。

娄东的风土人情、旧事新闻、文人雅士、历史典故……经由凌鼎年的娓娓叙说,构建了一幅完整的娄东社会风情画卷。

(三)凌鼎年小小说中的地方精神特色

1. 婉约、从容、淡然的人文精神

吴文化和娄东文化精神所呈现出的灵动、秀雅、柔美的特征影响着在这块土地上生活的人们的精神世界。婉约的气质、从容的生活、淡然的情趣,这些构成了凌鼎年娄东风情小说中的娄城百姓人文精神的重要表现。在作家笔下,娄东人的日常生活是从容不迫的,泡茶、听书、作画、种盆栽、玩赏字画、享受美食。在这种丰富而悠闲的生活背后,蕴含着娄城百姓婉约、从容、淡然的文化精神,他们气度从容平和、为人处世淡泊随性、不过分追求名利,善于在艺术的世界中实现价值、构建个人的精神世界。无论是文人雅士还是普通的市井小民,婉约、从容、淡然的人文精神在他们的身上都有着不同程度的体现。

2. 含蓄、内敛、执着的艺术精神

凌鼎年风情小说地方精神还体现在于含蓄、内敛、执着的艺术精神上,主人公的日常生活充满了浓厚的艺术气息,在艺术创造上也有卓越的成就。但这种艺术精神又是含蓄、内敛的,不张扬、不造声势、不大肆宣传,不以艺术换取功名利禄,却又是"文化艺术痴",可以为艺术献身,执着地追求艺术创造、珍爱艺术藏品,有着"宁为池塘之睡莲,不作出墙之红杏"的意蕴。

《天下第一桩》中的郑有樟为了得到自己钟爱的神奇香樟木桩,他可以出高价,可以煞费苦心去讨好,甚至可以去做考证,并写下了《流传有序的天下第一桩》,其至诚之情尤为可嘉。《麻将老法师》中的吴太玉为了弘扬娄城的麻将文化,他可以找朋友,打报告求领导,造舆论,最终成功地举办了一个民间性质的"麻将王杯"麻将赛。其锲而不舍的精神是可贵的。《阿麻虞达岭》中的虞达岭为了艺术,可以不要稳定的工作,不要家庭,不要舒适的生活,冒险去采风,最终拍下了《七彩神女峰》《神女应无恙》等名作。《大彬壶》中的老叫花子为了一把紫砂壶,可以放弃高官显位,可以放弃优越的物质享受,即使流落街头沦为乞丐也在所不惜。这份对艺术的执着真可谓是"感天地,泣鬼神"。

3. 自尊、坚韧、不屈的民族精神

"国家兴亡,匹夫有责",可以说,这是中华民族悠久的古训,也是中华民族爱国精神的最精粹的概括。深刻的爱国精神,不仅仅是热爱自己的国家和民族,而且有着祖国利益至上的庄严责任感:为了祖国可以牺牲个人的一切,乃至宝贵的生命。在以"水文化"的柔性为主要地域特征的吴文化、苏州文化和娄东文化中,也无一例外地蕴含着自尊、坚韧、不屈的民族精神。

凌鼎年的风情小说《过过儿时之瘾》第二辑《春云出岫》集中反映抗日战争这一历史阶段,成就了一部民族传奇。这部传奇反映了以爱国主义为核心的民族精神,在中华民族处于生死存亡之际,太仓的普通民众表现出了高尚的民族自尊和坚强不屈的爱国情操。《春云出岫》中日本人在长江口登陆,占领了仓城。指挥部设在乌梅园内,日本带队酒井铃木想把两块奇石"秋意阑珊"和"春云出岫"带回日本,以仓城百姓性命要挟钟先生。钟先生为了保护奇石,借表演"春云出岫"奇观令在场的所有日本人窒息而死,自己则抱石而亡。那"春云出岫"的奇观里升腾的是民族精神中那宁死不屈的一缕闪光。《鱼拓》中鱼怪子至死不改鳜鱼拓片上的题词,坚持"历史就是历史,谁也无权无法抹杀或篡改"《酒香草》中"喝了酒,说话没遮没拦"的阿九爱酒如命,以至于喝光祖传家产,然而在民族存亡的大是大非面前,却没有半点含糊,挥笔写下了"神州赤县寸寸金,岂容日寇来侵占!"的壮语,最终"舍酒取义"。《憩园春秋》的主人公周汉章严词拒绝日本人住进憩园,留下"人生自古谁无死,留取丹心照汗青"之后,随憩园一起葬送在一场大火中。在《封侯图》一篇里,王枕石作《马上封侯图》嘲讽日本人与汉奸穆永明"沐猴而冠",日本人要求他重新作画,王枕石"一狠心,用砖头砸了手指,直砸得鲜血直流,自此再也不能作画"。在这些普通民众的身上,体现出了娄东百姓"韧性"的一面。

较之男子,江南女子更多受到地域文化熏陶,性格中更多的是温柔雅致。凌鼎年笔下的江南女子爱国情怀较之男子毫不逊色。《扫晴娘》中剪纸阿婆誓死不为日本人表演绝技,在威逼利诱面前"左手拿起剪刀,轧住了右手大拇指,用劲往桌上死命一敲,那一截大拇指竟被连骨带皮剪了下来"阿婆说道:"看看清楚,这就是中国人的血。"《书女魂》中闻洁如身为闲来无事"弹一些哀怨的琴曲,填几阕情绪无奈的词曲,打发着无聊的日子"的文弱女子,得知日本人想拿走家中弆山书楼的藏书时,却表现出极大的勇气,摸出一把剪刀:"你们如果硬闯,我就以死相拼,我死后,化作厉鬼也不会放过拿书之人的!"临死之前,依然告知丈夫转移藏书。

凌鼎年《春云出岫》一辑共7篇作品,主人公有老有少、有男有女,有文人、有艺术家,也有普通的百姓,但在面对日本人时都表现出了强烈的宁死不屈的民族精神,充分显示了作家从更深的层面上展示了娄城人民那自尊、坚韧、不屈的民族精神。

三、凌鼎年小小说中地方文化特色的原因探析

(一) 家族传承

凌鼎年自己曾说,走上文学之路有点遗传性,与家庭出身、家庭背景、家庭教育不无关系。作家出身于江苏太仓书香世家,祖籍浙江湖州,是明代文学家凌濛初的后裔。祖父凌公锐毕业于日本早稻田大学,出版过《法治理财》《万国史纲要》等著作,系民国政府"文胆"陈布雷的老师。父亲凌贻初40年代时也写稿投稿,家族读书氛围很浓,"我们家从来不搓麻将,不打牌,读书氛围很浓。我弟弟凌微年、我侄子凌君洋都出版过自己的文学作品集子,我早期的散文集、随笔集,分别是我老婆与儿子写的序;我与我弟弟都喜欢买书、读书、藏书。"受家族传承影响,作家从小喜欢写作,也从未放弃写作。

(二) 生活阅历

凌鼎年是新中国67届初中、70届高中毕业生,1971年"文革"期间,他被派到微山湖畔的大屯煤矿历练人生,身在异乡,对故乡的思念却从未停止,他把故乡最美好的记忆深藏在了自己的心中。正如作家本人所说:"每个人的童年记忆往往是最难忘、最深刻、最刻骨铭心的,作家也是如此,尽管我在弱冠之年去了微山湖畔的煤矿,一去就是二十年,但江南家乡的一草一木、一砖一瓦依然在我的脑海中挥之不去。"娄城风情系列微型小说是作家对故乡文化在灵魂深处的集中再现。

凌鼎年的创作素材得益于丰富的生活阅历,正所谓"读万卷书,行万里路",他走遍全国所有省市,去了海外30多个国家与地区,走得多了,见识广了,素材自然多了,而对故乡,他说:"这是生我养我的地方,我熟悉它,眷恋它,当然还会继续写它。"

(三) 个性爱好

凌鼎年曾在随笔中说:"人生最愉悦的事,莫过于做自己最想做的事。"凌鼎年喜欢宁静的生活,看看书、写写文章,因此,他"口袋里纸与笔永远是备着的,在日常生活中,只要听到、想到有用的素材,立即掏出笔记在纸上,可能是一个题目,可能是一个细节,可能是一种想法,可能是一个人,也可能是几句精彩语言"。这些生活中的点点滴滴成了作家的素材库。

凌鼎年热爱写作:"一坐到书桌前就能进入角色,而且家里都知道,我双休日、节假日没大事是不外出、不应酬的,家人也不打扰我,所以正常情况下,我双休日平均每天能写五六千字。"

(四) 文脉交融

凌鼎年出生于江南,自小受到吴文化和娄东文化的影响,之后到微山湖畔的煤矿工作整整二十年。那里地处苏鲁皖交界处,文化氛围、风土人情与故乡江南小城太仓反差极大,民风彪悍、粗犷、淳朴,南北文化的碰撞与交融,使凌鼎年的文化视野扩大,了解了很多,也思考了很多。通过对南北方文化、民俗的比较,作家对故乡太仓的认识更加深刻,也更加热爱它。

四、凌鼎年小小说对地方文化的贡献

凌鼎年说,自己一生就做了两件事:一是微型小说的创作、研究与推广;二是娄东文化的挖掘、研究与传播。

凌鼎年的微型小说打开了认识娄东文化的窗口。诚如旅德作家谭绿屏指出的:"凌鼎年的微型小说是一扇观察社会、记录社会的窗口,不仅具有旺盛的生命力,而且具有连绵的不朽性,可供社会学家和历史学家作为时代特征、社会历史的研究参考,其综合的典型性和代表性,一百多年后仍是社会史实的研究资料。"他的娄东风情小说系列是一扇观察与记录当今娄东社会的窗口。娄东、娄城一直是其小说的背景,浓酽的坊间色泽和民间风味浸润了故土太仓的一个个故事,通过书事、画事、石事、茶事、酒事,以及园林、拓片、剪裁、花木、演艺之事,刻绘了一座传统意义上的江南古城。一如老舍笔下的北京市井风俗为人们展示了北京文化的生动图景,沈从文笔下的湘西风情为人们认识湘西文化提供了窗口,凌鼎年创作、经营的娄城风情系列,则为人们了解娄东文化提供了最真实的素材,打造出一方区别于其他作家的文学版图。

此文系江苏省常熟理工学院中文系学生龚樱子的毕业论文。

作序写跋,甘苦自知的老作家
——读《凌鼎年序跋集》有感

张新文

有了书,便有了序和跋。美国著名编辑家格罗斯说:"最好的编辑所代表的不是最多的编辑或是最少的编辑,而是编辑到什么程度,能让作者的作品放出耀眼的光彩……"格罗斯只是从另一个层面说明一部书的问世,作为甘愿为他人做嫁衣的"编辑"是何等的重要。这里面还有一个细节我们也不能忽视,那就是作序写跋的人。我们知道,作者要出书,总希望能找一位有学识、有声望,或是有建树的人为自己的书作序写跋,书因有好的序、跋而添彩增色。

我国有这样一个作家,自1993年起,26年来一直有求必应、不计报酬地为他人作序写跋,据不完全统计,到目前为止已写序、跋300多篇,写序的集子有国内的,也有国外的,书的内容涉及小说、散文、诗歌、评论、文史、游记、故事、美食、收藏等,涉及面极广,这个作家就是凌鼎年先生。凌鼎年,江苏太仓人,著名作家,中国作家协会会员,世界华文小小说的领军人物。

近期出版的《凌鼎年序跋集》,是作家凌鼎年的第二本序跋集。他2016年9月在中国方正出版社出版过《微小说序集萃》,收入那本书的全部为微型小说、小小说集子的代序。而这本《凌鼎年序跋集》则是微小说集子以外的一本综合性代序集,分海外集序、文化集序、文史集序、小说集序、诗歌集序、散文集序、校对集序、翻译集序、评论集序、体育集序、

美食集序、跋文选录等,似珍珠,熠熠生辉;似大海,胸襟广阔;似汗水,甘苦自知。每读一篇序或跋,既是对一部作品的大概了解,也是对一部书的作者的初步的接触,体现了凌鼎年先生渊博的学识和乐于助人的高尚品德。

这里有必要普及一下"序"与"跋"。序,一般放在作品的前面,据说始于孔子的赞《易》,至少有2500年的历史,其作用是引导读者,便于阅读之需。跋,多为作者亲为,置书末。作序写跋,作家凌鼎年义务付出自不必说,他为人正派,做事认真,往往令求者折服。他作序写跋有三原则:其一,不读不写。作者把书稿送来,那是要花时间去阅读、体会、提炼的,否则,如何下笔去给作者写序写跋?一两千、两三千字左右的序、跋,也许半天一天就写成了,但在阅读上可能要耗费凌鼎年先生好几天的时间,毕竟他是个大忙人,天南海北的活动不断,平时还要自己写作,能挤出时间阅读、写序,真难为他了。其二,凌鼎年写序有个基本原则,即对新作者或年轻作者,以表扬、鼓励为主,激励新手上路远征;对于老作家或成名作家,则一分为二,有一说一,有二说二,分析问题,指出不足。其三,为人作序写跋,不问头衔,不看给不给润笔,只看书稿有没有特色、有没有价值,有多位慕名请他写序的,原本与他素昧平生,抱着试试看的心理,没有想到,凌鼎年几条微信、几封邮件往来,了解情况后,很爽快地答应了,而且从不提报酬事。这就是一个老作家博大的胸怀。

正如凌鼎年先生自己所说:"作序写跋有苦也有甜,个中滋味,甘苦自知。苦,姑且不说;甜,别人找到我,说明他人看得起我,再说推荐、宣传优秀的作家与作品,也是件有功德的事。"

如此低调、乐观的老者,兴许读完《凌鼎年序跋集》,你会对一个蜗居小城,面向世界的作家凌鼎年有个更深层次的了解、理解与钦佩,从他妙语连珠的序跋里,你会得到不一样的人生启迪。

作者简介:张新文,太仓人,江苏省作协会员、太仓市作协理事。

平凡中的高洁

——凌鼎年小小说作品赏析

张联芹

小说是一种侧重人物形象刻画,在人物的矛盾冲突中叙述故事情节的文学体裁。小小说作为小说家族中异军突起而又备受关注的一种文学新体裁,既要涵盖小说的所有要素,又要比长篇小说、中篇小说、短篇小说更为凝练;既要在尺幅之间讲述一个完整的故事,又要使这个故事出彩、出新。凌鼎年先生致力于文学创作几十年,在小小说的创作上已达到了炉火纯青的境界。他的小小说作品构思精巧,立意高雅,或站在民族自尊的高度,或站在民生民情的角度来讲述别人能看到,却又说不清道不明的一些故事。这种对现实生活的极端敏感来源于他深厚的文化底蕴和对生活乃至于对生命的一种深度思考。

《香道》中,作者没有写我国的五千年文化,也没有写我国的地大物博,而是"处心积虑"地塑造了村上香彦这个人物。村上香彦这个人物性格是复杂而多重的,既有普通学者对艺术孜孜不倦的追求,又有一种不切实际的臆想和狂妄。这些复杂的性格特点不是作者写出来的,而是读者通过人物的一系列肢体动作和心理语言读出来的。这样一来,村上香彦这个人物就变得血肉丰满起来。从开篇的"中国的香道已式微。他让他的弟子们信服:香道的源头虽然在中国,但香道的后继、香道的正脉、香道的发扬光大者在日本",到后来的"觉得此次中国之行,虽然与预想的不一样,但收获颇多",这种人物认知上的改变和性格上的自然转换是通过作者对细节的描写来完成的。人物刻画的"多重性"和故事情节的"细致性",是凌鼎年作品的一大特点。

《风雪夜》中人物不多,却各具特色,在人物的矛盾"冲突"中,将情节推至高潮。其中,不得不提的是"年轻人"。这个人物着墨不多却神形兼备,在店主老杨头的一段段对话中,"年轻人"这个人物形象便立在了读者面前。又通过老杨头讲故事这个细节的描写,让文章拥有了一种"法与理,情感与理智"不断交锋的正能量。

文学艺术源于生活,又高于生活,只有善于"捕风捉影",才能将生活中喜闻乐见的一些小事谱写成篇。

拟人笔法塑造人物,再通过人物来渲染一种生活现状,或讴歌生命,或痛揭社会的疮疤,让人在思考中感受生活、启迪人生。这在《国鸟竞选记》和《虎大王招聘记》中有集中表现。虽然这两篇作品中的人物都不是人类,却通过它们的话语讲述人类现实中的故事。这种拟人写法不仅新颖别致,还透着一种诙谐和幽默,但这种诙谐和幽默中的痛感也是很明显的。人有人语,鸟有鸟鸣,世间万物都有其存在的价值和生命的意义。在动物的世界里也存在着激烈竞争,这是毋庸置疑的,也是显而易见的。那么人类呢?这种对比和渲染所构建出的内在意蕴是强大的,也是深邃的。

用犀利的笔触写出现实社会中的一种"暗色"抑或是一种思考是凌鼎年作品的另一大特点。《国鸟竞选记》中,读者似乎读出来了一种熟悉感,这种熟悉感源自生活中"原型的再现"。试想,在现实社会中有多少这样的实例或相似之事呢?勾心斗角、抨击异己不仅在官场,更见于一些市井商贩。街头叫卖声,餐馆、舞厅、K歌房……行业之争不仅仅是业绩和诚信之间的竞争,更是一种"背后捅刀子"的竞争。你踢我一脚,我还你一拳,相互厮杀中,让"江湖"变成了真正的江湖;让竞争变成了刀枪舌剑,在血雨腥风中接受命运的洗礼。与《国鸟竞选记》有着异曲同工之妙的是《虎大王招聘记》。这篇文章通过"招聘"这个现实生活中常见的小事,言出了现今社会上的一种病态,直击心灵,让人痛入骨髓,思入灵魂。

取材多样、表现手法不一是凌鼎年作品的最大特色。或歌颂美或鞭挞丑,或憎恨或深爱……但无论是哪种表现方式都离不开内在意蕴的深刻表达。小说作品重在构思,胜在细节;重在内蕴,胜在回味。透过作品本身宣扬一种生活哲理,这种生活哲理无疑就是人生的智慧所在。《玉雕艺人哥俩好》中讲述的是一对兄弟拜师学艺的故事,这个故事本身来说不够出新,可在作者"艺术刻刀"的精雕细琢下,这个故事不仅翻陈出新,更带上了一种深邃的人生哲理,让人在品读间感受到什么是真正的艺术、什么是境界、什么是追求。

玉有价,艺无边。世间没有无价值的璞玉,只有不善雕琢的工匠。《玉雕艺人哥俩好》这篇作品中,作者通过兄弟俩在艺术追求上的不同境界,诠释了"心有多大,舞台就有多大""高度决定一切"的人生观,也透过文章本身宣扬"业精于勤荒于嬉"的积极向上的正能量,给人以启迪,催人奋进。

小小说既是一种高端文学又是一种平民艺术,它在某种程度上代表的是社会各阶层人的心声,也是人民的喉舌。将世间百态万象糅合在一起,塑造出一个个鲜活的"生命",这个"生命"不是普通意义上的生命,而是融人情世故、法理常理、理智与情感、是非对错于一身的生命。从这个生命中,不仅能看见我们的影子,更能看到一个时代的印痕。

在凌鼎年的作品中,我们不仅读到了一种深厚的文化底蕴,读到了一种人文关怀,更读到了一种民族气节。这种高贵的品格不是刻意而为,而是自然中的流露。世间人讲述世间事,世人和世事组成了芸芸众生和世间百态。

从平凡中来,到高洁中去,在高洁中去感受文字的魅力、感受生命的厚重、感受社会的温暖、感受民族的尊严!

2017 年 9 月 27 日

作者简介:张联芹,女,吉林省作家,《作家周刊》网站责任编辑,《西南作家》《中国魂》《山风》编委。

反面切入,角度新颖

——凌鼎年《753 阵地的夜晚》名篇赏析

林美兰

凌鼎年的《753 阵地的夜晚》,突出的特点是他选材角度的刁钻。角度新颖,情节就翻新,引人注目。作家选取三个鲜见、独特的细节。

首先是反常规,选择反面的细节,点亮读者的眼睛。在 753 阵地毁灭性的战斗中,部队出色地完成任务时,幸存者只有团长和参谋长。参谋长要自杀,团长劝他别干傻事,增援部队很快到来,幸存者都是英雄。这是多么令人兴奋而高兴的事啊!参谋长不做懦夫,活下来了,但他趁着夜黑天高无他人,做了个丧尽天良的刽子手。在团长做梦时,他用帽子捂住这右手被炸断、左手也中了弹片、右眼几乎看不见、伤势比他严重的上级,瞬间让他一命呜呼。这是读者绝对不会往这方面想的事,而作家巧妙构思,大胆地切入,选择这个鲜见、独特的反面细节,描写了一个比敌人更凶狠,杀害可能获得"第一英雄"称号的,自己同战壕的战友和上司的参谋长。

其次是反逻辑,写出独特的人物行动。增援部队到来,救下参谋长,送医院救治,因为没有人和他争"第一英雄"的光荣称号,他成了一个当之无愧的大英雄,做了团长,获得国会颁发的"服役优异十字勋章"。因为腿疾,他退役,做国家慈善基金会的头头,过上流社会颇为滋润的生活。他每年国殇日都去公墓祭奠团长，博得团长女儿的好感。在他即将去见上帝时还留下遗嘱，把自己的日记本等东西，全部捐献给国会图书馆。他每年扫团长的墓、捐献日记本，看似很普通的两个细节，却是震颤人心的两个骤升的人物行动。读者看到这里也绝对没想到，他在日记里很详细、很详细地记载他那一瞬间的耻辱，以及杀人灭口的罪恶事实，死后还把日记本捐献出去。

作家在结尾，采用曾爷、孙套路写角色变化，也是反常规、反逻辑的。曾孙子因为研究历史，查阅曾爷爷的日记，竟然读到曾爷爷的这段耻辱事迹。这里补充、丰富了第二、三个细节，也让读者看见这个所谓的"英雄"，有一颗内心充满矛盾，时时焦灼不安，一直在拼搏向上的灵魂：多年来始终在为自己的一念之差忏悔，至少他精神上是一个名副其实的大英雄。而最令读者动容的是，他的曾孙子也是个了不起的大英雄，痛苦了很长时间，决定向世人公布这段家丑历史。

作家始终关注的是人性深层的东西，在攻克一个个顽固的堡垒。

在753阵地的夜晚，也许参谋长怕自己的一时懦弱，让唯一知道的团长说出去成不了英雄。作家设置的潜在内容，也许还有他怕被团长抢了头功，只有做第二英雄的份，妒忌吧，在没有别人的眼睛直视时，作为人那魔鬼般复杂的一面，冷不丁地跑出来，违背良心干了杀人的大坏事。

然而，人活到极致，就是在别人看不到的地方节制。他捂死了重伤的团长后，就喃喃道歉；看见救援人员到来就叫着团长不能死，昏了过去。伤好后，他做出两个惊人的举动，在他的日记里很详细、很详细地记载那一瞬间的耻辱，死时还留下遗嘱，把这日记本捐献给国会图书馆，确实难能可贵。一个独特、生动、鲜明的人物形象，瞬间站在读者的面前。

更令人震撼的是，他的曾孙子知道这段家丑历史，还决定公布于众。这是小小说高级形式的旁斜逸出，"临床一刀"，向社会的深度和广度进军，此乃后话。

选材的最佳角度，是别人知道的、很多人写过的，不用、不写；而别人不知道的、没人写或少人写的，多用、多写。反面切入，角度新颖，可以写出令人耳目一新、更展示深刻人性的作品。

作者简介： 林美兰，女，中国微型小说学会会员、福建省作协会员。

心灵是作品的起点
——浅析凌鼎年微型小说《三砖砚小筑与三十砚轩》

余清平

心灵是作品的起点，也是作品的归点。而廉洁不是心灵的附属品。因此，这篇作品是从廉洁出发，也是由廉洁归位。廉洁诠释心灵，心灵净化廉洁。这就使得作品获得永生。

《三砖砚小筑与三十砚轩》"这道菜"烧得很不错，很适宜不同地方读者的胃口。作者是微型小说（小小说）名家凌鼎年。他的作品很丰产，这篇是他近来的佳作，被《小说选刊》2019年第11期选载。

我一直认为,阅读微型小说,就必须知道微型小说是什么?我这里有个比喻。通俗地说,作品就是一盘美味佳肴,而作者就是厨师。因此,作品与佳肴的互为关系概括起来要做到三点:小说的语言是菜式的颜色,小说的情节是菜式的气味,小说的思想是菜式的口味。语言是给眼睛看的,情节是给鼻子闻的,思想是让舌头品的,能做到色香味俱全,才能令读者"大快朵颐、回味三日",那么,这就是一篇成功的微型小说。在这三个方面,《三砖砚小筑与三十砚轩》就做到了。

微型小说,说到底就是小说家族中的浓缩型,容不得时间跨度大。一千几百字的篇幅,在中长小说里只能叙述一个场景,甚至半个场景,而在这个极度浓缩的空间里,却要独立成篇,五脏俱全,所以,容不得大跨度、赘叙述。凌鼎年先生的这篇作品却做到了,作品不仅跨度极大,更浓缩了两百多年来陆氏一脉的为官之严以律己,刻画了陆氏几代廉官,让历史的跨时空在一篇1 000多字的微型小说里得以展现,使前后人物的精神得以彰显,不得不说,作者独具匠心、设计精妙。

小说以温暖之笔剖析了一个严肃的廉洁话题,挑开了应该怎样为官之道的这层隔膜。作品开篇,陆氏先贤陆状元不仅仅留下了十分珍贵的砖砚,更留下了与之相对应的遗训。二者相辅相成,耐人寻味,给予后人警讯:砖砚珍贵,节操更珍贵。

陆状元曾官至巡查御史,这可是个了不得的大官,俗称钦差大臣,手握州府官员的生杀大权,而这样的一个官,却是著名金石学家。在任上,他收集了几百块铜雀台等秦汉建筑的老砖古砖,请制砚师傅琢刻为三百砖砚。清廉的陆状元驾鹤西去前有遗训:"子孙毋忘读书,后代务重勤廉!忘此违此,非我陆氏子孙也!"问题来了,他的遗训后人真的能遵守吗?两百年后陆家出了个能人陆少贤。为了寻觅先祖的遗物,穷尽一生之力也只找到三块。他那做了十几年副局长至局长的儿子陆韶山也寻觅了多年,才找到九块。可是,当升为组织部部长的陆韶山在三年里却找到了二十一块,为什么?陆少贤心明如镜。

生活之于普通人就是易碎品,经受不起一点点外力和诱惑,被打烂是瞬间的事。而对于那些清醒的人,生活是不锈钢,越炼越坚硬。陆状元和陆少贤就是后者。作品言近旨远,立意精深,情节峰回路转,设计巧妙,告诉了当下人在"陷阱"面前,怎样律己。作品如一剂良药,让读者警醒。

作者简介:余清平(笔名:砌步者),广东省作协会员,广州市花都区作协副主席,中国微型小说学会会员,《作品》《小说选刊》特约评刊员。

《国鸟竞选记》颁奖语

(获《林中凤凰》杂志社短篇小说征文二等奖)

凌鼎年是我国第一代小小说作家中的常青树,三十多年来依然作品不断,已出版40多本集子,而且有数量,还有质量。小小说文坛的奖,他几乎拿遍了。他是目前我国写小小说作品最多的作家,但题材、立意、结构、笔法、语言不断翻新,不断变化。

试以这篇《国鸟竞选记》为例,这篇是动物题材,用了拟人化的手笔,带有寓言的写法,整个作品渗透着黑色幽默。作者虚构了国鸟竞选的故事,在叙述这个充满荒诞的故事时,不断调侃,亦庄亦谐,读来让人忍俊不禁。

作品虽然写的是国鸟的竞选,但让读者产生无限的联想与强烈的共鸣,比照现实社会的某些现象,发人深省,令人感慨万千。

这篇作品写得轻松、诙谐,有可读性,有趣味性,还有点知识性。

2016 年 8 月

第四章

年　表

凌鼎年文学创作、活动大事年表

1951年：1岁

6月10日，出生于江苏太仓，肖兔。系"年"字辈，因排行老三，故大名"鼎年"，小名"鼎鼎"。

父亲凌贻初系浙江湖州人，银行职员；母亲方桂英，上海人，婚前在上海制药厂当工人。

1953年：3岁

因误喝点灯的火油，后被急送医院洗胃抢救。

1957年：7岁

因顽劣，常闯祸。参加居委会组织的锄草搞卫生时，对门小伙伴用镰刀击斩一只特大蟾蜍，凌鼎年误被蟾浆喷到眼睛，急送医院清洗，才未失明。

1958年：8岁

9月，就读于江苏太仓县城厢镇中心小学。每天放学到家第一件事是外出割草，因家里养着羊、兔，算是副业。

1959—1960年：9—10岁

春养蚕宝宝、小蝌蚪，夏逮知了、萤火虫，秋捡银杏果，冬堆雪人、打雪仗。弹弓打鸟、上树、上屋顶掏鸟窝，还逮蟾蜍、田鸡……玩耍时，身后跟一群同伴，乃弄堂里的"孩儿王"。

凌鼎年或替单位食堂剥毛豆等，或替当地纸品厂糊纸盒子，以赚取加工费，减轻父母生活压力。还挖野菜，摘枸杞，割马兰头，钓鱼钓虾钓黄鳝钓螃蟹，以改善家中伙食。若数量有余，则拿到菜市场卖，换点小钱，以补贴家用。

1961年：11岁

三年级时，作文《我长大了干什么？》获太仓县城厢镇中心小学作文比赛全校第一名。

开始记日记。

1962年：12岁

因买不起书，借不到书，就坐在小人书摊前现看（免费的），成了帮书摊聚人气的常客。

1963年：13岁

五年级时，作文《祭扫烈士墓》获太仓县全县小学生作文比赛第二名。并有多篇作文被学校作为历届优秀作文油印保存。

被评为太仓县城厢镇中心小学"品学兼优学生"。

1964 年:14 岁

升太仓县中学读初中。

因喜作文,成校文学社活跃人物、中坚力量。

学校组织去农村支农,初次接触、了解太仓民歌、民谣、民间俚语、俗语等乡土文化。

1965 年:15 岁

隔壁邻居家出了大学生,有藏书,常去借阅。还迷上锻炼,双杠、单杠,外号"小钢炮"。

父亲一再要家里子女牢记:清清白白做人,认认真真做事! 靠诚信立世,凭本事吃饭。

1966 年:16 岁

卖掉自己养的一只羊,得 10 元,再加上母亲给的 2 元,怀揣 12 元钱,与老师一起去长征徒步串联,从太仓走到杭州,脚底磨出血泡。平生头一次外出,除了开眼界之外,还带回一身老白虱。

1967—1968 年:17—18 岁

在家苦练身体,举石担、甩石锁、做俯卧撑、吊环、压韧带、打拳、练气功等,能"一字开"、金鸡独立等,胸肌二指厚。

在家院子里种菊花一二百种,能看叶辨识品种。

1968 年 9 月—1969 年:19 岁

在太仓县中学(全国试点办高中的三家学校之一)读高中,因会写作文在校园内已小有名气。

住校广播室两年,与另外两位同学负责学校的广播。

参加校文艺宣传队,表演舞蹈等。

获太仓县中学(高中部)"五好战士"荣誉。

1970 年 7 月:20 岁

毕业前的最后一堂语文课,创作了第一首诗《站在〈金训华劈风斩浪救木材〉画像前》,被班主任收藏。

1971 年:21 岁

是年,创作《兰赋》等所谓古体诗 2 首。

年初,下雪时,与爱好摄影的张遑等高中同学去学校拍摄雪地胸肌照。

先后在太仓农机厂、太仓红旗漂染厂学工一年。学会开手扶拖拉机并简单维修。

珍宝岛事件后,政府要求各单位、各家各户挖防空洞,凌鼎年与弟弟在家院子挖了防空洞。

6 月,高中毕业,报名去了上海在江苏沛县微山湖畔建的煤矿基地,被招工到大屯煤矿发电厂粉煤灰制砖厂,任青年班班长。

9 月,在望亭电厂培训刚两个月,就发生集体宿舍失窃事件,多只旅行包被老虎钳钳断。凌鼎年是维修钳工,有老虎钳,又是那天唯一上常日班中午回宿舍休息的。被人怀疑有作案时间、作案工具、作案嫌疑,第一次尝到了被人冤枉的滋味。

10月，培训结束，去微山湖畔的发电厂，因五层宿舍楼还未封顶，就住进了底楼。

1972年：22岁

是年，创作诗歌《题梅花》《答同学》等7首；散文《被人冤枉的滋味》等。

望亭电厂失窃案告破，凌鼎年把当时怀疑他的人叫到一起，当众读了一年前写的多页日记，一吐为快。

因工作认真，被电厂领导看中，调到发电厂锅炉车间空泵班任班长。

一度，业余时间练习素描，自学花鸟国画。

1973年：23岁

是年，创作诗歌《凭栏望偶笔》《煤田抒怀》等11首。

被电厂工会推荐参加大屯煤矿工程指挥部举办的第二期文艺创作学习班，去后，被推选为学习班负责人。

开始去煤田、下矿井，切实感受基建工人与采煤工人工作的艰苦，并收集创作素材。

1973—1978年，前后负责矿区六期文艺创作学习。

1974年：24岁

是年，创作诗歌《我仰望星空》《下井之前》等29首；散文《顶天立地》。

学习班结束后，受矿工会负责文艺的毛国梁赏识，借在矿文体办公室，负责矿区的文艺、文学创作。

上海工人作家胡万春来大屯煤矿体验生活，凌鼎年负责接待，同吃同住，一起下矿，与作家有了零距离接触。回沪后，胡万春创作了煤矿题材的中篇小说《战地春秋》。

1975年：25岁

是年，创作短篇小说《伏虎降龙》《在飞转的天轮下》等8篇；诗歌《矿山风雪路上》等34首；散文《煤海潮》等3篇。

9月2日，创作第一篇小小说《代表性》。

10月22日，创作第二篇小小说《代理考勤员》。

诗歌《煤海新捷》发表于大屯煤矿工程指挥部《矿区文艺》"诗歌专辑"上。

在负责煤矿文艺创作学习班期间，凌鼎年有次带队去地质队体验生活，了解野外测量煤层的情况，遇到误操作引起的炸药爆炸，当场炸死一人、重伤一人。凌鼎年现场参与抢救，第一次体验了生离死别。

1976年：26岁

是年，创作中篇小说《不平凡的洗礼》；短篇小说《风雨湖西寨》《棘手的差事》；诗歌《读〈法国革命史〉有感》等27首。

因山东郯城地震预报，住室外帐篷，写了半个月地震日记。

带文艺创作学习班学员下井到采煤的工作面体验生活时，意外遇到塌方，撤到井口罐笼处，清点人数，发现少一人，后得知有学员抢先逃到井上，虚惊一场。

1977年：27岁

是年，创作散文《第一车煤》；游记散文《金风十月游泰山》等4篇；诗歌《题〈大风歌〉碑》《遥悼外祖母，寄父母大人》《闻中阿决裂书》等57首。

在大屯发电厂工会的支持下，创办并负责春晖文学社，每星期活动一次。在文学社认识了作为职工子女从黑龙江瑷珲招收进来的上海知青李祖蓓,她喜欢写诗,有所交流,以书为媒,开始恋爱。

因长期借在煤矿文体办公室,矿领导从别的队借一个工人去电厂上班。

1978年:28岁

创作短篇小说《70年代的某个暮冬》等2篇;杂文《让思想冲破牢笼》《皇帝是怎么会光屁股的》等,随笔《赵括、韩信、马谡及其他》《从"官渡大战"到"赤壁之战"》等,25篇;诗歌《车过台儿庄》《读〈世界史·1789—1793年法国大革命〉》《读〈世界史·1775—1783年美国"独立战争"〉》《中美建交感赋》等215首。

1979年:29岁

是年,创作短篇小说《蘑菇泛滥》《银杏树下的别墅》;微型小说《为什么不早说》等7篇;杂文与随笔《从楚灵公偏爱细腰谈起》《乐羊、乐宜的遭遇为什么不同?》《间谍、特务考》《有趣的中国姓氏》等21篇;诗歌《游山东济南诗抄》《游九江庐山诗抄》等136首。

在大屯发电厂工会开与李祖蓓的结婚证明,去庐山旅游。

1980年:30岁

是年,创作短篇小说《墓碑》;微型小说《假话、真话?》等8篇;论文《人才互补结构初探》《人类社会发展原动力初探》;杂文与随笔《文字游戏与街谈巷议》《天下乌鸦一般黑吗?》等29篇;《曲阜行》《泰山放歌》等诗歌211首。

年初,回太仓探亲时,与李祖蓓正式办理结婚手续。

应沛县文化馆邀请,去参加沛县文学创作学习班。

12月1日,儿子在微山湖畔出生。

12月22日,在《新华日报》发表处女作《庐山小唱》(外一首)。

1981年:31岁

是年,创作短篇小说《凤伯伯轶事》《她的心,掀起了波澜》《青橄榄》《风乍起》等7篇;微型小说《买蟹风波》等6篇;散文、随笔《徐州,有座苏东坡盛赞的云龙山》等9篇;诗歌《沉思录》《蘸着微山湖的水,我写……》等123首;评论《寓批评于控诉,萌新生于伤痕》(第一次写)。

2月,在《江苏青年》杂志发表杂文《"差点儿"不能煮来吃》。

9月,去沛县文化馆,听煤矿诗人孙友田讲课。

12月,在《沛县文艺》上发表诗歌1首。

12月,沛县文化馆编印的诗集《春华秋实》收录组诗《微山湖畔》。

1982年:32岁

是年,创作中篇小说《三省交界处》;短篇小说《铁将军》《剪不断,理还乱》《五分之一》《盒子里的秘密》《收旧货的老人》等8篇;微型小说《乔迁以后》《0:00交接班》等7篇;随笔、杂文《王翦冤哉》《五马分尸讹传》等17篇;诗歌《写在鲁迅墓前》《刘家港抒怀》等31首。

1月,去上海工人作家胡万春家拜访,聊他写大屯煤矿的中篇小说《战地春秋》。

6月,参加上海第二教育学院招生考试。

7月,上海《文汇月刊》副主编肖关鸿,在《文汇月刊》发表凌鼎年短篇小说《风乍起》,

这是该刊创刊以来发表的唯一一篇处女作。

8月,应邀去沛县参加文学活动,听作家刘振华、傅连理讲课。

9月,考入上海第二教育学院中文系,被选为副班长、学习委员、写作课代表。

10月,凌鼎年每天必看胡万春的第一部长篇小说《蛙女》的连载,并预测故事发展走向,一一告知胡万春。胡万春约凌鼎年去他家面谈。

10月,参加太仓举办的娄东书法交流会,观摩书法家写字。

是年,在《周末》《金陵百花》等发表随笔、诗歌等作品。

1983年:33岁

是年,创作短篇小说《花圈,白的、黄的、绿的》《失眠之夜》;微型小说《西瓜买卖》等6篇;随笔、杂文《杜甫时代何来辣椒?》《此葵非那葵》,以及游记《千古诗魂耀采石》《与弟弟同游昆山》等29篇;诗歌《阅兵台怀古》《项羽戏马台怀古》等54首。

3月17日,父亲因心脏病住院,从上海学校请假赶到太仓医院陪夜,20日父病故。

4月23日,应《书法》杂志编辑周志高邀请,十几位上海书法家到太仓,参加"娄东之春"活动,凌鼎年随车去接苏渊雷、高式熊、周志高、方传鑫、吴建贤、陈梅璋、李其德、赵启明等书法家。

5月,在学校带头献血。

6月,买票去看毕加索画展。

9月,去复旦大学听苏叔阳讲座"电影创作与艺术"。

11月,参加学校班级篮球联赛,感觉心脏不适,去医院检查:心律不齐、早搏。因医生说得严重,回学校后,给老婆、儿子分别写了遗书。后证实虚惊一场。

作家赵丽宏来学校做文学讲座"诗与散文",作为写作课代表,负责迎接。

被评为上海第二教育学院"三好学生"。

1984年:34岁

是年,创作短篇小说《枝头绽绿的时候》《闹新房》《病滋味》;微型小说《细雨迷蒙的夜晚》《抖抖病轶事》等14篇;随笔、杂文《古已有之的木屐,以及旅游鞋》《"秦砖汉瓦"之说谬也》《李林甫也有开明之处》等28篇;诗歌《读〈万历十五年〉》《海妖的诱惑》《家庭奏鸣曲》等128首。

4月,出面邀请《文汇月刊》副主编肖关鸿到太仓电大讲课"创作与欣赏"。

6月,应邀参加上海青年宫举办的上海青年诗歌作者与著名书法家、画家见面座谈会,魏文伯、王元化、赵冷月、邵洛羊等40多人参加。

7月,大专毕业,分配在大屯煤矿发电厂教育科当教师,负责职工培训。

8月,应邀参加沛县作协筹备会。

10月,组诗《写在徐海煤田上》获大屯煤矿文学作品评选二等奖。

编出诗歌集《一粟集》(寓意"太仓一粟")。

参加《工人日报》文学创作函授班。

先后在《苏州日报》《徐州日报》《大风》《立春》等发表诗、散文、随笔若干篇。

与大屯煤矿文化馆负责人程谦明、矿工会李沛华一起创办并主编矿区的文艺杂志《采光者》。

1985年：35岁

是年，创作中篇小说《野葵》；短篇小说《地龙》《二顺与长秋》；微型小说《信函摘抄辑要》《错了信封的情笺》等29篇；杂文、随笔《李鼎铭先生还未能安息》《不妨读读〈扁鹊见蔡桓公〉》《对〈金瓶梅〉洁本的疑惑》《麝煤是煤吗？》等99篇；诗歌《煤海，一部耐读的大书》《中国的大趋势——读托夫勒的〈第三次浪潮〉》《弇山园遗址凭吊》等115首。

1月，当选为大屯煤矿文学协会副会长。

4月，被《杂文报》聘为特约通讯员。

4月，被《徐州矿工报》聘为特约通讯员。

5月，当选为徐州市杂文创作小组副组长。

7月，被《希望报》聘为特约通讯员。

8月，单位安排去西安工人疗养院疗养。

9月，参加《青年诗人》函授班。

9月，被《煤炭文学》杂志聘为特约通讯员。

10月，编出第二本诗集《撷寻集》。

10月，因屡遭退稿，一气之下，把一些发不出的稿一把火烧了。

11月，批准加入徐州市文学学会，应邀参加徐州市文协代表大会。

11月，《徐州矿工报》发表赵玉银评凌鼎年作品的评论《随意采撷，挥洒成篇》。这是第一次有评论凌鼎年作品的文章见报。

创办并主编大屯煤矿发电厂文学性报纸《春晖》。

在徐州《彭城艺苑》杂志发表第一篇小小说《当大地震动的时候》。

在《中国旅游报》《旅伴》等报刊上发表诗歌、小说、杂文、散文、文学评论20多篇。

1986年：36岁

是年，创作中篇小说《果子，又酸又甜》《情殇》；短篇小说《三原色》《水淼淼》；微型小说《回头浪子的心态》《彩色的享受》等13篇；杂文、随笔、散文《武则天造字与改姓》《公孙大娘不是老大娘》《从西施当过间谍说开去》《近亲结婚一分为二》等164篇；诗歌《题崇祯自缢处》《你永远是我们的民族魂》等17首；评论2篇。

《别了，匹哀尔·索台里尼式的婆婆》获《徐州矿工报》1985年度第四届煤海奖杂文征文二等奖。

4月，被《徐州矿工报》评为优秀通讯员。

为采写报告文学，自费去北京采访徐悲鸿夫人廖静文与中央美院教授，以及徐悲鸿画室师生。

在《扬子晚报》《黄河诗报》《新华日报》《杂文报》《文学知识》《老人天地》《家庭》等报刊，发表诗、随笔、散文、杂文、评论、小说等60多篇（首）。

1987年：37岁

是年，创作中篇小说《老姑娘三妹》《黑头》《走出枣树庄》；短篇小说《"狗肉郑"之死》《英雄出自……》《逝去与逝不去的·微山湖拾遗之一》等10篇；微型小说《茶垢》《秘密》《邮疯子》等103篇；报告文学《她弹奏着康复的旋律》《壮志未酬身先死》《他搏击在煤海学海》3篇；散文、文史文章《成人教育之先驱，民众教育之保姆——记现代著名教育家俞庆棠先生》《司马悦办案》等 49 篇;诗歌《农村随感之一》《寻根》等 35 首。

短篇小说《水淼淼》发表于上海《文汇月刊》第 4 期。

在《青春》《小说界》《金城》《热流》《大风》《新闻报》等报刊上,发表小说、随笔、诗、报告文学、文史类文章等 50 多篇,其中,10 来篇为小小说。开始主攻小小说。

随笔《近亲结婚与遗传学》获《徐州矿工报》1986 年度第五届煤海奖科普作品征文优秀作品奖。

《吃苹果》获家乡太仓县文协、文化馆举办的微型小说征文二等奖,这是获得的第一个微型小说奖。

4 月初,应邀参加徐州市首届纪实文学研讨会。

4 月,应邀参加《中国煤炭报》组织的第五届太阳石笔会,刘庆邦、孙少山、谭谈、孙友田、李向春、王恩宇等参加。

1988 年:38 岁

是年,创作短篇小说《一半是情与火,一半是怨与怒》《吹皱一池春水》《阿寅其人》等 4 篇;微型小说《尿床》《画·人·价》等 65 篇;随笔、散文《香兽趣谈》《微山湖畔的农家婚礼》《觉新形象反思》等 43 篇;诗歌《薛涛井怀古》《三苏祠遐想》等 8 首。

在《工人日报》《小说界》《中国旅游报》《中国城市导报》《江苏工人报》发表小说、小小说、散文、随笔、人物传记等 70 多篇。

小小说《背景》第一次入选《小小说选刊》。

在《中国煤炭报》发表小小说《茶垢》(可视为小小说成名作)。

短篇小说《水淼淼》获徐州市文协 1987 年度文学作品优秀创作奖。

短篇小说《灰池问题》获《工人日报》"改革浪潮奏鸣曲"小说征文三等奖。

《要不要解释》《盖章》《骨质增生》《背景》《感情》《电梯,超负荷》《宋师傅这个人》《寻根》等多篇小小说与诗歌获四川甘孜"雪莲杯"、河南驻马店《长鸣》编辑部、南京《青春》杂志社、湖北"屈原杯"、《徐州矿工报》《淮北矿工报》、江苏沛县"大风杯"征文新人奖、优秀作品奖、鼓励奖、三等奖、一等奖。

4 月,获徐州市作协年度文学奖,奖励去黄山采风。

5 月,参加《中国煤炭报》组织的第六届太阳石笔会,与刘庆邦等一起去了都江堰、卧龙山、乐山大佛、三苏祠等,再顺流而下到武汉。

被任命为大屯发电厂史志办公室常务副主任。

1989 年:39 岁

是年,创作短篇小说《爱得很累》《另一种折磨》等 4 篇;微型小说《再年轻一次》《外乡人》《罪人》《菊痴》《失窃》等 45 篇;散文、随笔《徐州,我的第二故乡》《"六六六"翻案的联想》等 41 篇;诗歌《黄山的诱惑》《姜女庙断想》等 18 首。

在《中国海员》《小说界》《传记文学》《翠苑》《雨花》《大风》《当代矿工》等报刊发表文学作品 90 多篇,其中,小小说 40 来篇。

在《徐州日报》发表小小说《画·人·价》,在《中国煤炭报》发表小小说《再年轻一次》,在《中国电力报》发表小小说《失窃》。《小小说选刊》一年内先后选载了《茶垢》《生日》《再年轻一次》,同时《工人日报》也转载了《茶垢》。

小小说《茶垢》获中国煤矿文化宣传基金会改革大潮文艺作品征文一等奖,并获《中国煤炭报》1988年好稿二等奖。

小小说《病态》获《江苏工人报》文学作品大奖赛二等奖。

小小说《钓鱼》《失窃》《电梯,超负荷》《那个夜晚》等获《小说界》、浙江"普陀山杯"征文与首届华人青年文学大奖赛鼓励奖、佳作奖、优秀作品奖等。

撰写的《壮志未酬身先死》,被编辑部改题目为《早夭的画家熊福元》,发表于《传记文学》杂志。

3月,采访108岁的田福太老人,写《省界线上的百岁老人》。

3月,煤矿文友盛利民写《凌鼎年印象》。

5月,当选为徐州市作协理事,并在投票中被推举为徐州市文代会代表。

7月,刘平写《煤矿作家凌鼎年》。

9月,获徐州市作协年度文学奖,奖励去北戴河采风。

11月,徐州袁玉林发写凌鼎年的专访《于无应处问鼎成》。

11月初,应邀参加《中国电力报》组织的桂林笔会,去了阳朔、灵渠等。

1990年:40岁

是年,创作短篇小说《鱼精》《人的改造》;微型小说《夫妻双双把家还》《一份腰围记录》《口吃》《独领风骚在酒场》《老外婆讲述的故事》《生死洞》等36篇;随笔、散文《身价陡增的紫葛叶》《小小说的美学情趣》《周庄的价值》等24篇;诗歌《厦门印象》等3首;评论《好在留下空白》等7篇。

2月,被太仓人才交流中心从微山湖畔的大屯煤电公司引进到太仓县政府侨务办公室当秘书。

5月,应邀参加了由《小小说选刊》《百花园》在河南汤泉池举办的首届小小说笔会暨理论研讨会",被确立为我国第一代小小说作家。

在《当代作家》《青春》《百花园》《文学报》《羊城晚报》《华声报》《郑州晚报》《解放日报》等报刊发表文学作品60多篇,其中,《小小说选刊》5期推出凌鼎年小小说小辑,选发了小小说《菊痴》《外乡人》《画·人·价》,与创作谈《各人有各人的优势》。

《菜市发现》获太仓文化馆微型小说征文优秀作品奖第一名。

小小说《再年轻一次》获徐州市文协1989年度优秀作品奖。

被侨办派到福建厦门大学短期进修学习。

参加太仓的娄水文学社活动,每月一次,并接手负责。

1991年:41岁

是年,创作短篇小说《河豚王》等2篇;微型小说《永远的回忆》《姚和尚》等31篇;散文、随笔《讽刺打击全当补药吃》《缪斯,初识于县中》等,及报告文学《凤飞龙腾》等33篇;评论《发人深省,以小见大——读谢志强小小说小辑》等5篇;诗歌《回忆红嫂》等2首。

4月,第一本小小说集《再年轻一次》在广西民族出版社出版。

5月,诗歌集《心与心》在江苏文艺出版社出版。

加入江苏省作家协会。

在《小说界》《百花园》《海燕》《青春》《芒种》《文汇报》《海口晚报》《拉萨晚报》《齐鲁

晚报》《劳动报》等报刊发表文学作品100多篇,其中,小小说40多篇。在《写作》杂志接连发表了《小小说的美学情趣》《小小说创作三忌》《凡人小事蕴深意》等创作谈与评论。

小小说《秘密》获湖北《当代作家》第二届全国小小说大奖赛二等奖。

《再年轻一次》获《小小说选刊》1989—1990年全国优秀小说提名奖。

1992年：42岁

是年,创作微型小说《大师与石师竹》《误墨》《龟兔赛跑续篇》《第五竹》《守拙之谜》等40篇；散文、随笔《方兴未艾的小小说创作》《书祭》等41篇；评论5篇。

在《雨花》《当代作家》《芒种》《山花》《野草》《百花园》《写作》《春风》《长江文艺》《华夏》《海内与海外》《解放日报》《羊城晚报》《人民政协报》等报刊发表文学作品120多篇,其中,小小说50多篇。

新加坡《联合早报》连载其"古庙镇风情系列"小小说8篇,并加按语推荐。

散文集《春色遮不住》在中国卓越出版社出版(用的是1989年的书号)。

5月,作为侨办秘书,参与接待世界"核物理女王"吴健雄教授与袁家骝教授。

6月,应邀到上海宝钢参加文学活动。

1993年：43岁

是年,创作微型小说《此一时,彼一时》《剃头阿六》《牛二》《有钱无钱》《红玫瑰》《寿碗》《最优计划》等60篇；散文、随笔《我以小小说为知己》《通俗文学门外谈》《不以己悲,不以物喜——国画家邢少兰专访》等33篇；书评《创新·博雅·凝重——推荐〈中华读书大辞典〉》等2篇。

在《青年作家》《写作》《传奇传记》《芒种》《当代作家》《小说月报》《小小说选刊》《微型小说选刊》《青年月刊》《南方文学》《文友》《南叶》《青年作家》《三角洲》《农民日报》《新华日报》《文学报》《羊城晚报》《长江日报》《文汇报》《新华日报》《郑州晚报》等发表文学作品180多篇,其中,小小说90多篇。

新加坡《联合早报》《微型小说季刊》《新加坡文艺》,马来西亚《星洲日报》,中国香港《华侨日报》等境外报刊发表其多篇小小说。

小小说《石斧》《误墨》《寿碗》《未捅破的纸》《说不清的家事》《第五竹》《剁指》《你必须回答》《传话游戏》获《青年作家》《延安文学》《芳草》《袖珍文学》等刊物征文奖项。

5月,与凌焕新教授一起策划、操办的中国微型小说学会第二次代表大会暨"长江客车杯"微型小说学术研讨会在南京召开。

8月,随笔集《采撷集》在天津人民出版社出版。著名丹青大师朱屺瞻题写书名。

与徐习军一起,为中国微型小说学会、金陵微型小说学会主编《中国微型小说报》(会刊)。

与徐习军一起策划了连云港金秋笔会,来自全国15个省市的近60位微型小说作家参加了这次活动。

1994年：44岁

是年,创作微型小说《名画风波》《一枚古钱币》《飞机上下》《〈皇帝的新衣〉第二章》等35篇；随笔、散文、创作谈《小小说,一种崛起的文体》《小小说,从素材到作品》《大陆微型小说作家队伍状况》《蜀中才子曹德权》等51篇；评论2篇；为病梅的微型小说集子与杨鸿臣的诗集写代序。

在《写作》《小说月刊》《百花园》《小小说月刊》《萌芽》《芒种》《春风》《中学生阅读》《金山》《佛山文艺》《参花》《雨花》《儿童时代》《伊犁河》《小小说选刊》《微型小说选刊》《乌鲁木齐晚报》《安徽日报》《文学报》《文汇报》《郑州晚报》《呼和浩特晚报》等报刊发表文学作品190多篇,其中,小小说130篇。

在中国台湾《世界日报》《联合报》,中国香港《华侨日报》,澳大利亚《海外风》杂志,新加坡《赤道风》《微型小说季刊》《新加坡文学》《赤道风季刊》《文学半年刊》,美国《中外论坛》,马来西亚《蕉风》《通报》,泰国《中华日报》等境外报刊发表作品20多篇。

小小说《拖鞋》被译成日文发表在《人民中国》(日文版)上。

1月,与太仓市政协副主席、国画家邢少兰专程去上海拜访103岁的著名国画大师朱屺瞻。

4月,应邀到汪曾祺家乡高邮参加文学活动。

5月,微型小说集《秘密》在海南国际新闻出版中心出版。

8月10日—9月3日,应新疆博尔塔拉蒙古自治州文联与农五师文联邀请,赴新疆为当地举办的文学讲习班讲课。

10月,参加太仓市与浙江余杭市缔结友好文联活动。

10月,短篇小说集《水淼淼》在南京大学出版社出版。

小小说《红玫瑰》获《南方文学》1992—1993年度优秀作品奖(不分等级奖)。

《黑天鹅提醒你》获《小小说选刊》《蜀南文学》举办的"科大杯"全国小小说大奖赛二等奖。

小小说《古庙镇内情系列》获首届太仓市文艺奖(1992—1993)。

小小说《酒女》获中国东方文艺社1994年度中国"鲁迅奖"。

小小说《剃头阿六》获"春兰·世界华文微型小说大赛"二等奖(一等奖空缺)。

与文友合作主编《中国当代微型小说十佳精品集》《当代微型小说精品集》两套丛书。

12月下旬,应邀出席由新加坡作家协会、新加坡国立大学艺术中心、《联合早报》共同主办的首届世界华文微型小说研讨会,并宣读论文。第一次出国,大开眼界,并认识了日本的渡边晴夫教授等不少海外作家、学者。

12月,被批准为中国作家协会会员。

1995年:45岁

是年,创作微型小说《史仁祖》《道具》《功成名就后》《血经》《让儿子独立一回》《那片竹林那棵树》《女浴室新闻》等65篇;随笔、散文《三分读书四分想,留下三分来创作》《记日本渡边晴夫教授》《中州出了个孙方友》等68篇;评论《奇特的构思,厚实的底蕴——读钟子美科幻小说》《简洁凝练,富有底蕴——评伊德尔夫精短小说集〈公开的内参〉》等6篇。

在《大时代文学》《作品》《广西文学》《天津文学》《北方文学》《文学世界》《春风》《芒种》《短篇小说》《萌芽》《青岛文学》《中国西部文学》《青春》《南方文学》《百花园》《写作》《文学港》《人民日报》(海外版)、《北京晚报》《新民晚报》《工人日报》,以及马来西亚《蕉风》《南洋商报》《国际时报》《星洲日报》,新加坡《微型小说季刊》《联合早报》《新加坡作家》《锡山文艺》《文学半年刊》,泰国《中华日报》《亚洲日报》,印度尼西亚《印度尼西亚日报》,菲律宾《联合日报》,日本《华人时报》,毛里求斯《镜报》,文莱《思维集》,中国台湾《极短篇》,中国香港《香港文学》等海内外报刊发表文学作品 340 多篇,其中,在海外报刊发表 50 多篇。

8 月,以一组幽默微型小说获无锡全国金鹅奖幽默大赛"十大幽默明星"称号,奖金鹅一尊与奖杯一座。

9 月,应邀参加在北京举办的首届当代小小说作家作品研讨会,并代表到会的小小说作家发言,与林斤澜、阎连科等交流。

10 月,2.5 万字的《中国当代小小说文坛扫描》一文发表在马来西亚《蕉风》杂志上。在泰国《中华日报》上发表《我之小小说观》(上、下篇)。

12 月,在当时文联主席(太仓民进筹建组负责人)的动员下,参加了太仓新成立的民主党派组织——中国民主促进会,简称"民进。"

1996 年:46 岁

是年,创作短篇小说《待岗女工》《出国》等 3 篇;微型小说《三代人遗嘱》《永远的箫声》《将军与亭尉》等 43 篇;随笔、散文、创作谈《小小说是个大事业》《小小说的读者市场》《修祥明这个人》等 76 篇;评论、点评《平而有情,淡而有味——评泰国倪长游集子〈只说一句〉》《幽默色彩,批判意识——泰国马凡小小说解读》《平中见巧,淡中寓意——泰国郑若瑟小小说解析》等 113 篇;为《江苏微型小说作家作品选》等写代序 2 篇。

在《中国铁路文学》《女子文学》《芒种》《广州文艺》《作品》《星火》《中华散文》《南方文学》《当代小说》《三峡文学》《珠江》《小说界》《雨花》《写作》,以及泰国《新中原报》《亚洲日报》《中华日报》,新加坡《赤道风季刊》《微型小说季刊》《新加坡作家》《新月杂志》《联合早报》,马来西亚《蕉风》《清流》,菲律宾《国际时报》,中国香港《侨报》《大公报》《香港作家报》《明报月刊》《新晚报》,中国澳门《澳门日报》,中国台湾《国文天地》《交流》等海内外报刊发表了 80 多篇作品。

1 月,《中国文学》(法文版)选载了小小说《此一时,彼一时》,《作家文摘》选载了小小说《名画》《古砚》。

2 月,在台湾地区《文讯》杂志发表《大陆小小说现状》。

4 月,泰国《新中原报》开辟专栏,连载《小小说创作二十讲》。

5 月,日本渡边晴夫教授把《中国当代小小说文坛扫描》一文翻译成日文后,发表在日本《长崎大学学报》上。

7 月,泰国《新中原报》连载《中国大陆小小说文坛扫描》。

8 月,泰国《新中原报》开出专栏介绍中国小小说作家作品专栏,由凌鼎年逐篇点评。

10 月,《从素材到作品》(创作谈)在河北省文联主办的《小小说月报》出了增刊本。

10 月,去周庄,与来中国访问的俄罗斯功勋画家普吉村、尼柯尔斯金等见面,合影留念。

11 月,泰国《中华日报》开出专栏,连载《小小说:从素材到作品(1—10)》。

微型小说集子《秘密》获全国微型小说个人集子评选(1980—1995)优秀奖(不分等级奖)。

小小说《阿智下海》获《未来》杂志首届"农金杯"小小说征文大奖赛铜奖。

小小说《寻找证明》获《微型小说选刊》首届全国微型小说征文大奖赛三等奖。

作品被《中国文学》(法文版)、《作家文摘》《传奇文学选刊》《小小说选刊》《微型小说选刊》等选载、转载。

中国文学出版社出版的《法汉对照小小说精选》收录《此一时,彼一时》《偏方》2篇。

应邀参加在泰国曼谷召开的第二届世界华文微型小说研讨会,并宣读论文。

被江苏省侨办评为1994—1995年度侨务宣传先进个人。

市政府机关分房子,分配到80多平方米。新家最重要的是客厅里有一个大书橱。

1997年:47岁

是年,创作短篇小说《牡丹楼》《诱人的河豚宴》《刘样板》3篇;微型小说《寻找荆棘鸟》《扫晴娘》《荷香茶》《斗草》《该死的枪声》等104篇;随笔、散文、文史《牛郎织女传说降生太仓说》《昆曲创始太仓说》《言情小说、武侠小说的创作与阅读》等73篇;评论《喜读〈陆世仪评传〉》等18篇;为何开文、李景文等人的微型小说集子写代序3篇。

在《天津文学》《北方文学》《山东文学》《青年作家》《文学世界》《百花园》《今日名流》《写作》《中央统战》《星火》等发表作品320多篇。其中,在新加坡《新加坡作家》《微型小说季刊》《锡山文艺》《新月》,泰国《亚洲日报》《新中原报》《中华日报》《新暹日报》,马来西亚《国际时报》《清流》,澳大利亚《星岛日报》,中国香港《明报月刊》《香港作家报》,中国澳门《澳门日报》等海内外报刊发表作品80多篇。

1月,中国文学出版社出版"熊猫丛书"之《英汉对照小小说选》,收录小小说《此一时,彼一时》《招聘》《偏方》《柔与顺的故事》《寿碗》等5篇。

1月,《读者》杂志选载小小说《三代人的遗嘱》。

3月,《新加坡作家》发表《世界华文微型小说概览》。

3月,《凌鼎年小小说》一书在湖南文艺出版社出版。

4月,在泰国《新中原报》发表《1996中国小小说文坛大事记》。

5月,由江苏省作协、湖南文艺出版社、太仓市文联在太仓召开凌鼎年小小说作品研讨会。

6月,在《小小说月报》发表《崛起的江苏微型小说作家群》;在《淮海文汇》发表《微型小说还有辉煌——答顾建新先生问》。

12月,被第二届姑苏藏书家庭评选活动组委会评为"优秀藏书家庭"。

1998年:48岁

是年,创作短篇小说《匿名信》《真假爱情》《豪门发廊命案》等4篇;微型小说《砭术传人》《相依为命》《生日日记》《猴哀》《小镇来了气功师》等60篇;随笔、散文、文史《王鉴四百周年祭》《遥祭星新一》《小小说作家要有历史责任感》等113篇;评论《写人写狐写百态——评刘纬小小说》《而立之年的纪念——马新亭小小说集读后》等26篇;为"紫鹦鹉小小说文库"撰写总序《小小说,三十年后再论》,为"江苏微型小说作家作品集展示丛书"撰写总序《小小说文坛也有支苏军》,为香港钟子美与刘公、冯春生等微型小说集子写代序14篇。

小小说《鼠族兴衰札记》获江西《星火》杂志1997年小小说公开赛一等奖。

小小说《史仁祖》获《小小说选刊》1995—1996年度"奥克杯"佳作奖。

在《文化月刊》《东文艺术》《小说界》《萌芽》《青春》《写作》《芒种》《佛山文艺》《文学世界》《春风》《华中文学》《星火》《文学港》《百花园》《上海小说》《当代小说》《作家通讯》,以及新加坡《新加坡作家》《新加坡文艺》《新华文学》,泰国《新中原报》《中华日报》《亚洲日报》,马来西亚《南洋商报》《清流》,中国香港《香港作家》,中国台湾《国文天地》等海内外报刊发表了308篇作品。

小小说《让儿子独立一回》被译成日文,发表在《人民中国》(日文版)。

接待香港已故著名电影导演朱石麟(《清宫秘史》的导演)的女儿朱枫(系香港华南电影工作者协会副理事长)。

7月,应邀与内蒙古作协副主席冯苓植一起到包头为包头市首届文学讲习班讲课。

10月,被江苏省政府侨办评为1996—1997年度全省侨务先进个人。

10月,在《长城》发表中篇小说《黑头》。

11月,《小小说杂谈》一书在黄河出版社出版。

《凌鼎年小小说》集子获太仓市政府第三届(1996—1997)文艺奖。

报告文学《吴健雄、袁家骝:一对世界级的科学伉俪》获江苏省侨务对外宣传一等奖(1996—1997)。

著名国画大家宋文治为凌鼎年书斋题写"守拙庐"匾额。

1999年:49岁

是年,创作短篇小说《面对诱惑》《家有古董》等3篇;微型小说《沉重的鸡蛋》《猎人萧》《高云翼造园》《曹冲称象》等33篇;随笔、散文《筹建世界华文微型小说研究会始末》《第三届世界华文微型小说研究会研讨会纪实》《面对小小说:世纪之交的絮语》《小小说出现了盗版本》等139篇;评论《民族的、世界的——香港蓝海文诗歌读后》《董农政:新加坡微型小说文体的探索者》等36篇;为小小说丛书写总序《微型小说,一种跨世纪的问题》,为邹当荣、陈勇、林跃奇、许国江、李波、缪益鹏、林世保等人集子写代序14篇。

在《时代文学》《长江文艺》《鸭绿江》《中国铁路文学》《南方文学》《青春》《文学港》《天津文学》《读书博览》《萌芽》《百花园》《三月》《三月三》《鹿鸣》《传奇故事》《小小说选刊》《小小说月报》《儒商文丛》,以及美国《世界日报》,菲律宾《联合日报》,马来西亚《星洲日报》《清流》《民生报》《光华日报》《南洋商报》,新加坡《新华文学》《锡山文艺》《新加坡文艺》《赤道风》,泰国《新中原报》《中华日报》《泰华文学》,中国澳门《澳门日报》,中国台湾《国文天地》,中国香港《香港文学》等报刊共发表作品270多篇。

1月,微型小说集子《再美丽一次》在中国文联出版社出版,微型小说集子《悬念》在北方文艺出版社出版。

5月,《中华文学选刊》选载《小镇来了气功师》。

5月,应邀参加在上海召开的"儒商精神与市场经济暨蓝海文诗歌学术研讨会"。

10月,《作家文摘》选载《消失的壁画》。

随笔《五颜六色话正色》获第九届(1998年度)四川日报奖。

中篇小说《情殇》获《文学港》"大红鹰杯"文学大奖赛中篇小说佳作奖。

小小说《猎人萧》获首届"蒲松龄杯"世界微型志怪小说征文大奖赛优秀奖。

应邀参加在马来西亚吉隆坡召开的第三届世界华文微型小说研讨会。去前即策划了筹建世界华文微型小说研究会方案,在吉隆坡期间,召集10个国家与地区的华文作协负责人开了预备会议,准备在新加坡注册。

2000年:50岁

是年,创作中篇小说《迷途悔情》;短篇小说《幽灵电话》《白发新娘》《童贞》《茉莉姑娘》《寻找亲生父亲》等9篇;微型小说《藏戏面具》《斗地嗯子的傻精》《嘴刀》《杀手》《好色之徒》《一个传言的传播过程》《鱼斗》等67篇;随笔、散文《要重视对新移民文学的研究》《海峡两岸的微型小说女作家》《小小说与苏州园林》等172篇;评论《构建海峡两岸极短篇界的桥梁——读台湾张春荣教授的〈极短篇的理论与创作〉》《诗性、知性与幽默性——余光中散文的美学追求》等35篇;为《中国武侠微型小说选》,为澳大利亚心水,以及喊雷、黄克庭等人集子写代序8篇。

在海内外报刊发表作品260多篇。

1月,小小说评论集《凌鼎年选评》在中国戏剧出版社出版。

在《世界华文文学》上发表《筹建世界华文微型小说研究会》。

在泰国《新中原报》发表《微型小说——一种跨世纪的文体》。

3月,澳大利亚《新海潮报》连载中篇小说《三妹啊三妹》。

5月,在《香港作家报》发表《遥祭星新一》,这是日本精短小说大师星新一逝世后,中国国内发表的唯一的一篇悼念文章。

小小说《相依为命》获内蒙古《鹿鸣》杂志全国小小说征文金奖。

《小小说杂谈》集子获太仓市第四届"五个一工程"奖。

5月,被太仓市精神文明建设委员会评为"特色文化示范户"。

8月,参与接待诺贝尔物理学奖得主美国朱棣文教授,并合影留念。

10月,应邀去武汉华中师范大学参加"余光中暨香港沙田文学国际学术研讨会",并宣读论文。

2001年:51岁

是年,创作短篇小说《花开花落》《七弦古琴》《双重性格的犯罪》《院长住院》等5篇;微型小说《最高境界》《与女儿失去联系四小时》《菖蒲之死》《了悟禅师》《汉白玉三勿雕》《寻找真话基因》《独臂囡》《法眼》《诚信专卖店》等84篇;随笔、散文《初露曙色的菲律宾华文微型小说创作》《小小说开始走进教授视野》《在培育小小说读者市场上下工夫》《读点小小说对高考有利》《难以替代的小小说作家滕刚》等142篇;评论《〈赤兔之死〉是篇优秀微型小说》《一本有独创意义的学术专著》等47篇;诗歌《秋夜走笔》等3首;为《菲律宾华文微型小说集》,以及邢庆杰、李金安等人集子写代序12篇。

年初,当选为太仓市第十一届政协常委。

与文友高泰合作创作了46集电视连续剧《娄东画"四王"传奇》。

在海内外报刊发表330篇作品。

4月,日本中央大学的久米井敦子教授翻译了小小说《趣味》,发表在日本《现代中国小说季刊》上。日本国学院大学的渡边晴夫教授翻译了小小说《恋爱》,发表在日中友协的《日中友好新闻旬刊》"从小小说看中国"专栏上。

《小说选刊》第10期选载了小小说《了悟禅师》,并入选中国作协编辑的《2001年短篇小说精选》一书。主编胡平在代序里说:这篇小小说胜过一篇平庸的中篇小说。

有10多篇作品被收入《小小说选刊十五年获奖作品选》《中国20世纪微型文学作品选集》《微型小说精品集》《小小说精品》《泰国当代作家微型小说选·放猫》《非常小说秀》《文艺评论赏鉴》《世界华文微型小说精选》《苏州报告文学选》等多种选本中。

5月,接待美国明尼苏达大学历史系安娜·沃尔特纳金教授,其此行的目的是了解有关明代昙阳子的史料。

5月,应邀参加了福建省台港澳暨海外华文文学研究中心与菲律宾华文作协联合举办的菲律宾华文文学国际学术研究会,并宣读了论文。成功策划了世界华文微型小说研究会(筹)第二次理事会在该会中套会召开,推荐了世界华文微型小说研究会的理事人选,供新加坡注册时主管部门审批。

出任世界华文微型小说研究会(筹)秘书长、中国微型小说学会副秘书长、华夏精短小说学会副会长。

7月,获苏州市文联、苏州市人事局颁发的"苏州市德艺双馨会员"奖牌。

7月,应邀去扬州参加"著名作家凌鼎年小说创作报告会"。

10月,应邀参加了由《小小说选刊》《文学港》在宁波召开的江南小小说笔会。

10月下旬,应邀参加了由中国微型小说学会、《微型小说选刊》在南昌召开的"中国微型小说第四届年会暨微型小说理论研讨会"。

12月,应邀去深圳平冈中学参加微型小说教改课题研讨会,为教师的公开课进行点评。

参与接待来太仓的中国文联主席周巍峙。

2002年:52岁

是年,创作其中,短篇小说《雪韵琴》《南百花》《盗墓》等4篇;微型小说《请请请,您先请!》《走出过山村的郝石头》《局长一天》《药渣》等72篇;随笔、散文《东南亚诸国华文小小说创作与中国大陆的关系及比较》《把世界华文微型小说做大做强》《中学语文课本应该多选些小小说》《小小说的现状与发展趋势》《海外华文微型小说与中国大陆的双向交流》《美化帝王之风不可长》等171篇;评论9篇;为《中国当代幽默微型小说选》,以及陶立群、朱闻麟、朱城乡、顾铁民等作家集子写代序10篇。

在海内外报刊发表280多篇文学作品,其中,在海外报刊发表60多篇。

与文友高泰合作写电视剧本,创作了60集电视连续剧《大航海家郑和》。

是年,约有30篇作品收入20多种选本。如海峡文艺出版社出版的《传承与拓展——菲律宾华文文学国际学术研讨会论文集》收录了《初露曙色的菲律宾华文微型小说创作》。

小小说《血色苍茫的黄昏》被收入中华书局2002年8月份出版的《高中语言课内同步阅读》第三册第五单元,并配发了徐州师范大学中文系王力教授的评价、赏析。此书为高中教学的配套教材。

作为特约编辑选编了《世界华文微型小说双年选》,由上海文艺出版社4月出版;主编了《中国当代幽默微型小说选》,由上海人民出版社8月出版,11月即再版。

由北京东方伯乐文学研究所主办的大型文学期刊《伯乐》杂志2002年第5期选用凌鼎年的照片做封面,并发表了其撰写的1万余字的《中国当代小小说的现状与发展趋势》的长篇论文。

《了悟禅师》获中国微型小说学会举办的"首届全国微型小说年度评选"一等奖;获首届郑州小小说学会优秀作品奖;获苏州市文学作品创作奖;获太仓市"五个一工程"奖(此奖已是连续五届获得,被媒体称为"五连冠")。

小小说《求画者》获北京驰书文化艺术交流中心与《世纪风》杂志社举办的"西柏坡杯"全国文学艺术大奖赛一等奖。

4月,在北京燕山出版社出版随笔集《书香小札》。

4月,应亚洲华文作家文艺基金会、厦门大学等单位邀请,去厦门大学参加了"东南亚华文文学国际学术研讨会",向大会提交了《东南亚诸国华文小小说创作与中国大陆关系及比较》的论文,并在大会上发言。

4月20日,赴北京参加了由中国作协创研部、《文艺报》《百花园》《小小说选刊》联合举办的"中国当代小小说庆典暨理论研讨会",并入选"中国当代小小说风云人物榜",荣获"小小说星座"奖杯。

4月28日,应邀去上海华东师范大学参加首届日记论坛。

5月12日,去南京参加江苏省台港澳暨海外华文文学研究会换届会议暨2002年度学术交流会。会上宣读了《海外微型小说与江苏的双向交流》的论文,并当选为新一届理事会的理事。

5月16—25日,以太仓市文化经济交流访问团团长的身份应邀访问了台湾地区和香港地区。

5月,被民进江苏省委授予"民进江苏省优秀基层干部"称号。

6月8日,应湖北《小小说作家》杂志与《监利报》邀请,专程去湖北监利参加了当地的文学活动,并作了《在世界华文文学大格局中的小小说》的专题演讲。

6月19日,赴马鞍山参加了由《作家天地》《金山》杂志联合召开的"新世纪微型小说高级研讨班",并在会上作了发言。

8月2—6日,应邀去了菲律宾马尼拉,参加了第四届世界华文微型小说研讨会,在会上宣读了论文《把世界华文微型小说做强做大》的论文,并与菲律宾华文作家协会会长吴新钿商定:在第四届世界华文微型小说研讨会上增加一个内容,即世界华文微型小说研究会的成立。在成立大会上当选为秘书长,并与会长黄孟文一起召开了第一届理事会。

9月2—3日,参加了江苏省作协在苏州召开的"苏南小说走向研讨会"。

10月2—4日,应邀去河北石家庄参加了河北省文联主办的《小小说月刊》在抱犊寨风景区召开的"《小小说月刊》百期纪念暨小小说创作交流研讨会"。

10月5日,在北京神路圆宾馆主持召开了"中国当代小小说评价与发展趋势"的研讨会。此会由凌鼎年与《伯乐》杂志总编夏子华共同策划,由世界华文微型小说研究会与北京东方伯乐文学研究所、《伯乐》杂志联合召开。

10月28—29日,应邀去浙江宁波参加了由《微型小说选刊》《文学港》联合举办的2002年全国微型小说笔会。

10月,去浙江访问了冯雪峰故居、吴晗故居、陈望道故居。

11月23日,应邀去江苏江都参加了由《金山》杂志、江都市文联、《江都日报》联合举办的"许国江微型小说作品研讨会"。

11月27日—12月3日,应美国柏克莱加州大学亚裔研究系的邀请,去美国旧金山参加了"海外华人文学国际研讨会"。在会上宣读了《海外华文微型小说与中国大陆的双向交流》的论文,并认识了严歌苓、张翎、虹影等作家。

与北京的两位作家贺鹏、蒋寒策划成立了北京微海微型小说文化传播中心。

为加拿大多伦多圣力嘉学院的华裔英文教授黄俊雄先生翻译并主编的《中国小小说选》组稿。

2003年:53岁

是年,创作短篇小说《眼力》《书记吃素》《情何以堪》等5篇;微型小说《天使儿》《边事》《天下第一桩》《药膳大师》《发现第八大洲》《难忘的方苹果》等42篇;随笔、散文《小小说在当代生活中的位置》《江南丝竹起源太仓说》《王世贞写〈金瓶梅〉说》《建文帝出逃太仓说》等123篇;评论《〈英雄〉的武、侠、情三境界》《品味文字背后——读符浩勇小小说》等29篇;为刘纬、范进、廖武洲、吴凯鸣、谈宝林、李全、白凡及泰国瑞云等作家集子写代序16篇。

是年,在海内外报刊发表作品210多篇。全年有十多篇作品收入各种选本。

主编的我国第一本微型武侠小说合集《中国武侠微型小说选》5月在上海人民出版社出版。

《法眼》获中国微型小说学会主办的第二届全国微型小说(小小说)年度评选一等奖榜首。《酒香草》获江苏淮安"短小说"酒文化征文一等奖。

4月7—9日,应邀赴海南师范大学参加了中国小说学会第七届年会暨学术研讨会,提交了《小小说在当代生活中的位置》的论文。

10月19日,应邀去浙江义乌中学等4所学校讲课,后义乌市作协安排去金华采风,去了艾青故乡等。

11月20—22日,应邀去河南郑州的河南省文学院参加《小小说读者》召开的"首届小小说研讨会"。

11月23—24日,赴北京,在亚运村五洲酒店参加了"文化名流论坛",并去了《世界华文微型小说》编辑部,与全体编辑部人员进行了交流。

11月25日,赶到徐州师范大学,参加了"世界华文文学教学研讨会",并在会上宣读了建议编一本世界华文微型小说教材的文章。

11月,被苏州市委任命为太仓市侨办副主任。

被北京的《世界华文微型小说》月刊和《精彩故事》聘为名誉主编。

向北京大学中文系曹文轩教授推荐十多位小小说作家作品,以供他选编初高中语文教材时备选。

被苏州市文联评为"2002年苏州市文联系统优秀文联工作者"。

2004年:54岁

是年,创作其中,短篇小说《笔会》《无双秘籍》等3篇;微型小说《蓝色妖姬》《怪人言先生》《错这不错那》《博士征婚》《李趋时与赵泥古》等63篇;随笔、散文《小小说的里程碑:汤泉池笔会》《中国微型小说学会成立前后》《首届世界华文微型小说研究会纪实》《微型小说的优势、弱处与对策》等252篇;点评、评论《滕刚微型小说创作探索的成功与不足》《有黄土地烙印的女作家王雷琰》等58篇;为《中国推理侦探微型小说选》《中国科幻微型小说选》《世界华文微型小说新作选》《中国当代十才女微型小说选》,以及刘勇、居国鼎等作家的集子写代序13篇。

是年,在海内外报刊发表文学作品260多篇,其中,微型小说110多篇。收入各种选本选刊的作品有50多篇。

6月10—11日,应邀与滕刚、沈祖连、蔡楠赴广东师范学院,在学术交流中心报告厅主讲了《在世界华文语境下的微型小说发展动态》,并与部分研究微型小说的骨干进行了座谈交流。

7月,在上海人民出版社出版了主编的《中国推理侦探微型小说选》一书。

7月,《孔乙己开店》被收入广东教育出版社出版的《普通高中课程标准实验教科书·语文·必修3》。该教材由广东基础教育课程资源研究开发中心语文教材编写组编写,并经全国小学教材审定委员会2004年初审通过。

11月,应邀赴江西鹰潭参加了《微型小说选刊》创刊20周年笔会暨滕刚作品研讨会,在会上作了《滕刚作品探索的成功与不足》的发言,还接受了鹰潭市电视台的采访。

11月,参加江苏省作家协会第六次代表大会。

12月上旬,应印度尼西亚华文作家协会邀请,赴印度尼西亚万隆参加了第五届世界华文微型小说研讨会。作为中国微型小说作家代表团团长,与各国代表团团长一起上台参加了鸣锣仪式,以见证印尼华文文坛百年未遇的盛事。会议期间,还以世界华文微型小说研究会秘书长的身份,牵头召开了第二届理事扩大会,14个国家与地区的25位作家、学者参加了会议。会上,改选产生了新的理事会。凌鼎年连任世界华文微型小说研究会秘书长。会议期间,还与韩国著名汉学家柳泳夏教授商定了翻译出版《中国微型小说选》作为韩国大学教材的有关事宜。

2005年:55岁

是年,创作微型小说《寻找伯乐》《吴太后寿诞》《全羊宴》等47篇;随笔、散文、文史《答微型小说研究者邹汉龙问》《元代赵孟頫的〈归去来辞碑〉》《明代万卷楼〈东海两难〉碑藏帖》《明代王世懋〈学圃杂疏〉书法手稿真迹》《明刻米芾"墨池碑"》等200篇;为百合紫、王维峰、谈心及马来西亚作家朵拉等作家的集子写代序15篇;评论《文莱微型小说创作浅论》等13篇。

是年,在《人民文学》《作家通讯》《北京文学》《福建文学》等海内外报刊发表文学作品210多篇,40多万字。有作品被《短篇小说选刊》《青年博览》《杂文选刊》《小小说选刊》《微型小说选刊》等选载。入选各种选本的有20多篇。收入海内外大中学教材的微型小说作品8篇。

《生日日记》《再年轻一次》《拖鞋》《情人与毒品》和创作谈《取材一得》被加拿大多伦多圣力嘉学院的教授翻译成英文,收入《中国小小说选集》一书,延迟至2005年1月正式出版。

《茶垢》被收入由美国爱荷华州立大学穆爱莉、美国圣母大学葛浩文、中国香港岭南大学赵茱莉三位教授合作选编、翻译的《中国当代小小说选集》。

《爱好》被收入日本东京株式会社同学社年底出版的《短的小说选》,并附录了作者简介。

《嫉妒是一剂毒药》被收入《优秀作文选评》(高中版)2005年Z2期。

微型小说《局长的一天》获首届国际文学笔会评选委员会评出的"中山微型文学奖"首奖。

《天下第一桩》获中国微型小说学会第三届全国微型小说评选一等奖,已连续三年获一等奖。

《菖蒲之死》获天津市作协与《天津文学》举办的"全国小小说精品征文"一等奖。

小说《天使儿》获《人民文学》"爱与和平"征文优秀奖。

随笔《汉语为主,外文为辅》被四川省经济文化协会评为优秀理论成果一等奖。

《江苏太仓旅游》一书获香港文化促进会、香港文学报社、香港中国文化出版社与中山大学文学院等多家单位评定的"中山图书奖",并获江苏省档案局评定的"江苏省档案编研成果"三等奖。

《香港文学》2005年第5期推出"世界华文作家小小说展",共发表了10多个国家的40多位作家的作品,凌鼎年有作品收录其中。

在由河北省文联主办的《小小说月刊》发起的"小小说精品擂台赛"中,凌鼎年在四、五、六期分别以《裴迦素》《懒狐》《〈皇帝的新衣〉第二章》3篇排第一而荣获小小说精品擂台赛"擂主"称号。

4月,被江苏省政府侨办评为"2004年度全省侨务宣传先进个人"。

5月,应邀参加了江苏省作家协会主席王臻中在苏州召开的省"十一五"文学规划征求意见座谈会,凌鼎年作了《应重视江苏省微型小说作家群创作》的书面发言。

6月,应邀参加了江苏省作家协会组织的实力派中年作家"文学驿站"高级读书研讨班,并去安徽琅琊山采风。

9月中旬,应邀参加了地处大兴安岭的阿尔山市政府举办的圣水节,出席这次圣水节文学代表团的有《人民文学》《诗刊》、中央人民广播电台、十月文艺出版社、解放军出版社、中国传媒大学、北京东方伯乐文学研究所等多家单位的作家、诗人和刊物主编,凌鼎年任代表团副团长。

为中国微型小说学会会长江曾培主编的,在上海辞书出版社出版的《微型小说鉴赏辞典》一书点评了60多篇作品,并整理出附录于书中的《海内外出版的微型小说集子目录》,共整理出近900本集子的篇目。

策划了由北京大型文学期刊《伯乐》杂志推出的"世界华文微型小说大展",海外各国各地区的稿子系凌鼎年独组,并为这期"世界华文微型小说大展"撰写了序言。

为河北省文联主办的《小小说月刊》辅导小小说函授班高级班学员多名。

2006年:56岁

是年,创作短篇小说《沉在水底的秘密》;微型小说《长生不老药》《外星人什么样子?》等24篇;随笔、散文《系列微型小说的魅力》《世界华文微型小说研究权威渡边晴夫教授》

《吴梅村太仓遗迹考》《荣辱两重天的吴梅村》等84篇;评论《漂泊在异国他乡的中国心——读美国王性初的诗集〈孤之旅〉》《自然为美的隽永小令——读杨静仪的诗集〈云影梦羽〉》等10篇;为周仁聪、许尚明、李国新、张呈明、陈锋、王平中及澳门许钧铨等作家的集子写代序18篇;诗歌3首。

在《香港文学》《时代文学》《安徽文学》《青春阅读》(原《天津文学》)、《雨花》《青春》《写作》等海内外报刊发表文学作品290多篇。为海内外文朋诗友写序、发刊词、祝贺词16篇。有23篇作品收入《微型小说鉴赏辞典》《百年百篇经典微型小说》《震撼大学生的101篇小小说》《感动中学生的100篇微型小说》《感动中学生的100篇小小说》《感动中学生的100篇微型小说》《感动中学生微型小说全集》《阅读版语文·美文如歌》(教辅教材)、《阅读版语文·时文如雨》(教辅教材)等14种选本。

微型小说《此一时,彼一时》,被韩国白石大学柳泳夏教授翻译成韩文,作为韩国大学"中国语翻译实习课"的教材。

微型小说《龟兔赛跑续篇》被泰国《中华日报》副刊主编梦凌翻译成泰文。

凌鼎年的微型小说被新疆巴音郭楞州翻译家阿衣古丽萨吾提正翻译成维吾尔文。

为澳门作家许均铨8月在澳门出版的《澳门许均铨微型小说选》,撰写了《澳门微型小说的旗帜——许均铨》的代序。

为日本国学院大学渡边晴夫教授10月在日本出版的《日中微型小说比较研究论集》一书,撰写了《世界华文微型小说研究专家渡边晴夫教授》的代序。

《天使儿》获中国微型小说学会主办的第四届全国微型小说年度评选一等奖,还获2005年度苏州市作家文学创作奖。

由香港汇智教育机构、伯裘教育机构、毅智教育学会等主办的世界中学生华文微型小说大奖赛,聘请了10多个国家与地区的著名作家、教授为顾问,凌鼎年与香港中文大学的谭万钧教授、香港作家联合会会长刘以鬯等三位则被聘为总顾问。凌鼎年还与中国、新加坡、日本、澳大利亚、印度尼西亚的九位作家一起被聘为终审评委。

3月,当选为太仓市十二届政协常委。

6月,应邀去上海参加"纪念陈伯吹先生百年诞生大会"。

8月,应邀去连云港参加"2006西游记国际学术研讨会"。

9月,《太仓近当代名人》一书,在九州出版社出版。

10月,中篇小说集《野葵》,在大众文艺出版社出版。

10月,中央领导与著名电影演员葛优、尤勇等来太仓,市领导指派凌鼎年以作家身份陪同、接待。

10月26—30日,应邀赴文莱首都斯里巴加湾参加了第六届世界华文微型小说研讨会。会议期间,与新加坡的黄孟文博士共同主持召开了世界华文微型小说研究会理事会,并改选了理事会。凌鼎年则连任秘书长。

10月,荣获2006年首届苏州阅读节授予的"苏州市十佳藏书家"称号。

与北京的九州出版社、河北花山文艺出版社、《学生双语报》《新课程报语文导刊》、北京九州鼎文化艺术有限公司等策划了全国性的活动"书香校园万里行",并把太仓朱棣文小学作为第一站。央视教育频道来太仓拍摄,制成宣传光盘与文字宣传册页,在全国数十家学校广为宣传。

央视《探索与发现》栏目拍摄专题片的导演专程来太仓拍摄《〈金瓶梅〉作者探寻》与《解密"娄东画派"》两个节目,单独采访、拍摄了凌鼎年。

2007年：57岁

是年,创作短篇小说《胖丫减肥》《高价求职》等5篇；微型小说《定做》《高升之死》《房东克丽丝·莱希老太太》等23篇；全国政协提案《关于把微型小说列入鲁迅文学奖评选的建议》(起草)等,以及创作谈《把主要精力放在创作上》等55篇；点评、评论《寒山幸也,凡夫幸也!》等28篇；为《青少年一定要知道的奥运全集》撰写代序《了解奥运,走近奥运》,为土耳其版的《中国微型小说精选》撰写代序《走向世界的中国微型小说》,为王孝谦、潘爱娟、原上草、张晓峰、常德义等作家的集子写代序14篇。

在《福建文学》《青春》《小说月刊》《名流周刊》《世界博览》《人民日报》(海外版)等百多家报刊发表作品160多篇。

凌鼎年选编中国36位作家的100多篇精品力作,供土耳其东方文化中心的中国文学项目翻译。再从主编的集子中精选30篇,供土方编辑成《汉语阅读教程》,作为土耳其大学二、三、四年级的教材,及土耳其人学习汉语的教材。

香港汇智教育机构选编香港中学生教材,凌鼎年向编选机构推荐了内地13位作家的作品。

被香港"汇知·世界中学生华文微型小说创作大赛"组委会聘为大赛的总顾问、终审评委。

凌鼎年与胡永其一起被聘为《新文学大系·微型小说卷》特邀编辑。作为编辑,阅读了大量微型小说选本,选出了600多篇候选篇目。

被聘为中国微型小说学会会刊《中国微型小说丛刊》副主编。

"作文与阅读双向突破丛书"系与高中语文教材同步的教辅教材,该丛书的高一下册收录了凌鼎年的微型小说《诚信专卖店》,并附专家点评。

3月,应邀参加南京王振羽先生著的《梅村遗恨》一书研讨会。

4月20日,接受了中国教育电视台《文明中华行·走进太仓》摄制组的采访拍摄,就娄东文化的定义、内涵、内容,以及牛郎织女传说降生太仓的经济基础、历史原因等谈了自己的看法,该专题(5集)已在中国教育电视台播放。

4月,凌鼎年策划、江苏省作家协会主办、太仓市作家协会承办的江苏微型小说创作研讨会在太仓市娄东宾馆召开,王臻中、赵本夫、凌焕新、顾建新等参加。

5月,在中国微型小说学会换届会上,凌鼎年当选为中国微型小说学会七人常务理事会理事,并被聘为学会副秘书长。

7月8日,应邀去澳门骏菁活动中心,为"澳门首届微型小说创作、赏析讲座"主讲。这是澳门第一次微型小说创作活动。

7月,作为太仓市政府文化建设项目之一,市文联给凌鼎年挂牌"凌鼎年微型小说工作室"。这在全国微型小说领域是第一家。

7月,应香港汇智教育机构、伯裘教育机构、毅智教育学会的邀请,出席在香港举行的"汇知·世界中学生华文微型小说创作大赛"颁奖会。

11月,与太仓市文联主席陆静波一起到苏州,接中国文联副主席、国家非物质文化遗产保护领导小组专家委员会主任冯骥才到太仓考察牛郎织女传说诞生地遗迹。

12月,应邀去常州机电职业技术学院做文学讲座,并被聘请为校文学社顾问。

2008年:58岁

是年,创作微型小说《1943年的烤地瓜》《绿洲情爱》等13篇;随笔、散文《微型小说走进春晚的启示》《汤泉池笔会影响了我一生》《抓住了中学生,就抓住了微型小说的未来》等63篇;点评、评论《一本极具史料价值的地方园林志》《慧眼发现生活,思索探索内蕴》等60篇;为《中国抗震救灾微型小说选》撰写代序《抗震救灾,文学不能缺席》,为《扬州微型小说22家》撰写代序《推出作品,推出作家》,为戴希、杨清舜、陈振林、李济超、刘斌立、刘平、殷继山,以及日本渡边晴夫教授、中国香港东瑞的集子写代序14篇。

在《人民文学》增刊、《小说界》《天津文学》《佛山文艺》《当代小说》《青春》《芒种》等海内外报刊发表作品190多篇。

7月,在东方出版社出版微型小说集《让儿子独立一回》。

全年有52篇作品被收录于12种选本,计有《中国新文学大系·微型小说卷》《2007中国微型小说精选》《2007中国年度微型小说》《2007最适合中学生阅读微型小说年选》《2007最适合中学生阅读小小说年选》《全球100位名人对中学生谈名利》《一世珍藏的微型小说139篇》等,另有广东省东莞市塘厦理工学校莫金莲编著的联想专班试用教材《语文》(修订本)第三单元收录了微型小说作品《古董买卖》。

1月,主编的《生命的亲吻——感动小学生的100篇微型小说(精华版)》在九州出版社出版。

出任"受益一生的丛书"总主编(共10本),8月在华东师范大学出版社出版。

微型小说《灵猴》获中国微型小说学会主办的第六届全国微型小说年度评选一等奖。

短篇小说《娄城遗韵》获《中国作家》杂志社"绵山杯"征文二等奖。

3月,作为五位特邀嘉宾之一参加了由四川省作家协会、新津县人民政府主办,四川省小小说学会、新津县文化旅游发展管理委员会承办的"2008新津梨花节全国小小说作家笔会暨2008全国迎春小小说大赛颁奖大会"。

3月,四川自贡市微型小说学会第四届会员代表大会隆重召开,并进行换届。凌鼎年以世界华文微型小说研究会秘书长的身份受邀参加大会。

4月,中央电视台科技频道《探索与发现》栏目播放了《〈金瓶梅〉与王世贞》,播放了《娄东画派揭秘》,分别有采访凌鼎年的镜头,并冠以"太仓文化学者"的头衔。

6月,应邀参加了北京东方出版社召开的"最具中学生人气的微型小说名作选丛书"媒体交流会。

6月,陪同美国爱荷华州立大学穆爱莉教授到《天津文学》编辑部开座谈会,了解20世纪50年代小小说的史料。

7月,香港凤凰卫视《江河水》栏目组到太仓拍摄《长江四鲜》,特邀凌鼎年作为嘉宾串场,在长江边上,凌鼎年与香港凤凰卫视著名主持人谢亚芳以聊天的形式,介绍了河豚、鲥鱼、鮰鱼、刀鱼、银鱼等长江特产的典故与民俗。节目于8月24日播放

7月,《文学报》准备创办《文学报·微型小说选报》,《文学报》总编陈歆耕等专程到

太仓召开征求意见座谈会。凌鼎年被聘为《文学报·微型小说选报》执行主编。

7月,在江苏宝应举办《扬州微型小说22家》首发式,暨宝应县挂牌"中国微型小说之乡",凌鼎年与美国爱荷华大学的穆爱莉教授等应邀参加了这次活动,并代表中国微型小说学会为宝应县的"中国微型小说之乡"揭牌。

8月,接待海峡两岸和谐文化交流协会会长、中国台湾文化艺术联合会主席陆炳文,并召开座谈会。

9月,江苏省作家协会成立微型小说工作委员会,由省作家协会党组副书记、常务副主席范小青出任主任,凌鼎年出任微型小说工作委员会副主任。

9月,应贵州黔南州作家协会之邀去黔南州讲课。

11月,应邀到南京凤凰国际书城五楼报告厅讲课,并签名售书。

应邀到上海市新中高级中学、上海闵行区北桥中学、上海华东理工大学附中讲课,讲《高考与微型小说》《中考与微型小说》《怎样写好作文》等,还接受了采访。

12月,应邀去上海好望角大酒店参加第七届世界华文微型小说研讨会。以世界华文微型小说研究会秘书长的身份与上海市作家协会的领导给黄孟文、渡边晴夫等四位终身成就奖获得者颁奖。

12月,与《文学报》主编陈歆耕应邀去四川温江区参加《微篇文学》笔会暨微篇文学研究会成立10周年座谈会,与四川省作协主席阿来等接触。

12月,在都江堰宣传部文化产业科科长、成都市微型小说学会副会长王国平的陪同下,驱车去汶川映秀镇(汶川地震的震中),再到都江堰采风,采集了许多珍贵的第一手资料。

与《小说选刊》的事业发展部主任李朴一起策划了"蒲松龄文学奖"(专门奖励微型小说),被聘请为"蒲松龄文学奖"评委会副主任。

被香港万钧教育机构举办的第二届"汇知·世界中学生微型小说创作大赛"委员会聘为顾问与终审评委。

先后五次以太仓市政协常委、民主党派、作家等多种身份向四川汶川灾区捐款,并参加太仓市楹联研究会义卖活动。

参加了城厢镇政府与市文联组织的签名赠书义卖活动,捐赠个人著作136本。

与滕刚、李朴一起策划了"微型小说·6+3"活动,并执笔写出策划方案,于2009年下半年召开编辑会议。

由北京东方出版社组织的"读名篇、学写作、懂人生——出版社携手中国微型小说名家,全国百所中学大型主题巡回讲座"活动,第一站放在了太仓。凌鼎年应邀作为主讲人,进行了《最具中学生人气的微型小说名作选》的签名售书活动。

2009年:59岁

是年,创作随笔、散文《微型小说30年观照》《把微型小说苏军打造成一个品牌》等77篇;评论《写出特色,写出底蕴》等10篇;为凌君洋、言行一、颜育俊、闻春国、吴锡安、钱澜等作家、画家、翻译家的集子写代序11篇。

在《人民文学》《四川文学》《安徽文学》《山东文学》《福建文学》《广西文学》《黄河文学》《青春》《小说月刊》等海内外报刊发表文学作品190多篇。

全年有 79 篇文学作品被收录于海内外 46 本不同的选本中。计有《新中国六十年文学大系》《高考金榜作文与微型小说技巧》《收获灵感和感动——60 位著名作家和青少年共同阅读》《2008 年中国微型小说精选》《2008 年中国小小说精选》《2008 中国年度微型小说》《最受中学生喜欢的 2008 年微型小说选》《2008 年值得中学生珍藏的 100 篇微型小说》《2008 年值得中学生珍藏的 100 篇传奇故事》《2008 年值得中学生珍藏的 100 篇校园小说》《2008 年值得中学生珍藏的 100 篇故事》《中国小小说 300 篇》《最具阅读价值的小小说选》《精美小小说读本》《精美微型小说读本》等。

微型小说《让儿子独立一回》《天使儿》《茶垢》3 篇被土耳其东方文化中心的欧凯教授翻译成土耳其语,入选土耳其安卡拉大学的《汉语阅读课教程》。

微型小说《一枚古钱币》被日本国学院大学渡边晴夫教授翻译成日文,收入日本彩虹图书馆出版的世界儿童文学集子。

微型小说《猫与老鼠的游戏》被美国康涅狄格大学祁守华(音译)教授翻译后,收入美国加州石桥出版社 2009 年出版的英文版小说集《珍珠外套及其他的故事》。

被正式聘为《文学报·手机小说报》执行主编。

被美国小小说总会聘为顾问。

被美国"汪曾祺世界华文小小说奖"聘为终评委。

被香港第二届"汇知·世界中学生华文微型小说创作大赛"组委会聘请为总顾问、终审评委。

被苏州健雄职业技术学院聘为娄东文化研究所特聘研究员。

2 月,主编的《中国微型小说 300 篇》在光明日报出版社出版。

2 月 27 日,母亲仙逝,享年 95 岁。

4 月 18 日,应邀参加了由中国现代文学馆、江西高校出版社主办的"倾听桃花开放的声音——中国小小说 50 强之夜,暨《中国小小说 50 强》研讨会"。

5 月 23 日,应邀去奥地利的维也纳参加了欧洲华人作家协会第八届年会,认识了俞力工、杨允达、郭凤西、何与怀等一大批欧洲华人作家,在常凯陪同下,参观了金色大厅等。

5 月,微型小说集《都是克隆惹的祸》,在江西高校出版社出版。

6 月 2 日,参加了策划的太仓市政协召开的"纪念吴梅村诞辰 400 周年大会"。

8 月 30 日,由凌鼎年策划并筹建的江苏省微型小说研究会在宝应隆重成立,凌鼎年当选为创会会长。

10 月 15 日,"中国微型小说之乡"与"江苏省微型小说创作基地"挂牌仪式暨《太仓微型小说作家群作品选》首发式在江苏太仓举行。

10 月,主编的《太仓微型小说作家群作品选》在上海文艺出版社出版。

与太仓市图书馆一起策划并筹建了中国微型小说、小小说资料陈列馆。

11 月,小小说集《都是克隆惹的祸》荣获"冰心儿童图书奖"。

应太仓市宗教局与浏河天妃宫道长的要求,为天妃宫撰写了《浏河天妃宫返三清碑》,勒石刻碑。

2010 年:60 岁

是年,创作短篇小说《永远的香榧子》等 2 篇;随笔、散文《地域文学与微型小说》《微型小说的态势与趋势》《与著名评论家姜广平就小小说的对话》等70篇;点评、评论《写出意境即高手》等30篇;为《欧洲华文微型小说选》《美洲华文微型小说选》《大洋洲华文微型小说选》分别写序,为"世界华文微型小说100强"丛书撰写《构建海内外微型小说双向交流的平台》的总序,为陈武、卢群、林美兰、邓绍康、蔡宜久,与美国作家纪洞天等作家的集子写代序21篇。

在《福建文学》《北方文学》《山东文学》《青年作家》《山花》《西湖》等海内外报刊发表文学作品150多篇。

有32篇作品被收录于23本选集中。计有《高考语文:阅读与写作》《中国当代微型小说名篇赏析》《2009中国年度小小说》《2009中国年度微型小说》《100+1位课文作家教你写作文》《感动中学生心灵的短篇小说》《2009最适合中学生阅读微型小说年选》《中学生喜欢的小小说》《2009年中国小小说精选》《阅卷老师推荐的100篇作家经典美文》《21世纪微型小说排行榜》《中国散文集代表作集》《微型小说超人气读本·法制篇》《微型小说超人气读本·致富篇》《最受小学生喜爱的100篇奇幻故事》等选本。

微型小说集《让儿子独立一回》,由东方出版社推荐,参加中国作协主办的第五届鲁迅文学奖评选,进入公示榜。

被民进江苏省委评为全省民进先进会员。

散文《祁红之最看祁眉》获安徽省作家协会、安徽省徽茶文化研究会、《作家文荟》杂志社、祁门县委宣传部等共同举办的"祁眉杯"走进祁红想象祁眉全国征文大奖赛特别奖。

小说《相约天涯海角》获海口南中国作家协会举办的"海口杯"全国文学交流性文学大奖赛征稿特等奖。

被聘为全国高校文学征文的小说终评委。

被聘为《澳门文艺》杂志特约副总编。

被聘为新加坡《环球华人作家》(电子版)主编。

出任美国国际《金瓶梅》研究会副会长。

被聘为"陈毅杯"全国小小说"12+3"大奖赛评委。

应美国小小说总会邀请担任"汪曾祺世界华文小小说奖"终评委。

接受河南《百花园》副主编任晓燕的采访,回答了任晓燕提出的多个问题(《作家凌鼎年访谈·小小说,总有说不完的话》)。该访谈发表于美国《中外论坛》2010年第3期。

2月27日,应大洋洲华文作家协会的邀请,赴新西兰第一大城市奥克兰参加了大洋洲华文作家协会第三次会员大会暨"华文文学如何反映和谐与全球气候变化"研讨会。

5月15—17日,应邀参加了河南省作家协会与信阳市作家协会、《百花园》杂志社主办的"庆祝小小说纳入鲁迅奖暨汤泉池笔会20周年纪念活动"。

5月28—30日,应邀去江南大学参加了由江苏省台港澳暨海外华文文学研究会、江南大学人文学院主办的"华文写作与地域文化"研讨会。

5月,被上海世博会联合国馆UNITAR周论坛组委会特别授予"世界华文微型小说创新发展领军人物金奖"。联合国助理秘书长、联合国训练研究所主任卡洛斯·洛佩斯,论坛组委会执行主席、秘书长龙荣臻分别在荣誉证书上签字。

7月2—3日,应邀参加了由世界华文微型小说研究会主办,香港万钧教育机构、香港华文微型小说学会承办,在香港伯裘书院礼堂召开的第八届世界华文微型小说研讨会。

7月19日,江苏省微型小说(宝应)创作基地授牌仪式暨全省微型小说笔会在宝应举行。凌鼎年出席活动并向宝应县微型小说学会授牌。

8月28日,应邀参加了由墨尔本中华国际艺术节、墨尔本华文作家协会、澳大利亚维多利亚州华文作家协会、澳大利亚华人作家协会联合主办的"墨尔本华人作家节"。接受了澳大利亚SBS国家广播电台与澳亚民族电视台的专题采访。

8月,小小说集《天下第一桩》在光明日报出版社出版。

9月5日,应邀参加了由澳华文学网与澳大利亚华人文化团体联合会在悉尼主办的"中澳作家悉尼文学研讨会",接受了新华社驻悉尼分社记者、当地电视台记者的采访。

9月,微型小说集《同是高材生》在江苏文艺出版社出版。

10月17日,应邀参加了在华中科技大学国际交流中心召开的新加坡诗歌散文选《鱼尾狮之歌》讨论会。

10月17日晚,参加了由福建省文联、海峡文学艺术发展研究中心、《台港文学选刊》杂志社、中南财经政法大学新闻与传播学院联合主办的"痖弦文学之旅国际研讨会"。

10月18日,应邀去武汉参加了由中国世界华文文学学会、中南财经政法大学、三峡大学、湖北日报传媒集团主办的第十六届世界华文文学国际学术研讨会,并提交了《主编〈世界华文微型小说文库〉的汇报与思考》《微型小说的双向交流》的论文。

10月,参加了由民盟连云港市委、连云港市作家协会、淮海工学院学术期刊社与江苏省微型小说研究会在连云港市联合举办的"江苏省微型小说发展论坛"。

11月,参加中国作家万里行采风团活动。

微型小说《天使儿》被日本国学院大学渡边晴夫教授翻译成日语,发表在日本《中国语》杂志上。

11月,主编的"月季花丛书",共11本,约220万字,在大众文艺出版社正式出版,系太仓市文联与太仓市作家协会共同推出。

12月,随笔集《弇山杂俎》在西泠印社出版社出版。

12月,与凤凰出版集团编辑蔡晓妮合作主编的《世界华文微型小说100强》(第一辑),在江苏文艺出版社正式出版,共编辑、收录了澳大利亚吕顺,英国黎紫书,马来西亚朵拉,新加坡修祥明,泰国郑若瑟、梦凌,中国香港陶然、东瑞、秀实等的16本集子,共280万字。

应邀去澳大利亚墨尔本讲课,讲《微型小说创作与技巧》。

应邀去悉尼讲课,讲《中国的微型小说》。

应邀去南京,为内蒙古自治区小作家协会夏令营的一百多位小作家做了一次文学讲座。

策划、组稿了在《香港文学》7月号推出的"世界华文微型小说作品小辑"。

策划了在太仓召开的"纪念毕沅诞生280周年学术研讨会"。

策划了在太仓市图书馆召开的纪念王世贞逝世420周年学术研讨会。

2011年:61岁

是年,创作微型小说《有一种惩罚乃表扬》《虎大王招聘记》《狼来了》《鸟类评优》等

37篇;随笔、发言稿《中国微型小说备忘录》《世界华文微型小说宣言》等47篇;点评、评论《正路正果,宜书宜篆》等54篇;为"中国当代手机小说典藏版丛书"撰写总序《打造手机小说的品牌》,为贺鹏、李立泰、鲍善安,以及澳大利亚的达奇、荷兰的池莲子等作家的集子写序15篇。

在海内外报刊发表作品180多篇。

微型小说集子《天下第一桩》(光明日报出版社,2010年8月版),获江苏省文学最高奖——紫金山文学奖。

在郑州市政府主办的第四届小小说节上,《小镇来了气功师》等10篇作品荣获第五届(2009—2010)小小说金麻雀奖。

微型小说《荷香茶》(发表于《山东文学》2010年8期)获由中国微型小说学会主办的第九届全国微型小说(小小说)年度评选一等奖。

短篇小说《素食者》获《小说选刊》征文短篇小说类一等奖。

评论《海内外微型小说的双向交流正在形成》(发表于《世界华文文学评论》2010年第1期)获中国民族文化研究会举办的"第二届中国民族文化创新成果奖"评比一等奖。

诗歌《回忆红嫂》获中国当代文学研究会举办的"中国当代百名诗词家作品集"征文活动一等奖。

散文《我的青春在徐州》《杭州湾跨海大桥》获"中华散文精粹"编委会一等奖。

散文《奥地利之行》获中国大众文学学会与《散文选刊》杂志社举办的"美文天下·首届全国旅游散文大赛"一等奖。

小小说集《天下第一桩》获太仓市文联第二届太仓市文学艺术"月季花"奖评审一等奖。

小小说集《同是高材生》(江苏文艺出版社,2010年9月版)荣获第四届小小说学会奖优秀文集奖。

小小说评论《我不是坚守"小",我是选择"小"》(发表于《西湖》杂志2010年10月)荣获第四届小小说学会奖理论奖。

微型小说《走出过山村的郝石头》经日本国学院大学渡边晴夫教授翻译,发表于日本《中国语》杂志2011年第8号。

微型小说《娄城故事》经日本江林佳惠翻译,发表于日本《莲雾》杂志2011年第4号。

有72篇作品收入35本选本,计有《考点大观·初中语文》《最好小小说大全集》《2010中国年度微型小说》《2011中国年度小小说》《2010年中国小小说精选》《名家小小说欣赏》《中国微型小说名家名作百年经典》《微型小说美学》《微型小说百年经典》《中考试卷中的美文选萃》《中华散文精粹》《第五届小小说金麻雀奖获奖作品》《微型小说与语文教育》《美文天下·中国全国旅游散文优秀作品选》《中国民族文化大辞典》《中国最好看的微型小说》等。

1月,应邀去四川乐至参加"全国小小说'12+3'征文大奖赛"颁奖会,还参加了"四川省新生代小小说作家作品研讨会"。

3月,由作家网、《人民文学》杂志社、漓江出版社等举办的"全国高校文学作品征集、评奖、出版活动颁奖仪式"在北京隆重举行。凌鼎年以评委身份参加,还与李敬泽、梁鸿鹰、商震、庞俭克、韩作荣等分别宣布获奖作者名单,并向获奖者颁奖。活动期间,还与《人民文学》主编李敬泽、作家网总编赵智接受了新华社网络中心的采访,该视频在新华网播出。仪式结束后当晚,还与来自各地高校的教授、获奖学生一起参加了征文研讨会。

5月,应邀去江西宜春参加了由百花洲文艺出版社、微型小说选刊杂志社主办的"全国微型小说笔会"。

5月26—6月6日,应邀参加联合国世界汉语日系列活动,先后去了德国、意大利、瑞士、法国等。

6月,小小说集《海外关系》在内蒙古文化出版社出版。

6月,主编的《美洲华文微型小说选》《大洋洲华文微型小说选》《欧洲华文微型小说选》在内蒙古文化出版社出版。

7月,参加太仓市民主党派去西藏的活动。

7月,正式退休。

8月,应邀去浙江海宁参加"2011华夏阅读论坛·地方文献建设与乡土文化阅读研讨会"。

9月,被聘为新西兰中华文学艺术联合会顾问。

10月6—16日,应全美中国作家联谊会、美国诺贝尔文学奖中国作家提名委员会邀请,以团长身份率中国微型小说作家代表团访问美国。访美期间,中国微型小说作家代表团先后向耶鲁大学东亚图书馆、哈佛大学燕京图书馆、美国国会图书馆、联合国图书馆、中国驻美国纽约总领馆图书馆等捐赠微型小说等书籍800多册,以协助耶鲁大学东亚图书馆、哈佛大学燕京图书馆建立中国微型小说作家作品文库。凌鼎年自费购买了460多册微型小说书籍,带到美国,分别捐赠给耶鲁大学东亚图书馆、哈佛大学燕京图书馆。还应哈佛中国文化工作坊的邀请,在哈佛大学燕京图书馆作了《中国崛起的新文体——微型小说》的主题演讲。这是中国微型小说作家首次登上哈佛大学的讲坛。

10月,在美国纽约访问时,被美国全美中国作家联谊会授予"世界华文微型小说大师"水晶奖牌。

11月28日,接受《苏州日报》文艺部编辑黄洁采访,报道刊登于12月23日的《苏州日报》。

11月,小小说集《都是克隆惹的祸》在江西高校出版社出版第2版,第2版重新设计了封面。

理论集《中国微型小说备忘录》,发表于《微型小说月报》第8期专刊。

11月,主编的《被孤独淹没的女人》《两只指环的爱情》在台湾地区秀威资讯有限公司出版。

12月,接受中央电视台中文国际频道关于麻将起源太仓的采访。

12月,散文集《人文江苏山水情》在台湾地区秀威资讯有限公司出版。

接受北京《图书馆报》"名家阅读"栏目袁江编辑采访,《读书与思考比创作更重要——访世界华人微型小说研究会秘书长、著名微型小说作家凌鼎年》刊登于12月30日《图书馆报》上。

卸任太仓市政协常委,已连续两届当选政协常委。

2012 年：62 岁

是年，创作微型小说《娄城双雄》《石头啊石头》等 7 篇；随笔、散文《与张春先生对话小小说创作走势》《世界华文微型小说的思考》等 69 篇；评论《一章一个性，蔚然成系列》《一篇千字文，写活两个人》等 35 篇；为台湾地区版《大陆微型小说女作家精品选》撰写代序《大陆有一支微型小说女作家队伍》，为《亚洲华文微型小说选》撰写代序《亚洲，世界华文微型小说的大本营》，为蓝月、安琪，以及美国作家冰凌、西班牙作家张琴、泰国作家杨玲等作家的集子写代序 11 篇。

在海内外报刊发表作品 220 多篇（次）。

主编的"当代手机小说名家典藏"丛书，再出版 5 本。

共有 47 种选本收录 119 篇作品。计有《微型小说十年》《2011 中国年度微型小说》《2011 中国年度小小说》《超人气现代名家小小说选》《21 世纪中国最佳小小说》《中学生不可不读的微型小说名作》《对话小小说》《中考阅读·解题锦囊》《中国散文大系·旅游卷》《中国散文大系·抒情卷》《中国散文大系·女性卷》《中国诗选 2012》（汉英双语版），以色列出版的《第 32 届世界诗人大会诗歌选》（英文版），以及《美味"杀手"——全国河豚美文大赛作品选》等选本。

微型小说《狼来了》获中国微型小说学会第十届年度评选一等奖。

微型小说集子《天下第一桩》获太仓市文联第三届文学艺术"月季花"奖一等奖。

散文《凸显个性的田子坊》获《散文选刊》举办的全国散文奖征文评比一等奖。

有作品获苏州市文联颁发的"优秀成果奖"。

被太仓市文联评为"文学创作领军人物"。

出任由世界华文微型小说研究会、中国微型小说学会等主办的"黔台杯"第二届世界华文微型小说大奖赛组委会秘书长。

在第九届世界华文微型小说研讨会理事会上，连任世界华文微型小说研究会秘书长。

年初，中国小小说名家沙龙在海南成立，当选为副会长。

被中国小小说名家沙龙评为"2012 年中国小小说十大热点人物"。

被聘为越南华人作家协会网举办的"极短篇续句征文大赛"评审。

被聘为吉林大学文学院与《参花》杂志社共同创办的"吉林大学文学院青年作家、青年剧作家进修班"辅导老师。

日本京极健史翻译的凌鼎年《追寻丢失的明代书法作品》，与塚越义幸翻译的凌鼎年的《成熟》，发表在日本《莲雾》杂志 2012 年第 5 号。

2 月 10 日，应邀去福州参加了"首届海峡两岸文学创作网络大赛颁奖典礼暨数字时代创作与阅读高峰论坛"。

2 月 24—25 日，去海南琼海参加由海南省作家协会与《小小说选刊》《百花园》联合主办的"2012：中国南方小小说论坛"与"中国小小说名家沙龙"成立大会，以及海南省作家协会副主席符浩勇小小说作品研讨会。

2 月，微型小说集子《天使儿》在四川文艺出版社出版。

6 月，《魔椅——凌鼎年微型小说自选集》在台湾地区秀威资讯有限公司出版。

7 月 8 日，应泰国留学中国校友总会邀请，去泰国曼谷讲课，主讲《微型小说的素材、构思与想象力》。

7月,短篇小说集《凌鼎年小说精品集》在南海出版社出版。

8月,诗歌集《岁月拾遗》在中国文联出版社出版。

9月1日,应邀去北京东城区图书馆讲课,为130余位读者解读微型小说。

9月2日,应邀去以色列参加世界诗人大会。在以色列第32届世界诗人大会上,接受世界诗人大会执行主席、诺贝尔和平奖得主卡汉博士与世界艺术文化学院院长杨允达博士颁发的经世界艺术文化学院授权的世界诗人大会主席奖证书与一枚圆形的铜质奖章。

10月,应邀去连云港参加"江苏省明清小说研究会《西游记》分会学术年会暨首届中青年学者学术沙龙"。

10月28—30日,应邀去镇江参加了中国微型小说学会主办的第十届微型小说年度颁奖会暨微型小说研讨会。

11月,应邀去广东东莞参加2012第十届全国民间读书年会暨图书馆与社会阅读研讨会。

11月,散文集《凌鼎年游记》在内蒙古文化出版社出版。

12月5—8日,应邀去上海参加了由世界华文微型小说研究会主办的第九届世界华文微型小说研讨会。

12月,主编的《亚洲华文微型小说选》在内蒙古文化出版社出版。

2013年:63岁

是年,创作微型小说《豹子称大》《恐龙复活》《石头剪刀布》《寻找那个说真话的孩子》等40篇;随笔、散文《文学,永远的情节——与作家网总编冰峰对话》《答〈人民日报〉海外版记者王蔚问》《答〈微型小说月报〉编辑鲁振鸿问》《答〈藏书报〉记者杨宪峰问》等43篇;点评、评论《始于翰墨,归于清修——李叔安其人其书法》《大汉雄风,大家气象——张旭光与他的书法》等34篇;为《太仓武术》《太仓灯谜》《徐梦梅书法作品集》《李叔安书法作品集》等集子写代序12篇。

在海内外报刊发表作品120多篇。

微型小说集《那片竹林那棵树》获首届苏州市"叶圣陶文学奖"。

《凌鼎年科幻微型小说》一组作品获第一届"世界华人科普奖"短篇类银奖。"世界华人科普奖"由世界华人科普作家协会设立,系全球华语科普创作的最高奖。

在莫言故乡山东高密举行的"2013年中国旅游散文创作年会高峰论坛"上,唯一荣获"中国旅游散文创作金牌作家"称号。

散文《扬州采撷五题》获中国散文学会、中国诗歌学会、扬州市园林局和《中国名城》杂志社联合主办的"瘦西湖杯"全国散文诗歌大奖赛二等奖。

散文《海岛渔村》获中国散文学会、浙江省岱山县政府举办的"岱山杯"全国海洋文化征文大赛二等奖。

散文《行走于以色列的国土上》获第二届全国人文地理散文大赛二等奖。

在太仓市第七次文代会上获"太仓市文艺创作领军人才"水晶奖牌。

在苏州市委、市政府召开的全市庆祝教师节大会上,凌鼎年被聘为首批苏州市校外专家,周乃翔市长向凌鼎年颁发聘书。

被美国小小说总会聘请出任世界华文小小说创作函授学院的首任院长,学院总部设在美国洛杉矶。

应邀前往杭州的冰凌电视工作室接受了全美中国作家联谊会会长、著名旅美作家冰凌的电视访谈,冰凌电视工作室艺术总监兼中国首席摄像师肖晓晖、美国首席摄像师徐晨执机拍摄,历时四个多小时,圆满拍摄完成《中国著名作家访谈录(凌鼎年卷)》。

被江苏省作家协会授予"全省优秀文学组织工作者"荣誉称号。

被美国小小说总会聘为"第二届世界华文小小说评奖"终评委。

接受北京《藏书报》记者杨宪峰的采访,回答了8个问题,12月23日,《藏书报》发表杨宪峰撰写的采访报道《凌鼎年:面对满满当当的藏书,灵感会飞来》,并配发照片2幅。

接受天津《微型小说月报》编辑鲁振鸿采访,书面回答了10个问题。

微型小说《揪出病魔》《雅贼》2篇,由日本京极健史翻译成日语,发表在日本《莲雾》第6号上;《方友走了,我哭了三回》,由日本渡边晴夫教授翻译后,发表在日本《莲雾》第6号上。

3月2日,与其他9位各界人士荣膺太仓市政府"娄东英才奖",是10位娄东英才中唯一的文化界人士。由太仓市委、市政府颁发荣誉证书和奖金。

3月30日,去常州机械学院讲课,讲《微型小说创作与欣赏》,有一百多位学生听课。

4月,主编的"海外华文微型小说作家经典"丛书第一辑30本,在四川文艺出版社出版。涉及美国、澳大利亚、新西兰、荷兰、新加坡、泰国、马来西亚、印度尼西亚、中国香港、中国澳门等10个国家与地区。

5月11日,在孙犁故乡河北安平中学做了《微型小说的欣赏与语文读写能力的提高》的文学讲座,有数百位学生听课。

5月9—12日,应邀参加了由河北省作家协会,中国阅读学研究会,河北大学,安平县委、县政府主办的"中国现当代文学大师孙犁诞生100周年纪念大会"与"2013华夏阅读论坛——孙犁故里·书香安平"系列活动,包括孙犁图书馆开馆、孙犁广场与孙犁汉白玉全身雕像揭幕、孙犁纪念馆奠基、向孙犁图书馆授予"华夏书香地标"匾额、向孙犁图书馆捐书等。凌鼎年向孙犁图书馆捐赠了111本自己的作品与主编、收藏的书籍。

5月15日,应邀去苏州市职业大学做了《微型小说的创作与欣赏》的讲座。

5月,小小说集《那片竹林那棵树》在世界图书出版公司出版。

5月,散文集《海外见闻》在九州出版社出版。

6月15—18日,应邀去浙江岱山参加"岱山杯"全国海洋文学大赛颁奖典礼,并参加了"2013舟山群岛·中国海洋文化节休渔谢洋大典",观摩了东沙古镇弄堂游戏节暨浙江省"非遗"精品展等。

6月,主编的《大陆微型小说女作家精品选》(上、下卷),在台湾地区秀威资讯有限公司出版。

8月3日,北京东城区图书馆举办了"书海听涛——著名作家凌鼎年与读者见面会",100多位读者前来参与这次活动。

8月3日下午,接受了北京作家网的专题采访,主持人李晶就读书、创作与生活情况,以及有关微型小说的定义、微型小说的活动等提出十几个问题,凌鼎年详细解答。

8月12日,由作家网策划、拍摄、制作的《凌鼎年微型小说创作20讲》,在作家网陆续播出。第一讲《素材》和第二讲《立意》已在作家网北京演播室录制完成,每讲30分钟左右。凌鼎年从理论层面阐述,再结合自己的创作,用自己的作品举例说明。

8月,小小说集《那晚那月色那河边》在地震出版社出版。

8月,随笔集《娄水文存》在中国文史出版社出版。

9月21—28日,率凌氏宗亲文化经济交流团访问老挝,受到老挝常务副总理凌绪光的接见、宴请。顺便游览柬埔寨、越南。

10月20日,去马来西亚霹雳州参加第33届世界诗人大会,并在怡宝市参加"中马诗人交流会",在邦咯岛参加"梅尔诗歌作品讨论会"。

11月10日,由中国作家协会创研部、江苏省作家协会、太仓市委宣传部、中国微型小说学会、《小小说选刊》联合主办的"凌鼎年微型小说集《那片竹林那棵树》研讨会"在北京中国作家协会10楼会议室召开。凌鼎年受邀出席。

11月17日,去连云港参加"江苏省微型小说研究会年会暨微型小说与地方文化研讨会",并颁发"江苏省微型小说创作30强"奖。

11月22—24日,去山东高密参加"红高粱之约·2013年中国旅游散文创作高峰论坛"。

11月30日—12月1日,去广东省惠州市参加《小说选刊》《小小说选刊》、惠州市委宣传部、惠州学院、惠州市文联联合举办的首届"钟宣杯"全国优秀小小说双刊奖颁奖晚会暨"惠州小小说现象"高端论坛活动。

12月16日,去湖南常德市参加"中国微型小说创作基地"挂牌活动。

2014年:64岁

是年,创作微型小说《功高盖主》《武松遗稿》等6篇;随笔、散文《华文微型小说在世界各地的传播》《在霹雳州参加世界诗人大会日记》等64篇;点评、评论《微型小说,新移民文学的一朵奇葩》《潇湘才女罗小玲的书法》等22篇;为《世界华文微型小说作家作品100篇》写代序《为英文版微型小说电子书的出版叫好》,为《世界华文微型小说作家微自传》写代序,为海天禅寺、吴泾庙分别撰写碑记,为《太仓宗教》撰写代序,为李琳、范敬贵、周锦荣、唐仪强等作家、诗人的作品集写代序21篇;诗歌《在彭德怀家乡想到的》《走进曾国藩故里》等6首。

在海内外报刊发表作品190多篇(次)。

微型小说集《那片竹林那棵树》进入中国作家协会第六届鲁迅文学奖短篇小说公示目录。

出任美国小小说总会发起的"微型小说进入教科书推荐委员会"副主任。

被聘为世界华文微型小说研究会、中国微型小说学会主办的"世界华文微型小说双年奖(2012—2013)"终评委。

出任面向世界华文中学生的"世界华文中学生微型小说大奖赛"征文终评委。

代表中国微型小说学会去北京,与央视副台长、中央新影集团董事长兼秘书长高峰签署合作协议。

有118篇作品入选43种选本,计有《最美中国小小说文丛·禅悟中国》《最美中国小小说文丛·侠义中国》《最美中国小小说文丛·本草中国》、人教版《小学语文课本单元平行阅读》(六年级上)、《聚经典·人文读本·智慧的简约——名家微型小说》《2013中国年度小小说》《2013中国微型小说排行榜》《现代文阅读秘籍》《阅读全突破》(九年级)、《汉英双语版中国诗选2014》《中国最好看的微型小说》《2014中国年度微型小说》等。

3月,主编的《选择游戏——全国勤廉微型小说征文作品选》在北京方正出版社出版。

4月,主编的《大爱·真情》在北京方正出版社出版。

5月3—6日,去南京参加南京艺术学院、中国文联电影中心、江苏省电影家协会联合主办的"民国电影论坛",提交并宣读论文。

5月,应邀参加《作家报》等在浙江安吉举办的"中南百草园笔会"。

6月26日,参加江苏省沙溪高级中学挂牌"中国微型小说教育基地"仪式,主持会议并发言。

6月,应邀去福建泉州师范学院讲课。

8月,去广东东华寺给佛教夏令营讲课。

8月,主编的"新世纪太仓文学作品集"(6卷本,245万字)在中国文联出版社出版。

9月,主编《世界华文微型小说作家微自传》,由美国环球作家出版社、捷克华文作家出版社出版。

10月,去山东蓬莱市的济南大学泉城学院(现烟台科技学院)讲课。

10月,应马来西亚华文作家协会与《星洲日报》邀请,去吉隆坡《星洲日报》大礼堂讲课。

10月,主编的《亚洲华文微型小说选》在美国环球作家出版社、捷克华文作家出版社正式出版。

10月26日,去马来西亚吉隆坡参加了第十届世界华文微型小说研讨会,并向世界华文微型小说双年的获奖作家颁奖,在会上宣读了论文,是中国唯一参加了10届会议的作家。

11月13—16日,应邀去南昌大学参加"首届中国新移民文学研讨会",提交论文,并在会上发言。

11月,获"太仓市书香家庭"奖牌。

11月,主编的"冰心儿童图书奖获奖作家作品"《你是一条船》,在成都时代出版社出版。

11月,日记集《行旅纪闻》,在深圳海天出版社出版。

12月,应邀去湖南科技大学人文学院讲课。

2015年:65岁

是年,创作微型小说《龟兔赛跑续篇》《百年校庆》《智者》《幽灵船》《玉雕艺人哥俩好》《香道》等67篇;随笔、散文《微型小说文坛四个现象、四个问题》《我了解的东盟十国微型小说情况》《微型小说,最适合推介给中学生阅读》等91篇;点评、评论《完美演绎中泰一家亲》《血色记忆,还原历史》等21篇;为"海量阅读·小小说名家丛书"撰写代序《小小说,一种适合中学生阅读的文体》,为《中国抗日太仓微型小说选》撰写代序《向抗日先辈、先烈致敬!》,为"中国经典悦读系列"撰写代序《微型小说,走进中考高考的文体》,为

《"梁羽生杯"武侠微型小说征文作品选》《世界华文法治微型小说征文作品选》等撰写代序15篇;诗歌《农民工回乡》。

在海内外报刊发表作品190多篇,约30万字。

是年,有22篇作品入选17种选本,计有《中国最好的小小说精选集》《2014中国年度微型小说》《中国闪小说年度佳作2014》《苏州散文选(1996—2013)》《时文精读》《微小说丛书》等。

被聘为第一届当代微篇小说作家协会名誉主席。

被中国微型小说学会聘请为2014年度中国微型小说年度奖终评委。

出任中国微小说与微电影创作联盟常务副主席。

在北京,被作家网聘为副总编。

《凌鼎年微型小说创作28讲》由作家网拍摄成讲课视频,每集25—30分钟,全部拍摄完成。

获第七届小小说金麻雀奖之"小小说事业推动奖"。

3月15日,去北京参加《小说选刊》主办的"中国首届微型小说高峰论坛",以及第六届"茅台杯"《小说选刊》奖颁奖仪式。

3月,随笔集《微小说林林总总》在中国方正出版社出版。

3月,书话集《纸短话长》在上海科学技术文献出版社出版。

3月,主编的微型小说选本《法治与良知》在中国方正出版社出版。

6月26—28日,应邀去广西钦州学院参加"东盟十国华文文学国际学术研讨会",并发表论文《我了解的东盟十国微型小说情况》。

7月4日,去北京参加"中国微小说与微电影创作联盟"成立大会。

7月4日,应邀去北京东城区图书馆讲课,主讲微型小说选集《法治与良知》导读。

10月14日,应邀去瑞士日内瓦大学孔子学院讲课,讲《微型小说的素材与构思》。

10月20日,与韩国的中韩作家会议韩方召集人洪廷善先生见面,并参与接待韩国客主文学馆名誉馆长金周荣。

11月5日,去云南临沧参加"第三届亚洲微电影艺术节",并上台为获奖者颁奖。

11月12—14日,去泰国曼谷参加了美国文心社泰国分社、亚洲文化教育基金会主办的世界华文文学论坛,主持了第一场以"微小说与微电影"为主题的讨论会,并做了发言。

2016年:66岁

是年,创作短篇小说《书法家金局长》等2篇;微型小说《千年人参》《罚戏碑》《"四要堂"子孙》等51篇;随笔、散文《再答日本国学院大学渡边晴夫教授问》《为航海家郭川祈祷》等73篇;点评、评论《浅评同觉寺法师〈曙提的365个提醒〉》《白鹿原上的原生态描写——评陈忠实短篇小说集》等20篇;诗歌《两进山王洞》等8首;为《苏州微型小说选》撰写代序《苏州微型小说创作成绩斐然》,为袁良才、王娟瑢、王培静、欧阳明、楚梦、陆静波、杨建新,以及澳大利亚郑苏苏、加拿大郑南川等作家的集子写序11篇。

在海内外报刊发表作品204篇(次)。

微型小说《风雪夜》获"中国作家·《雨花》读者俱乐部"评选的2016年微型小说排行榜榜首(共10篇)。

小小说《玉雕艺人哥俩好》获全国小小说学会联盟年度系列评选之"2016全国小小说优秀作品奖"(共10篇)。

散文《小小说里的乡愁乡思》获上海叶辛文学馆首届"书院杯"留住乡愁主题征文荣誉奖。

被香港小说学会举办的"全港微型小说征文"聘为评委。

被江苏省作家协会主办的《雨花》杂志评为特约编辑,主持"微型小说"栏目。

被广西《红豆》月刊聘为特约编辑,主持"海外华文文学作品"栏目,每期1万字左右篇幅,附本人评论。

据不完全统计,2016年有9篇作品分别被收入全国卷与北京、上海、江苏、浙江、山东、广东、广西、福建、湖南、河南、陕西、吉林、宁夏、贵州等14个省市的初中、高中、高职语文试卷。

全年有40篇作品被收入35本集子中。

1月,文史集《太仓史话》在社会科学文献出版社出版。

3月26日,被推举为"中华凌氏宗亲会"创会会长。

3月,《中国微经典:幽灵船》在石油工业出版社出版。

3月,《中国微经典:天下第一剑》在石油工业出版社出版。

5月,与临济宗、天台宗第四十六世传人双凤寺住持曙提方丈在太仓市图书馆进行了一场主题为"禅与生活"的智者对话。

5月,应邀去贵州遵义,参加绥阳国际诗歌活动周。

9月,在海南文昌陪同宗亲老挝原副总理凌绪光回乡探亲、祭祖。

9月17—21日,应邀去泰国曼谷参加第十一届世界华文微型小说研讨会。

9月,《微小说序集萃》在中国方正出版社出版,这是我国第一本微型小说序跋集。

9月,主编的《醉清风——第二届"光辉奖"法治微小说大赛作品选》,在中国方正出版社出版。

10月23—26日,去香港参加第十一届世界华人作家大会。

10月28—29日,去山东潍坊参加首届中国潍坊(峡山)金风筝国际微电影大赛颁奖会暨中国微小说与微电影创作高峰论坛。

10月,英文版微型小说集《鼎年的微型小说集》(张白桦副教授翻译)在加拿大时代科发集团出版社出版,这是中国作家的第一本个人微型小说作品集被翻译为英文后在海外出版。

10月,主编的武侠微型小说选本《悲魔剑——首届"梁羽生杯"全球华语武侠微小说征文精选》(上、下册)在石油工业出版社出版。

12月10—13日,去湖南常德参加第四届武陵国际微小说节,领奖,同时参加微小说创作高峰论坛并发言。

2017年:67岁

是年,创作短篇小说《如果明天就死》;微型小说《度种》《753阵地的夜晚》《三砖砚小筑与三十砚轩》《地震云》《医者仁心》等76篇;短篇小说1篇;随笔、散文《微型小说"苏军"的品牌效应》《埃及纪行》等62篇;评论《读韩国教授孙弋的散文》《精致隽永,哲理禅意——读日本张石四季诗》等12篇;为《澳大利亚微型小说选》《泰国微型小说选》《新加坡微型小说选》分别写序,为德国倪娜、文莱孙德安、美国海伦等作家的集子写序10篇。

微型小说《黑节草》获福建林语堂研究会、林语堂文学馆等联合举办的"林语堂杯"小小说大赛征文二等奖榜首。

微型小说《香道》《玉雕艺人哥俩好》《风雪夜》获第八届太仓市文学艺术"月季花"奖评选一等奖。

微型小说《"四要堂"子孙》获盐城市大丰区纪委、监察局、《微型小说选刊》杂志社联合举办的首届"清正家风·梦美中国"全国微型小说征文大奖赛一等奖。

出任由天津《微型小说月报》杂志社、江苏靖江市文联、靖江中学主办的"中国微型小说进校园"活动组委会常务副主任。

被聘为"中国微型小说进校园"讲师团团长。

有59篇作品入选29种选本,计有《2016年微型小说选》《2016年中国年度微型小说》《2016年中国微型小说排行榜》《中外经典微型小说读本》《中国闪小说年度佳作2016》《阅读加力略》(九年级中考版)、《2016中国年度小小说》《中国当代闪小说选》等。

1月,日译本微型小说集《凌鼎年微型小说选》,由日本国学院大学渡边晴夫教授领衔翻译,日本DTP出版社出版。

2月16—21日,应邀在日本国学院大学参加日本世界华文微型小说研究会主办的凌鼎年日译本《再年轻一次》新书首发式暨读者见面会。

2月20日,在日本大阪,获《关西华文时报》颁发的"日中文化艺术交流奖"。

3月29日上午,在郑州参加以"小小说媒体的创新与融合"为主题的研讨会并做主题发言。

4月,主编的《舌尖上的太仓》在光明日报出版社出版。

5月12日,在南京帝景国际酒店主持了"江苏省微型小说研究会2017年会"。

5月,主编的《苏州市微型小说选(2010—2016)》在江苏凤凰文艺出版社出版。

7月20日,在宁夏九一宾馆为"2017全国创意写作大赛"的学生讲课,讲《如何在采风中观察与思考》。

7月23日,应邀去宁夏银川市图书馆讲课,讲《记叙文与微型小说与中考高考》。

8月25—26日,去杭州参加天翼文化举办的首届"温瑞安杯"世界华文武侠微型小说大奖赛征文颁奖活动,上台为获奖者颁奖。

10月27日,应邀参加江苏省靖江中学"中国微小说进校园"活动。

10月,主编的《正义的力量——第三届"光辉奖"法治微小说大赛作品精选》在中国方正出版社出版。

11月2日,以凌鼎年微型小说《风雪夜》改编拍摄的微电影《老杨和小伙子》获泰国泰中国际微电影展之"司法与社会奖",在曼谷由泰国文化部颁发获奖证书与奖杯。

11月5—7日,应邀去云南临沧,参加第五届亚洲微电影艺术节,并参加微电影高峰论坛。

11月9—11日,应邀去贵州铜仁市参加"中国·铜仁2017华语微电影盛典暨首届'我的乡愁'主题微电影"展映。

12月,《凌鼎年小小说103篇》被收入"世界华文文学文库",在加拿大北美科发集团出版社出版。

12月,微型小说集《永远的箫声》在西苑出版社出版。

2018年:68岁

是年,创作短篇小说《东太湖的诱惑》;微型小说《一把紫砂壶》《红盲》等16篇;随笔、散文《江苏微型小说40年的40个最》《40年来世界华文微型小说40件大事》《江苏改革开放40年40篇有影响的微型小说》《世界华文40年40位贡献奖作家》《我的微型小说创作与改革开放同步》等88篇;评论《真诚而鲜活的凌海涛书法》《一本对苏州文坛宏观把握微观分析之好书》等8篇;为《加拿大华文微型小说选》《日本华文微型小说选》《印尼华文微型小说选》分别写序,为《全国教师小小说选》《古龙风武侠小说作品选》《世界华文法治微型小说精品选》,为姚朝文教授、雅兰、高泰、毛石、灵霞法师及美国作家百草园的集子写序15篇。

在海内外报刊发表作品95篇。

获江苏省老年大学协会、凤凰网江苏频道等主办的江苏省第二届"中国人寿杯"十佳优秀文化老人荣誉称号。

游记《世界上最古最大的卡尔奈克神庙群》获"首届郦道元山水文学大赛"一等奖。

散文集《微小说序集萃》获首届江苏省散文学会奖。

被2018国际青少年微文学大赛暨第二届全国青少年创意写作大赛聘为组委会主席。

被印度尼西亚华文作家协会聘请为第六届印华"金鹰杯"东南亚华文微型小说创作大赛顾问。

被世界华文微型小说双年奖聘为终评委。

被2018"武陵杯"世界华语微型小说年度奖聘为终评委。

出任第二届"温瑞安杯"世界华文武侠微型小说大奖赛组委会成员兼评委会执行副主任。

由全国小小说学会联盟评选的"改革开放40年:40名小小说业界人物"公布,凌鼎年名列其中。

由《小小说选刊》《百花园》联合组织的"改革开放40周年最具影响力小小说评选"揭晓,评出了1978—2018年来40篇优秀微型小说,凌鼎年1993年发表于《解放日报》的《剃头阿六》榜上有名。

由全国小小说学会联盟组织评选的"改革开放40年:中国小小说百篇经典"公布,凌鼎年的《茶垢》入选。

改革开放40周年《微型小说选刊》最具影响力微型小说评选结果揭晓,共评出40篇,凌鼎年被《微型小说选刊》选载的《剃头阿六》,名列第6篇。

在江苏太仓市阅读节组委会办公室组织评选的"最美书房"活动中,作家凌鼎年书房被评为太仓市"十佳最美书房"。

凌鼎年微型小说集子《永远的箫声》进入第七届鲁迅奖评选公示(从第五届、第六届到第七届已连续三次进入公示)。

在印度尼西亚首都雅加达召开的第十二届世界华文微型小说研讨会之理事会上,全票当选为新一届世界华文微型小说研究会会长,是全世界唯一参加了12届世界华文微型小说研究会的作家。

是年,有25篇作品入选23种选本,计有《2017年中国微型小说精选》《2017中国年度微型小说》《2017年中国微型小说排行榜》《2017年全国精短小说年选》《2017读家记忆年度优秀作品·小小说》《2017年精短小说年选》《2017中国年度作品·小小说》《高级中学课本拓展型课程教材语文综合学习一年级下(实验本)》《2017中国年度作品·微型小说》《阿桂练阅读》(八年级)、《百题大过关》(中考语文·阅读百题修订本)、《初中语文读写双赢7年级》《一步到位——现代文阅读终极演练7年级》等选本。

微型小说《安乐死》被瑞士朱文辉翻译成德文,并入选其主编的《今古新旧孝亲文学集》德文版,由苏黎世普隆出版社9月正式出版。

1月,微型小说集《凌鼎年微型小说选》,在光明日报出版社出版。

1月,《凌鼎年微型小说创作28讲》,在光明日报出版社出版。

2月25日,应新疆伊犁农四师文联、作家协会邀请,为当地作家与文学爱好者讲《素材发现,巧妙构思》,并接受当地电视台的采访。

4月27日上午,参加"中国微小说校园行(南昌站)"活动,代表活动组委会致辞,并为一等奖获得者颁奖。以"中国微小说校园行"组委会主席身份向南昌师范学院附属中学饶建忠校长授旗,并在下午的"微小说与高考作文"高峰论坛上做《微型小说走近高考》的主题发言。

4月27日下午,在南昌师范学院附属中学讲课,讲《放飞你的想象力与创作力》。

4月28日上午,应邀去南昌大学,为中文系研究生讲《微型小说创作》,并与研究生进行互动,回答了他们的提问。

4月,《凌鼎年小小说103篇》,在加拿大北美科发集团出版社出版。

4月,主编的《2017读家记忆年度优秀作品·小小说》,在现代出版社出版。

5月30日,江苏太仓市第一中学在建校111周年之际,举办凌鼎年的文学成果展。中国作协副主席叶辛,中宣部办公厅原主任薛启亮,江苏省作协副主席、苏州市文联主席、苏州市作协主席、苏州大学教授王尧,中国微型小说学会副会长、江西省作家协会原副主席、原《微型小说选刊》主编郑允钦,太仓市政协主席邱震德,太仓市副市长顾建康等为"凌鼎年文学成果展"揭幕。

7月18日,应邀去云南昆明,为"2018国际青少年微文学大赛夏令营"的100多名学生讲课。

7月,主编的《青春悬崖——第四届"光辉奖"世界华文法治微型小说征文作品选》,在光明日报出版社出版。

8月,主编的《清风剑——首届"温瑞安杯"世界华文武侠微型小说大赛作品精选》,在石油工业出版社出版。

9月,一手策划了"温瑞安杯"第二届世界华文武侠微型小说大奖赛,与天翼阅读、作家网等合作主办。

9月,《凌鼎年序跋集》在旅游教育出版社、红旗出版社出版。

10月19日,应邀去江苏省淮安市淮阴师范学院附属中学讲课,讲《微型小说与中考、高考》，约 800 名学生听课。

10 月 28 日，应邀去北京东城区图书馆讲课，讲《武侠微型小说创作》，这是第 4 次去北京东城区图书馆讲课。

10 月 19—20 日，去淮安市参加江苏省微型小说研究会 2018 年年会，给淮阴师范学院附属中学授予"江苏省微型小说作家创作实践基地"铜牌。

10 月 25—26 日，应邀去河北沧州参加"首届中国（沧州）中华优秀传统文化颂微电影盛典"。

10—12 月上旬，策划了世界华文微型小说 40 年 40 位贡献奖的组织、评选活动，并组织了世界华文微型小说 40 年 40 件大事的征集与评选工作。

11 月 7 日，被云南临沧的亚洲微电影学院聘为客座教授。

11 月，与徐习军等一起策划、操办了改革开放 40 年（1978—2018）江苏有影响的 40 篇微型小说的组织、评选工作。

12 月 14—20 日，去印度尼西亚首都雅加达参加第十二届世界华文微型小说研讨会。在大会上致辞，并做《世界华文微型小说的当前态势与未来走向》的主题发言，为世界华文微型小说 40 周年 40 位贡献者颁奖，还为"寓乐湾杯"世界华文微型小说双年奖一等奖获得者颁奖。

2019 年：69 岁

是年，创作微型小说《500 万啊 500》《花将军》《火鹰》等 50 篇；随笔、散文《常德武陵打造微型小说品牌的意义》《我与〈小小说月刊〉结缘 26 年》《50 年代至今的微型小说》等 49 篇；点评、评论《异国情缘的悲欢故事》《读贾宏图〈早春的芍药〉》等 18 篇；为"我的中国心：世界华文微型小说经典丛书"撰写总序《微型小说：双向交流促发展》，为申载春教授的《小小说赏析理论与实践》写序，为第一本中医中药题材微型小说选《岐黄大道》、第一本戏曲戏剧题材微型小说选《唱大戏》写序，为《印尼华文微型小说选》写序，为祁军平、贾巴尔且、袁斐及美国的春阳等作家的集子写序 16 篇。

在海外报刊发表作品 141 篇。

1 月，短篇小说集《真假爱情》，在中国书籍出版社出版。

3 月，去台北参加世界华文作家协会第十一届年会，在台湾期间，去了中国文化大学、东华大学、东吴大学、慈济佛学院、阳明书屋、钱穆故居等。

3 月，《五彩缤纷的世界——汉英对照凌鼎年微型小说选》，澳大利亚郑苏苏翻译，在美国南方出版社出版，在美国巴诺书店上架发行，美国、加拿大、英国、德国、南斯拉夫、巴西、日本、印度等多个国家的亚马逊网站可邮购。

4 月，在北京召开的中关村数字媒体产业联盟第二届会员代表大会上，当选为短视频专业委员会副会长。

4 月，应邀去湖南常德参加第六届国际微小说节，为获奖者颁奖，并致辞；还参加了"常德武陵微小说创作、微电影与微动漫发展研讨会"，并做了发言。

4 月，主编的《天网恢恢——第五届"光辉奖"世界华文法治微型小说大赛精品选》，在光明日报出版社正式出版。

4 月，主编的"我的中国心——海外华人微经典书系"，共 56 本微型小说个人集子，涉及 15 个国家与地区,在山东人民出版社、四川文艺出版社正式出版。

7 月,加拿大黄俊雄教授翻译的《新编中国小小说选集》三卷本,在加拿大卓识学者出版社出版发行。其中收录了凌鼎年的小小说《生日日记》《再年轻一次》《情人与毒品》《黑节草》《马云庙》《医者仁心》《最出名的一男一女》《拖鞋》,创作谈《取材一得》,以及《中国微型小说学会与刊物——附中国小小说在国外使用情况》等 10 篇。

7 月,应邀去天津参加 2019 年国际青少年微文学盛典暨第三届全国青少年创意写作大会,为 150 多名学生的当场作文当评委,同时为获奖学生与指导老师颁奖;并讲授"微小说创作"。

8 月,去澳门大学参加国际学术研讨会。

8 月,散文集《石头剪刀布》,在时代文艺出版社出版。

11 月,主编的世界华文文坛第一本戏剧戏曲主题的微型小说集《唱大戏》,在澳大利亚大华时代传媒集团出版。

11 月,去上海交通大学人文学院讲课,讲《微型小说的前世今生和创作方法》。

11 月,先去郑州参加《小小说选刊》颁奖活动;后去河南渑池参加"中国·渑池小小说创作基地"揭牌仪式暨全国文学名家仰韶文化采风行活动;最后去河南三门峡市,参加"白天鹅杯"全国小小说大奖赛颁奖仪式。

11 月,应邀去山西汾阳汾酒集团参加首届竹叶青酒·武术文化交流主题活动。

12 月,去北京中国现代文学馆,参加《小说选刊》第十届"茅台杯"奖颁奖活动。

12 月,去南京参加"书香家园·书香生活——文学创作高峰论坛"活动。

微型小说《地震云》获由《小说选刊》主办的第十届"茅台杯"年度微小说奖。

散文《石头剪刀布》获《东方散文》杂志社第二届国际东方散文奖一等奖。

小小说《500 万啊 500 万》获广东省佛山市普法办主办,佛山市小小说学会、《珠江时报》承办的"弘法杯"法治小小说全国征文大赛一等奖。

被"新健康杯"中医题材世界华文微型小说征文聘为评委会主任,并参与策划活动。

被第六届"光辉奖"世界华文法治微型小说大赛聘为评委会主任,并参与策划活动。

被澳大利亚举办的首届全球戏剧主题华语微型小说征文聘为评委会主任,并参与策划活动。

被澳门为庆祝澳门回归 20 周年举办的"莲花杯"华文微型小说征文聘为评委会主任,并参与策划活动。

《永远的箫声》收入重庆三峡学院传媒学院院长、博士申载春教授的《小小说赏析知识结构树》一书,系大学教材。

作品入选 24 种选本,计有《2018 微型小说年选》《全国教师小小说选》《2018 中国年度小小说》《2018 中国微型小说排行榜》《2018 年中国微型小说精选》《2018 中国小小说精选》《中考热点作家作品阅读》《异域的呼唤:俄罗斯文集》《高考阅读(第 3 辑)》《当代中国经典小小说》《岭南微篇小说与中外世界》《中考热点作家作品阅读精选》《新中国七十年微小说精选》《世界华文文学研究年鉴·2018》《小小说赏析 60 讲》等。

2020 年:70 岁

是年,创作微型小说《彼岸花》《明崇祯十七年》《农夫的儿子》《龙遗丸》《昆石收藏家》《最后一杯酒》等134篇;随笔、评论、代序《吴骏画展前言》《看〈甄嬛传〉有感》《独家品读,东西观照》等57篇;诗歌《庚子年有感》《宅家静思》等17首。

是年,在法国文学杂志 Brèves,美国《海华都市报》,新西兰《澳洲讯报》,澳大利亚《澳华文学》《大华时代》,日本《中文导报》,菲律宾《世界日报》,印尼《印华日报》,新加坡《大士文艺》,泰国《中华日报》,以及中国《香港作家》《中港新闻》《台港文学选刊》《小小说选刊》《微型小说选刊》《特别文摘》《民间故事选刊》《意林》《百花洲》《安徽文学》《春风文艺》《小说月刊》《世界生态》《中国故事》《上海作家》《微型小说月报》《红豆》《大观》《椰城》《金山》《鲁北文学》《宝安文学》《小小说月刊》《今古传奇》《旅游文化》《中学生时代》《阳羡茶》《华文作家》《羊城晚报》等发表文学作品120多篇。

出任澳大利亚第二届墨尔本华文文学奖评委会主任。

被德国《欧洲华文文学》杂志聘为顾问。

被"2020国际青少年微文学盛典暨第四届全国青少年创意写作活动"组委会聘为终评委。

被聘为2020年"趣味口袋杯"全国征文大赛终评委,并协办该活动。

出任第七届"光辉奖"世界华文法治微型小说大奖赛评委会主任,并策划、操办该活动。

应邀担任《作家报》专刊《中华文艺报》文学顾问。

被北京微型小说研究会聘为顾问。

被评为"2019年世界华文微型小说贡献奖"。

被首都师范大学出版社聘为驻社作家。

继续为《台港文学选刊》的"世界华文微篇小说"栏目组稿,并通过增刊组织微电影与电影剧本。

为《香港文学》小小说专号组稿50多篇。

为日本世界华文微型小说研究会推荐65篇作品,供选用翻译,在日本《莲雾》杂志发表。

为印尼华文作家协会推荐50篇作品,供翻译,出版《世界华文微型小说选》。

组织评选"世界华文微型小说2019年十大亮点"。

策划并操办第二届"寓文网杯"世界华文微型小说双年奖评选。

作为澳门"莲花杯"世界华文微型小说征文大赛的评委会主任,从初评选出的93篇作品中精选33篇,发终评委审读。

为洛阳《大观》杂志"江苏省小小说作品大展"栏目组稿。

受邀参加世界华文微型小说研究会与中国寓言学会闪小说专业委员会等一起主办的"桃子闪小说集《白开水》首发式暨研讨会"。

1月6日,去上海交通大学人文学院参加《太仓文化精粹》一书座谈会。

3月26日,接受法国布列塔尼孔子学院法方院长白思杰(中国作家艺术节项目负责人)隔洋电话采访,拍摄问答小视频。

5月23日,应邀去上海青浦大观园参加"2020'秀竹杯'长三角作文大赛"启动仪式,并担任大赛组委会副主任。

6月25—26日,应邀去江苏东台市为"首届天仙缘汉服大赛暨礼仪华夏"华东六省一市十强晋级赛做评委,并在颁奖典礼上为获奖选手颁奖。同时还为"笔墨西溪,镜中芳华""东台西溪流年光影日记"摄影大赛获奖作品颁奖。

7月,青少年微型小说读本《反语国奇遇记》,在江西教育出版社出版。

8月21—23日,应邀去盐城参加首届中国长三角(盐城大纵湖)微电影大赛"金茉莉奖"颁奖盛典,并参加首届中国长三角微电影高峰论坛,在会上发言。

9月5日,应邀去上海参加由联合国亚洲文化艺术联合会主办的"庆祝联合国成立75周年——全球艺术展"。

9月19日上午,去上海金山区参加凌商商会活动。

9月19日下午,去上海青浦区参加"2020'秀竹杯'长三角作文大赛"颁奖典礼,致辞,并为获奖学生颁奖。

9月26—27日,去山东泰安参加"2020金秋泰山采风笔会"。

9月,主编的《法律卫士——"光辉奖"第六届法治微型小说征文大赛作品选》,在台海出版社出版。

10月22日,去上海交通大学人文学院参加娄东文化精神座谈会。

10月23—25日,应邀去常州参加由江苏省台港暨海外华文文学研究会主办、常州工学院人文学院承办的"新时代世界华文文学研究新走向"学术研讨会暨江苏省台港暨海外华文文学研究会2020年年会,宣读了论文《世界华文微型小说近年双向交流的走向与对策》。

10月30日晚,应邀参加嘉兴"江南武魂"组委会举办的"永远的大侠"——纪念金庸逝世两周年活动。

10月31日下午,参加嘉兴市图书馆举办的"金庸读书嘉年华"启动仪式。

10月31日晚,客串嘉兴广播电台禾点点网络台"阿斐说金庸"第二季"金庸江湖酒"第三期直播活动。

11月,《东方美人茶——凌鼎年汉英对照小小说新作选》,加拿大孙白梅教授翻译,在美国南方出版社出版。

11月,与熊良钟一起主编的《岐黄大道》(中国第一本中医中药题材微型小说选),在力扬文化传播公司印制(内部刊印)。

12月5日,去浙江省湖州市参加湖州学院等举办的谢桃花微小说闪小说集《白开水》首发式与创作研讨会。

12月9日,去苏州市版权局参加微型小说集子《永远的箫声》版权奖答辩。

12月11—13日,应邀去河北省河间市参加由中国工艺美术协会、中国工艺美术学会、清华大学美术学院、河间市工艺玻璃行业协会共同主办的"第五届中国·河间工艺玻璃设计创新大赛暨第四届中国·河间国际灯工玻璃艺术节"颁奖典礼,上台为获得最佳功能创新奖和最佳工艺制作奖的两位获奖者颁奖。活动期间,在河间市委书记召开的座谈会上,提出了建立"中华姓氏文化园"的构想。

12月,编著的文史集《太仓老招牌》,收入太仓市政协主编的"太仓'老底子'丛书(第二辑)",在上海文艺出版社出版。

2021年：71岁

是年，创作小小说、散文、随笔、评论、代序等237篇，40多万字。

是年，在日本《莲雾》《中文导报》，加拿大《莎菲文艺》《七天周报》，美国《华府新闻日报》《文舞霓裳》，新西兰《澳洲讯报》，德国《华商报》，泰国《新中原报》，印尼《印华日报》，中国香港《文综》《香港作家》，中国台湾《文创达人志》《华文作家报》，以及《小说选刊》《作家文摘》《台港文学选刊》《微型小说选刊》《华文月刊》《百花园》《江苏作家》《西南文学》《椰城》等发表文学作品138篇。

韩译本微型小说集《依然馨香的桂花树》，阴宝娜（韩）、左维刚翻译。韩国外国语大学博导、著名汉学家朴宰雨教授，韩国釜山大学教授、著名汉学家金惠俊，中日韩国际文化研究院院长金文学教授，全美中国作家联谊会会长冰凌分别写推荐语。4月，在韩国青色思想出版社出版。

主编的《凌氏文化》《凌氏名人》，约60万字，内部刊印。

被中国作家协会社联部批准的"太原师范文学院微型小说创作基地"聘为顾问。

河南评论家卧虎聘请凌鼎年为小小说培训班校长。

为2021年"趣微口袋杯"小小说大赛当终评委。

被吉林长春的《卡伦湖文学》聘为总顾问。

被聘为2021年"武陵杯"世界华语微型小说年度奖作品征集终评委。

被新西兰中华文联聘为"三公爵杯"世界华文微型小说大赛首席终评委。

被2021年菲律宾华文微型小说暨闪小说大赛聘为评委会主任。

被河南"仰韶杯"2021年世界华文微型小说大赛聘为终评委。

被吉林省长春市"卡伦湖杯"文学奖征文大赛聘为终评委。

被福建省厦门市第二届"重宇杯"世界华文闪小说征文大赛聘为终评委。

被陕西省"魅力秦都杯"全国小小说大奖赛聘为终评委。

被世界华文青少年征文大赛聘为评委。

被聘为广西平南县纪念郑成功收复台湾360周年全球征联活动终评委。

被加拿大国际华人作家协会的《朗读者·海外精英》大型节目聘为顾问。

微型小说《菊痴》入选马来西亚华文学校现代文校本教材高三上册。

《龟兔赛跑续篇》《酒酿王》《让儿子独立一回》《鱼斗》等4篇，收入闫荣霞主编的《全国中考语文热点作家精选》，哈尔滨工业大学出版社出版。

被聘为太仓市城厢镇娄东文化研究会名誉会长。

去浙江衢州市、山东文登市等讲课。

3月，受邀去苏州健雄职业技术学院参加太仓市社科联、上海交通大学图书馆举办的"吴健雄学术思想研讨会"。

4月，散文集《凌鼎年散文精选》，收入凌翔、刘广田主编的"当代著名作家作品典藏"丛书，在中国民族文化出版社出版。

5月，应邀去湖南省常德市参加第七届国际微小说节，在开幕式上致辞，并宣读2019—2020年"武陵杯"世界华语微型小说年度获奖名单。

6月上旬，应邀去宁波参加微型小说理论研讨会。

6月下旬,应邀参加吉林长春"卡伦湖杯"文学奖征文颁奖,并去黑龙江哈尔滨、铁力、金山屯、嘉荫、伊春采风。

7月,应邀去山东济南参加第三十届书博会"致敬百年,感知中国"首届中小学文艺作品征集活动颁奖典礼,给学生颁奖。

8月,主编的《仰望星空——第七届"光辉奖"世界华文法治微型小说大赛作品精选》,在光明日报出版社出版。

9月,被新西兰《澳洲讯报》闪小说版聘为主编、顾问。

9月,参加江苏省当代文学研究会在苏州健雄职业技术学院召开的"新时代太仓文学法治研讨会",研讨凌鼎年的作品。

9月,参加太仓市宣传部召开的《郑和下西洋》电影项目创作座谈会。

10月初,中国作家协会副主席叶辛为《凌鼎年文学纪年》一书题写书名。

10月初,中国作家协会副主席贾平凹题写"凌鼎年文学馆"馆名。

11月,《凌鼎年:微型小说创作揭秘》(繁体字版)在美国美商 EHGBOOKS 微出版公司出版。

12月,微型小说集《庚子年笔记》在首都师范大学出版社出版。

2022年:72岁

3月,汉英对照本微型小说集《风光旖旎的世界》,澳大利亚郑苏苏翻译,在美国华盛顿作家出版社出版,亚马逊全球发行。

6月,《最出名的一男一女——凌鼎年闪小说集》,在美国美商 EHGBOOKS 微出版公司出版,亚马逊全球发行。

微型小说集《凌鼎年小小说中考版》《凌鼎年小小说高考版》《丝绸之路上女性传奇》,首都师范大学出版社7月待出版。

书话集《守拙庐漫笔》,内蒙古教育出版社7月待出版。

第五章 影像

一 凌鼎年个人著作封面

❶ 凌鼎年散文集《春色遮不住》,中国卓越出版公司,1990年8月版
❷ 凌鼎年小小说集《再年轻一次》,广西民族出版社,1991年4月版

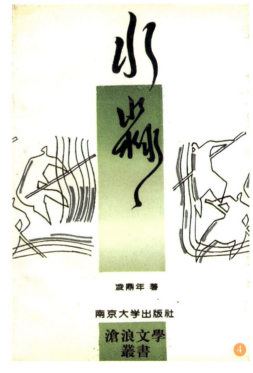

① 凌鼎年诗歌集《心与心》，江苏文艺出版社，1991年4月版
② 凌鼎年随笔集《采撷集》，天津人民出版社，1993年8月版
③ 凌鼎年微型小说集《秘密》，海南国际新闻出版中心，1994年5月版
④ 凌鼎年短篇小说集《水淼淼》，南京大学出版社，1994年10月版

① 凌鼎年理论集《从素材到作品》,《小小说月报》,1996年10月增刊
② 凌鼎年小小说集《凌鼎年小小说》,湖南文艺出版社,1997年3月版
③ 凌鼎年随笔集《小小说杂谈》,黄河出版社,1998年11月版
④ 凌鼎年微型小说集《悬念》,北方文艺出版社,1999年1月版

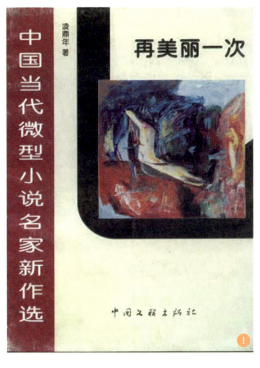

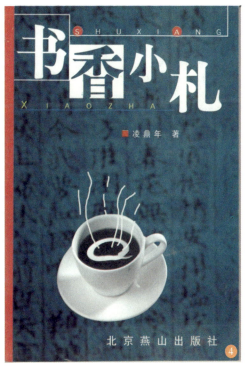

① 凌鼎年微型小说集《再美丽一次》，中国文联出版社，1999年1月版
② 凌鼎年评论集《凌鼎年选评》，中国戏剧出版社，2000年1月版
③ 凌鼎年与陈祖望执笔合著《太仓文化丛书·太仓》（内部刊印），苏州诺亚方舟文化传播公司，2001年9月
④ 凌鼎年随笔集《书香小札》，北京燕山出版社，2002年4月版

① 凌鼎年随笔集《江苏太仓旅游》，上海人民出版社，2003年9月版
② 凌鼎年微型小说集《过过儿时之瘾》，花山文艺出版社，2005年9月版
③ 凌鼎年文史集《太仓近当代名人》(精装本)，九州出版社，2006年8月版
④ 凌鼎年中篇小说集《野葵》，大众文艺出版社，2006年10月版

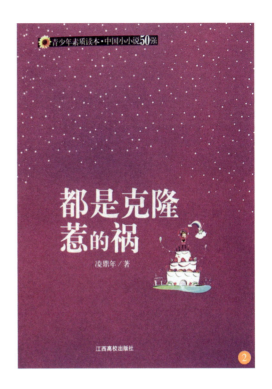
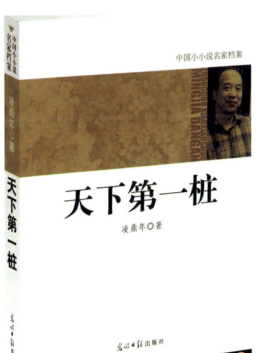

❶ 凌鼎年微型小说集《让儿子独立一回》，东方出版社，2008年8月版
❷ 凌鼎年小小说集《都是克隆惹的祸》，江西高校出版社，2009年5月版
❸ 凌鼎年小小说集《天下第一桩》，光明日报出版社，2010年8月版
❹ 凌鼎年微型小说集《同是高材生》，江苏文艺出版社，2010年9月版

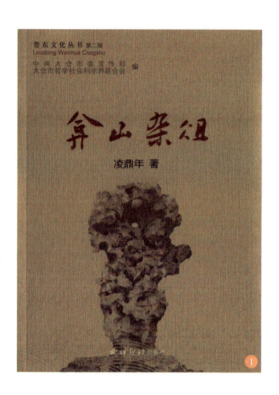

① 凌鼎年文史随笔集《弇山杂俎》,西泠印社出版社,2010年12月版
② 凌鼎年手机小说集《海外关系》,内蒙古文化出版社,2011年6月版
③ 凌鼎年理论集《中国微型小说备忘录》,《微型小说月报》,2011年第8期专刊号全文刊登
④ 凌鼎年微型小说集《都是克隆惹的祸》(再版本,重新设计封面),江西高校出版社,2011年11月版

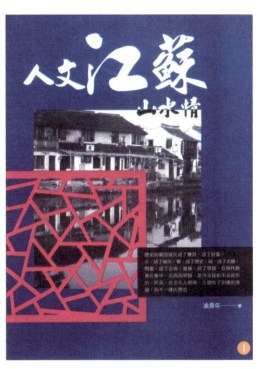
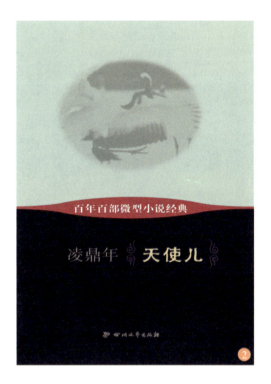
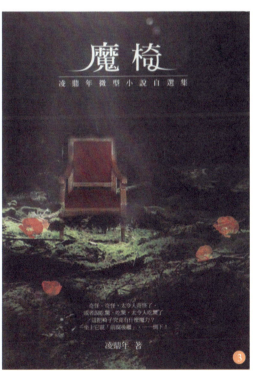

① 凌鼎年散文集《人文江苏山水情》,台湾秀威资讯有限公司,2011年12月版
② 凌鼎年微型小说集《天使儿》,四川文艺出版社,2012年2月版
③ 凌鼎年微型小说自选集《魔椅》,台湾秀威资讯有限公司,2012年6月版
④ 凌鼎年短篇小说集《凌鼎年小说精品集》,南海出版公司,2012年7月版

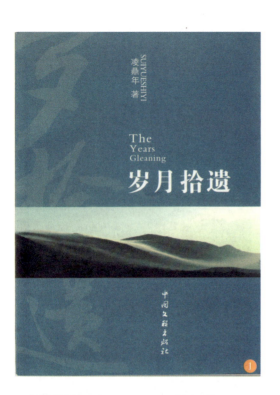
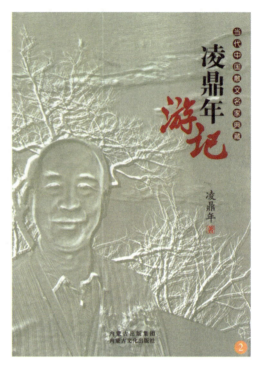
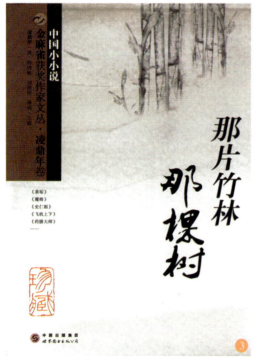
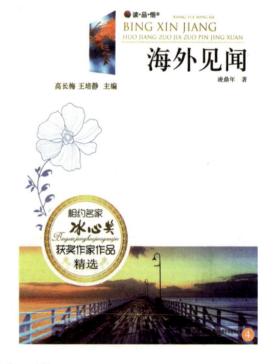

① 凌鼎年诗歌集《岁月拾遗》，中国文联出版社，2012年9月版
② 凌鼎年散文集《凌鼎年游记》，内蒙古文化出版社，2012年11月版
③ 凌鼎年小小说集《金麻雀获奖作家文丛·凌鼎年卷·那片竹林那棵树》，世界图书出版公司，2013年5月版
④ 凌鼎年散文集《海外见闻》，九州出版社，2013年5月版

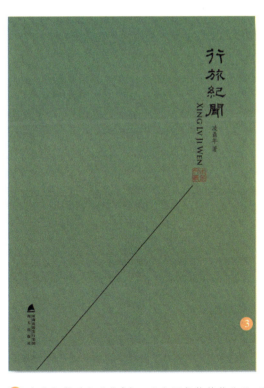

① 凌鼎年微型小说集《冰心儿童图书奖获奖作品：那晚那月色那河边》，地震出版社，2013年8月版
② 凌鼎年文史随笔集《娄水文存》，中国文史出版社，2013年8月版
③ 凌鼎年日记集《行旅纪闻》（精装本），海天出版社，2014年11月版
④ 凌鼎年随笔集《微小说林林总总》，中国方正出版社，2015年3月版

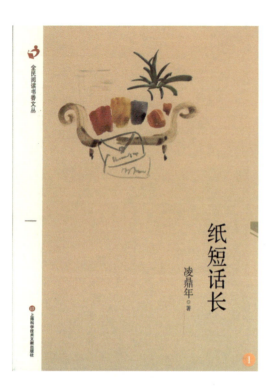

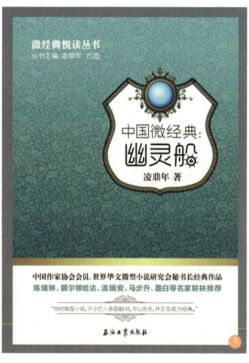
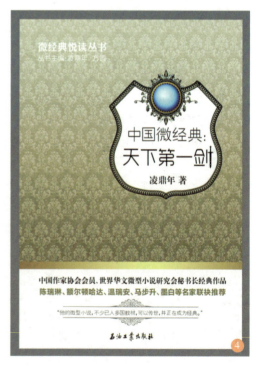

① 凌鼎年随笔集《纸短话长》，上海科学技术文献出版社，2015年3月版
② 凌鼎年文史集《太仓史话》，社会科学文献出版社，2016年1月版
③ 凌鼎年微型小说集《中国微经典：幽灵船》，石油工业出版社，2016年3月版
④ 凌鼎年微型小说集《中国微经典：天下第一剑》，石油工业出版社，2016年3月版（系中国大陆第一本武侠微型小说个人集）

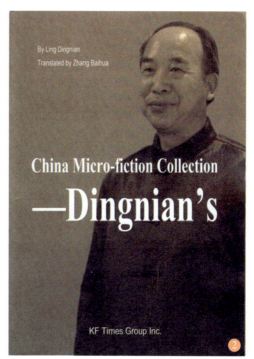
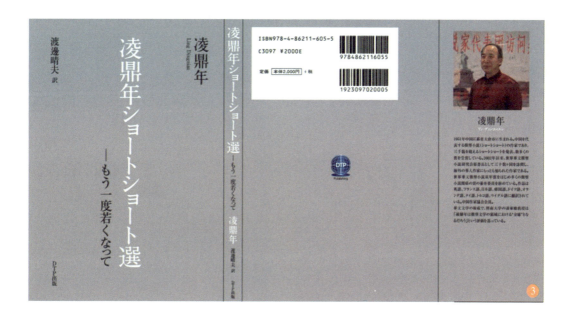

① 凌鼎年序跋集《微小说序集萃》，中国方正出版社，2016年9月版
② 凌鼎年英译本《鼎年的微型小说集》，张白桦翻译，加拿大时代科发集团出版社，2016年10月版（中国第一本在海外出版的英译本微型小说个人集子）
③ 凌鼎年日译本《凌鼎年微型小说选》，渡边晴夫译，日本DTP出版社，2017年1月版（中国第一本在日本翻译、出版的小小说个人集子）

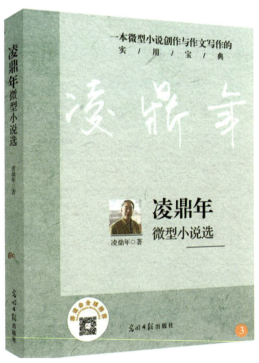
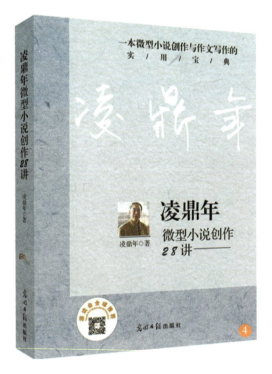

① 凌鼎年微型小说集《永远的箫声》，西苑出版社，2017年12月版
② 凌鼎年微型小说集《凌鼎年小小说103篇》，加拿大北美科发集团出版社，2017年12月版
③ 凌鼎年微型小说集《凌鼎年微型小说选》（点评本，顾建新点评），光明日报出版社，2018年1月版
④ 凌鼎年创作谈《凌鼎年微型小说创作28讲》，光明日报出版社，2018年1月版

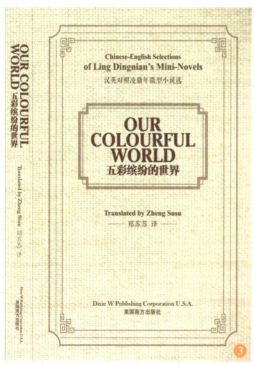

❶《凌鼎年序跋集》,旅游教育出版社、红旗出版社,2018年9月版
❷ 凌鼎年短篇小说集《真假爱情》,中国书籍出版社,2019年1月版
❸《五彩缤纷的世界——汉英对照凌鼎年微型小说选》,郑苏苏译,美国南方出版社,2019年3月版
❹ 凌鼎年散文集《石头剪刀布》,时代文艺出版社,2019年8月版

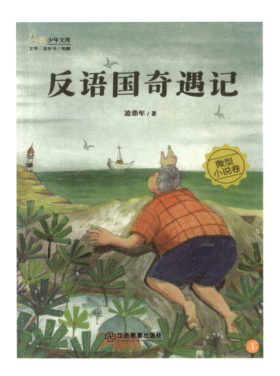
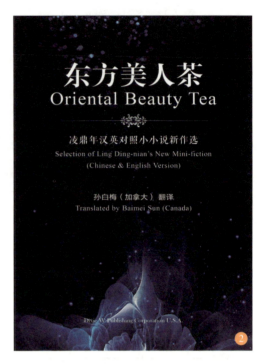
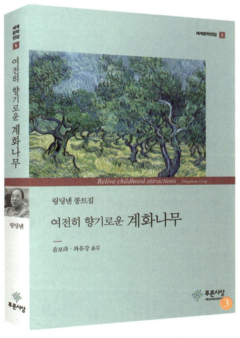

① 凌鼎年青少年微型小说读本《反语国奇遇记》,江西教育出版社,2020年5月版
② 凌鼎年汉英对照本《东方美人茶——凌鼎年汉英对照小小说新作选》,孙白梅(加拿大)译,美国南方出版社,2020年11月版
③ 凌鼎年小小说韩译本《依然馨香的桂花树》,阴宝娜(韩)、左维刚译,韩国青色思想出版社,2021年4月版
④ 凌鼎年散文集《凌鼎年散文精选》,中国民族文化出版社,2021年4月版

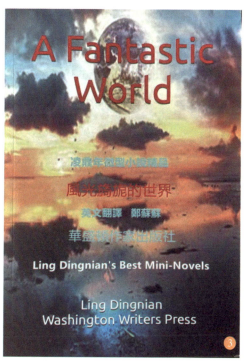

① 凌鼎年文论集《凌鼎年:微型小说创作揭秘》,美国美商EHGBOOKS微出版公司,2021年11月版
② 凌鼎年微型小说集《庚子年笔记》,首都师范大学出版社,2021年12月版
③ 凌鼎年小小说集《风光旖旎的世界》,郑苏苏译,华盛顿作家出版社,2022年3月版

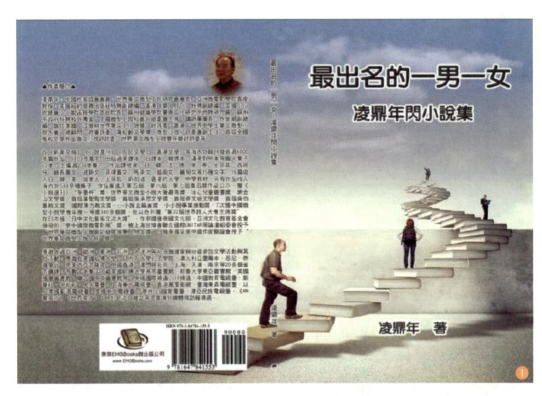

① 《最出名的一男一女——凌鼎年闪小说集》(繁体字版),美国美商 EHGBOOKS 微出版公司,2022 年 6 月版
② 凌鼎年微型小说集《凌鼎年小小说中考版》,首都师范大学出版社,2022 年 7 月待出版
③ 凌鼎年微型小说集《凌鼎年小小说高考版》,首都师范大学出版社,2022 年 7 月待出版

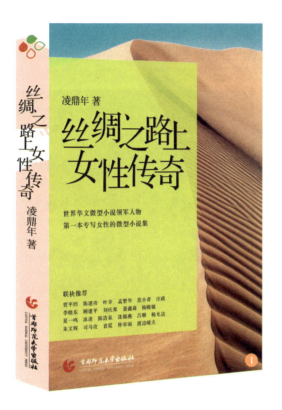

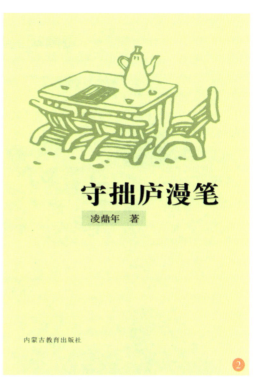

① 凌鼎年微型小说集《丝绸之路上女性传奇》,首都师范大学出版社,2022年7月待出版
② 凌鼎年书话集《守拙庐漫笔》,内蒙古教育出版社,2022年7月待出版

二　凌鼎年主编或编的集子封面选辑

①

②

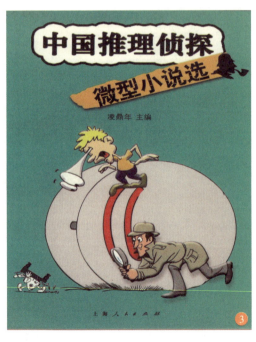

③

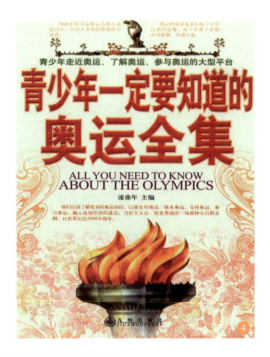

④

① 凌鼎年主编《中国当代幽默微型小说选》，上海人民出版社，2002年8月版
② 凌鼎年主编《中国武侠微型小说选》，上海人民出版社，2003年5月版（中国第一本武侠微型小说合集）
③ 凌鼎年主编《中国推理侦探微型小说选》，上海人民出版社，2004年7月版
④ 凌鼎年主编《青少年一定要知道的奥运全集》，九州出版社，2007年5月版

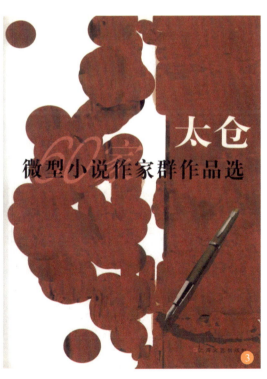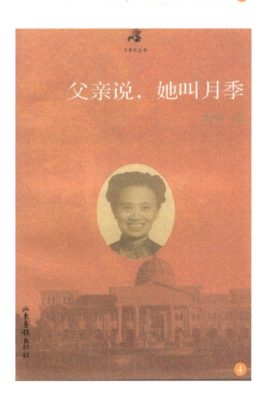

① 凌鼎年主编《生命的亲吻——感动小学生的100篇微型小说(精华版)》,九州出版社,2008年1月版
② 凌鼎年主编《中国微型小说300篇》,光明日报出版社,2009年2月版
③ 凌鼎年主编《太仓微型小说作家群作品选》,上海文艺出版社,2009年10月版
④ 凌鼎年主编《父亲说,她叫月季》,山东画报出版社,2011年3月版

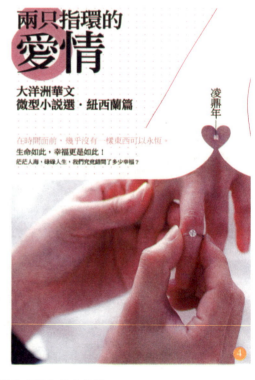

① 凌鼎年主编《美洲华文微型小说选》,内蒙古文化出版社,2011年6月版
② 凌鼎年主编《大洋洲华文微型小说选》,内蒙古文化出版社,2011年6月版
③ 凌鼎年主编《欧洲华文微型小说选》,内蒙古文化出版社,2011年6月版
④ 凌鼎年编《两只指环的爱情》,台湾秀威资讯有限公司,2011年11月版

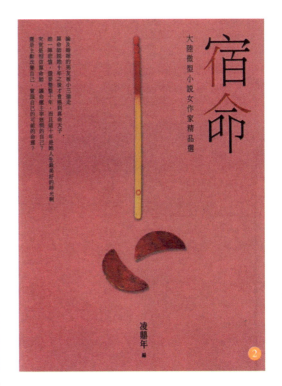

① 凌鼎年编《大陆微型小说女作家精品选·原来幸福也流泪》，台湾秀威资讯有限公司，2013年6月版
② 凌鼎年编《大陆微型小说女作家精品选·宿命》，台湾秀威资讯有限公司，2013年6月版
③ 凌鼎年主编《梦圆蓝天——太仓市老飞行员回忆录》，光明日报出版社，2013年10月版
④ 凌鼎年主编《金太仓放歌》，光明日报出版社，2013年11月版

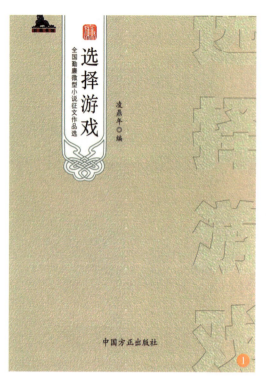
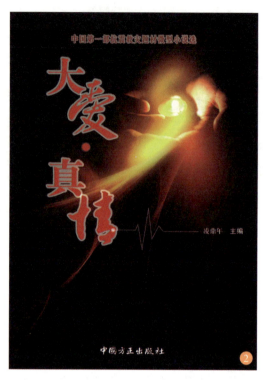
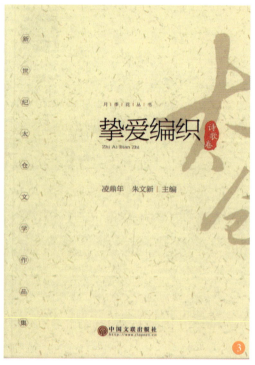
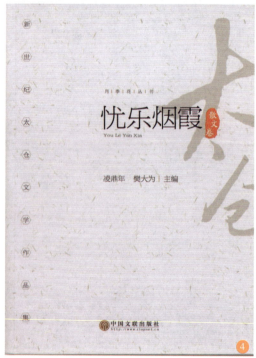

① 凌鼎年编《选择游戏:全国勤廉微型小说征文作品选》,中国方正出版社,2014年3月版
② 凌鼎年主编《大爱·真情》,中国方正出版社,2014年4月版
③ 凌鼎年、朱文新主编《挚爱编织:诗歌卷》,中国文联出版社,2014年8月版
④ 凌鼎年、樊大为主编《忧乐烟霞:散文卷》,中国文联出版社,2014年8月版

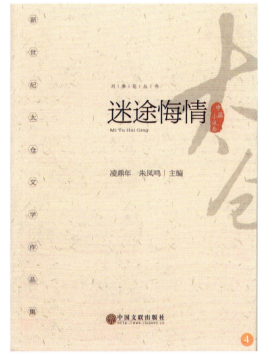

① 凌鼎年、宋祖荫主编《真水无香：随笔卷》，中国文联出版社，2014年8月版
② 凌鼎年、何济麟主编《君子如玉：微型小说卷》，中国文联出版社，2014年8月版
③ 凌鼎年、凌君洋主编《天下名巧：短篇小说卷》，中国文联出版社，2014年8月版
④ 凌鼎年、朱凤鸣主编《迷途悔情：中篇小说卷》，中国文联出版社，2014年8月版

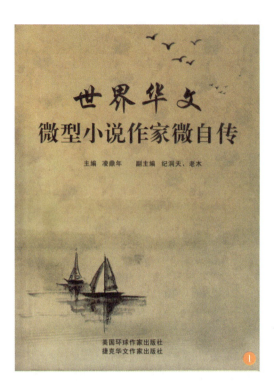
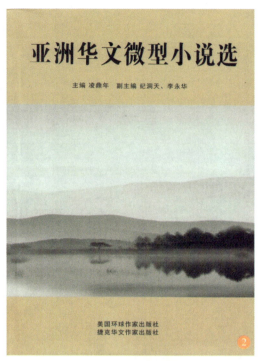
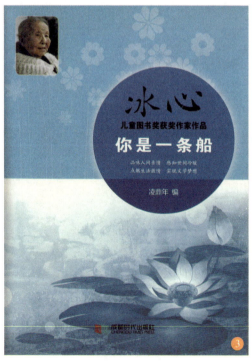

① 凌鼎年主编《世界华文微型小说作家微自传》,美国环球作家出版社、捷克华文作家出版社,2014年9月版
② 凌鼎年主编《亚洲华文微型小说选》,美国环球作家出版社、捷克华文作家出版社,2014年10月版
③ 凌鼎年编微型小说集《你是一条船》,成都时代出版社,2014年11月版
④ 凌鼎年主编《法治与良知——首届中国"太仓杯"全球华人网络法治微小说大赛作品精选》,中国方正出版社,2015年3月版

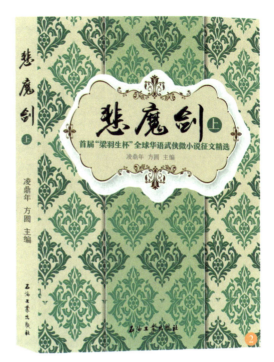

❶ 凌鼎年、顾潇军主编《醉清风——第二届"光辉奖"法治微小说大赛作品精选》,中国方正出版社,2016年9月版
❷ 凌鼎年、方圆主编《悲魔剑——首届"梁羽生杯"全球华语武侠微小说征文精选》(上、下册),石油工业出版社,2016年10月版
❸ 凌鼎年主编《舌尖上的太仓》,光明日报出版社,2017年4月版
❹ 凌鼎年、顾潇军主编《正义的力量——第三届"光辉奖"法治微小说大赛作品精选》,中国方正出版社,2017年10月版

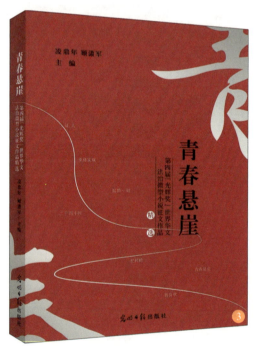
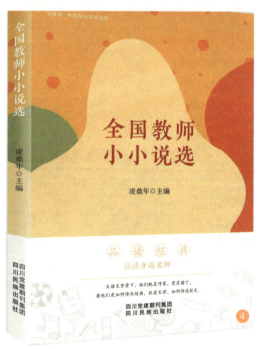

① 凌鼎年主编小小说选本《2017读家记忆年度优秀作品·小小说》，现代出版社，2018年4月版
② 凌鼎年、方圆主编《清风剑——首届"温瑞安杯"世界华文武侠微型小说大赛作品精选》，石油工业出版社，2018年7月版
③ 凌鼎年、顾潇军主编《青春悬崖——第四届"光辉奖"世界华文法治微型小说征文作品精选》，光明日报出版社，2018年7月版
④ 凌鼎年主编《全国教师小小说选》，四川民族出版社，2019年1月版

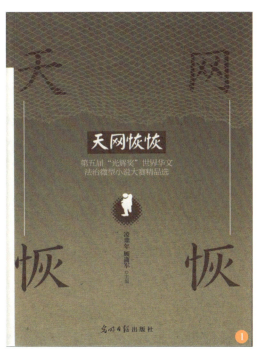
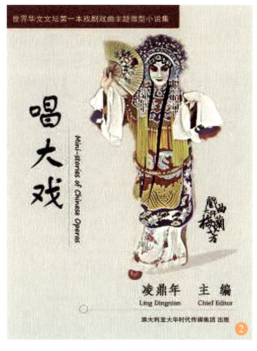
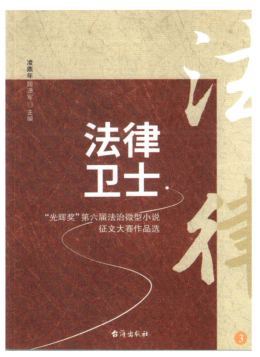
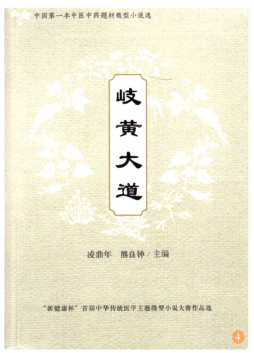

❶ 凌鼎年、顾潇军主编《天网恢恢——第五届"光辉奖"世界华文法治微型小说大赛精品选》,光明日报出版社,2019年4月版

❷ 凌鼎年主编《唱大戏》,澳大利亚大华时代传媒集团,2019年11月版(世界华文文坛第一本戏剧戏曲主题微型小说集)

❸ 凌鼎年、顾潇军主编《法律卫士——"光辉奖"第六届法治微型小说征文大赛作品选》,台海出版社,2020年9月版

❹ 凌鼎年、熊良钟主编《岐黄大道:"新健康杯"首届中华传统医学主题微型小说大赛作品选》(内部刊印),力扬文化传播公司,2020年11月(中国第一本中医中药题材微型小说选本)

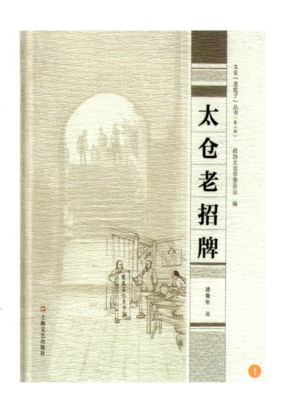

① 凌鼎年编《太仓老招牌》，上海文艺出版社，2020年12月版

三　凌鼎年文学活动、生活照片选辑

❶ 2011年10月，凌鼎年率中国微型小说作家代表团访问美国，在纽约举办新闻发布会
❷ 2002年12月，凌鼎年应邀参加美国柏克莱加州大学举办的海外华人文学国际学术研讨会，并宣读论文
❸ 2010年5月，凌鼎年被世博会联合国馆邀请为嘉宾

① "年"字辈,家中排行老三,故大名"鼎年",小名"鼎鼎"。从小弄堂里的孩儿王、闯祸坯(摄于20世纪50年代中期)
② 儿时的全家福,父母、姐姐、弟弟、凌鼎年(前排右1)
③ 17岁时(1968年),凌鼎年在太仓游泳池跳水
④ 18岁时(1969年),凌鼎年在太仓县中学双杠上练直角,当年在同学中有"小钢炮"之誉

❶ 70届高中毕业后（1970年夏天），凌鼎年（左1）与高中同学在长江入海口
❷ 1972年冬天，凌鼎年在微山湖畔的煤矿（摄于大屯煤矿发电厂冷水塔下）
❸ 1986年，凌鼎年参加中国煤炭系统作家都江堰笔会时，去峨眉山采风，与表演的猴子合影
❹ 1986年，凌鼎年（左1）参加《中国煤炭报》组织的都江堰笔会，回程过三峡时，与笔会的文友裹毯合影

① 1989年3月,凌鼎年在微山湖畔农村采访108岁的老太太
② 1990年5月,凌鼎年参加由《小小说选刊》《百花园》杂志主办的首届中国小小说理论研讨会暨汤泉池笔会,后排左起依次为沈祖连、凌鼎年、刘连群、曹乃谦、吴金良、生晓清、王保民、张记书、孙方友;前排左起依次为程世伟、谢志强、雨瑞、沙乇农、邢可、王奎山、滕刚、刘国芳。这一拨人被誉为"中国第一代小小说作家"(摄于河南信阳汤泉池)
③ 1994年1月,凌鼎年(右)与103岁的丹青大师朱屺瞻(左)合影于其上海家中
④ 1994年8月,凌鼎年应邀到新疆博乐市为农五师第十届文学讲习班的文学青年讲文学创作

① 1994年12月28日，凌鼎年（左）在首届世界华文微型小说研讨会上与日本著名汉学家渡边晴夫教授（右）合影（摄于新加坡国立大学）
② 1995年12月29日，凌鼎年（右3）去新加坡参加首届世界华文微型小说研讨会，与刘海涛教授（左3）及新加坡作家协会副会长王润华教授的4位学生郑丽娟（左1）、方仪（左2）、林淑敏（右2）、李思锦（右1）合影
③ 1996年10月，凌鼎年（右）与苏联人民功勋艺术家普吉村（左）合影
④ 1997年5月25日，凌鼎年参加太仓市文联举办的"凌鼎年小小说作品讨论会"

1. 1998年7月27日，凌鼎年（中）应邀去内蒙古包头市首届文学讲习班讲课，与包头市漫瀚剧团马头琴传人齐·布赫（右）、女高音歌唱家托亚（左）在饯别宴上合影
2. 1999年5月18日，凌鼎年应邀参加儒商精神与市场经济暨蓝海文诗歌国际学术研讨会，并宣读论文
3. 2000年8月，凌鼎年（左）与美国诺贝尔物理学奖得主朱棣文教授（后任美国能源部部长）（右）合影于娄东宾馆
4. 2000年8月10日，凌鼎年（左）与台湾文学大家余光中（右）合影于武汉桂子山

❶ 2001年8月30日,凌鼎年在浙江乌镇采风,见有当铺,充当掌柜,体验一把
❷ 2001年秋天,凌鼎年(右)与中国文联主席周巍峙(左)合影于南园
❸ 2002年5月,凌鼎年以太仓市文化经济交流访问团团长身份访问台湾地区(摄于野柳地质公园)
❹ 2003年4月9日,凌鼎年(左)应邀参加海南师范大学主办的中国小说学会第七届年会暨学术研讨会,与曹文轩教授(右)合影

① 2003年7月,凌鼎年在家中书房接受当地电视台采访,手拿中国作协创研部、文艺报社、《百花园》月刊、《小小说选刊》颁发的中国当代小小说风云人物榜(1982—2002)小小说星座奖杯
② 2003年10月19日,凌鼎年应邀去浙江义乌讲课后,义乌作协安排去金华采风(这棵有男根状的千年古樟树系著名诗人艾青儿时认的干爹)
③ 2003年10月19日,凌鼎年应邀去浙江义乌讲课后,义乌作协安排去金华采风(这棵有女阴状的千年古樟树系著名诗人艾青儿时认的干娘)
④ 2004年12月7日,凌鼎年(第一排左11)参加在印尼万隆召开的第五届世界华文微型小说研讨会,与全体代表合影

❶ 2004年12月上旬,凌鼎年在印度尼西亚万隆参加第五届世界华文微型小说研讨会期间,采风时与印度尼西亚土著合影
❷ 2005年9月中旬,凌鼎年应邀去内蒙古阿尔山参加圣水节,在蒙古包品尝烤全羊
❸ 2006年10月,凌鼎年(左)接待著名电影演员葛优(右),一起观看国家级非物质文化遗产江南丝竹演出
❹ 2006年10月23日,凌鼎年(右2)在太仓首届啤酒节上向德国友人赠送其撰写的《太仓近当代名人》

1. 2006年12月,凌鼎年为太仓市沙溪镇直塘小学童话写作兴趣小组的学生们讲课后合影
2. 2007年4月26日,四川成都《微篇小说》主编李永康(左)来太仓凌鼎年家中拜访时,与凌鼎年夫妇在客厅书橱前合影
3. 2007年7月7日,香港汇智教育机构副主席、香港学校评鉴协会副主席、香港微型小说学会秘书长陈苋(右)向凌鼎年(左)颁发顾问、终评委纪念铜盘
4. 2008年7月12日,凌鼎年(左2)在长江入海口的江堤上接受香港凤凰卫视著名主持人谢亚芳(左1)关于"长江四鲜"的采访

① 2008年11月8日,凌鼎年夫妇在孙子周岁宴上合影
② 2009年5月23日,凌鼎年(中)应邀去奥地利参加欧洲华文作协第八届年会时发言,左1系欧洲华文作协秘书长朱文辉,右1为欧洲华文作协会长俞力工教授
③ 2009年5月26日,凌鼎年(左)应邀去奥地利参加欧洲华文作协第八届年会期间,主办方安排去阿尔卑斯山采风,与欧洲华文作协会长俞力工教授(右)合影
④ 2010年1月28日,凌鼎年参加深圳博物馆举办的王福收藏展时留影

❶ 2010年2月27日,凌鼎年(左)与新西兰工党领袖菲尔·戈夫(右)合影于新西兰的奥克兰
❷ 2010年2月27日,凌鼎年(左)在新西兰与华人狮子会主席Raj Mrs Mitra夫妇合影于奥克兰
❸ 2010年2月27日,凌鼎年(左)与比利时皇家科学院院士魏查理(右)合影于新西兰
❹ 2010年2月28日,凌鼎年应邀到新西兰参加大洋洲华文作家协会的活动,并致辞

① 2010年5月28日,凌鼎年(左)与台湾著名作家余光中(右)合影于无锡江南大学
② 2010年5月28日,凌鼎年(左)与《香港文学》主编陶然(右)在"华文写作与地域文化"研讨会上合影
③ 2010年6月,凌鼎年在世博会期间,接受上海东方电视台记者采访
④ 2010年7月3日,凌鼎年(前排中)与香港中学生合影于香港伯裘书院,前排左1为新加坡作家协会主席希尼尔,前排右1为日本汉学家、三重大学荒井茂夫教授

❶ 2010年8月28日,凌鼎年应邀在澳大利亚墨尔本华人作家节上演讲
❷ 2010年8月28日,凌鼎年(右4)与赵智(左4)在墨尔本华人作家吕顺(右3)的陪同下参观市政大厦,与5位墨尔本女学生邂逅,合影留念
❸ 2010年8月29日,凌鼎年接受澳大利亚SBS国家电台专题采访
❹ 2010年9月5日,凌鼎年(右5)在中澳作家悉尼文学研讨会上(摄于悉尼)

❶ 2010年11月16日,凌鼎年参加中国作家万里行采风团活动(摄于洛阳)
❷ 2011年1月22日,在首届国际《金瓶梅》研讨会上凌鼎年(前排左1)与中国《金瓶梅》研究会副会长许建平教授(前排左3)、美国冰凌(前排右1)等部分与会嘉宾合影留念
❸ 2011年5月27日,凌鼎年(右)应邀参加在奥地利首都霍夫堡皇宫举办的中国书法音乐会,与奥地利奥中友协常务副主席格尔特·卡明斯基教授(左)合影

① 2011年5月28日，凌鼎年（左）与中央电视台《国宝档案》主持人任志宏（右）合影于维也纳金色大厅
② 2011年6月，凌鼎年（左2）参加联合国世界汉语日系列活动时，与中国部分媒体的领导、记者在瑞士戴着面具合影
③ 2011年6月，凌鼎年（左2）与中央电视台《国宝档案》主持人任志宏（右3）、经济网副总编田米亚（左1），以及新华社等的媒体人在意大利米兰大教堂前
④ 2011年6月，凌鼎年在法国卢浮宫著名的维纳斯雕像前

① 2011年6月,凌鼎年在法国埃菲尔铁塔下
② 2011年6月,凌鼎年(左)与奥地利著名汉学家马丁(右)在联合国教科文组织举办的"中国汉字周"活动上合影
③ 2011年6月,凌鼎年获小小说金麻雀奖(摄于郑州)
④ 2011年7月,凌鼎年参加太仓市民主党派去西藏的活动,在布达拉宫前

① 2011年9月6日,凌鼎年(左)应邀参加上海市侨办组织的"品味上海"海外华文作家笔会暨采风活动,与台湾著名女作家陈若曦(右)合影于嘉定

② 2011年9月8日,新西兰中华文学艺术界联合会主席冼锦燕(左)向凌鼎年(右)赠送会旗

③ 2011年10月12日,全美中国作家联谊会会长、诺贝尔文学奖中国作家提名委员会主席冰凌(左)与中国驻纽约总领事馆文化领事孔晶(右)向凌鼎年(中)授予"世界华文微型小说大师"水晶奖座,前排为美国著名文学泰斗董鼎山

④ 2011年10月12日,凌鼎年率中国微型小说作家代表团访问美国期间,在纽约接受美国中文电视台的采访

❶ 2011年10月,凌鼎年(左2)应邀在美国哈佛大学燕京图书馆作微型小说主题演讲,左1为哈佛中国文化工作坊负责人张凤,右1为龙钢华教授,右2为作家网总编冰峰

❷ 2011年10月,凌鼎年(左4)率中国微型小说作家代表团访问美国期间,整个团队向哈佛大学燕京图书馆赠送数百本中国的微型小说集子,并与馆长郑炯文(左5)、著名学者王德威教授(左6)等合影

❸ 2011年10月,凌鼎年(左1)率中国微型小说作家代表团访问美国期间,整个团队向耶鲁大学东亚图书馆赠送中国微型小说集子,并与馆长爱伦(前排左2),耶鲁大学东亚语言文学系教授、东亚研究所主任孙康宜(前排右2),东亚图书馆中文部主任李唐(前排右1)合影

❹ 2011年10月,凌鼎年(左)在访问美国纽海文大学李昌钰刑侦学院时,向校方负责人赠送书法作品

① 2011年11月5日，凌鼎年（左）与上海文广新闻传媒集团著名电视节目主持人、同济大学客座教授曹可凡（右）合影
② 2012年5月30日，凌鼎年（右）与后任全国政协常委兼副秘书长、民进中央副主席朱永新教授（左）合影
③ 2012年7月8日，凌鼎年（右1）应邀去泰国做文学讲座，与泰国华文作家协会会长梦莉（中）、泰国留学中国大学校友总会主席张永清（左1）在主席台

① 2012年9月6日,在以色列召开的第33届世界诗人大会上,卡汉博士(左)给凌鼎年(右)颁发"世界诗人大会主席奖"证书
② 2012年9月7日,在第32届世界诗人大会上,凌鼎年(前排右1)与以色列诗人、中国诗人代表合影留念
③ 2012年9月,在第32届世界诗人大会期间,主办方安排参观教堂(按规矩,进教堂必须头戴小白帽),凌鼎年(左)与教堂的牧师(右)合影留念

① 2012年9月,凌鼎年(左)在耶路撒冷椰枣园的一棵结满果实的椰枣树下
② 2013年5月11日,凌鼎年(左1)应邀参加了由河北省作协、中国阅读学研究会、河北大学主办的"中国现当代文学大师孙犁诞生100周年纪念大会",以及"2013华夏阅读论坛——孙犁故里、书香安平"系列活动。凌鼎年向孙犁图书馆捐赠了111本自己的著作及主编或收藏的书籍
③ 2013年9月22日,凌鼎年与凌文斌率中华凌氏宗亲代表团去柬埔寨时,与孙子在吴哥窟七头蛇塑像前留影
④ 2013年9月25日,凌鼎年祖孙三代与老挝前常务副总理宋沙瓦·凌沙瓦(中文名字"凌绪光")夫妇合影于其老挝家中

❶ 2014年5月5日,凌鼎年(左)应邀去南京艺术学院参加民国电影论坛时与陈丹青教授(右)合影
❷ 2014年5月28日,凌鼎年(右)与联合国高级中文翻译凌建平(左)合影于苏州山塘街
❸ 2014年7月18日,凌鼎年(左)与老挝农业部部长(中)合影于北京饭店
❹ 2014年7月26日,凌鼎年(右)与中央电视台原副台长高峰(左)合影于首届亚洲微电影艺术节最具影响力人物评选颁奖会上

① 2014年10月26日,凌鼎年(左)在马来西亚召开的第十届世界华文微型小说研讨会上宣读论文
② 2014年10月28日,凌鼎年(右)与"新武侠四大宗师"之一的温瑞安(左)合影于杭州天翼阅读
③ 2014年11月15日,凌鼎年应邀去江西南昌参加首届中国新移民文学研讨会时,在南昌新华书店看到自己的作品被放在最醒目的位置
④ 2015年4月8日,凌鼎年(左)参加徐霞客中国旅行商商会苏州分会组织的赴印度考察活动时,在印度圣雄甘地墓园,与值勤的印度女兵合影

① 2015年4月9日,凌鼎年(左)在印度阿格拉受到印度美女的额头点红与献花环
② 2015年4月9日,凌鼎年在"世界新七大奇迹"之一的印度泰姬陵前留影
③ 2015年4月10日,凌鼎年(左)参加的考察团在印度斋浦尔市受到锡克族人的欢迎与祈福
④ 2015年6月27日,凌鼎年在广西钦州学院举办的东南亚华文文学研讨会上发言

① 2015年7月4日,在中央新影集团"中国微小说与微电影创作联盟"成立大会上,被任命为创作联盟常务副主席的凌鼎年(左2)与冰峰(右)上台接旗(摄于中央新影集团大礼堂)
② 2015年7月25日,作家网总编冰峰(左)在作家网庆典活动上,向凌鼎年(右)颁发聘请其为特约副总编的聘书(摄于北京)
③ 2015年7月,凌鼎年第三次应邀到北京东城区图书馆讲课
④ 2015年7月,凌鼎年在俄罗斯普希金夫妇铜像前

1. 2015年9月8日，凌鼎年（左）与著名电影演员斯琴高娃（右）合影于江苏泰州微电影《一壶老酒》开机仪式上
2. 2015年10月5日，凌鼎年（左2）在文学工作室接待中国航海第一人郭川（右2）、英国导演斯图尔特·宾斯（右1）、德国摄像师蒂姆·弗兰克（左1），并合影留念
3. 2015年10月，凌鼎年（左）与美国洛杉矶华文作家协会会长蓬丹（右）合影于长江入海口的天妃宫碑刻前（《浏河天妃宫返妈祖碑》碑文系凌鼎年撰写）
4. 2015年10月13日，凌鼎年（右）应邀去日内瓦大学讲课，与来接机（左）的瑞士司机合影于机场

① 2015年10月,凌鼎年(右)与列支敦士登出版人范艾可·法兰克(左)合影于列支敦士登皇室城堡前
② 2015年10月20日,凌鼎年(左)与韩国客主文学馆名誉馆长、有"韩国当代伟大的故事大家"之称的著名作家金周荣(右)合影于锦江宾馆
③ 2015年10月,凌鼎年(右)向中韩作家会议韩方主任、仁荷大学韩国语言文学系洪廷善教授(左)赠书,并合影于娄东宾馆
④ 2015年11月,凌鼎年在泰国曼谷参加美国文心社泰国分社、亚洲文化教育基金会主办的世界华文文学论坛

① 2015年11月13日,凌鼎年(中)在泰国曼谷参加美国文心社泰国分社、亚洲文化教育基金会主办的世界华文文学论坛上,主持了第一场以"微小说与微电影"为主题的讨论会
② 2016年1月31日,凌鼎年(右4)应邀去太仓市同觉寺参加曙提法师新书《曙师的365个提醒》首发仪式
③ 2016年4月25日,尼泊尔总理奥利(前排左2)向凌鼎年(前排右2)挂红色哈达,并握手合影,左1系尼泊尔副总理(摄于加德满都)
④ 2016年5月7日,凌鼎年与临济宗、天台宗第四十六世传人双凤寺住持曙提方丈在太仓市图书馆进

① 2016年5月,凌鼎年(左2)在贵州遵义绥阳国际诗歌活动周期间与海外诗人合影于公馆桥
② 2016年5月,凌鼎年(左)应邀参加贵州遵义绥阳国际诗歌活动周期间与美国著名汉学家梅丹理(右)合影于诗歌馆
③ 2016年6月,凌鼎年(左)与法国洞穴探险家、法国洞穴联盟副主席让·波塔西(右)合影于他探险、发现的贵州十二背后景区
④ 2016年9月1日,凌鼎年(左5)在海南文昌陪同老挝原副总理凌绪光回乡探亲、祭祖时,在凌氏大宗祠前与海南宗亲合影留念

❶ 2016年9月1日,凌鼎年(中)在海南文昌凌氏大祠堂接待老挝原副总理凌绪光回乡探亲、祭祖,向凌绪光宗亲(左1)介绍情况,右1为海南凌氏宗亲会会长凌仕强
❷ 2016年10月,凌鼎年在首届中国潍坊(峡山)金风筝国际微电影大赛颁奖会暨中国微小说与微电影创作高峰论坛上发言
❸ 2016年10月,凌鼎年(左5)在首届中国潍坊(峡山)金风筝国际微电影大赛颁奖会上代表中央新影集团中国微小说与微电影创作联盟接受艺术家赠送的书画
❹ 2017年2月17日,凌鼎年在日本国学院大学的《凌鼎年微型小说选》日译本首发式暨读者见面会上致答谢辞

1. 2017年2月17日,在日本国学院大学的《凌鼎年微型小说选》日译本首发式暨读者见面会上,凌鼎年(后排左7)与部分翻译家及日本读者合影留念
2. 2017年2月17日,凌鼎年(右2)与游读会董事长赵春善(右1)在《凌鼎年微型小说选》日译本首发式上
3. 2017年2月17日,凌鼎年(右)向日本国学院大学图书馆赠送了自己的十多本集子,并向国学院大学赤井益久校长(左)赠送了自己的签名本
4. 2017年2月,中国作协副主席叶辛(右)向获得叶辛文学馆首届征文大赛荣誉奖的凌鼎年(左)颁奖

❶ 2017年4月8日,凌鼎年(右)与胞弟凌微年(左)和著名国学大家唐文治的曾孙唐德明(中)合影于上海交通大学人文学院
❷ 2017年4月16日,凌鼎年(左)与美国著名作家周励(长篇小说《曼哈顿的中国女人》的作者)(右)在海外文轩活动上合影留念
❸ 2017年5月22日,凌鼎年(左)与2016年诺贝尔物理学奖得主美国迈克尔·科斯特利茨教授(右)合影于金鸡湖畔
❹ 2017年8月,凌鼎年(左)与南非Miranda(中)、美国Rei(右)合影于娄东宾馆

❶ 2017年8月28日,在杭州天翼阅读举办的首届"温瑞安杯"武侠微型小说大奖赛颁奖会上,温瑞安(左)向凌鼎年(右)赠送他题写的书法作品"凌绝顶,思年华"

❷ 2017年9月24日,凌鼎年(右)在《王世贞全集·弇山堂别集》出版发布暨学术研讨会上,与两位主编上海交通大学许建平教授(左)、复旦大学郑利华教授(中)合影留念

❸ 2017年10月27日,在中国微小说校园行启动仪式上,凌鼎年(左2)与中宣部、教育部等领导一起按下启动仪

❹ 2017年11月7日,在云南临沧举办的第五届亚洲微电影艺术节上,凌鼎年(左4)作为颁奖嘉宾向获得"十佳制片人奖"的制片人颁奖

❶ 2018年2月25日,凌鼎年应新疆伊犁农四师文联、作协邀请去讲课
❷ 2018年4月26日,凌鼎年(右2)在"2018时代榜样人物会师井冈山、'德鑫杯'践行中国梦全国优秀文艺作品征评颁奖典礼"的主席台上
❸ 2018年4月27日,"中国微小说校园行"组委会主席凌鼎年(右)向南昌师范学院附属中学饶建中校长(左)授旗
❹ 2018年5月30日,凌鼎年文学成果展揭幕嘉宾中国作协副主席叶辛(左2)、中宣部办公厅原主任薛启亮(左4)、江西省作协原副主席、中国微型小说学会副会长郑允钦(左3)、江苏省作协副主席王尧教授(右4)、太仓市政协主席邱震德(右5)、太仓市副市长顾建康(左1)、太仓市教育局局长何永林(右3)、太仓市第一中学校长张文(右2)、主持人太仓市文联主席龚璇(右1)与凌鼎年(左5)合影留念

① 2018年5月,凌鼎年文学成果展上展示的海内外刊登、推介凌鼎年文学成绩的部分报刊
② 2018年5月,凌鼎年文学成果展上展示的凌鼎年的大大小小300多本获奖证书
③ 2018年5月,凌鼎年文学成果展用易拉宝展示了凌鼎年参加海内外文学、文化活动的数百张照片
④ 2018年5月,凌鼎年文学成果展上的部分展品(这一排展示的是凌鼎年50本个人集子与100多张出席世界各地文学、文化活动的胸卡和活动照片等)

❶ 2018年5月30日,3位为活动服务的女学生高兴地在凌鼎年文学成果展背景墙前合影留念
❷ 2018年5月30日,凌鼎年(左4)向太仓市政协主席邱震德(左3)、政协副主席吕寅(左1)、政协秘书长陆静波(左2)、太仓市第一中学张文校长(右2)等介绍文学成果展情况
❸ 2018年5月30日,凌鼎年接受作家网的直播采访
❹ 2018年5月30日,"协鑫杯"微型小说征文获奖学生拿着凌鼎年的集子请她们的学长凌鼎年签名留念

① 2018年6月1日,前来参观的学生高兴地与他们的学长凌鼎年合影

② 2018年12月15日,凌鼎年(左2)与中国驻印度尼西亚大使馆文化处参赞周斌(右1)、印华作协总会会长袁霓(左3)、印华作协副总会长许鸿刚(左1)等4人为第十二届世界华文微型小说研讨会暨印华作协成立二十周年庆典活动在印度尼西亚首都雅加达开幕鸣锣,宣布大会开始

③ 2019年3月10日,凌鼎年(左)在金庸故乡海宁举办的"中国武侠文化的当代价值研讨会暨《梁大侠江湖外传》百万征文大赛启动仪式"上,与台湾中华武侠文学学会会长、台湾中文研究所文学博士林保淳合影

④ 2019年8月20日,凌鼎年应邀参加了由世界汉学研究会(澳门)、澳门大学南国人文研究中心、澳门韩国互动交流协会、澳门文艺评论家协会主办的中国新文化百年史与澳门汉学的发展国际学术研讨会,与世界汉学研究会(澳门)理事长、韩国外国语大学副校长、博导,国际鲁迅研究会会长朴宰雨教授合影于澳门大学

❶ 2019年10月,凌鼎年获第二届国际东方散文奖一等奖,去甘肃天水领奖并采风
❷ 2019年12月6日,中国作协办公厅副主任王军(左)、中国现代文学馆副馆长梁飞(右)向凌鼎年(中)颁发第十届"茅台杯"《小说选刊》年度奖(摄于中国现代文学馆)
❸ 2021年6月28日,凌鼎年(右4)应邀去黑龙江伊春讲学,在恐龙博物馆大门口合影留念

四　凌鼎年奖杯、奖状等照片选辑

① 1995年4月10日，凌鼎年被收入《中国当代艺术界名人录》辞典，荣誉状上有冰心、曹禺、周而复、刘海粟、吴作人、启功、马烽、李瑛、沙孟海、赵朴初等顾问的签名
② 1995年8月21日，凌鼎年在全国金鹅奖幽默大赛中获"十大幽默明星"荣誉称号
③ 2001年，凌鼎年获苏州市文学艺术界联合会、苏州市人事局颁发的"苏州市德艺双馨会员"奖牌
④ 2010年6月，凌鼎年荣获上海世博会联合国馆颁发的"世界华文微型小说创新发展领军人物金奖"
⑤ 2011年3月，凌鼎年获第五届小小说金麻雀奖

❶ 2011年10月10日,全美中国作家联谊会、纽约商务传媒集团在美国纽约向凌鼎年颁发了水晶奖座
❷ 2012年9月,凌鼎年获得在以色列召开的第32届世界诗人大会主席奖奖章
❸ 2012年9月,凌鼎年在以色列召开的第32届世界诗人大会上的获奖证书
❹ 2013年3月,凌鼎年获中共太仓市委员会、太仓市政府颁发的第二届娄东英才奖

① 2014年11月,凌鼎年获"太仓市书香家庭"奖牌
② 2006年10月,凌鼎年被授予苏州市"十佳藏书家"荣誉
③ 2016年,凌鼎年获中华凌氏宗亲联谊会创会会长纪念牌
④ 2016年,凌鼎年获得的首届蔡文姬文学奖的奖牌
⑤ 2017年4月12日,美国海外文轩向凌鼎年颁发的顾问证书

① 2017年11月2日,泰国文化部、泰国亚洲文化教育基金会向凌鼎年微电影《老杨和小伙子》颁发的奖杯
② 2017年11月2日,泰国文化部、泰国亚洲文化基金会向凌鼎年微电影《老杨和小伙子》颁发获奖证书
③ 2018年1月,凌鼎年荣获江苏省第二届"中国人寿杯"十佳优秀文化老人称号
④ 2018年12月,凌鼎年的小小说《剃头阿六》被《小小说选刊》《百花园》评为改革开放四十周年最具影响力小小说
⑤ 2021年1月20日,首都师范大学出版社聘请凌鼎年为驻社作家

五　有关凌鼎年的其他照片选辑

① 凌鼎年小小说作品手迹（作于20世纪90年代）
② 1998年，著名国画大家宋文治为凌鼎年书斋题写的"守拙庐"匾额
③ 作为太仓市政府文化建设项目之一，2007年6月，太仓市文联给凌鼎年挂牌"凌鼎年微型小说工作室"，这在全国微型小说文坛是第一家

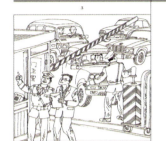

① 2011年，上海美术出版社美术创作员、著名连环画画家罗希贤为凌鼎年发表的微型小说《麻将老法师》创作的一组10幅连环画
② 2011年12月23日，《苏州日报》"文化访谈"栏目发表该报记者黄洁撰写的文章

① 凌鼎年家客厅西墙壁的一排书橱（摄于2014年11月13日）
② 凌鼎年家客厅东墙壁的一排书橱（摄于2014年11月13日）
③ 凌鼎年家书房转角处（摄于2014年11月）
④ 凌鼎年文学工作室内从地上堆到天花板的杂志（摄于2016年8月）

① 大型人文杂志《中华英才》2016年9月"名人天下"栏目刊登的文章
② 香港《华人月刊》2016年12期发表了《为海内外双向文化交流做实事的凌鼎年》一文,配17张凌鼎年参加各类文学、文化活动的彩色照片
③ 2017年3月14日,泰国《中华日报》对凌鼎年日译本首发的报道
④ 2017年4月7日,《中国日报》英文版关于凌鼎年出版微型小说英译本的报道

1. 2017年11月，泰国举办的泰中国际微电影展为凌鼎年微电影《老杨和小伙子》制作的海报
2. 2018年1月6日，印度尼西亚《印华日报》用三天三个版面全文刊登了《凌鼎年2017年盘点》
3. 法国纯文学刊物 Brèves 2020年（总第117期）重点推介了凌鼎年的微型小说作品小辑，并刊登了凌鼎年各个时期的13张彩色照片（由瑞士日内瓦大学在读博士 Francois Karl Gschwend 翻译）
4. 2021年10月12日，中国作家协会副主席、陕西省作家协会主席贾平凹题写的"凌鼎年文学馆"馆名

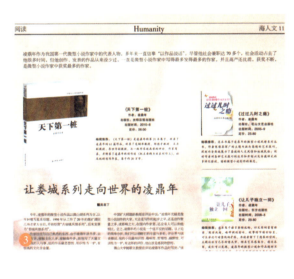
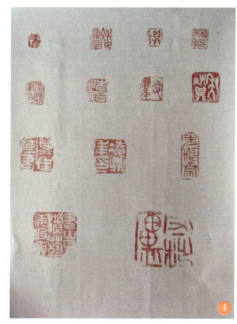

① 太仓天工草堂挂牌的凌鼎年文学工作室
② 太仓市娄东街道娄东文化研究会挂牌的凌鼎年工作室牌子
③《海南周刊》发表的署名文章
④ 篆刻家马士达、邓进、张正宜、喊雷、吴骏、毛石等为凌鼎年刻的姓名印、藏书印、书斋印、闲章

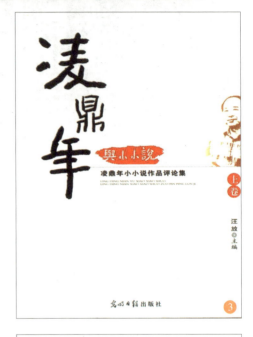

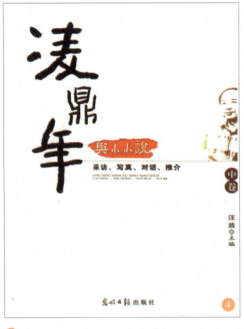

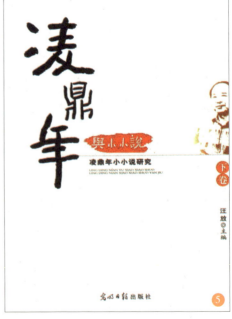

① 书法家马永先为凌鼎年文学馆题写的"先飞斋书画室"匾额
② 凌鼎年文学馆大门口（位于百年老校太仓市一中图书馆楼）（摄于2022年1月）
③ 汪放主编《凌鼎年与小小说：凌鼎年小小说作品评论集》（上卷），光明日报出版社，2013年10月版
④ 汪放主编《凌鼎年与小小说：采访、写真、对话、推介》（中卷），光明日报出版社，2013年10月版
⑤ 汪放主编，邹汉龙著《凌鼎年与小小说：凌鼎年小小说研究》（下卷），光明日报出版社，2013年10月版

后　记

　　凌鼎年作为微型小说创作领域最具代表性的作家，以世界范围内同类作家最多的作品数量、以超常的勤奋和众多的经典，闪耀于文坛。他的创作道路、创作思想和艺术追求，都是中国文学的宝贵财富。本着为文学研究做一份基础性工作的初衷，2018年，我开始编著这本《凌鼎年文学纪年》。本来想着会很快完成，不曾想一晃就是三四年。虽一路辛苦，却也安然。

　　在付梓之际，最要感谢的还是凌鼎年先生，是他创造的这个"写作王国"里的辉煌成就为这本书提供了丰富的素材。这期间反反复复地收集和核对资料，可把鼎年兄折腾得够呛。他的认真和细致、他的协助和付出是这本书成功的基石。

　　感谢江苏高校哲学社会科学重点建设基地吴文化传承与创新研究中心（2018ZDJD-B018）将本书的编写列为研究课题并资助出版；作为国家社会科学基金重点项目"世界华文微型小说百家创作年谱（18AZW024）"的子课题，感谢总主持人龙钢华教授的指导与帮助！

　　感谢中国作家协会副主席叶辛先生题写书名，使本书增色。

　　感谢苏州大学出版社编辑周建国先生，他在重病期间仍然惦记着书稿，他的英年早逝让人无比痛心，愿他天堂安息！

　　感谢责任编辑杨柳女士，她接手后"重起炉灶"，几乎一切从头再来，在我不断的催促中，她加班加点，又绝不敷衍，工作量之大、速度之快，让人敬佩。

　　这里需要补充说明的是，本书所收录资料中的一些信息，如出版社、出版年月、作品体裁等，因鼎年兄创作时间跨度较大，年代久远，创作内容又较为丰富，虽然经过多渠道查找，但仍难以补全。本书还是留下了一些遗憾，只好留待以后完善和补充了。

宋桂友
2022年4月20日·一泓斋